모든 것을 기억하는 남자

MEMORY MAN

MEMORY MAN

모든 것을 기억하는 남자

데이비드 발다치 장편소설 | 황소연 옮김

북로드

001

에이머스 데커는 그들 세 사람의 처참한 죽음을 언제까지고 아득한 푸른빛으로 기억할 것이다. 그 기억은 푸른 칼날이 되어 예기치 못한 순간에 그를 사정없이 찔러댈 것이다. 그는 그 기억에서 결코 벗어나지 못할 것이다.

오랜 잠복근무는 결국 헛수고로 끝났다. 그는 길바닥으로 돌아가기 전 몇 시간이나마 눈을 붙이려고 차를 몰고 집으로 향했고, 곧 플라스틱으로 외장한 소박한 이층집 진입로에 들어섰다. 25년이나 된 집이지만 용케 쓰러지지 않고 버티고 있었다. 빗줄기가 보도를 적셨다. 치수 320짜리 부츠가 땅에 닿는 순간 살짝 미끄러졌다가 마찰력 덕분에 멈췄다. 늦은 시간이라 다들 잠들었을 거라는 생각에 그는 차문을 가만히 닫고 부엌으로 이어지는 방충문을 통해 집 안으로 들어갔다.

고요했다. 당연했다. 하지만 지나치게 고요했다. 그때는 느끼지 못했던 사실이다. 그는 나중에서야 그걸 왜 못 알아챘을까 생각했다. 그날 밤 그에게 닥친 수많은 실패 중 하나였다. 그는 부엌에서 수돗물을 한 잔 따라 쭉 들이켰다. 그러고는 유리잔을 개수대에 넣고, 턱을 닦고 옆방으로 향했다.

그러다 이번에는 그 큰 몸뚱이가 완전히 미끄러지면서 바닥을 나뒹굴었다. 헤링본 무늬 마룻바닥은 원래 미끄러워서 전에도 넘어진 적이 있었다. 하지만 이번은 상황이 전혀 달랐다. 창을 뚫고 환하게 쏟아지는 달빛에 뭔가가 비쳤다. 그는 손을 들어보았다. 색이 변해 있었다.

붉었다. 피.

그의 피는 아니었다. 그는 몸을 일으키고 피가 어디서 흘러나오는지 찾아보았다. 피의 출처는 옆방이었다. 조니 색스. 그의 처남. 그 못지않게 건장한 체구의 남자가 거기 누워 있었다. 그는 무릎을 굽히고 앉아 얼굴을 조니의 얼굴에 바짝 댔다. 처남의 목에는 한쪽 귀에서 다른 쪽 귀까지 죽 이어지는 자상이 나 있었다. 맥박을 확인할 필요도 없었다. 그런 건 없을 테니까. 이미 피가 죄다 바닥에 쏟아져 나온 뒤였다.

그 순간 신고를 했어야 했다. 그는 어리석지 않았다. 범죄 현장을 여기저기 밟고 돌아다녀서는 안 된다는 것도 알고 있었다. 범죄 현장. 앞으로 그의 집은 그렇게 불릴 것이다. 이제 그의 집은 아무것도 건드려서는 안 되는 박물관이나 마찬가지다. 아무것도 건드리면 안 돼. 그의 직업 정신이 필사적으로 소리쳤다.

하지만 여기 있는 건 한 구뿐이다. 시선을 계단 쪽으로 던진 순간, 그는 온몸을 사로잡는 두려움에 정신이 아득해졌다. 삶이 이제 막 그가 가진 모든 것을 앗아갔다. 배 속에서 그런 느낌이 차올랐다. 그래서 달렸다. 굳어가는 피 웅덩이에 부츠가 부딪치며 무거운 파문이 일었다. 그는 증거를 훼손하고 있었다. 보존해야 할 현장을 혼신의 힘을 다해 짓밟고 있었다. 하지만 아무래도 상관없었다.

조니의 피는 위층으로 이어져 있었다. 그는 계단을 세 칸씩 밟고 올라갔다. 숨이 가빴다. 심장이 어찌나 세차게 뛰는지 갈비뼈가 무너질 것만 같았다. 정신이 마비된 것 같았다. 하지만 팔다리는 아직 뜻대로 움직여주고 있었다.

복도에 올라선 그는 벽에 몸을 부딪쳐가며 오른쪽 첫 번째 문으로 돌진했다. 권총을 꺼내지는 않았다. 살인자가 아직 집 안에 남아서 그를 기다리고 있을지도 모른다는 생각조차 들지 않았다.

그는 어깨로 문을 들이받아 열어젖히고는 사방을 휙휙 둘러보았다. 아무것도 없었다.

아니, 있었다.

그는 문간에서 얼어붙었다. 방 저쪽 끝에서 은은한 스탠드 불빛이 매트리스 위로 튀어나온 맨발을 비추고 있었다.

눈에 익은 발이었다. 오랜 세월 감싸쥐고, 어루만지고, 때로는 입을 맞췄던 발. 길고 홀쭉하지만 그래도 앙증맞고, 두 번째 발가락이 첫째 발가락보다 조금 긴 발. 불룩한 혈관과 발바닥의 굳은살, 붉게 칠한 발톱 모두 그가 아는 그대로였다. 그러나 그 발이 지금 매트리스 위로 불거져 나와서는 안 된다. 그건 그녀의 나머지 부분이 바닥에 뒹굴고 있다는 뜻이다. 그리고 그건…….

그는 침대 가장자리로 다가가 아래를 보았다.

카산드라 데커, 세상 가장 소중한 그의 캐시가 바닥에 누워 위를 응시하고 있었다. 아니, 응시라는 단어는 이제 그녀에게 적절한 말이 아니다. 그는 비틀거리며 앞으로 나아가 그녀 옆에 천천히 무릎을 꿇었다. 청바지 무릎이 피 웅덩이 속으로 들어갔다.

그녀의 피였다.

그녀의 목에는 아무런 상처도 없었다. 피는 목이 아니라 이마에서 흘러나왔다. 그러면 안 되는 줄 알면서도, 그는 팔로 그녀의 머리를 받쳐 들고 잔뜩 부푼 가슴에 끌어안아 아이를 달래듯 천천히 흔들었다. 치렁치렁한 검은 머리카락이 물보라처럼 출렁이며 그의 팔 위에 흩어졌다. 이마의 구멍은 이미 검게 변했고, 주변 피부는 총알의 열기 때문에 거뭇하게 부풀어 있었다.

구멍은 단 하나뿐이었다. 단 한 발의 총알이 그녀의 생명을 끝장내버린 것이다. 잠든 상태에서 당한 걸까? 아니면 깨어 있을 때? 살인자가 위에서 내려다볼 때, 그녀는 공포로 벌벌 떨고 있었을까? 그는 아내를 안고 생각했다. 두 사람의 마지막 포옹이었다.

데커는 아내를 도로 내려놓고 생기라고는 없는 창백한 얼굴을 물끄러미 바라보았다. 이마 한가운데 돋아난 검은 점. 그것이 아내에 대한 마지막 기억이 되었다. 문장 맨 끝에 찍힌 마침표가 되었다. 모든 것이라는 문장의 끝에.

그는 일어섰다. 힘이 풀린 다리로 비틀비틀 방을 나와 다른 침실로 갔다. 이번에는 문을 힘주어 열지 않았다. 서두르지도 않았다. 무얼 발견하게 될지는 이미 예감하고 있었다. 방법을 모를 뿐.

처음에는 칼, 두 번째는 총. 세 번째는 뭘까.

아이는 침실에 없었다. 그렇다면 침실에 딸린 욕실일 것이다. 욕실 불이 환하게 켜져 있었다. 살인자는 그에게 마지막 희생자를 똑똑히 보여주고 싶었던 모양이다.

거기에, 변기 위에 딸아이가 앉아 있었다. 바닥에 쓰러지지 않게 변기 물탱크에 목욕 가운 허리띠로 묶여서. 그는 가까이 다가갔다.

발밑은 미끄럽지 않았다. 피는 없었다. 이렇다 할 상처도 보이지 않았다. 하지만 가까이 다가가자 아이의 목에 난 끈 자국이 보였다. 그슬린 것처럼 흉하게 얼룩덜룩했다. 목욕 가운 허리띠를 썼나? 아니면 직접 손으로? 어느 쪽인지 확신이 들지 않았지만, 어차피 어느 쪽이든 고통은 똑같았을 것이다. 교살은 고통스러운 데다 공포스럽기까지 하다. 놈은 아이가 자신을 똑바로 올려다보는 동안 느리게 고문하며 목숨을 앗아간 것이다.

몰리는 사흘 뒤에 열 살이 될 예정이었다. 생일 파티 준비는 끝나 있었다. 손님들도 초대했고, 선물도 사두었고, 초콜릿 케이크도 주문해놓았다. 그는 캐시를 도와주려고 하루 휴가까지 냈다. 캐시도 직장을 다녔지만, 정시 출퇴근은 어림도 없는 남편 때문에 집안일을 도맡아 했다. 두 사람은 그런 그를 놓고 농담을 하곤 했다. 그가 인생에 대해 뭘 알겠느냐고. 장을 볼 줄 아나, 청구서를 지불할 줄 아나, 몰리를 병원에 데려다줄 줄을 아나.

이제 보니 사실이었다. 그는 아무것도 몰랐다. 쥐뿔도 몰랐다. 꿈에도 몰랐다.

그는 죽은 아이 앞에 앉아서 딸아이가 잘하던 자세를 취했다. 양 발바닥이 각각 반대쪽 허벅지 안쪽에 닿도록 두 다리를 교차시키는 자세. 그는 덩치 큰 남자치고 유연했다. 연꽃 자세, 그 비슷한 말이었는데……. 왜 이런 쓸데없는 생각이 드는지 알 수 없었다. 쇼크 상태에 빠진 게 분명했다. 딸아이의 부릅뜬 눈은 그를 향해 있었지만 그를 보고 있지는 않았다. 제 엄마처럼. 이제 두 번 다시는 아빠를 보지 못할 것이다.

데커는 그렇게 앉아서 몸을 앞뒤로 흔들며 아이를 쳐다보았다.

난 끝났어. 아무것도 안 남았어. 혼자는 못 살아. 그렇게는 못 해.

그는 벨트의 권총집에서 소형 권총을 꺼내 한 발을 약실에 장전했다. 그러고는 두 손으로 권총을 부여잡았다. 작지만 멋진 물건이었다. 정확도도 좋고 대인 저지력도 충분했다. 아직 이 총으로 사람을 쏴본 적은 없는데, 오늘이 그날인가 싶었다. 그는 조준기를 통해 총구를 노려보았다. 지금껏 과녁에 몇 발이나 쏘아보았을까? 천 발? 만 발? 어쨌든 오늘 밤만은 빗맞히고 싶지 않았다.

그는 입을 벌려 총구를 삼키고는 총알이 뇌를 향하도록 각도를 조절했다. 그래야 빨리 끝날 테니까. 손가락을 방아쇠울에 놓고 몰리를 올려다보았다. 순간 수치심이 솟구쳤다. 그는 권총을 빼내서 오른쪽 관자놀이에 대고는 아이가 보이지 않도록 눈을 감았다. 검지가 다시 방아쇠울로 서서히 미끄러졌고, 곧 방아쇠에 닿았다. 그는 돌이킬 수 없는 지점을 향해 천천히 방아쇠를 당겼다. 아무것도 느끼지 못할 것이다. 뇌가 고통을 느낄 새도 없을 것이다.

그냥 당겨, 에이머스. 남은 게 없으니 잃을 것도 없잖아. 다 죽었어. 아무것도 없어.

총을 그렇게 들고 있는데, 가족과 다시 만나면 무슨 말을 해야 할까 하는 생각이 들었다. 미안하다? 날 용서해? 내가 그 자리에 있었더라면 좋았을 텐데? 그래서 놈을 막을 수 있었더라면?

그는 권총을 더 꽉 움켜쥐고 매끄러운 총신이 피부를 파고들 정도로 관자놀이를 세게 짓눌렀다. 핏방울이 솟아나 잿빛 머리카락 속으로 스며들었다. 지난 몇 분 동안 그의 머리카락은 더 잿빛으로 변했을 게 분명했다.

용기를 짜내고 있는 건 아니었다. 그는 적절한 순간을 찾으려고 애쓰고 있었다. 하지만 스스로 목숨을 끊기에 적절한 순간이라는 게 있을 수 있을까?

그는 그렇게 권총을 든 상태로 전화기를 꺼내 911을 누른 뒤 이름과 경찰 배지 번호를 밝힌 다음 간결한 문장으로 살인 사건이 발생했음을 알렸다. 그러고는 전화기를 바닥에 떨어뜨렸다.

아래층에는 조니.

복도 저편에는 캐시.

여기 변기 위에는 몰리.

어떤 조짐도 없이, 별안간 무시무시한 푸른빛이 모든 것을 둘러쌌다. 시체와 집과 밤을. 파란 거품이 사방에 깔렸다. 그는 시선을 천장 쪽으로 올리고는 욕설을 퍼부으며 분노와 상실감을 쏟아냈다. 그 빌어먹을 색깔이 또 끼어들었다. 어째서 이 순간에도, 불행의 정점에서도, 그는 평범해질 수 없는 걸까?

그는 총구를 머리에 댄 채 고개를 숙이고 바닥에 앉아 있었다. 그에게는 아무것도 남아 있지 않았다. 죽을 각오가, 가족을 따라갈 각오가 되어 있었다.

하지만 스스로도 알 수 없는 어떤 이유로, 에이머스 데커는 방아쇠를 당기지 못했다. 그리고 4분 뒤 경찰들이 그를 발견했을 때도 그는 그렇게 꼼짝 않고 앉아 있었다.

002

어느 공원의 빨간 벤치. 불안정하고 날카롭던 가을 공기가 서서히 겨울로 흘러들고 있었다. 에이머스 데커는 벤치에 앉아 기다렸다. 참새 한 마리가 앞을 휙 스치더니 지나가는 자동차를 아슬아슬 피한 다음 위로 솟구쳐 산들바람을 타고 날아갔다. 그는 자동차가 사라지기 전에 브랜드, 모델, 등록번호, 그 밖의 특징까지 파악했다. 앞에는 남편과 아내. 뒷좌석 보조의자에 아이 하나. 그 옆에 더 큰 아이. 열 살 정도. 뒤 범퍼에는 스티커가 붙어 있다. '우리 아이는 손크레스트 초등학교 우등생.'

사이코한테 당신네 똘똘한 애를 잡아가라고 아예 광고를 하지그래.

근처 정류장에 버스가 섰다. 그는 그쪽으로 시선을 돌려 아까처럼 관찰했다. 승객 열넷. 아직 한낮인데도 대부분 우울하고 지쳐 보인다. 활기찬 아이 하나가 펄떡거리고 있긴 하다. 그 옆에는 애엄마가 무릎 위에 두툼한 가방을 얹고 늘어져 있다. 운전수는 신참인지 긴장한 낯빛이 역력하고, 운전대 조작에 절절매고 있다. 앞쪽

모퉁이에서 어찌나 굼벵이처럼 도는지 버스 엔진이 꺼진 것처럼 보인다.

비행기 한 대가 머리 위로 날아갔다. 그리 높지 않아 번호를 확인할 수 있었다. 유나이티드 737. 날개가 작은 것으로 보아 나중에 나온 모델이다. 737이라는 숫자 때문에 머릿속에 은색이 번진다. 737이라는 숫자는 아름다운 혼합물이다. 총알처럼 미끈하고 빠른 은색. 7로 시작하는 것은 뭐든 은색으로 저장된다. 그래서 그는 모든 비행기에 7로 시작하는 번호를 붙이는 보잉이 고마웠다.

젊은 남자 둘이 걸어 지나갔다. 관찰. 입력. 한 명은 연장자에 덩치가 큰 대장, 다른 한 명은 놀림거리 역할을 하는 부하. 그는 거리 건너편 공원에서 놀고 있는 아이 넷을 포착했다. 나이, 계층, 미아 방지를 위한 식별번호, 집단 내 서열. 위계는 이미 여섯 살 이전에 결정된다. 늑대 무리와 똑같다.

다음은 개를 데리고 가는 여자였다. 저먼 셰퍼드. 많이 늙은 개는 아니지만 엉덩이 쪽이 부실하다. 그 견종에서 흔히 나타나는 형성장애로 보인다. 분류 완료. 스마트폰에 대고 지껄이는 남자 하나. 에르메네질도 제냐 양복, 미끈한 구두는 구찌, 왼팔에는 25센트 동전만 한 보석이 박힌 황금색 팔찌. 슈퍼볼 반지와 비슷하게 생겼다. 오른 손목에는 4천 달러짜리 제니스 시계. 프로 운동선수 치고는 몸집이 너무 작고 적합한 체형도 아니다. 그렇다고 마약상이라고 하기에는 지나치게 잘 차려입었다. 헤지펀드 매니저나 의학전문 변호사 혹은 부동산 개발업자로 추정된다. 저장 완료.

길 반대편에는 휠체어를 탄 할머니가 환자 수송 차량 밖으로 이송되고 있었다. 왼쪽 몸이 마비되었다. 뇌졸중. 간병인은 경미한 척추측만증에 만곡족(앞발이 휘어 까치발 모양을 한 발_옮긴이)이다.

에이머스 데커는 이 모든 것들을 파악하면서 앞에 있는 것들을 면밀히 관찰했다. 때로는 추론했고 때로는 짐작했다. 하지만 아무런 의미도 없는, 그저 시간을 때우기 위한 방편일 뿐이었다.

살던 집은 압류되었다. 그동안 캐시와 그의 수입으로 갚아나가던 대출금은 그의 월급만으로는 어림도 없었다. 집을 팔려고 노력해봤지만 피바다가 됐던 집에 들어와 살려는 사람은 없었다. 그는 몇 개월 간 아파트를 빌려 지내다가 모텔 방으로 숙소를 옮겼다. 그다음에는 직업상에 변동이 생기면서 친구네 집 소파로 이사했다. 그러다 냉랭해진 친구의 눈치에 못 이겨 노숙자 보호소를 선택했다. 후원금 고갈로 보호소가 문을 닫자 그의 거처는 공원의 침낭으로 대폭 축소됐다. 침낭이 닳고 닳을 무렵 경찰이 공원에서 노숙자들을 몰아내는 바람에 침낭은 공원 주차장의 박스로 대체됐다.

그의 삶은 밑바닥으로 추락했다. 뚱뚱하고 지저분한 몸, 산발한 머리, 덥수룩한 턱수염. 꼭 원시인 같은 몰골이었다. 그러나 어느 아침 월마트 주차장에서 눈을 떴을 때, 캐시와 몰리가 지금 이 꼴을 보면 얼마나 창피해할까 하는 생각이 계시처럼 찾아왔다. 그래서 그는 몸을 씻고 몇 가지 잡일을 해 돈을 좀 모은 뒤 레지던스 여관에 방을 잡고 탐정 일을 시작했다. 들어오는 일은 뭐든 가리지 않았다. 대부분 돈 안 되는 시시한 사건이었지만 그래도 일은 일이었다. 어차피 그 이상은 바라지도 않았다.

무의미한 생존이었다. 그 자신처럼 무의미했다. 지금도 덥수룩한 턱수염과 부스스한 머리, 과체중을 훨씬 넘긴 몸뚱이는 여전했지만 옷차림은 꽤나 단정해졌고, 샤워도 했다. 일주일에 두 번 이상 할 때가 드물었지만 종이박스에서 살지도 않았다. 그는 발전이란 언제나 더디게, 손톱만큼씩 이루어지는 거라고 생각했다. 인생에 내세울 만한 성공이라고는 없는 사람들에게는 특히 그렇고.

그는 방금 관찰한 거리의 풍경을 몰아내려고 눈을 감았다. 그러나 그것은 안구 안쪽에 설치된 영화 스크린처럼 요지부동이었다. 그 풍경은 영원히 거기 있을 것이다. 본 것을 잊고 싶을 때가 많았지만, 그가 보는 모든 것은 지워지지 않는 펜으로 머릿속에 하나하나 기록되어 필요에 의해 불려나오기도 하고 스스로 툭툭 튀어나오기도 했다. 전자는 유용하지만 후자는 늘 성가시다.

그날 경찰이 도착해 총구를 내리라고 말한 후 그는 내내 자살 충동에 시달렸다. 그 때문에 경찰직을 그만두기 전에는 심리치료도 받았다. 그는 둥글게 둘러앉은 자살 기도자들 앞에서 이렇게 말했다. **에이머스 데커입니다. 자살하고 싶습니다. 이게 다예요. 더는 할 말이 없네요.**

그는 눈을 떴다. 15개월, 21일, 열두 시간, 14분. 그의 머릿속 맨 앞에 붙박이처럼 자리 잡은 시계의 바늘이 빙글빙글 돌아가고 있었다. 집에서 시체 세 구를 발견한 순간, 그의 가족들이 영영 사라진 순간부터 지금까지 시간의 띠는 계속 이어지고 있었다. 이제 60초 뒤면 지나온 년, 달, 날에 15분이 추가될 테고 시곗바늘은 계속 돌아갈 것이다.

그는 자기 몸을 내려다보았다. 대학 4년 내내 미식축구 선수였고 짧게나마 프로 생활도 한 데다 경찰이 되고서도 날씬한 몸매를 유지했었는데, 아내와 처남, 딸의 시체를 발견한 순간부터 몸매 따위는 안중에도 없어졌다. 지금 그는 20킬로그램, 아니 그보다 훨씬 더 과체중인 상태였다. 195센티미터 거구에 부실한 무릎, 불룩 튀어나온 물컹물컹한 배, 살이 축 늘어진 팔과 가슴, 고기가 붙은 뼈다귀 같은 두 다리. 이렇게 내려다보면 긴 다리는 보이지도 않았다. 거기다 머리는 흰머리가 드문드문 섞여 지저분한 잿빛이고, 턱수염은 크기도 모양도 특이하다. 사방팔방으로 뻗친 고불고불한 수염 가닥은 붙잡을 것을 찾아 헤매는 덩굴손 같다. 그래도 이런 겉모습이 일하는 데는 도움이 된다. 어차피 그가 하는 일이라는 게 인간쓰레기들을 잡는 것인 이상 그들과 비슷해 보일수록 잡을 기회는 더 많으니까.

그는 청바지의 곰삭은 부분을 만지작거리다가 피 얼룩이 남아 있는 무릎을 내려다보았다. 캐시의 피였다. 평범한 사람이라면 아내의 피가 묻은 바지는 진작 태워버렸을 것이다.

하지만 난 평범하지 않아. 그 사고를 당한 후로 내게 평범이란 없어.

그는 그 충돌 사건을 전혀 기억하지 못했다. 그런데 아이러니하게도 그 사건을 기점으로 그는 모든 것을 기억하는 사람이 됐다. 당시 그 사건은 연일 스포츠 뉴스를 장식했고, 전국적인 방송국 뉴스가 전국의 시청자들에게 그 이야기를 떠들어댔다. 누군가 그 영상이 유튜브에 업로드되어 800만이 넘는 조회수를 기록했다고 말해주었다. 그는 영상을 찾아보지 않았다. 볼 필요가 없었다. 그는 그 자리에 있었다. 직접 느꼈다. 그거면 충분하지 않은가.

그 떠들썩한 관심은 그가 미식축구 경기장에서 죽었기 때문이었다. 한 번도 아니고 두 번이나.

그는 은밀한, 그리고 상당히 어색한 시선으로 청바지를 훑어보았다. 그때보다 살이 너무 쪄버려 배가 허리띠 위로 축 늘어져 있었다. 청바지의 피 얼룩은 세탁을 해도 사라지지 않았다. 그의 두뇌가 결코 그날을 잊을 수 없는 것처럼. 이 바지는 증거물이 될 수도 있었다. 아니, 증거물이 됐어야 옳았다. 하지만 경찰은 가져가지 않았고 그도 가져가라고 하지 않았다. 그는 이 바지를 계속 입었다. 기억하는 방식치고는 한심했다. 이렇게 끔찍하고 괴상한 방식으로 캐시를 추억하다니.

그는 여전히 괜찮지 않았다. 지낼 곳도 있고 직업도 있고 그럭저럭 살아가고 있는데도 전혀 괜찮지 않았다. 그리고 다시는 괜찮아질 수 없을 것이다.

처음에 그는 용의자로 조사를 받았다. 원래 그런 경우에는 남편이 항상 용의자니까. 오래 의심받지는 않았다. 그에게는 알리바이가 있었다. 그런데 문제는, 아무도 체포되지 않았다는 것이다. 용의자 하나, 단서 하나 없었다.

당시의 이웃들은 조용하고 다정한 노동자 계층 사람들이었다. 이웃끼리는 서로 돕고 살았다. 다들 형편이 비슷했고 누구나 가끔은 도움을 필요로 했기 때문이다. 자동차나 난로를 고친다거나, 널빤지에 못을 박는다거나, 안주인이 아플 때 음식을 대신 해준다거나, 통학 버스를 타러 가는 아이들을 인솔한다거나. 사람들은 서로를 필요로 했고 또 신뢰했다. 동네에 괴짜 몇 명은 있었지만 대부분 오토바이나 몰고 다니고 마리화나나 조금 피우는 정도였다. 그는 수사에 착수했다. 잠자코 있으라는 경찰 측의 얘기에도 오로지 수사에만 매달렸다. 하지만 단서는 끝내 나타나지 않았다.

집 문은 열려 있었고 주민들의 왕래도 잦았다. 누구든 출입할 수 있었다. 그러나 가까이 붙어 있는 이웃집 사람들은 그날 밤 아무런 소리도 듣지 못했다. 어떻게 쥐도 새도 모르게 세 사람을 죽였을까? 비명 소리나 몸싸움, 뭐든 있지 않았을까? 총성은? 그날 밤 동네사람들 단체로 귀가 먹은 것 같았다. 눈도 멀고, 말문도 막히고.

몇 달이 흘러도 여전히 나오는 건 없었다. 수사는 미궁에 빠졌고 사건 해결과 범인 검거는 요원해졌다. 그는 경찰직을 그만뒀다. 서류나 만지작거리거나 다른 사건을 조사하거나 동네의 자질구레한 일에 신경 쓰는 건 도저히 할 수가 없었다. 윗선은 그만두게 돼서 유감이라고 말했지만, 딱히 붙잡는 사람은 없었다. 경찰서에서 그는 성가시고 껄끄러운 존재가 되어가고 있었다. 아니 이미 골칫거리였다. 모든 것에 관심을 잃었으니 그럴 수밖에.

그의 관심은 하나뿐이었다.

그는 계속 그들의 무덤을 찾아갔다. 세 사람은 그가 급히 매입한 작은 땅에 묻혀 있었다. 그럴 수밖에 없었던 것이, 40대 초반의 남녀와 열 살배기 꼬마의 묏자리를 미리 사둘 사람이 누가 있겠나? 그러다가 발길을 끊었다. 더는 그들을 대면할 면목이 없었기 때문이다. 제대로 된 복수도 하지 못한 주제에 무슨. 그는 시체를 발견한 것 외에는 아무것도 한 일이 없었다. 아니, 그가 오히려 세 사람을 죽게 만들었을 확률이 크다.

오랫동안 그는 수많은 사람들을 잡아 감옥에 넣었다. 몇몇은 이미 출소했고, 몇몇은 친구가 꽤 많다. 게다가 사건이 나기 직전에 그는 그 지역 마약 조직을 일망타진하는 일을 돕고 있었다. 놈들은 젊은이든 노인이든 닥치는 대로 중독자로 만들어 단골을 늘리는 데 혈안이 되어 있었다. 사람을 죽이고 나서야 얼굴 한번 쳐다볼 사악한 놈들이었다. 놈들은 그의 집을 얼마든지 알아낼 수 있었다. 그런 건 일도 아니다. 놈들이 그의 아내와 아이, 그리고 재수 없게 그 자리에 있던 처남에게 복수한 것일지도 모른다. 하지만 그 조직을 의심할 만한 증거는 하나도 나오지 않았다. 증거가 없으니 체포할 수도 없었다. 재판도 없었다. 판결도 없었다. 처벌도 없었다.

그의 잘못이다. 그의 죄다. 어쩌면 그가 놈들을 가족에게로 인도한 건지도 모른다. 그래서 가족을 잃고 홀로 남겨진 것이다.

주민들이 그를 위해 성금을 모았다. 몇 천 달러 정도. 그는 그 돈을 한 푼도 건드리지 않고 고스란히 은행 계좌에 남겨두었다. 그 돈을 쓴다는 건 가족을 배신하는 행위처럼 느껴졌다. 그러고는 하루하루 죽지 못해 살았다. 그리 나쁘지 않았다. 그게 사실이니까.

그는 나무 벤치에 등을 기대고 어깨를 움츠리며 외투를 여몄다. 괜히 여기서 이러고 있는 건 아니었다. 그에겐 할 일이 있었다. 그는 왼쪽을 쳐다보고 슬슬 시작해볼까 하고 생각했다. 그리고 일어서서 내내 기다렸던 두 사람을 뒤쫓기 시작했다.

003

그 술집은 데커가 평소 들락거리는 술집과 별반 다를 게 없었다. 침침하고 서늘하고 퀴퀴하고 빛이 묘하게 부옇게 보이는 그런 곳. 언젠가 알았던, 혹은 알고 싶었던 사람들이 모여 있는 듯한 곳. 더 정확히는, 그만 잊고 싶은 사람들이 모여 있는 듯한 곳. 갑자기 적으로 변해 당구 큐대로 머리통을 내려치기 전까지는 모두가 친구인 곳. 시끄러워지기 전까지는 조용한 곳. 인생이 던져주는 건 뭐든 술로 마셔 없앨 수 있는 곳.

데커는 바 한쪽, 거울 앞에 자리를 잡았다. 1달러짜리 생맥주를 한 잔 주문한 뒤 큼직한 두 손으로 맥주잔을 움켜쥐고 거울 속을 관찰했다. 오른쪽 저편 구석에 그들이 앉아 있었다. 그가 여기까지 쫓아 온 남녀다.

남자는 40대 후반, 여자는 그 절반 정도다. 남자는 있는 대로 차려입고 있다. 울 소재의 가느다란 줄무늬 쓰리피스 양복에 파란 점이 찍힌 노란 넥타이. 파란 점들은 수정을 위해 난자에게 달려가는 정자들처럼 보인다. 그리고 가슴 포켓에는 멋들어진 손수건까지. 뒤로 빗어 넘긴 머리카락 아래에 위치한 주름진 이마는 성숙하고 매력적으로 보인다. 잘 관리된 손가락에는 인상적인 다이아몬드 반지들. 훔친 거 아니면 가짜겠지, 꼭 자기처럼. 신발은 광이 났지만 신발 뒤축은 그 남자의 본질을 반영하고 있었다. 닳아빠진 인간. 화장실에 들어갈 때는 잘 보이려고 안달하지만, 나와서는 아무래도 좋은 인간.

여자는 크고 아름다운 갈색 눈을 가진 빙충이였다. 반반하지만 어리바리한, 어디선가 수천 번은 본 듯한 여자. 3D 안경 없이 3D 영화를 보는 듯한 느낌을 주는 여자. 너무 맹목적이고 순정파에다 맹추라서 알아서 잘해보라고 내버려두고 떠나고 싶은 여자. 하지만 데커는 그럴 수 없었다. 내버려두기는커녕 그 반대로 하라고 돈을 받고 있으니까.

여자가 걸친 치마와 재킷, 블라우스를 합치면 데커의 자동차보다 더 비쌀 것이다. 은행이 압류한 뒤로 엄밀히 말해 그의 차는 아니게 됐지만. 여자는 대대로 이어져온 부유한 집안의 자식이었다. 자신의 배경과 특권적 삶을 당연하게 생각하다 보니 누가 그것을 빼앗으려고 덤비는 일 자체를 이해할 능력이 없었다. 이런 여자가 먹잇감으로 전락하는 것은 시간문제다. 지금이 딱 그런 순간이었다. 상어와 머저리. 남자는 데커의 머릿속에 더러운 숫자인 6번으로 각인됐다. 여자는 무해하고 따분한 4번이었다.

그들은 서로의 손을 만지다가 입술을 쓰다듬고 잔을 부딪쳤다. 남자는 위스키 사워, 여자는 핑크 마티니를 마시고 있었다. 데커는 맥주잔을 품고 때를 기다리면서 몰래 그들을 관찰했다. 숫자 말고도, 여자는 오렌지색, 남자는 보라색으로 보였다. 보라색은 그가 못마땅해하는 숫자 0과 결부된 색이다. 그래서 데커는 남자를 숫자 두 개로 분류했다. 6과 0. 그의 눈에 사람들이 정말로 오렌지색이나 보라색으로 보이는 것은 아니다. 그는 특정한 색깔이라는 감각을 본다. 그렇게 표현하는 것이 그 감각을 설명하는 최선이자 유일한 방법이다. 누가 가르쳐준 것은 아니고, 처음부터 완벽하게 이런 분류 방식을 사용한 것도 아니다. 그저 자신에게 벌어진 일에 최선을 다해 대처했을 따름이다.

두 남녀는 사랑놀음을 계속했다. 손을 잡고, 발을 부비고, 진하게 서로를 주물럭거리며 재미를 보고 있었다. 여자는 그 이상을 원하는 기색이 역력했지만 남자는 그럴 마음이 없는 듯했다. 호구는 데리고 놀아야 제맛 아니겠나, 서둘러봐야 일만 그르치지. 제법이었다. 데커가 이제껏 본 놈들 중 최고는 아니지만 그런대로 쓸 만했다. 벌이가 꽤 괜찮을 것 같았다.

남자는 아쉬운 소리를 하려고 때를 노리는 중이었다. 놓칠 수 없는 대박 사업의 투자금이 필요하다, 게다가 친척이 안 좋은 일을 당해서 해결할 돈이 필요하다, 나도 이러는 거 내키지 않는다, 하지만 이게 마지막 방법이다, 네가 내 살 길이다, 거절해도 할 수 없다 등등. 대화는 그런 식으로 흘러갔다. 여자가 달리 무슨 대답을 하겠는가? 여자의 대답은 뻔했다. “알았어, 자기야. 그거 두 배, 세 배도 가능할 거야. 아빠도 그런 건수는 절대 놓치지 않으실 테니까. 그냥 돈인데 뭐. 우리 아빠 돈.”

그로부터 한 시간이 흐르고 핑크 마티니 두 잔이 더 나오고 나서 여자는 남자를 두고 나갔다. 헤어질 때 여자는 부드럽고 감동적인 키스를 선사했고, 남자는 적절하게 응답했다. 하지만 여자가 돌아섰을 때 남자의 얼굴은 돌변했다. 애정이 담뿍 담긴 표정은 간데

없고 승리자의 표정, 잔혹하다고 할 만한 표정이 나타났다. 데커의 눈엔 그렇게 보였다.

데커는 사람들과 부대끼는 걸 좋아하지 않았다. 혼자 있는 게 좋았고 시시껄렁한 잡담도 싫어했다. 더 이상 그런 것에 아무 의미도 느끼지 못했기 때문이다. 하지만 이건 일이다. 먹고살려면 해야 한다. 그래서 그는 마음을 다잡았다. 출근부에 도장을 찍을 시간이 온 것이다.

데커는 맥주잔을 들고 다가가 거대한 손을 남자의 어깨에 얹고는 의자에서 일어나려는 남자를 내리눌러 도로 앉혔다. 그는 남자의 맞은편에 앉은 뒤 남자가 손도 안 댄 위스키 사워를 쳐다보았다. 포식자는 사냥 중에 술을 마시지 않는 법이지. 그는 칭찬의 의미로 맥주잔을 들어올렸다.

"솜씨 좋던데. 진정한 선수를 만나면 참 반가워."

남자는 아무 말도 하지 않고 데커의 추레하고 비호감인 겉모습을 빤히 뜯어보았다. "형씨 나 아쇼?" 남자가 비아냥거렸다. "내가 알 만한 사람 같진 않은데."

데커는 한숨을 내쉬었다. 좀 더 독창적인 반응을 기대했건만, 너무 식상했다. "물론 댁이 날 알 필요는 없고, 그냥 이거나 봐."

그는 외투 주머니에서 마닐라 봉투를 꺼내 건넸다. 남자는 주저하다가 봉투를 집었다.

데커는 맥주를 한 모금 홀짝이고는 말했다. "열어봐."

"왜 그래야 하지?"

"싫으면 열지 마. 애쓸 거 없어."

데커는 봉투를 도로 받으려고 했지만 남자는 홱 빼내더니 봉투를 열고 안에서 사진들을 꺼냈다.

"사기꾼 헌장 제1조가 뭐냐, 뺀질이." 데커가 말했다. "본업 중에 부업을 하지 말라. 이러고도 네가 선수냐?"

데커가 손을 뻗어 맨 위 사진을 톡톡 두드렸다. "여자도 네놈도 벌거벗고 있잖아. 이러는 거, 남부에서는 대부분 불법이야."

남자가 경계하는 얼굴로 올려다보았다. "이거 어디서 났어?"

이번 질문 역시 데커를 실망시켰다. "자, 이제 협상을 해볼까? 대리인 자격으로 네놈한테 5만 달러 제안하지. 대신 넌 이 건에서 손을 떼고 다른 여자를 알아보는 거야. 다른 주에서."

남자는 씩 웃더니 사진들을 도로 쭉 밀어내고는 말했다. "내가 이것 때문에 정말 타격을 입는다면, 어째서 그 여자한테 이걸 보여주지 않지? 나한테 돈을 주겠다는 이유가 뭐야?"

데커는 다시 한숨을 쉬었다. 세 번째 실망이었다. 이제 보니 이 놈은 고수가 아니었다. 데커는 사진을 모아 봉투에 다시 넣었다.

"내 마음을 한번 읽어봐, 뺀질이. 이 여자 아버지한테 내가 뭐라고 말했을지. 내 말이 맞다는 걸 입증해줘서 고맙군. 그나저나 이 여자는 신앙심이 아주 깊어. 세 번째 사진에서 네가 하는 짓이 결정타가 될 거야. 당신 마누라 맞지? 마누라 하난 잘 뒀더군."

데커는 가려고 일어섰지만 남자가 데커의 팔을 붙잡았다. "당신 가만 안 둬." 남자가 말했다.

데커는 남자의 손가락을 잡고 뒤로 꺾었다. 남자는 숨을 컥 들이키더니 데커를 놓았다.

"난 너보다 두 배는 크고 몇 배는 더 야비하다고. 내가 하는 일에 반반한 얼굴은 필요 없어. 하지만 네놈은 필요하지. 내가 면상을 뭉개버린다면 장차 네 현금 흐름이 어찌 될까? 내 말 알아들어?"

남자는 하얗게 질려서 손가락을 부여잡고는 말했다. "돈 받을게."

"좋아. 나한테 2만 5천 달러 수표가 있어."

"5만 달러라며!"

"애초에 내가 제안했을 때 받아들였어야지. 그런데 그러지 않았잖아. 그래서 네 몫이 반으로 줄어든 거야."

"이 개새끼."

데커는 등을 뒤로 기대고는 주머니에서 종이를 한 장 꺼냈다. "비행기 표야. 편도. 최대한 여기서 멀리 떠나, 미국을 벗어나진 말고. 세 시간 안에 떠나. 그래야만 수표를 바꿀 수 있어. 확인해줄 사람 있으니까 엉뚱한 짓 하지 말고."

"수표는 어디 있지?" 남자가 요구했다.

데커는 또 다른 종이를 한 장 꺼냈다. "우선 여기에 서명해."

남자는 종이를 훑어보았다. "하지만 이건……."

"이건 여자가 다시는 네 생각을 못 하게 하기 위한 거야. 다시 여기로 기어 들어와서 수작을 부린다고 해도 어림없다는 뜻이지."

남자는 머리를 굴려 돌아가는 상황과 그 의미를 파악했다. "그러니까 지금 그 사진들이랑 내가 결혼했다는 사실을 쥐고 날 협박하는 거야? 내가 여기 서명하지 않으면 여자한테 사진을 보여주고 내가 결혼했다고 말해서 날 떼놓을 작정이고?"

"천재 나셨구만."

남자가 비웃었다. "이런 여자는 수십 번도 더 만나봤어. 훨씬 예쁜 여자도. 이 여잔 나랑 자고 싶어 해. 난 계속 미뤘지. 그 사진을 보면 알겠지만, 내 집엔 소 등심이 있어. 아무리 신탁자금이 딸려온다고 해도 왜 내가 햄버거에 정착하겠나? 이 여잔 아주 반푼이야. 좋은 날에만 예뻐 보여, 아버지 돈이 그렇게 많은데도."

"막스 씨는 애초에 당신 속을 훤히 꿰뚫어보고 있었어, 그 딸은 그렇지 않지만. 제니는 예전에도 당신 같은 쓰레기한테 속은 적이 있었지. 아무리 그래도 그런 얘기를 들을 만한 여자는 아니야."

데커는 제니 막스와 아는 사이도 아니었고 그녀의 연애사에 눈곱만큼도 관심이 없었다. 그저 뺀질이가 계속 입을 놀리게 자극하려고 한 말이었다. 계속 얘기해. 속내를 드러내라고.

"그런 얘기를 들을 만한 여자는 아니라고? 우라질, 그건 내 알 바 아냐. 난 제니 막스보다 더 나은 계집도 얼마든지 손에 넣을 수 있어. 이제 그 여자가 징징대는 소리는 안 들어도 되겠군."

"반푼이? 징징대는 소리? 정말이야? 대학도 나온 숙녀인데." 데커는 이미 얻을 만큼 얻어냈지만 슬슬 재미를 느끼기 시작했다.

"사실 반푼이도 아니야. 아주 등신 중의 등신이지."

됐어, 재미는 그만.

데커는 서명하지 않은 종이를 집어서 사진이 든 봉투 안에 끼워 넣었다. 그러고는 그것들을 외투 주머니 안에 모두 넣었다.

"뭐하는 거야?" 남자가 황당하다는 투로 말했다.

데커는 대꾸하지 않고 소형 녹음기를 꺼내 재생 버튼을 눌렀다.

"당신이 한 말을 들으면 제니가 아주 좋아하겠어." 데커가 말했다. "그나저나 어떤 햄버거야? 소고기? 유기농? 그냥 등신 중의 등신 햄버거인가?"

남자는 한 대 얻어맞은 듯 멍하니 앉아 있었다.

데커는 녹음기를 치우고 편도 비행기 표를 남자에게 내밀었다. "이건 줄게. 꼭 비행기에 타. 안 그랬다간 나보다 훨씬 더 큰 놈을 상대해야 할 거야. 그땐 손가락 부러지는 것만으로 끝나지 않아."

남자는 애처롭게 말했다. "한 푼도 안 준다는 얘기요?"

데커는 일어섰다. "다시 말해주지. 천재 나셨구만."

004

데커는 감방만 한 여관방 침대에 걸터앉아 있었다. 고객을 상대할 때는 여관 식당을 이용했다. 그가 내는 월세에는 뷔페식 아침 식사도 포함되어 있었는데, 여관 측 입장에서는 손해가 분명했다. 그가 음식들을 그릇째 자리로 들고 오곤 했기 때문이다. 포크 대신 굴착기를 써도 될 판이었다.

이제까지 데커는 인편을 통해 막스 씨에게서 수임료를 받아왔다. 그 갑부는 매번 못된 남자와 사랑에 빠지는 어리숙한 딸 문제로 고민하던 중 경찰에 근무하는 데커의 친구에게서 그를 소개받았다. 노인을 직접 만난 적은 없었고 늘 대리인과 밖에서 만났다. 상관없었다. 막스 씨는 아끼는 가구들을 더럽히고 싶지 않은 모양이라고 생각하고 말았다. 대리인과는 아침 식사가 나오는 식당 겸 술집에서 만났다. 수천 달러짜리 양복을 입은 젊은 얼간이 두 명은 공짜 커피를 마다했다. 바리스타가 반짝이는 작은 기계에서 뽑아낸 더블 에스프레소가 더 당기는 모양이었다. 두 사람은 자기들 커피가 얼마나 근사한지, 데커의 커피는 얼마나 후진지 정확히 안다는 표정을 짓고 있었다. 그래도 의뢰인을 만난다고 가장 좋은 셔츠를 골라 입은 건데. 그래봤자 딱 두 벌 있는 셔츠 중 더 나은 셔츠였지만.

막스 씨는 어린 딸의 목을 물고 늘어진 사기꾼을 쫓아내는 데 10만 달러까지 낼 용의가 있다고 했다. 데커는 놈의 실력을 파악하고 나서 노인의 대리인에게 그보다 훨씬 적은 돈으로 해결할 수 있다고 말했고, 그대로 해결했다. 편도 항공권 값만 들여서. 그렇다면 원래 생각했던 10만 달러에서 조금 떼어줄 법도 했는데, 그런 건 없었고 시간당 수당만 줬다. 그래도 애초에 비용을 두둑이 책정해서 단단히 받아 챙겼다. 물론 보너스가 있었다면 더 좋았겠지만, 부자가 괜히 부자가 아니다. 그래도 맡기를 잘한 사건이었다. 사기꾼이 사기당하는 꼴을 봤으니까. 게다가 제니 막스는 몇 달 뒤에 똑같은 상황에 다시 처할 테니 재의뢰도 보장되어 있다. 그때는 수임료를 단단히 청구할 생각이었다.

그는 방을 나와 여관 로비와 연결되는 식당으로 갔다. 이른 시각이라 팔순의 노파 준 말고는 아무도 없었다. 노파는 접시에 기름진 감자튀김을 퍼 담으며 인생의 황금기를 즐기고 있었다.

그도 접시에 음식을 담고 평소 앉는 자리에 앉았다. 포크가 입을 향해 중간쯤 올라갔을 때 그녀가 다가오는 게 보였다. 그녀는 마흔두 살로 그와 동갑내기였지만 실제보다 더 들어 보였다. 그런 직업을 가지고 있으면 감수해야 하는 부분이다. 그 역시 마찬가지고.

그는 시선과 포크를 아래로 떨어뜨리고 접시 여기저기 소금을 뿌려댔다. 산만 한 덩치가 쪼그라들어 단백질과 탄수화물 덩어리에 가려졌으면 좋겠다고 생각하면서.

"안녕, 에이머스."

안녕할 리가 있나.

그는 포크로 식은 달걀과 간 옥수수, 베이컨, 감자튀김, 케첩을 찍어 목구멍에 퍼 넣었다. 입을 벌리고 우적우적 씹었다. 이 꼴을 보고 그대로 뒤로 돌아 왔던 길로 나가라 하는 마음으로. 하지만 그런 행운이 있을 리가 없었다. 그녀가 그의 맞은편에 앉았다. 탁자는 작았고 그녀도 작았다. 반면 그는 거대했다. 가만히 있는 것만으로도 탁자의 대부분을 차지했다.

"어떻게 지내?" 그녀가 물었다.

그는 음식을 입안에 더 쑤셔 넣고 입술을 맞부딪쳐 쩝쩝 소리를 냈다. 올려다보지는 않았다. 봐서 뭐하겠나? 어차피 그녀에게서 원하는 말을 들을 리도 없는데.

그녀가 말했다. "계속 그런 식으로 나온다 이거지? 그럼 계속 기다리지 뭐. 남는 게 시간이야."

그는 결국 그녀를 쳐다보았다. 그녀는 꼬챙이처럼 말라 있었다. 허구한 날 음식 대신 담배와 껌으로 연명하니 그럴 만도 했다. 그가 지금 먹는 식사 한 끼가 그녀가 한 달 내내 먹은 양보다 많을지도 모른다. 머리카락은 창백한 금발이었고 피부는 주글주글하고 얼룩덜룩했다. 휘어진 코는 순경 시절에 주정꾼과 부딪쳤을 때 그리 된 거라고들 했다. 턱은 작고 뾰족해서 지나치게 커다란 입에 삼켜질 듯 보였고, 입속에는 들쑥날쑥한 치아가 동굴에 매달린 박쥐처럼 도사리고 있었다.

예쁜 여자는 아니다. 하지만 출중한 여자다. 예뻐서가 아니라 벌링턴 경찰서 최초의 여성 형사라는 점에서. 그가 아는 한 그녀는 아직도 최초이자 유일한 여성 형사다. 그리고 두 사람은 예전에 파트너였다. 함께 벌링턴 경찰서 사상 최고의 검거율과 유죄 선고율이라는 기록을 세웠다. 동료들은 두 사람을 대단하다고 생각하거나 너무 나댄다고 생각했다. 라이벌 형사들은 그들을 스타스키와 허치라고 불렀다. 데커는 자기가 스타스키와 허치 중 어느 쪽인지, 금발인지 갈색 머리인지 알 수 없었다.

"안녕, 메리 수전 랭커스터." 그가 말했다. 달리 뭘 어쩌겠나.

그녀는 씩 웃고는 손을 내밀어 그의 어깨를 쿡 찔렀다. 그는 살짝 찡그리며 슬며시 몸을 뺐지만 그녀는 알아채지 못했다. "네가 내 중간 이름을 알고 있는 줄은 몰랐네."

그는 음식을 내려다보았다. 잡담 한도 초과.

랭커스터는 데커를 훑어보다가 그가 밑바닥에서 구른다는 얘기가 틀린 말이 아니로구나 하고 깨닫는 듯했다. "어떻게 지냈는지 안 물을게, 에이머스. 별로 좋아 보이진 않네."

"그래도 요즘은 여기서 지내, 종이박스가 아니라." 그가 무뚝뚝하게 말했다.

그녀는 깜짝 놀란 표정으로 말했다. "미안, 그런 뜻으로 한 말은 아니었어."

"뭐 필요한 거 있어?" 그가 물었다. "나 바빠."

그녀가 고개를 끄덕였다. "그렇겠지. 너랑 얘기하려고 들렀어."

"누구랑 얘기하고 나서?"

"네가 여기 있는 거 어떻게 알았냐는 소리지?"

데커의 얼굴에 그렇다는 표정이 역력했다.

"친구의 친구한테 들었지."

"너한테 그렇게 친구가 많은 줄 몰랐네." 데커가 말했다. 웃자고 한 소리는 아니었고, 그도 웃지 않았다. 하지만 그녀는 냉랭한 분위기를 깨보려고 억지로 웃음을 짜내 킥킥거렸다.

"나 형사잖아. 다 알 수 있지. 벌링턴이 엄청 넓은 것도 아니고. 여긴 뉴욕이나 엘에이가 아니잖아."

그는 쩝쩝거리며 음식을 더 집어넣었다. 정신은 다시 채색된 숫자들과 머릿속의 시계를 헤매기 시작했다.

그녀는 그가 생각에 빠져드는 것을 눈치채고는 말했다. "네가 겪은 일들 정말 안타까워. 많은 걸 잃었지, 에이머스. 그런 일을 당할 사람이 아닌데. 다른 사람은 그래도 된다는 얘긴 아니지만."

그는 감정이 조금도 실리지 않은 얼굴로 그녀를 흘끔거렸다. 연민으로는 그의 관심을 끌 수 없다. 그는 연민을 바라지 않았다. 그의 마음이 연민이라는 감정을 더 이상 수용하지 않았다.

그녀는 그의 생각이 다시 떠나가고 있는 걸 감지하고 재빨리 말했다. "할 말도 있고 해서 왔어."

그는 그녀를 위아래로 훑어보다가 참지 못하고 말했다. "살 빠졌네. 거기서 이삼 킬로그램만 더 빠져도 큰일 나. 비타민 D 결핍도 의심된다."

"그걸 어떻게 알아?"

"들어올 때 뻣뻣하게 걷던데. 뼈가 쑤시는 건 전형적인 증상이지." 그는 그녀의 이마를 가리켰다. "그리고 밖은 추운데 이마에 땀이 흐르잖아. 그것도 전형적 증상이야. 게다가 의자에 앉고 나서 얼마 안 지났는데 다리를 꼬았다가 푼 게 벌써 다섯 번이야. 방광에 문제가 있다는 얘기지. 이것도 전형적인 증상이고."

그녀는 대단히 사적인 문제에 대해 지적을 당하고는 인상을 썼다. "뭐야, 의대에 입학하기라도 한 거야?"

"4년 전에 치과에서 기다리다가 잡지에서 읽었어."

그녀는 이마를 만졌다. "바깥 활동이 부족한 것 같긴 해."

"게다가 넌 줄담배를 피워대는데, 그것도 전혀 도움이 안 돼. 금연 보조제를 써봐. 비타민 D가 부족하면 탈 나. 그리고 담배 끊어. 금연 패치를 써보든지." 그는 시선을 낮추고는 그녀가 의자에 앉을 때 목격했던 그녀의 왼손을 다시 보았다. "왼손도 약간 떠네."

그녀는 오른손으로 왼손을 붙잡고 자기도 모르게 그 지점을 문질렀다. "신경성 같아."

"넌 왼손으로 사격하니까 검사해보든가 해."

그녀는 재킷 오른편 살짝 불룩한 부위, 허리띠 권총집에 든 권총을 흘끔 내려다보았다. 그러다 미소를 지었다. "나랑 셜록 홈즈 놀이 더 할 거야? 내 무릎 검사해 볼래? 내 손가락 끝 살펴볼래? 나 아침으로 뭐 먹었게?"

그는 커피를 일부러 오래 들이켰다. "그냥 검사해봐. 뭔가 나올지도 몰라. 단순한 경련이 아닐 수도 있어. 손과 눈부터 고장이 나는 법이니까. 초기 경고라고. 게다가 다음 달에는 총기 면허 갱신이 있잖아. 총 잡는 손이 정상이 아닌데 통과할까 모르겠네."

그녀의 미소가 사그라졌다. "그건 생각 안 해봤네. 그렇게, 고마워, 에이머스."

그는 음식을 내려다보다가 한숨을 쉬었다. 할 만큼 했다는 생각이 들었고 그만 가줬으면 싶었다. 눈을 감았다. 그대로 잠이 들 것 같았다.

그녀는 재킷 단추를 만지작거리며 그를 흘끔거렸다. 여기 온 진짜 이유를 터뜨리기 위한 준비였다.

"체포했어, 에이머스. 네 사건."

에이머스 데커는 눈을 떴다. 그리고 계속 뜨고 있었다.

005

데커는 두 손을 탁자 위에 올려놓았다. 그의 손이 동그랗게 말려 주먹으로 변하고, 엄지로 검지를 세차게 문질러서 자국이 생겼다.

"놈의 이름은?" 데커는 먹지 않아 수북히 쌓여 있는 스크램블드에그를 내려다보며 말했다.

"세바스찬 레오폴드. 흔치 않은 이름이지. 그렇지만 그놈이 그렇게 말했어."

데커는 다시 눈을 감고는 그가 '블랙박스'라고 부르는 머릿속의 영상 저장 장치를 켰다. 눈앞에서 형상들이 보기 어려울 만큼 빠르게 지나갔지만 그는 블랙박스 안의 모든 것들을 볼 수 있었다. 그는 두뇌 운동을 끝내고 나서 반대편으로 빠져나왔다. 일치하는 이름은 없었다. 그는 눈을 뜨고 머리를 절레절레 흔들었다. "들어본 적 없는 놈이야. 넌?"

"몰라. 그 이름은 놈이 말한 거야. 진짜 이름이 아닐 수도 있어."

"신분증도 없는 거야?"

"없어, 전혀. 노숙자인 것 같아."
"사진 돌렸어?"
"돌리는 중인데, 아직 뭐 나온 건 없어."
"어떻게 잡은 거야?"
"쉬웠어. 오늘 새벽 2시에 놈이 경찰서로 들어와서 자수했거든. 이렇게 쉽게 검거한 건 처음이지 뭐야. 방금 놈을 면담하고 왔어."
데커는 그녀를 쏘아보았다. "거의 16개월이나 지난 이 시점에 놈이 제 발로 와서 내가 세 명을 죽였소 하고 자백했다고?"
"알아, 흔치 않은 일이지."
"동기는?"
그녀는 불편한 표정을 지었다. "오늘은 예의상 미리 알려주려고 온 거야. 수사가 진행 중이라 다른 정보는 곤란해. 알잖아."
그는 탁자 반대편까지 거의 닿도록 몸을 내밀었다. 그러고는 그 옛날 경찰서에서 맞붙은 책상에 앉아 있을 때처럼 그녀를 물끄러미 바라보며 차분한 목소리로 말했다. "동기는?"
그녀는 한숨을 내쉰 다음 주머니에서 껌을 하나 꺼내 반으로 구부린 뒤 입에 던져 넣었다. 세 번 씹고 나서 그녀가 말했다. "레오폴드 말이, 네가 그 자식을 무시한 적이 있대. 자기를 열 받게 했다나 뭐라나."
"언제, 어디서?"
"세븐일레븐에서. 놈이 그 짓을 하기 한 달 전쯤에. 원한을 품었나 봐. 우리끼리 얘긴데, 그놈 제정신이 아닌 것 같다."
"어느 세븐일레븐?"
"뭐?"
"어느 세븐일레븐?"

"그게, 너희 집 근처겠지."

"14번가 드살레에 있는 거 말이야?"

"놈이 널 집까지 따라갔대. 그래서 사는 곳을 알아냈다더라."

"그럼 노숙자 주제에 자동차가 있다는 거네? 난 생전 거기 세븐일레븐까지 걸어서 간 적이 없어."

"당시에는 노숙자였는지 어땠는지 모르지만, 놈은 그냥 걸어갔대. 아직 모르는 게 너무 많아."

"식별 사진." 놈이 체포됐다면 사진과 지문이 있을 것이다.

그녀는 휴대폰을 들어서 사진을 보여주었다. 작은 화면에 한 남자의 얼굴이 있었다. 햇볕에 그을린 지저분한 얼굴. 부스스한 머리카락에 산발한 턱수염. 그런 점에서 레오폴드는 데커와 닮아 있었다. 그는 눈을 감았다. 머릿속의 블랙박스가 다시 작동했다. 하지만 끝까지 훑어도 역시나 일치하는 사람은 없었다.

"본 적 없는 놈이야."

"외모가 달라졌는지도 몰라."

그는 고개를 젓고는 말했다. "나이는?"

"가늠하기 어렵고 놈도 말을 안 해. 40대 초반 정도."

"체구는?"

"183센티미터에 77킬로그램."

"날씬해, 아님 통통해?"

"날씬해. 내 느낌으론 거의 꼬챙이처럼 말랐어."

"처남은 덩치가 나랑 비슷했고 건설 노동자였어. 트럭도 들어 올릴 남자였지. 그런데 레오폴드가 어떻게 일대일로 붙어서 처남을 제압했을까?"

"그건 수사 내용이야, 에이머스. 말 못 해."

그는 다시 그녀를 응시하면서 침묵으로 할 말을 대신했다.

그녀는 한숨을 쉬고는 맹렬히 껌을 씹고 나서 말했다. "놈의 말이, 너희 처남이 술에 취해서 식탁에 앉아 있었대. 놈이 오는 걸 못 봤다는군. 처남이 넌 줄 알았대. 뒤에서 보고."

"난 처남이랑 닮은 구석이 하나도 없어."

"뒤에서 봤다잖아, 에이머스. 그리고 이 레오폴드라는 놈, 또라이야. 나사가 빠진 놈이라고."

데커는 눈을 감았다. **그러니까 이 나사 빠진 또라이 놈이 처남을 처치하고 나서 위층으로 올라가 아내를 쏘고 딸 목을 졸랐다?**

그가 눈을 뜨자 랭커스터는 자리에서 일어섰다.

"물어볼 거 더 있어." 그가 말했다.

"난 더 대답할 거 없어. 여기 온 것만으로도 잘릴 수 있어. 너한테 이 얘기 한 건 말할 것도 없고. 알잖아."

그도 일어서서 그녀를 굽어보았다. "내가 가서 놈을 좀 봐야겠어."

"불가능해." 랭커스터는 걸음을 옮기려다 불룩한 그의 허리춤을 보았다. "그거 갖고 다녀?" 그녀는 믿기지 않는다는 투로 말했다.

그는 태연하게 말했다. "지급받은 무기는 그만둘 때 반납했어."

"그런 뜻이 아냐. 총은 누구나 살 수 있는 거니까. 다시 물을게. 그거 갖고 다녀?"

"그렇다고 해도 여기서는 불법이 아니잖아."

"총기 공개 휴대만 합법이지." 그녀가 지적했다. "경찰관이 아닌 이상 은닉 휴대는 불법이야."

"은닉 휴대 아니야. 너도 이거 보이잖아, 아니야? 거기 선 곳에서도 보이지?"

"그거랑은 달라, 에이머스. 너도 알잖아."

그는 두 손을 나란히 내밀었다. "그럼 수갑 채우든가. 경찰서로 데려가서 세바스찬 레오폴드랑 같은 감방에 넣어줘. 내 총은 압수해도 돼. 난 필요 없어."

그녀는 뒤로 물러났다. "떼쓰지 마. 우리가 처리하게 놔둬. 놈은 우리 수중에 있고, 여긴 사형 제도가 있어. 놈이 저지른 만큼 대가를 치르게 할 수 있다고."

"그래, 한 10년은 걸리겠지. 그동안 놈은 하루 세 끼 꼬박꼬박 나오는 침대 딸린 집에서 잘살 거고. 그리고 변호사가 놈이 미쳤다는 서류 작업만 제대로 해준다면 편안한 정신병원으로 도망쳐 책 읽고, 퍼즐 게임 하고, 상담 받고, 공짜 약물 치료를 받아가며 살게 될 테지. 지금 놈 처지에서는 감지덕지 아니겠어? 나라면 당장 그런 작전으로 나갈 거야."

"놈은 세 사람을 죽였다고 자백했어. 그렇게는 못 빠져나가."

"그놈 보게 해줘."

랭커스터는 돌아서서 종종걸음으로 걸어가버렸다. 그러다 다시 돌아서더니 으르렁댔다. "고맙다는 말도 안 하냐, 머저리 자식아!"

그는 그녀가 로비에서 사라질 때까지 바라보았다. 그러고는 탁자 앞에 다시 앉았다. 오늘 아침 눈을 떴을 때만 해도 그에게 인생의 목표는 전혀 없었다. 내일 아침까지 살아가는 것밖에는. 그런데 모든 것이 바뀌어버렸다.

006

데커는 방으로 돌아가서 휴대폰을 꺼냈다. 뉴스피드를 살펴봤지만 레오폴드 검거에 대해서는 함구령이 내렸는지 아무것도 찾을 수 없었다. 인터넷에서 그 이름을 검색해보았지만 일치하는 결과는 몇 개뿐이었고 그나마도 동명이인임이 분명했다.

레오폴드는 제 발로 찾아와 세 사람을 죽였다고 자백했다. 정신이상으로 감형을 받는다고 해도 평생 안에서 썩어야 한다. 과연 그자가 진범일까? 정말 그자가 그랬을까? 진위는 어렵지 않게 가려질 것이다. 경찰은 범죄 사건에 대한 구체적인 내용은 상당 부분 공개하지 않는다. 레오폴드라는 자를 취조하면 그자가 진범인지 아닌지 금세 간파할 수 있다.

레오폴드가 진범이라면 어떡해야 할까? 사법제도를 무시하고 놈을 죽여야 할까? 그렇다면 그는 감옥에서 인생을 마감하게 될 것이다. 하지만 진범이 아니라면? 그렇다면 길은 여러 개다.

당장은 뾰족한 수가 없다. 적어도 확실한 방도는. 수사 결과에 따라 레오폴드는 정식으로 기소되거나 풀려날 것이다. 그 후에는 재판이 열릴 테지만, 놈이 형량을 줄이는 대신 유죄 협상을 받아들이면 재판은 없을지도 모른다. 좋은 변호사를 선임할 돈이 없거나 정말로 죄가 있거나 혹은 둘 다라면 피의자는 유죄 협상을 한다. 부자들은 항상 끝까지 싸운다.

하지만 이번에 기소 측은 유죄 협상을 제안하지 않을 것이다. 큰 건 하나 낚았다고 생각하며 놈을 성과 올리기에 이용하려 들 것이다. 그럴 경우 데커는 매일 법정에 나갈 생각이었다. 처음부터 끝까지. 놈을 보고 싶었다. 놈의 냄새를 맡고 싶었다. 어떤 놈인지 가늠해보고 싶었다.

그는 침대에 등을 대고 누웠다. 자는 것처럼 보였지만 전혀 그렇지 않았다. 그는 기억을 더듬고 있었다. 과거의 자신을 돌이켜보고 지금의 자신을 생각했다. 자주 하는 일, 원하지 않아도 저절로 하게 되는 일이었다. 그에게는 선택권이 없었다. 선택권은 그의 두뇌가 쥐고 있었다.

나는 에이머스 데커다. 마흔두 살인데 열 살은 더 들어 보인다(그나마 상태가 괜찮은 날에. 지난 479일 동안 괜찮은 날은 거의 없었지만). 심적으로는 100년도 더 산 것 같다. 한때 형사였지만 더 이상은 아니다.

나는 과잉기억증후군을 앓고 있다. 아무것도 잊지 못한다는 뜻이다. 무슨 훈련을 통해 카드 한 벌의 순서를 외울 수 있게 되었다든가 하는 차원이 아니다. 고도로 활성화된 두뇌가 누구나 가지고 있으나 사용하지 않는 능력을 잠금 해제시킨 것이다. 게다가 감각 신경의 통로들이 교차했는지 숫자와 색깔이 연결됐고 시간도 그림처럼 눈에 보인다. 색깔들이 불쑥불쑥 생각 속으로 끼어든다. 나 같은 사람들을 '공감각자'라고

부른다. 나는 숫자와 색깔을 연결 지어 생각하고 시간을 '본다'. 사람이나 사물을 색깔로 인식한다.
공감각자들은 상당수 자폐증이나 아스퍼거증후군 환자이기도 하다. 나는 아니지만. 하지만 누군가 내 몸을 건드리는 건 싫어한다. 그리고 농담은 취급하지 않는다. 아마도 웃을 의욕이 없기 때문일 것이다.
나도 한때는 평범했었다. 평범한 부류의 인간이었다.
하지만 지금은 아니다.

전화기가 진동했다. 그는 화면을 쳐다보았다. 모르는 번호였다. 사설탐정 일을 시작할 때 그는 여기저기 번호를 뿌려두었다. 지금은 일에 신경 쓰고 싶지 않았지만 새로운 고객을 무시할 수는 없었다. 이 골방에서마저 쫓겨나면 종이박스로 돌아가야 한다. 게다가 겨울이 다가오고 있다. 체온 유지를 위해 아무리 많은 지방을 몸에 장착했다고 해도 종이박스보다야 단단한 지붕이 낫다.

"데커입니다." 그가 대답했다.

"데커 씨, 저는《뉴스리더》의 알렉산드라 재미슨이라고 해요. 데커 씨 가족이 관련된 사건에 최근에 진전이 있었는데, 거기에 대해 몇 가지 묻고 싶어서요."

"이 번호는 어떻게 알았습니까?"

"친구의 친구한테 들었죠."

"그 말은 오늘만 벌써 두 번째 듣네. 이런 취재 달갑지 않아요."

"데커 씨, 벌써 16개월이 지났어요. 경찰이 드디어 체포를 했는데 심정이 어떠신가요?"

"체포한 건 또 어찌 알았죠?"

"경찰서에 출입하니까요. 그쪽으로 인맥이 좀 있죠. 확실한 정보통한테서 용의자가 구류 중이라는 말을 들었어요. 더 아는 거 있으세요? 만약 아시면…….”

데커가 통화 종료 버튼을 누르자 여자의 목소리가 뚝 끊겼다. 즉시 전화기가 다시 울렸지만 그는 아예 전원을 꺼버렸다. 그는 형사 시절부터 언론을 좋아하지 않았다. 그때는 소소하게 이용 가치라도 있었지만 사설탐정이 된 지금은 언론 쪽 인간들은 아무짝에도 쓸모가 없었다. 그 인간들에게 그의 가족이 연관된 사건에 대해 어떤 정보나 도움도 줄 생각이 없었다.

그는 여관을 나와 모퉁이에서 버스를 타고 가다가 다른 버스로 갈아타고 시내로 들어갔다. 들쭉날쭉 고만고만한 건물들 사이로 고층빌딩이 몇몇 섞여 있었다. 일부는 외관이 멋졌지만 나머지는 그렇지 않았다. 거리가 반듯반듯 격자무늬로 펼쳐지고 간선도로가 쭉 뻗어나갔다. 그는 시내에서 많은 시간을 보낸 적이 없었다. 범죄는, 적어도 중범죄는 북쪽 변두리나 교외에서 발생하니까. 하지만 그가 일하던 관할 경찰서와 구치소는 바로 여기, 도심 정중앙에 있었다.

그는 거리에 서서 아주 오랫동안 날마다 들락거렸던 맞은편 건물을 물끄러미 바라보았다. 제2관할서. 제1관할서가 화재로 소실됐기 때문에 사실상 제1관할서지만 아무도 번호를 다시 매기는 수고를 하지 않았다. 그런 건 예산에 책정되지 않는 모양이다. 건물 이름은 40년 전쯤 이름을 떨쳤던 당시 경찰서장 월터 제임스 오말리의 이름을 따 붙여졌다. 서장은 술집 밖에서 정부를 끼고 있다가 돌연사했는데, 그 사실이 건물에 그의 이름이 붙는 데 걸림돌이 되지는 않았다.

그가 쓰던 자리는 3층에 있다. 밖을 내다보곤 하던 창문이 보였다. 좁아터진 사무실에서 랭커스터와 마주보고 있지 않을 때는 저 창문 밖을 내다보곤 했다. 유치장은 지하에, 거리와 맞닿은 곳에 위치해 있다. 겨우 15미터 떨어진 곳에 세바스찬 레오폴드가 있다는 뜻이다. 가족의 살인자와 이렇게 가까이 있는 것은 처음이었다. 그가 세븐일레븐에서 놈을 무시했다던 그때를 빼고는.

돌아서자 아는 얼굴들이 보였다. 평상복 차림 둘, 제복 차림 하나. 경찰서를 떠난 후 그의 외모가 급격히 변하긴 했지만 그들이 그를 못 알아볼 리 없다. 그는 골목 안으로 들어가서 벽에 등을 기댔다. 불안감이 치솟았다. 두통이 일었다가 사라졌다. 두뇌가 피로감을 느꼈다. 멈출 줄을 모르니 그럴 만도 했다. 그의 두뇌는 잠잘 때도 쉬지 않는다. 꼭 무의식마저 의식인 것처럼. 그는 아무것도 잊지 못하지만, 과거의 자신이 어떤 사람이었는지는 잘 기억나지 않았다. 어쩌다가 이렇게 됐는지도 알 수 없었다.

그는 눈을 감았다. 그 '재능'이 생긴 건 스물두 살 때였다. 그는 중간급 미식축구 선수로 대학을 졸업한 뒤 성적이 시원찮은 프로팀에 입단해서 투지를 불태웠다. 엉덩이에 땀이 나도록 뛰어다니며 프리시즌을 치르고 최종 선발 과정을 통과한 뒤 시즌 첫 경기장에 발을 디뎠다. 그의 임무는 간단했다. 몸이 부서져라 뛰면서 상대 팀을 휘저어 혼란을 주고 동료들을 위해 틈을 만들어주는 것. 죽어라 경기장을 뛰어다닌 결과 방어선이 무너질 기미가 보였다. 어찌나 열심히 뛰었는지 코에서는 콧물이, 입에서는 침이 흘러 바람에 날렸다. 그는 생각했다. 평생 번 돈보다 더 많은 돈을 벌 거야. 벌고 말 거야. 몇 놈 더 때려눕혀야지, 완전히 뻗어버리게.

그것을 끝으로 데커는 그날의 기억을 잃었다. 루이지애나 주립대 출신의 신인 드웨인 라크루아는 그보다 키는 10센티미터나 작고 몸무게는 20킬로그램 이상 가벼웠지만 만만치 않은 상대였다. 그날 라크루아는 데커가 평생 처음 겪는 강한 힘으로 그를 쳐서 기절시켰다. 업계에서 흔히 쓰는 말로, 완전히 골로 보내버린 것이다. 라크루아는 4년 뒤 양쪽 무릎 연골이 다 닳고 왼쪽 어깨는 깎이고 깎여 뼈만 앙상해져서는 텅 빈 계좌만 가지고 프로에서 퇴출당할 운명이었다. 지금은 무슨 범죄를 저질러서 감옥에 수감돼 있다는데, 조만간이든 먼 훗날이든 거기서 생을 마감하게 될 것이다. 하지만 그날 라크루아는 무리를 지배하는 수탉처럼 주먹을 휘두르며 의기양양하게 걸어가버렸고, 데커는 의식 없이 경기장에 누워 있었다.

그 후 그의 삶은 뒤바뀌었다. 송두리째.

007

눈을 떴을 때는 거리 저편에서 소란이 일어나고 있었다. 자동차들이 끽끽 소리를 내며 정차하고 문이 벌컥벌컥 열렸다. 사이렌이 울렸다. 고함소리, 금속성 물체가 짤랑대는 소리, 육중한 부츠발들이 콘크리트 바닥에 부딪치는 소리.

그는 골목을 벗어나 거리 맞은편을 보았다. 순찰차들이 사이렌 소리를 내지르며 지하 주차장에서 쏟아져 나왔다. 정문에서는 제복 경찰관과 사복 형사 들이 우르르 뛰어나와 각자 차로 달려갔다. 덩치 큰 경찰특공대 트럭이 경찰서 거리의 샛길을 따라 움직이다가 코너를 돌았다. 도로를 질주하는 쇠 코뿔소 같았다.

데커는 그쪽으로 슬금슬금 다가가 생업을 팽개치고 뛰쳐나온 구경꾼 무리에 끼었다. 무슨 일인지 아는 사람이 있나 싶어 사람들의 말을 들어보았지만 모두들 영문은 모르고 그저 놀란 듯했다.

서둘러 거리를 건너간 데커는 경찰서에서 나오던 남자와 마주쳤다. "피트?" 데커가 말했다.

남자의 양복 소매에는 얼룩이 묻어 있었다. 60대 초반, 은퇴를 앞둔 나이에 약간 구부정한 체구, 뒤로 빗어 넘긴 반백의 머리. 피트 루크는 걸음을 멈추고 데커를 올려다보았다. 그러고는 매그넘 권총을 꺼내 점검하며 물었다. “에이머스, 여기서 뭐하는 거야?”

“그냥 지나가던 길이에요. 무슨 일입니까?”

피트는 낯빛이 하얗게 질려 있었다. “맨스필드 고등학교에 사이코가 나타났나 봐. 잔뜩 무장하고 들어가서 난사했대. 시체가 널렸다는군. 대부분 아이들이야. 나 가봐야 해.” 그러다 갑자기 흑 하고 울음을 터뜨렸다. “젠장, 손자 놈이 거기 다녀. 이제 겨우 1학년인데. 설마 그 애는…….”

그는 돌아서서 연갈색 말리부 쪽으로 비틀비틀 가서는 쓰러지듯 운전석에 타고 도로를 박차며 떠났다. 데커는 차 뒤꽁무니를 바라보았다. 고등학교에서 총격 사건이 일어나서 경찰 분대 전체가 출동한 건가? 맨스필드 고등학교. 까마득한 옛날 그가 다녔던 곳이다.

주변을 둘러보는 사이 사이렌 소리가 잦아들었다. 모여 있던 구경꾼들이 각자의 일터로 흩어졌다. 남은 사람들은 휴대전화로 뉴스를 검색하고 있었다. 그도 검색해보았지만 아직 별다른 소식은 없었다. 지금 막 발생한 사건이다. 하지만 뉴스는 곧 빠르게 퍼져나가 계속 회자될 것이다. 다른 총격 사건이 발생할 때까지.

데커는 경찰서 정문을 바라보았다. 건물 안에 인원이 얼마나 남아 있을까? 유치장에 중요한 피의자가 있으니 몇 명은 남겨두었을 것이다. 그는 허리띠의 불룩한 총을 만져보았다. 이 총은 걸릴 게 분명하다. 정문 바로 안쪽에 자기 탐지기가 있다. 그는 두리번거리다가 건물 옆 쓰레기통을 발견했다. 그쪽으로 건너가 뚜껑을 열어

보니 4분의 1도 안 차 있었다. 여기 쓰레기는 주말이 되기 전까지는 수거되지 않는다. 쓰레기 더미에는 넝마가 하나 얹혀 있었다. 그는 총을 꺼내 넝마에 둘둘 만 다음 쓰레기통에 집어넣었다.

그는 자신의 옷차림을 내려다보았다. 이것도 문제다. 주변을 둘러보니 그 가게가 보였다. 아주 오래전에 몇 가지 물건을 샀던 가게였다.

그래디의 큰 옷 전문 가게.

그는 신용카드를 꺼냈다. 한도는 아주 낮지만, 이걸로 충분할 것이다.

그가 들어가자 문에 달린 종이 딸랑거렸다. 옷을 잘 차려입은 둥실둥실한 남자가 그에게 다가오다가 얼른 한 발 물러났다. "뭘 도와드릴까요?" 데커가 노숙자나 강도가 아닐까 의심하는 눈치였다.

데커는 경찰서 쪽을 흘끔거리며 지갑을 꺼내 사설탐정 배지를 일부러 슬쩍만 보여주었다. 그는 거짓말에 능숙하지 못했다. 충돌 사고 이후로는 그나마 있던 사교성마저 줄어들어서 사실을 있는 그대로 말하지 않는 게 더 힘이 들었다. 하지만 범죄 세계의 틈을 파고들던 전직 경찰의 연륜으로 어떻게든 어물쩍 넘어가야 한다. 그리고 현직 사설탐정으로서는 허튼소리도 지껄일 줄 알아야 한다. 그렇지 않으면 이쪽 일은 아예 할 수가 없다.

거짓말을 하는 거야, 완벽하게.

그는 남자에게 말했다. "장기 임무를 마쳤어요. 일부러 추레한 꼴로 다녔죠. 쥐를 잡으려면 쥐처럼 보여야 해서. 이제 문명사회로 돌아갈 시간이군요. 아시죠?"

남자는 데커의 시선을 좇아 경찰서를 보고는 고개를 끄덕였다. 그가 긴장을 풀었다. 미소까지 지었다. "손님 같은 분이 처음은 아니에요. 벌링턴 경찰서에서 나온 손님들이야 여기 많이 오시죠."

"전에도 여기서 쇼핑한 적 있어요." 데커가 말했다.

"네, 기억나요." 남자가 거짓말을 했다.

데커는 재빨리 쇼핑을 했다. 54인치짜리 긴 재킷, 48인치인데도 꼭 맞는 바지. 몸매가 엉망인 남자들이 으레 그렇게 하듯 불룩한 배를 허리춤 위로 내놓았다. 벨트는 사지 않기로 했다. 바지가 내려갈 염려는 없으니까. 그의 긴 다리에 맞는 바지를 살 수 있어 다행이었다. 엄청나게 큰 셔츠 하나. 싸지만 괜찮은 넥타이. 320짜리 인조 가죽 신발. 발이 너무 꽉 꼈지만 상관없었다.

"빗이랑 전기면도기는 없어요?" 데커는 거울을 보며 물었다.

"저기 욕실 용품 쪽에 있어요."

"서류가방은?"

"여기, 잡화 쪽에."

그는 신용카드로 모두 계산했다. 데커의 요청에 점원은 카운터 뒤 사무용품 박스 안에서 줄 쳐진 공책 한 권과 펜 몇 자루를 꺼내 덤으로 주었다.

"예산이 자꾸 삭감되네요." 데커가 설명했다. "펜 한 자루도 못 사주면서 어떻게 사람들을 보호하라는 건지 원."

"부끄러운 일이네요." 남자가 말했다. "말세야 말세. 넥타이 클립이나 손수건은 관심 없으시고?"

데커는 전부 들고 화장실로 가서 세면대에서 몸을 씻은 다음 구입한 땀 억제제를 뿌렸다. 수염은 턱과 아래턱, 입술 위만 짧게 남기고 대부분 깎아냈다. 머리카락도 다듬고 단정하게 매만졌다. 새 옷과 새 신발로 갈아입은 뒤 헌것들은 비닐봉지 안에 넣었다. 그러고는 봉지를 들고 밖으로 나가서 경찰서로 돌아갔다. 넥타이 때문에 목이 갑갑했다. 바람이 시원하고 땀 억제제까지 뿌렸는데도 겨드랑이 밑이 벌써 축축해지고 있었다. 하지만 겉으로 보면 전혀 다른 사람 같았다. 경찰이었을 때도 이렇게 점잖게 보인 적은 없었다.

그는 쓰레기통을 열고 옷가지가 든 봉지를 권총 옆에 넣고는 경찰서 계단을 올라갔다. 어리석은 짓이라는 건 알고 있었다. 미친 짓이었다. 경찰을 그만둔 지 그리 오래된 게 아니라 언제라도 피트루크 같은 사람들에게 발각될 수 있었다. 하지만 그는 눈곱만큼도 개의치 않았다. 이건 어쩌면 단 한 번뿐인 기회고, 그는 이 기회를 잡을 생각이었다.

그는 자기 탐지기를 통과했다. 젊은 경찰이 로비에 서서 출입구를 지키고 있었다. 데커는 그 경찰을 몰랐고 그 경찰도 데커를 몰랐다. 잘 되어가고 있었다. 그는 안내 데스크로 건너갔다. 거기 앉아 있는 나이든 여자는 민간인이 분명했다. 제복 경찰을 안내 데스크에 앉혀두는 것은 현명한 인력 배치가 아니다. 뭐라고 둘러대야 할지가 머릿속에 떠올랐다. 데커는 여자를 내려다보았다. 여자가 그를 올려다보았다. 여자의 눈이 둥그레졌다.

"뭘 도와드릴까요?" 여자가 물었다.

"유치장에 갇힌 사람 있죠? 세바스찬 레오폴드라고."

그녀는 어리둥절해서 눈을 깜빡거렸다. "무슨 말씀이신지……."

"그 사람이랑 얘기를 하고 싶은데요."

"그런데 누구시죠?"

"그 사람 변호사가 필요할 거예요. 아직 대리인이 임명되지 않은 걸로 아는데요."

"글쎄요……."

"수정헌법 제6조, 공정한 재판을 받을 권리. 거부하시면 안 됩니다. 그냥 몇 분 정도 면담하면 됩니다."

"전화를 해봐야겠는데요."

"정 그래야 한다면 그러세요. 그런데 지금 여기 상황이 긴박한 것 같은데요. 만약 담당자가 없으면, 그냥 몇 분만 얘기하게 해주세요."

데커는 서류가방을 들어 여자에게 보여주고는 옆쪽을 톡톡 쳤다. "그 사람, 기소 인부 절차를 앞두고 있어요. 유죄 협상 준비를 해야 할 겁니다. 제가 몇 가지 제안을 가져왔어요."

"앉아서 좀 기다려보세요."

데커는 로비의 경찰관 쪽을 쳐다보았다. 그도 데커를 쳐다보고 있었다. 조짐이 좋지 않았다. 데커는 돈을 꽤 많이 썼는데도 차림새가 별로 변호사 같지 않다고 생각하며 벽에 붙은 의자에 앉아 기다렸다. 여자는 수화기를 들고 천천히, 아주 느릿느릿 숫자를 눌렀다.

숫자. 숫자가 문제다.

숫자들은 그에게 최면을 걸어 가고 싶지 않은 곳으로 그를 데려갔다. 안 돼. 데커는 눈을 감았다. 그의 마음은 빙글빙글 돌아 예전으로, 예전 그날로 돌아갔다. 그의 인생이 영원히 바뀌어버린 그 순간으로.

008

나중에 들은 바로는, 그 충돌 장면이 텔레비전과 라디오에서 방송될 때마다 사람들은 열광했다고 한다. 내 헬멧은 1.5미터쯤 날아가서 2미터를 더 굴러가다가 심판 발치에서 멈췄다. 심판은 헬멧을 줍고는 혹시 내 머리가 들어 있나 싶어 헬멧 안을 들여다보았다. 그때 아마도 내 뇌는 두개골에 부딪치고 튕기기를 여러 번 반복했을 것이다. 목이 부러질 때까지 창문에 몸을 들이박는 새처럼.

방송에서 그 장면을 반복해서 보여줄 때마다 군중은 신이 나서 환호성을 질렀다. 그러나 다음 순간 사람들은 환호성을 멈췄다. 내가 일어나지 않았기 때문이다. 누군가 내가 숨을 쉬지 않는다는 걸 눈치챘다. 수석 트레이너가 내 가슴을 퍽퍽 치다가 입에 공기를 불어넣기를 반복했다. 나중에 듣기로는, 내가 그 자리에서 두 번 죽었고 그때마다 그가 다시 살려냈다고 한다. 그는 내 귀에 대고 소리쳤다. "정신 차려, 95번. 제발 정신 차려." 당시 나는 정말로 별 볼 일 없는 놈이었던 터라 그는 내 이름도 몰랐다. 프로 선수로서 내 입지라는 것은 고작 가슴에 새겨

진 9라는 숫자와 5라는 숫자뿐이었다. 9와 5. 각각 바이올렛색과 갈색에 해당된다.

그 사건은 내 두뇌를 갈아엎고 모든 걸 송두리째 바꿔놓았다. 나는 두 번 죽었다가 근본적으로 다른 사람이 되어 깨어났다. 그리고 오랫동안, 그게 내 인생 최악의 사건이라고 생각했다. 그러나 그날 밤 푸른 형광빛에 둘러싸인 시체 세 구를 보았을 때, 그 사건은 최악의 사건 목록에서 2위로 밀려났다.

"여보세요, 선생님? 선생님?"

데커는 눈을 떴다. 여자가 그를 물끄러미 내려다보고 있었다. 아까의 노부인이 아니라 훨씬 젊은 여자였는데, 20대 후반 정도에 까만 바지와 위쪽 단추 두 개를 연 연파랑 블라우스 차림이었다. 화사한 안색에 긍정적이고 효율적인 인상이었다. 갓 들어온 신참일 거라고 그는 생각했다. 앞으로 1년만 지나면 이런 모습은 온데간데없을 것이다. 아니, 6개월만 지나도. 하루 종일 진상들을 대하다 보면 땡볕 아래에서 일하는 것보다 더 빨리 늙게 된다. 여자의 옆구리께에서 끈에 매달린 신분증이 흔들렸다. 샐리 브리머. 홍보부. 그가 그만두고 나서 들어온 직원이다. 운이 따라주고 있었다.

거짓말을 하는 거야, 완벽하게. 말 한마디 한마디가 중요해. 나중에 관계자들 귀에 들어갈 테니까. 자, 시작.

그는 일어서서 손을 내밀었다. "네, 브리머 씨?"

그들은 악수를 나누었다. 그녀의 손이 그의 손에 묻혀 사라졌다. 그는 그녀가 그의 축축한 손바닥을 수상쩍게 여기지 않기를 기도했다.

그녀가 말했다. "세바스찬 레오폴드를 만나러 오신 분 맞나요?"

"맞습니다. 그 사람은 법률 자문이 필요하거든요."

"그런데 누구한테 듣고 오신 거죠?"

데커는 가슴속에서 불안이 피어올라 순식간에 그의 머릿속을 지배하려는 것을 가까스로 억누르고 말했다. "《뉴스리더》의 알렉스 재미슨 씨랑 아는 사이입니다. 들어보셨죠?"

"네, 그럼요. 멋진 분이죠. 그분이라면 이 정도는 알고 계시겠네요. 변호사시라고요?"

그는 그녀에게 어느 사무실의 주소가 적힌 명함을 보여주었다. 실은 거리 맞은편 어느 법률 회사의 명함이었다.

그녀는 명함을 들여다보고는 돌려주었다. "여긴 지금 비상 상황이에요."

"들었습니다. 들어오는 길에 피트 루크가 얘기해주더군요. 맨스필드 고등학교. 그분 손자가 거기 다니잖아요. 아이가 괜찮아야 할 텐데."

"피트랑 아는 사이세요?"

"그분과는 알고 지낸 지 오래됐습니다, 브리머 씨."

그녀는 한숨을 내쉬고는 주변을 둘러보았다. "저는 책임자가 아니라서 이 문제를 결정하기 힘들어요."

"나중에 다시 와도 됩니다." 그녀가 이 제안을 덥석 받아들이기 전에 그는 얼른 덧붙였다. "하지만 레오폴드는 48시간 내에 기소인부 절차를 밟아야 해요. 아니면 풀려나게 됩니다. 그런 일이 생겨서는 안 되겠지요."

"그럼요, 그래서는 안 되죠. 그러면 정말……."

적당한 말들이 데커의 머릿속을 지나갔다. 그는 텔레프롬프터처럼 떠오르는 말들을 읽었다. "변호사 없이, 혹은 제대로 준비가 안

된 변호사를 붙여서 기소 인부 절차를 밟으면, 법적으로 문제가 생겨 똥줄 타는 수가 있어요. 험한 말 죄송합니다. 그런 일은 원치 않으시겠지요. 법을 준수하는 시민이라면."

그가 장광설을 늘어놓자 그녀는 고개를 끄덕이기 시작했다. "몇 분이면 되는 거죠?"

"충분합니다." 그가 말했다.

거짓말을 할수록 불안감이 커졌다. 깊게 숨을 들이마시고는 치미는 담즙을 목구멍 아래로 삼키고 숨을 토해냈다. "정말 잠깐이면 됩니다." 그가 말했다. "일이 끝나면 바로 갈 거예요. 그럼 그 사람도 나중에 불평 못 할 거고요." 데커의 마지막 말은 진심이었다.

"그 사람 뭘로 기소되는지 알죠?" 그녀가 물었다.

"네, 잘 알고 있습니다. 하지만 아무리 극악무도한 짓을 저질렀어도 변호받을 권리는 있잖아요. 유죄가 떨어지면 사형 집행을 하더라도 우리 쪽에선 일절 불평하지 않겠습니다. 그건 약속드리죠."

마침내 그녀의 망설임은 흘러 사라졌다.

"알았어요, 따라오세요."

그는 그녀를 따라갔다.

009

홀 모퉁이를 돌자 놈이, 쥐덫에 갇힌 쥐새끼가 있었다. 적어도 데커의 눈에는 그렇게 보였다. 브리머는 데커와 레오폴드를 차례로 쳐다보았다.

"이 사람이에요. 15분 드릴게요, 그 이상은 안 돼요."

"그거면 됩니다." 데커가 대답했다.

간수가 있었다. 역시 데커가 모르는 남자였다. 그는 경찰 생활 10년 동안 간수들과 어울린 적이 별로 없었다.

"문 열어주세요." 브리머가 간수에게 말했다.

문이 열렸다. 데커는 유치장 안으로 들어가 레오폴드를 내려다보았다. 놈은 침대에 고양이처럼 앉아 있었다.

브리머가 말했다. "15분이에요, 아시겠죠?"

데커는 그녀를 쳐다보지 않고 고개만 끄덕였다. 간수가 복도 끝에 놓인 책상으로 돌아가자 그는 앞으로 나아가서 놈에게 정신을 집중했다. 세바스찬 레오폴드는 랭커스터의 말을 듣고 예상한 것보다 그리 크지는 않았다.

아니면 내가 훨씬 더 커졌든가.

놈은 오렌지색 죄수복을 입고, 손발에는 수갑과 족쇄를 차고, 허리는 벽에 고정된 쇠줄에 묶여 있었다. 김이 샜다. 놈이 덤벼들면 정당방위로 죽여버릴 수 있을 텐데. 놈이 고개를 돌렸다. 데커는 레오폴드가 알아볼 경우를 대비해 마음의 준비를 했다. 하지만 그런 일은 없었다. 이상했다. 데커가 놈을 심하게 무시했고, 놈은 그에 대한 복수로 데커의 가족을 몰살하기까지 했는데.

놈은 두 눈에 핏발이 서 있고 동공은 팽창되어 있었다. 아마 소변 검사와 약물 검사를 받고, 볼 안쪽에서 디엔에이 채취를 당하고, 음주 여부 검사까지 받았을 것이다. 반소매 점프슈트 때문에 팔뚝이 드러나 있었는데, 오른팔에 쌍둥이 돌고래 문신이 있었다. 흥미로웠다. 그리고 주사 바늘 자국들이 연달아 나 있었다. 비교적 최근에 생긴 것들로 보였다. 유유히 걸어 들어와 세 명을 죽였다고 자백하기 전에 약이라도 한 대 맞고 온 걸까? 그런 짓을 하려면 제정신으로는 안 될 텐데. 왼손 한 손가락의 첫째 마디는 잘려나가고 없었다. 얼굴에 흉터 하나, 왼쪽으로 10도쯤 기운 망가진 코, 억세 보이는 굳은살투성이 손. 육체노동자가 분명했다.

이게 나한테서 몰리를 빼앗아간 손일까?

"레오폴드 씨?" 그가 말했다.

레오폴드는 멍하니 데커를 쳐다보기만 했다. 여전히 알아보는 기색은 없었다. 턱수염과 머리카락을 잘라내고 다듬은 데커는 17개월 전 형사였을 때, 세븐일레븐에서 레오폴드를 무시했을 것으로 추정되는 당시와 비슷해 보일 것이다. 데커는 놈의 얼굴을 응시하며 머릿속 블랙박스를 켰다. 영상이 휙휙 지나가며 그가 놈과 조

우했을 것으로 추정되는 시점으로 돌아갔다. 살인 사건이 일어나기 한 달 전이라고 랭커스터는 말했다. 데커는 그날을 기점으로 전후 일주일씩을 확인했다.

장면들이 시간 단위로, 분 단위로 휙휙 지나갔다. 그 시기에 데커는 거기 세븐일레븐을 세 번 방문했다. 세바스찬 레오폴드는 거기 없었다.

데커는 블랙박스를 끄고 벽에 붙은 의자에 앉았다. 그가 나지막이 말했다. "레오폴드 씨, 절 알아보시겠습니까?"

레오폴드는 귀를 기울이는 듯 보였지만 실제로는 듣고 있지 않았다.

"나를 알아보겠냐고요."

레오폴드는 머리를 한 번 흔들었다. 그는 양손을 앞에 내밀고 이상한 모양으로 움직이고 있었다. 뭔가를 그리고 있는 것 같았다.

"당신은 변호인이 필요해요." 데커는 그렇게 말하고는 서류가방을 톡톡 두드렸다.

레오폴드는 손짓을 그만두고 고개를 끄덕였다. 데커는 공책과 펜을 꺼냈다. "그날 밤 일어난 일에 대해 말해볼래요?"

"왜요?"

그 목소리에 실린 의외의 신중함에 데커는 살짝 놀랐다. 그는 수많은 피의자를 대면해보았다. 그중 상당수는 멍청하기 이를 데 없었고, 역시나 멍청한 이유로 범죄를 저지른 자들이었다. 하지만 일부는 사람들이 생각하는 것보다 훨씬 영리했다. 어쩌면 레오폴드도 그런 유형인지 모른다.

"당신은 변호인이 필요해요. 세 사람을 죽였다고 자백했으니까."

"난 유죄예요. 내가 그랬어요."

"그래도 법적 대리인이 필요합니다."

"왜요?"

"법체계가 그래요. 그러니 제가 사실을 알아야 합니다."

"난 사형당할 거예요." 아이가 무슨 벌을 받을지 예상할 때 낼 법한 목소리였다. 신중한 범죄자가 순식간에 꼬맹이로 변해버렸다. 약 기운 때문일까?

"그게 당신이 원하는 겁니까?"

"내가 어쩔 수 있는 문제가 아니잖아요."

"그렇죠. 대부분은 판사와 배심원에게 달린 문제지. 그래도 당신에게는 변호인이 있어요. 그러니 어찌된 일인지 말해봐요."

데커는 손목시계를 확인했다. 벌써 4분이 흘렀다. 게다가 언제 그를 아는 사람이 지나갈지 모른다. 그는 몸을 돌려 유치장 문을 등지고 앉았다.

"내가 죽였어요." 레오폴드가 아무 일도 아니라는 듯 말했다. 그는 멍하니 데커를 바라보았다. 데커는 놈의 눈에 인정하는 빛이 있는지 살폈다. 만약 정말로 범인이라면 어떡해야 할까? 목이라도 조를까? 몰리가 당했던 대로?

레오폴드는 다시 양손을 움직이기 시작했다. 보이지 않는 오케스트라를 이끄는 지휘자 같은 손짓이었다. 데커는 잠시 지켜보다가 다시 파고들었다.

"왜 그랬죠?"

"그놈이 날 열 받게 했어요."

"어떤 놈?"

"그놈. 거기 사는 남자."

"어떻게 열 받게 했죠?"

"그냥 열 받게 했어."

"하지만 어떻게?"

"나를 존중하지 않았어요."

"거기서 일했어요? 아니면 손님으로 간 거였나? 드살레의 세븐일레븐에?"

레오폴드는 그 말을 무시하며 말했다. "내가 그놈한테 한 방 먹인 거야, 그렇죠?"

"어떻게 한 거죠?"

"그놈 가족을 몽땅 죽여버렸다고."

"아니, 그가 사는 곳을 어떻게 알았냐고요."

"뒤를 밟았지."

"어떻게?"

그 순간 놈의 눈에 이제껏 없었던 경계의 빛이 떠올랐다. "그런 것까지 당신한테 말할 필요 없잖아. 당신 경찰이야? 지금 나 속이려는 거야?"

"당신은 이미 자백했잖습니까. 더 속일 까닭이 없어요. 알겠죠?"

레오폴드는 눈을 깜빡거리고는 목을 비볐다. "뭐, 그렇다 치죠."

"그리고 전 경찰이 아닙니다. 그러니까 그자를 미행했다는 건데. 어떻게?"

"어떻게라니, 무슨 소리예요?"

"자동차, 도보, 오토바이?"

"오토바이 따윈 안 타."

"그럼 자동차?"

"오토바이도 안 타는데 자동차는 무슨."

"그럼 걸어서?"

레오폴드는 천천히 고개를 끄덕이고는 데커를 유심히 뜯어보았다. 그의 반응을 살피는 눈치였다. 데커는 공책에 뭔가를 써내려갔다. 지하 유치장이라 서늘한데도 이마에 땀이 흘렀다. 여기서 발각되면 감옥에 갈 수도 있다. 하지만 이건 꼭 해야 하는 일이었다. 이번이 마지막 기회일 수도 있다.

"당신은 그 남자가 사는 곳을 알아냈고 그의 가족을 죽이기로 계획했어요. 하지만 한 달 정도 기다렸어요. 왜죠?"

"내가 한 달 기다렸다고 누가 그래요?"

"당신이 경찰 측에 그렇게 얘기했잖습니까."

레오폴드는 몸을 뒤로 웅크렸다. 숨을 데가 없는데도 틈새로 몸을 숨기려는 쥐처럼. "그래, 맞아. 내가 계획을 꾸몄어요. 거길 지켜보면서 지형도 파악하고 그랬지."

데커는 문신을 내려다보았다. "해군에는 언제 있었죠?"

순간 레오폴드의 눈이 번뜩였다. "누가 그래요?"

데커는 문신을 가리켰다. "쌍둥이 돌고래. 해군들이 종종 그걸 새기죠. 그 위치에 문신한 건 규율에 따라 제복 소매 밑에 가려져 보이지 않게 하려는 거고."

레오폴드는 뒤통수를 맞은 듯 문신을 내려다보았다. "난 해군 아니야."

"지형을 파악한 뒤에 그날 밤 거기 갔었군요. 자세히 말해봐요."

데커는 어깨 너머 소리가 나는 쪽을 돌아보았다. 간수가 복도를 따라 걸어가는 소리였다. 그는 뺨을 따라 흐르는 땀방울을 닦았다.

"자세히 말해보라고요?" 레오폴드가 되뇌었다.

"거기 도착할 때부터 떠날 때까지. 거기 어떻게 갔는지부터 얘기해봅시다."

"걸어서."

"집 주소는?"

레오폴드는 머뭇거렸다. "이층 건물, 노란 외장재, 옆쪽에 차고."

"안으로는 어떻게 들어갔죠?"

"부엌으로 통하는 옆쪽 방충문으로."

"어떤 부엌이었는지 기억나요?"

"부엌이 부엌이지 뭐. 스토브, 식기세척기, 테이블, 의자."

"벽의 색깔 기억나요?"

"아뇨."

데커는 다시 손목시계를 흘끔거렸다. 빨리 끝내야 한다. 불안감이 시시각각으로 커져갔다. "누구부터 죽였죠?"

"그 남자. 난 그자가 날 무시한 그 남자인 줄 알았어요. 그런데 아닌 것 같아."

"그건 어떻게 알죠?"

"신문에 난 사진. 나중에 봤지."

"계속해봐요."

"그 남자가 부엌 탁자에 앉아 있었어요. 술에 취해서."

"그건 어떻게 알죠?"

레오폴드는 고개를 들었다. 짜증이 난 기색이 역력했다. "왜 자꾸 캐물어요?"

"왜냐하면 경찰들이 그렇게 하니까요. 법정도 그렇게 하고. 배심원도 이런 걸 알고 싶어 하니까."

"내가 이미 자백했잖아요."

"계속 더 물을 수도 있는 겁니다."

레오폴드는 이 말에 충격을 받은 듯했다. "왜?"

"잘난 척들 하느라고 그렇죠 뭐. 그 남자가 술을 마신 건 어떻게 알았죠?"

"탁자에 맥주병이 있었어요."

"어떻게 죽였죠? 그 남잔 당신보다 덩치가 훨씬 큰데."

"술에 취해 있었거든. 칼을 꺼내서 찔러버렸어요, 바로 여기." 그는 자기 목을 가리켰다.

"그 남잔 옆방에서 발견됐는데요."

"음, 음, 맞아요. 그런데, 보자, 그 남자가 거기로 기어들어갔어, 내가 찌르고 난 뒤에. 피를 줄줄 흘리면서. 그러고 나서, 어, 다시는 움직이지 않았어요."

"그 사람이 소리를 내지는 않았고요?"

레오폴드가 말했다. "냈어요, 하지만 크게는 내지 않았어요." 그는 자기 목을 다시 가리켰다. "여기를 쳤으니까. 큰소리를 낼 순 없었지."

"그 남자가 어떤 옷을 입었는지 기억나요?"

레오폴드는 그를 멍하니 쳐다보았다. "오래전 일이라 기억이 잘 안 나는데. 바지? 셔츠?"

"그다음엔?"

"가족이 있다는 걸 알고 있었어요. 다 죽여버리고 싶더라고."

"자세히 말해봐요." 데커는 끓어오르는 분노를 억누르고 차분히 말했다. 심장이 빠르게 뛰고 맥박이 온몸 구석구석에서 메아리쳤다. 작은 심장 수천 개가 미친 듯이 날뛰는 것만 같았다.

거의 다 왔어. 조금만 견뎌, 에이머스. 조금만 견디자.

"위층으로 올라갔어요. 첫 번째 방이었는데, 그게……."

"왼쪽 방?" 데커가 유도했다.

레오폴드가 반갑게 대답했다. "응. 왼쪽."

"그리고?"

"그리고 안으로 들어갔죠. 그 여자는 욕실에, 아니, 침대 위에 있었어. 맞아, 침대 위. 아담하고 예쁜 여자. 잠옷을 입고 있었지. 잠옷 안이 비쳐 보였어요. 와, 그년 참 예쁘던데."

데커는 의자 가장자리를 움켜잡고 레오폴드를 계속 응시했다. 그의 아내는 강간당하지 않았다. 그건 확인된 사실이었다. 하지만 다른 흔적은 있었다. "그럼 불은 켜져 있었겠군요?" 그가 물었다.

"뭐요?"

"잠옷 안이 비쳐 보였다면서요. 그럼 불이 켜져 있었겠죠."

레오폴드는 확신이 들지 않는 듯했다. "음, 그건 아닌 거 같아요."

"그럼 뭐죠?"

"위에서 그 여자를 굽어봤어요."

"그 여자가 침대에 누워 있을 때?"

레오폴드는 발끈하며 데커를 쳐다보았다. "젠장, 이봐요, 그냥 내가 말하게 두지?"

"미안해요, 계속해요."

"총이 있었어요. 총을 그 여자 이마에 대고 쐈어요."

"총의 종류는?"

레오폴드는 즉시 대답했다. "45구경. 스미스 앤 웨슨."

"그건 어디서 났죠?"

"어떤 자식한테 훔친 거예요."

"그 남자 이름은?"

레오폴드는 어깨를 으쓱했다.

"계속해요."

머리 위쪽에서 문들이 열리는 소리, 돌아다니는 발소리가 들렸다. 경찰 일부가 고등학교에서 돌아온 모양이었다.

"그 여자를 쐈어요. 아니, 잠깐만. 그 여자가 잠에서 깼어요, 정신이 들었죠. 그러고는 일어나 앉더니 비명을 지르기 시작했어요. 맞아. 그래서 내가 그 여잘 총으로 쐈지. 그랬더니 그년이 침대에서 떨어졌어요."

"바닥으로 완전히 떨어진 겁니까? 온몸이?"

레오폴드는 경계하는 눈으로 데커를 쳐다보았다. "몸의 일부는 위에 걸쳐 있거나 했겠지. 팔이나 발이나 뭐."

"그다음엔?"

여기가 핵심이었다. 신문에 난 적 없는 사실이 있었다. 캐시를 괴롭힌 건 머리에 난 상처만이 아니었다. 부검 때 밝혀진 사실이 있었다. 그녀는 강간은 당하지 않았지만 생식기 외부가 훼손되었다.

"그자에게 딸이 있다는 걸 알고 있었어요. 복도를 따라 딸 방으로 갔어요. 자고 있더군."

"여자한테 다른 짓은 하지 않은 건가요?"

레오폴드는 그를 올려다보았다. "말했잖아요. 그 여자를 쐈고, 죽었어!"

"알겠어요."

"그다음엔 복도를 따라 애한테 갔어요."

"잠깐만. 총소리에 딸이 깨지는 않았습니까?"

레오폴드는 다시 어리둥절한 표정을 지었다. "그건, 아니, 아닌 것 같아요. 딸은 자고 있었어."

"그다음엔?"

"애를 침대에서 끌어냈지."

"왜?"

"그냥. 그땐 제정신이 아니었어요. 애를 욕실로 데려갔죠."

"그건 또 왜? 제정신이 아니라서?"

"맞아요. 오줌이 마려웠는데 욕실에 간 사이에 애가 도망갈까 봐 그랬나 봐요."

"그래서 볼일을 봤습니까?"

"기억 안 나요."

"애가 비명은 안 지르던가요?"

"아니. 그냥 겁을 먹었던 것 같아요. 그리고…… 애한테 조용히 하라고 말했지."

"그러고 나서?"

"그러고 나서 애 목을 졸랐어요. 두 손을 애 목에 대고 꽉 졸랐어요. 이렇게……."

데커는 한 손을 들어 그를 말리고는 잠시 고개를 돌렸다. 눈부신 푸른빛에 정신이 아득해졌다. 그 빛이 어찌나 찬란한지 속이 다 울렁거렸다. 사파이어에 목이 졸리는 기분이었다.

"저기, 이봐요, 괜찮아요?" 레오폴드가 진심으로 걱정하는 얼굴로 물었다.

데커의 이마는 땀으로 흥건했다. 그는 천천히 땀을 닦았다. "괜찮아요. 아이를 죽이고 나서는?"

레오폴드는 다시 확신이 들지 않는 표정이었다.

데커가 말했다. "시체에 무슨 짓을 하진 않았습니까? 아이의 옷을 가지고 뭘 했다든가?"

레오폴드는 손가락을 딱 튕겼다. "맞아." 그가 말했다. 수학 수업 시간에 정답을 맞힌 것처럼 얼굴이 환해졌다. "애를 변기에 앉히고 묶었어요. 어, 그걸로.”

“아이의 가운 끈으로?” 데커가 유도했다.

“맞아, 가운 끈으로 변기랑 묶었죠.”

“왜?”

레오폴드는 데커를 쳐다보았다. “왜냐면…… 왜냐면 그땐 그래야만 할 것 같아서.”

“어떻게 빠져나왔죠?”

“들어간 길을 되밟아 나왔지.”

“차가 있었나요?”

“아니, 걸어서 갔다고 했잖아요!”

“당신을 본 사람은?”

“내가 알기론 없어요.”

“총은 어떻게 했지?”

“버렸죠.”

“어디에?”

“기억 안 나요.”

“칼은?”

레오폴드는 어깨를 으쓱했다. “그것도 버렸어요.”

“당신이 한 짓을 누구한테 얘기한 적 있나요?” 데커가 물었다.

“지금 처음 하는 건데.”

“지금은 왜 하는 거죠?”

레오폴드는 다시 어깨를 으쓱했다. “나 전기구이 되는 거예요?”

“독극물 주사겠죠. 전기구이는 그 다음이고.”

“어?”

“지옥에서.”

"아, 그럼 그럼." 레오폴드는 데커가 농담을 하는 줄 알고 킥킥거렸다. "재밌네."

"근데 왜 이제야 나선 겁니까?" 데커가 물었다.

레오폴드가 말했다. "지금이 적당한 때인 거 같아서. 다른 이유는 없어요."

데커는 레오폴드의 목 옆쪽에 난 작은 혹을 보았다. "그 혹은 뭐죠? 어디 아파요?"

레오폴드는 손을 들어 혹을 어루만졌다. "아무것도 아니에요."

"검사는 받아봤어요?"

레오폴드는 코웃음을 터뜨렸다. "네. 전용 비행기 타고 겁나 비싼 클리닉에 다녀왔지. 현금으로 결제하고."

비꼴 줄도 아네. 재밌군.

"해군 출신이라면 건강보험을 적용받을 텐데."

레오폴드는 고개를 저었다. "불제. 불명예제대."

"그럼 해군에 있긴 있었군요?"

"네." 레오폴드는 인정했다.

위층에서 나는 소리가 갈수록 요란해졌다. 데커는 손목시계를 확인했다. 남은 시간 2분. 브리머는 정시에 칼같이 나타나 그를 데리고 나갈 타입 같았다.

"외상후스트레스증후군은?"

"뭐요?"

"두통? 우울증? 전투 후에 없었습니까?"

"전투에 참가한 적 없어요."

"그럼 당신은 그냥 무시했다는 이유로 그 사람 가족을 몰살한 정신병자 개새끼다 이겁니까?" 데커는 목소리를 차분하고 고요하게 유지하려고 노력했다.

레오폴드는 억지웃음을 짜냈다. "그런 셈이죠. 난 골칫덩이예요. 항상 그랬지. 우리 엄마가 살아 있었다면 말해줄 거예요. 난 그냥 쓰레기라고. 평생 내 손이 닿기만 하면 뭐든 망가졌어. 거짓말 아니에요."

"그럼 해군 기록을 찾아보면 세바스찬 레오폴드라고 나옵니까?"

레오폴드는 건성으로 고개를 끄덕였다.

데커는 몸을 더 가까이 기울였다. "분명히 짚고 넘어갑시다. 세바스찬 레오폴드가 당신 이름입니까?"

"쓰는 이름 중 하나."

"태어날 때 이름, 아니면 최근에 쓰는 이름?"

"태어날 때 이름은 아니에요."

"그럼 왜 그 이름을 쓰는 겁니까, 진짜 이름도 아닌데?"

"이름이 무슨 대순가? 그냥 글자를 합쳐놓은 것뿐이지."

데커는 전화기를 꺼내 레오폴드를 향해 들었다. "치즈 해요."

그는 레오폴드의 사진을 찍고 나서 전화기를 치웠다. 그러고 나서 펜과 종이를 꺼냈다. "당신 이름 좀 써줄래요?"

"왜요?"

"참고하려고."

레오폴드는 펜을 잡고 천천히 이름을 썼다.

데커는 종이와 펜을 받아들고 일어서서 말했다. "연락드리죠."

그는 문으로 가서 간수를 불렀다. 간수가 다가와서 잠긴 문을 열었을 때 데커는 말했다. "저기 오른편에 화장실이 있었던 것 같은데, 맞죠?" 그는 들어온 곳 반대쪽을 가리켰다.

간수가 고개를 끄덕였다. "네, 남자 화장실은 첫 번째 문이에요."

데커는 공책과 펜을 서류가방 안에 쑤셔 넣고 민첩하게 복도를 따라 화장실로 향했다. 하지만 쿵쾅쿵쾅 계단을 내려오는 발소리에 계획은 즉시 수정됐다. 두 사람 이상의 발소리. 브리머에게 지원군이 붙었다는 뜻이다. 수상한 낌새를 챈 것이다. 데커는 화장실 문을 지나 차례로 왼쪽, 오른쪽으로 돌아 다른 복도로 들어섰다. 복도 끝에 문이 하나 있었다. 문을 열고 나가니 로딩독(물건을 싣고 내리는 곳_옮긴이)이었다. 텅 빈 트럭 한 대만 로딩독에 바짝 대어져 있었다. 데커는 로딩독 계단을 뛰어 내려갔다. 꽉 끼는 새 신발이 아스팔트에 부딪쳐 소리를 냈다. 왼편으로 꺾어 골목을 따라 가다가 10초 뒤 큰길로 나갔다. 다시 오른쪽으로 틀어 가다가 교차로에서 왼쪽으로 방향을 틀었다. 호텔 택시 승차장이 나왔다.

그는 맨 앞의 택시 기사한테 말했다. "북쪽으로 가주세요, 5달러어치만큼만."

얼마 뒤 택시는 그를 내려주었다. 그는 걸어서 버스 정류장으로 갔고, 버스를 두 번 갈아타고 여관으로 돌아갔다. 버스에서 내리는데 여관 앞에 정차한 경찰차 두 대와 형사과 소속 자동차가 보였다. 순경이 형사과 소속의 차를 몰고 왔을 리 없다. 그렇다면 그가 아는 사람의 차다.

이런 썩을.

10

데커는 경황이 없어 쓰레기통에서 총과 낡은 옷가지를 가져오지 못한 것이 차라리 잘된 일이라고 생각했다. 무장한 채 지금 상황을 맞닥뜨리는 것은 현명하지 못한 일이다. 도망칠까 하는 생각이 들었지만 그거야말로 저들이 바라는 바일 것이다. 게다가 그는 뛰는 것을 좋아하지 않았다. 더 이상 뛰기에 적합한 몸이 아니었기 때문이다. 그래서 그는 넥타이를 느슨하게 풀고 셔츠 단추도 조금 풀고는 두터운 목이 올가미에서 해방되자 안도의 한숨을 내쉬었다. 여관 로비로 들어간 그는 순식간에 경찰관 넷에게 둘러싸였다.

그는 가만히 그들을 살폈다. "맨스필드 고교에서 일이 터졌는데, 인력이 남아도나 보군."

"헛소리 집어치워, 데커." 익숙한 목소리가 말했다.

데커는 옆으로 시선을 돌렸다. "안녕하세요, 맥."

"밀러 서장님이라고 불러야지."

"전 이제 경찰이 아닌데요."

“고분고분하게 굴어, 아니면 나랑 말 끝나기도 전에 철창 신세질 줄 알아.”

매킨지 밀러는 피부색과 몸집이 불독을 닮은 50대 후반의 남자였다. 양옆으로 퍼진 몸매가 꼭 데커의 미니어처 같았다. 양복 차림의 밀러가 로비를 서성이자 외투 앞섶이 벌어져 바지에 채워진 멜빵이 보였다. 데커처럼 어마어마한 허리둘레인데도 용케 바지춤을 사수하고 있었다.

“어쩐 일로 행차하셨어요?”

밀러는 고압적인 표정으로 빽 소리를 질렀다. “브리머!”

잎사귀에 먼지가 뽀얗게 내려앉은 가짜 고무나무 화분 옆에 서 있던 샐리 브리머가 벌게진 얼굴로 총총히 건너왔다.

“이 사람이 그 남자 맞나, 브리머 씨?”

“틀림없어요, 서장님.” 그녀는 얼른 대답하고는 실눈을 뜨고 데커에게 독기를 품은 표정을 지어 보였다.

“고마워요.” 밀러는 그럼 그렇지 하는 투로 말했다. 그는 데커를 향해 돌아섰다. “오늘 자네는 맨스필드 고교에 발생한 참혹한 사건 때문에 인력이 부족한 틈을 타서 경찰서에 들어왔고, 이러한 상황을 이용해 세바스찬 레오폴드가 갇힌 유치장에 들어갔어.”

“뭐, 그렇게 볼 수도 있겠네요.” 데커가 말했다.

브리머가 외쳤다. “그렇게 볼 수밖에 없죠.”

“아뇨, 그렇지 않아요.” 데커가 차분히 말했다.

밀러는 투실투실한 양손을 활짝 펼쳤다. “어디 그럼 다르게 설명해보게, 데커. 이번에는 그럴듯한 걸로 부탁해.”

“경찰서로 들어가서 세바스찬 레오폴드를 보게 해달라고 요청한 건 맞아요. 그자에게 변호인이 필요하다고 하면서요. 하지만 제가 변호사라고 한 적은 없다고요."

"나한테 명함을 줬잖아요." 브리머가 지적했다.

데커의 머리는 여섯 수 앞을 미리 내다보고 있었다. 체스판을 앞에 둔 체스 기사처럼. "명함을 준 건 맞아요. 하비 왓킨스의 명함. 아주 실력 있는 형사 사건 변호사죠. 전에 그 사람 부탁으로 뭘 좀 알아봐준 적이 있어요. 물론 법을 어긴 적은 없고요."

"하지만 댁이 왓킨스인 척 행세했잖아요." 브리머가 소리쳤다.

"당신이 그렇게 착각했나 보죠. 난 그 사람 신분증을 보여준 적 없잖아요. 당신도 신분증을 요구하지 않았고. 난 그냥 당신이 변호인이냐고 물었을 때 그 사람 명함을 줬을 뿐입니다."

"하지만 피트 루크를 안다고 했잖아요." 브리머가 부아가 난다는 듯 쏘아붙였다.

"피트는 당연히 알죠. 오랫동안 같이 일했거든요. 그게 범죄는 아니잖아요. 진실을 말한 거니까."

"하지만 댁이…… 댁이……." 브리머는 말을 더듬다가 밀러를 쳐다보며 지원을 요청했다. 하지만 서장은 데커에게서 눈을 떼지 않았다. 이 게임이 어떻게 끝나는지 두고 보려는 모양이었다.

데커는 말을 이었다. "설마 양복에 넥타이 차림으로 서류가방을 들고 있어서 날 변호사로 착각한 건 아니겠죠? 난 레오폴드와의 면담을 요청했고 당신은 15분 준다고 했어요. 그래서 난 허락된 15분을 쓰고 나서 레오폴드를 감방에 두고 나왔어요." 그는 경찰들을 둘러보았다. "그런데 왜 이리 떼로 몰려들 왔나 모르겠네."

브리머는 황당한 모양이었다. 경찰들은 미심쩍은 표정을 지었다. 밀러는 박수를 짝 치고는 제복 경찰들을 향해 말했다. "제군들은 그만 가보게." 그러고는 엄지손가락으로 브리머를 가리켰다.

"숙녀분도 데려다드리고. 알겠나?"

"밀러 서장님." 브리머가 입을 열었지만 밀러는 손짓으로 그녀의 말을 막았다.

"나중에, 브리머. 일단 가봐요."

그들이 우르르 나가고 밀러와 데커는 서로를 마주 보았다. 밀러가 말했다. "우리 얘기 좀 할까?"

"맨스필드 사건에 집중하셔야죠, 맥. 언제든 돌아와서 저를 체포하세요, 여기 붙어 있을 테니까요."

밀러는 고개를 끄덕였다. 그의 얼굴에 미소가 떠올랐다가 사라졌다. "잠깐 좀 앉지. 맛 좋은 커피 한 잔 얻어 마실 수 있을까?"

데커는 로비를 지나 식당 안 그의 자리로 밀러를 안내했다. 그러고는 음료수 탁자에서 컵 두 개에 커피를 따라 가지고 와서 예전 상사와 마주 앉았다.

"맨스필드 고교 일은 어떻게 됐습니까?" 데커가 물었다.

"대참사야. 그게…… 계속 발견되고 있네. 시체 말이야. 사망자 수는 계속 늘어날 거야. 틀림없어."

"피트의 손자는요?"

밀러는 고개를 저었다. "모르겠어, 에이머스. 정확한 명단이 안 나왔거든. 아이가 거기 다니는 경찰들이 많아. 거기가 제일 큰 고등학교니까."

"범인은요?"

밀러는 이를 갈았다. "도망쳤어."

"어떻게요?"

"아직 몰라. 모든 게 아직은…… 진행 중이야."

"대개는 현장에서 총으로 제 머리를 쏴 자살하잖아요."

"이번은 아니야. 전국에서 일주일에 한 번 꼴로 학교 총격 사건이 터지는 것 같아. 언제쯤 끝이 나겠나, 에이머스? 자넨 똑똑한 사람이잖아. 언제쯤일까?"

"전 그리 똑똑하지 않습니다."

밀러는 천천히 고개를 끄덕이며 인조 목재 테이블을 손가락으로 톡톡 두드렸다. 그는 몇 모금 만에 커피를 벌컥벌컥 다 마셔버렸다. 그러고는 입술을 문지르며 말했다. "왜 그랬나, 에이머스? 그 개새끼를 보려고 사기까지 쳐서 잠입하다니?"

"제 눈으로 직접 놈을 보고 싶었어요."

"그런 짓 말고도 방법은 많아."

"브리머는 잘못이 없어요."

"그 여잔 자네 덕분에 아주 값진 교훈을 얻었을 거야, 누구도 믿지 말라는." 그는 데커의 양복과 넥타이를 보았다. "자네가 밑바닥으로 떨어졌다는 얘기 들었는데, 내가 잘못 들은 건가?"

"많이 나아진 게 이 정도예요."

"자네와 메리는 잘 맞는 팀이었어. 참 안된 일이야."

"안된 일이다마다요."

밀러는 빈 종이컵을 구겼다. "레오폴드랑 무슨 말을 했나?"

"적어뒀으니 원하시면 보여드리죠."

밀러는 넥타이를 느슨하게 풀었다. "자네 입으로 듣고 싶어."

"그놈 이상한 놈이에요."

"세 사람을 참혹하게 죽인 놈이니 진짜 이상한 놈이겠지. 세상이 아무리 미쳐 돌아간다지만 그런 인간이야말로 영락없는 '진짜 이상한' 놈 아니겠어?"

"그놈이 이 사건에 대해 좀 알고 있던데, 신문에서 주워들어 알 만한 게 아니었어요. 아니면……."

"아니면 뭐?" 밀러가 재빨리 말했다. 그의 연파란색 눈이 데커의 얼굴에 꽂혀 있었다.

"이 사건에 대해 더 상세히 알고 있는 누군가에게 들었거나."

"실제로 그 짓을 저지른 놈 혹은 놈들한테서 말이지?"

"레오폴드가 진범이라고 생각하세요?"

"나야 모르지. 내가 아는 거라곤 그놈이 오늘 아침 댓바람에 제 발로 걸어 들어와서 자백을 했다는 것뿐일세. 그게 다야."

데커가 말했다. "놈은 해군에 있었어요. 제가 놈의 문신을 알아보니까 마지못해 인정하더군요. 세바스찬은 아마 본명이 아닐 겁니다. 국방부 기록을 뒤지면 놈이 누구인지 알 수 있을 거예요. 목에 혹이 난 남자. 딱히 아픈 것 같지는 않았지만 암일 수도 있죠. 놈은 사건 현장에 대해 몇 가지를 혼동하고 있었어요."

"예를 들면?"

"예를 들면, 놈은 첫 번째 침실이 복도 어느 쪽인지 기억하지 못하는 것 같았습니다. 왼쪽이냐고 유도하니까 그렇다더군요. 실제로는 오른쪽이었는데. 그건 별 문제가 아닐 수도 있죠. 하지만 캐시가 자고 있을 때 총을 쐈다고 해놓고 잠에서 깨고 나서 쐈다고 말을 바꿨어요. 상흔은 접촉성 총상이었는데. 캐시가 잠에서 깨서 비명을 지르고 놈과 몸싸움까지 벌였다면 과연 그게 가능한 일인지 의심스럽습니다. 캐시는 바닥에서 발견됐어요. 아마 놈은 그 사실을 기억하고 거기에 끼워 맞추려고 말을 바꾼 것 같아요. 게다가 그 외에 캐시에게 한 짓은 아예 언급하지도 않았어요."

밀러는 고개를 끄덕였다. 데커가 무얼 말하는지 상기한 모양이었다. "계속하게."

"그놈 뭘 숨기고 있긴 한데, 정신이 말짱하지 않아요. 맑았다가 흐렸다가 하더군요. 기억이 온전치 않은 것 같아요. 그리고 마약중독자예요. 팔에 얼마 전에 생긴 바늘 자국이 있었어요."

데커는 밀러에게 밝혀낸 것이나 짐작하는 것을 전부 말하지는 않기로 했다. 일단 입을 다물고 사태의 추이를 지켜보자는 육감이 발동했기 때문이다. "그놈 말이 내가 동네 세븐일레븐에서 그놈을 무시했답니다. 분명 경찰 측에도 똑같이 말했겠죠. 드살레에 있는 세븐일레븐. 전 항상 차를 몰고 거기에 갔어요. 걸어서는 안 갔죠. 그놈은 차가 없대요. 그런데 걸어서 집까지 내 뒤를 밟았다고 하더군요. 그게 어떻게 가능하겠어요? 게다가 전 놈을 전에 본 적이 없습니다. 마찰이 있었던 사람이라면 기억 못 할 리가 없어요."

밀러는 한 손으로 넥타이를 쓰다듬고 넥타이핀을 만지작거리며 곰곰이 듣고 있다가 말했다. "자넨 아무것도 잊지 않아, 모든 걸 기억하지, 맞지?"

데커는 그 사실을 아무한테도 얘기하지 않았다. 진단을 받았을 때 추가 검사를 위해 시카고 외곽의 의학 연구소로 이송된 적이 있었다. 거기서 지낸 몇 달 동안 비슷한 능력을 가진 사람들을 만났고, 다함께 단체 치료를 여러 번 받았다. 남들보다 더 잘 적응하는 사람이 있는가 하면 현재의 자신에 적응하는 데 몹시 애를 먹는 사람도 있었고, 영원히 적응하지 못하는 사람도 있었다. 후천적으로 그런 상태가 된 경우는 데커밖에 없었다. 그가 알기론 그랬다. 다른 사람들은 그보다 더 오랫동안 그런 상태로 살아온 것 같았는데, 긍정적인 면과 부정적인 면이 공존하는 듯했다.

"모든 걸 기억하는 사람이 어디 있겠습니까." 그가 말했다.

"내가 자네 뒤를 좀 캤어. 말 안 했나?"

데커는 고개를 저었다.

"자네 운동선수였던 건 당연히 알고 있었네. 텔레비전에서 그 장면도 봤고."

"유튜브에서요?"

"아니, 자네가 쓰러졌을 때 그 경기를 보고 있었단 말이야. 그렇게 격렬한 충돌 장면은 처음이었어. 어찌 살아났는지 신기할 정도야. 신기해."

"그 경기는 왜 보셨어요?"

"자넨 맨스필드 고교 최고의 선수였어. 훌륭한 쿼터백이자 강력한 수비수였지. 몸집에 비해 빨랐고, 대학에 가서도 좋은 선수였어. 그리고 내가 아는 한 벌링턴 시골 출신으로 프로 연맹에서 뛴 유일한 선수지. 그래, 그래서 그 경기를 본 거야. 다시 볼 수 있다면 다시 보고 싶어."

"잘 보셨네요, 제가 프로 연맹에서 뛴 유일한 경기니까요."

밀러가 말했다. "그리고 자네의 경찰학교 성적을 봤어. 경찰 등급 테스트도."

"왜요?"

"자네한테 호기심이 발동했거든, 에이머스. 경찰관과 형사로서 자네가 거둔 높은 실적을 부서에서 모를 거라고 생각하진 말게. 자네한텐 남들에겐 없는 뭔가가 있었어."

"메리도 좋은 경찰이죠."

"그래, 그렇긴 해. 잘하지. 하지만 탁월하진 않아. 잘하지만 완벽하진 않다고. 그런데, 봐, 자네의 경찰학교 성적과 형사 승급시험 성적은 완벽했어. 단 한 문제도 틀리지 않았다고. 주 역사상 처음 있는 일이라더군. 그래서 자네의 대학 시절을 알아봤네. 좋은 학생이긴 했지만 평균 성적은 B 정도더군. 완벽함과는 거리가 먼 성적이지."

"미식축구 때문에 공부할 시간이 많지 않았어요."

밀러는 턱을 문지르며 생각에 잠겼다. "그 시절로 돌아가보자고. 그때가 맞는 거지?"

데커는 편두통이 뒷목을 타고 치미는 것을 느꼈다. 어둑한 서커스장에 온 듯 환영이 마구잡이로 아른거렸다. 세 가지 공연이 동시에 펼쳐지는 서커스장. 소름끼치는 형광 파란색이 세포 구석구석에서 스며 나왔다.

"레오폴드는 진범이 아닌 것 같습니다." 그는 간신히 말했다.

"그건 자네랑 마주 앉기 전부터 짐작하고 있었어."

"어떻게요?" 데커가 물었다.

"자네가 그자를 죽이지 않았으니까. 원래 그러려고 간 거 아니었나? 그자를 평가하고, 질문을 하고, 관찰하고, 마음을 읽고, 그자가 진범인지 확인하려고 간 거잖아? 만약 진범이라는 확신을 얻었다면 레오폴드는 더 이상 존재하지 않았겠지." 그는 데커를 훑어보았다. "미식축구 선수는 말처럼 강인해. 아무리 몸이 망가졌다고 해도 자네 덩치는 어마어마하고. 레오폴드는 살아남지 못했을 거야."

"범죄를 계획했다고 해서 체포할 순 없는 거 아시죠?"

"없지. 하지만 가끔은 그게 축복보다는 저주가 될 수도 있어."

"그럼 왜 경찰들을 대동하고 그 소란을 피우신 거예요?"

"내가 아무리 서장이라지만 나한테도 윗선은 있거든."

"그럼 안부 인사나 하자고 오신 겁니까?"

밀러는 일어서서 넥타이를 고쳤다. 매듭을 울대뼈 가까이로 다시 올렸다. 데커는 그를 올려다보았다. 편두통이 두뇌 양옆에서 다시 날뛰기 시작했다. 그는 희미한 불빛을 몰아내려고 눈을 게슴츠레하게 떴다. 머릿속에 백열전구 수백만 개가 켜진 것 같았다. "어쩌실 겁니까?"

"자네는 무사할 거야. 레오폴드는 자백에 의해 기소 인부 절차를 밟게 될 거고. 그다음엔 놈의 이야기가 사실로 입증이 되든 가짜임이 드러나든 결정이 나겠지. 자네가 말한 것들을 진지하게 고려하겠네. 수사가 끝나면 놈은 계속 갇혀 있거나, 재판을 받거나, 유죄협상을 하거나, 풀려날 거야."

"만약 누군가 놈에게 시킨 거라면요?"

"우리에게 기회가 올 거야. 분명 자네도 기회가 왔다고 생각하겠지만."

"레오폴드에 대한 처분이 내려지면 제게 알려주시겠습니까?"

"자네는 더 이상 경찰이 아니야. 그랬으면 좋겠지만, 아니잖나?"

"그땐 그럴 수밖에 없었습니다."

밀러는 코를 문지르고는 재킷의 단추를 채웠다. "상황이 달라지면 선택도 달라지지."

그는 나가다가 말고 돌아섰다. 그러고는 한 손가락을 들어 보였다. "오늘은 그냥 넘어가지, 에이머스. 딱 한 번뿐이야, 더는 안 돼. 잊지 말게. 세바스찬 레오폴드가 자네와 같은 하늘 아래 있다는 건 잊어버려. 이번은 그냥 봐줄게. 하지만 이 문제로 다시 내 속을 썩이면 작살 날 줄 알라고. 잘 지내고."

데커는 잠시 앉아 있다가 방으로 달려가서 문을 잠그고 커튼을 모조리 친 다음 침대에 누웠다. 남은 빛을 몰아내려고 베개에 얼굴을 묻었지만 그 야수는 이미 그의 머리를 통째로 삼키고 있었다.

11

짙은 구름이 하늘을 야금야금 먹어치우자 빛이 점차 사그라졌다. 거즈 천으로 눈을 덮고 40와트짜리 백열전구를 쳐다보는 느낌이랄까. 색깔에 예민한 데커의 눈에는 오로지 잿빛만이 세상에 존재하는 것 같았다.

몸속을 파고드는 싸늘한 바람에 그는 두 손을 주머니에 넣었다. 편두통은 이제 가셨다. 녹슨 쇠를 산으로 세척하듯, 그는 웬디스에 가서 콜라 한 잔을 삼키며 불쾌한 감정은 마지막 찌꺼기까지 설탕에 실어 아래로 내려보내고 땀은 땀구멍 밖으로 날려버렸다. 그러고는 버스를 타고 시내로 다시 나가 쓰레기통에서 총과 옷가지를 가져왔다. 다행히 그대로 있었다. 딱 두 벌뿐인 작업복도, 하나뿐인 권총도, 잃어버리면 타격이 크다.

그는 원래 옷차림으로 서서 쌀쌀한 바람을 견디며 맨스필드 고등학교를 바라보았다. 전국에 있는 수천 개의 여느 고등학교처럼 전후의 건설 활황기에 지어진 건물이다. 1946년에 출생률이 치솟았는데, 그때 태어난 아이들이 다닐 학교를 미리 지은 것이다. 4년 동안이나 집을 떠나 전쟁을 치르다 보면 그렇게 된다. 돌아온 베테랑의 아내들은 1년 내내 잠을 못 잤을 것이다.

3층짜리 벽돌 건물은 세월의 흔적이 역력했다. 창문은 판자로 때웠거나 부서진 채 방치돼 있었고, 직사각형 벽돌에서 스며 나온 모르타르가 학교 정면에 얼룩덜룩한 인상을 더했다. 주변에는 별꽃이 지천이었고, 군데군데 드러난 흙바닥과 쩍쩍 갈라진 아스팔트, 망가진 철조망 울타리, 녹슨 경첩에 비스듬히 매달린 대문이 보였다. 고등학교라기보다는 버려진 정신병원 같았다.

맨스필드 고교는 바로 옆에 위치한 육군 기지에서 일하는 군 인력의 아이들을 위해 세운 학교였다. 한때 육군 기지는 벌링턴 사람들이 가장 많이 일하는 곳이었고, 지역 경제는 군인들을 상대하는 서비스업 덕분에 활성화되었다. 그러다가 국방성이 군축을 실시하면서 가장 먼저 정리 대상에 포함됐다. 이제 벌링턴 기지는 폐쇄된 채 맨스필드 고교의 높다란 철조망 울타리와 담장, 그리고 무성한 초목 너머 100미터가량 떨어진 곳에 자리하고 있었다.

군인들이 빠져나가자 벌링턴 지역 경제는 숨통이 끊겨버렸다. 현재 맨스필드 고교는 자금난에 허덕이는 데다 여기저기 부서지고, 교육은 실종됐고, 오래 붙어 있는 교사가 드물고, 약물과 알코올이 난무했다. 학생 수는 절반 이하로 줄어들었으며, 졸업률도 겨울이 오기 전 플로리다로 도망치는 피한객들처럼 아래쪽을 향해 곤두박질치고 있었다.

육군 부대가 들어오기 전에 벌링턴은 제조업 도시로 번영한 적이 있었다. 중부 지방에 산재한 다른 수천 개의 도시들처럼, 미국과 전 세계가 요구하는 것들을 무엇이든 만들어냈다. 그러나 모든 제조업이 해외로 빠진 지금, 여기서 제조할 수 있는 거라곤 불행뿐이다. 이곳에서 영업 중인 대형 슈퍼마켓은 두 곳인데, 데커가 보기에 가장 많이 팔리는 식료품은 킬로그램 단위로 파는 햄버거 헬퍼(인스턴트 식품 브랜드_옮긴이)와 배럴 단위로 파는 오렌지 맛 탄산음료였다. 게다가 패스트푸드 식당들이 대성황이고 비만율은 끝도 없어서, 머지않아 노인이건 젊은이건 당뇨병, 암, 뇌졸중, 심장병 발병 통계가 천장을 뚫고 치솟을 예정이었다. 그 역시 미래의 환자 중 하나다.

벌링턴에 몇 안 되는 부자들은 도시 서쪽에서 담장과 대문이 딸린 동네를 이루고 살았고, 나머지 방위에는 서민들이 살았다. 노숙자들은 후줄근한 침낭, 낡은 담요, 종이박스로 길바닥에 보금자리를 만들었다.

나도 그랬었고.

데커가 맨스필드 고등학교를 다닌 것은 25년도 더 전이었다. 하지만 그의 이름이 박힌 트로피 몇 개는 아직 체육관 유리 진열장에 놓여 있다. 학창시절 그는 세 가지 종목에서 학교 대표로 뛰었을 만큼 탁월한 운동선수였다. 누구보다도 크고 빠르고 강인했다. 인기도 많아서 예쁘다는 여자애들이랑은 빠짐없이 데이트했고, 수없이 잠자리를 했고, 학업 성적도 그럭저럭 좋았다. 모두들 그가 프로 선수로 성공할 거라고 믿어 의심치 않았다. 다들 헛짚은 거였지만.

대학 시절에 그는 괜찮은 선수 축에 들었지만 출중한 실력은 보이지 못했다. 게다가 갈수록 문이 좁아지다 보니 프로팀 입단에 실패하고 말았다. 그보다 훨씬 뛰어난 선수가 수백 명은 있었다. 모욕적이었다. 그래서 연습 경기에서 엉덩이에 불이 나도록 뛰어 턱

걸이로 클리블랜드 브라운스에 입단했지만, 그때 어리석을 정도로 몸을 불사른 탓에 마흔 줄에 들어서도 그 후유증에 시달렸다. 그 모든 노력에도 불구하고 그의 선수 생활은 고작 한 번의 정규 시즌으로 끝나버렸고 두뇌의 영구 변형이라는 결과를 남겼다.

하지만 그것 때문에 좋은 일도 생겼다. 캐시를 만난 것이다. 그 충돌 사건은 그의 두뇌만 흔든 것이 아니었다. 드웨인 라크루아가 그를 쓰러뜨렸을 때 그의 스파이크 운동화가 잔디에 박히는 바람에 오른쪽 대퇴골이 부러지고 왼쪽 무릎 십자인대가 아작 나고 오른쪽 내측측부인대가 찢어졌다. 외과의사 말마따나 총체적 난국이었다. 캐시는 그를 담당한 신입 물리치료사였다. 그의 두뇌는 영원히 굳어졌지만, 피나는 노력 끝에 다리와 무릎은 결국 회복됐다. 캐시는 격려하고, 격려가 통하지 않을 땐 인내하고 또 인내하면서 한 단계 한 단계 그와 함께했다.

그러는 동안 두 사람은 깊은 사랑에 빠졌다. 상상조차 해본 적 없는 사랑이었다. 특별한 지적 능력 소유자들을 연구하는 시카고 외곽의 연구소에서 함께 지낸 뒤 그와 캐시는 결혼하고 그의 고향 벌링턴으로 이주했다. 그는 앞으로의 진로에 대해 충분히 고민한 끝에 경찰학교에 입학하기로 했다. 완벽한 기억력 덕분에 학업은 거저먹기였다. 부상으로 약화되긴 했지만 신체능력은 여전히 다른 학생들을 압도했다. 그는 순조롭게 학업을 마친 뒤 선서를 하고 경찰 배지와 총을 받았다. 9년 뒤에는 형사로 진급했고, 그로부터 거의 10년 동안 벌링턴의 선량한 시민들이 당한 굵직한 범죄를 수사했다. 범인은 대부분 그다지 선량하지 않은 여기 주민들이었고, 가끔은 외지 출신도 있었다.

그와 캐시는 대가족을 원했지만 임신이 잘 되지 않았다. 전문의에게 있는 돈 없는 돈 다 쓰고 나서야 캐시는 겨우 임신했고 몰리를 낳았다. 아이는 몰리가 끝이었다. 캐시는 임신 중에 죽을 고비를 넘기고 합병증으로 수술을 받고 나서 다시는 임신할 수 없게 되었다. 몰리라는 이름은 데커의 어머니 이름을 딴 것이었다. 데커의 부모님은 그가 대학생일 때 자동차 사고로 사망했다. 몰리는 친할머니의 이름을 물려받고 얼마 안 되는 시간 동안 그 이름으로 살다가 누군가의 손에 의해 죽고 말았다. 어쩌면 세바스찬 레오폴드의 손에.

그는 벽돌 요새로 바뀌어버린 맨스필드 고교를 올려다보았다. 여러 각도로 난잡하게 친 접근 금지 테이프가 노란 거미줄처럼 독살스럽고 무시무시하게 보였다. 경찰차, 감식반 트럭, 시체를 실으러 온 창문 없는 검은색 트럭이 있었다. 시체는 아직 학교 안에 있을 것이다. 치료가 필요한 부상자 외에는 아무것도 범죄 현장에서 빠져나가서는 안 된다. 현장을 샅샅이 훑고, 사진 찍고, 측정하고, 헤집고, 들추고, 분석할 때까지는. 죽은 사람이야 자기 피 웅덩이 속에 아무리 오래 누워 있어도 개의치 않을 것이다. 어차피 총을 난사한 사이코에 의해 영원히 잠든 마당이니.

아직 경찰 신분이었다면 데커는 지금 저 안에 있었을 것이다. 그가 서 있는 곳에서 메리 랭커스터가 왔다 갔다 하는 모습이 두 번이나 보였다. 그녀는 초췌했고, 메스껍고 우울한 표정이었다. 그가 있는 쪽을 한 번 흘끔거렸지만 그를 알아본 것 같지는 않았다. 경황이 없는 거다. 유치장에 있는 세바스찬 레오폴드라는 이름의 남자도 까맣게 잊고 있을 것이다. 그자가 세 명을 죽였다고 자백했다는 것도, 그중 둘이 데커의 삶의 전부였다는 것도. 처리해야 할 새 시체들을 무더기로 떠안았으니 그럴 만도 했다. 게다가 살인을 언제 또 저지를지 모르는 범인이 아직 거리를 활보하고 있을 텐데, 유치장에 얌전히 들어 있는 범인이야 뒷전일 수밖에.

사건 소식은 전국으로 퍼져나갔다. 모든 언론이 머리기사 제목에 벌링턴을 언급했다. 사망자 명단은 아직 공개되지 않았다. 휴대전화로 검색해보니 "곧 가족들에게 알릴 예정"이라는 말뿐이었다. 경찰 쪽 친구에게서 들은 바로는 피트 루크의 손자는 무사했다. 하지만 한 순경의 아들은 운이 없었고, 배차 담당 경찰의 남편, 맨스필드 고교의 영어 교사 앤디 잭슨은 여러 군데 총상을 입어 중태에 빠졌다.

데커는 걷기 시작했다. 수사 안전선을 따라 학교 주변을 빙 돌았다. 밀러는 범인이 달아났다고 했다. 벌링턴의 민심은 부글부글 끓다 못해 폭발할 지경이었다. 사랑하는 사람들을 잃은 것도 애통한데, 살인범이 버젓이 돌아다니면서 또 살인을 저지를지 모른다니.

그런데 대체 어떻게 달아난 걸까? 범인이 생지옥을 만들어놓고 유유히 빠져나갔다는 건 직업적으로도, 개인적으로도 더없이 불쾌한 일이었다. 그는 심정이 복잡했다. 레오폴드 문제에 대해서는 더 이상 할 게 없다. 무기력하게 앉아서 무의미한 추측만 할 뿐. 그러지 않기 위해서 그는 맨스필스 사건으로 관심을 돌리기로 했다. 누가 그랬을까? 놈은 지금 어디 있을까?

그는 미식축구 경기장을 향해 계속 걸었다. 그가 한때 최고의 전성기를 누렸던 장소였다. 시즌이 절반쯤 끝난 시기라 잔디밭은 망가져 있었다. 이번 주 금요일에 홈경기가 예정되어 있지만 열리지 않을 것이다. 올해는 아예 경기가 없을지도 모른다. 어쩌면 다시는 열리지 않을지도 모른다.

그는 관중석으로 올라가 50야드 선 근처에 앉았다. 비대한 몸뚱이를 이끌고 계단을 오르자니 중노동이 따로 없었다. 그는 살을 빼야겠다고 중얼거렸다. 사람의 형체를 회복해야 한다. 지금 마흔두 살인데 이런 식이면 쉰두 살까지 살지도 못할 것 같았다. 젠장, 마흔셋까지 버틸지도 의문이었다.

그는 경기장을 내려다보면서 고등학교 시절 뛰었던 경기들을 떠올려보려고 기억을 더듬었다. 분명 머릿속 어딘가에 있을 텐데 그것들을 꺼낼 수가 없었다. 그의 머릿속 블랙박스는 프로 선발 경기가 있던 날 전으로는 돌아가지 않았다. 그는 젊은 시절을 떠올리면 신이 나면서도 약간은 불편한 기분이 들었다. 당시 그가 공을 정확히 던질 수 있는 최대 거리는 70미터 정도였다. 그는 대학에 들어가고 나서 얼마 뒤에 그 정도로는 대학 쿼터백 선수가 될 수 없다는 걸 깨달았다. 그래서 수비수로 전향했지만 그쪽 선수들은 그보다 더 크고 강하고 빨랐다. 그간 별 노력 없이도 잘나가던 남자에겐 날벼락 같은 일이었다. 포기할 수도 있었지만 그는 더 뛰어난 동료들보다 더 열심히 하는 길을 택했다.

하지만 결국 모든 것은 수포로 돌아갔다. 선수 시절은 옛말이 됐고, 형사로서의 삶도 끝나버렸다. 그는 딱딱한 알루미늄 외야석에 앉았다. 이 자리는 울룩불룩한 이랑이 있어서 미식축구 경기가 절반만 지나면 엉덩이가 쓸려 아팠다. 남은 오늘 하루는 이런저런 생각을 하며 보낼 작정이었다. 그의 생각은 살인자가 탈출한 방법으로 흘러갔다.

출입구는 맨스필드 고교 여기저기에 있다. 정면, 후면, 왼쪽, 오른쪽. 자동소총을 들고 들어가 난사하는 사람이 없었던 먼 옛날에 건설됐기 때문이다. 시간이 지나 교내 총격 사건이 보편적인 시대가 되자 출입문은 폐쇄되거나 안에서만 열리도록 바뀌었다. 현재 방문객들은 정문으로 들어가 사무실에서 신원을 확인하도록 되어 있었다. 금속 탐지기를 들여놓자는 얘기도 나왔지만, 파산 직전의 학교가 감당하기 어려운 비용이다. 학교 측은 비상사태 시 주민들에게 이메일을 발송하는 자동 경보 체제를 운영했다. 오늘 발생한 최악의 비상사태에 그 경보망이 작동했을 것이다.

경찰 차량과 언론사 트럭 들이 둥글게 원을 그리며 서 있었고 가족들이 그 바깥을 에워쌌다. 아까 그쪽을 지나쳐 올 때 데커는 그들의 얼굴에서 이 세상 사람에게선 볼 수 없을 듯한 극심한 고통을 보았다. 몰리가 살아서 9학년이 되었다면 여기 다녔을 것이고, 그랬다면 그도 지금 학부모들 틈에 끼어 있었을 것이다. 발을 동동 구르고, 두 손은 주머니 속에 넣고, 고개를 숙여 신발을 내려다보고, 슬퍼하는 사람들 틈에서 뭔가를 중얼거리면서. 생각만 해도 너무 끔찍해서 속이 뒤집어지는 것 같았다.

그는 주머니 안에 손을 넣어 지갑을 꺼냈다. 지갑 안에는 딸애가 아홉 살 생일 때 찍은 빛바랜 사진이 들어 있었다. 결국 그 아홉 살 생일은 딸애가 기념한 마지막 생일이 됐다. 그의 손이 딸애의 장난스러운 미소와 곱슬머리의 선을 따라 움직였다. 딸애의 눈은 엄마를 닮아 담갈색에 초롱초롱했다. 그 사진을 언제 찍었는지, 카메라 플래시가 터졌을 때 그는 무얼 하고 있었는지 정확히 기억하고 있었다. 초여름, 그는 뒷마당에서 딸애가 좋아하는 음식을 굽고 있었다. 캔자스시티산 갈비와 껍질을 까지 않고 물에 담가놓은 옥수수.

그는 학교 쪽을 돌아보며 다시 생각에 잠겼다. 놈은 어떻게 범행을 저질렀을까. 첫째, 무기를 들고 진입. 둘째, 실행. 셋째, 탈출. 가장 까다로운 부분은 바로 세 번째 단계다. 살아 있는 사람들이 꽤 많았는데 어떻게 모두의 눈을 피해 빠져나갈 수 있었을까?

"무슨 생각을 그리 골똘히 해?"

그는 아래쪽 허리 높이의 철조망에 둘러싸인 미식축구 경기장과 그 주변의 자갈길을 내려다보았다. 메리 랭커스터가 오른손에 담배 한 개비를 들고 그를 빤히 올려다보고 있었다. 그녀의 왼손이 바르르 떨며 옆구리로 올라가 안착했다. 그녀는 천천히 계단을 올라와 그의 옆에 앉았다. 아침에는 창백하고 불쾌해 보이더니 지금은 시달리다 못해 넋이 나간 듯 보였다. 그야말로 마른하늘에 날벼락 같은 상황이겠지.

그녀는 묵묵히 담배를 빠끔거리며 텅 빈 경기장을 바라보았다.

"죽을 맛이겠네." 데커가 조용히 말했다.

그녀는 고개만 끄덕이고 대답은 하지 않았다.

"어떤 상황이야?" 그가 물었다.

"직접 가서 한번 볼래?"

그는 고개를 돌려 그녀를 쳐다보았다. 그가 입을 열기 전에 그녀가 말했다. "네가 레오폴드한테 한 짓, 다 들었어."

"네가 와서 말해줬다는 얘긴 안 했어."

"내가 네 입장이었다면, 난 그놈을 쏴 죽였을 거야."

랭커스터에게는 다운증후군을 앓는 샌디라는 자식이 하나 있었다. 남편 얼은 건축업자였는데, 이 동네엔 일감이 별로 없어 노는 날이 많았다. 그들은 변변치 않은 랭커스터의 월급에 의지해 근근이 살아가고 있었다.

"넌 그놈이 그런 짓을 할 만한 그릇이 아니라고 생각하지, 응?" 그녀가 물었다.

"더 알아볼 게 많아."

"아침에 기소 인부 절차를 밟게 될 거야. 자백을 했으니 놈을 붙잡아둘 순 있어. 보석도 요청하지 않을 거야. 놈은 알려진 주소나 연고가 없거든. 도주의 우려도 있고. 변호인이 정해지는 대로 재판이 열릴 거야."

"국선 변호사?"

"그렇게 되겠지. 그나저나 맨스필드 범죄 현장 보고 싶지 않아?"

"난 그 안에 못 들어가, 메리. 알잖아."

"괜찮아, 서장님이 허락했어. 벌링턴 경찰서의 공식 컨설턴트로. 유급 컨설턴트. 큰돈은 안 되겠지만 사설탐정 일로 버는 돈보다야 많을걸."

"서장님이 정말 허락했다고?"

그녀는 휴대전화를 꺼냈다. "직접 읽어볼래? 아니면 내가 읽어줄까?" 그녀는 문자 내용을 읽기 시작했다. "데커한테 맨스필드 사건을 맡겨. 데커가 주목하는 걸 주목해. 지금 우리에겐 도움이 필요해. 어차피 그 자식 지금 자기 연민에 빠져 있거나 레오폴드에 집착하거나 쓰레기들 뒤나 캐고 있을 텐데, 그건 시간 낭비야."

"서장님이 최근에 내 뒤를 캤나 본데."

"그랬나 봐." 그녀는 일어서서 담배 연기를 쭉 뿜어내고는 꽁초를 퉁겨 버렸다. 데커는 꽁초가 무너진 자갈길 쪽으로 떨어지는 것을 바라보았다. 불이 잠시 붙어 있다가 꺼져버렸다.

죽은 사람들 같군. 데커는 일어서며 생각했다. 그러고는 예전 파트너를 따라 계단을 내려갔다.

12

이렇게 조용한 학교는 처음이었다. 랭커스터 옆에서 복도를 걸어가는 데커의 머릿속에 곧이어 어쩌면 이렇게 음산한 곳이 다 있나 하는 생각이 들었다. 데커는 벽에 걸린 역대 교장 사진들을 지나쳤다. 그가 다닐 때의 교장도 있었다. 데커는 옛날에 수업을 듣던 교실들을 훑어보았다. 때로는 경청하고, 때로는 필기하고, 때로는 경청하고 필기하는 척하면서 잠을 잤던 곳들.

그러다가 두 복도가 만나는 지점에서 다리 한 짝이 눈에 들어온 순간 과거는 자취를 감추었다. 맨살이 드러난 종아리였다. 여자 시체인 것 같았다. 모퉁이를 돌자 추정은 사실로 드러났다. 여자가 리놀륨 바닥에 쓰러져 있었다. 바닥은 데커가 복도를 지나다니던 시절의 것 그대로인 듯 오래돼 보였다. 랭커스터에게 들은 바로는 사진 촬영과 측정 작업은 이미 끝난 상태였다. 죽은 여자는 친구에게 손을 흔들다가 남은 인생을 강탈당한 것처럼 한 손을 내민 자세였다.

"데비 왓슨." 데커가 여자를 내려다보고 있을 때 랭커스터가 말했다. "3학년. 막 열여덟이 됐어. 부모한테는 연락했고."

데커는 주위를 둘러보았다. 20년 동안 범죄 현장을 누볐으니 예전처럼 자연스럽게 단서를 찾아야 하는데, 어쩐지 어색한 기분이 들었다. 아웃사이더가 된 기분이랄까. 주변 공기가 밖으로 싹 빨려나가는 것 같았다. 그는 술렁거리는 마음을 가라앉히고 말했다. "하지만 부모가 아직 딸을 본 건 아니지?"

그녀는 고개를 저었다. "잘 알면서 그래. 범죄 현장이잖아. 아무도 못 들어와, 게다가 부모가 왜 보고 싶어 하겠어…… 이렇게 된 딸을?"

데커는 랭커스터가 준 비닐 덧신과 장갑을 착용했다. 그리고 데비 왓슨 옆에 무릎을 구부리고 앉았다. 머리가 빙빙 돌기 시작했다. 그는 헛기침을 하고는 시체에 집중했다. 데비는 산탄총으로 얼굴에 총알 세례를 받은 듯 얼굴이 아예 남아 있지 않았다. 뒤쪽 벽에 피와 살점이 튀어 있었다. 시체 옆에는 책들이 놓여 있었고, 공책 한 권은 피에 흠뻑 젖어 있었다. 그는 종이 한 장을 내려다보았다. 책에서 뜯긴 것이 분명했다. 이게 이 여자애가 끼적인 낙서라면 장차 괜찮은 예술가가 됐을 텐데 하는 생각이 들었다.

"총격 순서는 아직 안 나왔어?" 그가 물었다.

"지금까지 알아낸 바에 따르면, 이 여자애가 가장 먼저 죽은 것 같아."

"범인이 들어온 방향은?"

"이쪽."

랭커스터는 얼마쯤 떨어진 학교 뒤편으로 그를 데려갔다. 그러고는 여러 문들을 가리켰다. "문은 수업이 있는 날엔 항상 잠가둬."

그녀는 벽 위쪽 구석에 설치된 감시카메라를 가리켰다. "저 카메라에 찍혔어."

"인상착의는?"

"도서관에 지휘 본부를 차렸어. 거기 내 노트북에 이미지를 띄워놨어. 전투복을 입은 덩치 큰 남자였는데, 얼굴은 마스크랑 차광면으로 완전히 가렸더라고."

"벨트를 하고 멜빵까지 찬 셈이군." 데커가 언급했다. "꼼꼼한 놈이네."

랭커스터가 말했다. "우린 놈이 이쪽 방향으로 들어와서 모퉁이를 돈 다음 데비 왓슨과 마주치고 총을 쏜 걸로 추정하고 있어."

"복도에 다른 사람은 없었을까?"

"오전 그 시각엔 다들 수업을 듣고 있었어."

"그런데 데비는 왜 아니었지?"

"갠 양호실에 가던 길이었어. 배가 아파서. 수업을 빠져도 좋다고 허락해준 교사 말에 따르면 그래."

데커는 다시 주위를 둘러보았다. "다들 수업 중이었다, 그럼 범인은 운이 좋았거나 학교 일정을 아는 놈이겠군."

"나도 그 생각 했었어."

"데비가 쓰러진 뒤엔?"

"놈은 체육관으로 가서 조 크레이머와 거기 있던 교사를 쏘고, 왔던 길을 되돌아가 데비의 시체를 지나서 학교 정면으로 향했어. 그 무렵 총성에 모두들 놀랐지만 대부분 그냥 교실에 있었어. 놈은 교실로 들어가서 학생 한 명을 더 쐈어. 그러고는 다른 교실에 들어가서 또 쐈고. 사망자 한 명과 부상자 한 명이 더 늘어났지. 부상자는 교사야."

"앤디 잭슨? 영어 교사? 뉴스에서 들었어."

"맞아. 그러고 나서는 복도 반대편으로 가서 다른 교실로 들어갔어. 사망자 추가 발생. 그다음엔 같은 복도에 있는 다른 교실에서 여섯 번째 사망자가 발생했어. 놈은 교무실로 향했고, 거기서 교감을 쏴서 죽였어. 그러고 나서 다른 교실에서 학생 한 명을 더 쏴 죽였고. 총 여덟 명의 사망자 발생. 앤디 잭슨이 중태라 사망자 수는 더 추가될 것 같아."

"그럼 학생 여섯에 어른 둘이네?"

"응. 그리고 중상 한 명."

"범인이 전투복에 마스크, 차광면 차림이었다고 했지?"

"맞아."

"그 밖엔? 신발 종류는?"

"비디오엔 허리 위만 잡혔어. 면담한 사람들 중에 놈의 신발을 본 사람은 없었고. 놈은 장갑을 꼈고, 무기는 산탄총과 권총. 탄도 연구원들이 아직 컴퓨터 작업 중이야. 탄환 대다수가 아직 희생자들 몸속에 있어. 놈은 권총을 사용했을 땐 희생자들한테 탄환을 엄청나게 퍼부었어."

"반드시 죽이려고 작정한 거야." 데커가 말했다. "산탄총은 확실하니 걱정하지 않았을 테고."

"그래, 그랬겠지."

"모자도 썼고?"

그녀는 고개를 끄덕였다.

"놈에겐 신원을 감추는 게 굉장히 중요했군. 덩치가 크다고 했지? 얼마나 커?"

그녀는 공책을 꺼냈다. "비디오에 놈이 벽의 포스터와 함께 잡힌 장면이 하나 있었어. 그걸로 계산을 해봤지. 키는 188센티미터 이상이고, 어깨가 아주 넓은 것 같아. 너처럼. 남자가 확실해. 90킬로그램 이상이고."

"그렇게 학교를 휘젓고 다녔는데 찍힌 장면이 딱 하나라고?"

"카메라 위치를 알고 피해 다닌 것 같아." 랭커스터가 말했다. "미리 와서 사전 정찰을 했을 수도 있고."

"하지만 딱 한 번 카메라를 피하지 않았단 말이지?"

"응. 왜 그랬을까? 별 의도가 없는 일인가? 아니면 실수로?"

"아직 단정하기 어려워. 하지만 고의였다면 이유를 알아내야 해."

랭커스터는 몇 가지를 적었다.

"놈이 교실을 돌아다녔다고 했지?"

그녀가 고개를 끄덕였다.

"매번 한 사람을 죽이고 이동했다고?"

"응. 부상을 입은 앤디 잭슨 빼곤."

"피해자들에게 공통점은 없었어?"

"놈이 특정한 사람들을 표적으로 삼았을 거라는 소리야?"

"아니라곤 할 수 없지."

"그랬다면 그날 아침 그 시각에 그들이 어떤 교실에 있는지 알아내야 했을 거야."

"어떻게든 알아냈을 수도 있어."

"그건 내가 알아볼게." 랭커스터가 말했다. "하지만 과연 그 난리통에 목표한 대상만 줄줄이 쓰러뜨리는 게 가능했을지 의문인걸."

"난리는 다른 사람들에게만 해당되고 놈에게는 아닐 수도 있어. 놈은 총을 가졌으니까."

"아무리 그래도." 그녀는 믿기지 않는다는 투로 말했다.

"퇴로는?"

"그건 아직 확실하지 않아."

그는 그녀를 바라보았다. "놈이 총질을 끝내기까지 시간이 얼마나 걸렸지?"

"경과한 시간을 꿰맞춰보니까 한 10분 정도. 그보다 더 걸렸을 수도 있고."

데커는 창밖을 흘끔 쳐다보았다. 학교 정면은 도로에서 한참 들어온 땅에 자리하고 있었다. 길 맞은편은 주택가였다.

"저쪽에선 무슨 소리 들은 사람 없나? 총성이든, 비명 소리든?"

"수사 중이야. 하지만 놈이 소음기를 썼을 수도 있어."

"산탄총에는 소음기 못 달아. 아니, 전투복에 모자, 차광면 차림으로 두 종류의 무기를, 그것도 장총을 소지한 채 여기를 걸어 나갔는데 어떻게 아무도 놈을 못 봤을 수 있냐는 거야. 같은 맥락에서, 그런 차림으로 여기로 들어왔는데 아무도 놈을 못 봤다고?"

몸이 조여드는 느낌이 다시 그를 압박하기 시작했다. 이마에서 땀이 솟았다. 그는 장갑을 낀 손으로 벽을 짚었다. 랭커스터는 그가 힘들어하는 것을 보았지만 아무 말도 하지 않았다.

"비디오에 의하면 놈은 뒤편에서 들어왔어. 그쪽에는 옛 육군기지 말고는 아무것도 없어. 눈에 띄지 않고 몰래 숨어든 모양이야. 거기 뒤편 쓰레기통에 숨어 있다가 나타났거나."

데커는 배를 문질렀다.

"괜찮아, 에이머스?"

"시원찮은 것만 먹어서 그래. 그 쓰레기통은 확인했어?"

"싹 뒤졌는데 아무것도 못 찾았어. 군 기지 주변 울타리까지 수색했는데 아무 흔적도 없더라고. 거기 풀이 웃자라서 그쪽으로 들어왔다면 티가 날 텐데."

"어쨌든 놈은 학교 뒤쪽에서 앞쪽으로 총을 쏘며 나아갔고, 그 방향으로 떠났을 거야. 그런데 어떻게 아무도 놈을 못 봤을까? 길 건너편에 집들이 있는데. 길에 차들도 지나다니고."

"길 건너에 있는 집들은 압류된 빈집들이야. 그리고 노동자들 사는 동네라, 빈집이 아니라도 아침 그 시각에는 사람이 많지 않았을 거야. 게다가 학교가 워낙 안쪽에 자리하고 있어서 소리가 안 들렸을지도 모르고."

"하지만 지나가던 차량이나 행인이 있지 않았을까? 창가에서 애들이랑 교사들이 고함을 질렀을 텐데. 911에 신고하고, 순찰차가 오고, 경찰들이 죄다 학교로 출동하는 데 시간이 얼마 정도 걸렸지? 15분?"

"그 정도야, 응."

"설사 놈이 떠나는 걸 본 사람이 학교 밖에는 없었다고 해도, 학교 창가에서 그걸 본 목격자가 있어야 정상이야. 애들이 전화기 카메라로 찍거나. 그리고 내 기억으론, 이 건물에는 교실 창가에서 안 보이는 출입구는 없어."

"어떻게 알아? 몰래 내뺀 경험이 많아서?"

"내빼지 않은 날이 없었지."

"왜 아니겠어. 난 옆 카운티에서 학교를 다녀서 여긴 잘 몰라."

"난 여전히 놈의 진입 방향을 모르겠어. 어떻게 여기까지 전혀 눈에 안 띄고 들어왔을까? 아무리 뒤쪽으로 들어왔다고 해도 그렇지. 거기가 내려다보이는 창문들이 있는데 말이야."

"맞아, 하지만 2층과 3층은 사용 안 해."

"1층에도 학교 뒤편이 내다보이는 창문이 있어."

랭커스터는 그저 고개만 저었다.

"학교는 수색했어?"

"지금 수색 중이야."

"교직원이랑 학생은?"

"안전한 곳으로 대피했어."

"안전한 곳?" 대커는 머리와 배에 일어나는 통증을 무시하며 말했다.

"범인이 아직 여기 있는지 아닌지 확실하지 않아, 에이머스. 이런 경우엔 사람들을 안전한 곳으로 이동시키고 현장을 확보하는 게 최우선이잖아."

"당연한 소리지만, 아무도 놈이 떠나는 것을 못 봤다면 범인을 안전한 곳으로 대피시킨 건 아닌지 어떻게 알지?"

"범인의 인상착의가 나올 때까지 누구도 현장을 떠날 수 없었어. 여자들은 용의 선상에 있지 않아. 범인은 남자라고 목격자들이 한 목소리로 말했거든. 그런데 안에 있던 남자들 중엔 놈의 인상착의에 맞는 사람이 전혀 없었어."

"학생들도? 요즘 애들은 덩치가 꽤 크잖아."

"덩치가 그 정도 되는 남학생들은 모두 알리바이가 있어. 대부분 미식축구 선수라 학교 안에선 유명한 애들이야. 그 시각에 그 애들은 다른 학생들과 교실에 있었어. 범인일 수가 없는 거지. 여러 가지 이유로 교실에 없었던 남학생들은 네 명인데, 전부 키가 175센티미터 이하에 몸무게도 별로 안 나가. 목격자들 진술에 의하면 범인은 큰 키에 몸무게가 90킬로그램은 너끈히 넘는대. 게다가 운동선수처럼 근육질이고."

"그날 학교에 안 온 사람들은 어때?"

"수사 중이야. 거기서 뭔가 나올 수도 있지. 하지만 내 육감으론 놈은 외부인이야."

"남자 교사 중에 몸집이 그 정도 되는 사람은 없어?"

"체육 교사. 하지만 그 사람은 죽었어. 교감도 체구가 큰데 그 사람도 죽었고. 다른 사람들은 전부 182센티미터 이하에 77킬로그램 이하야. 게다가 어깨가 넓다고 볼 만한 사람도 없고. 생존한 교사들 중에 그 몸무게에 육박하는 사람은 화학 교사뿐인데, 그 사람은 키가 170센티미터밖에 안 되는 데다 금방이라도 심장마비를 일으킬 것처럼 생겼다고."

"그럼 놈은 대체 어디로 갔을까? 차를 몰고 온 건가?"

랭커스터는 고개를 저었다. "그건 아닐 거야. 그 시각에 접근하거나 떠나는 차량을 본 사람이 아무도 없거든."

"그게 말이 돼?"

"그래. 그거 참 이상하지." 그녀가 인정했다. "놈이 아직 건물 내에 숨어 있다면 잡을 수 있어. 경찰들이 현장을 포위하고 있으니까. 아무도 여길 빠져나가지 못해."

"지금 수색 작업이 진행 중이라며?"

"사람들을 대피시키자마자 학교를 이 잡듯 샅샅이 뒤지고 있어. 아무도 눈에 띄지 않고 여길 빠져나가진 못해, 에이머스."

"막다른 미로로 들어가는 꼴이군."

그녀는 고개를 갸웃거리고는 껌을 씹었다. "뭐라고?"

"현장에서 아무것도 나오지 않았고 아무도 그자가 나가는 걸 못 봤다면, 범인은 학교 안에 있던 사람일 수밖에 없잖아. 교사나 학생이나 직원. 부모들 신원은 다 파악했어?"

그녀는 고개를 끄덕였다. "그 사람들은 나이도 많고 전부 배불뚝이야. 하지만 일리 있는 지적이네."

"놈이 찍힌 비디오 좀 볼 수 있을까?"

그는 그녀를 따라 도서관으로 가서 목재 짝문을 통과했다. 도서관 구석에는 연방수사국 요원들이 자리를 잡았고, 주 경찰관들도 한 자리 차지하고 있었다. 랭커스터와 그녀의 팀은 왼편 한 귀퉁이로 밀려나 있었다.

랭커스터는 동료들이 자리 잡은 곳으로 걸어가기 시작했지만, 데커는 도서관 입구에 그냥 서 있었다. 이 바닥을 떠난 지 얼마 되지 않았는데 별안간 그 기간이 영원처럼 느껴졌다. 그는 사람이 많은 데를 좋아하지 않았다. 아무리 같은 목적을 위해 모인 사람들이라지만 많은 수사관들 틈에 끼고 싶지 않았다. 차라리 여관으로 달아나 방문을 닫고 갖가지 색깔이 그를 덮치든 말든 눈을 감고 있는 게 나을 것 같았다. 게다가 그가 무슨 도움이 되겠나? 자기 가족을 죽인 살인범도 못 찾아내는 주제에. 그는 문을 응시했다. 아직은 도망칠 기회가 있다.

"에이머스!"

데커는 소리 나는 쪽을 쳐다보았다. 오늘 저녁에 밀러 서장은 경찰복 차림이었다. 서장이 손을 내밀자 데커는 마지못해 그 손을 잡고 흔들었다.

"도와줘서 고맙네, 에이머스." 밀러가 말했다. "큰 힘이 될 거야."

데커는 도서관에 있는 인력들을 보았다. "지원군이 많다 못해 넘치는데요."

그는 손을 빼려고 했지만 밀러는 손을 계속 잡고 있었다. 밀러의 시선은 옛 부하에게 꽂혀 있었다. "빛 좋은 개살구야. 난 자네가 합류해줬으면 좋겠어. 자넨 안목이 있으니까. 정말이야. 자넨 안목이 있어, 에이머스. 그리고 우린 이놈을 꼭 잡아야 하네. 이 사태를 바로잡아야 해. 사건을 해결해야 한다고." 그는 데커가 쳐다볼 때까지 그의 얼굴을 계속 응시했다. "반드시 해결해야 해. 자넨 이해할 거야, 자네라면."

"그럼요." 데커는 말했다. "이해합니다, 제가 못 잡았으니까요."

밀러는 데커의 손을 놓아주었다. "가서 자네 파트너랑 합류하지 그러나? 자네 둘이 다시 함께 있으면 보기 좋을 거야."

데커는 아무 말 없이 돌아서서 랭커스터가 기다리고 있는 쪽으로 건너갔다. 달아날 기회는 날아갔다. 그가 문가에 서서 어떤 생각을 했는지 밀러 서장이 정확히 간파했다는 느낌이 확신으로 굳어졌다. 서장은 그의 퇴로를 완전히 차단한 것이다.

데커는 지역 경찰들 지휘 본부 중간에 있는 탁자로 가서 랭커스터 옆에 거대한 몸뚱이를 앉혔다. 탁자에는 노트북이 여러 대 놓여 있었다. 바닥 여기저기 흩어진 다중 포트 콘센트들에 연장 코드, 컴퓨터, 프린터, 스캐너 들이 연결돼 있었다. 서류철이나 종이, 태블릿 컴퓨터를 들고 돌아다니는 사람들은 차분했지만 절박한 인상을 주었다. 아이가 이 학교에 다니는 경찰들도 많다. 범인을 검거하기 위한 별도의 장려책은 필요하지 않을 것이다.

밀러 서장이 데커의 이름을 소리쳐 부른 이후 사복 경찰 몇 명과 제복 경찰 두 명이 그를 알아보고 고개를 끄덕이거나 엄숙한 표정을 지었다. 그는 최선의 상황에서 경찰직을 떠난 것은 아니었지만, 특별히 반감을 사지도 않은 것 같았다.

그는 랭커스터를 쳐다보았다. "비디오는?"

랭커스터는 키를 눌렀고, 몇 초 뒤 눈앞에 거친 비디오 화면이 떠올랐다. "저게 그놈이야." 랭커스터가 말했다.

그는 기록된 시간을 확인했다. "8시 41분. 수업 시작 시간은?"

"8시 30분 정각. 사건 당시엔 모두들 교실에 있었어."

"놈이 뒷문으로 들어왔다고 했지? 이 장면은 그때 찍힌 거고?"

"응."

"그 출입구는 계속 잠겨 있지 않았나?"

"원래는 그랬어야지. 하지만 쇠지레로 쉽게 열려."

"강제로 연 흔적은 없어?"

"여기 문들은 1970년대 이후 교체된 적이 없어, 에이머스. 상태가 엉망이야. 강제로 열었는지 아닌지 장담 못 해."

그녀는 키를 몇 번 누르고는 그쪽 복도를 확대했다. "이게 그 우라질 복도……." 그녀가 말을 흐렸다. "미안, 단어 선택이 거칠었네. 확인한 바에 의하면 이 복도는 놈이 침입한 지점과 이어져. 놈은 방향을 꺾었는데 거기서 데비 왓슨과 마주친 거지, 1분쯤 뒤에."

"그럼 놈은 8시 42분쯤 데비 왓슨과 마주쳤고, 그때 첫 총격이 발생한 거네?"

"그렇게 봐야지. 게다가 총성이 울린 시각을 기억하는 사람들이 있어. 많은 사람들이 그 소리를 듣고는 시계를 봤대. 그러니까 8시 42분이 첫 총격 발생 시간일 가능성이 높아."

"그렇군." 데커는 그다음에 할 질문을 생각해 보았다. 자동으로 떠올라야 하는데 떠오르지가 않았다. 실력이 녹슨 모양이었다. 그는 열심히 근무 중인 숙련된 수사관들을 둘러보았다. 한때는 그도 저들 중 하나였다. 하지만 가족이 죽자마자 일손을 놓아버렸다. 당시 그는 도움이 되기보다는 거치적거리는 인력이었을지 모른다. 아니, 분명 그랬다.

그는 랭커스터를 내려다보았다. 그녀는 안쓰러운 표정으로 그를 올려다보고 있었다. "자전거를 타는 거랑 비슷해. 네 몸이 기억하고 있을 거야."

"그건 아니야, 메리. 수사는 할 수 있을 것 같은데, 이 몸을 끌고 다닐 수가 없어. 난 여기에 어울리지 않는 것 같다."

그녀는 화면을 다시 쳐다보았다. "아무튼, 감시카메라에는 녹음 기능이 없으니까 소리는 안 잡혀. 설상가상 다음 복도에는 카메라가 없었어."

"왜?"

"왜겠어? 예산이 없으니까 그렇지. 작동하는 카메라가 하나 있는 것만도 다행이야."

그는 잠시 생각에 잠겼다. "다른 건 그냥 예방 차원에서 달아둔 거지?"

"맞아. 카메라가 작동하지 않는다는 걸 사람들은 모르니까."

"그런데 이놈은 유일하게 작동하는 카메라에 잡혔고?"

"그랬든 아니든 중요하지 않아. 어차피 놈은 철저히 위장한 상태였어. 어떤 특징도 알아볼 수 없을 만큼."

데커는 두뇌가 다시 한 번 느릿느릿 반응하는 것을 느끼며 천천히 고개를 끄덕였다.

그는 화면에 뜬 이미지를 다시 쳐다보았다. 모자와 차광면. 차광면의 반사광이 번뜩였다. 그는 사냥감을 찾는 사냥개처럼 화면 쪽으로 더 가까이 다가갔다.

"모자를 쓴 놈의 얼굴이 정면으로 찍힌 적이 없네. 놈은 위장한 상태에서도 카메라 위치를 알고 카메라를 피했어."

"그게 중요한가?" 그녀가 물었다.

"지금 단계에선 중요하지 않은 게 없지."

랭커스터는 고개를 끄덕였다. “그게 네가 나한테 가르쳐 준 두 번째 법칙인 거 같다.”

“첫 번째 법칙은 ‘모든 사람을 의심하라’였지.” 데커는 무심히 덧붙였다. 그의 시선은 계속 범인에게 꽂혀 있었다.

그녀가 이 말에 대꾸하지 않자 그는 그녀를 쳐다보았다. 랭커스터가 말했다. “자전거를 타는 거랑 똑같아. 넌 내가 아는 사람 중 최고였어. 아직도 그럴지 모르고.”

그는 고개를 돌렸다. 쑥스러워서가 아니라 이미 변해버린 그의 마음이 그런 칭찬에는 더 이상 반응하지 않기 때문이었다. “놈이 모퉁이를 도는 장면까지 다시 틀어볼래?”

랭커스터는 데커가 요구한 대로 세 번 반복해 비디오를 틀었다. 그는 몸을 뒤로 기대고 생각에 잠겼다. 시선은 여전히 화면을 향해 있었다.

랭커스터는 그를 가만히 쳐다보았다. “뭐 떠오르는 거 있어?”

“떠오르는 거야 있지. 저런 차림새로, 무기를 들고, 허공 속으로 사라지는 존재.”

“난 유령이나 닌자 같은 건 안 믿어.”

“나도 그래, 메리. 하지만 이거 하난 확실해.”

“뭔데?”

“이놈은 못 빠져나간다는 거.”

그녀는 데커를 응시했다. 얼굴에 걱정하는 빛이 떠올랐다. “혹시 레오폴드 얘기 아니지?”

그는 어깨를 으쓱했다. 그의 눈은 멀리 떨어진 어딘가를 응시하는 듯했다. “어떤 면에선 전부 레오폴드 새끼랑 똑같아.”

13

랭커스터가 데커의 임시 신분증과 출입증을 마련했다. 데커는 오랫동안 범죄 현장에서 일한 경험자답게 증거를 훼손하지 않도록 조심하면서 현장을 돌아다녔다. 보고서를 훑어보고, 비디오를 조금 더 분석하고, 아는 부서 직원들과 몇 마디 얘기를 나누고, 알지 못하는 사람들에게 목례를 했다. 다시 범죄 현장에서 일하게 된 것이 영 거북했지만 한편으로는 뭔가가 회복되는 느낌이 들었다.

그의 실력이라는 것은 대부분 관찰력이었다. 그가 현장을 살피는 방식은 다른 사람들과 달랐다. 그는 사소한 것들에서 유죄 선고를 끌어냈고, 범인이 놓친 것을 수도 없이 포착해냈다. 그는 여기에서도 많은 것들을 관찰했다. 총격 사건과 직접 관계가 없는 것들까지도. 아니나 다를까 연방수사국은 여기서도 화려함을 과시하고 있었다. 그들은 신나게 돌아다니면서 물량공세로 모두를 압도했지만 경찰들은 개의치 않았다. 어차피 목적은 같았다. 이 난장판을 만든 놈을 잡는 것.

그는 통상적인 수사 절차로 돌아갔다. 걷고, 관찰하고, 질문하고, 보고서들을 읽었다. 학교 주변을 몇 바퀴 돌면서 모든 가능성을 열어놓고 관찰했고, 학교 안으로 돌아가 모든 창문에서 바깥을 내다보았다. 동 트기 직전 가장 어두운 시각이었다. 여기 있은 지 벌써 몇 시간이 흘렀지만 10분 정도 지난 것 같았다. 아직은 이렇다 할 생각이 떠오르지 않았기 때문이다. 하지만 괜찮다. 원래 범죄 수사가 한창 진행 중일 때는 기적이나 통찰은 여간해서 찾아오지 않는다. 그런 건 텔레비전에서나 일어나는 일이다. 실제 세상에서 결과는 사실들을 모으고 그 사실들에 기반해 결론과 추론을 도출하는 느리고 고된 작업을 통해 탄생한다.

동이 트기 몇 분 전, 시체들을 안치소로 이송하기 위한 차량들이 모여들기 시작했다. 학교 뒤편에 로딩독이 있었다. 경찰은 방수포와 강철 지지대로 그곳을 가려두었다. 차량들이 한 대씩 차단벽 사이 틈을 통과했다. 검고 튼튼한 가방에 든 시체들이 방수포 뒤에서 나오고 있었다. 시체들은 이름뿐 아니라 번호도 있었다. 그들은 더 이상 인간이 아니다. 데비 왓슨은 '희생자1'일 것이다. 체육 교사 조 크레이머에게는 '희생자2'라는 번호가 붙었다. 사망자가 늘어날수록 그런 식으로 번호가 추가된다.

데커는 로딩독 근처 학교 외벽에 기댄 채 파란 방수포를 관찰하다가 눈을 감았다. 그 색 때문에 학살된 가족이 떠올랐기 때문이다. 바깥세상의 색깔은 굳이 볼 필요가 없다. 머릿속에서 알짱거리는 색깔만으로 충분하다.

기본으로 돌아가, 에이머스. 천천히. 어떻게 하는지 알잖아. 오랫동안 했던 일이잖아. 메리 말이 맞아. 넌 할 수 있어.

동기. 사건은 항상 동기에서 출발한다. 탐욕, 질투, 쾌감, 사적 복수, 모욕감, 정신이상? 마지막 경우는 언제나 난제에 속한다. 정상이 아닌 마음은 어떻게 읽어야 할까? 하지만 이번 범인은 학교에 대한 정보를 수집했고 신체가 조금도 노출되지 않게 철저히 준비했다. 흑인인지 백인인지 알 수 없을 정도였다. 대량 학살범은 대부분 백인이긴 하지만. 덩치와 체형으로 보아 남자인 건 틀림없다.

그는 마지막 수송 차량이 떠나는 것을 바라보았다. 경광등은 켜졌지만 사이렌은 울리지 않았다. 죽은 자는 급할 게 없다. 모든 시체는 단서를 찾는 검시관에 의해 썰리고 잘리게 될 것이다. 가장 유망한 단서는 탄환이다. 어떤 종류의 탄환이 그들을 죽였는가? 그는 범인이 희생자들과 접촉하지 않았을 것으로 추정했다. 접촉하지 않았다면 단서가 될 만한 흔적도 남기지 않았을 것이다. 그래도 탄환이 있으면 언젠가는 들어맞는 총기를 찾아낼 수 있다. 그 총기의 주인을 추적하면 된다.

그는 도서관으로 돌아갔다. 랭커스터는 앉아 사건 보고서를 훑어보고 있었다. 그가 다가가자 그녀가 고개를 들었다. "아직 여기 있다니 의외네." 그녀는 터지는 하품을 참으며 말했다.

"달리 가야 할 데가 없어서." 데커가 말하고는 그녀 옆에 앉았다.

"둘러보고 온 거야?" 그녀가 물었다.

그는 고개를 끄덕였다. "별다른 게 안 보여."

"곧 보일 거야, 에이머스. 시간이 지나면."

"얼은 샌디랑 있어?"

그녀는 방을 둘러보며 고개를 끄덕였다. "남편도 이골이 났어. 최근엔 밤 샐 일이 많았거든. 그래도 이런 경우는 없었지만."

데커는 천천히 고개를 끄덕였다. 그의 잡담 한도가 다시금 꽉 차 버렸다. "목격자 진술 아직 완성 안 됐어?"

"컴퓨터에 몇 명 입력했어. 많지는 않아. 부상당한 교사랑은 아직 얘기 못 했어. 아무래도 그 사람은 가망 없는 것 같아. 그럼 희생자 수는 모두 아홉이 돼."

"앤디 잭슨. 그 사람은 어쩌다가 총을 맞았지?"

"교실에 있던 학생들 말이 그가 범인을 저지하려고 했대."

"어떻게?" 데커가 물었다.

"놈에게 달려들었다는군. 범인과 학생들 사이에 끼어든 거지."

"놈이 총을 쏘기 전이야, 후야?"

"후."

데커는 몸을 뒤로 기대고 생각에 잠겼고 그동안 랭커스터는 그를 지켜보았다.

"꽤 용감한 남자야." 랭커스터가 말했다.

데커는 그 말에 반응하지 않았다. "목격자 진술을 봐야겠어." 그의 목소리에는 활기와 자신감이 어려 있었다.

랭커스터는 그것을 감지하고는 슬며시 웃으며 목격자 진술을 띄워 그에게 보여주었다. 데커는 진술서를 꼼꼼히 읽었다. 다 읽고 나서 2쪽으로 돌아간 다음 10쪽으로 넘어간 뒤 노트북을 옆으로 치웠다.

"눈에 띄는 거 있어?" 가끔씩 그를 흘끔거리며 일을 하던 랭커스터가 물었다.

그가 일어섰다. "이따 봐."

"데커!"

그는 거대한 뚱보치고는 날렵하게 움직였다. 펄펄 날던 선수 시절의 기운이 조금은 남아 있는 모양이었다. 그는 도서관 문을 닫고 복도를 따라갔다. 랭커스터는 데커를 따라가지 않았다. 파트너로

10년을 함께하고 나니 새삼스럽지도 않았다. 그는 뭔가에 꽂히면 말 한마디 없이 훌쩍 사라지곤 했다. 그녀는 하던 일로 돌아갔다.

* * *

열 걸음 정도 걸었을 때 데커는 걸음을 멈추고 창문 밖을 내다보았다. 창밖으로 주차장이 보였다. 빗방울이 떨어지고 있었다. 허공에서 유영하는 듯한 수많은 촛불도 보였다. 물론 촛불은 아니다. 촛불이라면 비에 꺼졌을 테니까. 그건 휴대폰 불빛이었다. 사람들이 정문 밖에 모여 기도를 하고 있었다. 벌링턴 주민 전체가 몰려온 듯했다.

그의 가족이 살해당했을 때도 집 밖에서 기도회가 열렸다. 그때는 정말 촛불이 있었다. 꽃다발, 플래카드, 헝겊 인형이 무더기로 쌓였다. 지원, 사랑, 연대, 애정의 표시였다. 모두 선의에서 비롯된 것들이었지만, 그는 그것들이 쌓여 있는 광경이 메스꺼웠고 슬픔을 압도하는 분노마저 느꼈다.

그는 창문에서 몸을 돌려 계속 걸어갔다. 빗줄기가 학교 지붕을 거세게 때리기 시작했다. 그는 밖에 모인 사람들이 서둘러 휴대폰을 치우고 휴대폰 불빛들이 꺼지는 광경을 상상했다. 아니면 빗속에서도 휴대폰을 계속 들고들 있으려나. 휴대폰을 제물로 바쳐 여기서 목숨을 잃은 사람들을 기리는 의미에서.

데커는 복도에서 안면이 있는 형사를 지나쳤다. 형사는 데커가 도서관에서 본 적 있는 양복 차림의 연방수사국 요원과 얘기를 나누고 있었다. 형사는 데커에게 고개를 끄덕여 보였다. "듣자 하니 이 사건의 컨설턴트라면서, 에이머스. 다시 보게 돼서 반가워."

데커는 어색하게 고개를 끄덕이면서 연방수사국 요원을 흘끔거렸다. 그 남자는 데커를 쓱 훑어보았는데, 표정으로 보아 그를 가히 좋게 평가하는 것 같지는 않았다.

"응." 데커는 걸걸한 목소리로 간신히 대답하고는 가던 길을 계속 갔다. 그는 이 어색한 만남을 어렵지 않게 머릿속 저편으로 밀쳐냈다. 그의 머리는 범주화에 능란했다. 이런 일에는 눈곱만큼도 신경 쓰지 않았다.

그나저나 뭔가가 이치에 맞지 않았다. 그가 별안간 도서관을 나온 것은 그 때문이었다. 목격자 진술서 2쪽. 멜리사 달턴, 17세, 2학년, 자기 사물함에 책을 넣어두고 있었음. 때는 7시 28분, 정규 수업이 시작되기 한 시간도 더 남은 이른 시각. 전에 아파서 빠진 시험의 재시험을 치르기 위해 와 있었음.

달턴은 그때가 몇 시인지 정확하게 알고 있었다. 시험에 늦을까 싶어 사물함 위 벽시계를 쳐다봤기 때문이다. 그녀는 고등학교 내내 수업에 빠진 적 없었고 성적도 흠잡을 데 없었다. 부모님이 4년 내내 우수한 성적을 거두면 졸업할 때 저가 자동차를 한 대 사주겠다고 말했기 때문에 성적은 그녀에게 중요한 문제였다.

7시 28분. 그때 멜리사 달턴은 어떤 소리를 들었다. 수업 종이 울리기 한 시간 2분 전이었다. 그리고 수업 종이 울리고 12분 뒤, 그러니까 8시 42분쯤 범인이 모퉁이를 돌아 엽총을 겨눴고 데비 왓슨은 얼굴과 목숨을 잃었다.

멜리사 달턴이 들은 소리는 뭐였을까?

사소한 관찰들이 모여 거대한 돌파구가 되는 법이지.

그는 계속 걸었다.

114

데커는 걸음을 멈추고 주위를 천천히 둘러보았다. 체육관은 저 멀리 1층 마지막 왼쪽 복도에 자리하고 있다. 그 너머로는 교실들이 이어지다가 뒷문이 나온다. 큰 복도 오른편에는 더 많은 교실들과 관리실, 그리고 관리실에 연결된 뒤편 로딩독이 있다. 큰 복도는 앞에서 뒤로 이어지며 1층을 정확히 절반으로 나누고, 줄기에서 뻗어나간 나뭇가지들처럼 작은 복도들이 큰 복도에서 좌우로 각각 세 개씩 뻗어나간다. 출입구는 중간 복도에만 나 있으므로 학교로 드나드는 문은 동서남북 각각 하나씩 총 네 개가 된다.

그는 뒤쪽 문으로 가서 그 카메라를 올려다보았다. 그러고는 뒷문 주변을 이리저리 돌아다니면서 계속 카메라를 확인했다.

재미있군.

그는 큰 복도를 따라 왔던 길을 거슬러 정문 근처까지 갔다. 방향을 틀어 왼편 복도를 따라 가니 왼쪽에 구내식당이, 오른쪽에 도서관이 나왔다. 구내식당 정면에 멜리사 달턴의 사물함이 있었다.

사물함 바로 뒤는 랭커스터가 근무 중인 도서관이다. 그 맞은편, 드문드문 자리 잡은 교실들 옆에 구내식당이 있다.

데커는 고교 시절을 떠올려보았다. 당시 구내식당 끝에는 저장고 겸 준비실이 하나 있었고, 거기 문은 먹을거리가 잔뜩 쌓여 있는 작은 콘크리트 포치를 통해 밖으로 이어졌다. 그렇다면 실제로 문은 여섯 개인 셈이다. 복도의 큰 문 넷, 로딩독 문 하나, 여기 구내식당 문 하나.

7시 28분에 멜리사 달턴은 문이 열렸다가 닫히는 소리를 들었다. 교실 문 소리는 아니었다. 후쉬 하는 소리가 함께 났었다고 그녀는 말했다. 진공 밀폐문 소리 같은.

진공 밀폐문 소리. 랭커스터는 달턴이 과학을 좋아하는 데다 얼마 전 진공에 관한 수업을 들었기 때문에 그 용어가 떠올랐을 거라고 진술서에 의견을 달아놓았다. 그리고 그 옆에 물음표 여러 개와 커다란 별표 하나를 덧붙였다. 추후에 더 확인해보겠다는 뜻이다. 그런 그녀를 나무랄 수는 없다. 달턴의 말이 황당하게 느껴졌을 테니까. 그것이 진술서 2쪽의 내용이었다.

목격자 진술서 10쪽에 파볼 만한 게 하나 더 있었다. 데커가 여기에 온 것은 그 정보 때문이었다. 구내식당 직원들은 8시 45분 정각에 출근한다. 그 전도 아니고 그 후도 아니다. 어제도 예외가 아니었다. 구내식당 직원들은 모두 여성이다. 키 188, 몸무게 90, 넓은 어깨의 남성은 없다. 총격이 시작된 8시 42분에 구내식당 직원들은 학교로 들어오는 중이었다. 네 명은 주차를 하고 차에서 내리는 중이었고 한 명은 주차장으로 들어가려고 대기하는 중이었다. 그때 지옥의 문이 열렸던 것이다.

데커는 구내식당 안으로 들어가서 주변을 둘러보았다. 손이 본

능적으로 권총 개머리판으로 이동했다. 그는 엄지손가락으로 안전장치를 툭 풀었다. 약실에 한 발 장전해둔 상태였다. 전등이 꺼져 있어 스위치를 찾아서 팔꿈치로 불을 켰다. 그는 의자들이 단정히 얹힌 탁자들을 지나 식당 중앙을 가로질렀다. 식당 끝에 강철과 유리로 된 배식 탁자들이 있었는데 모두 텅 비어 있었다. 배식 통들도 모두 비어 있었다. 모든 게 깨끗했다. 접시도 가지런히 쌓여 있었다. 전날 밤 정리해둔 것이다.

그의 시선이 바닥을 훑었다. 뚜렷한 족적은 없었다. 데커는 입구를 지나 뒷방으로 들어갔다. 배식 공간까지 음식을 나르는 데 쓰는 이동식 카트들이 벽에 기대어 있었다. 대걸레와 양동이, 다른 청소도구도 있었다. 그것들은 그의 관심사가 아니었다. 그가 관심 있는 것은 저장실 안쪽에 설치된 붙박이 냉장고였다.

후쉬 하는 소리. 진공 밀폐 소리. 냉장고 문이 닫히는 소리.

혹은 열리는 소리였거나.

그는 권총을 빼들었다. 철저히 위장한 범인이 냉장고 안에서 발견되리라고 기대하는 것은 아니었다. 수색 작업은 여기도 이루어졌을 테니 냉장고도 열어보았을 게 분명하다. 하지만 이런 상황에서 뭐든 당연히 여기고 넘기다가는 학교 전체를 시체 가방에 신게 될 수도 있다.

그는 권총을 냉장고 문에 겨냥하고 다가가 외투 소매로 문손잡이를 움켜잡고는 위로 올린 뒤 홱 잡아당겼다. 후쉬 하는 소리와 함께 에어씰이 떨어졌다. 데커는 이 소리가 고요한 아침 텅 빈 공간을 날아가 멜리사 달턴의 귓속에 울리는 것을 상상했다. 이 작은 실험으로 그 소녀의 말이 사실로 입증되는 것 같았다.

데커는 물러서서 작업대 뒤에서 자세를 취하고는 냉장고 안이 완전히 보일 때까지 조금 이동했다. 안에는 식료품 말고는 아무것도 없었다. 하지만 그 광란의 날 아침 7시 28분에도 비어 있었을까? 그는 냉장고로 들어가 안을 둘러보았다. 안에 있는 사람이 문을 열고 나올 수 있게 문에 안전장치가 붙어 있었다. 사람이 안에 갇혀서 얼어 죽을 일은 없는 셈이다.

그 순간 그의 판단력이, 아니 감각이 작동했다. 냉장고 안은 아주 추워야 정상이다. 그런데 이 냉장고는 조금 서늘할 뿐이었다. 바깥보다도 차갑지 않은 것 같았다. 그는 온도계를 확인했다. 아니나 다를까 7도였다. 그는 냉장고 안의 서랍을 몇 개 열어보았다. 예상한 대로였다. 고기를 비롯해 상하기 쉬운 식품들이 냄새를 풍기고 있었다. 모두 내버려야 할 지경이었다. 놈은 냉장고 온도를 미리 올려놓고 여기를 은신처로 이용한 것이다. 그렇다면 멜리사 달턴이 들었다고 생각한 그 소리는 정말로 놈이 낸 소리였다.

하지만 왜 냉장고 안에 숨었을까? 무엇보다 어떻게 학교 안으로 들어왔을까? 냉장고는 낮 동안은 계속 사용되므로 직원들 퇴근 후에 들어와야 했을 것이다. 그러니까 총질을 하기 전날 밤중에.

다음 질문. 놈이 여기로 들어와서 얻은 것은 무엇일까?

그리고 모든 질문에 가장 앞서는 질문. 놈은 광란의 축제를 벌이기 위해 학교 앞쪽에 위치한 구내식당에서 뒤편으로 걸어갔는데, 어떻게 누구의 눈에도 띄지 않았을까? 순간이동을 한 것도 아닐 테고.

새로운 질문들이 데커의 머릿속에서 봇물 터지듯 쏟아지면서 용의자가 될 만한 대상도 달라졌다. 방문객들은 어떨까? 학부모들은? 밖에서 근무하는 직원들은? 랭커스터는 그런 사람들은 언급하지 않았다. 하지만 그 시각에 학교 안에 있던 사람들은 누구든 소환돼 조사를 받았을 것이다. 그건 범죄 수사의 가장 기본적인 법칙이다. 아무도 그냥 빠져나갈 수는 없다. 하지만 총격이 발생한 시점과 경찰이 출입을 차단한 시점 사이에 틈이 있었다. 범인은 그때 탈출한 게 분명했다. 하지만 어떻게 눈에 띄지 않고 탈출할 수 있었을까?

데커는 냉장고 밖으로 나와서 문을 닫았다. 그러고는 몇 발짝 걸은 뒤 위를 쳐다보았다. 냉장고 안에는 숨을 곳이 없다. 하지만 여기에는 뭔가가 있다.

그는 의자를 집어 방 한가운데에 놓고 힘겹게 의자 위에 올라섰다. 큰 키 때문에 머리가 드롭다운 천장의 타일에 부딪쳤다. '드롭다운' 천장은 실제 천장에서 60센티미터쯤 아래에 매달린 금속 난간을 따라 가벼운 패널을 설치한 것으로 흔히 플로팅 천장이라고 불린다. 1940년대에 드롭다운 기법을 사용했을 리 없으니 이 천장은 학교 건물이 처음 건설되고 나서 한참 후에 설치된 것이다.

그는 천장의 타일을 하나 들어내고 머리를 안으로 넣었다. 휴대폰 불빛으로 어두운 공간을 비추어보았다. 전선줄이며, 스프링클러 시스템 파이프며, 냉난방 및 환기 장치의 관 등으로 안은 몹시 어지러웠고 덩치 큰 남자는 도저히 들어갈 자리가 없었다. 설령 간신히 들어간다고 해도 가벼운 지지대가 육중한 몸무게를 지탱할 수 없을 것 같았다. 세 번 더 의자의 위치를 바꿨을 때 그는 뭔가를 발견했다. 그것은 위가 아니라 바닥에 있었다. 천장 타일의 부스러기. 그는 이미 조사한 곳들을 다시 살폈다. 그가 타일을 들어낸 곳마다 아래 바닥에 부스러기가 떨어져 있었다. 하지만 이곳은 그가 타일을 건드리지 않은 곳이었다.

그는 여러 각도에서 사진을 여러 장 찍었다. 그러고 나서 의자를 가져다 놓고 다시 한 번 의자 위로 올라갔다. 지문을 추가하거나 기존의 지문을 지우지 않도록 재킷 소맷부리로 손을 덮고 타일을 살짝 밀어 올렸다. 고개를 넣고 안을 살폈다. 여기도 텅 비어 있었다. 그런데 파이프나 전선, 도관은 없었다. 여기가 바로 은닉 장소였다. 위장 장비나 무기를 숨겼던 곳.

그는 안을 샅샅이 살피던 중 횡재를 만났다.

금속 지지대에 실오라기 하나가 걸려 있었다. 그는 그것에 불빛을 비췄다. 베이지색 같았다. 다른 지점에는 먼지 속에 자국이 하나 나 있었다. 그리고 세 번째 지점에 산탄총을 넣어두었을 때 묻은 것으로 보이는 기름 찌꺼기가 보였다.

그는 아무것도 건드리지 않고 내려와서 랭커스터에게 문자 메시지를 보냈다. 감식반이 내려와서 이곳을 샅샅이 파헤쳐야 한다고. 그리고 그들이 오기를 기다리는 동안 작은 로딩독으로 연결되는 문 쪽으로 걸어갔다.

"젠장."

문이 잠긴 줄 알고 몸을 기댔을 때 문이 그의 거대한 몸집에 밀려 와락 열렸다. 욕설이 절로 나왔다. 그는 작은 로딩독 위로 쓰러지다시피 나갔다. 180센티미터 높이의 나무 울타리가 주변을 둘러싸고 있었다. 큰 키 덕분에 울타리 너머가 내다보였다. 주위에 작은 쓰레기통 몇 개와 대형 쓰레기통이 있었고, 한쪽 구석에는 나무 상자들이 쌓여 있었다. 데커는 울타리 문을 밀어 열고 밖을 내다보았다.

주차장은 두 군데 모두 비어 있었다. 쩍쩍 갈라진 짧은 아스팔트 길과 철조망 울타리, 울타리에서 3미터가량 이어지는 키 큰 덤불숲, 울타리 바로 옆에서 자라난 또 다른 관목 숲. 그는 재빨리 울타리를 향해 건너갔다. 그러고는 덤불숲을 헤치며 식당 출입구와 마주보는 지점까지 나아갔다. 그곳 철조망 가운데가 찢어져 있었다. 휴대폰 불빛으로 비추어보니 녹이 슬어 있었다. 오래전에 생긴 것이다. 그는 덤불숲을 헤치고 반대편으로 빠져나갔다. 오솔길 하나가 교목 숲으로 연결됐다. 까마득한 옛날부터 학교 옆에 자리하고 있는 숲이었다.

쉽게 왔다 쉽게 갔군.

115

랭커스터가 껌을 씹고 있는 동안 감식반이 구내식당과 주방을 훑었다. 밖에서는 경찰들과 연방수사국 요원들이 데커가 알려준 경로를 추적하고 있었다. 데커는 양손을 주머니에 찔러 넣고 구내식당 벽에 기댄 채 돌아가는 상황을 빠짐없이 지켜보았다. 랭커스터가 다가왔다.

"냉장고 안은 전에도 살펴봤었어." 그녀가 말했다. "음식이나 온도계는 미처 확인 못 했지만. 하지만 나중에라도 알아챘을 거야."

"그때 넌 범인을 찾는 중이었잖아." 데커가 말했다. "상한 햄버거 신경 쓸 정신이 어디 있었겠어. 나야 그런 부담 없이 그냥 쑤시고 다니다 보니까 안 거지."

"어쩐지, 한마디도 없이 도서관에서 나가더라니. 내가 뒤에서 불렀는데. 나랑 같이 갈 수도 있었잖아, 에이머스."

그는 기분이 상한 그녀의 표정을 보고는 시선을 돌렸다. 아까는 미처 생각하지 못했는데, 아직 경찰직에 몸담고 있는 그녀로서는 데커와 함께 새로운 수사 방향을 제시해 경력에 도움을 받고 싶었을 것이다. 지금으로서는 데커 혼자 발견한 단서라 랭커스터에게는 아무런 도움도 되지 않았다.

"음, 난…… 그게……."

"됐어." 그녀가 딱딱거렸다. "예전에도 항상 그러더니."

"그랬나?"

"그거 고약한 습관이야. 넌 기억력이 좋으니까 그것도 기억하고 있을 줄 알았는데. 나한테만은 배려할 줄 알았어."

"내가 좀 제멋대로긴 해, 메리."

그녀는 화가 좀 풀리는 듯했다. "아냐, 네 원래 성격이 돌아오고 있는 것 같아. 넌 잘할 거야. 중요한 건 그거지."

"아냐, 넌 나 없이도 이 사건 해결할 수 있어. 실력 있으니까."

"그게 말이야, 에이머스." 그녀는 잠시 아래를 내려다보며 껌을 씹었다. 그러다가 시선을 들어 그를 쳐다보며 말했다. "사실 난 너랑 같이 일할 때가 그리워. 우리 손발이 잘 맞았잖아."

데커는 고개를 끄덕였지만 아무 말도 하지 않았다.

그가 더 이상 말할 것 같지 않자 랭커스터가 말했다. "그런데 이해가 안 되네. 놈이 여기 있었다면 어떻게 뒤쪽 출입구의 감시카메라에 잡힌 걸까? 말이 안 되잖아."

데커는 벽에서 몸을 뗐다. "내가 보여줄게."

그는 그녀를 학교 뒤편으로 데려가서 범인의 모습을 포착한 카메라를 가리켰다. "각도를 확인해봐."

그녀는 렌즈를 올려다보았다.

그는 뒷문을 등진 채 로비의 한쪽 측면에 붙어 로비를 돌다가 왼쪽으로 걸음을 옮겼다. "그 카메라가 포착한 지점은 바로 여기야. 비디오에서 본 바로는 그래. 그 장면에서는 내 뒤에 있는 저 가운데 문만 있었어."

"그러니까 범인은 방금 네가 한 대로 행동했다는 거야? 옆으로 들어와서 일부러 카메라에 찍혔다고?"

"뒷문으로 들어온 것처럼 보이도록 꾸민 거지."

"카메라 각도는 왜 저렇게 돼 있는 걸까?"

"움직였을지도 몰라."

데커는 카메라로 다가가서 팔을 뻗어 만졌다. "손이 닿네. 내가 키가 커서 그렇긴 하지만. 하지만 키가 더 작은 사람도 막대기나 빗자루 같은 걸 쓰면 각도를 조절할 수 있어. 아무도 모를걸. 누가 이걸 하루 종일 감시하고 있겠어, 안 그래?"

"젠장, 이놈의 사건 점점 더 복잡해지네."

"아니, 점점 더 계획된 사건이라는 냄새가 나, 메리."

"밖에 나가서 담배 한 대 피울래?" 그녀가 물었다.

그는 이상하다는 듯 그녀를 쳐다보았다. "나 담배 안 피워."

"이참에 다시 피워보는 건 어때."

"뚱뚱하든가 담배 피우든가 둘 중 하나만 해야지. 둘 다 한꺼번에는 못 해."

그들은 구내식당으로 돌아갔다. 식당에 도착해서 랭커스터는 껌을 하나 더 까서 입에 넣고 씹기 시작했다. "밀러 서장님이 배당금을 나눠줄 거야."

데커는 그녀를 쳐다보았다. "무슨 배당금?"

그녀는 그들이 들어온 방을 가리켰다. "여기. 맙소사, 영리한 너도 둔할 때가 있구나."

"여긴 내가 발견했지. 그래서 뭐? 그게 범인에 대한 확실한 단서도 아니잖아."

"놈은 온도가 올라간 냉장고 안에 숨어 있었어. 무기랑, 어쩌면 위장 장비까지 천장에 숨긴 것 같고. 그렇다면 놈은 여기 있었다는 얘긴데, 어째서 놈이 들어오는 걸 아무도 못 봤을까?"

"다른 단서라도 발견한 거야?"

"천장에 찍힌 기름얼룩, 총에서 나온 걸 수도 있어. 네가 발견한 실오라기는 위장복에서 나온 섬유 같아. 연방수사국이 확인 중이야. 그거면 충분하지."

그는 주머니에서 손을 빼고는 집게손가락을 구부려 엄지손가락 끝에 댔다. "난 요만큼도 잘한 게 없어. 축하할 이유가 없다고."

"우리보단 더 잘했지."

"제어판을 살펴봤어. 여긴 언제 보안 시스템이 작동하지?"

"보통 밤 10시에. 하지만 그날 밤엔 행사가 있었어. 학교 연극이 늦게까지 열렸지. 사람들이 많았어. 그래서 모두들 건물을 빠져나갈 수 있게 자정이 돼서야 보안 시스템이 작동했대."

"그럼 경보 기록에 아무것도 안 남아 있겠네?"

"없어. 제일 먼저 보안업체부터 확인했거든. 기록은 깨끗해."

"그럼 범인은 자정 전에 안으로 들어온 거야. 연극 때문에 구내식당에서 다과도 제공했겠지?"

"아니. 내 친구가 자기 애가 연극에 출연해서 왔었는데, 연극이 끝나자마자 다 떠났대."

"그렇다면 놈은 경보 시스템이 켜지기 전에 들어와서 은신처에 숨은 거로군."

"총은 왜 천장에 숨겼을까? 냉장고 안에 가지고 있지 않고?"

"그건 놈이 총을 가지고 들어와서 은신처에 숨었다는 전제 하야.

만약 놈이 미리 무기를 들여와서 숨겨둔 거라면? 그렇다면 숨기는 장소로 냉장고는 적합하지 않아. 누군가의 눈에 띄었을 테니까. 천장이 딱 좋지. 놈이 정말 무기를 그 위에 숨겼다면 말이야."

그녀는 고집스럽게 고개를 저었다. "왜 한꺼번에 하지 않았을까? 총기를 들여와서 숨기는 건 상당히 위험한 짓이야. 그리고 다시 숨어 들어와서 냉장고 안에 몸을 숨긴다? 그것도 누군가에게 발각될 위험이 있는데."

"동의해. 하지만 사실이 그렇다면 말이야, 거기에는 그럴 만한 사정이 있을 거야. 꼼꼼하고 치밀한 놈이라는 느낌이 들어."

"그런 것 같네." 랭커스터가 말했다.

데커는 생각에 잠겨 혼잣말을 하듯 지껄였다. "총기와 장비가 먼저였어. 범인은 나중이야. 놈은 학교 연극을 보러 온 사람이었을지 몰라. 아니, 그런 척한 사람. 강당은 큰 복도를 중심으로 구내식당과 마주보고 있어. 정문으로 들어와서 강당으로 가려면 왼편으로 꺾어야 해. 어쩌면 놈은 오른쪽으로 틀어 구내식당으로 갔을 거야. 아니, 주차장에서 뒤쪽 출입구를 통해서 들어왔다면 좌우가 바뀌겠군. 어쨌든 놈은 밤새 여기 있다가 다음날 아침에 광란의 축제를 벌였어. 그러니까 전날 밤 학교에서 낯선 사람을 본 목격자가 있는지 알아봐." 그는 말을 멈추었다. "그런데 함정이 있어."

"뭔데?" 랭커스터는 씹던 껌을 휴지에 싸서 쓰레기통에 던지고는 새 껌을 하나 더 까서 입안에 넣으며 물었다.

"데비 왓슨이 첫 번째 희생자라는 네 가설을 따져보자고. 그 애는 뒤쪽 출입구 옆의 복도에 있었어. 만약 놈이 밤새 냉장고 안에 숨어 있었다면 구내식당과 도서관 사이 복도에서 오른쪽으로 꺾어 큰 복도를 따라가면서 양쪽으로 이어지는 작은 두 복도와 교실들, 어쩌면 사람들까지 지나친 뒤 첫 희생자 왓슨을 쓰러뜨리고 나서 복도 반대편에 있던 체육 교사 크레이머를 죽였다는 뜻이 돼. 그러고 나서 왔던 길을 되돌아 학교 정문 쪽으로 나아가면서 사람들을 학살하기 시작했고." 데커는 회의적인 눈으로 그녀를 쳐다보았다. "그건 이치에 안 맞아. 그냥 학교 앞쪽에서 총질을 시작해서 뒤쪽으로 나아가는 게 맞지 않아? 그렇다면 왓슨은 마지막 희생자들 축에 끼는 거지, 첫 번째가 아니라."

"그럼 비디오에 찍힌 시간은 뭐야?"

"그게 가장 큰 함정이지. 그 시간을 보면 놈이 학교 뒤편에서 총질을 시작했다고 생각하게 되거든. 놈도 무슨 이유에서인지 우리에게 자기를 보여주려고 했어. 놈이 구내식당에 숨어 있었을지 모른다는 걸 알게 된 이상, 이제 그 비디오 장면은 함정처럼 보여. 따라서 확증된 건 딱 하나야, 카메라에 찍힌 시간. 범인이 구내식당에 숨어 있었다는 건 가망이 높은 가설인 거고. 둘 다 사실이라면, 이 둘은 서로 양립할 수가 없어. 1더하기 1은 3이 될 수 없는 거야."

"무슨 소리인지 알아듣게 말해, 에이머스."

"총격 예상 시간을 표시해놓은 학교 내부 구조도 있지?"

그녀는 고개를 끄덕였다.

"한번 보자. 놈은 우리 생각과 정반대로 이동했는지 몰라."

"하지만 네가 찾아낸 게 맞다면, 즉 놈이 앞쪽으로 갔다가 뒤쪽으로, 다시 앞쪽으로 갔다면, 구내식당의 저장실을 통해 밖으로 빠져나간 다음 오솔길을 따라 숲으로 도망쳤을 거야. 그게 가장 쉬운 탈출로니까. 그렇게 생각하면 모든 게 들어맞아."

데커는 숨을 들이마셨다가 내쉬고는 천장을 응시했다.

"그렇게 생각하는 게 그 개새끼가 노리는 건지도 모르지."

116

데커는 형사로서 점차 자신감이 붙는 것을 느끼며 한 시간 동안 총격 예상도를 반복해서 검토했다. 총격 예상도는 목격자 진술을 토대로 만들어진 것이었는데, 데커는 목격자 진술을 크게 신뢰하지 않았다. 법의학 증거들 역시 텔레비전에서 그려지는 만큼 완벽한 것은 아니라고 생각했다. 육감도 그저 육감일 뿐 그 이상은 아니다. 그나마 가장 정확하고 유용한 건 상식이다.

랭커스터가 노트북 화면에서 눈을 돌려 그를 쳐다보았다. "어떤 것 같아?"

데커는 짧아진 턱수염을 무의식적으로 쓰다듬었다. 속이 울렁거렸다. 밖이 환했다. 식사를 한 지 오랜 시간이 지났다. 하지만 그는 몇 끼 더 굶을 수 있었다. 수백 끼라도. 북극곰처럼 겨울 내내 축적한 지방으로 살아갈 수 있을 것 같았다.

"첫째, 내 생각에 놈은 구내식당에서 나왔어."

"그래."

"둘째, 데비 왓슨은 첫 번째 희생자야."

"그럼 네 딜레마로 다시 돌아가는 셈이네. 1 더하기 1은 3. 위장복과 모자, 차광면 차림의 덩치 큰 사내가 무기를 들고 남들 눈에 띄지 않고 학교를 오랫동안 걸어 다닐 수 있었을까? 그 후엔 어디로 간 걸까? 연기가 돼서 사라졌을 리도 없고."

"범인이 둘일 수는 없을까?" 그가 말했다. "하나는 냉장고에서 나왔고, 다른 하나는 뒤편에서 들어왔다면?"

그녀는 고개를 저었다. "불가능해. 범인은 하나야. 인상착의가 같아. 똑같이 생긴 남자 둘이 함께 벌인 짓이 아니라면."

"좋아, 범인은 하나야. 권총은 쉽게 숨길 수 있어. 엽총은 바짓가랑이에 넣을 수 있고."

"그런데 그 옷은? 차광면은?"

데커는 좀 더 생각하다가 말했다. "놈이 구내식당에서 위장복을 착용했다고 어떻게 장담하지?"

"천장에서 실오라기가 발견됐잖아."

"그렇다고 해서 놈이 모든 걸 거기서 착용했다고 볼 순 없어."

"그럼 놈은 그걸 들고 복도를 걸어갔을까? 어떤 차림새로? 총은? 그놈은 덩치가 커서 누구 눈에든 띄었을 거야. 낯선 사람이니까 더 그렇지. 그리고 옷은 어디서 갈아입지?"

"그 시각에 복도를 걸어가다가 목격된 사람이 없는 거 확실해?"

"응."

"아무도? 정말?"

"다들 교실에 있었어, 학생들도 교사들도. 직원들은 일하는 중이었고. 대부분 책상에 앉은 지 얼마 안 돼서 당했어. 체육 교사는 자기 사무실에 있다가 총에 맞았는데, 책상에는 반쯤 먹다 남은 에그

머핀 한 개와 거의 가득 찬 커피잔이 있었어. 관리인들은 각자 자기 자리에서 그날 일과를 검토하고 있었고."

"복도에 아무도 없었다면, 낯선 사람이 돌아다니는 걸 볼 사람도 없었겠군." 데커는 즉시 말을 바로잡았다. "그래도 창문이 있잖아. 놈은 창문들을 수없이 지나쳐야 했을 거야."

"그랬겠지." 랭커스터가 동의했다.

"방문객은 없었나?"

"방문 신청한 사람도 없었고 방문객을 기억하는 사람도 없어. 그렇다고 몰래 들어온 사람이 없다고는 할 수 없겠지. 그건 항상 가능한 일이니까. 네가 말한 대로 놈은 전날 밤 연극이 진행될 때 들어왔을 수도 있어. 그땐 학교가 활짝 열려 있었잖아."

"그런데 놈은 왜 냉장고 안에 숨었을까?" 데커가 말했다. "밤에 경비원이 학교를 지키나?"

랭커스터는 고개를 저었다. "아니, 하지만 연극 도중에 안으로 들어왔다면 눈에 띄고 싶지 않았겠지. 누군가 어떤 이유로든 구내식당에 들어올지 알 수 없었을 테니까."

"좋아, 그건 말이 되네. 데비 왓슨으로 넘어가자. 그 애는 양호실에 가는 길이라고 했었지?"

랭커스터는 고개를 끄덕였다. "응. 사물함에서 뭔가를 꺼내려고 중간에 멈춘 게 분명해. 시체가 사물함 바로 옆에서 발견됐거든. 사물함 문은 열려 있었고."

"양호실은 교무실 안에 있고?"

랭커스터는 다시 고개를 끄덕였다. "그 애는 큰 복도를 따라 뒤쪽에서 앞쪽으로 걸어갔을 거야."

"무슨 수업이었는데 빠지고 양호실에 간 거야?"

"수학. 144 교실."

"관리실이랑 같은 복도지?"

"맞아." 랭커스터가 말했다. "거기 로딩독이 있어. 즉, 출입구가 있는 곳이야."

"우리 생각이 맞다면, 놈은 구내식당을 통해 들어왔어. 놈의 이동 경로는 이렇게 되겠지. 놈은 1층 앞쪽으로 들어와서 뒤쪽으로 이동했어. 2층과 3층은 비어 있었지?"

"거기도 당연히 수색했지. 하지만 맨스필드 고교는 오래 전부터 입학생 수가 지속적으로 줄어들고 있어. 학생 수는 1층만 적당히 채우는 정도야. 미식축구 팀 정원도 간신히 채웠대. 위층은 창고로만 사용되고 있어. 자물쇠와 빗장으로 출입은 봉쇄됐고. 우리가 수색했을 땐 아무 이상 없었어, 누가 손댄 흔적도 없었고."

"그럼 놈이 무슨 이유에선지는 모르지만 학교 뒤편에 도착할 때까지 총질을 미룬 거네? 그랬다가 사람들에게 난사하기 시작했고, 복도를 따라가면서 교실로 들어가 총질을 해댄 거지. 그러고는 앞쪽 교무실에 도착해서 교감을 죽이고, 구내식당의 로딩독을 통해 탈출해서 오솔길을 따라 숲으로 들어갔다?"

"네 말은, 왜 놈이 앞쪽에서 뒤쪽으로 가면서 총을 쏘고 나서 뒷문으로 빠져나가지 않았느냐는 거지?"

데커는 천장을 바라보았다. "방법은 미뤄두고 동기만 보자. 맨스필드는 폭력의 산실이 됐어. 갱단, 약물, 폭력. 아이들은 훨씬 더 빨리 성장하고."

"반박의 여지가 없지."

"컬럼바인(1999년 컬럼바인 고등학교에서 학생 2명이 저지른 총기 난사 사건_옮긴이)의 재연일까? 원한을 품은 학생? 아니, 학생이 아닐 수도 있지. 다른 학교 학생이거나 졸업생, 혹은 퇴학생일 가능성도 있고."

랭커스터는 말했다. "정보를 전부 모아서 데이터베이스를 만드는 중이야. 연방수사국이 돕고 있어."

"결과는 언제 나와?"

랭커스터는 눈을 비비고는 손목시계를 봤다. "확실하지 않아. 저기, 나 집에 가서 잠깐 눈 좀 붙이고 옷도 갈아입고 올게. 얼도 한숨 돌려야 하고. 요즘 샌디가 잠을 잘 안 자."

데커가 알기로 샌디 랭커스터는 점잖고, 재밌고, 쾌활하고, 모든 것과 모든 사람에게 열정적인 아이였다. 하지만 의기소침하고 사소한 것에 불안해하는 면도 있어서 그럴 때면 잠을 이루지 못했다. 그날은 랭커스터 가족 아무도 잠을 못 잔다는 뜻이다.

"내가 뭐 도와줄 건 없어?" 데커가 물었다.

그녀는 놀란 듯 보였다. "애라도 봐주게?"

"글쎄. 그냥 물어본 거야." 그는 어색하게 얼버무렸다. 몰리가 어렸을 때 그는 아이와 시간을 보낸 적이 별로 없었다. 그는 너무 컸고 딸애는 너무 작아서 행여 아이를 부러뜨리지는 않을까 두려움이 앞서곤 했다.

랭커스터는 미소를 지었다. "됐어, 에이머스. 말이라도 고마워. 난 이따가 아침에 경찰서로 복귀할 거야. 거기서 같이 커피 한잔하면서 더 검토해보자. 숙소까지 태워줄까?"

"아니, 난 당분간 여기 있을 거야."

"마음대로 해. 뭐든 할 애기가 생기면 전화해."

그녀는 소지품을 챙겨서 나가기 시작했다. 하지만 걸음을 멈추더니 그를 쳐다보았다. "옛날로 돌아간 것 같다."

데커가 아무 말 하지 않고 그저 고개만 살짝 끄덕여 보이자 그녀는 미소를 지었다. 그러고는 돌아서서 밖으로 나갔다.

그는 도서관 의자에 앉았다. 고교 시절보다 지금 더 많은 시간을 여기서 보낸 것 같았다. 공부가 쉬워서 그랬던 건 아니고, 앉아서 책 읽는 것을 잘 못 했을 뿐이었다. 하지만 그건 옛말이다. 이제 모든 것을 기억하게 되고 나니 아무리 정보를 삼키고 삼켜도 채워지지가 않았다. 두뇌의 용량이 몸만큼이나 커진 것 같았다.

맞은편 탁자에서는 연방수사국 양복쟁이들이 일하고 있었다. 하나같이 젊고 말쑥한 데다 열정까지 있는 전문가들이었다. 셔츠는 빳빳하고 넥타이는 자기들 척추만큼이나 똑발랐다. 가끔씩 몇몇이 고개를 들어 그를 쳐다보았다. 저 뚱땡이 노숙자는 수사 현장 한가운데서 뭐하고 있나 하고 생각하는 게 분명했다. 수염을 정리하고 머리를 잘랐기에 망정이지, 안 그랬으면 살찐 찰리 맨슨(잔인한 연쇄살인을 저지른 사교 집단 '맨슨 패밀리'의 수괴_옮긴이)인 줄 알고 데커를 체포했을지도 모른다.

별안간 연방수사국 요원들에 대한 생각이 싹 날아갔다. 그는 더 이상 맨스필드 고교 도서관 안에 있지 않았다. 더 이상 총기 난사 사건을 분석하고 있지도 않았다. 랭커스터가 한 말 때문이었다.

난 이따가 아침에 경찰서로 복귀할 거야. 거기서 같이 커피 한잔하면서 더 검토해보자.

데커는 아침에 경찰서에 가지 않을 생각이었다. 가볼 데가 있었다. 기소 인부 절차가 열리는 곳.

세바스찬 레오폴드가 데커의 머릿속을 점령하고 있었다. 그는 레오폴드와의 대화를 거듭 재생하면서 말, 표정, 몸짓을 빠짐없이 분석했다. 어긋난 데가 있는 것 같은데, 뭔지 정확히 알 수가 없었다. 알 것 같다가도 매번 제자리였다. '부모 없는 사실.' 그는 그런 것을 그렇게 불렀다. 근본을 알 수 없는 사실은 소용이 없다.

하지만 마음이 무거운 와중에도 희망이 있었다. 레오폴드의 존재 자체가 희망이었다. 이제까지 붙잡을 게 전혀 없었는데, 지금은 최소한 레오폴드가 있다. 진실에 한 걸음 다가간 셈이고, 때가 오면 알맹이가 드러날 수밖에 없을 것이다.

그는 도서관 밖으로 나갔다. 비가 더 세차게 내리고 있었다. 시체를 나르던 차들과 군중은 사라졌다. 휴대폰 촛불도 없었다. 꽃이며 손으로 쓴 플래카드, 곰인형만 학교 앞쪽에 산더미처럼 쌓여 있었다. 전부 흠뻑 젖어서. 그는 플래카드 몇 개를 읽어보았다.

영면하세요, 크레이머 씨.

보고 싶어, 데비.

널 잊지 않을게, 에디.

사망자 명단은 아직 발표되지 않았지만 누가 죽었는지 온 마을이 알고 있었다. 이유는 아주 단순했다. 사람들이 집에 돌아오지 않았기 때문이다. 그놈이 벌인 일이다. 얼굴 없는 남자. 학교의 긴 복도를 훌쩍 건너뛰는 능력의 소유자. 놈은 삶을 죽음의 현장으로 바꿔놓았다.

데커는 이미 흠뻑 젖긴 했지만 그래도 비를 피해보려고 외야석으로 들어가 지붕 아래에 앉았다. 몇 시간 뒤면 세바스찬 레오폴드는 기소 인부 절차를 밟을 것이다. 기소 인부 절차는 지루하고 기계적인 법 집행 단계다. 하지만 두 눈으로 직접 확인하고 싶은 중요한 정보가 하나 있었다.

그는 몇 분 더 앉아 있다가 빗줄기가 느슨해지자 일어서서 여관으로 돌아갔다. 동작이 예전처럼 민첩하지 않아서 시간이 좀 걸렸다. 하지만 덕분에 생각할 시간이 좀 났다. 마침 아침식사 시간이라 뷔페 음식을 절반은 흡입하고 정확히 한 시간 토막잠을 자고 일어나 샤워를 하고 머리를 빗은 다음 '변호사 옷'을 걸치고 법원으로 향했다. 오늘 판사가 묻게 될 가장 중요한 질문에 세바스찬 레오폴드가 뭐라고 대답하는지 똑똑히 지켜볼 참이었다.

17

원래라면 북적거렸어야 할 법원이 조용했다. 세 사람을 살해했다고 주장하는 용의자가 나타났다. 이틀 전까지만 해도 이 사건은 벌링턴을, 어쩌면 전국을 강타할 가장 큰 뉴스감이었다. 하지만 맨스필드 학살극 이후 누구도 이 일에 관심을 두지 않았다. 딱 한 사람만 빼고.

데커는 이런 일은 손바닥 보듯 꿰고 있었다. 그가 맡은 사건의 범인이 기소되는 과정에서 증인으로 법정에 선 일이 수없이 많았기 때문이다. 그는 경비원을 지나 안면 있는 주 보안관 둘에게 고개를 끄덕인 뒤 안내데스크 옆 게시판에 붙은 일정표를 확인했다. 그러고는 법정 안으로 들어갔다. 20쯤 뒤면 세바스찬 레오폴드가 첫 법정 출두를 하게 될 것이다.

데커는 육중한 오크 문을 열고 넓은 실내 한가운데 자리를 잡고 앉았다. 다른 사람은 아무도 없었다. 법원 집행관도, 법정 기자도, 변호인단도 없었다. 언론은 죄다 맨스필드 고교를 취재하는 모양이었다. 그도 맨스필드 고교가 신경 쓰였지만, 여기에 있고 싶은 마음이 더 컸다.

잠시 후 40대 여자 검사가 법정 안으로 들어와 데커를 지나 검사석에 앉았다. 데커는 쉴라 린치와 아는 사이였지만 그녀는 그와 눈을 맞추지 않았다. 그녀는 서류가방을 열고 서류철을 꺼내 읽었다. 데커는 위로 올려 단단히 묶은 그녀의 올림머리와 드러난 뒷목을 바라보았다. 치마와 재킷은 검정색이었고 때가 타 보였다. 오른쪽 신발 뒤축에 구멍이 났고 스타킹도 신발과 닿는 부분이 곰삭아 있었다.

10시 5분 전에 문이 다시 열렸다. 뒤를 돌아보자 랭커스터가 그를 향해 손을 살짝 흔들었다. 그 뒤에는 제복 차림의 밀러 서장이 있었다. 두 사람은 데커의 양쪽에 각각 자리를 잡았다.

랭커스터가 말했다. "아까 무슨 생각으로 경찰서에서 보자고 말했나 몰라. 역시나 여기 와 있네."

"왜 맨스필드에 안 가고 여기 온 거야?" 데커가 물었다.

밀러가 대답했다. "내가 갔었어. 오늘 아침 6시 30분에. 거기 갔다가 같이 이리 온 거야. 이 일이 끝나면 랭커스터는 거기로 갈 거고, 난 엉덩이 붙이고 앉아서 잡일이나 처리할 생각이야."

"그건 왜 여기 오셨느냐는 질문에 대한 대답은 아닌데요." 데커가 말했다.

"응, 그런 것 같군."

데커는 밀러를 빤히 바라보았다. "저 권총 없어요. 출입구의 금속 탐지기 통과했어요. 저놈 못 쏜다고요."

"그런 생각은 하지도 않았어." 밀러가 남색 재킷의 주름을 펴며 말했다. "이것도 중요한 사건일 뿐이야. 자네도 그래서 온 거고."

"레오폴드의 정체는 캐보셨어요? 해군에 있던 놈 맞죠?"

"놈의 지문을 연방수사국의 지문 확인 시스템에 넣어봤지만 일치하는 게 없었어."

데커가 말했다. "놈이 저한테 해군에 있었다고 말했다니까요. 문신도 있었고요. 우리 해군이 아닐 수도 있어요."

"외국인이란 말이야?" 밀러는 생각에 잠긴 투로 말했다. "그렇다면 말이 되지."

"세바스찬 레오폴드가 진짜 이름일까?" 랭커스터가 물었다.

"아닐 거야." 데커가 대답했다. "지금으로선 확신할 수 없지만."

"정부에 문의해보지." 밀러가 말했다. "정부가 나서주면 훨씬 수월하게 외국 데이터베이스를 조사할 수 있을 거야."

10시 정각이 되자 판사실로 통하는 뒷문이 열리더니 법원 집행관이 들어왔다. 팔자수염을 기른 통통한 남자였다. 그는 일어나라고 말했고, 네 사람은 시키는 대로 일어섰다. 데커는 문이 끼익 열리는 소리를 듣고 뒤를 돌아보았다. 젊은 여자 하나가 얼른 안으로 들어와 뒤편에 앉았다. 한 손에는 공책을, 다른 손에는 작은 디지털 녹음기를 들고 있었다.

기자가 달랑 한 명이라니. 게다가 신참이 분명했다. 아니면 맨스필드 고교에서 이미 취재를 끝내고 오는 길이거나. 《뉴스리더》 기자. 그의 두뇌는 머릿속의 거대한 파일 더미를 뒤적여 이름을 찾아냈다. 알렉스 재미슨. 그에게 전화를 걸어 레오폴드에 관해 캐물었던 여자, 그가 전화를 그냥 끊어버렸던 그 여자였다. 그는 그 여자가 그를 쳐다보기 전에 고개를 앞으로 돌렸다.

그때 검은 법복 차림의 판사 크리스티안 애버내시가 법정 안으로 들어왔다. 안경을 쓴 노쇠한 늙은이였는데, 숱이 얼마 없는 부스스한 하얀 머리카락은 분홍색 기름종이에 붙은 빛바랜 면사 같았다. 경찰들 사이에서는 언제쯤 애버내시가 판사석에 앉아 있다가 대리석 바닥으로 거꾸러져 숨을 거둘까를 두고 내기가 벌어지기도 했다. 데커가 기억하는 애버내시는 경찰이 용의자를 범인으로 쉽게 몰아가는 꼴을 절대 보아 넘기는 사람이 아니었다.

애버내시가 자리에 앉자 모두들 착석했다. 오른쪽 문이 열렸다. 그쪽에 유치장이 있었다. 밝은 오랜지색 죄수복 차림의 세바스찬 레오폴드가 들어왔다. 제복 차림의 덩치 큰 남자 둘이 수갑과 족쇄를 찬 그를 안내했다. 그는 족쇄를 질질 끌면서 걸었다. 여기가 어디인지, 여기서 무얼 하고 있는 건지 모르겠다는 듯 천장이 높고 널찍한 법정 안을 두리번거렸다. 그는 변호인석으로 안내되었는데 변호인은 없었다.

데커는 밀러 서장에게 몸을 기울였다. "국선 변호인입니까?"

밀러는 고개를 젓고는 몹시 못마땅한 듯 말했다. "아닐걸."

제복 경찰들이 수갑과 족쇄를 제거하고 뒤로 물러났다. 법원 집행관이 일어나 사건 일람표를 들고 사건을 호명하고는 레오폴드의 혐의 내용을 읽어내렸다. 할 일을 마친 그는 뻐꾸기시계의 뻐꾸기가 은신처로 돌아가는 것처럼 기계적인 동작으로 물러났다.

애버내시는 안경을 고쳐 쓰고 검사를 내려다보았다. "린치 씨?"

린치는 일어나 셔츠 소맷부리를 매만진 뒤 말했다. "레오폴드 씨는 세 사람을 살인한 혐의를 받고 있습니다, 재판장님. 특정한 주거지와 친인척 관계는 없는 것으로 보입니다. 중범죄임을 감안하여 보석을 불허하고 재판 때까지 주 교도소에 수감할 것을 요청합니다."

예상한 대로였다. 놈을 그냥 풀어줄 리가 없다.

애버내시는 레오폴드에게 고개를 돌려 그를 굽어보고는 다시 린치에게 시선을 던졌다. "레오폴드 씨의 변호인은 어디 있습니까, 린치 씨?"

린치는 목을 가다듬고는 말했다. "피의자가 변호인을 선임할 형편이 안 돼서 국선 변호인이 임명됐습니다. 그런데 레오폴드 씨가 그걸 거부했습니다. 그것도 수차례에 걸쳐서요."

애버내시의 시선은 다시 피의자 쪽으로 향했다. "레오폴드 씨, 당신의 기소 사유에 대해 이해하고 있습니까?"

레오폴드는 애버내시가 누구에게 말하고 있는지 궁금하다는 듯 주변을 두리번거렸다.

"레오폴드 씨, 변호인을 원하지 않습니까?" 애버내시가 날카롭게 물었다.

레오폴드는 재판장을 향해 고개를 젓고는 말했다. "전 돈이 없는데요."

"그래서 국선 변호인을 붙여주겠다고 하지 않소, 레오폴드 씨." 애버내시가 딱딱거렸다. "무료란 말입니다. 헌법에 대한 대법원의 해석에 감사를 표하든가 하시오. 이 기소 인부 절차는 당분간 유예합니다, 누구든 배정될 때까지……."

"내가 했어요." 레오폴드가 끼어들었다.

애버내시는 보도에 누워 있는 재미난 벌레를 보는 양 피의자를 내려다보았다. "뭐라고요?"

"내가 했다고요. 그러니까 변호사는 필요 없어요."

"세 명의 일급 살인에 대해 유죄를 인정하는 겁니까?"

"내가 죽였어요. 네, 맞아요, 말씀하신 게 맞는 거 같아요."

애버내시는 잠시 안경을 닦았다. 그러면 이 혼탁한 상황이 조금은 분명해지기라도 할 것처럼. 그는 안경을 다시 길고 휘어진 콧대 위에 얹고 말했다. "여긴 '같다'라는 말로 대충 넘어가는 자리가 아니오, 레오폴드 씨. 이건 중범죄 혐의란 말입니다. 범죄 중에서 가장 심각한. 지금 당신이 자유뿐만 아니라 목숨마저 위태로운 지경에 있다는 걸 알고 있소? 극형을 받을 수도 있어요."

"사형 말이에요?"

애버내시는 당장이라도 폭발할 것 같았다. "맞아요. 내 말이 바로 그 말이오, 레오폴드 씨!"

"유죄를 인정합니다. 왜냐면 내가 그랬으니까. 그러니 재판은 필요 없을 것 같아요."

애버내시는 린치를 다시 쳐다보고는 꾸짖는 말투로 말했다. "린치 씨, 참으로 개탄스럽군요."

"애버내시 판사님, 저희도 최선을 다했습니다. 하지만 레오폴드 씨가 모든 요청을 물리치는 바람에……."

애버내시는 린치의 어깨 너머에 있는 밀러 서장을 발견했다. 그는 손을 슬쩍 흔들어 서장을 앞으로 불러냈다.

"젠장." 밀러가 중얼거렸다.

밀러는 일어서서 린치와 함께 판사석으로 서둘러 다가갔다. 데커는 경찰서장과 검사, 판사가 열띤 논쟁을 벌이는 장면을 지켜보았다. 대부분은 애버내시 혼자 떠들어댔다. 판사는 중간에 두 번 레오폴드를 가리켰다. 밀러 서장은 고개를 끄덕이고는 뭐라고 뭐라고 말했다. 린치도 마찬가지였다. 그들은 부루퉁한 모습으로 서둘러 각자의 자리로 돌아왔다.

데커가 쳐다보자 밀러는 고개를 젓고는 말했다. "나중에."

애버내시는 레오폴드에게 말했다. "지금 당장 감방으로 돌아가

시오. 당신을 변호할 국선 변호인이 임명될 겁니다. 내일 아침 기소 인부 절차를 위해 이 법정으로 다시 오도록 해요." 그는 린치를 쳐다보았다. "그리고 즉시 정신감정을 받도록 조치하세요, 린치 씨. 알았습니까?"

린치는 판사의 눈을 피한 채 고개를 끄덕였다. 애버내시가 말했다. "경찰관, 피의자 데려가세요."

그는 판사봉을 두드렸다. 제복 경찰 둘이 즉시 앞으로 나와서 혼란스러워 보이는 레오폴드에게 수갑과 족쇄를 채운 뒤 그를 다시 밖으로 데리고 나갔다.

애버내시는 법원 집행관에게 말했다. "다음 사건 호명하세요. 이번에는 변호인이 있겠지요." 그는 이 말을 하며 위압적인 눈으로 린치와 밀러를 차례로 보았다.

데커와 랭커스터, 밀러가 일어서서 밖으로 나갈 때 두 번째 죄수가 심리 절차를 위해 안으로 안내되었다. 그 기자는 이미 떠나고 없었다.

법정 밖에서 린치가 인상을 쓰며 밀러에게 다가왔다. 그녀가 말했다. "나 법정에서 박살나는 거 진짜 질색이라고요."

"그래도 변호사를 억지로 떠안길 수는 없잖아요, 쉴라. 당신도 중간에서 난처했겠지만."

"그자가 원하든 원하지 않든 그자에게 변호사를 붙여줘야 해요. 유죄 인정을 하려면 어쩔 수 없어요." 그녀는 랭커스터와 데커를 차례로 쳐다보았다. "안녕하세요, 에이머스, 여기서 당신을 보게 되다니 별로 놀랍지는 않네요."

"그러시겠죠." 데커가 대꾸했다.

린치는 밀러에게로 돌아섰다. "애버내시가 정신감정을 명령한 이상 그자가 유죄 인정을 하든 무죄 인정을 하든 무슨 의미가 있을까 싶어요. 감정 결과가 내 생각대로 나온다면."

"정신이상일 거라고 보는군요." 랭커스터가 말했다.

"그 남자 봤잖아요. 그게 어디 정신이 온전한 사람 같던가요?"

"16개월 전엔 정상이었을지도 모르죠." 랭커스터가 말했다.

"이젠 그자가 재판정에 설 법적 능력이 없다고 해도 상관없어요." 그녀는 돌아서서 가버렸다. 서류가방이 그녀의 허벅지에 부딪혔다.

데커는 밀러에게 말했다. "어떻게 된 거예요?"

"애버내시한테 쓴소리 좀 들었어. 레오폴드한테 변호인이 없다고 성질을 부리더군. 맞는 소리지. 사형이 가능한 사건인데 변호인이 없다? 이런 경우 결과가 어찌 되든 항소심은 자동으로 뒤집어지게 돼. 그래서 판사가 뚜껑이 열린 거야. 우리가 짜고 자기를 속였다고 생각하더라고. 말하자면 그래."

"국선 변호인은 왜 선임이 안 된 거죠?" 데커가 물었다.

"린치가 말한 대로야. 레오폴드가 원치 않았어. 협조를 전혀 안 했지. 내가 했다는데 왜 변호사가 필요하냐는 말만 반복하면서. 맨스필드 사건으로 정신이 없지만 않았어도 일을 이렇게 처리하진 않았을 텐데. 그냥 손을 놓고 있었지 뭐야."

데커는 두 손을 주머니에 넣고는 고개를 푹 숙였다. "그럼 놈에게 변호사를 붙여주고, 놈이 다시 법정에 들어와 유죄를 인정하게 되면 어떻게 되는 겁니까?"

"글쎄, 놈의 변호사가 놈을 설득해 유죄 인정을 하게 만들면 더 좋겠지. 그걸 빌미로 협상에 들어가면 뭔가 나올지도 몰라. 정신감정 결과도 참조해야겠지만. 만약 놈이 정신이상이라면 모든 게 헛

수고가 되는 거고."

"만약 놈이 죄가 없다면요?" 데커가 물었다.

"놈이 무죄라고 생각하나?" 밀러가 물었다.

"딱 한 번 만났을 뿐이에요. 아직은 제 생각을 밝힐 수 없어요."

"일이 엉뚱하게 흘러갔네. 시간이 남는군." 밀러는 랭커스터를 쳐다보았다. "자넨 맨스필드로 돌아가는 게 좋겠어. 듣자 하니 연방수사국이 맨스필드 사건을 맡으려고 무진 애를 쓰고 있다던데."

"그쪽이 마음먹었다면 우리가 말린다고 달라지겠어요?" 랭커스터가 물었다.

"연방 공무원 놈들한테 밀려서 뒷짐만 지고 있을 순 없지, 메리." 밀러가 단호하게 말하고는 데커를 쳐다보았다. "자네 계속 우릴 도와줄 거지? 레오폴드는 우리 수중에 있지만, 맨스필드 고교의 이 개자식은 오래 끌수록 검거가 힘들어져."

데커는 시선을 돌렸다. 대답이 선뜻 나와야 하는데 나오지가 않았다.

밀러는 잠시 데커를 바라보았다. "어떻게 할 건지 알려줘."

그는 돌아서서 홀에 서 있는 랭커스터와 밀러를 놔두고 떠났다. 법정이 소란스러워지면서 달아오르기 시작했고, 복도마다 점차 북새통이 되어갔다. 엄마들은 사고를 친 아들들 때문에 눈물을 흘렸다. 변호사들은 닭장 안의 닭들처럼 한데 몰려 있었다. 경찰들이 오갔고, 사람들은 이미 곤경에 처했거나 곧 처할 사람들 주위를 무심한 표정으로 돌아다녔다.

랭커스터가 날카롭게 말했다. "왜 흔들리는 거야? 어젯밤엔 범인이 순순히 도망치게 놔두지 않을 거라고 했잖아."

데커는 곧바로 대답하지 않았다. 그는 법정 출구 옆에 서 있는 그 기자를 바라보고 있었다. 그를 기다리고 있는 게 분명했다.

"에이머스?" 랭커스터가 말했다.

"이따가 고등학교로 갈게, 오늘."

"이 사건 계속 맡겠다는 뜻이지?"

"이따가 얘기해." 데커가 말했다. 그는 기자를 피해 뒤쪽 출입구로 갔다. 홀 중간쯤 이르렀을 때 기자가 뒤에서 그를 불렀다.

"데커 씨? 데커 씨?"

데커의 처음 계획은 계속 걸어가는 것이었지만, 여자는 그가 건물 밖으로 나가도, 거리를 걸어가도 끈덕지게 따라올 것 같았다. 아예 다음 생애까지도 따라붙을 기세라 그는 출입구에서 걸음을 멈추고 돌아서서 그녀를 내려다보았다.

20대 후반의 여자. 예쁘장한 얼굴, 큰 키, 날씬한 몸매, 귀밑까지 내려오는 갈색 단발머리. 귀 뚫은 자국은 없다. 그는 소맷부리를 걷어 올린 그녀의 왼쪽 손목에서 문신을 발견했다. 아이언버터플라이(1960년대 인기를 끈 미국의 하드록 밴드_옮긴이), 여자가 태어나고 나서 재결합한 밴드였다. 피부색과 대조를 이루는 탁한 푸른빛 눈동자. 앞니 하나 깨짐. 손톱은 바짝 물어뜯긴 상태. 오른쪽 집게손가락은 부러졌다가 대충 치료했는지 중간에서 약간 휨. 지나치게 얇고 쩍쩍 갈라진 입술. 담배나 술, 향수 냄새는 나지 않음. 그녀의 옷은 새 옷도 아니었고 아주 깨끗하지도 않았지만 크고 날씬한 몸매에 잘 어울렸다. 오른손 가운뎃손가락 옆쪽에 검은 얼룩이 묻어 있었다. 키보드만 두드리지 않고 잉크도 쓰는 기자다. 얼굴에는 아직 인생의 파고에 마모되지 않은 젊음이 담겨 있었다. 한창 좋을 나이. 나중에 다가올 일들을 헤쳐나가려면 그래야만 한다.

"데커 씨? 저는《뉴스리더》의 알렉스 재미슨이에요."

"'이너가다다비다' 좋아해요? 아이언버터플라이의 최고 인기곡. 3천만 장이 팔렸고 아직도 팔리고 있죠. 종합 순위 40위권에 늘 들고." 데커가 3년 전 《롤링스톤스》 잡지에서 읽은 기사 내용이었다. 그때 그는 랭커스터와 함께 소탕한 빈집털이 조직 사건의 증인이었고, 시내의 한 식당에서 땅콩버터 샌드위치와 커피를 먹고 있었다. 잡지 42쪽 오른쪽 하단 구석에 사진과 함께 실려 있던 기사가 떠올랐다. 하도 선명해서 고화질 텔레비전을 보는 것 같았다.

그녀는 그의 말에 놀랐는지 문신을 내려다보았다. 그러고는 웃는 얼굴로 그를 다시 쳐다보았다. "엄마 때문에 그 밴드의 옛날 노래를 들었거든요. 그러다가 지난번 그 밴드가 재결성됐을 때 좀 빠졌었죠. 지미 페이지랑 레드제플린이랑 공연했을 때요. 구린 노래도 많지만."

데커는 그녀의 말을 흘려들었다. 그녀가 여기 온 이유는 음악 때문이 아니고, 그도 가볼 데가 있기 때문이었다. 그의 침묵에 그녀도 그 사실을 깨달은 것 같았다.

"댁한테 전화했었어요. 법정 안까지 사람을 쫓아다니는 거 별로라서요." 그녀는 약간 방어적으로 말했다.

데커는 그녀를 물끄러미 바라보기만 했다. 법원 안은 어수선했다. 사람들은 두 사람의 존재에는 신경 쓰지 않고 벌집 안의 벌들처럼 바삐 돌아다니고 있었다.

"세바스찬 레오폴드는 변호인이 없더군요."

"맞아요." 데커가 말했다. "하지만 곧 생길 겁니다."

"소감 한마디 해주시죠?" 그녀는 녹음기를 들어올렸다. "기분이 어떠세요?"

"할 말 없는데요."

"제 생각엔 지금 생지옥을 경험하고 계실 텐데요. 이 사람이 난데없이 나타나 자백했잖아요. 마음의 동요가 없을 리 없죠."

"마음의 동요 같은 거 없습니다." 데커는 그렇게 말하고는 가려고 돌아섰다.

"아무리 그래도 아무 느낌이 없을 순 없잖아요. 레오폴드와 대면했을 때 어땠나요? 예전 기억이 송두리째 되살아났을 텐데요."

데커는 그녀를 마주보았다. "아니, 그렇지 않아요."

그녀는 당황한 듯 보였다. "하지만 제 생각엔……."

"되살아날 수가 없죠. 이제껏 한시도 잊은 적이 없거든요. 그럼, 가볼 데가 있어서 이만."

데커는 법정을 나왔고, 재미슨은 그를 따라오지 않았다.

18

데커는 법원에서 한 구역 떨어진 곳에서 버스를 타고 가다가 목적지를 800미터쯤 앞두고 내렸다. 보도를 걸어가는데 파란색이 머릿속을 점령하다 못해 온 세상을 파랗게 물들이기 시작했다. 태양조차 부풀대로 부풀어 오른 거대한 블루베리로 변해버리더니 금방이라도 터져버릴 것 같았다. 속이 울렁거렸지만 계속 걸었다. 갈수록 숨이 가빠지고 걸음은 느려졌다. 비만이라서 그런 건 아니었다. 그 이유는 바로 앞쪽에 있었다.

그는 모퉁이를 돌아 그 집을 보고 멈춰섰다가, 그대로 도망치고 싶은 마음을 꾹 참고 걸음을 재촉해 계속 걸었다. 집은 아직 은행 소유였다. 가격이 떨어졌는데도 들어가 살려는 사람이 아무도 없었다. 벌링턴에는 빈집이 널렸고, 이 집은 이사 오고 싶은 집이 아니라 도망치고 싶은 집이기 때문이다.

그가 알기로 정문은 잠겨 있었다. 하지만 차고 쪽 부엌문은 쇠지레를 쓰면 언제나 쉽게 열린다. 살인범도 그런 식으로 침입한 건 아닐까 싶었다. 레오폴드도 그렇게 말했다. 그자의 말을 믿어도 될지 모르겠지만.

그는 정문을 그대로 지나쳐 뒷마당으로 통하는 철조망 울타리 문을 열었다. 처음에는 시체들에 국한됐던 파란색이 지금은 이 집 전체와 반경 800미터 이내 모든 것들로 번져 있었다. 이 현상은 그가 이 집에 세 번째 돌아왔을 때부터 지금까지 이어지고 있었다. 잔디도 파랗고, 나무도 파랗고, 노랗게 칠했던 벽판자도 파랗게 보였다. 이게 어떤 기분인지 아무에게도 설명할 수가 없었다. 구름마저도 파랗게 보였고, 파란 하늘은 더 파랗게 보였다.

그는 집 뒤편의 나무와 거기에 매달려 흔들거리는 그네를 바라보았다. 몰리를 위해 손수 만들어 달아주었던 그네. 데커는 꼬마 몰리를 그네에 태워 밀어주곤 했다. 캐시와 몰리를 함께 밀어준 적도 있었다. 형편이 빠듯한 젊은 부부에게 딱 좋은, 큰돈 안 드는 놀이기구였다. 이제 그네의 밧줄은 썩어가고 있었고, 그가 긴 나무판자로 만들었던 받침대도 휘어지고 쪼개졌다. 잔디 사이사이에 잡초가 무성했다. 그는 돌아서서 집 뒤편을 쳐다보았다. 뒷문은 작은 다용도실로 통했다. 범인이 저기로 들어온 걸까?

그는 쇠지레로 손쉽게 문을 열었다. 이 집의 자물쇠는 어느 하나 제 구실을 하는 것이 없다. 그는 이것에 큰 자책감을 느꼈다. 경찰이 되어가지고 자기 집 단속 하나 제대로 못 하다니.

그는 들어가서 문을 닫고 주위를 둘러보았다. 짧은 계단이 주방으로 나 있었다. 누군가 맥주를 마시던 처남을 발견하고 한 쪽 귀에서 다른 쪽 귀까지 목을 딴 곳. 그는 파란 계단을 올라가 파란 주방으로 들어갔다. 온통 먼지투성이였고, 바닥에 죽은 벌레 몇 마리가 있었다. 그의 시선은 주방 탁자가 있던 자리에 머물렀다. 처남이 공격을 당한 자리였다. 핏자국은 오래전에 닦여 사라졌지만 데커는 피 한 방울 한 방울의 위치까지 세세히 기억하고 있었다. 피부 아래 비쳐 보이는 정맥 속의 피처럼 모두 파란색으로 보였지만, 느낌만은 붉은 피보다 수천 배 강렬했다.

그는 계단을 올라갔다. 그날 밤 그가 한 번에 세 칸씩 올라갔던 그 계단이었다. 침실에서 매트리스를 비롯한 침대는 사라지고 없었다. 증거물이니까. 그것들은 벌링턴 경찰이 관리하는 보관실에 있다. 어쩌면 영원히 그곳에 있게 될지도 모른다. 하지만 그의 눈에는 침대 위로 솟아 있는 캐시의 맨발이 선명하게 보였다. 그는 방을 가로질러 가서 아래를 내려다보았다. 바닥에 파란 형광빛을 띤 캐시가 보였다. 파란색이 아닌 것은 머리에 난 총상뿐이었다. 데커의 변형된 머릿속에서 그것은 검고 물집 잡힌 모습 그대로 붙박여 있었다.

그는 돌아서서 자리를 떴다. 인내심이 바닥나기 시작했다. 하지만 아직 돌아볼 곳들이 남았다. 그는 욕실 문을 열고 아이가 목욕가운 끈에 잔인하게 감겨 앉아 있었던 변기를 쳐다보았다. 레오폴드는 이 부분은 충분히 설명하지 못했다. 그냥 그렇게 했다고만 말했다. 이유도 잘 몰랐다. 그러고 싶었다고, 그렇게만 말했다. 신원을 확인할 수 없는 남자. 유죄를 주장하고 죽기를 자청하는 남자.

데커는 자신이 앉아 있던 곳을 내려다보았다. 권총을 입에 물었다가 다시 관자놀이에 댔던, 죽은 딸애를 마주하고 앉아 있던 곳. 딸애를 따라 죽고 싶었지만 방아쇠를 당기지는 못했다. 경찰들이 와서 그를 발견했고 그는 무기를 내려놓았다. 그때 그들이 왜 그를 쏘지 않았을까. 차라리 쏴버렸으면 좋았을 텐데.

그는 돌아서서 복도를 따라 다음 문으로 향했다. 몰리의 방. 딸애가 죽고 현장이 정리된 후 그는 몇 번 이곳을 찾아왔었다.

집 안 어디에선가 들리는 소리에 그는 동작을 멈췄다. 문고리를 향하던 손이 정지했다. 그는 주위를 둘러보았다. 법원에 가느라고 권총은 방에 두고 나왔는데. 그는 좀 더 귀를 기울이다가 긴장을 늦췄다. 인간의 발소리가 아니었다. 후다닥 움직이고 바닥을 톡톡 두드리는 작은 발. 문을 열자 쥐 한 마리가 석고판 구멍 속으로 사라졌다. 그는 방 안으로 완전히 들어가려다 말고 동작을 멈추고 얼어붙었다. 그의 완벽한 기억에는 존재하지 않는 것, 지난번 왔을 때만 해도 없었던 것이 거기 있었다.

벽에 빨간색 대문자로 글이 쓰여 있었다.

우린 다 비슷해, 에이머스. 비슷해. 형제처럼 말이야. 당신 형제 있나? 물론 없지. 내가 확인했어. 누이는 있지만 형제는 없지. 나랑 형제 할까? 이제 우리는 서로에게 유일한 존재가 됐어. 서로가 필요해.

그는 이 메시지를 세 번 꼼꼼히 읽었다. 글자 밑을 파서라도 글쓴이의 정체를 알아내고 싶었다. 불안감이 밀려왔다. 놈이 여기 다시 왔었다. 그에게 보내는 메시지를 쓰기 위해. 이건 세븐일레븐에서 무시당했다는 사소한 이유로 저지른 일이 아니다. 데커에 대한 깊은 원한에서 비롯된 일이다.

메시지 내용대로 데커에게는 형제가 없었다. 누이가 둘 있을 뿐이다. 둘 다 오래전에 이곳을 떠났는데, 한 명은 군인 남편과 캘리포니아에 살고 다른 한 명은 석유 기업 임원인 남편과 함께 알래스카에서 자식 없이 잘 먹고 잘 살고 있다. 누이들은 장례식에 참석한 뒤 집으로 돌아갔고, 그 후 그는 연락을 뚝 끊었다. 그의 잘못이다. 누이들은 여러 번 연락을 해왔지만 그는 매번 거부했다.

하지만 이제는 두 사람의 안부를 확인해야 한다. 누가 이 메시지를 썼든 만반의 준비를 한 게 분명하다. 그는 천천히 주머니에서 휴대폰을 꺼내 두 누이에게 문자 메시지를 보냈다. 그리고 기다렸다. 기다리고 또 기다렸다. 전화기가 소리를 냈다. 캘리포니아에 사는 누이는 잘 지내고 있다고, 연락해줘서 기쁘다고 답장했다.

다시 2분이 흘렀다. 그는 움직이지 않았다. 알래스카는 아직 이른 시간이다. 아직 일어나지 않았을지도 모른다. 전화기가 다시 소리를 냈다. 페어뱅크스에서 온 문자였다. 잘 지내고 있다. 시간 나면 전화해라.

그는 다른 번호를 누르고는 상대방이 전화 받기를 기다렸다.

"랭커스터입니다."

"메리, 이리 와서 좀 봐줘야겠어. 지금 당장."

19

가장 먼저 온 것은 랭커스터였다. 그 뒤에 밀러 서장이 오고, 제복 경찰들이 왔다. 그다음에는 감식반이 온갖 장비를 들고 왔다. 그날 밤으로 돌아간 듯한 기분이 들었다. 지금은 권총을 머리에 대고 죽은 딸애를 바라보고 있지는 않았지만.

그 글은 빨간 형광펜으로 쓴 것이었다. 잉크가 즉시 말라서 얼마나 오래전에 쓴 것인지 알 길은 없었다. 그래서 레오폴드는 용의선상에서 제외되지 않았다. 그가 수감된 것은 고작 어제 이른 아침이었기 때문이다.

범인은 데커가 여기로 돌아올 것을, 그리고 이 방에 들어와서 이 글을 읽을 것을 어떻게 알았을까? 밀러는 그 점을 궁금해했다.

"전에도 여기 왔었어요." 데커가 인정했다.

"매번 집 안에 들어왔던 거야?" 랭커스터가 말했다.

"아니, 매번은 아니야. 매번…… 그럴 순 없었어."

"마지막으로 이 방에 들어왔던 게 언제야?" 랭커스터가 물었다.

"4주하고도 사흘 전, 지금 이 시각."

"그럼 특정 시간대는 나왔네." 랭커스터가 언급했다.

"놈은 자네를 미행했고, 자네가 여기 온다는 걸 알고 있었던 거야." 밀러가 말했다. "그래서 이 글을 써놓은 거지."

"목격자가 있는지 탐문수사를 해봐야겠어." 랭커스터가 말했다.

"세 사람이 죽어나가도 아무것도 못 본 사람들인데 뭐." 데커가 반박했다. "이번이라고 해서 뭘 봤을지 의문인데."

"그래도." 밀러가 대답했다. "할 건 해야지."

"형제라고?" 경찰 측 사진사가 벽을 찍고 있을 때 랭커스터가 흥미롭다는 듯 말했다. "정신과 의사한테 이걸 보여주고 이 작자 머릿속을 분석해달라고 의뢰해야 할 판이네."

"자네는 이게 레오폴드 짓이라고 생각하나?" 밀러는 그렇게 묻고 나서 지옥 입구에 적힌 명문이라도 되는 양 낙서를 바라보았다.

데커는 아무 말도 하지 않았다. 글자들이 머릿속에서 붉게 활활 타오르며 지옥 같은 풍경을 만들어내고 있었다. 이것을 쓴 놈은 제정신이 아닐 정도로 솔직하거나, 아니면 데커와 두뇌싸움을 벌이고 싶은 거다. 그는 돌아서서 자리를 떴다. 랭커스터가 불렀지만 데커에게는 들리지 않았다. 아무것도 들리지도 보이지도 않았다.

밀러는 랭커스터의 팔을 붙잡고 그냥 가게 놔두라고 말했다. 랭커스터가 반발하자 밀러는 잠자코 있으라고 날카롭게 명령했다. 밀러와 랭커스터는 창밖으로 데커가 보도를 성큼성큼 걸어가는 모습을 바라보았다. 그는 곧 모퉁이를 돌아 그들의 시야에서 사라졌다.

데커는 쉬지 않고 걸어 14번가 드살레의 세븐일레븐에 도착했다. 자동차를 타지 않고 여기 온 것은 평생 처음이었다. 주차된 차는 한 대도 없었다. 그는 문을 열었다. 종이 딸랑딸랑 소리를 냈다.

계산대 뒤에 여자가 한 명 있었다. 곧고 검은 단발머리에, 키가 작고 라틴계로 보였다. 베이지색 긴소매 블라우스 사이로 한쪽 브래지어 끈이 보였다. 50대쯤으로 보였는데, 눈두덩은 말라가는 연못처럼 얼굴 안쪽으로 푹 꺼져가고 있었고 왼쪽 뺨에는 커다란 검은 사마귀가 있었다. 여자는 앞에 놓인 종이들을 살피다가 위쪽 선반에 쌓인 담뱃갑 수를 세었다.

한쪽 통로에서 어떤 남자가 나타났다. 한 손으로 자루걸레를 잡고 그것으로 비눗물이 담긴 양동이를 끌고 가고 있었다. 경찰로 훈련된 데커의 눈이 남자의 신상 정보를 파악했다. 백인, 30대 중반, 180센티미터 정도, 날씬하고 단단한 체격, 좁은 어깨. 반팔 셔츠 소매 아래로 팔뚝의 정맥이 도드라져 보였다. 사과 껍질처럼 돌돌 말린 갈색 고수머리가 머리통을 덮고 있었다.

여자가 고개를 들더니 문간에 서 있는 데커를 쳐다보았다. "뭐 도와드릴 거라도?" 그녀가 물었다. 악센트가 없는 말씨였다.

데커는 앞으로 나가서 주머니에서 휴대폰을 꺼냈다. 그러고는 버튼을 두어 개 누른 다음 위로 쳐들었다. "이 남자 본 적 있어요?"

여자는 레오폴드의 사진을 쳐다보았다. "그게 누군데요?"

"예전에 여기에서 일한 적 있거나 근처를 돌아다니던 사람."

그녀는 고개를 저었다. "본 기억이 없는데요. 그건 왜 알고 싶은 건데요?" 데커는 사설탐정 신분증을 꺼내 그녀에게 잠깐 내보였다. "이 남자를 찾고 있어요. 돈을 떼먹었다는군요. 좀 들은 게 있어서 여기 온 겁니다. 저 친구는 어때요?"

데커는 대걸레에 몸을 기댄 채 어리둥절한 눈으로 그를 뜯어보고 있는 남자를 가리켰다.

여자가 말했다. "빌리, 이 사진 좀 볼래요?"

빌리는 대걸레와 양동이를 초콜릿 바 선반에 기대어 두고는 두 손을 빛바랜 청바지에 문질러 닦고 슬렁슬렁 다가왔다. 바닥 청소를 잠시나마 중단할 핑계가 생겨서 좋은 모양이었다. 그는 사진을 쳐다보고는 고개를 저었다. "아뇨. 생판 모르는 얼굴인데요. 이상하게 생긴 남자네요. 취했나 본데."

데커는 휴대폰을 내리고 물었다. "두 분은 여기서 일한 지 얼마나 됐죠?"

여자가 말했다. "난 6개월 다 됐고, 빌리는 몇 주 전에 왔어요."

데커는 고개를 끄덕였다. 둘 다 얼마 되지 않았다. "그전에 여기서 일하던 사람들은요?"

그녀는 어깨를 으쓱거렸다. "몰라요. 여자 한 명이랑 남자 둘이 있었는데, 여긴 사람이 자주 바뀌어요. 근무 시간은 길고 월급은 별로라서. 더 좋은 자리가 있으면 여기 안 있겠지만, 일자리가 워낙 없어서요."

데커는 빌리를 쳐다보았다. "당신은요?"

빌리는 활짝 웃었다. "난 아무것도 몰라요. 그냥 먹고살려고 하는 거죠 뭐. 주말에 맥주 한잔하고 여자들이랑 즐기고. 그러려면 돈이 필요하니까." 그러고는 걸레질로 돌아갔다.

"도움이 안 돼서 미안하네요." 여자가 말했다.

"이 일이 원래 그렇습니다." 데커가 말했다. "고마워요."

그는 돌아서서 그곳을 떠났다. 휴대폰이 진동했다. 랭커스터였다. 그는 전화를 받지 않고 넣어버렸다.

전화기가 다시 울렸다. 그는 다시 전화기를 쳐다보았다.

랭커스터.

그는 한숨을 내쉬고는 통화 버튼을 눌렀다.

"에이머스?"

데커는 움찔했다. 랭커스터의 목소리가 히스테릭하게 들렸다. 그녀에게 좀체 없는 일이다.

"메리, 무슨 일이야? 또 총격 사건이 터진 거야?" 데커는 추가 사건 발생을 염려하고 있었다. 맨스필드 고교에서 벌어진 일들을 보면 범인은 사고를 또 치고도 남을 놈인 것 같았다.

"아니." 그녀는 숨을 몰아쉬며 말했다. "그건 아닌데 일이, 일이 터졌어……."

"지금 어딘데?" 그가 끼어들었다.

"맨스필드."

"맨스필드랑 관련된 일이야? 뭐 발견한 모양이네?"

"에이머스!" 그녀가 빽 소리쳤다. "그냥 내 말부터 들어."

데커는 입을 다물고 기다렸다. 그녀의 심장 박동 소리가 디지털 세상을 건너 그의 귀로 들려오는 듯했다.

"맨스필드에서 사용된 탄환을 분석했는데."

"그게 뭐……."

그녀가 끼어들어 말했다. "일치하는 게 나왔어."

그는 휴대폰을 꽉 움켜쥐었다. "일치? 뭐랑 일치하는데?"

"네 아내를 죽인 총."

220

45구경 부분 피막 할로포인트 탄. 약칭 SJH. 잔혹하고 효율적인 탄. 혁신이 항상 사람들에게 유리한 것은 아니다.

45구경 SJH 탄은 캐시 데커의 두개골 앞쪽을 날리고 안으로 뚫고 들어가 두뇌 안에 깊숙이 박혔다. 총알은 부검 시 빼내 살인 사건의 증거물로 보관됐다. 형태와 강선둥, 강선홈이 비교적 온전해 언젠가는 그것을 발사한 총기의 확인이 가능한 상태였다.

그런데 캐시 데커의 생명을 앗아간 탄환의 권총이 맨스필드 고교의 희생자들 중 절반의 목숨을 앗아간 권총과 동일하다는 사실이 밝혀진 것이다. 검시관이 체육 교사 크레이머에게서 탄환을 꺼내 평소 절차에 따라 데이터베이스에 넣고 돌리자 즉시 일치하는 결과가 나왔다. 결과가 워낙 충격적이라 연방수사국이 총알을 자체적으로 다시 분석했는데, 같은 결과를 얻었다.

동일한 총. 탄환 분석은 거짓말을 하지 않는다. 각각의 탄환 표면에 난 강선홈과 강선둥이 지문처럼 일치한 것이다. 그것만이 아니었다. 경찰은 데커의 집에서 수거된 유일한 탄피를 다시 꺼내 맨스필드 고교에서 발견된 탄피들과 비교했다. 탄피 밑바닥에 난 미세한 공이 자국도 지문처럼 거의 고유한 것인데, 그 또한 일치했다.

그의 가족을 죽인 살인범과 맨스필드 고교 학살범 사이에는 불가분의 관계가 있다.

＊＊＊

데커는 어두워진 학교 밖에 서서 외투 속으로 몸을 웅크렸다. 빗방울이 머리카락과 건장한 어깨를 투둑투둑 때렸다. 맨스필드 고교 사건과 그의 집에서 일어난 사건 사이에는 심리적으로 대양만큼이나 까마득한 거리가 존재했다. 하지만 이제 그는 그간 생각조차 하지 않았던 두 사건의 연관성에 사로잡혀 있었다.

그래도 범인이 다를 가능성을 배제할 수 없다. 권총이 분실됐거나 도난당했거나 팔린 경우도 고려해야 한다. 똑같은 권총이 다른 가해자에 의해 사용되는 일은 왕왕 일어난다. 하지만 데커는 두 사건의 범인이 동일인이라는 생각이 들었다. 그리고 그게 사실이라면 레오폴드는 용의선상에서 제외해야 한다. 레오폴드가 거짓말을 하고 있는 걸까? 진범에게 데커의 사건에 대해 들었을 가능성도 있다. 그렇다면 레오폴드는 두 사건을 풀기 위한 가장 중요한 열쇠가 된다.

범인의 메시지가 발견된 뒤로도 데커 가족의 사건은 시들했다. 반대로 맨스필드 고교 사건은 뜨겁게 끓고 있었다. 그래서 그는 맨스필드 쪽에 집중하기로 했다. 레오폴드가 데커 가족의 진범을 알고 있다면, 맨스필드 사건의 배후도 알고 있을 게 틀림없다.

데커는 경비원에게 신분증을 보여주고 앞쪽 출입구를 통해 안으로 들어갔다. 어제까지만 해도 모든 것에 거리감이 느껴졌는데, 알고 보니 그는 이 사건과 깊이 연루되어 있었다. 갑자기 강한 소속감이 꿈틀거렸다. 얼마가 걸리든 끝까지 이 사건에 매달릴 생각이었다.

그는 도서관의 지휘 본부로 향하지 않고 구내식당으로 가서 냉장고를 바라보다가 천장의 타일을 쳐다보았다.

위장복 섬유니 총 기름이니 모두 헛짚은 거 같아. 어쩌면.

그는 출구 쪽을 쳐다보았다. 저것도 오판 같았다.

그는 구내식당을 나와 복도를 따라 걸었다. 맞은편에 있는 도서관을 지나 오른쪽으로 꺾어 1층을 반으로 가르는 큰 복도로 접어들었을 때부터는 걸음을 세면서 학교 뒤쪽을 향해 나아갔다. 교차하는 복도가 나올 때마다 좌우로 주변의 구조를 살폈다. 복도 양쪽에 교실들이 있었다. 데비 왓슨이 죽은 마지막 복도가 나왔다. 그 복도 왼쪽에서 체육 교사가 아침을 먹다가 사망했다. 맞은편에는 카메라가 달린 뒷문이 있다. 의도적으로 조절된 카메라의 각도는 여전히 데커의 흥미를 자극했다. 의도적인 행동에는 늘 의도가 있기 마련이다.

그는 데비 왓슨이 사망한 지점의 오른쪽 교실을 쳐다보았다. 유리문에는 스텐실로 131 교실이라고 적혀 있었다. 문은 잠겨 있었다. 그는 주머니에서 자물쇠 따는 도구를 꺼내 문을 열고 안으로 들어가 불을 켰다. 놀랍게도 교실 안에는 기술 수업 준비가 되어 있었다. 데커가 다니던 시절에도 기술 수업이 있었다. 요즘에는 그런 수업은 하지 않는 줄 알았는데. 그는 작업장을 둘러보았다. 작업대, 각도절단기, 전동 대패, 드릴, 공구 세트, 목재에 고정하는 바이스. 벽 선반에는 금속관, 너트, 볼트, 목재, 전동 공구, 연장 코드, 조명 등 뭔가를 만들 때 필요한 것은 거의 전부 있었다. 교실 뒤편에 문이 세 개 있었다. 그는 문 두 개를 열어보았다. 창고였다. 지난 과제물로 보이는 것들이 무더기로 쌓여 있었는데, 반쯤 완성된 가구, 각양각색의 모양으로 뒤얽힌 쇠붙이, 금속 새장, 지붕 재료, 다용도 작업대, 합판, 목재 더미 등이었다.

마지막 문은 열리지 않았다. 그는 자물쇠 따는 도구를 다시 꺼내 문을 열었다. 안쪽 구석에 낡은 보일러가 한 대 있었는데 연결돼 있지는 않았고, 실내 에어컨들이 한쪽 벽에 차곡차곡 세워져 있었다. 그는 문을 닫고 기술 교실을 가로질러 불을 끄고는 밖으로 나갔다. 기술 교실에서 복도를 따라 가면 144 교실이 있다. 데비 왓슨이 총을 맞기 전에 있었던 교실이다.

벽 쪽에 사물함이 하나 열려 있었다. 데비의 사물함이다. 그 애는 살해당할 당시 사물함 앞에 서 있었다. 뭔가를 가지고 양호실에 가려고 한 걸까. 그렇다면 거리상으로 먼 이쪽으로 온 것이 설명이 된다. 10대 아이들은 예측이 불가능하다. 숨이 넘어갈 듯 아픈 지경에서도 사물함에 멈춰서서 껌을 찾는 게 10대들이다. 아니면 사물함 안쪽에 붙은 거울에 여드름을 비춰본 걸까. 사물함 선반 위에는 뜯긴 박하사탕 갑과 튜브형 여드름 크림이 세워져 있었다.

사물함 안의 비산혈은 피해자가 총에 맞는 순간 사물함 앞에 서 있었음을 가리켰다. 얼굴에 산탄총을 맞은 것으로 보아 돌아섰을 때 살인범을 마주한 게 분명했다. 사망 시각은 8시 42분. 데커는 데비가 첫 번째 희생자라고 보고 있었다. 그렇다면 범인은 멜리사 달턴이 후쉬 하는 소리를 들은 7시 28분과 데비 왓슨이 뒤쪽 복도에서 얼굴을 잃은 순간 사이에 무얼 하고 있었을까. 그는 눈을 감고 곰곰이 생각했다.

학교 앞에서 뒤까지 가는 데 내 걸음으로 64걸음, 시간은 2분이 채 걸리지 않았어. 범인은 8시 41분에 비디오에 등장했지. 그런데 놈은 언제 구내식당을 떠났을까? 그건 아직 장담할 수 없어. 가장 큰 의문은, 대체 어떻게 남의 눈에 안 띄고 앞에서 뒤로 갈 수 있었느냐는 거야. 그것만 풀면 모든 게 풀리는데 그걸 못 풀면 이 사건은 한 발짝도 못 나아가.

키 188센티미터 이상, 딱 벌어진 어깨, 체중 90킬로그램 이상. 직원들 중 체구와 키가 부합하는 남자는 죽은 체육 교사와 교감 외에는 없다. 미식축구 선수들도 있지만 그들은 교실에서 웅크리고 있었기 때문에 알리바이가 수백 개도 넘었다. 게다가 그 정도 체구를 가진 선수 중 둘은 총에 맞아 사망했다. 그렇다면 놈은 난데없이 나타나 살인을 저지른 다음 허공으로 사라졌다는 소리인데, 그건 불가능한 일이다. 데커는 자신이 잘못 생각한 부분이 반드시 있을 거라고 믿었다.

그는 144 교실로 가서 교사 책상에 앉아 교실을 둘러보았다. 스물한 개의 빈 책상이 세 줄로 배열돼 있었다. 이중 하나는 데비 왓슨의 것이다. 그 애의 최후는 단순했다. 복통으로 인한 양호실행. 사물함으로 이동. 몇 분 뒤 사망.

데비의 자리는 세 번째 줄의 네 번째다. 그는 그 애가 손을 들고, 아픈 표정을 짓고, 교실을 나가도 좋다는 허락을 얻고, 다시는 돌아오지 못할 길로 나서는 모습을 상상했다. 그는 일어나서 문밖으로 걸어 나간 뒤 걸음을 멈추고 돌아섰다. 맞은편에 데비의 열린 사물함이 있었다. 문 안쪽 거울에 비에 쫄딱 젖은 볼썽사나운 남자의 모습이 비쳤다. 데커의 시선은 거울에 비친 상을 지나 데비의 사물함 안에 있는 물건으로 이동했다. 교과서와 공책 뭉치.

데커는 고개를 돌려 144 교실을 쳐다보고, 다시 사물함을 보았다. 살다보면 우연의 일치는 일어난다. 행운의 연속도 흔하다. 하필 그 장소, 하필 그 시간에 있는 경우도 허다하다. 한 행성 안에 70억 명이 부대끼며 살아가는데 그런 일 하나 없을까. 하지만 형사들의 세계에 우연의 일치란 없다.

그는 랭커스터에게 전화했다. 그녀는 도서관에 있었다.

"데비 왓슨의 부모와 얘기해 봤어?"

"응."

"아침에 학교 갈 때 몸이 안 좋았대?"

"아니. 그 애 엄마한테 물어봤는데 괜찮았대. 갑자기 아팠나 봐."

"교사는 어때? 왓슨이 나가도 되냐고 언제 물어봤지?"

데커는 랭커스터가 공책을 뒤적거리는 소리를 들었다.

"교사 말로는, 데비가 멀쩡해 보였는데 손을 들고 속이 울렁거려서 수업을 빠지고 싶다고 했다는데."

"교사가 메모라도 써줬나, 아니면……."

"정해진 서식이 있어. 거기 데비의 이름을 써서 데비한테 줬대."

"그럼 데비가 교실을 떠나기까지 30초밖에 안 걸린 거네?"

"그랬을 거야."

"그래서 몇 시에 교실을 나간 거야?"

"교사는 그 애가 나가고 나서 한 5분 뒤에 총성이 났다고 했어."

"그건 굉장히 긴 시간이야. 그 애 사물함은 교실에서 몇 초 거리에 있어. 그리고 내가 직접 걸어봤는데, 학교 앞에서 뒤까지는 2분도 채 안 걸려."

"어쩌면 몇 분쯤 서성였을지도 모르지. 토할 것 같아서 몸을 추스르느라고. 근데 그건 왜……,"

"나중에 설명할게. 아무것도 아닐 수도 있어."

데커는 전화를 끊고 휴대폰을 넣었다. 어떤 사람들에게는 크나큰 충격이 될 생각이 머릿속에서 차츰 모습을 갖춰가고 있었다. 결코 경솔하게 떠올린 생각은 아니었다. 하지만 그 진실에 다가가기 위해서는 구체적인 근거가 필요하다.

데비의 운명은 8시 42분에 끝이 났다. 어쩌다가 그렇게 됐을까? 데비는 손을 들고, 교실을 나가도 좋다는 허락을 얻는다. 교실을 나갔지만 양호실로 곧장 가지 않는다. 대신 사물함으로 가서 문을 연다. 1분이 더 흐른다. 하지만 교사의 말에 따르면, 총성은 5분 뒤에 들렸다. 그동안 데비는 무얼 한 걸까? 랭커스터의 말처럼 그냥 서성였거나 몸을 추슬렀을까? 아니면 다른 뭔가가 있었던 걸까?

그는 다시 한 번 사물함 내용물을 살폈다. 시체 옆 바닥에 있던 피 묻은 공책과 다른 소지품들은 경찰이 가져가버렸다. 하지만 사물함 안의 것들은 그대로 있었다. 고스란히. 그 애의 몸이 산탄총 총알을 막아준 덕분에 거의 온전한 상태를 유지하고 있었다.

데커는 그것들을 집어 144 교실로 돌아가서 앉았다. 그러고는 첫 책을 펼쳐 한 장 한 장 넘겼다. 모든 교과서를 뒤지며 여백에 쓰인 낙서, 메모, 그림 같은 것들을 찾았다. 줄이 쳐진 공책 세 권도 뒤졌다. 네 번째 공책의 19쪽에 도달했을 때 그는 동작을 멈추었다. 그 페이지에 데비가 그려놓은 그림이 있었다. 그림 쪽으로 소질이 있는 아이였다.

데커는 그 그림의 대상에 초점을 맞췄다.

그것은 위장복을 완전히 장착한 남자였다.

그리고 그 옆에는 커다란 하트가 그려져 있었다.

2 221

데커는 샤워를 하고 옷을 갈아입고 머리까지 꼼꼼히 빗은 차림으로 앉아 최대한 사무적인 표정을 끌어냈다. 그것이 맞은편에 앉은 사람들에 대한 최소한의 예의라고 생각했다.

데비 왓슨의 부모가 데커를 바라보고 있었다. 아버지라는 사람은 왜소하고 내성적인 40대 중반의 남자로, 얇은 윗입술 위에 빈약한 콧수염을 기르고 오른팔은 발달 장애를 앓았는지 팔꿈치 아래가 덜렁거렸다. 그는 화물 열차에 깔린 사람 같은 표정으로 앉아 있었다.

어머니 쪽은 줄담배를 피워댔다. 앞에 놓인 재떨이에 담배꽁초가 수북했다. 니코틴이 핏속에서 산소를 빼앗아 입술 주변은 나이에 비해 잔주름이 자글자글했고, 젊었을 때도 그리 예쁘지 않았을 얼굴은 더 망가져가고 있었다. 팔뚝은 핏줄이 도드라진 데다 칙칙했고 점투성이인 걸로 보아 여름 동안 해먹에 누워 지내는 모양이라고 데커는 생각했다. 작은 옆마당에서 나무 사이에 매달린 해먹을 본 기억이 났다. 그녀는 화물 열차는 애초에 본 적도 없는 사람처럼, 영혼이라고는 없는 표정을 하고 술냄새를 풍기고 있었다.

데커의 오른쪽에는 랭커스터가 선반 위의 고양이처럼 소파에 앉아 있었다. 데비의 공책에서 위장한 남자 그림을 본 후로 그녀는 줄곧 긴장한 채 심각한 표정으로 인상을 쓰고 있었다. 랭커스터가 같이 한 대 피우자고 권해주면 좋겠다는 듯 굶주린 눈빛으로 데비 어머니의 담배를 흘끔거렸다.

그들은 그 스케치를 연방수사국에게도, 누구에게도 보여주지 않았다. 당분간은 그들끼리만 알고 있기로 했다. 공식 발표가 있기 전 데비의 부모와 먼저 이야기를 나눠야 한다고 데커는 말했고, 랭커스터는 동의했다. 그 스케치가 살인 사건과 연관이 없을 경우 데비의 가족이 불필요하게 고통을 당하는 일은 없어야 한다. 뉴스가 24시간 방송되는 세상이라, 데비의 가족은 사정없이 난도질당할 게 분명했다. 나중에 무죄라는 사실이 밝혀진다고 해도 진실은 먼저 일어난 전파의 쓰나미에 휩쓸려 보이지도 않을 것이다.

데커는 면책 조항 운운하며 부부가 마음을 놓을 때까지 기다리다가 그 스케치를 보여주었다. 부부는 그 그림을 보자마자 흠칫하더니 전기에 감전이라도 된 양 뻣뻣하게 굳었다. 데커의 눈에 그들이 크림색에 둘러싸였다. 파란색은 죽음, 하얀색은 절망을 의미했다. 가족들이 살해당하고 나서 꼬박 1년 동안 그는 거울을 볼 때마다 하얀 남자를 봐야 했다. 세상에 저렇게 하얀 남자가 다 있을까 싶을 만큼 새하얬다.

"데비가 왜 이런 그림을 그렸는지 짚이는 거 없습니까?" 데커는 조용히 물었다. 그는 위장한 인물과 하트를 차례대로 가리켰다. "따님에게 사귀는 사람이 있었죠?" 그가 덧붙였다. 젊은 여자가 남자 그림 옆에 하트를 그렸다면, 그 의미는 예나 지금이나 같다고 봐도 무방하다.

조지 왓슨은 고개를 저었다. 그러자 그의 콧수염이 다른 부위를 따라 바르르 떨렸고, 팔은 몸통 바로 옆에서 휘휘 흔들렸다. 데커는 이 남자가 남다른 신체 부위 때문에 평생 얼마나 괴로워야 했을지 궁금했다. 남과 다르다는 것이 모든 면에서 그를 규정했을 것이다. 사람들은 그렇게 잔인해질 수 있다.

베스 왓슨은 고개를 젓지 않았다. 그녀는 살짝 고개를 끄덕였고, 데커와 랭커스터는 즉시 그녀에게 시선을 집중했다.

"누구였죠?" 랭커스터가 물었다.

"몰라요." 베스가 머뭇머뭇 말했다. "우리 애는 모르는 사람을 집에 데려온 적은 없어요……."

"모르는 사람이든 아는 사람이든 그건 중요하지 않습니다. 누굴 집에 데려온 적 없었나요?" 데커가 말했다.

"아뇨. 그러니까, 남자애들을 데리고 오긴 했는데…… 범인은 188센티미터에 90킬로그램 이상이라면서요. 데비는 제 아버지보다 더 큰 사람은 집에 데려온 적 없었어요."

조지는 헛기침을 하고는 서글프게 말했다. "난 173센티미터도 안 됩니다. 고1 때 부쩍 자란 뒤로 더 크지 않았어요." 그는 입을 다물었다. 이런 비극적인 상황에서 사소한 얘기를 늘어놓은 것이 민망하고 끔찍한 것 같았다.

"전부 같은 학교 남자애들이었어요." 베스가 말했다. "그 애들 중 한 명은 이번에 죽었어요. 우리 불쌍한 데비처럼."

"누구죠?" 랭커스터는 노트에 펜을 세우며 물었다.

"지미 시켈. 좋은 애였는데. 미식축구 팀에서 뛰었죠. 아주 유명했고요. 그 애 가족이랑은 오래전부터 알고 지낸 사이예요. 데비랑 지미는 같은 초등학교를 다녔죠. 지미는 데비를 주니어 프롬에 데려갔었는데, 둘은 그냥 친구 사이였어요." 그녀는 고개를 숙이고는 말했다. "자식을 잃는 게 어떤 건지 당신들은 상상도 못 할 거예요." 그녀는 커피테이블에서 휴지를 한 장 집어서 눈가를 눌렀고, 그동안 남편은 서툴게 그녀의 어깨를 쓰다듬었다.

여자의 말에 랭커스터는 데커를 흘끔거렸지만 그는 그녀와 눈을 맞추지 않았다. 데커는 베스에게서 눈을 떼지 않았다. 그는 자식을 잃는 게 어떤 것인지 정확히 알고 있었다. 하지만 이 상황에서 그 사실은 전혀 중요하지 않았다. 이런 처지의 사람들은 상실이라는 공통점을 가지고 있음에도 서로에게 위로가 되지 않는다. 각자 나름의 생지옥을 겪고 있기 때문이다.

"다른 사람은 없었습니까?" 데커가 캐물었다. "부모님도 모르고 데비가 데려온 적도 없는 사람?"

베스는 휴지를 뭉쳐서 카펫 위에 떨어뜨렸다. 남편이 그것을 주워 커피테이블에 올려놓자 그녀는 남편을 쏘아보았다. 부부 사이가 원만하지는 않은 모양이었다. 오랫동안 함께한 사이에서 자연스럽게 나타나는 사소한 다툼일까? 대부분의 부부들이 겪는? 아니면 그 이상의 의미가 있는 걸까? 데비를 잃은 것이 회복 불가능한 균열을 낸 것일까? 그렇다면 이들은 방어적 자세를 취하고 속내를 감출 가능성이 높다. 그런 경우를 한두 번 본 게 아니었다.

"딸애가 인터넷에 그 남자 이야기를 올린 적은 있었어요. 직접 말한 적은 없지만. 그래도 난 낌새를 채고 있었죠. 애 엄마라면 다 그렇잖아요."

"인터넷에서 글을 읽으셨다고요?"

"잠깐 비밀번호를 알고 있었거든요. 우리 애가 내가 알고 있는 걸 알고 바꾸기 전까지요. 데비는 그 남자 이름을 언급하지는 않았어요. 그냥 애칭으로 불렀죠."

"그게 뭐였죠?" 랭커스터가 물었다.

"예수."

"그건 어떻게 아셨죠? 인터넷 글에 나왔나요?"

"아뇨. 딸애 방에 있는 칠판에서 봤어요. 딸애가 예수에 관한 시를 적어놨더군요. 데비는 종교가 없는데. 그건 종교적인 게 아니었어요. 우리 가족은 교회에 안 다니거든요. 그 시는…… 좀 사적인 얘기였어요. 남자 얘기가 분명했죠. 내가 캐묻기 시작하니까 딸애는 방으로 달려가서 그걸 지워버렸어요."

데커와 랭커스터는 시선을 교환했다. 그는 말했다. "하지만 성경 내용이나 남미 쪽 시일 수도 있지 않을까요?" 그녀가 그를 어리둥절한 얼굴로 쳐다보자 그가 덧붙였다. "예수를 스페인어로 읽으면 헤수스, 남미 쪽에서 흔한 이름이잖아요."

"어, 글쎄요. 그런 생각은 안 해봤어요. 그냥 딸애가 그 남자를 신처럼 떠받든다고만 생각했죠. 하지만 우리 데비는 멕시코인 기독교 신자와 어울릴 애는 아니에요." 그녀는 기분이 상한 투로 덧붙였다. 그러고는 코를 훔치고 나서 담배를 피웠다. "엄마들은 항상 알잖아요, 딸들은 엄마가 아무것도 모른다고 생각하지만. 데비는 우리가 뭘 통 모른다고 생각했었죠." 그녀는 남편을 곁눈질로 흘끔거렸다. "어떤 사람들은 정말 뭘 몰라요. 몰라도 너무 몰라."

남편이 아내의 어깨에 얹었던 손을 치워 자신의 두 다리 사이에 떨어뜨렸다. 개가 꼬랑지를 두 다리 사이에 마는 모양새였다. 집안에서 큰소리 한번 못 치고 꽉 잡혀 사는 모양이었다.

데커는 랭커스터를 흘끔거렸다. "인터넷 게시물?"

그녀는 고개를 끄덕였다. "확인할게."

"그럼 따님은 이 남자에 대해 한 번도 얘기한 적 없는 겁니까? 전혀?"

"내가 물어봤어요. 한 번 이상. 근데 애가 입도 뻥끗 안 하더라고요." 그녀는 망설였다. "어물쩍 넘어가면서 나는 그 남자를 이해 못 할 거라고 했어요. 그 남자가 많이…… 성숙하다면서."

"그럼 나이가 더 많다는 뜻이군요. 고등학생이 아니겠네요?" 데커가 말했다.

"나도 그렇게 받아들였어요. 딸애는 3학년이었으니까요. 틀림없이 반 친구들한테도 얘기 안 했을 거예요. 하급생들이랑은 어울리지도 않았고요. 우리 데비는 매력이 넘치는 아이였어요. 여러 면에서 성숙했었죠. 눈독을 들인 남자애들이 많았어요. 내가 조언을 해주려고 했는데, 딸들이란 원래 귀담아 듣지를 않잖아요. 우리 엄마도 나한테 말을 해주려고 했지만 나도 귀담아 듣지 않았죠. 항상 나쁜 남자한테나 빠지고."

그녀의 남편은 사과하는 눈초리로 형사들을 쳐다보았다. "그 뒤에 저랑 결혼했죠."

"결혼할 수밖에 없었어, 조지. 데비가 생기는 바람에. 우리 엄마는 심장 발작을 일으킬 뻔했지. 결혼해서 가장 좋았던 건 데비가 생긴 거였는데. 이제는 그 애조차 없네. 나한텐 아무것도 없어."

랭커스터는 이 말에 고개를 돌렸고 조지 왓슨은 입술을 깨물고 커피테이블 위의 오래된 동그란 물 얼룩만 뚫어져라 쳐다보았다. 데커는 두 사람을 뜯어보았다. 부부가 이런 비극을 겪게 되면 체면 따위는 안중에도 없게 된다. 이제까지 한 번도 언급되지 않은 것들이 줄줄이 드러나고 있었다. 더 이상 견디지 못하고 무너지는 댐처럼. 어쩌면 데비가 그 댐이었는지도 모른다.

"왜 위장복을 그렸을까요?" 랭커스터가 물었다. 그녀는 조지를 쳐다보았다. "사냥하세요? 집에 위장 장비가 있나요?"

그는 고개를 세차게 저었다. "난 동물 못 쏴요. 총은 가지고 있지도 않고."

데커가 말했다. "아버님은 무기를 잡는 것 자체가 힘드실 것 같군요."

조지는 팔을 내려다보았다. "태어날 때부터 이 지경이었지요." 그는 말을 멈추었다. "이것 때문에 불편한 점이 한두 가지가 아니에요." 그는 체념한 투로 덧붙였다.

"그럼 그 위장 장비는 이 '예수'라는 남자를 상징하는 것일 수도 있겠군요?" 데커가 말했다.

"그럴 수도 있겠네요." 조지가 신중하게 말했다.

"확실해요." 베스는 단언했다. "딸애가 그 옆에 하트를 그린 걸 보면." 그녀는 랭커스터에게 끼리끼리 통하는, 분통이 터진다는 표정을 지어 보였다. "남자들은 이런 거 몰라요, 안 그래요? 선물 가게나 팬시 문구점에는 발걸음도 안 하는 종족이니까."

데커가 말했다. "부엌 탁자 위에 노트북이 있던데요. 데비가 그걸 사용했었나요?"

"아뇨. 그 애 건 따로 있었어요. 그 애 방에."

"이제 따님 방을 좀 둘러봐도 될까요?"

그들은 베스를 따라 복도를 지났다. 베스는 자리를 비켜주기 전에 마지막으로 담배를 한 모금 빨고 말했다. "일이 이렇게 되긴 했지만, 우리 애는 이 일이랑 아무 상관없는 거예요. 절대. 내 말 알죠? 당신들 둘 다?"

"알고말고요." 데커가 말했다. 그는 데비가 관련이 있다고 해도 이미 목숨으로 그 대가를 치렀다고 생각했다. 정부도 그 애를 두 번 죽일 수는 없을 것이다.

베스는 꽁초를 튕겨 복도 저편으로 날려버렸다. 꽁초는 화르르 빛나다가 빛바랜 운동화 위에서 꺼졌다.

두 사람은 문을 열고 데비의 방 안으로 들어갔다. 데커는 작은 공간에 서서 주위를 둘러보았다.

랭커스터가 말했다. "기술팀한테 데비가 인터넷에 쓴 글을 뒤져보라고 해야겠어. 휴대전화에 저장된 사진, 노트북, 클라우드, 인스타그램, 트위터, 페이스북, 텀블러. 애들이 잘 노는 데면 어디든."

데커는 대꾸하지 않고 그저 이리저리 둘러보면서 방의 이모저모를 포착했다.

"내가 보기엔 전형적인 10대 여자애 방인 것 같아. 네가 보기엔 어때?" 랭커스터가 마침내 물었다.

그는 그녀를 쳐다보지 않고 말했다. "내가 보기에도 그래. 잠깐 있어봐."

데커는 종이 뭉치 밑이며 옷장 안을 들여다보았다. 침대 밑도 들여다보고, 사방에 걸려 있는 그림들도 뜯어보았다. 한쪽 벽은《피플》표지들로 도배돼 있었다. 데비는 벽에 네모난 칠판을 고정시켜두고, 뮤지컬 악보와 짧은 시구, 다짐하는 문구를 적어놓았다.

데비, 매일 뭔가 이룰 것을 가지고 눈을 뜨자.

"정신없는 방이네." 랭커스터는 여자애의 책상에 걸터앉아 말했다. "감식반을 불러서 몽땅 가져가라고 해야겠어."

그녀는 데커를 쳐다보았다. 그 말에 대꾸해주기를 바라는 눈치였지만 그는 그냥 방을 나갔다. "데커!"

"돌아올게." 그는 어깨 너머로 소리쳤다.

그녀는 그의 뒷모습을 바라보다가 중얼거렸다. "하고많은 파트너 중에 하필 레인맨(1988년 동명의 영화에 나오는 암기력이 뛰어난 자폐증 환자_옮긴이)이라니. 덩치는 산만 해가지고."

그녀는 가방에서 길쭉한 껌을 하나 꺼내 포장을 깐 뒤 입에 넣었다. 그러고 나서 몇 분 동안 방 안을 돌아다니다가 옷장 문 뒤에 붙은 거울로 갔다. 그녀는 자신의 모습을 살펴보고는 꽃다운 나이는 옛일이 되었구나 하는 한숨을 내쉬었다. 그러고는 자기도 모르게 담배로 손을 뻗다가 그만뒀다. 데비의 방이 범죄수사의 현장이 될 가능성이 있었기 때문이다. 담뱃재와 연기는 수사에 방해가 될 수도 있다. 그때 데커가 방으로 돌아오자 그녀는 획 돌아서서 물었다. "어디 갔었어?"

"부모한테 물어볼 게 있어서. 집 안 다른 곳도 둘러보고 싶었고."

"그래서?"

그는 칠판 쪽으로 건너가서 뮤지컬 악보를 가리켰다. "이건 데비가 쓴 게 아니야."

랭커스터는 음표를 쳐다보았다. "그걸 어떻게 알아?"

"데비는 악기를 연주하지 않았어. 그 애 생활기록부를 확인했는데, 밴드에서 활동한 적이 없더라고. 그 애 어머니한테도 물어봤는데 악기를 연주한 적 없었고 집 안에 악기도 없대. 둘째, 이 방 안에는 종이 악보가 전혀 없어. 악기를 연주하지 않고 그냥 작곡을 한다면 악보라든가 빈 악보가 방 안에 있어야 자연스럽지. 셋째, 저건 데비의 글씨가 아니야."

랭커스터는 그쪽 벽으로 다가가서 그 악보와 다른 글을 비교해

보았다. "그걸 어떻게 구분해? 악보는 보통 글씨랑 다르잖아? 글자가 아니라 음표라고."

"데비는 오른손잡이였어. 그런데 이건 왼손잡이가 쓴 거야. 게다가 이건 글자는 아니지만, 둥그렇고 과장된 음표의 모양새로도 다르다는 걸 알 수 있어." 그는 분필을 집어서 칠판의 다른 쪽에 음표를 그렸다. "나는 오른손잡이인데, 차이가 나잖아?"

그는 칠판에 난 얼룩을 가리켰다. "저건 그 사람의 왼쪽 소맷자락에 악보가 뭉개진 자국이야. 오른손잡이였다면 반대편에 생겼겠지. 나처럼." 그는 그의 소맷자락에 뭉개진 분필 자국을 가리켰다. "그런데 레오폴드는 오른손잡이야."

"그건 어떻게 알아?"

"유치장에서 만났을 때 그놈이 내가 준 서류에 서명했었거든."

"그렇다고 쳐. 하지만 그 애 친구 중에 음악을 하는 애가 쓴 것일 수도 있잖아."

데커는 고개를 저었다. "아니."

"왜 아냐? 친한 친구가 여기서 곡을 끄적거렸을 수도 있잖아. 데비의 글에 맞는 영감이 떠올라서 말이지."

"저 곡은 전혀 말이 안 돼. 내가 알기론 어떤 악기로도 연주가 불가능해. 작곡의 관점에서 보면 횡설수설한 거나 같아."

"그걸 어떻게 알아? 음악 연주할 줄 알아?"

데커는 고개를 끄덕였다. "고등학교 때 기타랑 드럼 했었어. 성적 관리 하느라고. 경기장에서만 사는 애는 아니었지."

랭커스터는 음표를 다시 쳐다보았다. "그럼 저건 뭐야?"

"암호 같아." 데커가 말했다. "내 생각이 맞다면 예수는 이 집 안에 있었어."

2 222

데커와 랭커스터는 데비의 침대에 경찰통제선을 치고 나서 감식반을 불렀다. 감식반이 집을 샅샅이 훑었다. 벌링턴 역사상 초유의 범죄 사건이라 신입부터 최고참까지 모두들 최선을 다하고 있었다.

왓슨 부부는 뮤지컬 악보에 대해서 아무것도 모른다고 말했다. 데커는 그들의 말을 믿었다. 감식반이 일을 마치고 데커와 랭커스터는 다시 한 번 왓슨 부부와 같이 앉았다.

“만약 그 남자가 벽에 악보를 그리려고 집에 들어왔다면, 부모님 모르게 가능했을까요?” 데커는 그들에게 물었다.

“우리가 잘 때 그랬을 거예요.” 베스는 방어적으로 말했다. “하지만 이 집은 그리 크지 않아요. 게다가 우리 방은 데비 옆방이고요. 조지도 나도 얕은 잠을 자요. 딸애가 남자를 방에 데려왔는데 우리가 몰랐다는 게 이해가 안 되네요.”

“낮 동안은 어떨까요?” 랭커스터가 말했다.

"저는 전업주부예요. 조지는 9시 출근 5시 퇴근이고요. 집에 있는 시간은 데비보다 제가 더 많아요."

"언제부터 칠판에 그 악보가 있었는지 기억납니까?" 데커가 물었다.

"2주 전만 해도 없었던 것 같아요." 그녀가 대답했다.

"그건 어떻게 아시죠?" 데커가 물었다.

"그때 제가 싹 지웠거든요. 딸애랑 말다툼을 벌였는데, 제가, 그게, 화딱지가 나는 바람에 그 쓰레기를 싹 다 지웠어요." 그녀는 살짝 흐느꼈다. "이젠 우리 딸을 다시는 볼 수 없게 됐네요."

"무슨 일로 말다툼을 하셨죠?" 데커는 그녀가 괴로워하는 것은 개의치 않고 물었다. 대답을 들어야만 했다. 슬퍼할 기회는 나중에도 있다.

베스는 마음을 추슬렀다. "데비는 3학년이었어요. 대입 시험도 봤고 성적도 괜찮았는데 아무 대학에도 지원을 안 했어요. 학비 핑계를 대더군요. 우리가 뒷바라지할 형편이 안 되는 건 사실이에요. 그래도 나는 학자금 지원을 받으면 된다고 계속 말했어요. 학위도 없이 뭘 할 수 있겠어요? 나처럼 살려고?" 그녀는 다시 말을 멈췄고 그동안 남편은 고개를 돌리고 있었다. "그래서 화딱지가 나서 딸애 칠판을 싹 지웠어요. 세상을 바꾸고 목표를 가지자 어쩌고 하는 글 전부. 순 헛소리! 그 애는 아무것도 하지 않고 아무 데도 가려고 하지 않았어요. 그래서 내가 그걸 깨끗이 지웠죠. 새출발 하라고. 딸애가 알아듣기를 바랐는데. 근데 그게 아니었나 봐요. 이젠 그럴 기회조차 없겠죠. 이젠. 아, 젠장, 우리 아기. 우리 아기."

베스는 눈물을 터뜨리며 소파 위에서 몸부림치기 시작했다. 남편이 데커의 도움을 받아 그녀를 침실로 데려가 눕혔다. 데커는 죽은 딸의 이름을 부르는 베스의 목소리를 들으며 복도를 걸어 랭커스터 쪽으로 갔다.

몇 분 뒤 조지 왓슨이 돌아와 말했다. "이제 그만하는 게 좋겠어요, 괜찮으시다면."

데커가 말했다. "최근에 아내분과 집을 비우고 여행을 다녀오신 적 있습니까?"

조지는 놀라서 데커를 쳐다보았다. "그걸 어떻게 아시죠?"

"놈이 여기 와서 뭔가를 써놓고 갔잖아요. 만약 그때 아버님이 집에 계셨다면 그놈을 봤겠지요. 놈은 그런 위험은 감수하지 않았을 거예요. 그럼 집을 비우신 게 맞군요?"

"일주일 전에 처제를 보러 차를 몰고 인디애나에 갔었습니다. 처제가 아팠거든요. 거기서 이틀을 지내고 돌아왔죠."

"데비는 집에 남아 있었고요?"

"네, 딸애가 학교를 빠지게 할 순 없어서."

"그럼 그때 놈이 왔었군요." 데커가 말했다.

조지는 덜덜 떨기 시작하더니 두 팔로 몸을 부여안았다. "그 짐승 같은 놈이 정말 우리 집에 있었다는 겁니까? 우리 딸 방에?"

"그럴 가능성이 높습니다, 네."

랭커스터는 데커를 흘겨보고는 얼른 말했다. "도와주셔서 감사합니다, 왓슨 씨. 이제 그만 가볼게요. 따님 일은 정말 안됐어요."

조지는 그들을 문까지 배웅했다. 그는 문을 열면서 말했다. "데비는 맨스필드 아이들을 해치려 한 사람이라면 그게 누구든 돕지 않았을 거예요. 친구들한테 그랬을 리가 없어요."

"그럴 수도 있겠지요." 데커가 말했다. "아버님 말이 맞기를 바랍니다."

조지는 자기 말이 틀릴 수가 없다는 듯 재빨리 눈을 깜빡였다. 그러고는 문을 닫았다. 데커와 랭커스터는 보도를 따라 걸었다.

"사람 막 대하는 재주는 여전하더라." 랭커스터가 비꼬았다.

"난 친구로서 손을 잡아주려고 온 게 아니야, 메리. 저 사람 딸을 죽인 놈을 잡으려고 온 거지."

"알았다, 알았어." 그녀가 말했다. "감식반한테 메일 받았어. 휴대전화나 노트북 컴퓨터에선 특별한 게 안 나왔대. 사진도, 이메일도, 문자 메시지도, 음성 메시지도 없어. 데비가 접속했을 만한 웹사이트에도 글은 없었어. 데비가 글을 올렸다가 삭제했다 해도 기록은 남았을 텐데 말이야."

"놈은 데비가 자기 사진을 찍게 놔두지 않았을 거야. 온라인에 흔적을 남기지도 않을 테고. 어쩌면 웹페이지를 못 찾고 있는 걸지 몰라."

"그걸 어떻게 알아?"

"놈은 주류 사회 밖에 있는 사람이야. 인간관계가 없어. 외톨이야. 여기저기 떠돌아다녀."

"무슨 근거로 하는 얘기야?"

"감으로. 그런데 이해가 안 되는 점이 하나 있어."

"하나뿐이라니, 넌 좋겠다." 그녀가 씁쓸하게 미소를 지으며 말했다. "난 이해 안 되는 게 여섯 페이지도 넘는데."

그는 그 말을 무시했다. "왜 데비일까? 왜 조력자로 데비를 골랐을까?"

"조력자? 그 애가 정확히 뭘 했는데? 그냥 그놈 여자친구 아냐?"

"놈이 원하는 걸 그 애가 줬어."

"놈이 원하는 거? 설마 총을 운반했다는 거야? 그 애가 산탄총까지 나르는 건 불가능해."

"꼭 총을 말한 게 아니야."

"하지만 뭘 가져오는 데 왜 굳이 데비가 필요하지?"

"나도 그게 이해가 안 가. 왜 하필 그 애이고, 왜 하필 그날 학교에서 만난 걸까?"

"휴, 데커, 너무 앞서가니까 못 따라가겠어. 만나다니?"

"데비는 꾀병을 부린 거야. 수업을 빠지고 놈을 만났어. 아마 뭔가를 전해줬겠지. 그 뒤에 놈은 그 애를 죽였고. 그런데 그 시간 간격이 이해가 안 돼."

그녀는 다른 질문을 던졌지만 데커는 듣지 않았다. 그의 시선이 거리 아래 왼쪽으로 이동했다. 어두웠다. 숨을 내쉴 때마다 입김이 차가운 밤공기 속으로 피어올랐다. 밖에 있으면 좋을 게 없을 듯한 어둠. 별안간 데커의 밤이 숫자 3으로 채워졌다. 그가 가장 꺼리는 숫자였다.

이런 일을 처음 경험한 건 신입 경찰 때였다. 다행히도 그때 그는 혼자 순찰 중이었다. 순찰차에서 커피를 홀짝거리고 있을 때, 어둠 속에서 난데없이 움직임이 일어났다. 처음에는 누가 몰래 접근하는 줄 알았다. 당시 벌링턴은 거대한 폭력 조직 때문에 골머리를 앓고 있었다. 직업도 희망도 없는, 테스토스테론은 흘러넘치고 총기는 손쉽게 구할 수 있는 젊은이들이 주축이었다. 그는 커피를 차창 밖으로 던지고 한 손은 권총에, 다른 손은 무전기에 댔다. 차 밖으로 나가서 경고를 날리려는 순간, 그 숫자가 선명한 모습을 드러냈다. 우뚝 솟은 거대한 숫자 3들.

그는 별안간 무시무시한 공상과학 소설 속으로 빨려드는 느낌에 사로잡혔다. 내가 미쳐가는 게 아닐까 하는 생각이 들다가 머릿속 한가운데에서 뭔가가 한데 뭉쳤다. 부상을 당한 뒤 온갖 이상한 일이 일어나기 시작할 무렵에 입원했던 시카고 외곽의 의학 연구소 의사에 대한 기억이었다.

그 의사는 말했다. "에이머스, 새로운 날들이 펼쳐질 겁니다. 당신 두뇌는 결코 멈추지 않을 거예요. 쉬지 않을 겁니다. 끊임없이 뭔가를 형성하고 재형성할 거예요. 지금까지 일어난 일 외에도 당신 정신에 또 다른 변화가 일어날 수 있다는 뜻입니다. 내일이든, 내달이든, 내년이든, 10년 뒤든, 어느 날 아침 눈을 떴을 때 변화를 체험하게 될 거예요. 불행히도 예상은 불가능합니다. 그런 일이 실제로 일어나면 두려움이 앞설 수 있어요. 하지만 그게 당신의 정신이라는 걸 명심하세요. 전부 당신의 두뇌 안에 있다는 걸, 실제가 아니라는 걸."

데커는 그 기억을 떠올리고는 숫자 군단에 맞서기 위해 정신을 차렸다. 처음 출몰한 두려움은 물러갔지만 새로운 두려움이 그 자리를 대신했다.

내일은 또 어떤 희한한 게 나타날까?

그날 그는 휴가를 내고 집에 와 침대에 쓰러졌고, 캐시가 깰까 봐 숨죽여 울었다. 아침에 캐시에게 겪은 일을 얘기하자 그녀는 역시나 토닥여주고 격려해주었다. 그래서 데커는 기운을 차리고 그냥 웃기는 일이 일어났구나 하고 훌훌 털어버렸다. 실제로는 웃기지 않았지만. 그 뒤에 숫자 3들은 한동안 나타나지 않았다. 캐시와 몰리가 죽은 이후에도 그랬는데, 지금 다시 나타난 것이다.

죽겠군.

그런데 이번 3은 진화한 것들이었다. 끄트머리마다 칼이 세 개씩 돋아 있었다. 정말이지 웃음은 조금도 나지 않았다.

"암호 풀면 알려줘." 그가 말하는 순간, 숫자 3 군단이 칼을 앞세우고 돌진해왔다. 그는 왼쪽으로 틀어서 거리를 걸었다.

"집까지 태워줄까?" 랭커스터가 물었다.

데커는 두 손을 외투 주머니 안에 깊숙이 찔러넣고 계속 걸었다. 생각할 시간이 필요했다. 그는 어스름 속에서 그를 향해 돌격하는 숫자 군단을 피해 발밑을 쳐다보았다. 데비 왓슨은 범인이 필요한 것을 가지고 있었다. 그게 뭐였을까? 총? 아니다. 위장 장비? 어쩌면. 하지만 놈이 그걸 직접 못 가져올 이유가 없다. 그것 때문에 데비가 필요하진 않았을 것이다.

그 하트와 그림. 데비는 사랑에 빠져 있었다. 그를 위해서라면 뭐든 할 만큼. 하지만 학교 친구들의 목숨까지 희생시킬 생각이었을까? 위장한 남자의 그림에는 무기가 없었다. 데비는 실제 계획에 대해 알지 못했던 걸까? 왜 교실을 빠져 나와 그 남자를 만났던 걸까?

그는 눈을 들었다가 그를 향해 날아드는 숫자 3을 보고는 다시 눈을 내리깔았다. 예전에 잠복근무나 밤 근무를 마치고 나면 특수 안경을 끼곤 했다. 그 안경을 끼면 어둠에 황금빛 색조가 더해졌다. 그에게 황금빛은 기러기 떼 가득한 하늘을 의미한다. 그러면 숫자 3 군단은 그를 성가시게 하지 못했다. 그 안경은 오래전에 잃어버리고 없었다. 그런데 숫자 3 군단이 무장까지 하고 돌아온 것이다. 새 안경이 필요했다.

그는 걸음을 멈추고 나무에 몸을 기댔다. 눈을 감고 머릿속 블랙박스를 돌려 데비네 집에서 보았던 것들을 전부 재생했다. 머릿속에서 장면들이 죽 풀려나갔다. 그는 속도를 늦추다가 장면을 정지시켰다. 나열된 이미지들이 벽난로 위 선반에 늘어선 조각상들처럼 그를 응시했다. 그 이미지는 진짜였다. 그것은 정말 거기 벽난로 위 선반에 있는 것들이었다. 데커는 돌아서서 왓슨의 집을 향해 재빨리 걸었다. 문을 두드리자 조지가 문을 열었다.

"뭐 두고 간 거라도 있어요?" 조지는 성가시다는 투로 물었다.

"벽난로 선반 위의 사진 말인데요. 아까 그걸 봤거든요. 그것 좀 보여주시겠습니까?"

"선반 위 사진요?" 조지는 혼란스러운 표정으로 말했다. "그걸 보여달라고요?"

데커는 집 안으로 밀고 들어갔다. 덩치가 훨씬 작은 남자는 데커에 떠밀려 얼른 뒤로 물러났다.

"집안사람들이죠?"

"네. 근데 그게 무슨 상관이죠?"

"사건 수사에 경험이 많다 보니 그냥 넘어갈 수가 없어서요. 대답을 안 하고 어물쩍 넘어가신 게 있더라고요. 이 사건에는 한 치의 실수도 허용될 수 없습니다, 왓슨 씨. 그건 아실 거예요. 데비와 다른 사람들을 죽인 범인을 찾으려면 말이죠."

조지는 천천히 고개를 끄덕였지만 여전히 망설이는 듯 보였다. "좋습니다, 네. 따라오세요."

그는 데커를 작은 거실로 데려가서 벽난로 위 선반 쪽으로 안내했다. 벽돌을 쌓아 만든 것이었는데, 벽돌 사이로 모르타르가 삐져나와 있었다.

"어디서부터 시작할까요?"

데커는 맨 왼쪽 사진을 가리켰다. "저 남자부터."

"저분은 아내의 아버지, 테드 크롤이에요. 2년 전쯤에 돌아가셨지요. 심장 발작으로."

"어떤 일을 하셨습니까?"

"대체 그게 무슨 상관입니까?"

"그냥 말씀하세요, 그분이 어떤 일을 하셨는지."

데커는 자기보다 한참 왜소한 남자를 위협적으로 내려다보았다. 다람쥐와 회색곰이 마주 선 형국이었고, 그의 의도는 왓슨에게 정확히 전달되었다.

왓슨은 한 걸음 물러나더니 안색이 변해서 그 사진을 쳐다보았다. "장거리 트럭 운전자셨어요. 식습관이 나쁜 데다 운동도 하지 않으셨죠. 집 앞마당 잔디밭에서 신문을 주우려다가 쓰러졌을 때 몸집이 집채만 했는데, 잔디에 부딪치기 전에 이미 돌아가신 상태였어요." 그는 이 말을 하면서 데커의 거대한 체구를 쳐다보았다. "그분이 하신 일은 그게 전부예요, 트럭을 몰고 중서부를 왕복하고 텍사스까지 내려갔다가 돌아오는 거."

"데비랑 가까웠습니까?"

조지는 기형인 팔을 문질렀다. "아뇨, 처가랑은 휴가 때나 만났지요. 사실을 말씀 드리자면, 서로 사이가 좋지 않았어요. 장모님은 한 번도 제게 따뜻하게 대한 적이 없었거든요."

"옆의 남자는요? 저 사진은 상당히 오래돼 보이네요."

"저분은 저희 할아버지, 사이먼 왓슨이에요. 돌아가셨어요, 한 6년쯤 됐을 겁니다. 젊었을 때 찍은 사진이에요."

"그럼 데비의 증조할아버지시군요." 데커가 말하자 왓슨은 고개를 끄덕였다.

"아흔 살을 넘겨 사셨어요. 술도 담배도 다 하셨는데도."

"6년 전에 돌아가셨으면, 데비도 할아버님을 알고 있었겠네요?"

"그럼요. 돌아가시기 전 5년 동안 우리랑 함께 사셨으니까요."

"그럼 데비는 할아버님과 함께 시간을 보내곤 했었나요?"

"그랬겠죠. 당시에 데비는 꼬마였고 할아버지는 꽤 재미난 인생을 사신 분이었으니까요. 2차 세계대전과 한국전에도 참전하셨죠. 제대하신 뒤에는 민간인으로 국방부 일을 하셨어요."

"무슨 일이요?"

"여기 군 기지에서 일하셨어요, 군 기지가 있었을 때."

"맨스필드 고등학교 옆에 있는 거 말씀하시는 거죠? 맥도널드 육군기지?"

"맞아요."

"거기서 무슨 일을 하셨죠?"

"여러 가지요. 엔지니어링과 건설 쪽으로 교육을 받은 적 있어서 거기 시설과 공장 쪽에서 일하셨죠."

"일한 기간은요?"

"참 나, 이게 무슨 상관이라고 이러십니까?"

"저는 그저 단서를 찾으려는 겁니다, 왓슨 씨. 일한 기간은요?"

"그건 확실히 말씀드릴 수가 없는데요." 그는 말을 멈추고 생각에 잠겼다. "1960년에 제대하셨어요. 그러고 나서 아마 1968년이나 69년쯤 맥도널드 기지에 가셨을 겁니다. 69년이 맞을 거예요. 그때 우주인이 달을 걸어 다녔던 기억이 나니까요. 할아버지는 내내 거기서 일하다가 은퇴하셨어요. 한 20년 뒤에."

"그 기지는 8년 전에 폐쇄됐죠."

"그런 것 같네요."

"어림짐작이 아니라, 정확히 8년 전 월요일, 진눈깨비가 날리던 날이었습니다."

왓슨은 그를 이상하다는 듯 쳐다보고는 기침을 했다. "그렇게 말씀하신다면야 뭐. 전 지난주에 한 일도 기억이 안 나서요. 국방부의 기지 재편성에 따라 폐쇄된 거였죠. 듣자하니 군 작전은 대부분 동쪽으로, 아마도 버지니아로 이동했다고 하더군요. 워싱턴과 더 가까운 곳으로요."

"그럼 할아버님은 기지에서 하셨던 일에 대해 아버님이랑 데비에게 얘기하셨겠네요?"

"아, 그럼요. 일부는 말씀하시곤 했어요. 일부는 일종의 기밀 사항이라 말씀 못하셨지만."

"기밀이요?"

조지의 얼굴이 풀어지며 벙긋한 웃음이 피어났다. "핵무기가 있거나 뭐 그런 건 아닐 겁니다. 하지만 군대라는 게 항상 비밀을 가지고 있잖아요."

"할아버님이 어떤 얘기를 하셨지요? 그 기지에 관해서?"

"역사에 관해 얘기하셨어요. 만난 사람들 얘기나. 하신 일도 조금. 몇 년 동안 일이 계속 많아졌답니다. 건설, 건설, 건설. 거기서 일하는 사람들은 전부 아이들을 맨스필드 고등학교에 보냈어요. 그래서 저희 아버지도 거기 다니셨죠. 저도 그랬고, 제 아내도 마찬가지고요."

"데비가 할아버님과 어떤 얘기를 나눴는지 말한 적 있습니까?"

"딱히 기억나는 게 없네요. 데비는 조금 커서는 할아버지와 시간을 보내는 일이 많지 않았어요. 늙은 사람이랑 노는 게 무슨 재미가 있었겠습니까." 그는 아래를 내려다보았다. "저랑도 마찬가지였을 테고."

"알겠습니다. 다른 사진들에 대해 얘기해주시죠."

데커는 30분 뒤에 왓슨의 집을 나와 어두운 거리를 걸어갔다.

놈은 데비의 방 벽에 악보로 위장한 암호를 써놓았다. 그것만큼은 확실했다. 암호가 무슨 의미인지는 아직 알 수 없었다. 놈이 데비에게서 원한 것이 무엇인지도 알 수 없었다. 하지만 하고많은 맨스필드 학생들 중에 왜 하필 데비를 골랐을까? 분명 이유가 있을 것이다. 충분한 이유가.

휴대폰이 진동했다. 랭커스터였다. “연방수사국에서 암호를 푼 것 같대. 일종의 대입암호라는데. 간단한 암호래.”

“풀었다는 걸 어떻게 확신하지?”

“그게…… 메시지 내용 때문에.”

“사람 애태우지 좀 마, 메리. 무슨 내용인데?”

그는 그녀의 긴 한숨소리를 들었다.

“내용은 이래. ‘잘했어, 에이머스. 하지만 결국엔 네가 원하는 대로 되지 않을 거야, 형제.’”

2223

나는 후천성 서번트증후군이다.

더 정확히는 고기능 후천성 서번트증후군.

데커는 여관 침대에 누워 있었다. 잠을 자는 것은 아니었다. 잠이 오지 않았다.

올랜도 서렐.

올랜도 서렐도 후천성 서번트증후군이었다. 열 살 때 농구공에 머리를 맞은 후 탁월한 시간 계산 능력이 생겼고, 모든 날의 날씨와 특정한 날 어디에서 무엇을 했는지에 대해 거의 완벽한 기억력을 갖게 되었다.

대니얼 타멧.

대니얼 타멧은 어릴 때 간질 발작으로 죽을 고비를 넘긴 뒤 세기의 천재가 됐다. 원주율을 2만 2천 자릿수까지 나열할 수 있었고, 일주일 만에 여러 언어를 완벽하게 익혔다. 아스퍼거증후군으로도 진단받았는데, 데커처럼 채색된 숫자와 사물을 보는 공감각

자이기도 했다.

데커는 어떤 일을 계기로 후천적 능력이 생긴 서번트 증후군 환자들을 연구해왔다. 서렐처럼 부상을 당했거나 타멧처럼 질병을 겪은 사례들을.

세상에는 그런 사람들이 많지 않았고, 데커는 자기가 그중 하나가 될 거라는 생각은 꿈에도 한 적 없었다. 미식축구 경기장에서 라크루아가 그를 때려눕혔을 때 그를 검사한 의사들은 그의 두뇌가 두 가지 변화를 일으켰다고 결론지었다. 첫째, 그의 머리에는 배수관 같은 경로가 뚫렸고 그 경로로 정보가 훨씬 더 원활히 흐르게 되었다. 둘째, 그의 머리를 가로지르는 새로운 전기회로망이 열려 채색된 숫자들을 보는 능력이 생겼다. 하지만 모두 추정에 불과했다. 데커는 현대 의사들이 두뇌의 기능에 대해 100년 전 의사들보다 아주 조금 더 알고 있을 뿐이라는 믿음을 가지게 됐다.

사고 직후 병원에서 깨어났을 때였다. 생체 모니터를 쳐다보니 온갖 숫자들이 핑핑 날아다니고 있었다. 심박수는 95, 그의 등번호와 똑같았다. 9는 바이올렛색, 5는 갈색이었다. 부상을 당하기 전에는 바이올렛색이 어떤 색깔인지도 몰랐건만. 숫자들이 그의 머릿속에서 거대하게 부풀어올랐다. 그것들은 생물체처럼 보였다.

그는 일어나 앉았다. 땀이 비 오듯 흘렀다. 미칠 것만 같았다. 그는 벨을 눌러 간호사를 불렀다. 의사가 호출되었고, 데커는 더듬거리며 그 증상에 대해 말했다. 전문가들이 호출됐다. 수개월 뒤 시카고 외곽의 연구소에서 오랜 기간 입원하고 나서 그는 과잉기억장애와 공감각 증상을 가진 후천성 서번트증후군으로 공식 진단을 받았다. 부상은 그의 선수 생활을 끝장낸 대신 그를 세상에서 가장 특이한 두뇌의 소유자 중 하나로 만들어놓았다. 이후 100명이 넘는 의사, 간호사, 과학자, 기술자, 전문가 들이 그를 진찰하고 연구했고, 그는 그들의 이름과 배경을 전부 기억했다.

그는 학술지에 실리고 언론의 집중 조명을 받을 만한, 수십 억 분의 일 꼴로 발생하는 극히 희귀한 사례였다. 하지만 그는 자신이 괴물 같았다. 별안간, 아무런 마음의 준비도 없이 단 몇 분 만에 전혀 다른 사람이 된 것이다. 게다가 앞으로 죽을 날까지 이대로 쭉 살아야 했다. 낯선 사람이 그의 몸과 마음, 인생을 무단으로 점거했는데 쫓아내지도 못하고 속수무책으로 당하는 기분이었다.

그리고 그 사람은 내가 되었지.

외향적이고 사교적이며 장난기 많고 활달한 미식축구 선수였던 그는 내성적이고 숫기 없는 사람으로 변했다. 잡담, 선의의 거짓말, 감정 토로, 가십 등 사람들이 많은 시간을 할애하는 대부분의 활동은 남의 일이 되어버렸다. 연민이나 공감은 더 이상 없었다. 새로워진 그의 두뇌는 타인의 고통이나 슬픔마저도 튕겨내며 꿈쩍도 하지 않았다. 그 충돌 사고는 그를 천재로 만든 대신 인간다운 면을 모두 박탈해버렸다. 마치 마땅한 대가를 받아간다는 듯이. 그에게는 선택권이 없었는데도. 그는 스포츠 경기도 더 이상 즐겨보지 않았다. 부상 이후 미식축구 경기는 아예 본 적도 없었다.

그를 구원한 것은 캐시였다. 그녀는 그의 비밀을 알고 있었다. 그의 걱정을 나누어 가졌다. 그녀가 없었더라면 경찰이라는 새 직업을 얻고 형사로서 성공하고 엄청나게 향상된 지능으로 정의를 추구하는 데 매진할 수 있었을지 의문이었다. 그는 캐시에게만은 깊은 애정을 느꼈다. 사고를 당하기 전에도 느껴본 적 없는 사랑이었다. 그녀를 위해서라면 못 할 일이 없었다. 두 사람은 그의 공감능력이 인간보다 기계에 가깝다며 함께 웃기도 했다. 하지만 두 사람 모두 그가 인간에 보다 가까워지기를 진심으로 바랐다.

그리고 몰리를 품에 안으면, 그의 마음속 괴물이 이 조그만 인간에 홀린 것처럼 딸아이 외에는 모든 생각을 떨칠 수 있었다. 조그만 인간은 거대한 아버지와 껴안는 걸 좋아했고, 그럴 때 그들은 어미 곰과 새끼 곰 같았다. 이 순간 그는 딸아이의 머리카락을 쓰다듬고 뺨을 어루만지던 자신을 어느 때보다 생생하게 떠올릴 수 있었다. 마치 새 마음이 아내와 딸 두 사람에 한해서 자비를 베풀어준 것 같았다. 하지만 그건 그 두 사람에 한해서만이었다.

그는 혼자였다. 기계였다. 설상가상 사이코마저 달라붙었다. 데커의 가족을 죽인 것도 모자라 맨스필드 고교로 총구를 돌린 미치광이. 그의 집 벽에 쓰인 낙서만으로는 긴가민가했지만, 암호가 풀림으로써 모든 의심은 걷혔다. 두 사건의 범인은 동일인이다. 데커의 가족은 다름 아닌 데커 자신 때문에 죽은 것이다. 그동안 그는 그 가능성을 애써 외면해왔다. 그런데 범인의 동기가 그와 관련이 있다는 사실이 드러난 지금, 죄책감이 드웨인 라크루아보다 강력한 충격으로 그를 덮치고 뒤따라 우울과 체념이 밀려왔다.

새벽 5시. 그는 일어나 샤워하고 양복을 입은 다음 욕실의 작은 거울 앞에 섰다. 거울에 비친 그의 모습 위로 빛과 색깔들이 피어났다. 숫자들이 유리를 가로질러 솟구쳤다. 눈을 감아도 마찬가지였다. 그것들은 유리 위가 아니라 그의 머릿속에 있으니까. 그의 정신은 모든 조각이 맞춰진 퍼즐이지만 여전히 난해한 그림이다. 그 그림이 뭘 뜻하는지는 자신조차 이해할 수 없다. 그래서 그는 깨어난 첫날부터 미칠 듯한 두려움에 시달렸다. 그리고 캐시와 몰리가 사라진 지금 데커는 다시 괴물이 되어 있었다. 지킬 박사와 하이드 씨 중 지킬 박사는 사라졌다. 다시는 돌아오지 않을 것이다.

숫자 3 군단이 그를 기다리고 있었다. 그는 6시 정각에 여는 아침 뷔페를 향해 어둠 속을 걸어갔다. 음식이 가득 담긴 접시를 들고 지정석으로 가서 앉았지만 접시 위의 수북한 음식을 가만히 바라볼 뿐 입에 대지는 않았다. 식당에서 일하는 노파 준이 얼른 그에게 다가왔다.

“에이머스, 괜찮아?” 노파가 말했다. 늙은 얼굴이 걱정으로 주름져 있었다. 데커가 음식을 마다하는 모습은 처음 본 것이다.

그가 아무 말 하지 않자 노파는 커피포트를 들었다. “한 잔 따라줄까? 뜨거운 커피 한 잔이면 안 풀리던 일도 술술 풀리지.”

노파는 그의 침묵을 동의로 받아들이고 김이 모락모락 나는 커피를 컵에 따라 그의 탁자 위에 놓아두고 갔다. 노파는 데커의 의식 속에 없었다. 그는 노파가 거기 있다는 것조차 인식하지 못했다. 그의 마음은 여관 식당에서 멀리 떨어져 있었다.

손목시계를 볼 필요도 없다. 현재 시각 6시 23분. 그의 마음 한편에 자리한 시계는 세상 어떤 시계보다 정확하다. 10시 정각에 세바스찬 레오폴드는 기소 인부 절차를 밟을 것이다. 이번에는 변호인과 함께. 데커는 거기 갈 생각이었다.

그는 걸었다. 어두울 때조차 걷는 게 더 좋았다. 숫자 3 군단이 따라오고 있었기 때문에 그는 계속 고개를 숙이고 걸었다. 데커는 서번트증후군 환자들이 숫자로 가득한 바다와 하늘에 둘러싸일 때 마음이 편안해진다는 글을 읽은 적 있었다. 하지만 그에게 숫자는 목적을 위한 수단에 불과했다. 남편이자 아버지로서의 행복감을 느낀 적이 있었기 때문이다. 아무리 서번트증후군이라고 해도 숫자가 주는 만족감이 그런 행복을 대신할 수는 없는 법이다.

그는 법정 밖 벤치에 앉아 떠오르는 태양을 바라보았다. 동이 트고 있었다. 여명이 빨강색과 황금색, 분홍색 덩굴손으로 어둠을 지워나갔다. 관련된 숫자들이 데커의 머릿속을 휘저었다.

9시 45분, 경찰 밴이 법정 옆 골목으로 들어갔다. 죄수 호송차량이 도착한 것이다. 데커는 몸을 일으키고 천천히 길을 건너 법정 입구로 향했다. 몇 분 뒤 그는 둘째 줄에 앉아 변호인석에서 서류를 뒤적이는 국선 변호인을 보고 있었다. 흰머리가 슬슬 나기 시작하는 40대 초반으로 보였고, 몸에 잘 맞는 갈색 정장 윗옷 주머니에 컬러풀한 포켓치프까지 꽂았다. 자신감 넘치는 모습이 베테랑 같았다. 이런 사건에 초짜가 등장할 리 없다.

예의 그 집행관이 판사실로 통하는 문 옆에 서서 쉴라 린치와 대화하고 있었다. 그녀는 어제 입었던 치마와 재킷 차림이었다.

데커는 법정 문이 열리는 소리를 듣고 그쪽을 돌아보았다. 랭커스터도 밀러도 아니었다. 알렉스 재미슨, 그 기자였다. 그녀는 데커를 보고 고개를 끄덕이며 미소를 짓고는 뒤쪽에 앉았다. 데커는 알은체하지 않고 고개를 앞으로 돌렸다. 집행관은 판사실로 들어가고 없었다. 린치는 변호인석으로 건너가서 국선 변호인과 몇 마디 나누고는 자기 자리에 앉았다.

죄수들이 드나드는 문이 열렸다. 세바스찬 레오폴드가 거기 있었다. 어제와 별반 다르지 않아 보였다. 그는 변호인 쪽으로 안내되었다. 수갑과 족쇄가 풀렸고, 호송관들은 물러났다.

법정 집행관이 문을 열고 판사 입장을 알리자 모두들 일어섰다. 애버내시가 안으로 들어와 판사석에 앉았다. 그는 잠시 법정 안을 둘러보다가 레오폴드 옆에 앉은 변호사를 보고는 만족스러운 미소를 지었다.

판사는 린치를 쳐다보았다. "정신감정은 했습니까?"

"했습니다." 린치가 판사에게 말했다. "레오폴드 씨는 재판을 받기에 적합한 상태입니다."

이 말에 데커는 놀랐다.

"그럼 레오폴드 씨, 어떻게 주장하시겠습니까?"

변호인이 의뢰인의 팔을 잡았고, 두 사람은 함께 일어섰다.

"저는 무죄입니다." 레오폴드가 단호하게 말했다.

데커는 방금 들은 말이 이해가 가지 않았다.

변호인이 말했다. "재판장님, 제 의뢰인에 대한 모든 혐의를 기각해주시기 바랍니다. 제 의뢰인이 세 사람의 살인 사건에 연루됐다는 증거는 없습니다."

린치가 벌떡 일어섰다. "자백 외의 증거를 말하는 거겠죠."

국선 변호인이 말을 술술 쏟아냈다. "자백은 철회합니다. 레오폴드 씨는 조울증을 앓고 있고, 약물을 끊은 뒤 유감스럽게도 심적 고통을 겪었습니다. 지금은 약물 치료를 재개하고 이성을 되찾았으며 심리 검사도 통과했습니다." 변호사는 스테이플러로 묶은 서류를 쳐들었다. "그리고 이게 있습니다. 가까이 가도 되겠습니까?"

애버내시가 앞으로 나오라고 손짓했다. 린치가 서둘러 변호인을 따라 나갔다.

국선 변호인은 데커에게도 들릴 만큼 큰 소리로 말했다. "이것은 상반신 사진과 지문이 포함된 체포 기록입니다. 이 기록에 따르면 살인 사건이 벌어지던 날 밤 레오폴드 씨는 여기서 두 도시 떨어진 크랜스턴에 구금돼 있었습니다. 벌링턴 경찰서에서 체포되었을 때의 기록 복사본을 입수해 감정한 결과, 두 기록의 사진과 지문은 서로 완벽하게 일치했습니다. 이것은 제 의뢰인의 기록이 맞습니다. 린치 씨도 동의할 수밖에 없을 것으로 생각합니다."

린치는 발끈했다. “재판장님, 지금 변호인은 검찰 측이 모르는 얘기를 하고 있습니다.”

애버내시는 한심하다는 눈초리로 그녀를 쳐다보았다. “변호인보다 더 신속하게 체포 기록을 입수하지 그랬소, 린치 씨. 변호인은 하는데 왜 당신은 못 합니까.”

린치는 얼굴을 붉혔다. “무슨 죄목으로 체포됐죠?” 그녀가 딱딱거렸다.

“부랑죄.” 국선 변호인이 말했다. “다음 날 풀려났습니다. 크랜스턴은 여기서 112킬로미터 떨어진 곳이고, 레오폴드 씨는 이동 수단이 없습니다. 더욱이 경찰 기록에 따르면 레오폴드 씨는 저녁 6시에 체포돼서 다음 날 아침 9시에 방면됐습니다. 따라서 이번 살인을 저지를 수가 없었습니다. 이 사건은 그날 자정에 벌어졌으니까요.” 그는 서류를 린치에게 건넸고, 린치는 그것을 내려다보았다. 기세등등하던 그녀는 점차 자신감을 잃더니 마지막 페이지에서 완전히 풀이 죽어버렸다.

“공범이 있을 수도 있습니다.” 그녀가 힘없이 말했다.

“할 수 있다면 증명해보시죠.” 국선 변호인이 말했다. “하지만 지금까지 검찰 측은 아무것도 증명하지 못했습니다. 제 의뢰인은 약물을 끊고 나서 본의 아니게 저지를 수 없는 범죄를 저질렀다고 거짓말을 한 겁니다. 이번 기소는 그렇게 요약할 수 있습니다. 애초에 성립이 안 된다고 말이죠.”

“경찰 업무 방해, 사법 방해로 기소할 수도 있습니다.”

“말씀드렸다시피, 그는 약물 치료를 중단한 상태였습니다. 그 두 범죄가 성립할 만한 요건이 되지 않습니다.”

린치가 말했다. “시간을 주시면…….”

애버내시가 그녀의 말을 잘랐다. "철회한 자백 외에 피의자를 범죄와 연루시킬 만한 다른 증거가 있습니까?"

린치는 당황한 투로 말했다. "재판장님, 피의자는 스스로 경찰서로 걸어 들어와 범죄를 자백했습니다. 그래서 피의자에 대한 과학수사를 진행하지 않았습니다."

"피의자가 자백서에 서명했습니까?"

"네." 그녀는 딱 잘라 말했다.

"거기에 진범만이 알 만한 내용이 포함돼 있나요?"

린치는 다시 허를 찔렸다. "그건…… 그건 아닌 것 같습니다. 아니오. 추가 심문이 있을 예정이었는데, 그게……."

애버내시가 끼어들었다. "그럼 자백을 제외하면 다른 증거는 없는 거네요?"

"없습니다." 린치가 인정했다. 화를 꾹꾹 누르는 기색이었다.

"레오폴드 씨는 살인이 벌어진 시각에 112킬로미터 떨어진 곳에 구금돼 있었고요."

"네, 맞습니다." 국선 변호인은 터지는 웃음을 간신히 참으며 말했다.

"들어가세요." 애버내시가 유쾌하게 말했다.

변호인과 검사는 각자의 자리로 돌아갔다.

애버내시는 판사석에서 아래를 굽어보았다. "피의자 세바스찬 레오폴드의 혐의는 향후 소를 제기할 권리를 유보한 채 기각합니다. 레오폴드 씨, 가셔도 됩니다. 그리고 약물 치료를 받으세요."

그는 판사봉을 두드렸다. 변호인은 악수를 하려고 레오폴드를 향해 돌아섰지만 레오폴드는 여기가 어디인지 모르겠다는 듯 두리번거리기만 했다. 시선이 데커에 닿은 순간, 그는 웃음기 어린 얼굴로 수줍게 슬쩍 손을 흔들었다. 애버내시가 판사실로 사라지고, 린치와 국선 변호인은 설전을 벌였다. 데커는 일어서서 법정 밖으로 나갔다. 알렉스 재미슨이 그를 따라 밖으로 나왔다.

"레오폴드가 당신한테 손을 흔들었죠, 데커 씨?" 그녀는 흥미롭다는 투로 물었다. 의구심이 깔린 말투였다.

"모르겠는데요."

"전에 그 사람을 만난 적 있나요?"

데커는 계속 걸었다.

그녀가 뒤에서 소리쳤다. "사람들은 당신 얘기를 궁금해해요."

그는 돌아서서 그녀에게 걸어갔다. "무슨 얘기 말입니까?"

"레오폴드를 아세요? 그 사람이 당신과 눈을 맞추는 것 같던데요. 웃으면서 손을 흔들었잖아요. 그쪽에 앉은 사람은 당신뿐이었어요."

"나는 그 사람 몰라요."

"하지만 두 사람, 예전에 얘기한 적 있죠, 아니에요? 그가 갇혔던 유치장에서?"

데커는 즉시 연결 고리를 찾아냈다. 브리머. 그가 유치장에서 그녀를 속인 데 대한 반격이었다. 그가 레오폴드를 만난 사실을 재미슨에게 유출한 것이다.

"가족을 죽인 혐의가 있는 남자를 왜 만나셨나요?"

데커는 돌아섰다. 이번에는 계속 걸었다.

24

데커는 그 남자를 놓치고 싶지 않았다. 기다리는 동안 그는 행인과 운전자 들을 바라보았다. 벌링턴은 깊은 상처에 시달리고 있었다. 악마가 쳐들어와 가장 소중한 보물을 약탈해 간 듯한 인상이었고, 사실이 그렇다고 해도 과언은 아니었다.

20분 뒤 건물 문이 열렸을 때 데커는 살짝 긴장했다. 세바스찬 레오폴드가 걸어 나왔다. 오렌지색 죄수복과 수갑, 족쇄는 살인 혐의와 함께 벗어버리고 없었다. 레오폴드는 환경에 적응하려는지 잠시 주변을 두리번거렸다. 그러고는 오른쪽으로 꺾어 북쪽으로 걷기 시작했다.

데커는 20초쯤 기다린 뒤 반대편 거리를 따라 그를 뒤쫓았다. 앞쪽을 보며 놈과 나란히 나아가면서 레오폴드를 곁눈질했다. 15분 뒤 그들은 벌링턴 내 한 지역에 도달했다. 지저분하고 평판이 안 좋은 데다 범죄 집단이 판을 치는 동네였다.

오른쪽에 허름한 술집이 하나 있었다. 레오폴드는 몇 칸 안 되는 울퉁불퉁한 벽돌 계단을 내려가 그 술집으로 들어갔다. 데커는 좌우를 살핀 다음 서둘러 길을 건너 같은 계단을 내려갔다. 오래전 잠복근무를 할 때 두 번 왔다가 매번 허탕을 치고 간 술집이었다. 세 번째에는 운이 따라주려나.

레오폴드는 바 한가운데에 앉아 있었다. 어둡고 음산한 실내 장식에 조명마저 침침했다. 어디 하나 깨끗한 구석이 없으니 그럴 만도 했다. 꼭 주인이 일부러 장사를 망치려고 작정한 것 같았는데, 그래도 단골들은 좋아하는 것 같았다. 여기 오는 사람들은 대부분 술이나 마약, 혹은 두 가지 모두에 취해 있다.

그는 뒤쪽 테이블에 자리를 잡았다. 가슴 높이의 칸막이가 있어서 밖이 보이면서도 어느 정도 몸을 가릴 수 있었다. 그는 어디에서나 눈에 잘 띄는 타입이라 단 한 번 만났다 해도 레오폴드가 그를 알아볼 수도 있다. 아니, 놈은 법정에서 이미 데커를 알아본 것 같았다.

레오폴드는 술을 한 잔 주문했다. 바텐더가 술을 가져다주자 그는 한참 동안 유리잔을 바라보다가 입술에 가져다 대고는 한 모금 홀짝거리고 나서 원래의 자리에 정확히 놓았다. 그러고는 바 위에 난 동그란 물 자국에 정확히 맞도록 유리잔을 조금 조정했다. 데커는 그것을 놓치지 않았다.

강박증일까?

먼젓번 만났을 때 데커는 끊임없이 움직거리는 레오폴드의 두 손에 주목했었다. 그때는 정말 제정신이 아니었던 거 아닐까? 정말로 조울증이고 이제 약물 치료를 재개했다면, 이번에는 제대로 된 대화를 나눌 수 있을지도 모른다.

여종업원이 데커에게 다가왔다. 큰 키, 날씬한 몸, 얼굴을 뒤덮

다시피 한 무성하고 고불고불한 금발머리. 달큼하면서도 살짝 메스꺼운 파마 약 냄새가 그를 휘감았다. 그는 맥주를 한 잔 주문했고, 1분 뒤 여자가 맥주를 내왔다. 데커는 한 모금 삼키고 나서 입술을 훔친 뒤 기다렸다. 바 안쪽에는 거울이 없기 때문에 레오폴드는 뒤돌아보지 않고는 뒤쪽에 있는 데커를 발견할 수 없다.

20분이 흘렀다. 아무도 레오폴드에게 접근하지 않았다. 레오폴드는 술을 딱 두 모금 마신 뒤로는 술이 왜 거기 있는지 모르겠다는 듯이 멍하니 쳐다보기만 했다. 데커는 탁자 위에 2달러를 남기고는 맥주잔을 들고 바로 건너가서 레오폴드 옆에 앉았다. 레오폴드는 그를 쳐다보지 않고 술잔만 계속 응시했다.

"풀려나니 좋아?" 데커가 물었다. "자축하는 중인가?"

레오폴드가 그를 쳐다보았다. "당신 법정에 왔었지? 당신 봤어."

"유치장에서도 봤지."

레오폴드는 고개를 끄덕였지만 데커의 마지막 말을 듣지 못한 것 같았다. 그는 데커가 알아듣지 못하는 말을 중얼거렸다. 데커의 시선이 레오폴드를 쓱 훑었다. 두 번의 법정 출두를 거치면서 강제로 몸을 씻고 세탁된 옷을 입은 상태였다. 경찰들이 악취를 참지 못한 모양이었다.

레오폴드가 별안간 큰소리로 말했다. "나 유치장에 있을 때. 맞아. 우리 얘기했었어."

"맞아, 얘기했었어. 당신, 그거 철회한 거네?"

레오폴드는 놀란 듯 보였다. "내가 뭘 했다고?"

"자백을 철회했잖아."

레오폴드는 술잔을 들어 한 모금 마셨다. "나 술 잘 안 마셔. 근데 이건 좋아."

"자축하는 중 맞군."

"내가 뭘 자축해야 하지?" 레오폴드가 흥미롭다는 투로 물었다.

"세 사람을 살해한 혐의를 벗었잖아. 지금 감옥에 있지도 않고. 둘 다 좋은 일이잖아, 안 그래?"

레오폴드가 어깨를 으쓱했다. "거기 공짜로 먹여주던데. 침대도 있었어."

"그래서 자백한 건가? 잠자리랑 끼니를 해결하려고?"

레오폴드는 다시 어깨를 으쓱했다.

"살인 사건이 나던 날 밤 크랜스턴의 감옥에 있었다고?"

"그랬나 봐. 그런데 오래된 일이라 기억이 안 나. 난 많은 게 기억이 안 나."

"당신 진짜 이름처럼?"

레오폴드는 그를 흘끔거렸지만 데커가 한 말을 잘 알아듣지 못하는 것 같았다.

"일말의 의심이라도 남아 있었다면 판사는 당신을 풀어주지 않았을 거야. 그 체포 기록에 있는 사진과 지문은 당신 게 분명해."

"변호사가 엄청 좋아하더군." 레오폴드는 술잔을 내려다보며 말했다.

"그럼 그 살인 사건에 대해선 어떻게 안 거야?" 데커가 물었다.

"내가…… 내가 그 사람들을 죽였어, 아닌가?" 레오폴드는 소심하게 말했다. 일말의 확신도, 이해하는 기색도 없는 목소리였다.

데커보다 15센티미터나 작으면서도 배는 데커만 한 50대 남자 바텐더가 닦고 있던 유리잔에서 고개를 들더니 레오폴드를 응시하다가 고개를 돌렸다.

"오늘 아침에 판사한테는 그렇게 말 안 했잖아. 정반대로 얘기했지. 변호사가 그렇게 말하라고 시켰나?"

"이 일에 대해서 아무랑도 아무 말도 하지 말라고 했어."

데커는 그를 흥미로운 눈길로 바라보았다.

전반적인 정신이상 증세에 순간순간 비치는 이성, 자기 보호일까? 약물 치료의 효과일까?

"그럼 얘기하지 말아야겠네. 하지만 말해도 문제없을 것 같은데. 지금 경찰은 속수무책이야. 사건 당시에 당신은 감옥에 있었으니까. 판사는 향후 소송을 제기할 권리를 유보한다고 했지만, 당신이 범죄에 연루됐다는 증거가 없다면 영영 기소 못 해. 그래도 다시 수사해서 증거를 찾을 수는 있겠지. 당신 대신 살인을 저지른 공범을 찾아낸다든가. 증거를 조작할 수도 있고."

"그게 가능해?" 레오폴드는 어린애 같은 말투로 물었다.

"물론. 그 사람들은 늘 그러거든. 당신이 나쁜 놈이라고 생각하면 당신을 잡아넣으려고 무슨 짓이든 할 거야."

레오폴드는 고개를 숙여 목을 축이는 개처럼 술을 할짝거렸다.

"당신 정말 그래, 세바스찬?"

"내가 뭐?"

"저들이 잡아넣어야 할 나쁜 놈이냐고."

"몰라."

슬슬 화가 치밀었다. 그 사고로 인해 그의 두뇌는 헛소리나 기만 행위에 대한 대처 능력을 빼앗겼다. 그는 직선만 좋아했다. A에서 B로. 1에서 2로. 에둘러 가거나 갔던 길을 또 가는 것에는 짜증이 났다. 경찰에게는 축복이자 저주였다.

"당신 입으로 그 사람들을 죽였다고 했잖아. 나한테 말했고, 경찰한테도 말했고. 그런데 오늘 아침에는 안 그랬다고 했어. 또 지금은 다른 도시에서 감옥에 갇혀 있었는데도 어쩌면 한 것 같다고 하고. 그러니 내가 헷갈릴 법 하잖아? 진실은 어디 있는 거야? 어느 쪽인지 결정하자고."

레오폴드는 그를 향해 몸을 돌렸다. 처음으로 데커를 진짜로 쳐다보는 것 같았다. "당신이 무슨 상관이지?"

데커는 17개월 전이나 지금이나 크게 변한 데가 없었다. 더 뚱뚱하고 못생겨졌을 뿐. 17개월 전 세븐일레븐에서 데커가 정말 레오폴드를 무시했다면 레오폴드가 그를 못 알아볼 리가 없다. 따라서 이 남자는 둘 중 하나다. 죄가 없든가, 거짓말쟁이든가. 그런데 어느 쪽이 맞는지는 가늠할 수가 없었다.

"이 사건에 관심이 가서. 시간이 한참 흐른 상황이라, 경찰이 누구를 체포할 줄은 몰랐어."

"미해결 사건이지."

그 말은 데커의 주의를 끌었다. "미해결 사건이라는 말도 알아?"

"그런 텔레비전 프로그램을 좋아해. 쉼터에서 가끔 봐."

"노숙자 쉼터 말인가?"

레오폴드는 고개를 끄덕였다. "난 노숙자야. 그래서 어디로든 가야 해. 가끔은 밖에서 자. 대부분 밖에서 자." 그는 피곤한 목소리로 덧붙였다.

"왜?"

"왜냐면 그게 더 안전하니까. 쉼터에 있는 사람들은 불친절해."

"그게 이 사건에 관심을 가진 이유야? 미해결 사건이라서?"

"그런 거 같아, 응."

"그런데 하필 왜 이 사건이지? 미해결 사건이 이것만 있는 건 아니잖아. 누군가 얘기해줬나?"

레오폴드는 고개를 끄덕였다. 그는 술잔을 내려다보다가 손을 쓰지 않고 다시 후루룩 삼켰다.

“뭘 주문한 거야?” 데커는 유리잔을 쳐다보며 물었다. 술을 마시는 꼴이 혐오스러웠지만 내색하지는 않았다.

레오폴드가 미소를 지었다. “가미가제. 나 이거 좋아해.”

“술 잘 안 마신다며.”

“돈이 없으니까 못 마시는 거지. 그런데 생각지도 않은 5달러가 딱 있지 뭐야. 술을 마실 땐 늘 가미가제를 시켜. 내가 좋아하는 거니까.”

“술을 말하는 거지? 일본 자살 특공대 말고.”

레오폴드는 애매하게 어깨를 으쓱거렸다. “어렸을 때 조종사가 되고 싶었는데.”

“일부러 비행기를 들이박는 조종사?”

“아니, 그런 거 말고.”

“아무튼 누군가랑 얘기한 거네? 얘기를 듣고 구미가 당겼겠군. 그래서 이걸 이용해 따뜻한 잠자리와 끼니를 해결하기로 한 건가? 자백을 하면 그럴 수 있다고 누가 얘기해준 거야? 먹고 자고 할 수 있다고?”

“누가 그런 걸 나한테 얘기해주겠어?”

데커는 맥주를 마저 마시고는 머그잔을 바 위에 대차게 내려놓았다. 쾅 하는 소리에 레오폴드는 펄쩍 뛰었다. 데커가 의도한 대로. 그는 이 교활한 개새끼를 혼이 쏙 빠지게 놀래주고 싶었다.

“나야 모르지. 그래서 묻고 있는 거잖아. 그 사람 이름 있지?”

“가야 해.”

그는 일어서기 시작했지만 데커는 한 손을 그자의 어깨에 얹고 자리에 도로 앉혔다. "끼니 얘기가 나왔으니 말인데, 뭐 좀 먹을래? 배고파 보여. 경찰들이 밥 안 줬지, 응?"

"그걸 어떻게 알지?"

"당신은 살인 용의자였어. 잔뜩 화가 난 그들이 뭘 줬을 리가 없지. 먹을 걸 좀 시키고 얘기 더 해보자고."

"나 진짜 가야 해."

"어디로? 만날 사람 있어? 나랑 같이 가지."

"왜?"

"딱히 갈 데도 없어 보이고, 재미있는 사람 같아서. 난 재미있는 사람들을 좋아하거든. 여긴 그런 사람들이 별로 없어."

"여긴 머저리들밖에 없어."

"머저리? 우글우글하지. 맞는 말이야. 당신한테 특별히 머저리 짓 한 놈 있어?"

레오폴드가 일어섰다. 데커는 그냥 그를 가게 두었다. 바텐더가 그를 빤히 쳐다보았다. 바텐더가 경찰을 부르는 사태만은 피해야 했다.

"그럼 또 보자고." 데커가 말했다.

곧 또 보게 될 거다, 이 자식아.

레오폴드는 술집을 나갔다. 데커는 15초쯤 기다렸다가 밖으로 나갔다. 어디든 따라갈 작정이었다.

그런데 문제가 발생했다. 데커가 밖으로 나갔을 때, 세바스찬 레오폴드는 이미 사라지고 없었다.

2 225

데커는 거리 양쪽 방향으로 100미터씩 가보았다. 술집 옆에 골목이 하나 있었지만 막다른 골목인 데다 열린 문도 없었다. 술집 옆문과 인접한 약국 문 둘 다 빗장으로 단단히 잠긴 상태였다. 아무리 죽자 사자 뛰었다고 해도 레오폴드가 15초 만에 사라질 만한 샛길은 없었다. 혹시 레오폴드가 옆문을 통해 술집으로 돌아갔나 싶어 다시 들어가보았지만 그는 없었다.

문을 연 가게는 몇 군데 있었다. 하지만 레오폴드는 없었고 가게 안에 있는 사람들 중 그가 지나가는 것을 본 사람도 없었다. 거리에 있는 사람들 역시 아무것도 보지 못했다고 했다. 그렇다면 답은 하나다. 누군가 레오폴드를 차에 태운 것이다. 허무맹랑하게 들릴지 몰라도 미리 짜인 계획이라는 생각이 들었다. 일이 이렇게 되고 보니 레오폴드에 대한 의심이 커졌다. 게다가 바보같이 놈을 놓쳤다고 생각하니 두 배로 화가 났다. 하지만 더는 손쓸 방법도 없고 해서 그는 맨스필드 고교로 향했다.

추도객들 대신 두 무리의 시위자들이 노란 경찰통제선 밖에 진을 치고 있었다. 한 무리는 총기에 찬성하는 쪽이었고, 다른 무리는 반대편이었다. 그들은 구호를 외치고 고함을 지르다가 때때로 상대편과 충돌했다.

총기 규제를 완화하라! 총기 규제를 강화하라! 총기 소지의 자유를 보장하라! 총기는 살인자다! 사람이 살인자다! 전부 지옥에나 가라!

데커는 난리통을 피해 새로 얻은 신분증으로 경찰통제선을 통과했다. 그는 도서관 내 지휘 본부에서 랭커스터를 만났다. 기소인부 절차에서 일어난 일을 이야기해주자 그녀는 어이가 없다는 표정을 지었다.

"놈이 그냥 걸어 나갔다고?"

데커는 고개를 끄덕였다.

"맥 서장이 분통깨나 터지겠는데. 쉴라 린치는 생각보다 실력이 별로네. 국선 변호인한테 기습 공격이나 당하고."

"사실 애버내시가 올바른 결정을 내린 거지. 자백이 철회된 이상 그자를 잡아둘 증거가 없으니까. 그렇지 않아도 애버내시는 이 기소를 못마땅하게 보고 있었어. 끝장을 내려고 벼르고 있었을 거야. 실제로 그렇게 했고. 우리 둘 다 한두 번 겪은 일은 아니잖아."

"사태를 이성적으로 바라봐서 다행이네, 에이머스." 그녀는 특유의 쌀쌀맞은 말투로 말했다.

"그게 아니면 어떤 식으로 봐야 하는데?" 그는 무심하게 말했다. "감정적으로 행동해서 우리한테 좋을 게 없잖아?"

그녀는 고개를 돌리고 껌을 씹었다. "그만두자. 나 오늘 좀 일진이 안 좋아."

데커는 레오폴드를 미행했다가 술집에서 놓친 이야기는 꺼내지 않았다. 그래 봤자 수사에 도움 될 것도 없는 데다 한 방 먹은 자신이 바보처럼 느껴졌기 때문이다.

"연방수사국 나리들은 아주 신이 났군." 그가 말했다. 양복쟁이들은 평소보다 더 기가 살아서 아주 펄펄 날아다니고 있었다.

"대량 학살범, 연관된 사건들, 네가 데비 왓슨한테서 발견한 단서. 판이 커진 거지." 그녀는 말을 멈추고 앞에 있는 책장을 뒤적거렸다. "그 사람들이 너랑 얘기하고 싶어 해, 에이머스. 연방수사국 요원이."

그는 살짝 놀란 표정을 지었다. "대체 왜?"

"우선, 따끈따끈한 단서들을 죄다 발견한 건 너니까. 게다가 살인범이 너랑 사적으로 연관이 있다는 게 분명해졌고. 네 옛날 집에 쓰인 메시지는 너한테 보낸 거잖아. 데비 집에 있는 암호도 너에 관한 거고. 그러니 너를 심문하려는 거겠지, 너한테 원한을 품었을지 모르는 놈에 대해 단서를 얻으려고."

"그래서 언제 얘기를 하자는 건데?"

"지금이 괜찮을 것 같은데요."

데커는 고개를 들었다. 180센티미터 키에 탄탄한 체구의 40대 남자가 옆에 서 있었다. 노란 포켓치프와 거기 어울리는 깔끔한 넥타이까지 흠잡을 데 없는 차림이었다. 처음 보는 남자였는데, 다른 요원들이 이 남자를 초조하게 쳐다보는 것으로 보아 무리의 리더인 것 같았다. 워싱턴에서 곧장 날아와 현장에 막 도착한 게 분명했다. 연방 정부는 늘 이런 식이다. 조무래기 사건은 지역 조무래기한테 맡겨두고 전국적 화제가 될 만한 화려한 건수에만 발을 걸친다.

그가 한 손을 내밀고는 미소를 지었다. 입술이 살짝 벌어지며 새

하얀 앞니가 드러났다. "특수 요원 로스 보거트입니다. 좀 늦게 합류하게 됐네요. 워싱턴에서 마무리할 일이 있었거든요, 데커 씨. 어디 조용한 곳에 가서 얘기 좀 하시죠, 괜찮으시면."

"안 괜찮다면, 뭐가 달라집니까?"

"다들 같은 목적을 가지고 있지 않습니까. 전에 형사였다면서요? 그럼 알잖아요, 수사에 사소한 건 없다는 거. 갈까요?" 그는 도서관 뒷문을 가리켰다. 데커가 알기로 그곳은 영어를 제2외국어로 공부하는 학생들의 자습실이었다.

데커는 일어나서 남자를 따라 뒤쪽으로 갔다. 다른 요원이 합류했다. 전에 본 적이 있는 여자였다. 금발머리, 30대, 근육질 종아리, 석판처럼 돌출된 턱. 한 손에는 녹음기를, 다른 손에는 공책과 펜을 들고 있었다. 연방경찰 신분증이 옆구리에 덜렁거렸다.

"특수 요원 래퍼티가 합류할 겁니다." 보거트가 말했다.

"그럼 랭커스터 형사도 합류하면 어떨까요?" 데커가 제안했다. "이 사건의 핵심부에 있는 사람인데요."

"나중에요." 보거트는 문을 붙잡은 채 불을 켜면서 웃는 얼굴로 말했다.

그들은 작은 탁자에 둘러앉았다. 두 특수 요원은 데커 맞은편에 앉았다. 래퍼티는 녹음기를 켠 뒤 공책을 펴서 그 방에서 나오는 말은 뭐든 받아 적을 준비를 했다.

"요즘 같은 세상에도 속기를 합니까?" 데커가 그녀를 쳐다보며 물었다. "녹취가 100배는 더 정확할 텐데요. 속기는 실제로 얘기한 내용 대신 부지불식간에 해석이 개입되고 선별적 뉘앙스를 포함할 수 있죠."

그녀는 이 말에 어떻게 대꾸할지 몰라서 상사를 쳐다보았다.

보거트가 말했다. "처음부터 시작해봅시다, 그편이 시간이 절약될 거예요."

"시간 낭비 말고 그냥 내가 요약하는 게 어떻겠습니까?" 데커가 말했다. 그는 보거트의 동의를 기다리지 않고 곧장 뛰어들었다. "내 가족은 16개월 전에 살해당했습니다. 사건은 해결되지 않았고요." 그러고 나서 그는 세바스찬 레오폴드가 자백을 하고 구금됐다가 자백을 철회한 뒤 증거 부족으로 석방된 이야기를 했다. "알다시피, 탄환 분석에 의해 이 사건과의 연계성이 드러났죠."

"그자가 학교에 총질을 한 범인일 가능성은 전혀 없는 겁니까?" 보거트가 물었다.

"없어요. 사건 당시에 그자는 감옥에 있었거든요. 범인이 학살을 시작하기 전부터."

"당신이 범인이 숨었을 것으로 추정되는 곳을 밝혀냈던데요." 보거트가 말했다. "구내식당 안. 냉장고."

"목격자들의 증언을 종합하고 경험에 의해 추론한 결과죠."

"그러고 나서 데비의 사물함에서 범인의 그림이 그려진 공책을 발견했고요."

"그것도 경험에 의한 추론이었죠."

보거트는 데커의 말을 듣지 못한 양 말했다. "그러고 나서는 왓슨의 집에서 악보에 숨겨진 암호 메시지를 발견했어요. 그 전에는 또 다른 메시지가 있었지요. 누군가 당신 옛날 집, 당신의 가족이 살해된 집 벽에 써둔 것 말입니다. 당신은 그것도 발견했고요." 보거트는 잠시 말을 멈추었다가 말했다. "그것도 '경험에 의한 추론'이었다고 말할 겁니까?"

"댁이 대신 말해줬으니 내 입으로 말 안 해도 되겠군요."

"모든 걸 가볍게 받아들이는 것 같군요. 이유를 물어도 될까요?"
"가볍게 받아들인 적 없습니다. 그게 내가 정식 경찰이 아닌데도 이 사건을 수사하는 이유고."
보거트는 앞에 있는 서류철을 쳐다보았다. "사건들이겠죠. 16개월의 시차가 나는 사건들."
"정확히는 16개월하고 이틀, 열두 시간, 6분이죠."
"어떻게 그렇게 정확히 알죠? 시계도 안 봤는데."
"당신 뒤쪽 벽에 시계가 있어요."
보거트는 돌아보지 않았지만 래퍼티는 돌아보고 나서 뭔가를 적었다. 사실 데커는 벽시계를 볼 필요도 없었다. 몸속에서 롤렉스보다 더 정확한 시계가 돌아가고 있기 때문이었다.
"그래도 그렇지." 보거트가 말했다. "어떻게 분까지 알죠?"
"관심이 있다면 초까지도 알 수 있죠." 데커는 덤덤하게 대답했다. "학교에서 총격이 발생했을 때 내 행방이 궁금할 것 같군요. 난 제2관할서에 있었습니다."
보거트가 이맛살을 찌푸리고는 데커를 쳐다보았다. "왜 먼저 알리바이를 대는 겁니까? 본인이 용의선상에 있다고 생각해요?"
"누구나 용의선상에 있어요."
데커는 래퍼티가 이 말을 받아 적는 것을 바라보았다.
"지금 일부러 적대적으로 나오는 겁니까, 데커 씨?" 보거트가 정중하게 물었다.
"원래 성격이 그런 것뿐입니다. 날 아는 사람 아무한테나 물어보세요. 난 필터가 없어요. 오래전에 잃어버린 뒤 다시는 회복하지 못했습니다."
"경찰 재직 시 실적이 뛰어나더군요. 당신과 당신 파트너."

"예전 파트너." 데커가 정정했다. 그는 정확히 짚고 넘어가야 직성이 풀렸다, 특히 지금 같은 상황에서는 더욱.

"예전 파트너요." 보거트가 인정했다. "그런데 당신이 대장인 것 같던데요. 아, 랭커스터 형사가 수사에 기여한 바를 폄하할 뜻은 없습니다."

"듣던 중 반가운 소리군요." 데커가 말했다. "왜냐하면 메리는 좋은 형사고 발바닥에 불이 나도록 뛰어다니거든요." 그는 래퍼티를 쳐다보았다. "그쪽도 열심히 노력하면 상사를 위해 받아쓰기나 하는 것보다 더 나은 일을 할 수 있을 겁니다. 그럴 능력은 있겠죠, 기회가 있을까 모르겠지만."

래퍼티는 얼굴을 붉히고 펜을 내려놓았다.

보거트는 앞으로 몸을 내밀었다. "범인은 당신한테 원한이 있는 것 같더군요. 누구 짐작 가는 사람 있어요?"

"그런 게 있었으면 진작 벌링턴 경찰서에 제보했겠죠."

"우리는 모두 한 배를 탔어요." 보거트는 정중한 미소가 싹 가신 얼굴로 말했다.

"그렇게 생각한다니 다행이로군요."

"떠오르는 사람이 전혀 없어요?"

"레오폴드는 내가 세븐일레븐에서 자기를 무시했다고 했어요. 내 가족이 살해당하기 한 달 전쯤에. 난 거기서 아무도 업신여긴 적 없는데 말입니다. 설령 누군가와 마찰이 있었다면 내가 기억 못 할 리 없어요."

"당신 기억력이 완벽하기라도 하다는 겁니까?"

"누구든 마찰이 있었다면 기억했을 거라는 소립니다."

"시간이 흐르면서 잊었을 수도 있잖아요. 사소한 일이라고 생각했거나 별일 아니라고 여기고 말이죠. 아예 처음부터 기억에 남지 않았을 수도 있고. 누구나 놓치고 살지 않습니까. 기억력이라는 게 원래 불완전한 거잖아요."

"당신 언제 태어났죠?"

"왜요?" 보거트가 날카롭게 물었다.

"생년월일을 말해봐요."

보거트는 래퍼티를 흘끔거리고는 말했다. "1968년 6월 2일."

데커는 다섯 번 눈을 깜빡인 뒤 말했다. "그럼 일요일에 태어났군요."

보거트는 뒤로 기댔다. "그렇다고 들었어요. 그런데 어떻게 안 겁니까? 내 개인 기록을 들춰보기라도 했나?"

"나한테 그런 권한이 있을 리가. 불과 5분 전만 해도 당신이 존재한다는 것도 몰랐는데. 더 검증을 원한다면 당신 동료에게 똑같이 한 번 더 해볼 수도 있어요."

"요점이 뭐죠?"

"내가 세븐일레븐에서 누군가를 무시했다면 그게 17개월 전이든 17년 전이든 기억할 거라는 뜻입니다."

"그럼 레오폴드가 거짓말을 했다는 겁니까?"

"세바스찬 레오폴드는 우리가 생각하는 그런 사람이 아닌 것 같아요."

"우리가 생각하는 사람이라니, 그게 정확히 어떤 사람이죠?"

"노숙자, 정신이 오락가락하는 사람."

"그런데 노숙자도, 정신이 오락가락하는 사람도 아니다?"

"그자는 위험인물입니다."

"당신 입으로 그자는 학교 총격범일 수가 없다고 했잖습니까. 그자가 당신 가족을 죽였다고 생각해요?"

"그자가 직접 하진 않았겠지. 알리바이가 있으니까. 하지만 다시 생각해보니 그자가 어떤 식으로든 관련이 된 것 같습니다."

"어째서?"

"그자는 살인 혐의를 자백하는 단역을 맡았어요. 게다가 지금은 사라졌고. 그 두 가지 중 하나만 일어나도 우연이라고 볼 수 없습니다."

"지금 그자가 사라졌어요? 그리고 사건에 연루되어 있다고요?"

"증거는 없어요. 그자를 찾아낸다고 해도 지금으로서는 기소하지 못합니다. 증거라고 할 만한 게 전혀 없어요."

"그럼 어째서 그자가 관련자라고 생각하는 거죠?" 이것은 래퍼티 요원이 한 말이었다. 보거트는 고개를 돌려 그녀를 쳐다보았다. 그녀가 자기 생각을 내뱉은 것이 놀라웠다.

데커는 그녀를 빤히 쳐다보았다. "그자의 행동은 납득이 불가능하니까요. 난 납득 불가능한 사람들을 좋아하지 않아요."

2 226

데커는 보거트와 래퍼티를 자습실에 두고 복도를 건너 구내식당으로 갔다. 모든 일의 시발점. 체스판 무늬의 낡은 리놀륨 바닥이 선원들을 유혹해 죽음으로 이끄는 사이렌처럼 그를 불러댔다. 그는 식당을 이리저리 돌아다녔다. 냉장고 안을 들여다보고, 모퉁이를 돌아 주방을 둘러본 뒤 숲으로 이어지는 바깥의 로딩독도 살펴보았다. 애초에 그들은 범인이 그쪽으로 탈출했을 거라고 추정했고, 아직도 많은 사람들이 그렇게 생각하고 있었다. 그래서 데커가 구내식당에서 단서를 발견한 이후 감식반은 한동안 그 일대를 샅샅이 수색했다.

하지만 이제 데커는 그렇게 생각하지 않았다.

그는 다시 안으로 들어와 아이들이 쓰는 의자에 앉았다. 엉덩이 살이 의자 양옆으로 삐져나왔다. 가녀린 의자 다리가 고등학교에서는 찾아보기 힘든 이 뚱보를 떠받치며 삐거덕 삐거덕 비명을 내질렀다.

7시 28분. 멜리사 달턴은 냉장고 문이 열리는 듯한 후쉬 하는 소리를 들었다.

8시 41분. 위장한 남자가 카메라에 잡혔다.

8시 42분. 데비 왓슨은 목숨을 잃었다.

한 시간 13분이라는 시간이 설명되지 않았다. 왜 그렇게 시간이 걸렸을까? 이미 복장을 갖추고 무장한 상태였다면 왜 기다렸을까? 정말 기다린 걸까? 어쩌면 놈은 뭔가를 하고 있었을지 모른다. 애초에 시간이 걸리는 계획이었고 그 계획에 필수적인 일을 하고 있었을지도.

데비 왓슨이 죽은 복도는 구내식당에서 멀리 떨어져 있지만 범인이 거기까지 걸어가는 것을 본 목격자는 없다. 경찰은 그 시각에 누군가 그 경로를 지났다면 목격했을 가능성이 가장 높았던 교사 둘과 면담을 진행했지만 수확은 없었다. 하지만 그들이 잠시 다른 곳을 다녀오거나 고개를 반대쪽으로 돌렸을 때 지나갔을지도 모른다.

핵심 하나. 범인은 구내식당에서부터 눈에 띄지 않고 학교 반대편에 도달해야만 했다.

핵심 둘. 범인은 그 일을 해냈다.

핵심 셋은 그 일을 어떻게 해냈느냐는 것이다.

그때, 뭔가가 그의 머릿속 뒤편으로 또르르 굴러 들어오더니 촘촘한 필터를 통과한 다음 모습을 바꾸어 반대편으로 굴러 나왔다. 데커는 일어서서 서둘러 밖으로 나갔다. 그는 재빨리 학교 주춧돌 쪽으로 건너가서 건립 날짜를 읽었다.

1946. 이미 짐작은 하고 있었지만 그 숫자를 보니 머릿속에 형성된 가설이 확신으로 굳어졌다.

1946년. 세계대전이 끝나고 나서 1년 뒤. 그리고 곧바로 새 전쟁이 시작된 해. 냉전.

핵전쟁의 위협. 아마겟돈. 수소폭탄이 떨어질 경우를 대비해 비상 훈련의 일환으로 책상 밑에 웅크린 아이들. 겨우 2.5센티미터 두께의 합판으로 핵폭탄으로부터 아이들을 보호하겠다는 발상.

데커는 서둘러 구내식당을 향해 돌아갔다. 몇몇 연방수사국 요원들이 복도에서 의심의 눈초리를 던졌다. 그는 알은체를 하지 않았다. 잘 모르는 사람들이었고, 지금은 단서를 잡고 추적하는 중이었다. 그는 구내식당 한복판에 서서 사방을 구석구석 살펴보다가 시선을 거두었다. 그러고는 주방으로 들어가서 똑같은 행동을 반복했다. 로딩독 플랫폼에서도.

그가 찾는 것은 보이지 않았다. 비슷한 것도 없었다. 그는 당시 상황에 대해서도, 건물에 대해서도 아는 게 부족했다. 하지만 데커가 아는 게 부족하다면, 범인도 마찬가지였을 것이다. 범인은 아는 것이 많은 누군가에게 의지해야 했을 것이다. 아니면 그 누군가를 아는 사람에게.

그 가설을 적용하면 몇 가지 의문들이 풀려.

이 학교는 지난 수십 년 동안 여러 번 개조됐을 게 분명했다. 머리 위의 드롭다운 천장은 1946년에는 분명 없었을 것이다. 그 밖에 또 뭐가 추가되거나 제거되었을까?

혹은 가려졌거나? 더 이상 필요하지 않았고 그 후에 잊힌 거라면?

데커는 도서관으로 들어가서 랭커스터를 손짓으로 불렀다. 그녀는 전화 통화를 끝내고 도서관 입구로 서둘러 건너왔다. 데커는 저 멀리 구석에서 그를 지켜보고 있을 특수 요원 보거트와 래퍼티를 의식하며 낮은 목소리와 느긋한 얼굴로 랭커스터에게 말을 건넸다. 그냥 잡담을 나누는 것처럼. 그들은 돌아서서 함께 나갔다.

복도로 나갔을 때 랭커스터가 말했다. "그게 정말 가능할까? 그런 건 들어본 적도 없어."

"들어본 적 없는 거라고 해서 없는 건 아니야."

"넌 여기 다녔었잖아. 그런 게 있다는 얘기 들어본 적 있어?"

"아니. 아주 오래전 일이었을 거야. 그럴 가능성이 커."

"하지만 그걸 확실히 아는 사람이 있을까? 네 말에 따르면 60년도 더 전에 설치된 것 같은데. 게다가 한 번도 사용되지 않았고. 그걸 아는 사람은 이미 죽었거나 오늘내일하고 있을걸."

"당시 학생이었던 사람은 어떨까?"

"지금은 상당히 나이가 들었겠지. 교사들은 거의 죽었을 테고."

"방법이 있을 거야, 메리. 분명 기록이 남았을 거라고."

그들은 바깥에 나가 있었다. 데커는 왼쪽을 쳐다보고는 말을 멈췄다. 옛 군부대가 있는 자리였다.

"군대에 기록이 남아 있을지 몰라." 그가 말했다.

"군대? 어째서?"

"저 부대는 쭉 여기 있었으니까. 한 1930년대부터?"

"맞아. 우리 할아버지도 저기서 일하셨어, 벌링턴 주민 중 절반은 그랬지. 2차 대전 때 전국 군부대에 건설 붐이 일어났잖아."

"저 군부대는 이 학교가 세워지기 전부터 있었어. 저기서 일하던 사람들 자식들은 맨스필드 고교에 다녔고."

이제 랭커스터는 그의 의도를 이해하는 눈치였다. "그러니까 저기가 발단이라고 생각하는 거야?"

"1960년대 후반 저기서 일을 시작한 데비 왓슨의 증조할아버지가 모든 걸 알고 있었다면? 그래서 데비랑 같이 살 때 그것에 대해 얘기해주었다면?"

"그리고 데비는 그것을 범인에게 얘기했다?"

"그것 말고는 놈에게 데비가 필요했을 다른 이유를 모르겠어."

"하지만 데비가 그런 걸 알고 있다는 걸 놈이 어떻게 알았을까?"

"여러 가지 경로가 있을 수 있지. 그건 중요하지 않아. 하지만 내 생각이 맞다면, 범인이 어떻게 구내식당에서 뒤쪽 복도까지 눈에 띄지 않고 갔는지 알아낼 수 있을 거야. 그럼 그 개새끼가 어디로 들어왔는지도 추적할 수 있겠지."

그들은 서둘러 랭커스터의 차로 갔다. 특수 요원 보거트가 창가에서 그들을 지켜보고 있었다. 그의 표정은 밝지 않았다. 그의 옆에서는 특수 요원 래퍼티가 부지런히 뭔가를 적고 있었다.

227

조지 왓슨이 그들을 응대했다. 단정치 못한 차림새에, 오른쪽 뺨에는 누렇고 퍼런 멍 자국이 나 있었다.

"괜찮으세요?" 랭커스터가 물었다.

그는 문설주에 매달리다시피 몸을 기댔다. "괜…… 괜찮아요. 내 아…… 아내가 헤…… 헤어지자고 하지만, 난 괜…… 찮아요. 젠장, 안…… 안 괜찮을 게 뭐야."

데커가 한 걸음 더 다가가 킁킁 냄새를 맡는 동안 랭커스터는 왓슨의 시선을 끌었다. 데커가 고개를 살짝 끄덕였다. 파트너로 일할 때 숱하게 겪은 상황이었다. 상대가 술에 취했으면 고개를 한 번 끄덕거리고, 그렇지 않으면 고개를 한 번 젓는다. 사실 이번 상대는 냄새를 맡을 필요조차 없었다. 혀가 꼬인 데다 벽에 기대지 않고는 몸을 가누지도 못했고, 눈도 풀린 것으로 보아 술에 취해 고꾸라지기 직전이었다.

"아내분은 집에 계세요?" 데커가 물었다.

조지는 집 안쪽을 가리켰다. "지…… 짐 싸는 중. 싸…… 싸…… 쌍년!"

"두 분 모두에게 몹시 힘든 시간일 겁니다." 데커가 한마디 했다.

"우…… 우리 딸을 잃었는데…… 이…… 이젠 아내마저. 근데 이거 아…… 아쇼?"

"아뇨, 선생님, 뭐죠?" 데커가 물었다.

"좆까라고 해." 그는 기형인 팔을 흔들었다. "조…… 좆까라고 해."

"누워 계시는 게 좋겠어요." 랭커스터가 말했다. "술은 그만 드시고요."

조지는 기분이 상한 기색이었다. "나 술 안 마셨어." 그가 꺼억 하고 크게 트림을 하는데, 데커는 토하는 줄 착각할 뻔했다.

"그렇군요. 어쨌든 좀 주무셔야 할 것 같아요."

데커는 그를 앞방으로 데려가서 소파에 앉혔다. "누워 계세요, 저희는 아내분과 얘기 좀 나눌게요."

조지는 소파에 쓰러지면서 말했다. "그 여잔 내…… 내 아내가 아…… 아니야. 더…… 더 이상은 아니야. 쌍…… 쌍년!" 그러고는 눈을 감고 조용히 숨만 쉬었다.

데커는 앞장서서 랭커스터와 함께 복도를 걸어 다른 방문 앞으로 갔다. 문 뒤에서 소리가 났다. 데커는 나무문을 두드렸다. "왓슨 부인?"

뭔가 떨어져 바닥에 부딪치는 소리가 들렸다. "누구예요?" 베스 왓슨이 딱딱거렸다.

"경찰입니다." 랭커스터가 말했다.

베스 왓슨이 고함을 질렀다. "그 쪼그만 개새끼가 경찰을 부른 거야? 내가 자기를 때렸다고? 자기가 먼저 쳤으면서, 외팔이 등신 새끼가!"

"그래서 온 게 아니에요. 따님 일로 왔어요."

문이 벌컥 열렸다. 베스 왓슨이 하이힐과 하얀 슬립 외에 아무것도 안 입고 거기 서 있었다. 창백한 피부는 더 창백해 보였고 팔뚝 살이 늘어져 있었다. 한쪽 뺨은 발갛게 부었다. 음주 여부를 판단하기 위해 한 발짝 다가갈 필요도 없었다. 그녀는 술에 취해서도 똑바로 서서 말을 조리 있게 할 수 있는 것 같았다. 적어도 본인은 말을 조리 있게 하려고 했다.

"우리 딸이 뭐요?" 베스가 따졌다.

"저번에 왔을 때 남편분한테 할아버님에 대해 여쭤봤었어요."

그녀가 혼란스러운지 이맛살을 찌푸렸다. "사이먼? 왜요?"

"할아버님이 전에 맥도널드 육군기지에서 일하셨죠?"

"맞아요. 그게 뭐요? 오래전에 돌아가신 분인데."

"그런데 할아버님이 여기서 왓슨 부인, 그리고 남편분이랑 같이 사셨잖아요. 데비도 함께."

"그것도 맞아요. 그런데요?" 베스는 몸을 가누기 위해 문설주에 기댈 필요가 없었다. 남편보다 술이 센 모양이었다. 아니면 술을 더 자주 마시거나.

"할아버님이 거기서 하신 일에 대해 말씀하신 적 있습니까?" 그가 물었다.

"나이가 나이인지라, 옛날 얘기만 하셨죠. 2차 대전. 한국 전쟁. 정부 일. 어쩌고저쩌고. 낮이고 밤이고. 한동안 시달렸죠. 과거에 살고 싶어 하는 사람이 대체 누가 있겠어요?"

그녀는 데커를 밀치고는 복도 저편으로 소리쳤다. "과거에 살고 싫어 하는 사람이 대체 누가 있어, 조지? 난 아냐! 난 이제 미래만 보고 살 거야! 내 미래! 과거 따위는 개나 주라지. 너도 개나 줄 거야, 이 고자 등신 새끼!"

데커는 거대한 팔로 그녀를 살며시 방 안으로 이끌었다. "맨스필드에서 하신 일에 대해 얘기하신 적 없나요?" 그가 물었다.

여자의 두 눈이 바르르 떨렸다. "맨스필드요? 할아버님은 맨스필드에서 일한 적 없어요. 군부대에서 일하셨지."

"맞아요. 하지만 군부대와 학교는 나란히 붙어 있잖습니까."

그녀는 탁자 위에서 담뱃갑을 낚아채서 담뱃불을 붙였다. 그러고는 연기를 훅 내뿜고 데커를 노려보았다. "그게 대체 무슨 상관인지 모르겠네요."

"그 학교는 냉전 초반에 건설됐어요. 2차 세계대전 직후에요. 당시 전 국민이 뒷마당에 방공호를 짓고 있을 때였죠. 여기 주민들도 그랬고, 학교도 그랬고요. 지하 방공호 말입니다."

여자의 눈에 뭔가 기억이 나는 눈빛이 떠올랐다. "잠깐만요. 오래전에 무슨 말을 하시긴 했어요, 맨스필드의 뭐시기라면서……. 처음부터 만드신 건 아니고, 증축할 때 일하셨대요. 까맣게 잊고 있었는데."

"그 뭐시기가 정확하게 뭘 말씀하시는 거죠?" 랭커스터가 날카롭게 물었다.

베스는 데커에게 말했다. "할아버님이 말씀하신 건 무슨 장소였어요. 러시아가 우릴 공격하면 숨을 수 있는 안전한 장소."

"소련." 데커가 정정했다. "얼추 비슷하네요. 다른 말씀은 없으셨나요? 가령 어디에 있다든가 하는?"

"아뇨, 그런 말은 없었어요. 한 번도 사용한 적은 없대요. 누가 몰래 거기 숨어들까 봐 폐쇄했나 봐요. 고등학생들은 원래 호르몬이 넘치잖아요. 거기서 무슨 일이 생길지 뻔하죠." 그녀는 말을 멈췄다가 낮은 목소리로 말했다. "난교 파티." 그러고는 깔깔대다가 딸꾹질을 했다. "학교 다닐 때 알았더라면 내가 제일 먼저 거기 입성했을 텐데."

그러고 나서 그녀는 복도 저편에 대고 소리쳤다. "난교 파티, 등신아. 내일 내가 할 게 바로 그거다! 다른 남자들이랑! 남자들 떼거지랑!"

데커는 다시 그녀를 침실 안으로 이끌었다.

"그럼 방공호가 학교 아래 있는 거군요. 기억하고 계셔서 다행이에요." 랭커스터가 데커를 곁눈질하며 말했다.

베스는 한쪽 입꼬리를 올리며 미소를 지었다. "사실 난 기억력이 형편없어요. 그런데 어느 날 밤 저녁상을 차릴 때 할아버님이 하신 말씀이 기억나요. 한 번도 그 노친네 얘기를 귀담아 들은 적 없었는데, 참 이상하죠. 게다가 말했듯이 기억력도 나쁘고요. 누구 생일 같은 건 기억해본 적이 없어요. 그런데 그날 독일 초콜릿 케이크를 만들고 있을 때 노친네가 그 얘길 했어요. 그 케이크는 그때 딱 한 번 만들어본 건데, 아마 그래서 기억이 나나 봐요."

"무슨 기억요?" 랭커스터가 어리둥절해서 물었다.

"독일 초콜릿 케이크. 독일인들이랑 러시아인들. 그 사람들 독일에 있었잖아요. 러시아인들 말이에요."

"맞아요." 데커가 말했다. "적어도 러시아 인구 절반쯤은 거기 있었겠죠."

그녀는 미소를 지었다. "머리라는 건 참 요상하게 작동해요."

"그 얘기를 해보세요." 데커가 말했다. "할아버님께 친구가 있었나요? 아직 근처에 산다든가, 그 장소를 알 만한 사람?"

"노친네는 그런 말 한 적 없어요. 돌아가셨을 때 아흔 살이 넘었으니까 친구들도 전부 죽었겠지, 안 그래요?" 그녀는 조용히 덧붙였다. "우리 데비처럼."

데커가 어색한 침묵을 깨고 말했다. "뭐든 더 기억나는 게 있으면 여기 랭커스터 형사에게 전화해주세요. 중요한 문제예요. 이 짓을 벌인 놈을 찾아야 하잖아요. 이 짓을 저지른…… 데비한테 저지른 놈."

"아직도 우리 애가 그놈이랑 한패라고 생각해요?"

"아뇨, 그건 아닙니다."

여자의 입술이 바르르 떨렸다. "데비는 좋은 애였어요."

"물론이죠, 그래서 이 짓을 저지른 놈을 찾아내는 게 더더욱 중요한 겁니다."

랭커스터는 반쯤 싸다 만 짐을 흘끔거렸다. "저기, 제가 상관할 바는 아니지만, 따님을 잃은 직후인데 꼭 급격한 변화를 시도할 필요가 있을까요? 남편분과 함께 헤쳐나가신 후에 결정을 해도 될 듯한데요. 즉흥적인 행동은 화를 부르곤 하잖아요."

베스는 랭커스터에게 가자미눈을 떴다. "2년 전부터 진작 헤어지려고 했는데 데비 때문에 참은 거예요. 그런데 데비는 이제 여기 없잖아요. 그러니 이 거지 소굴에서 내 인생을 더는 1초라도 낭비하고 싶지 않아요. 이만 실례할게요, 짐을 마저 싸야 해서." 그러고는 그들의 얼굴에 대고 침실 문을 대차게 닫았다.

"안 되는 일에 참견하지 말아야 하는데." 랭커스터가 말했다.

"어떤 사람들한테 결혼생활은 갈수록 나빠질 뿐이지." 데커가 말했다. "그래도 내 가설이 그럴듯하다는 건 밝혀졌어. 그 노인은 정말 지하 방공호에 대해 뭔가를 알고 있었어."

"이제 뭐하지?" 랭커스터가 물었다.

"밖으로 나가자. 넌 담배 한 대 태우고 난 몇 군데 전화 걸고."

"난 언제든 원하면 담배 끊을 수 있어."

그는 그녀를 빤히 쳐다보았다. "아니, 메리. 너 니코틴 중독이야."

"농담이야. 제길, 뭐든 곧이곧대로 받아들여야 속이 시원하지?"

하지만 데커는 이미 전화를 걸고 있었다. 전화 세 통을 걸고 여기저기로 돌려지고 나서야 데커는 그의 말을 알아듣는 사람을 찾을 수 있었다. 그는 자신이 누구이며 무얼 원하는지 인내심을 가지고 설명해나갔다.

"맨스필드." 전화기 반대편에 있는 여자가 말했다. "거기서 대량 학살이 일어났다고요?"

"맞습니다." 데커가 말했다. "우린 살인범이 어떻게 들어오고 나갔는지를 수사 중입니다. 학교가 맥도널드 군부대와 가까이 붙어 있기 때문에 거기에 뭔가가 있을 거라고 생각하고 있습니다. 지하 통로나 시설이 있다는 걸 알아냈고요. 그 사실 여부와 출입구에 대한 세부 정보를 알고 싶습니다. 그걸 찾느라 온 학교를 파헤치고 싶진 않거든요."

"심사를 하고 허가가 나려면 신청자의 정식 서면이 필요합니다."

"좋습니다. 헌데, 그러기까지 얼마나 걸릴까요? 우리는 살인범을 찾고 있어요. 아이들을 여럿 죽인 놈이죠. 시간을 끌수록 놈은 점점 멀어집니다."

"저도 마음 같아선 빨리 될 거라고 말씀드리고 싶지만, 미국 육군이 하는 일이 그래요. 우리가 빨리 움직일 수 있는 곳은 전쟁터뿐이죠. 전선 뒤쪽 일은 그렇지 않아요."

데커는 요청서를 보낼 곳에 대한 정보를 얻고 나서 전화를 끊었다. 그가 통화하는 동안 랭커스터는 자동차 보닛에 기댄 채 담배를 자그마치 세 대나 피워대고 있었다.

랭커스터는 담배를 떨어뜨리고는 신발 뒤축으로 꽁초를 비볐다. "어떻게 됐어?"

"우리가 늙어 죽기 전에 연락 오기는 글렀어."

"그럼 이제 어떡해?"

"우리 힘으로 찾아내는 수밖에."

2 228

데커와 랭커스터는 구내식당을 돌아다니며 각자 양쪽 끝에서 수색을 해나갔다.

"그럼 여기 어딘가에 출입구가 있어야 하는 건데." 랭커스터가 말했다. "비상 상황에 학생들이 모여 있다가 방공호로 내려갈 수 있을 만큼 큰 방이니까."

데커는 아무 말 없이 고개를 끄덕였다.

그녀가 말을 이었다. "어디 뒤쪽에 숨겨져 있을 것 같은데, 전기 설비 있는 곳이나 가전제품 뒤쪽 아닐까?"

데커는 고개를 저었다. "아닐 것 같아. 신속하게 들어갈 수 있어야 하니까."

"그럼 판자 같은 걸로 막아놓지 않았을까?"

"범인은 벽이나 바닥, 천장을 뜯고 들어가진 않았을 거야. 그랬다면 소리가 났을 테고, 또 흔적이 남아서 단서가 됐을 테니까."

"놈은 이미 자기가 여기 있었다는 단서를 남겼잖아. 상한 음식

말이야."

"그건 일부러 그런 거야. 여기서 나갈 때 다시 온도를 내리는 건 어려운 일이 아니고, 밤새 냉장고 안에 있을 필요도 없었잖아. 자기가 여기 있었다는 걸 우리한테 알리고 싶었던 거야. 하지만 학교 앞쪽에서 뒤쪽으로 어떻게 갔는지는 알리고 싶지 않았던 거지. 적어도 그 지름길은. 그래서 놈은 바닥에 타일 부스러기를 남겨서 천장을 주목하게 한 거야. 전형적인 교란술이지. 놈은 우리를 속이고 있어. 우리가 시간을 낭비하게 만들려고. 그러면 놈한테는 유리하고 우리에겐 불리하지."

랭커스터는 계속 주위를 두리번거렸다. "그럼 여기에서 막힌 출입구를 찾아야 하는 거네? 방법도 위치도 하나도 모르면서?"

"'막혔다'는 말은 다양한 의미를 가질 수 있지. 어쨌든 핵심은, 이놈이 단 한 가지 이유로, 그 통로에 대해 캐내려고 데비한테 접근했다는 거야."

"과연 그럴까, 데커? 놈이 대체 그걸 어떻게 알고 그랬겠어?"

"나도 관찰과 육감, 약간의 조사로 알아냈잖아. 놈도 마찬가지였을걸. 여긴 작은 동네야. 놈은 일단 사이먼 왓슨이 군부대에서 일했다는 걸 알아냈을 거야. 그런 다음에 사이먼이 왓슨 가족과 함께 살았다는 걸 알고는 데비가 혹시 아는 게 있는지 확인하려고 접근했을 테고."

"엄청 복잡한 일이었겠네."

"그게 놈한테 얼마나 중요한 일이었을지 알 수 있지."

데커가 한쪽 벽 앞에서 왔다 갔다 움직이는 모습을 보고 랭커스터가 피식 웃으며 말했다. "수십 년이 흘렀는데 저놈의 규칙은 전혀 안 변했네. 너 여기 다닐 때 저거 다 지켰어?"

데커가 살피고 있는 벽에는 식당에서 지켜야 할 규칙이 붙어 있었다. 떠들지 않기, 음식 던지지 않기, 다른 사람 접시에 담긴 것을 먹지 않기, 식탁에 우유 곽을 남겨두지 않기, 모든 쓰레기는 쓰레기통에 버리기, 뛰지 않기 등등.

"에이머스, 학교 다닐 때 어땠……." 그때 데커가 손을 쳐들어 그녀의 말을 막았다. 그는 벽을 따라 잠깐 왔다 갔다 하다가 바닥을 보았다.

"저기 아래 저거 뭐 같아, 메리?"

그녀는 몸을 낮춰 그가 가리키는 곳을 쳐다보았다.

"무슨 자국 같은데. 학생 발자국이겠지."

"그건 아닐걸. 맨스필드 고교는 교복을 입지 않아. 남자애들은 대부분 운동화를 신지. 내가 알기로 여자애들은 대부분 운동화나 단화, 혹은 통굽 구두를 신고. 그런 신발들은 저런 자국을 남기지 않아. 저건 리놀륨 바닥이 긁힌 자국인데, 구두 때문에 생기는 자국처럼 짧지 않아. 길어. 게다가 살짝 구부러졌지."

그는 규칙이 붙어 있는 벽 쪽으로 더 가까이 다가갔다. 규칙은 벽 색깔과 같은 나무판에 붙어 있었다. 바닥에서부터 천장 끝까지 이어지는 커다랗고 얇은 판이었다.

"경첩은 안 보여." 그가 말했다. "하지만……."

그는 손가락을 나무판의 오른쪽 밑에 넣고 여기저기 당겨보았다. 반대편도 그렇게 했다. 10분 동안 쑤시고 당기고 밀고 애쓴 끝에 딸깍 하는 소리가 나더니 나무판 전체가 밖으로 열렸다. 그것을 당겨 더 열자 벽과 같은 색의 낡은 나무 짝문이 나타났다.

"저기 바닥 좀 봐." 데커가 말했다.

랭커스터는 갓 긁힌 자국을 발견했다. 데커가 나무판을 열 때 바닥이 긁혀 생긴 것이었다. “이런, 에이머스. 저거 문이 열릴 때 생긴 자국이네.”

“경첩은 30센티미터 정도 안쪽으로 들어가 있는 지지대에 설치됐어. 겉에서 보이지 않게. 하지만 시간이 흐르면서 경첩이 조금씩 밑으로 처지는 바람에 바닥이 긁히게 된 거지.” 그가 손가락으로 경첩을 더듬자 손가락이 까매졌다.

“최근에 기름칠을 했군.” 그가 말했다.

나무판 뒤편 중앙에 작은 손잡이가 있었다.

“저건 용도가 뭘까?”

데커는 잠시 생각에 잠겼다. “안으로 들어가고 나서 문을 당겨 닫을 때 쓰겠지.”

“맞아. 하지만 문을 왜 그냥 뒀을까? 어차피 폐쇄할 거라면 완전히 폐쇄해버리지 않고?”

“이걸 짓는 데 엄청난 돈이 들었을 텐데, 다시 사용하고 싶을 때 쉽게 접근이 가능하도록 놔두고 싶었겠지.”

“음, 그럴 수도 있겠네.”

“지문은 보이지 않지만, 혹시 몰라. 잠재 지문이라는 게 괜히 있는 게 아니니까.”

그는 두 짝의 문을 잠근 평범한 자물쇠를 열려고 주방 카운터에서 나이프를 하나 집어 왔다. 문이 조용히 열리며 최근 경첩에 기름칠을 한 것이 사실임을 알려주었다.

긴 계단이 칠흑 같은 어둠을 향해 이어지고 있었다. 데커는 벽에 꽂혀 있던 비상용 손전등을 집어 문간으로 돌아왔다. “준비 됐어?”

“다른 사람들한테 알리지 않아도 될까?” 랭커스터가 불안한 기색으로 말했다.

"이 길이 어디로 통하는지 확인하고 나서."

"연방수사국은 어떡하고?"

"연방수사국이고 나발이고 웃기지 말라고 해, 메리. 이건 우리 사건이야, 그쪽 게 아니라." 그는 그녀를 응시했다. "같이 할 거지?"

그녀는 고개를 끄덕이고는 그를 따라 계단을 내려갔다. 두 사람은 곧 바닥에 도달했다. 데커는 걸음을 멈추고 전등으로 주변을 비췄다. "저기 좀 봐."

한쪽 벽에 서 있는 커다란 합판 두 짝 위로 구부러진 못들이 튀어나와 있었다. 데커가 말했다. "저거, 입구를 폐쇄했던 거야. 아까 문 주변에서 못 자국을 봤거든. 저 합판이 문에 덧대 있던 거야. 그 상태였다면 나무판을 열어봤다 해도 그냥 벽이라고 생각했겠지."

"범인이 떼어낸 걸까?"

데커는 불빛으로 바닥을 비추었다. "틀림없어. 바닥의 저 톱밥은 얼마 안 된 것 같아. 못을 뽑고, 합판을 계단 아래로 나르고, 톱으로 두 짝으로 자른 거야."

"그렇다면 놈은 이 짓을 미리 했다는 얘기네. 당일에 합판 벽을 떼어냈다면 너무 시끄러웠을 거야."

"응, 전날 했을지도 모르지. 냉장고에서 나와서 작업했겠지. 소리를 들을 만한 사람이 없을 때. 놈은 나무판을 열고, 합판을 뜯고, 문을 연 다음 모든 걸 통로 안으로 날랐어."

"그래서 냉장고 안에 숨어 있던 거였군."

"그런 셈이지." 데커가 말했다.

데커는 다시 바닥을 가리켰다. 먼지 속에 뚜렷한 족적이 나 있었다. 족적 두 쌍은 통로 아래로 이어졌다.

"오른쪽으로 걸어, 발자국 건드리지 않게. 가면서 휴대전화 카메라로 찍어두고."

"알았어. 근데 왜 두 쌍이지? 두 명인가?"

데커는 몸을 숙이고 불빛을 족적 위로 비추었다. "아니. 동일인인 것 같아. 두 사람이 나란히 걸은 게 아니야. 족적의 간격이 너무 좁아. 하지만 두 쌍인 건 말이 돼."

"왜?"

"가자."

랭커스터는 가면서 사진을 찍었다. 그들은 30센티미터 두께의 거대한 철문을 지났다. 유압식 철문은 쉽게 열렸다. "방폭 문이네." 랭커스터가 말했다.

공간이 확 트이면서 폭 12미터 정도, 길이는 그 두 배에 달하는 널찍한 방이 나왔다. 바닥과 벽, 천장 모두 콘크리트였고, 벽에는 비상시 따라야 할 지침이 쓰여 있었다. 몇 군데에 위험을 가리키는 해골과 뼈다귀 표식이 찍혀 있었다. 벽을 따라 낡은 금속 사물함들이 이어졌는데, 사물함 위에는 표지판들이 볼트로 고정돼 있었다. 가스 마스크, 구급용품, 식수와 음식. 먼지와 거미줄이 사방을 뒤덮었고, 퀴퀴한 곰팡내가 났다.

"분명 자가 발전하는 공기 공급 장치도 설치했을 거야." 데커가 말했다. "핵폭발이 일어나면 바깥 공기와는 접촉할 수 없으니까."

"하지만 여기 아래는 밀폐가 안 돼. 내가 이렇게 숨을 잘 쉴 정도잖아."

"통풍구도 만들어뒀겠지. 하지만 경보가 울리면 닫힐 거야."

그들은 족적을 따라 방공호를 가로질렀다. 또 다른 방폭 문을 통과하자 저편에 있던 통로와 똑같은 통로가 나왔다. 사진을 찍느라 랭커스터의 휴대폰이 번쩍거리는 순간마다 어둠이 달아났다. 그녀는 통로를 따라 이어지는 족적을 휴대폰으로 찍었다.

이번에 그들은 위로 향하는 계단을 만났다. 두 족적은 내내 나란히 이어지고 있었다. 그들은 계단을 올라갔다. 계단 꼭대기는 벽이 가로막고 있었다.

"여기도 뭘로 막혀 있는 건가?" 랭커스터가 말했다.

"그렇겠지." 데커는 벽 가장자리를 따라 손가락을 넣었다. 그렇게 양쪽 가장자리 모두 훑다가 손잡이를 발견하고 당겼다. 벽이 움찔하더니 헐거워졌다.

"발사나무(가벼워서 부표나 서프보드 등을 만드는 데 쓰이는 목재_옮긴이)야." 그는 벽을 거뜬히 들어올려 옆으로 치웠다. 그러자 쓰레기가 쌓인 작은 공간이 나타났고 그 너머에 문이 또 하나 있었다.

"그런데 정부가 발사나무로 문을 막았을 리는 없지 않아?" 랭커스터가 말했다.

"물론. 여기 어떤 벽이 있었는지는 모르겠지만, 범인이 원래 있던 걸 교체했을 거야. 단단해 보이지만 쉽게 옮길 수 있는 것으로."

"말로는 쉽지. 하지만 이 모든 걸 하룻밤 사이에 할 순 없어."

"놈이 밤에 학교에 들어올 수 있었다면 필요한 일들을 얼마든지 할 수 있었을걸."

"하지만 그게 어떻게 가능해? 매일 밤 학교 연극이 열리는 것도 아니잖아? 게다가 톱이며 다른 장비들을 들고 다녔다고?"

"놈이 어떻게 했는지는 아직 모르지." 데커는 불빛을 바닥에 비추었다. "벽 바로 앞의 저 부분 좀 확인해봐. 먼지가 별로 없는 부분. 원래는 저 쓰레기 더미가 있던 자린데 거치적거려서 옮긴 것 같아."

데커는 지문이 남아 있는지 손잡이를 확인하고는 가져온 나이프로 잠긴 문을 열려고 시도했다. "잠겼어. 잠깐만." 그는 손전등을 랭커스터에게 건네고는 주머니에서 자물쇠 따는 도구를 꺼냈다.

"사설탐정의 기본 장비인가 봐?" 그녀가 비꼬았다.

"경찰 때도 자물쇠 여러 번 땄지."

1분 뒤 문이 30센티미터쯤 열리다가 뭔가에 부딪쳤다.

"뭐지?" 랭커스터가 총을 꺼냈다. 왼손이 바르르 떨렸다.

"뭐가 문을 막고 있어." 그는 문틈으로 머리를 밀어넣었다. "여기, 기술 교실 창고야. 전에 들여다본 적 있어. 문이 부딪친 건 낡은 에어컨 더미야. 이것 때문에 문을 못 본 거였어."

"우리가 수색했을 때도 그래서 못 발견한 거네."

"그랬겠지."

랭커스터가 문틈을 쳐다보았다. "나 저 틈으로 나갈 수 있을 거 같아." 그녀는 옆으로 몸을 돌리고는 비좁은 틈을 쉽게 빠져나가 주변을 둘러보았다. "그쪽에서 네가 문을 밀어봐. 에어컨이 넘어지지 않게 내가 받칠 테니까."

그가 몸으로 문을 밀자 문이 열리면서 에어컨을 밀어냈다. 그동안 랭커스터는 에어컨들이 쓰러지지 않게 붙잡고 있었다.

"됐어, 에이머스. 네가 통과할 수 있을 것 같아."

데커는 넓혀진 문틈으로 나와 반쯤 열린 문과 에어컨 더미를 차례로 쳐다보았다. 바닥을 내려다본 그는 인상을 썼다.

"또 왜?" 랭커스터가 물었다.

"먼지가 별로 없어서 족적이 보이지 않아."

"하지만 그 족적이 계단 위로 올라간 건 맞잖아. 여기밖에 나올 데가 없고."

"동의. 그럼 놈은 여길 통해서 기술 교실로 나갔다고 봐야겠군."

그들은 창고를 나와 공구와 작업대가 차려진 널찍한 교실로 들어갔다.

"그놈은 기술 교실에 아무도 없다는 걸 어떻게 알았을까?" 데커가 말했다.

"아, 그걸 몰랐단 말이야?" 랭커스터는 데커가 모르는 걸 알고 있어서 신난다는 투로 말했다.

"뭘 몰라?"

"기술 교사가 작년 말에 그만뒀거든. 대체할 교사를 찾지 못해서 올해는 기술 수업이 없었어."

"그래서 이 교실 문이 잠겨 있었구나. 그래서 범인도 알고 있었던 거고. 데비가 놈한테 말해줬겠군."

"하지만 네가 옳았어, 에이머스. 놈은 이 길로 구내식당에서 학교 반대편까지 눈에 띄지 않고 올 수 있었던 거야."

그는 고개를 끄덕였다. "사건 당일 놈은 이 길을 두 번 다녔어. 냉장고에서 나와 이 통로를 통과해 복도로 나간 뒤 사람들을 쏘면서 학교 앞쪽으로 갔어. 그러고 나서 구내식당 안의 통로로 다시 들어간 다음 벽을 닫고 이 통로를 다시 걸어간 거야."

"그래서 똑같은 족적이 둘 남은 거지." 랭커스터가 거들었다.

"응. 이제 보니 기술 교실이 상당히 넓네. 비상시에 학교 양편에서 아이들을 모아 지하 대피소로 내려 보내려고 한 것 같아."

"지하 통로 깊이가 얼마나 되겠어?" 그녀가 물었다.

"계단 수직면에 따라 다르긴 한데, 한 3.5미터쯤."

"그걸로 핵폭탄 공격을 막아낼 수 있을까 의문이야. 아무리 사방이 콘크리트에 방폭 문이라고 해도."

"어차피 핵무기를 막아낼 수 있는 건 아무것도 없어."

"그건 그래."

"첫날 학교에 왔을 때 여기를 둘러봤거든. 저기 있는 저 발자국 내 거야." 그는 먼 벽 쪽을 가리켰다. "그때 돌아다니다가 뒤편 창고 안을 들여다봤지."

데커는 쭈그리고 앉아 바닥을 살폈다. "메리, 이 부분 좀 비춰봐. 그때 이걸 놓친 것 같아."

랭커스터가 빛을 비추자 옅은 먼지 위에 족적과 함께 난 기다란 자국이 보였다.

"저게 뭐지?"

"불빛을 왼쪽으로 15센티미터쯤 옮겨봐."

그녀가 불빛을 옮겼다. 아무것도 없었다.

"다시 오른쪽으로."

그녀가 불빛을 옮기자 똑같은 자국이 하나 더 보였다.

"무슨 자국이지?" 랭커스터가 물었다.

"데비 왓슨의 발이 남긴 자국."

"그 애의 발?"

"정확히는 그 애의 구두지. 그 애가 여기서 끌려 나갈 때 생긴 거야. 저 족적은 범인 거고."

"여기서 끌려 나갔다고? 그 애는 여기서 뭘 하고 있었는데?"

"남자친구를 만났지. 예수 말이야."

"진담이야?"

"데비는 검시관이 부검한 첫 희생자였어. 그 검시 보고서 너도 읽어봤지?"

"물론 읽어봤지."

"사망 원인 기억나?"

"말 자꾸 빙빙 돌릴 거야, 에이머스? 얼굴에 엽총을 맞은 게 사인인 거 너도 잘 알잖아."

"겉으로 보기엔 그렇지. 근데 검시관이 그 애 입에서 뭘 발견했는지 기억나?"

"엽총 알갱이 말고 뭐가 또 있었나?" 랭커스터는 비꼬는 투로 말했다.

"박하사탕 찌꺼기가 발견됐어."

"박하사탕? 그런 건 읽은 기억이 없는데."

"보고서 말미에 있었어. 난 항상 끝까지 읽으니까."

"그게 뭐 어쨌는데?"

"그 애 사물함 안에 박하사탕 갑이 있었어. 두 알이 비어 있더라고. 그것 때문에 사물함에 갔던 거야. 남자친구를 만나기 전에 입 냄새를 없애고, 남자친구한테도 주려고. 자기를 죽일 놈인 줄도 모르고 말이지. 이로써 중간에 뜬 시간이 설명이 돼. 놈은 7시 28분에 냉장고에서 나와 그 통로를 지났어. 하지만 데비가 수업에서 빠질 때까지 기다려야 했지. 아마 둘은 시간을 미리 정해뒀을 거야. 데비는 꾀병을 부려 수업을 빠지고는 사물함으로 가서 박하사탕을 꺼낸 뒤 기술 교실로 왔어."

"하지만 교실은 잠겨 있었다면서."

"예수가 안에서 문을 열고 그 애를 들였을 거야."

"그렇군." 그녀는 의심의 눈초리로 그를 쳐다보았다. "정확히 언제부터 이런 생각을 한 거야?"

"그리 오래되진 않았어." 데커는 눈을 감고 뒤통수를 절반쯤 쓸어내렸다. "부검에 의하면 그 애 뒤통수, 바로 여기쯤에 혈종이 있었대. 그리고 왼쪽 후두골이 부서졌는데, 손상되기 어려운 단단한 빼야. 엽총이 아니었다고 해도 내부 출혈로 인한 두뇌 압박으로 사망했을지도 몰라. 검시관은 그 애가 총을 맞고 바닥에 쓰러지면서 그 상처가 생겼을 거라고 추정했지만……." 그는 눈을 뜨고 파트너를 쳐다보았다.

"그 얘기는, 그 애의 왼쪽과 뒤쪽이 가격당했다는 소리네? 왼손잡이의 소행인가? 그 악보를 쓴 사람도 왼손잡이라고 했잖아."

"그놈일 공산이 커."

"놈이 여기에서 그 애를 만났고, 쓰러뜨린 거네. 하지만 왜?"

"일단은 거치적거려서, 그리고 그 애가 살아남으면 곤란해져서겠지. 놈의 신분을 밝힐 수도 있으니까. 그래서 그 애를 만나기로 약속한 다음 그 통로를 이용해 남들 눈에 띄지 않고 학교 반대편으로 온 거야. 이런 만남은 이번이 처음이 아니었을 거야. 두 사람, 수업 중이나 방과 후에 기술 교실에서 만나 섹스했을 거야. 데비가 양호실에 간다고 몇 번이나 허락을 받았는지 궁금하군."

"여기서 섹스? 그게 말이 돼?"

"학교 한가운데 자기들만의 공간이 있다니, 로맨틱하잖아? 이 학교를 안 다닌 성인 남자와 사랑에 빠진 10대 소녀한테 그보다 더 멋진 일이 어디 있겠어? 놈은 이 공간을 속속들이 파악하고 싶었을 거야. 물건들도 여기로 가져와서 보관했을 테고. 완벽하지."

"그래, 두 사람이 여기서 만났어. 그다음은?"

"그 애는 섹스를 기대하고 박하사탕을 가져왔지. 놈은 그 애를 쳐서 쓰러뜨리고, 장비를 챙겨 교실을 빠져나가고, 모퉁이를 돌아 그 카메라 쪽으로 가서 비디오에 찍혔어." 그는 랭커스터를 쳐다보았다. "너도 그 통로에서 그 족적 봤지?"

"봤고말고."

"신발 치수로 치면 270이나 275 정도. 그보다 더 크진 않았어."

랭커스터는 어리둥절한 표정을 지었다. "덩치 큰 남자치고는 별로 안 크네." 그녀는 천천히 말했다. "얼은 키가 182센티미터인데, 신발은 290 신어."

"난 195센티미터인데 신발 치수는 320이야. 내 덩치의 남자에게 흔한 일이지. 키 188센티미터에 몸무게가 90킬로그램인 남자가 신발은 270이라고? 어림없어. 게다가 나는 에어컨에 막힌 문틈을 빠져나오지 못했어. 문을 더 밀어 열어야 가능했지. 바닥에 자국이 별로 없는 걸로 봐서 그렇게 나온 사람은 나밖에 없어. 넌 키가 작고 말랐으니 쉽게 빠져나올 수 있었던 거고. 그런데 비디오에 찍힌 그 남자는 나보다 허리는 훨씬 가늘지만 어깨랑 가슴은 나만큼이나 널찍했어. 그런데 어떻게 에어컨을 움직이지 않고 그 틈새를 통과할 수 있었을까?"

"난 모르겠어. 넌?"

"난 짐작이 가."

랭커스터는 초조하게 주변을 둘러보고는 치아가 덜그럭거리도록 껌을 맹렬히 씹어댔다. "감식반을 불러야겠어. 우리 때문에 손상된 증거가 제발 없었으면 좋겠는데. 연방수사국 놈들이 우리를 족치려 들 거야, 우리가 서장님 손아귀에서 살아난다면 말이지." 두리번거리던 그녀는 뭔가 생각이 났는지 데커에게 말했다. "잠깐만. 놈이 데비를 쳐서 쓰러뜨리고 나서 그 애를 밖으로 끌어냈다면, 복도에서 어떻게 그 애를 세워놓고 총을 쏜 거지? 탄환 분석에 의하면 그 애는 똑바로 서 있었어. 비산혈은 거짓말 안 해. 게다가 놈이 비디오에 잡힌 시각과 데비를 죽인 시각은 고작 1분밖에 차이가 안 나."

"데비 재킷에 구멍이 하나 나 있었어, 목이 닿는 부위에." 데커가 말했다. "놈은 사물함 문에 재킷을 걸어서 잠시 그 애를 서 있게 만든 거야. 그런 다음 모퉁이를 돌아 가서 비디오에 찍힌 뒤 다시 와서 그 애를 쏜 거지. 그때 재킷이 찢어지면서 사물함 문에서 벗겨졌고, 그 애는 바닥에 쓰러졌어."

데커는 교실 안을 여기저기 비추다가 족적을 더 발견했다. 그중에는 창고 쪽으로 돌아가 그 통로로 다시 내려가는 족적도 있었다. 데비 왓슨의 것으로 보이는 통굽 부츠 족적도 있었다. 그 애의 시신이 신고 있던 신발이었다. 두 사람의 족적은 매우 가까이 붙어 있었다. 둘은 키스를 하고 있었을지도 모른다.

데커는 벽에 기대 머릿속 블랙박스를 되감다가 원하는 장면에서 정지시켰다. "그 통로에서 또 발견한 거 없어, 메리?"

"또 없냐고? 예를 들면 뭐?"

그는 눈을 떴다. "두 족적이 기술 교실 창고로 향하는 계단을 올라갔잖아."

"맞아."

"그런데 그 계단을 도로 내려오는 족적은 하나였어."

"그것도 맞아. 그래서?"

"그리고 놈이 전에도 이 통로를 이용했다는 걸 나타내는 긁힌 자국이 여러 군데 나 있었지. 그런데 통로를 되돌아 구내식당으로 돌아가는 뚜렷한 족적은 없어"

랭커스터의 눈이 커다래졌다. "망할, 그렇구나. 그럼 이 자식은 어떻게 학교에서 탈출한 거지?"

"나도 그게 의문이야."

2 229

랭커스터가 동료들에게 새로 발견한 것을 알리러 간 동안 데커는 통로를 내려가 계단 발치에 도달했다. 범인이 통로로 돌아가 구내식당을 통해 탈출하지도 않았고 누군가의 눈에 띌 수밖에 없는 학교 정문이나 뒷문으로도 달아나지 않았다면, 대체 어떻게 빠져나간 것일까?

데커는 손전등으로 계단 발치 공간을 죄다 비춰보았다. 계단 양쪽은 벽이었고, 바닥에는 먼지가 없었다. 족적은 계단 맨 아래 칸에서 끝나 있었다. 사방이 먼지투성이인데 어째서 여기만 먼지가 없을까? 누군가 청소했을까? 그랬다면 왜? 그는 한 가지 이유를 떠올릴 수 있었다.

최근에 들었던 진술.

베스 왓슨.

처음부터 만드신 건 아니고, 증축할 때 일하셨대요.

데커는 오른쪽 벽으로 다가가 벽 표면에 여러 각도로 불빛을 비춰보았다. 아무것도 없었다. 왼쪽 벽도 비춰보았다. 뭔가 있었다.

벽과 계단이 만나는 곳에 희미한 이음선이 있었다. 그는 그 틈으로 손가락을 넣어 당겼다. 그러자 경첩에 매달린 벽이 부드럽고 조용하게 열렸다. 구내식당 안의 가짜 벽처럼. 최근에 사용된 게 분명했다. 손전등으로 비추자 길고 어두운 복도가 보였다. 공기는 역시나 퀴퀴했지만 그리 심하지 않은 것으로 보아 신선한 공기가 어떤 식으로든 들어왔던 것 같았다. 그는 통로를 따라 움직였다. 불빛이 더러운 콘크리트 바닥을 때렸다. 거기에도 270 정도의 족적이 남아 있었다. 그는 휴대전화 카메라로 사진을 찍었다.

그는 앞쪽에서 문을 보고는 걸음을 멈췄다. 문 바로 옆 벽에는 구부러진 못들이 튀어나온 합판들이 기대어져 있었다. 구내식당에서 본 것과 똑같았다. 통로 끝을 폐쇄하는 데 사용된 합판을 뜯어낸 것이다. 그는 총을 꺼내들고 나무문을 살며시 연 뒤 불빛을 잽싸게 앞으로 비추었다. 물이 떨어지는 소리와 쥐가 후다닥 움직이는 소리, 그리고 그의 심장이 고동치는 소리가 들렸다.

그는 용감한 사람이다. 일반인보다 더 용감하지 않았다면 이런 종류의 일에 종사할 리 없었다. 하지만 두렵기도 했다. 두려움이 없다면 이런 종류의 일에 종사한다고 해도 오래 버티지 못한다.

데커는 앞으로 움직였다. 100미터쯤 가자 바닥이 오르막으로 변했다. 그러다가 계단이 나왔다. 그는 애써 마음을 가라앉히면서 계단을 올랐다. 꼭대기에 또 다른 문이 있었다. 잠겨 있었다. 자물쇠를 따려고 시도해보았지만 문은 열리지 않았다. 그는 문에 어깨를 대고 150킬로그램이 넘는 덩치로 문을 밀었다. 효과가 있었다.

그는 어두운 공간으로 나가 주변을 둘러보았다. 창문들이 높은 데 위치한 널찍한 공간이었다. 기름 냄새가 났다. 주위를 둘러보자

뼈대만 남은 옛 군용 차량들이 여기저기 흩어져 있는 것이 보였다. 그가 서 있는 곳은 오래전 폐쇄된 맥도널드 육군기지 건물이었다. 학교를 부대와 연결하는 통로가 있다? 생각하면 할수록 납득이 됐다. 당시 아이들은 맨스필드 고교에 다니고 부모는 군부대에서 일하는 경우가 흔했다. 학교 지하 대피소는 군부대 직원들과 아이들을 함께 수용하려고 설계된 것일 수도 있다.

범인은 이리로 탈출했다. 이제 그는 그렇게 확신했다. 군부대는 수색하기엔 너무 넓은 데다 오랫동안 버려져 있었다. 뭔가를 볼 만한 목격자도 없고, 웃자란 덩굴과 덤불, 나무만 무성할 뿐 모든 것이 황량했다. 전혀 눈에 띄지 않고 탈출하기는 쉬운 일이다.

버려진 맥주 캔과 술병, 빈 콘돔 갑, 담배꽁초 들이 바닥에 흩어져 있었다. 감식반에겐 악몽 같은 곳이다. 디엔에이 샘플이 수백 개도 넘을 테고, 대부분은 섹스나 술, 니코틴, 혹은 더 강력한 것을 탐하는 10대 아이들의 흔적일 게 분명하다. 그 아이들은 군부대와 학교를 연결하는 통로가 있다는 사실을 알고 있었을까? 설사 알고 있었다고 해도 탐험은 잠긴 문과 벽에 부딪혔을 것이다. 그리고 지금은 겨울을 앞둔 철이라 난방이 되지 않는 건물은 몹시 추웠다. 범인은 학살극을 계획할 때 술판을 벌이는 아이들과 마주칠 걱정은 하지 않았을 것이다.

그는 건물을 살펴보았지만 아무것도 발견하지 못했다. 그는 전화기를 꺼내 왓슨 부부의 집으로 전화를 걸었다. 조지 왓슨이 전화를 받았다. 베스 왓슨은 이미 집을 나가고 없는 듯했다.

"여보세요, 누구세요?" 잠을 자다 일어난 모양이었다.

"왓슨 씨, 데커입니다."

"무슨 일이죠?" 그가 화가 치밀어 오른다는 듯이 물었다.

"간단히 물어보고 끝낼게요. 데비가 방과 후나 수업 시작 전에 밖에서 많은 시간을 보냈나요?"

"대체 그걸 어찌 아는 겁니까? 대체 어떻게 내 가정사를 속속들이 아는 거요?"

"그냥 추측입니다. 저는 탐정이니까요. 그게 제가 하는 일이죠. 그리고 집에서 보내는 시간은 아내분이 데비보다 많다는 말을 들었거든요. 그래서 데비가 방과 후에 뭔가를 하고 있었구나 하고 짐작한 겁니다. 데비가 정확히 뭘 했던 거죠?"

"우리 애는 동아리 활동을 몇 개 했어요. 모임이 있었죠. 가끔은 모임이 늦게 끝나기도 했고요. 어두워지고 나서 한참이 지나도 귀가하지 않을 때도 있었어요. 왜, 그게 중요합니까?"

"그럴 수도 있습니다. 고맙습니다."

데커는 전화를 끊었다. 데비 왓슨은 동아리 모임에 가지 않았다. 그 시간에 그 애는 '예수'와 연애를 했다.

그는 랭커스터에게 전화를 걸어 알아낸 사실을 말해주고는 기름 드럼통에 걸터앉아 눈을 감고 기다렸다. 잠시 후에 다가오는 발소리가 들렸다. 한 사람의 발소리였다면 눈을 떴겠지만, 수십 명이었다. 그래서 그는 계속 눈을 감고 있었다. 범인이라면 떼로 오지는 않을 테니까.

그는 눈을 떴다. 앞에 특수 요원 보거트가 서 있었다.

"이번에도 경험에서 우러난 추측입니까?" 그 남자가 물었다.

"이번에도 경험에서 우러난 추측입니다." 데커가 대답했다.

보거트 뒤에는 연방수사국 요원들과 벌링턴 경찰서 사람들이 있었다. 랭커스터가 앞으로 나왔다. "서장님한테 전화했어. 지금 오는 중이야." 그녀가 알려주자 데커는 천천히 고개를 끄덕였다.

"이건 어떻게 안 거죠?" 보거트가 데커에게 물었다.

데커는 그의 추리에 대해 2분 동안 브리핑을 했다.

"진작 베스 왓슨과 만난 얘기를 했다면 우리가 당신을 도와 이 일을 했을 거 아닙니까." 보거트가 지적했다. "그랬다면 여기에 더 빨리 왔을 텐데."

"그랬겠네요." 데커가 동의했다.

보거트는 부근을 수색하라고 명령한 뒤 낡은 나무 벤치를 끌어와서 데커 옆에 앉았다. 그동안 랭커스터는 근처를 서성거렸다.

"그럼 이 범인은 데비 왓슨과 친구가 된 다음 이 경로를 알아내 달아나는 출구로 이용한 거군요?" 보거트가 말했다.

"들어갈 때와 달아날 때 모두 이용했어요. 마음껏 들락날락했지. 데비를 유혹하기는 어렵지 않았을 겁니다. 놈은 성인 남자고, 그 애는 휘둘리기 쉬운 10대 소녀인 데다 가정불화도 있었으니까. 둘은 아무도 모르는 이곳에서 밀회를 여러 번 즐겼을 겁니다. 아주 특별한 관계가 된 듯한 기분에 사로잡혔겠죠. 놈이 그 애 얼굴에 엽총을 발사하기 전까지는."

"육군에 연락해서 이 부대에 관한 건 뭐든 다 긁어 오죠."

"네. 잘됐네요."

"아무도 이 통로를 몰랐다니 놀라울 따름이군."

"1946년쯤 건설됐다면 관련자들은 대부분 죽고 없을 테니까요. 자식들한테 굳이 얘기했을 리도 없고, 당시 학교 직원들만 알고 있었을 겁니다. 한 번도 사용한 적 없을 거예요. 훈련조차 하지 않았을 가능성도 있어요. 설사 훈련을 했다고 해도 당시 학생들이 그걸 지금까지 기억하기는 힘들겠죠."

"사이먼 왓슨이 그 통로를 증축했다고요?"

"그렇다더군요. 그 사람은 1960년대 후반에 맥도널드 부대에서 근무했어요. 그 뒤 어느 시점엔가 군부대로 통하는 통로가 생긴 겁니다. 하지만 부대가 폐쇄된 뒤로 다들 떠나버렸죠."

랭커스터가 끼어들었다. "설령 여기 주민 중에 이 통로에 대해 아는 사람이 있다고 해도 살인자가 그걸 이용해 학교를 휘젓고 다니리라고는 생각하지 못했겠죠. 통로는 영영 폐쇄된 줄로 알았을 거예요. 사람들은 놈이 총질을 한 뒤 그대로 달아나 사라진 걸로 알고 있으니까요."

보거트가 고개를 끄덕였다. "그런데, 놈은 군부대 쪽을 통해서 수월하게 학교로 잠입할 수 있었을 텐데 어째서 구내식당 안에 있다가 그쪽으로 학교를 가로지른 걸까요?"

"글쎄요." 데커가 말했다. "처음엔 구내식당 쪽 통로를 막아놓은 벽을 뜯을 시간을 벌기 위해 그런 거라고 생각했었지만, 이제 보니 놈은 여기를 수시로, 언제든 원할 때마다 들락거린 것 같습니다." 그는 말을 잠시 멈추었다. "모르겠다는 소립니다."

"당신은 모든 대답을 척척 내놓을 줄 알았는데."

"잘못 생각하셨군."

보거트는 데커를 유심히 뜯어보았다. "당신은 아무것도 잊는 법이 없어, 그렇죠?" 데커는 보거트를 쳐다보지 않았다. 보거트는 더 가까이 다가온 뒤 데커만 들을 수 있게 목소리를 낮췄다. "비밀이 뭡니까? 당신 머릿속에 뭐가 들어 있기에 그럴 수 있는 겁니까?"

데커는 아무 말도 듣지 못한 척했다.

"누가 대화를 시도하면 항상 그렇게 딴청을 부리나 보죠?" 보거트가 물었다.

"내가 좀 사교성이 없어서." 데커가 말했다. "말했다시피."

"당신은 걸으면서 동시에 껌도 씹을 수 있잖아요. 특별한 지능이 처세술에 영향을 미치지는 않는 것 같은데?"

데커는 그를 쳐다보았다. "왜 그런 말을 합니까?"

보거트가 말했다. "우리 형이 자폐증이에요. 자기 분야에선 뛰어납니다만, 다른 인간과의 상호작용에 대해선 눈곱만큼도 몰라요. 몇 마디 웅얼거리는 것 외에는 대화 자체를 이어가질 못해요. 그런데 일은 또 잘해서 유능하다고 평가받고 있죠."

"어떤 분야에서 일하는데요?"

"물리학. 정확히는 아원자 입자 전공이에요. 쿼크, 경입자, 게이지 보손이니 하는 말을 하루 종일도 떠들 수 있지. 하지만 끼니를 챙겨 먹는 걸 잊어버리는가 하면, 비행기 표를 예약하거나 전기세를 내는 건 아예 방법을 몰라요."

데커가 고개를 끄덕였다. "그렇군요."

"그런데 당신은 그런 쪽으론 괜찮은 것 같군요."

"천차만별 아니겠습니까, 특수 요원 보거트 씨."

"태어나서부터 줄곧 이랬나요?"

"후천성입니다." 데커는 간단히 말했다. "그래서 걸으면서 껌을 씹을 수 있는 거죠." 그는 냉랭하게 말하고는 고개를 돌렸다.

보거트가 고개를 끄덕였다. "이 얘기 하기 싫은가 보네요, 맞죠?"

"안 해도 되잖습니까?"

보거트는 두 손으로 허벅지를 문질렀다. "어떻게든 이 작자를 잡아야 하잖아요. 아직 정말로 거북한 얘기는 꺼내지도 않았는데."

데커는 그를 쳐다보았다. "나랑 그놈 이야기로군."

보거트는 고개를 끄덕였다. "놈은 당신한테 메시지를 두 번 보냈어요. 한 번은 암호로, 또 한 번은 평범하게. 메시지를 쓰기 위해 당신의 가족을 살해한 집으로 돌아가야 했죠. 누군가의 눈에 띌 수도 있는데. 데비의 집에도 갔죠. 위험을 무릅쓰고. 범인이 남의 눈에 띄는 걸 원할 리는 없어요. 되도록 위험을 줄이려고 하지. 그만큼 당신과 소통하고픈 욕망이 컸던 겁니다. 놈은 당신과 매우 강한, 매우 깊은 유대감을 느끼고 있다고 볼 수밖에 없어요."

데커는 그에게 시선을 고정하고는 말했다. "콴티코에 있었습니까? 행분팀?"

"행동분석팀 맞아요. 난 영화나 드라마에 나오는 이른바 프로파일러예요. 그쪽으론 꽤 유능합니다."

"연방수사국엔 프로파일러가 없는데요."

"그렇죠. 우리는 분석가로 불립니다. 혹자는 심리 프로파일링이 실증적이지 않다고 말하는데, 맞는 말일지도 모르죠. 하지만 난 그런 말엔 개의치 않아요. 내 관심사는 범인이 다른 사람을 해치기 전에 먼저 잡는 거고, 그러기 위해서 가능한 수단을 총동원하는 겁니다." 그는 데커를 더욱 자세히 뜯어보았다. "그 수단 중에는 당신도 포함되어 있죠."

"무슨 소리를 하는 겁니까?"

"정확히 말하면, 당신이 우리와 좀 더 긴밀히 일해주길 바란다는 소리예요. 우리가 힘을 합치면 진척이 있을 겁니다."

데커는 랭커스터 쪽을 쳐다보았다. 그녀는 이 마지막 대화를 들은 게 분명했다. 데커는 일어섰다. "파트너는 이미 있어요. 그래도 뭐든 건지면 알려는 드리죠."

그는 그 자리를 떴다. 랭커스터는 잠시 기다렸다가 보거트에게 살짝 웃어 보이고는 서둘러 데커를 따라갔다. 특수 요원 보거트는 가만히 앉아서 두 사람의 뒷모습을 바라보았다.

3 330

데커는 눈을 떴다. 침대에 누워 있었지만 잠은 오지 않았다. 여관 방 밖에는 비가 내리고 있었다. 매년 이맘때, 가을이 완전히 밀려나기 전에 미적거리고 있을 때는 항상 비가 많이 온다. 뇌 속으로 파고들 것만 같은 강력한 바람과 함께.

치수 270짜리 신발. 확인 결과 그 족적은 정말 270으로 밝혀졌다. 키 188센티미터, 몸무게 90킬로그램, 어깨는 데커만큼이나 널찍한 남자가 신발은 고작 270이라니. 그는 눈을 감았다. 그의 생각은 카메라에 찍힌 장면으로 돌아갔다. 놈은 허리 위 상반신만 보였다. 의도된 게 분명하다. 놈은 학교로 진입한 경로를 숨기기 위해 고의로 그 카메라 앞을 지나갔다. 뒷문이 아니라 지하 통로를 통해 구내식당으로 들어왔다는 것을 숨기려고.

데커는 뭔가가 이치에 맞지 않는다는 느낌에 사로잡혀 있었다. 그는 아무것도 잊지 않지만, 항상 모든 사실이 맥락에 맞게 자리를 잡는 것은 아니다. 그때 방 밖에서 소음이 들렸다. 데커의 방은 2

층이었다. 방문은 곧장 연철 난간이 달린 좁은 야외 통로로 열리도록 되어 있었고, 통로 양끝은 계단을 통해 주차장으로 연결됐다.

다시 소음이 들렸다. 벽을 긁는 듯한 소리였는데, 양쪽 옆방은 모두 비어 있다. 그는 침대에서 일어나 앉아 문을 쳐다보며 손을 뻗었다. 그러고는 침대 옆 탁자 위에 놓인 권총을 움켜쥐었다.

그는 한 발을 장전한 뒤 슬라이드를 천천히 움직였다. 슬라이드가 뒤로 당겨졌다가 돌아오는 소리가 거의 나지 않게 천천히. 그러고는 이불을 걷어낸 뒤 바지를 입고 주머니에서 휴대폰을 살그머니 꺼낸 다음 맨발로 잽싸게 문가로 달려갔다. 그는 두 손으로 권총을 내려 잡고 문 오른쪽에 섰다. 귀를 기울였다. 그 소리가 다시 났다. 긁는 소리. 저 밖에 뭔가가 있다. 사람일지도 모른다.

경찰 시절 범인을 체포할 때 수없이 한 일이었지만 지금은 정반대 입장이었다. 안으로 들어가는 게 아니라 밖으로 나가야 했다. 그는 안전고리를 살그머니 벗긴 뒤 문고리를 움켜쥐고 속으로 셋을 센 다음 문을 벌컥 열었다. 그러고는 밖으로 튀어나가 총구를 좌우로 홱홱 돌렸다. 그러다 멈춰 서서 위를 올려다보았다. 그녀가 복도 전등 브래킷에 매달려 있었다. 그가 들은 소리는 그녀의 발이 벽에 부딪치는 소리였다.

그는 그녀의 경동맥 맥박을 확인했지만 기계적인 행동에 불과했다. 초점이 한 곳에 고정된 채 멍하게 뜬 눈은 이미 살아 있는 생명체의 것이 아니었다. 연방수사국 특수 요원 래퍼티는 더 이상 아무것도 받아 적을 수 없게 되어버렸다.

시신을 살펴보았지만 사인은 찾을 수 없었다. 그는 돌아서서 통로를 달려 계단 아래로 뛰어 내려갔다. 시신이 여기에 오래 있었을 리 없다. 누구의 짓이든, 놈은 아직 근방에 있을지 모른다. 그는 휴대폰을 꺼내 911에 전화해서 단 세 문장으로 상황을 설명했다. 그러고는 랭커스터에게 전화를 걸었다. 전화벨이 네 번째 울렸을 때 그녀가 전화를 받았다. 새벽 3시였다. 자다가 전화를 받은 모양이었다. 그가 첫 문장을 내뱉자 그녀는 화들짝 놀랐고, 두 번째 문장을 말했을 때는 옷을 찾아 더듬는 소리가 들렸다. 그는 전화기를 집어넣고 촉각을 곤두세운 채 여관 주차장을 뛰어다녔다. 빠져나가는 차량은 없었다. 달음질치는 발도 없었다.

아무 소리도 들리지 않았다. 힘겹게 들썩이는 그의 숨소리 말고는. 그는 멈춰서서 상체를 숙이고 폐에 공기를 채워 넣었다. 몸이 덜덜 떨리고 속이 울렁거렸다. 고개를 들었을 때 그것들이 보였다. 숫자 3 군단이 그에게 돌진하고 있었다. 단도를 치켜들고, 그를 죽이려고. 실제가 아님을 알면서도, 그는 그것들을 처음 봤을 때처럼 공포에 사로잡히고 말았다. 그는 몸을 푹 숙이고 아스팔트에 대고 구역질을 해댔다. 꽁꽁 언 맨발 위로 토사물이 튀었다.

몸을 일으켰을 때 첫 사이렌 소리가 들려왔다. 숫자 3 군단은 그 소리에 사라지기 시작했다. 1분 뒤 두 번째 사이렌이 합류했다. 그는 비틀거리며 계단을 올라 방으로 향했다. 난간에 몸을 기대고 래퍼티의 시신을 마주했다. 그녀의 눈을 감겨주고 싶었다. 그녀를 내려 콘크리트 바닥에 눕힌 뒤 두 손을 배 위에 포개주고 싶었다. 평화롭게. 가족들이 죽었을 때는 해주지 못한 일이다. 하지만 범죄 현장을 훼손해서는 안 된다. 그는 그저 서서 순찰차가 주차장에서 급정거하는 소리를 듣고 있었다. 그는 방 안으로 들어가 권총을 탁자에 도로 놓고 현장으로 다시 돌아갔다. 경찰관들이 계단을 달려올라와 몇 걸음 떨어진 곳에서 멈춰섰다.

데커는 그의 신분증을 쳐들었다. 모두 모르는 경찰들인데, 그들에게 괜한 오해를 사고 싶지 않았다. "에이머스 데커예요. 전화 건 사람입니다. 랭커스터 형사를 기다리고 있습니다."

경찰들은 권총을 뽑아 들고 데커를 주시했다. 한 명이 다가와 신분증을 확인했다. 그가 동료에게 말했다. "어제 학교에서 이 사람이 형사들이랑 같이 있는 거 봤어. 괜찮아."

경찰들은 무기를 권총집에 넣고 죽은 래퍼티를 올려다보았다.

"연방수사국 특수 요원 래퍼티예요." 데커가 말했다. "학교에서 본 적이 있을 겁니다."

두 경찰이 고개를 저었다. 첫 번째 경찰이 말했다. "연방경찰이라고요? 망했네. 어떻게 죽은 겁니까?"

"모르겠어요. 특별히 눈에 띄는 점은 없어요." 데커는 시체에서 물러났다. "피차 새삼스러운 얘기일 수도 있지만, 저도 20년 동안 형사 밥을 먹었거든요. 빨리 범죄 현장을 보존하고 감식반과 검시관을 불러야 할 겁니다. 랭커스터 형사가 필요한 사람들에게 연락을 취하겠지만, 알다시피 이건 연방수사국에 관련된 사건이라, 이번 건은 철저히 규정대로 처리해야 할 거예요."

첫 경찰관이 말했다. "좋은 조언이로군. 내가 전화하죠."

다른 경찰관이 말했다. "난 통제선 칠게."

데커는 열린 문을 가리켰다. "여긴 내 방입니다. 소음을 듣고 확인하러 밖으로 나왔더니 저렇게 되어 있더군요. 주차장으로 내려가봤지만 아무도 보진 못했어요. 차 소리도 듣지 못했고, 누군가 달아나는 소리도 없었어요. 주차장 바닥에 있는 토사물은 내가 그런 겁니다. 빠르게 뛰는 데 익숙하지가 않아서."

"됐습니다, 데커 씨. 당신은 방으로 들어가세요. 랭커스터 형사가 도착하는 대로 들여보낼게요." 그는 시체를 올려다보다가 별안간 석연치 않다는 표정을 지었다. "이 여자 죽은 거 확실해요?"

"맥박이 없던데. 내가 확인했어요. 이미 차가워진 상태더군요. 죽은 지 한참 된 것 같아요."

데커는 방 안으로 들어가서 문을 닫고 욕실로 들어가 얼굴과 발을 씻은 뒤 신발을 신고 침대에 앉아 기다렸다. 그는 랭커스터가 사는 곳을 알고 있었다. 길어 봐야 30분이다.

10분 뒤 문밖에서 부산한 움직임이 일어나기 시작했다. 18분 뒤에는 방문을 두드리는 노크 소리가 들렸다. 문을 열자 랭커스터가 있었다. 그 뒤쪽에는 흔적증거를 놓치지 않기 위해 콘크리트 바닥에 시트가 깔려 있었고 그 위에 시체가 놓여 있었다. 감식반 사람들이 좁아터진 공간에서 바글거리면서 사진을 찍고, 수치를 재고, 샅샅이 증거를 찾고 있었다.

턱수염을 기른 왜소한 60대 남자 검시관이 래퍼티 옆에 무릎을 구부리고 있다가, 사망 시각 테스트를 끝내고 랭커스터를 올려다보았다. "약 세 시간 전에 사망했어요."

데커가 말했다. "그럼 자정을 30분 정도 지나 죽었군요."

"사인은요?" 랭커스터가 물었다.

검사관은 시체의 블라우스 자락을 들어올렸다. 밑에 칼에 찔린 상처가 하나 있었다. "앞에서 안쪽으로 찔렀네요. 심장에 꽂혀서 즉사. 하지만 외부출혈은 그리 많지 않았을 겁니다. 칼이 심장을 관통했으니까, 심장 박동이 바로 멈췄겠죠."

데커는 문득 어떤 생각이 들어 말했다. "생식기 부근은 확인했습니까? 뭐 없나요?"

랭커스터는 그를 슬쩍 흘겨보고는 검시관을 쳐다보았다. 검시관의 표정이 대답을 대신했다. 검시관이 그 부위를 보여주었다. "대단히 거친 칼을 써서 시체를 훼손했어요."

랭커스터는 데커를 쳐다보았다. "전과 동일해. 그때……."

데커가 말했다. "응. 동일해."

검은 SUV 차량 세 대가 주차장 안으로 들어왔다.

"연방수사국이 왔어." 랭커스터가 초조하게 말했다. "오는 길에 내가 전화했거든."

보거트는 무리를 이끌고 두 칸씩 계단을 올라왔다. 부스스한 머리에 청바지와 스웨터, 캔버스 단화 차림이었다. 그를 따르는 남자들은 비슷한 차림에 연방수사국의 바람막이 점퍼를 입고 있었다. 그는 곧장 시체 쪽으로 다가와서 아래를 내려다보았다. 그러고는 눈과 턱을 차례로 문지르고 나서 고개를 돌렸다가 난간 너머 어둠 속을 바라보았다. 데커는 그가 내뱉는 말을 들었다. "젠장."

그가 돌아서서 말했다. "지금까지의 수사 상황은요?"

랭커스터는 그에게 사망 시각과 사인을 말해주었다. 검시관이 발견한 시체 훼손도.

"보거나 들은 거 있어요?" 안색이 잿빛이 된 보거트가 데커를 쳐다보며 물었다.

데커는 그에게 아는 대로 말해주고 나서 덧붙였다. "잠이 들락말락 할 때였어요. 뭔가 긁히는 소리가 한동안 나서 이상하다고 생각했죠."

랭커스터가 말했다. "오늘밤 그녀의 행적에 대해 알고 있나요?"

보거트는 그녀의 말을 들은 체도 하지 않았다.

데커가 덧붙였다. "행적을 정확히 알 수 있다면 단서를 잡을 수 있을 겁니다."

"알고 있어요!" 보거트가 딱딱거렸다.

랭커스터가 말했다. "극도로 힘든 상황인 건 알지만, 보거트 요원……."

데커가 그녀의 말을 잘랐다. "단서를 빨리 잡을수록 그만큼 승산이 높다는 거 누구보다 더 잘 알 텐데요. 그 반대도 성립한다는 것도요."

보거트는 래퍼트를 흘끔거리고는 두 사람에게 내려가자고 손짓했다. 그들은 검은 SUV에 올라탔다. 보거트는 앞에, 랭커스터와 데커는 뒤에 앉았다. 보거트는 앞좌석 콘솔에 놓여 있던 작은 물병을 들이키고는 손으로 입가를 닦고 나서 그들을 돌아보았다.

"래퍼티는 훌륭한 요원이었어요. 사실상 내 제자였지. 단순한 서기가 아니란 말입니다." 그는 데커를 쏘아보았고 데커는 아무 말도 하지 않았다. 보거트는 등을 기대고 길게 한숨을 내쉬었다. "요원을 잃은 건 처음이에요. 감당하기가 힘들군."

"그렇겠어요." 랭커스터가 말했다.

"그녀의 행적은요?" 데커가 말했다. "다들 같은 장소에 있었던 거 아닙니까?"

"맞아요. 센추리 호텔."

"같은 층에 있었어요?"

"아니, 세 개 층에 뿔뿔이 흩어져 있었죠. 하지만 래퍼티는 다른 요원 옆방에 묵었어요."

"그녀가 마지막으로 목격된 건 언제죠?" 랭커스터가 물었다.

"오는 길에 죄다 물어봤는데 9시 30분경 같아요. 대로 요원의 방에서 서류를 검토하다가 자러 가겠다고 인사하고는 자기 방으로 돌아갔답니다."

"정말 자기 방으로 갔는지 확인됐어요?" 데커가 물었다.

"대로한테 필요한 게 있는데 그게 없다고 말했다더군요."

"그래서 어디 간다는 말은 안 했고요?"

"래퍼티가 그렇게 말했을 때 대로는 약국에 가야 하나 보다 생각했답니다. 전에도 그런 적이 있었대요. 우린 급하게 불려 온 거라 짐 챙길 시간이 거의 없었거든요."

"그럼 전에도 필요한 물건을 사러 나간 적이 있다는 거죠?" 랭커스터가 말했다. "아마도 같은 장소로?"

"맞아요, 여행 용품일 겁니다." 보거트는 차창 밖을 내다보며 말했다. 마음이 먼 데 가 있는 것 같았다.

데커는 등을 기대고 눈을 감고는 생각에 잠겼다. "센추리 호텔에서 두 구역 거리에 밤새 여는 약국이 하나 있어요. 나도 거기서 여행 용품을 사곤 하는데, 거기 주차장에 감시카메라가 있어요."

"뭐가 잡혔는지 가서 봅시다." 보거트가 말했다.

새벽 4시가 안 된 시간이기도 했고 보거트가 규정 속도를 초과한 덕분에 20분밖에 걸리지 않았다. 약국에는 두 사람이 있었다. 한 명은 방탄유리 안 계산대 앞에 있었고, 다른 한 명은 선반에 땀억제제를 쟁이고 있었다. 두 사람 모두 오후 8시 이후 쭉 근무 중이었다기에 래퍼티의 사진을 보여 주고 그녀를 본 적이 있는지 물었다.

"오늘밤엔 본 적 없는데요. 어젯밤에는 왔었지만."

데커가 말했다. "그렇다면 오기 전에 당했을 수도 있겠군요."

그들은 주차장의 감시카메라 녹화 영상을 요구했다.

"걸어서 왔을 겁니다." 데커가 말했다. "운전하기엔 너무 가까운 거리예요."

"우리 차량 중 사라진 차도 없어요." 보거트가 말했다.

그들은 SUV에 있는 보거트의 노트북에 영상을 넣었다. 보거트는 영상을 9시 30분 직전으로 빨리 넘겼다. 모두들 화면 주위에 모여 흐르는 영상을 열심히 지켜보았다. 드디어 데커가 그녀를 발견했다. 9시 58분.

"저기 있네요."

래퍼티가 약국 골목에서 나타났다. 그녀는 두 걸음을 떼고 나서 별안간 골목 안으로 끌려들어갔다.

"다시 돌려보죠, 천천히." 데커가 말했다.

보거트는 그 장면을 5배 느리게 재생했다. 그리고 작은 화면을 최대한 확대했다. 데커는 화면을 뚫어지게 응시하면서 화소 하나 하나 머릿속에 집어넣었다. "누군지 안 보이는데."

"더 확대할 수도 있어요." 보거트가 말했다. "우리 직원들은 기적을 만들어내거든."

"놈은 카메라의 위치를 알고 있었어요." 데커가 말했다. "학교에서 그랬던 것처럼. 눈에 띄고 싶지 않았던 겁니다. 적어도 특정 부위만큼은."

"어떻게 저렇게 순식간에 제압했지?" 보거트가 말했다. "래퍼티도 약골이 아닌데."

데커가 말했다. "그녀의 목에 장갑 낀 손이 닿았더군요. 그 안에 뭔가가 있었을 겁니다. 래퍼티가 순식간에 늘어지는 것 같았어요. 마취제라도 주사한 것처럼."

"혈액 검사를 해보면 확실해지겠지." 랭커스터가 말했다.

"그렇다면 당한 시각은 9시 58분이로군." 데커가 말했다.

"하지만 사망 추정 시각은 자정쯤이었어." 랭커스터가 지적했다.

"그렇다면 놈들은 그녀를 두 시간가량 살려뒀다가 죽였다는 얘기네." 데커가 마무리 지었다.

보거트는 긴장한 듯 보였다. "래퍼티의 신체가 훼손됐다고 하던데, 놈들이 그 외에 다른 짓을 하진 않았을까요?"

데커는 고개를 저었다. "제 아내는 강간당하지 않았어요. 신체는 훼손당했지만." 그가 덧붙였다.

"이유가 뭘까요?" 보거트가 물었다. "왜 그러는 거죠? 이해가 안 되는군."

"글쎄요. 레오폴드한테 내 아내에게 다른 짓을 했느냐고 물었을 때 그자는 대답하지 않았어요. 신체가 훼손당했다는 건 밖에 알려진 적 없는 사실입니다. 그자가 정말 거기 있었다면 알 수 있겠지만, 알다시피 그자는 거기 없었어요. 하지만 거기 있었던 누군가가 그걸 그자에게 알려주었을지도 모르죠."

보거트는 얼굴을 문질렀다. "다른 건?"

"놈들은 래퍼티를 두 시간 동안 살려뒀어요. 어쩌면 그녀는 살해당하기 전 의식이 있었을지도 모릅니다."

"놈들이 무슨 짓을 한 걸까?" 랭커스터가 물었다.

"수사의 진행 방향을 캐내려고 했겠죠." 보거트가 말했다.

그 말에 데커는 고개를 끄덕였다. "뭐든 알고 싶은 걸 알아내려고 했을 거야. 수사에 진척이 있는지 아닌지."

"어떤 방법을 쓰는가에 달렸지만, 고문 앞에 장사는 없어." 데커가 말했다. "억지로 입을 열었겠지. 이제 놈들이 우리가 아는 걸 알고 있다고 전제하는 편이 안전해. 우리가 발견한 지하 통로도 마찬가지고."

보거트는 정지한 화면을, 동료의 목을 감싼 손을 쳐다보았다. "근데 래퍼티는 왜 미행당하는 줄 몰랐을까요?" 그가 말했다. "놈이 바로 뒤에 있었을 텐데."

랭커스터가 말했다. "놈이 골목 안에 숨어 있었겠죠."

보거트는 고개를 저었다. "그녀가 오기를 기다렸다고? 약국에 간다는 걸 어떻게 알고?"

"놈은 대기하고 있다가 래퍼티가 밖에 나온 걸 보고 미행했을 겁니다. 래퍼티는 적어도 한 번 이상 그 약국에 간 적이 있어요. 놈들은 이걸 알아냈고, 그녀가 다시 거기 갈 때를 노린 거죠. 그런데 래퍼티는 놈이 거기 있다는 걸 알았을 텐데도 어떤 이유에서인지 위협을 느끼지 않았어요." 데커가 덧붙였다.

"위협을 느끼지 않았다고요?" 보거트가 외쳤다. "어두운 골목길에서? 살인범이 활보하고 있는 상황에서? 경계를 안 할 수 없는 상황 아닌가?"

"의심할 필요가 없는 사람이었다면 위협을 느끼지 않았겠죠." 데커가 설명했다.

보거트는 얼굴이 벌개지고 이목구비가 일그러졌다. "지금 나나 내 부하들을 의심하는 겁니까?" 그가 쏘아붙였다. "이 촌구석에 래퍼티가 아는 사람이 우리밖에 더 있답니까?"

"그런 뜻으로 한 말은 아닙니다." 데커가 차분히 말했다.

보거트는 손가락으로 데커의 얼굴을 똑바로 가리켰다. "래퍼티는 네 방문 앞에 있었어. 네가 죽인 건지 어떻게 알아, 이 새끼야!"

변함없이 덤덤한 데커의 얼굴에서 말이 또박또박 천천히 흘러나왔다. "내가 죽이고 나서 범인이라는 의심을 자초하려고 시체를 내 방문 앞에 놔뒀다는 겁니까? 그리고 그냥 거기 앉아서 경찰에 전화까지 걸고? 내가 그렇게 멍청한 짓을 저지를 정도로 바보라면 정신이상으로 풀려나는 건 거저먹기겠군."

보거트는 데커를 한 대 치고 싶은 것 같았지만 감정을 다스리며 고개를 돌렸다.

랭커스터가 말했다. "에이머스, 제복을 입은 사람 말하는 거야? 경찰이라거나? 그럼 의심하지 않았을 것 같은데."

"맞아." 데커가 말했다. "그런 뜻으로 한 말이었어."

보거트는 데커를 흘겨보고는 고개를 끄덕였다. "그렇군. 성질 부려서 미안합니다." 그는 잠시 입을 다물었다가 말했다. "좋아요, 이제부터 저 빌어먹을 골목을 탈탈 털어보자고요." 그는 전화를 걸어 팀을 호출했다. 그러고는 데커를 향해 말했다. "이 건은 공조합시다. 어떻게든 이놈을 막아야 하니까."

데커는 고개를 저었다. "놈이 아니에요. 놈들이지."

보거트는 멍하니 데커를 쳐다보았다. 놀란 랭커스터가 물었다. "어째서? 총질한 놈은 단독범이 분명해. 너도 그렇게 말했잖아."

"내 생각이 틀렸어." 데커는 단호하게 말했다.

"어째서 한 사람 이상이 관련됐다고 생각하는 겁니까?" 보거트가 물었다.

"한 사람이 두 장소에 동시에 존재할 수 없으니까."

3 331

일출. 구름이 비와 함께 물러가고 일출다운 일출이 찾아왔다. 하늘 색이 미묘하게 바뀌는가 싶더니 오로지 뜨는 해만이 자아낼 수 있는 풍경으로 물들었다. 높다란 버섯구름 무리를 거느리고 붉은 핵폭이 불을 내뿜었다. 환하게 밝은 세상과 어둠에 포위된 반대편 세상 모두 강력한 힘으로 솟아오르고 내리누르려 하는 것 같았다. 데커는 포장도로 위에 서서 이 장관을 지켜보았다. 그의 마음은 여전히 깊고 깊은 어둠 속에 갇혀 있었다. 그는 보거트와 랭커스터와 헤어진 뒤 여관으로 돌아가지 않았다. 그럴 수가 없었다.

그는 아스팔트를 사이에 두고 그 세븐일레븐과 마주하고 있었다. 유리창 너머로 전에 본 여자가 담뱃갑을 세고 있는 것이 보였다. 그런데 대걸레로 바닥을 닦는 사람은 다른 애송이였다. 빌리는 다른 도시의 다른 대걸레로 옮겨간 모양이었다. 아니면 밤새 진탕 놀고 나서 뻗어 있든가.

이유는 알 수 없었지만, 자석이 금속을 끌어당기듯 이곳은 자꾸 그를 끌어당겼다. 그는 가게로 들어갔다. 작은 종이 짤랑거리는 소리가 두개골을 파고드는 드릴 소리처럼 느껴졌다.

"괜찮으세요?"

멍하던 눈에 초점이 돌아왔다. 여자는 조금 겁을 먹은 것 같았다. 그는 소다수가 진열된 냉장고 문에 어른거리는 자신의 모습을 보고 나서야 그 이유를 알았다. 옷은 꾀죄죄하고 머리는 부스스하고, 꼭 미친 사람 같았다.

"저번에 왔던 분이네요." 그녀가 말했다. "누굴 찾으러."

데커는 고개를 끄덕이고는 주위를 둘러보았다. "빌리는 어디 있죠? 바닥 닦던?"

"오늘은 오후 근무예요. 찾던 사람은 찾았어요?"

데커는 고개를 저었다. "계속 찾아봐야죠."

"커피 한 잔 하지 그래요. 금방 뽑은 건데. 내가 직접 내렸어요. 저기 뒤편에 있어요. 큰 컵에 1달러밖에 안 해요. 저렴하죠. 아니면 요기라도?"

종이 다시 짤랑거렸다. 무명천 바지와 작업 부츠, 플란넬 셔츠 차림의 남자 둘이 쿵쾅거리며 들어왔다. 한 명은 담배를 사러 카운터로 갔고, 다른 남자는 소다수 판매기로 가서 특대 용량 컵에 콜라를 가득 따랐다.

여자가 새 손님을 상대하는 동안 데커는 가게 뒤편으로 가서 커피를 따르고는 선반에서 봉지 빵을 하나 집어들어 카운터로 갔다. 그리고 남자 뒤에서 기다렸다. 앞의 남자는 담배를 주문하고 복권을 달라고 했다. 데커는 기다리는 동안 무심히 카운터 옆의 신문 판매대를 쳐다보았다. 판매대에 놓인 신문의 상단 부분이 눈에 들어오는 순간 그는 하마터면 커피와 빵을 놓칠 뻔했다. 그는 커피와 빵을 내려놓고 신문을 집어서 읽기 시작했다. 그러다 자기도 모르게 가게 밖으로 걸어 나가기 시작했다.

여자가 뒤에서 소리쳤다. "이봐요, 이거 돈 내야죠." 그녀가 커피와 빵을 가리켰다. "신문 값도요."

데커는 주머니에서 5달러 지폐를 한 장 꺼내 카운터에 떨어뜨리고는 커피와 빵은 그대로 두고 밖으로 나갔다. 그는 비틀거리며 거리를 건너간 다음 깜빡거리는 가로등 밑 쓰레기통에 걸터앉았다.

그 이야기는 길고 자세했고, 사진도 한 장 실려 있었다.

내 사진. 내 이야기. 아니, 이건 내 이야기가 아니야. 누군가 지어낸 이야기야. 뻔뻔한 억측. 거짓말.

그는 기자의 이름을 보았다. 사실 볼 필요도 없었다. 이미 누구인지 알고 있었다. 알렉산드라 재미슨.

그는 버스를 타고 여관으로 향했다. 얼른 방으로 가서 침대에 걸터앉아 그 이야기를 세 번 더 읽었다. 물론 내용이 바뀔 리는 없었다. 읽을 때마다 그것은 더욱 더 깊이 그의 머릿속을 파고들었다.

그는 침대에 벌렁 드러누워 잠깐 눈을 붙였다. 깨보니 아침 9시였다. 욕실로 가서 얼굴에 물을 뿌리고는 식당으로 내려가서 접시에 음식을 한가득 퍼 담고 블랙커피를 세 컵 따라 모두 가져왔다. 그러고는 자리에 앉아 탁자를 내려다보았다. 태양이 높이 떠올라 있었다. 햇살이 정면 판유리를 통해 쏟아져 들어왔다. 그는 음식을 바라보며 기다렸다. 그의 시선이 접시 옆에 놓인 신문에 가 닿았을 때 전화기가 부르르 진동했다. 그는 통화 버튼을 눌렀다.

랭커스터가 말했다. "젠장, 에이머스, 대체 무슨 짓을 한 거야?"

"아무 짓도 안 했어. 그랬더니 문제가 터졌네."

"이 기사를 읽은 사람들은 네가 가족을 죽이려고 세바스찬 레오폴드를 고용한 줄 알 거야."

"내가 봐도 그래. 근데 그랬을 리 없잖아."

"대체 이 여잔 왜 너를 쫓아다니는 거야?"

"내가 상대를 안 해주니까."

"이 여자가 결국 이 쓰레기를 지어낼 때까지 그냥 손 놓고 있었던 거야?"

"내가 레오폴드를 만난 건 사실이야."

"놈이 감방 안에 있을 때 만난 거잖아."

"그 뒤에도 만났어."

"뭐?"

"놈이 풀려났을 때 놈을 따라갔거든. 사진은 그때 찍힌 거야. 같이 술집에 있었어."

"대체 왜 그랬어?"

"그놈과 얘기하고 싶어서. 내 가족을 죽일 수 없는 상황이었는데도 죽였다고 말한 이유를 알고 싶었어."

"그래서 놈이 말해줬어?"

"아니. 그냥 사라졌어."

"놈을 놓쳤다고?"

"놈이 차에 올라타고 사라졌어."

"그걸 본 거야?"

"아니. 하지만 그 가능성밖엔 없어."

그는 그녀의 긴 한숨 소리를 들었다. 예전에 숱하게 들었던 소리였다. 랭커스터는 데커가 미친 짓을 할 때마다 그렇게 한숨을 내쉬곤 했다. 결국 그런 미친 짓이 수사의 돌파구를 열기도 했지만.

"에이머스, 가끔 난 널 모르겠어."

그는 대꾸하지 않았다. 귀가 닳도록 들은 말이었고, 대답을 기대하고 하는 말이 아니라는 걸 알고 있었다.

"레오폴드는 사라진 거야?"

"지금은." 그가 말했다.

"사람들이 이 기사를 읽으면 널 산 채로 뜯어 먹으려고 들 거야. 게다가 그년이 네가 사는 곳까지 밝혔잖아."

"나한테 비장의 무기가 있어."

"그게 뭔데?" 그녀가 기대감을 품고 물었다.

"그냥 신경 끄는 거."

"에이머스, 네가 뭘 몰라서 그래……."

"그만 끊자." 그는 전화를 끊고 손대지 않은 수북한 음식 접시 옆에 전화기를 놓았다. 그의 가족을 죽였다고 자백했다가 진술을 번복한 남자와 나란히 앉아 맥주를 마시는 그의 모습이 찍혔다. 사람들 눈에 수상해 보일 게 분명했다. 하지만 사건을 해결하기 위해서는 어떤 길이든 일단 가봐야 하고, 레오폴드는 그 길 중 하나였다.

그는 한숨을 내쉬고는 접시를 밀쳐버리고 고개를 들었다. 준이 머핀들이 담긴 프라이팬을 들고 옆에 서 있었다. 노파의 시선은 데커가 아니라 문간 쪽을 향해 있었다. 그 여자가 거기 있었다. 알렉스 재미슨. 검은색 바지에 곰삭은 검은색 외투, 외투 안쪽으로 청록색 터틀넥 스웨터가 보였다. 머리는 뒤로 넘겨 말총머리로 묶었고, 하이힐을 신어 실제보다 훨씬 더 커 보였다. 그녀는 그가 앉은 탁자로 건너와서 접시 옆에 놓인 신문을 내려다보았다.

"읽었군요." 그녀가 조용히 말했다.

데커는 아무 말도 하지 않고 포크를 집고 접시를 앞으로 끌어당겨 먹기 시작했다.

그녀는 어색하게 탁자 옆에 서 있었다. 그가 아무 말도 하지 않자 그녀가 말했다. “난 말할 기회를 줬어요.”

데커는 먹기만 했다. 그녀가 맞은편에 앉았다. “나도 이러고 싶진 않았어요.”

그는 포크를 내려놓고 종이 냅킨으로 입을 닦은 뒤 그녀를 쳐다보았다. “원래 자기 하고 싶은 대로 하는 게 사람이죠.”

그녀는 신문을 톡톡 두드렸다. “아직 바로잡을 기회가 있어요.”

“잘못을 저지른 사람들이나 바로잡으려고 나서는 법이지. 난 잘못한 게 없어요.”

“가족을 죽인 혐의가 있는 남자랑 만난 건 사실이잖아요.”

“혐의라. 모든 기소는 기각됐어요. 당신은 이 기사를 쓰기 전부터 그 사실을 알고 있었어. 나도 술집에서 그를 만나기 전부터 그걸 알고 있었고.”

“왜 그 남자와 만났죠?”

“물어볼 게 있어서.”

“어떤?” 그녀는 녹음기와 공책, 펜을 꺼냈지만 데커는 손을 쳐들었다.

“그만해요.”

그녀는 몸을 뒤로 기댔다. “당신 이야기를 세상에 알리고 싶지 않아요?”

데커는 음식 접시를 밀쳐낸 뒤 탁자 너머로 몸을 내밀며 말했다. “풀어놓을 만한 이야기가 없어서.” 그러고 나서 몸을 뒤로 빼고는 다시 접시를 앞으로 당겨놓고 먹기 시작했다.

“좋아요, 알겠어요. 그런데 레오폴드가 관련이 있다고 생각해요? 그가 직접 살인을 한 게 아니더라도 말이에요. 게다가 똑같은 총기가 고등학교에서도 사용됐잖아요."

데커는 그녀를 험악하게 노려보았다. "그걸 당신한테 말한 것만으로도 브리머는 해고될 수 있어요. 밖으로 알려져서는 안 될 얘기란 말입니다. 그건 당신도 알죠? 몰랐다면 기사에도 썼을 테지. 브리머를 불러서 따질 수도 있어요. 당신 연줄이 쫓겨나는 꼴을 보고 싶어요? 아니면 기사를 위해서는 그 여자쯤은 버릴 수 있나?"

"당신은 참 특이한 사람이에요."

"그런 뜬금없는 평가에는 대꾸할 거리가 아예 없네요."

"봐요, 대답도 정말 특이하잖아요."

데커는 몸을 뒤로 기대고 그녀를 쳐다보다가 불쑥 내뱉었다. "당신에 대해 얘기해봐요."

"뭘요? 왜요?" 그녀가 조심스럽게 말했다.

"난 뭐든 손쉽게 알아낼 수 있어요. 하지만 당신 말마따나 나도 당신한테 말할 기회를 주는 겁니다."

"아무래도 한 방 먹은 거 같네."

"숨기는 거 있어요?"

"당신은?"

"없어요. 당신은 어차피 나에 대해 모르는 게 없잖아요." 그는 접시 옆의 신문을 톡톡 두드렸다. "이게 바로 그 증거고. 그러니 당신 입으로 당신에 대해 말해봐요."

"뭘 알고 싶은데요?"

"고향, 가족, 교육, 직업, 삶의 목표."

"와, 많이도 물어보네." 그녀는 가슴에 팔짱을 끼고 말했다. "난 인디애나 주 블루밍턴 출신이에요. 퍼듀대학교에서 신문방송학을 전공했죠. 중서부 지방의 중소 신문사에서 일을 시작했는데, 사실상 커피 심부름하고, 아무도 원치 않는 쓰레기 기사나 쓰고, 아무도 원치 않는 일거리나 처리했죠. 온라인 저널리즘이랑 블로그 활동도 해봤지만 그저 그랬어요."

"왜요?"

"난 사람들이랑 얘기하는 게 좋아요. 서로 얼굴을 맞대고, 기계에 대고 말하는 것 말고. 그런 건 진정한 저널리즘이 아니죠. 알지도 못하는 얼간이들이 지껄이는 데이터를 처리하고, 잠옷 바람의 게으름뱅이들한테 시시껄렁한 이야기를 떠먹여줄 뿐이지. 그건 내가 원하는 게 아니었어요. 난 퓰리처상을 타고 싶어요. 선반 가득 장식할 수 있을 만큼 많이."

"그런데 왜 벌링턴에 왔죠? 그러려면 대도시에 가야 할 텐데."

"전에 있었던 도시들에 비하면 제일 커요. 범죄도 있고, 정치판도 흥미롭고. 게다가 생활비가 싸죠. 이건 중요해요, 일하는 시간을 합쳐봐야 최저임금도 못 버는 처지라서. 게다가 여기선 내 멋대로 취재하고 후속 기사도 쓸 수 있거든요."

"가족은?"

"대가족인데 다들 블루밍턴에 살아요."

"여기 온 또 다른 이유는?"

"다른 이유는 없어요."

그는 한 손가락으로 그녀의 왼손을 가리켰다. "거기 반지가 두 개 있었잖아요. 작긴 해도 자국이 뚜렷해요. 약혼반지와 결혼반지. 그런데 지금은 없네요."

"이혼했어요. 뭐 어때서요? 이 나라 사람 절반은 하는 건데."

"전남편과 헤어져 새출발한 겁니까?"

그녀는 손의 반지 자국을 문질렀다. "그런 셈이죠. 이만하면 내 얘긴 끝난 건가요?"
"그만 끝내고 싶어요?"
"나 가지고 놀면 안 된다는 거 알죠? 지금 이건 관대한 마음으로 받아주는 거예요, 어떻게 되나 보자 하는 심정으로."
"후속 기사도 쓸 수 있다고 했죠?"
"맞아요."
"내 가족의 살인 사건과 맨스필드 총격 사건 사이의 연관성에 대해 파볼 생각 없어요?"
"물론 있죠."
"당신 친구들이 당신을 뭐라고 부릅니까?"
"나한테 친구가 있을 거 같아요?"
"브리머가 당신을 뭐라고 부르죠?"
"알렉스."
"좋아요, 알렉산드라. 최대한 쉽게 얘기할 테니 들어봐요."
그녀는 눈알을 굴리고는 경멸하는 눈빛으로 그를 쳐다보았다. "무슨 어린애 가르치듯이 말하네요?"
"특종 좋아하죠?"
그녀의 표정이 변했다. 그녀는 녹음기를 들었다. "이거 기사로 내도 돼요?"
"출처를 밝히지만 않는다면."
"약속할게요."
"대답이 너무 빨리 튀어나와서 믿음이 안 가는데요?"
"약속한다고요." 그녀가 단호하게 말했다.
"간밤에 연방수사국 요원 하나가 살해당했어요. 시체가 우리 머리 위, 그러니까 여기 위층 통로에 걸려있었죠. 나름대로 유능한 여자고, 무장을 해서 자기 한 몸은 건사할 수 있었어요. 그런데 벌레 밟혀 죽듯 무력하게 죽어버렸죠." 그는 다시 접시를 치워버리고는 손을 뻗어 그녀의 녹음기를 껐다.

그녀는 그를 저지하지 않았다.

"난 경찰로 20년 근무했지만 이런 경우는……." 그는 말을 멈추고 적당한 말을 찾았다. "이렇게 위험천만한 놈은 처음이에요. 위험할 뿐 아니라 ……." 그는 다시 말을 멈추고 손가락으로 탁자를 톡톡 두드리며 눈을 감았다. 그는 눈을 뜨고 말을 이었다. "지능과 교활함까지 갖췄어요. 대단히 위험한 조합이죠. 당신 가족에 대해 물어본 이유는, 당신이 살해될 경우 장례를 치러줄 사람이 있는지 알고 싶어서였어요. 섣불리 움직이지 말아요. 놈은 담배 한 대 피우는 것만큼이나 쉽게 당신을 죽일 수 있으니까."

"이봐요, 지금 겁주려는……."

데커는 그녀의 말을 막았다. "놈은 지금도 우리를 지켜보고 있을지 모릅니다. 당신 목숨을 어디서 어떤 식으로 빼앗을까 요리조리 궁리하면서 말이죠. 그런 식으로 나를 골려먹는 게 재밌나 봅니다. 나랑 가까이 있거나 관계가 있는 사람을 죽이는 거 말이에요. 당신은 나에 관해 큰 기사를 썼어요. 당신과 나 사이에 놈이 좋아할 만한 끈이 형성된 겁니다. 놈은 계속 살인을 저지를 거예요, 마지막 희생자에 손을 댈 때까지."

재미슨은 더는 경멸하는 표정을 짓지 않았다. 내색하지 않으려 애쓰고 있었지만 겁을 먹은 게 분명했다. "마지막 희생자가 누군데요?" 아무렇지 않게 말하려고 했지만 목소리가 갈라져 나왔다.

"나일 겁니다."

332

재미슨은 녹음기와 공책, 펜을 챙겨서 가방 안에 넣고는 일어섰다. 그리고 데커를 외면하며 말했다. "왠지 지는 거 같아서 싫지만 인정할게요. 나 무서워서 지릴 것 같아요." 그녀가 말했다.

"레오폴드가 술집을 나가는 거 봤어요?"

"네?"

그는 신문을 두드렸다. "이 사진에 찍힌 술집 말입니다."

그제야 그녀는 경계하는 얼굴로 그를 쳐다보았다. "그 질문엔 대답 안 할래요."

"방금 해놓고 뭘. 그럼 다른 질문."

"뭔데요?"

그는 신문을 들었다. "나랑 레오폴드가 술집에 앉아 있는 이 사진, 어디서 났죠? 출처가 안 나와 있던데. 그쪽 분야는 이런 걸 상당히 따지잖아요. 그런데 왜 찍은 사람 이름이 안 실렸죠?"

"내가 찍었어요."

"아니, 그렇지 않아요."

"그걸 어떻게 알아요?"

"난 관찰력이 좋거든. 당신은 술집 안에 없었어요. 누가 그 사진을 찍었든, 그 사람은 레오폴드와 나를 주시하고 있었어요. 즉, 나는 레오폴드를 미행했고, 그 사람도 우리 둘을 미행했다는 뜻이지." 그는 말을 멈추었다. "중요하지 않은 거라면 묻지도 않았을 겁니다. 자, 그 사진 어디서 난 겁니까?"

"익명의 제보자한테서 얻었어요." 그녀가 실토했다.

"그 익명의 제보자가 기사 소재도 제공했죠?"

"그건 말 못 해요."

"제보자 이름을 모르면 그 사람 신변 보호는 걱정하지 않아도 되잖아요." 데커는 신문을 탁자에 떨어뜨렸다. "이메일? 아니면 문자 메시지? 설마 우편물로 보내진 않았겠죠. 그랬다면 기사 쓸 시간이 없었을 테니까."

"이메일."

"그 이메일 기록 좀 보내줄 수 있어요?"

"이게 뭐라고 이 난리예요?"

"당신한테 이메일을 보낸 사람이 사람들을 죽인 범인이니까요."

"당신이 그걸 어떻게 알아요?"

"알고말고. 이렇게 보냈겠죠. 뭔가 냄새가 난다, 내가 내 가족의 살인자와 만나고 있다, 기사를 꼭 써봐라."

재미슨은 점점 눈이 커다래지더니 그를 다그쳤다. "당신이 보낸 거 아니에요?"

"내가 가족을 살해한 범인이라고 떠드는 기사를 실어달라고요?"

그녀는 입술을 깨물었다. "미안해요, 헛소리였네요. 정말 그게 범인일까요?"

"놈은 거기 있었어요. 3미터도 안 떨어진 곳에서 사진을 찍었는데 까맣게 몰랐지. 어떻게 된 일인지 이해가 안 가지만."

"교활한 놈이라면서요."

데커는 고개를 끄덕였다. "맞아요. 나를 죽이기 전에 사회적으로 매장시키려는 것 같아요."

"하나 물어봐도 돼요?"

데커는 그녀를 올려다보았다. "물어봐요."

"대체 사람을 얼마나 약 올렸기에 놈이 이런 짓까지 하는 거죠?"

데커는 대답하지 않았다. 딱히 대답할 말이 없었기 때문이다. 그는 냅킨 뒤편에 그의 이메일 주소를 적어서 그녀 쪽으로 쓱 밀었다. 재미슨은 그걸 주머니에 넣고 자리를 떴고, 데커는 그대로 앉아 있었다.

몇 분 뒤 전화기가 부르르 진동했다. 그는 화면을 보고는 슬쩍 미소 지을 수밖에 없었다. 재미슨이 익명의 제보자에게 받은 이메일을 전달해준 것이다. 보낸 이는 '말라드2000'이었다. 아무것도 떠오르지 않았다. 그는 메시지를 읽어보았다. 예상에서 한 치도 벗어나지 않는 내용이었다. 전송자는 데커의 가족이 살해된 사건에 대해 의문을 제기하는 기사를 써보라고 제안했다. 단어 선택은 단순하고 직접적이었다. 데커는 세바스찬 레오폴드가 말하는 모습을 떠올리며 그의 부자연스러운 억양과 그 메시지의 특징을 대조했다. 불일치. 적어도 그의 생각으로는 둘은 일치하지 않았다.

둘이야. 공범. 한 명이 동시에 두 장소에 있을 순 없으니까. 레오폴드는 두 사건이 발생했을 때 감옥에 있었어. 그런데도 그자가 관련이 있다면, 다른 누군가가 또 있는 거야. 그런데, 나한테 원한을 품은 사람이

둘이나 된다고?

그는 그 이메일을 랭커스터에게 전달하면서 추적을 요청했다. 별 수 없을 것 같았지만 해보는 데까지는 해봐야 한다. 그는 공공도서관으로 가서 거기 컴퓨터를 쓰기로 했다. 하지만 기술자나 컴퓨터 전문가가 아니라서 이메일 주소로 사람을 추적하기는 힘들었다. 얼마 뒤 모든 방법을 소진한 그는 컴퓨터를 벗어나 책장을 어슬렁거리다가 논픽션 코너에 도달했다. 뭔가가 자꾸 머릿속에서 꿈틀거렸다.

클러터 가족.

그는 성씨가 C로 시작하는 작가들을 찾아나갔다. 클러터를 찾는 것이 아니라 클러터 가족의 비극에 대해 쓴 작가를 찾는 중이었다. 그는 그 책을 발견하고 빼들었다. 트루먼 커포티가 쓴 『인 콜드 블러드』. 데커는 책장을 좌르르 넘기며 오래전에 읽은 그 책의 내용을 하나하나 상기했다.

그건 단순하면서도 복잡한 이야기였다. 어떤 죄수가 다른 재소자에게서 캔자스 시골에 사는 클러터라는 농부가 금고에 많은 돈을 가지고 있다는 정보를 얻는다. 남자는 감옥을 나와 감방 동기와 어울리게 되고, 둘은 함께 그 농부의 집으로 향한다. 그들은 집에 침입하지만 그곳에는 금고도 돈도 없다. 그 정보는 가짜였다. 거기서 끝났으면 좋으련만, 딱하게도 클러터 가족에게 그것은 시작에 불과했다. 2인조 강도 중 소심하고 불안정한 놈이 그 가족을 죽여야 한다고 결론을 내린다. 그의 파트너, 즉 리더이자 정보를 가져온 놈은 마지못해 동조한다. 그 가족은 한 명씩 살해된다. 그다지 영리하지 못한 살인범들은 추적당해 체포되고, 각자 재판을 받고 지리한 항소 과정을 거친 끝에 둘 다 교수형에 처해진다. 비극으로 물든 세상. 두 살인범 모두 불우한 배경, 역경, 불운을 겪은 자들이었다. 하지만 그 사실이 그들에게 면죄부를 줄 수는 없다. 그 어떤 것도.

데커는 그 점에는 별 관심이 없었다. 그가 관심 있는 것은 서로 다른 배경을 가진 두 사람이 특정한 시기에 의기투합하고 그것이 여러 사람을 학살하는 사건으로 발전했다는 점이었다. 그는 레오폴드와 모르는 사이였다. 그날 경찰서로 찾아가기 전까지는 만난 적도 없었다. 그렇다면 그에게 앙심을 품은 자는 레오폴드가 아니라 레오폴드와 한통속이 된 자일 수밖에 없다. 하지만 그게 누구란 말인가?

그는 그 책을 책장 선반에 다시 꽂아두고 도서관을 나왔다. 걸어가는데 전화기가 다시 진동했다. 랭커스터였다.

"이메일에선 아직 아무것도 안 나왔어." 그녀가 말했다. "정말 범인이 보낸 걸까?"

"확실해."

"연방수사국도 분석하고 있어."

"래퍼티 건에 대해선 뭐 없어?"

"그것 때문에 전화했어. 시체 안치소에서 나랑 좀 만나자."

"왜?"

"그냥 거기서 만나. 직접 보면 알 거야."

* * *

데커는 버스를 타고 시체안치소로 갔다. 벌링턴 외곽에 위치한 시체 안치소는 도시의 여느 곳과 마찬가지로 쇠락해가고 있었다.

그는 버스 안에서 곰곰이 생각했지만 전혀 짚이는 바가 없었다. 대체 뭐기에 와서 직접 보라는 걸까?

시체 안치소 정면 출입구로 들어가니 랭커스터가 기다리고 있었다. 얼굴에는 초조한 빛이 흘렀고, 손은 평소보다 더 심하게 떨리고 있었다.

"무슨 일인데 그래?" 그가 물었다.

"가자, 보거트는 이미 도착해 있어."

그들은 복도를 따라갔다. 소독약 냄새가 진동했지만 죽음의 냄새를 덮을 수는 없었다. 죽은 자는 특유의 냄새로 산 자의 눈과 코, 목구멍을 파고든다. 게다가 시체 안치소는 청결한 곳이 아니다. 청결하기는커녕 유달리 더러운 곳에 속한다. 고객들이 감염될 걱정은 하지 않아도 되기 때문이다.

랭커스터는 앞장서서 가다가 문을 밀고 들어갔다. 그녀를 따라 안으로 들어가니 널찍한 공간에 선반과 스테인리스스틸 부검 테이블들이 가득했다. 부검 테이블 세 곳에 시트에 덮인 시체들이 누워 있었다. 급수봉이 천장에서부터 아래로 뻗어 있고, 액체가 든 병들과 시체를 절개하는 데 필요한 각종 도구들이 캐비닛에 들어 있었다. 다른 방에서는 전기톱 돌아가는 소리가 들려왔다. 두개골이 갈라져 열리는 소리다. 맨스필드 사건의 희생자가 뇌를 뽑히기 직전일지도 모른다.

저 멀리 안쪽에 사람들이 테이블 하나를 둘러싸고 있었다. 보거트도 보였다. 그는 이번에도 양복에 넥타이, 넥타이핀까지 하고 빳빳하게 다린 칼라에 머리카락 한 올 흐트러지지 않은 모습이었다. 하지만 부은 얼굴, 충혈된 눈, 구부정한 자세는 데커가 알던 사람이 아니었다. 다른 요원 둘과 데커가 아는 어떤 남자도 있었다. 수석 법의관. 연방수사국 요원을 절개하는 데 하급 법의관을 붙일 리 없다. 연방수사국에 소속된 법의관을 데려오지 않은 게 의아할 정도였다.

보거트는 데커가 다가오는 소리를 듣고 고개를 들었다. 그는 간단히 고개를 끄덕여 뻣뻣한 인사를 건네고는 시선을 시트 밑의 시체로 다시 떨구었다.

랭커스터가 검시관에게 말했다. "이제까지 나온 건요?"

"현장 검시 때 언급한 대로, 사인은 심장에 난 자상입니다. 시반을 조사해보니 시체는 사망 후 옮겨졌더군요." 그는 래퍼티의 한쪽 팔에서 시트를 치우고 시체의 뻣뻣한 팔을 힘겹게 들어올렸다. "막 사후 경직이 시작됐어요, 말단부에서 턱과 목 쪽으로. 사망 시간은 자정 전이 확실합니다."

"주변 온도는요?" 데커가 물었다. "추운 날씨였잖아요."

"물론 그 점도 감안해서 말씀드린 겁니다. 그리고 사망자의 몸에서 대단히 강력한 진정제 흔적이 발견됐습니다. 사망자는 의식을 잃고 무방비 상태였을 거예요."

"생식기가 훼손당한 흔적도 있어요." 데커가 말했다.

검시관이 고개를 끄덕였다. 그가 그 부위를 보여주려고 시트에 손을 뻗자 데커는 그를 말렸다. "그건 이미 봤어요."

데커가 뭔가를 기대하는 눈빛으로 랭커스터를 쳐다보았다. 그녀는 보거트를 흘끔 보고는 말했다. "아직 말 안 했어요. 직접 보는 게 나을 것 같아서."

보거트는 고개를 끄덕이고는 아무나 당장 죽여버리고 싶다는 듯한 표정의 요원들에게 말했다. "뒤집어."

검시관이 시트를 젖혔고, 특수 요원 래퍼티의 몸이 드러났다. 앞면의 피부는 몹시 창백했다. 역시나 검시관의 손에 절개 과정을 거친 뒤였다. Y 절개를 했다가 봉합한 자국이 상반신에 나 있었는데, 잔인하고 참혹해 보이기도 했고 그냥 지퍼가 두 개 달린 것 같기도 했다. 한 조각 크게 오려냈다가 다시 덮어둔 얼굴 피부는 살짝 늘어져 보였다. 두개골도 이미 열어 뇌를 꺼냈다가 도로 넣고 다시 닫아둔 상태였다.

요원들이 그녀를 뒤집자 창백한 피부는 사라지고 붉은 피부가 나타났다. 피가 고인 부위는 불에 탄 것처럼 검붉었다.

데커는 뭔가를 보았다. 그는 더 가까이 다가갔다. 변색된 피부 때문에 잘 보이지 않았다.

누군가 래퍼티의 등에 뭔가를 새겨놓았다. 그녀의 몸을 종이 삼아 칼로 새긴 글이었다. 나란히 붙은 두 줄의 글.

언제쯤 끝이 날까, 형제여.

네가 말해봐.

33

다들 밖에서 서성거렸다. 보거트는 부하들에게 말했다. "잠깐 자리 좀 비켜줘. 차에서 만나지." 그들이 자리를 뜨자 보거트는 랭커스터를 향해 말했다. "파트너와 단둘이 얘기 좀 하고 싶은데."

랭커스터는 데커를 흘끔 쳐다보았다. 데커가 말했다. "이따 보자, 메리."

"괜찮겠어?"

"괜찮고말고." 보거트가 쌀쌀맞게 말했다.

랭커스터는 보거트를 쳐다보았다. "래퍼티 씨 일은 안됐어요."

"특수 요원 래퍼티입니다. 고맙군요."

그녀가 돌아서서 모퉁이 너머로 사라지자 보거트는 벼락처럼 데커를 시체 안치소 담벼락에 밀어붙였다. 그러고는 팔뚝으로 데커의 목을 꽉 눌렀다. "이 돼지 같은 새끼, 여기서 담판을 짓자고."

보거트는 크고 강한 데다 데커보다 체력이 훨씬 좋았다. 게다가 그의 몸 안에는 증오와 좌절감이 꽉 들어차 들끓고 있었다. 하지만 데커는 보거트보다 50킬로그램 이상 더 무거웠고 명색이 전직 미식축구 선수였다. 상대를 제압하려는 몸싸움이 1분 정도 벌어진 뒤 데커는 무릎을 구부리며 벽을 힘껏 차냈다. 그의 몸이 앞으로 튕겨지자, 거구가 만들어낸 가속도에 보거트는 뒤로 떠밀렸다. 데커는 그 틈을 놓치지 않고 왼쪽 발목으로 보거트의 오른쪽 발목을 걸었고, 그는 쓰러졌다. 데커는 무너지는 담벼락처럼 요원을 덮쳐 내리눌렀다.

뒤로 자빠진 보거트는 150킬로그램이 넘는 덩치에 깔린 와중에도 데커의 턱을 힘껏 후려쳤다. 데커는 입에서 피 맛이 나고 치아가 하나 흔들리는 것을 느끼며 팔꿈치로 보거트의 옆통수를 가격했다. 머리가 인도에 부딪치자 보거트는 고통스러운 신음 소리를 질렀다.

"죽여버리겠어!" 보거트는 악을 쓰며 계속 발길질과 주먹질을 해댔고, 데커는 버둥거리는 보거트의 팔다리를 제압하려고 애썼다. 그는 몸을 약간 일으켰다가, 거대한 어깨로 상대의 횡격막을 겨냥하고 온몸으로 보거트를 찍어 눌렀다. 한 번 더 가격. 보거트는 웅얼웅얼거리다가 신음한 뒤 축 늘어졌다. 데커는 몸을 떼고 일어나 비틀비틀 물러나서 두 손으로 후들거리는 무릎을 짚고 숨을 쉬려고 애썼다. 배가 들썩거렸다. 폐도 들썩거렸다.

고개를 들어보니 보거트가 일어나 앉아서 데커의 머리를 향해 총을 겨누고 있었다. 보거트는 잔뜩 찌푸린 얼굴로 권총을 겨눈 채 천천히 일어났다. "감히 연방 요원을 공격해?" 그는 다른 손으로 피가 흐르는 머리를 부여잡고 헐떡거렸다. 데커는 권총과 보거트를 차례로 쳐다보았다.

"널 체포할 수도 있어." 보거트가 덧붙였다.

데커는 몸을 똑바로 일으킨 뒤 벽돌담에 몸을 털썩 기대고는 날뛰는 숨을 가라앉히며 말했다. "나한테 할 말 있다고 하지 않았나?"

보거트는 총을 계속 겨눈 채 얼굴에서 머리카락을 쓸어 넘기고 넥타이를 느슨하게 풀었다. 그러고 나서 데커에게 가까이 다가갔다. "뭐?"

"담판을 짓자며. 그게 나를 두들겨 패겠다는 뜻인 줄은 몰랐어. 대화로 풀자는 줄 알았지."

보거트는 시체 안치소 문을 가리켰다. "놈이 메시지를 남겼어, 내…… 우리 요원 몸에! 너한테 보내는 메시지를!"

"나도 알아."

"그렇다면 네가 아는 놈이라는 얘기야. 네놈이 그 새끼한테 무슨 짓을 한 게 틀림없어. 놈은 널 형제라고 부르잖아." 보거트는 형제라는 말을 힘주어 내뱉었다.

데커는 숨을 한껏 들이마시고는 벽에서 몸을 뗐다. "난 그놈 몰라. 놈의 형제도 아니고."

"넌 아무것도 잊지 않는다고 네놈 입으로 말했어. 그런데 놈도 그런 모양이지? 네놈이 분명 무슨 짓을 한 거야. 그게 뭔지 네가 모를 뿐이지. 놈은 악마야, 악마……." 보거트의 목소리가 흐려졌다. 그는 무기를 내리고 보도를 응시하며 고개를 흔들기 시작했다. 절망의 밑바닥에서 뒹구는 사람의 표정이었다.

데커는 뺨에 난 긁힌 상처와 멍을 문질렀다. 보거트의 주먹에 맞아 생긴 것이었다. 혀로는 흔들거리는 치아를 밀어보았다. 그러고는 말했다. "맞아, 내 가족과 특수 요원 래퍼티를 죽인 악마."

보거트는 그를 올려다보고는 천천히 고개를 끄덕였다. "그래, 당신 가족도, 래퍼티도……." 보거트는 무기를 치웠다. "저기, 미안.

난…… 고발하려면 해. 변명의 여지가 없어."

데커가 말했다. "어떻게 된 일인지 잘 모르겠는데. 발을 헛딛고 넘어질 때 당신을 같이 넘어뜨린 거잖아. 내가 커다랗고 뚱뚱하고 몸매가 꽝이라서 그렇지 뭐. 당신 양복이나 드라이클리닝 맡겨. 머리의 상처도 치료하고."

보거트는 소맷부리에 묻은 흙을 털고는 데커를 쳐다보았다. "이제 어떡하지?"

"지금껏 애썼지만 여전히 제자리야. 군부대에선 쓸 만한 것 좀 찾아냈어?"

"잡동사니만 약간. 죄다 부패해 곤죽이 된 것들뿐이야. 펜타곤에선 아직 답변이 없어. 과연 도움이 될지 모르겠네. 신문에 난 그 기사는 어떻게 된 거야?"

"그 기자랑 다시 얘기했어."

"랭커스터한테 얘기 들었어. 아이피 정보도 받았고. 우리 애들이 추적하고 있는데, 아직까지 성과는 없어."

"그걸로는 아무것도 안 나올 거야. 너무 뻔해."

"그럼 우린 아직도 빈손인 건가? 비참하군."

"우린 많은 걸 갖고 있어. 꿰맞추지 못했을 뿐이지. 우리에겐 세바스찬 레오폴드도 있어."

"하지만 그자는 두 살인 사건 모두 알리바이가 있잖아."

"래퍼티 사건은 아니지."

"그자가 다른 놈의 공범이란 소린가? 한 사람이 동시에 두 장소에 있을 수 없다고 한 말이 그런 뜻이었어?"

데커는 고개를 끄덕였다.

"그놈이 래퍼티도 죽였다는 건 어떻게 확신하지?"

"확신 못 해. 분명한 건, 그녀 몸에 글을 새긴 건 레오폴드가 아니라는 거야."

"왜?"

"내가 레오폴드를 만났잖아. 만약 전에 그자를 만난 적이 있었다면 기억이 났을 거야. 하지만 만난 기억이 없어. 만난 적이 없다는 얘기지. 그렇다면 남는 건 놈의 공범밖에 없어. 내가 자기 형제라고 주장하는 놈. 나한테 유감이 있는 건 바로 그놈이야. 그놈이 레오폴드에게 그 일을 맡기진 않았을 거야. 자기 일이니까."

"하지만 당신이랑 안면이 있는 놈이라면 어째서 놈을 기억하지 못하는 거지? 사람들을 학살할 만큼 당신을 증오하는 놈인데?"

"그건 대답 못 해. 대답할 게 없거든." 데커가 인정했다. "하지만 곧 대답해줄게. 약속하지."

334

데커는 술집 정면을 가만히 올려다보았다. 벽돌로 된 허름한 건물이었다. 그는 계단을 내려가 연기가 자욱한 어두운 실내로 들어갔다. 주위를 둘러보다가 뒤편 칸막이 자리에 노동자로 보이는 남자 둘을 발견했다. 둘 다 맥주잔을 들고 있었다. 계산대와 높이가 엇비슷한 둥근 탁자에는 어떤 여자가 화이트와인 잔과 절반쯤 탄 담배를 들고 있었다. 그가 빤히 쳐다보자 그녀는 담배를 검은 플라스틱 재떨이에 두고 잔을 내려놓고는 가방에서 콤팩트와 립스틱을 꺼내 입술을 다시 칠했다.

데커는 그들을 지나 바로 다가갔다. 예전의 그 바텐더가 거기 있었다. 데커는 바에 앉아 쿠어스 생맥주를 한 잔 주문했다. 바텐더가 맥주를 따른 뒤 버터 칼로 위에 뜬 거품을 덜어내고 쓱 밀어 주었다. 데커는 그에게 5달러를 밀어 주고는 잔돈은 가지라고 말했다. 이것이 바텐더의 관심을 끌었다.

"전에 오셨던 분이네." 바텐더가 말했다.

데커는 고개를 끄덕이고는 맥주를 홀짝였다. "맞아요. 어떤 남자랑 같이."

"네, 그 괴상한 남자."

"그 남자 그 뒤에 또 왔었나요?"

"아뇨." 그는 행주로 활기차게 원을 그리며 마호가니 바를 닦기 시작했다.

"전에도 여기 온 적은요?"

"두어 번."

"얘기 좀 나눠봤어요?"

"그 남자 아무랑도 말 안 하던데요. 당신만 빼고."

"이 근처에 사는 남자예요?"

"몰라요. 여기서 나가는 뒷모습만 봐서. 그 후로는 못 봤어요."

"그 여종업원이 안 보이네요?"

바텐더가 킬킬 웃었다. "맞아요."

"그 여자 무슨 일 있나 봐요?"

"그 여자요?" 그는 더 크게 킬킬 웃고는 행주질을 멈추고 팔꿈치로 바를 짚으며 몸을 앞으로 내밀었다. "손님은 그런 물건을 여자라고 부르시나 본데, 글쎄올시다."

"그럼 뭐라고 부릅니까?"

바텐더는 한 손가락으로 데커를 가리켰다. "거 참 좋은 질문인데, 내가 고용한 게 아니라서 모르겠네요. 난 여기 주인이 아니에요. 그냥 술이나 따르고, 닦고 치우고, 가끔 주정뱅이들을 문밖으로 내던질 뿐이죠."

"누가 그 여자를 고용했죠?"

"주인이 그랬겠죠, 그게 누구든. 이 술집은 지난 3년 동안 총 네 번 팔렸어요. 꾸준한 건 손님들뿐이죠. 나도 벌이가 더 좋은 데만 생기면 여기 계속 있을 이유가 없고."

"혹시 여장한 남자예요?"

"그런 셈이죠, 확실히는 몰라도. 확인해볼 생각도 없었어요. 그런 타입의 여자는 영 취향이 아니라서."

데커는 눈을 감았다. 장면들이 머릿속을 휙휙 지나갔다. 큰 키, 마른 몸, 고불고불한 금발. 머리카락에 대부분 가려진 여자의 얼굴. 혹은 남자의 얼굴. 그러고 보니 울대뼈가 있었던 것 같다. 숨길 수 없는 진실. 수술로만 처리할 수 있는.

"그 사람에 대해 아는 것 좀 없어요? 이름이나 주소 같은 거 있을 텐데요. 월급 명세서라든가?"

"그런 건 전부 주인이 가지고 있어요. 주인은 여기 주민도 아니에요. 아마 다른 주에 살걸요. 사업체를 여러 개 갖고 있나 봐요. 규모의 경제니 뭐니 그딴 거 있잖아요. 분명 떼돈을 벌 겁니다, 난 아니고."

"그런 기록은 여기에 보관하지 않는 거네요?"

"네."

"그 사람 면접은 누가 봤는데요?"

"직업소개소 사람이겠죠."

"어느 소개소인지 알아요?"

바텐더가 데커를 쳐다보았다. "왜요, 손님 타입이신가?"

데커는 경찰 신분증을 꺼냈다. "수사 중이에요. 그 사람과 할 얘기가 있거든요."

바텐더는 신분증을 유심히 살피고는 말했다. "그렇다면야. 사실 나도 정확히는 몰라요. 그 물건, 어느 날 홀연히 나타나 일을 시작했어요."
"어떻게 된 건지 물어보지도 않았어요?"
"어차피 여종업원이 하나 필요했어요. 다른 종업원이 안 나와서 말이지. 주인이 거래하는 직업소개소가 보내서 왔다고 그러더라고요. 그래서 내가 그 물건더러 일하라고 했죠 뭐."
"그게 언제죠?"
"댁이 그 남자랑 오기 바로 전날."
"만약 그 여자가 소개소가 보내서 온 게 아니라면요?"
"에이, 대체 그런 거짓말은 왜 하겠습니까?"
"직원용 화장실 있습니까?"
"네, 뒤편에."
"그 사람이 거기 사용한 적 있죠?"
"그랬겠죠. 사람이라면 볼일을 봐야 하니까. 안 그래요? 서서 싸든 앉아서 싸든 했겠죠."
"안내해요."
바텐더는 뒤쪽 통로를 따라 화장실이라고 표시된 허름한 문으로 데커를 데려갔다.
"덕테이프 있습니까?" 데커가 물었다.
"뒤쪽에."
"가져다줘요."
바텐더는 어리둥절해서 자리를 떴다가 1분 쯤 뒤에 덕테이프를 가지고 돌아왔다. 데커는 문에 X자로 길게 테이프를 쳤다.
"이게 뭐하는 짓이에요?" 바텐더가 당황하며 물었다.
"5분 뒤에 감식반이 도착할 겁니다. 이제부터 여긴 아무도 못 들어와요."

“그렇지만 나도 볼일은 봐야 할 거 아뇨?”

“손님들이 쓰는 데 써요. 그리고 그 여자에 대해 설명해야 하니까 기억을 총동원해요, 작은 거 하나까지 다.”

데커는 랭커스터에게 전화를 걸었다.

그녀가 말했다. “감식반 당장 보낼게. 보거트랑 얘기는 잘 했어?”

“잘 했겠어?”

그는 전화를 끊고 밖으로 나갔다. 그가 여기서 얻은 것은 두 가지였다.

첫째, 그 여종업원이 술집에서 그와 레오폴드의 사진을 찍어 재미슨에게 보냈다. 그 짓을 할 수 있는 사람은 그 여자뿐이었다. 의도는 데커에게 망신을 주고 그를 망가뜨리려는 것. 아니면 그가 진실에 의문을 품게 만들려는 거였는지도 모른다.

둘째, 레오폴드가 술집을 나갔을 때 그 여자는 술집을 빠져나가 레오폴드를 차에 태웠다. 분명 하이브리드카나 전기 자동차였을 것이다. 엔진 소리를 듣지 못했기 때문이다.

그는 기억을 더듬었다. 레오폴드가 밖으로 나갔을 때 술집 안에는 바텐더밖에 없었다. 여종업원은 없었다. 자동차를 가지러 나간 거다.

여장 남자. 혹은 한때 여장 남자였지만 이제는 여자인 여자. 오래전 그가 보았던 영화, 제임스 가너와 줄리 앤드루스가 출연한 〈빅터 빅토리아〉와 비슷했다.

그 종업원이 세바스찬 레오폴드의 공범일까? 데커는 그 여자의 발을 못 본 것이 너무 아쉬웠다. 아마도 그녀는 270짜리 신발을 신고 있었을 것이다. 그는 그 여자의 키를 추정해보았다. 그때 그는 앉아 있었고, 그 여자는 하이힐을 신고 있었을 가능성이 높다. 그는 머릿속에서 당시의 장면들을 넘겨 보았다.

178에서 180센티미터 정도. 날씬한 몸매. 좁은 어깨와 엉덩이. 188센티미터에, 90킬로그램, 데커만큼이나 널찍한 어깨와는 거리가 멀다. 그렇다고 아주 불가능한 것도 아니다. 하려고 든다면 뭐든 못할까.

감식반이 나타났을 때 그는 원하는 바를 그들에게 정확히 전달했다. 데커의 명령을 철저히 따르라는 랭커스터의 지시가 사전에 있었다. 몽타주 전문가는 바텐더와 함께 앉았다.

데커는 다음 장소로 출발했다. 방금 뭔가가 머릿속에 떠올랐기 때문이다.

335

기술 교실. 올해 기술 교실은 한 번도 사용되지 않았다. 기술 교사가 학기 전에 학교를 그만두었기 때문이다. 데커는 혹시 다른 이유가 있지 않을까 하고 의심한 적이 있었다. 지하 통로가 그 교실의 창고로 이어진다는 이유 외에 범인이 특별히 거기를 원한 다른 이유.

그는 기술 교실 뒤편 창고로 들어가서 잡동사니 더미를 살폈다. 수북이 쌓인 옛날 과제물들이 고고학적 발굴을 기다리는 공룡 뼈 같았다. 데커는 맨 위부터 바닥까지 각각의 더미를 파기 시작했다. 쓸 만한 것은 없었다. 그는 바닥에 앉아 생각에 잠겼다. 그러다 여기 위쪽은 적합하지 않다는 결론에 이르렀다. 범인은 더 은밀한 곳이 필요했을 것이다.

그는 지하 통로 계단을 내려가서 발사나무로 만든 가짜 벽이 있는 방으로 갔다. 범인은 잡동사니를 옆으로 치워놓았었다. 데커는 얼마 안 가 그 물건을 발견하고 꺼내 들었다. 육각형 철망과 가죽으로 만든 패드였는데, 데커 같은 선수 출신들은 단번에 알아볼 수밖에 없는 형태였다. 미식축구 선수가 착용하는 어깨 패드.

그런데 모양이 범상치가 않았다. 패드가 허리까지 쭉 이어질 뿐 아니라 양팔 보호대까지 붙여놓아 상체 전체를 두껍게 감싸게끔 되어 있었다. 걸쇠 두 개를 풀면 경첩에 의해 열리고, 끈을 묶고 걸치면 몸집이 두 배로 불어나는, 일종의 갑옷이었다. 그는 갑옷을 완전히 열고 걸쳐보았다. 몸집이 이미 그것과 엇비슷한 그에게는 맞지 않았다. 하지만 몸집이 그의 절반인 사람에게는 잘 맞을 것이다. 거인 생성 장치. 철망과 가죽, 끈들은 놀라울 정도로 유연하면서도 모양은 그대로 유지되었다. 이것을 착용한 채 활동하고 총을 쏘려면 이 정도 유연성은 필요했을 것이다. 덕분에 65킬로그램이 90킬로그램이 되고, 날씬한 몸이 미식축구 선수의 몸이 됐다.

그는 옆에 있는 더미에서 다리에 차는 패드도 발견했다. 하체에 무게와 두께를 더해 불어난 상체와 조화를 이루게 하는 용도일 것이다. 오케이, 이것으로 거대한 몸집의 문제는 해결됐다. 이제는 키가 문제였다.

그는 계속 팠다. 낡은 램프 두 개와 나무 밑동으로 만든 탁자 사이에 그것이 있었다. 부츠였다. 밑창 전체가 하나로 된 두꺼운 통굽 부츠. 이걸 신으면 키가 8센티미터는 더 커 보일 것이다. 하이힐보다야 편하겠지만 굽이 8센티미터나 되는 만큼 민첩성은 상당히 제한된다. 단상을 신고 걷는 셈일 테니까. 그는 부츠를 그의 신발에 대 보았다. 훨씬 작았다. 270이나 275 정도. 몇 초 뒤에는 나머지 한 짝도 찾았다. 그는 부츠 두 짝을 바닥에 놓았다. 그의 발이 훨씬 커서 신을 수는 없었지만, 부츠를 밟고 올라설 순 있었다. 195센티미터가 순식간에 2미터 3센티미터가 됐다.

그는 범인이 연극이 열리던 밤 이 장비를 들여와서 구내식당 안에 숨겼다가 이걸 가지고 그 통로를 건넌 것은 아닐 거라고 추정했다. 그럴 필요가 없었을 것이다. 언제든 원할 때에 몽땅 들여와서 여기 놔두면 끝이었을 테니까.

그는 쓰레기봉투를 하나 찾아서 모든 걸 한데 담았다. 오케이, 이것으로 체격은 완전히 해결됐다. 놈이 에어컨 더미를 움직이지 않고 어떻게 통로의 문을 통과했는지도. 놈의 체격은 생각보다 훨씬 날씬하다. 랭커스터에 버금갈 만큼. 비좁은 틈새도 수월하게 통과할 만큼 날씬하다. 그 여종업원처럼. 그래, 그 여자라면 가능했을 것이다.

데커의 생각은 학교 뒷문에 달려 있는 감시카메라로 넘어갔다. 상체만 잡힌 장면. 범인은 통굽 부츠가 카메라에 잡히는 걸 원치 않았다. 목격자들이 발을 쳐다볼까 봐 걱정하지는 않았을 것이다. 총알이 날아다니는 상황에서 총 쏘는 사람의 신발을 눈여겨 볼 사람은 없을 테니까.

그는 랭커스터에게 전화를 걸어 그가 발견한 것을 알렸다. 그녀는 몇 차례 "젠장"을 연발한 뒤 증거물을 가지러 10분 안에 오겠다고 말했다.

데커는 기술 교실 중앙에 있는 긴 탁자에 걸터앉아 주위를 둘러보았다. 새로 발견한 것들을 정리하고 싶었다. 퍼즐 조각들을 제자리에 맞추고 빈 공간이 얼마나 남았는지 확인하고 싶었다. 범인은 연극이 열린 날 밤 학교 안으로 들어와서 구내식당 냉장고에 숨어든다. 다음 날 아침에 밖으로 나와서 통로를 이용해 눈에 띄지 않고 구내식당에서 학교 뒤편으로 간다. 데비 왓슨과는 기술 교실에서 만나기로 미리 약속해두었다. 그는 데비를 쓰러뜨리고, 장비를 착용하고, 총기를 들고, 감시카메라 앞을 걸어간다. 그 전에 데비를 기술 교실에서 끌어내 그 애 사물함 앞에 세워둔다. 그러고는 모퉁이를 돌아 나와 그녀를 쏜다. 그러고 나서 살육의 잔치를 벌인다. 학교 뒤쪽에서 앞쪽으로 나아가면서. 그 후에 구내식당 쪽 통로로 달아난다. 맥도널드 군부대와 연결되는 통로, 데비 왓슨한테 들어 알게 된 그 통로로. 위장 장비는 잡동사니 더미에 숨겨 둔다. 이것으로 그 계단을 올라간 두 번째 족적이 설명된다. 위장 장비를 숨긴 후에는 가짜 벽을 통과해 통로로 나가서 옛 군부대 쪽으로 탈출한다.

하지만 이 추리가 맞다면 아주 중요한 의문이 하나 남는다.

왜 하필 맨스필드일까? 왜 이곳에서 총질을 했을까?

한 가지 대답이 나왔다. 데커가 다닌 학교였기 때문이다. 하지만 그에 대한 사적 감정이 원인이라면, 그에게 특별한 의미가 있는 것이 필요하다. 그의 이름이 새겨진 것이라든가.

그는 탁자에서 내려와 복도를 걸어갔다. 학교는 문을 닫아 건 상태였고, 적어도 한 학기 정도는 임시로 학생들을 인근의 다른 학교로 보내자는 얘기가 오가고 있었다. 그러다 보면 방학이 끝날 무렵 나머지 학기를 어떻게 할지 방안이 나올 거라고. 데커는 그 문제에 대해 판단이 서지 않았다. 이곳을 폐쇄하고 사망자들을 위한 기념관으로 조성하는 게 옳다는 마음이 들면서도 자기 때문에 도시 전체가 그런 결정을 내렸다는 만족감을 그 개새끼에게 안겨주고 싶지 않았다.

그는 체육관으로 들어가서 한쪽 벽에 세워져 있는 커다란 진열장으로 향했다. 오랫동안 맨스필드 학생들이 받은 각종 트로피와 상패가 거기 있었다. 순서대로 정렬돼 있었기 때문에 데커는 금방

위치를 찾을 수 있었다. 그런데 정작 그 위치에 있어야 할 것이 없었다. 그가 탄 상패가, 그의 이름이 새겨진 트로피 십 수 개가 몽땅 사라지고 없었다. 확인하고 재차 확인해봐도 없었다.

그는 진열장에 몸을 기댄 채 손으로 입을 막았다. 누군가 여기 들어와 맨스필드 고교에 총질을 해댔다. 그리고 놈은 데커 때문에 그 짓을 한 것이다. 에이머스 데커 때문에. 그의 가족을 살해한 것과 동일한 동기다.

나 때문에.

별안간 드웨인 라크루아에게 다시 얻어맞는 듯한 충격이 밀려왔다. 전화기가 진동했다. 랭커스터일 것 같았다.

아니었다. 보거트였다. "데커, 래퍼티가 당한 골목 안 쓰레기통에서 뭐가 나왔어. 당신 말이 맞았어. 경찰 제복이야."

데커는 불안감이 섞인 보거트의 목소리에서 뭔가가 더 있다는 것을 감지했다. "그리고?"

"진짜 경찰 제복이야, 벌링턴 경찰들이 입는."

"그런데?"

"그런데 제복에 이름이 새겨져 있어."

"누구 이름?" 하지만 데커는 대답을 이미 알고 있었다.

"당신 이름." 보거트가 대답했다.

3 336

데커는 헐레벌떡 그 건물에 도착했다. 그는 대문으로 곧장 달려가서 보안 키패드에 비밀번호를 입력했다. 몰리의 생년월일. 그다지 안전한 번호는 아니다. 대문이 딸깍 하고 열리고, 그는 안으로 들어갔다. 개인 창고들이 여러 개 있었는데, 저마다 외부로 문이 나 있었다. 그는 부랴부랴 맨 끝 창고로 갔다. 주머니에서 열쇠를 꺼냈지만 그의 창고 자물쇠는 사라지고 없었다. 놈들이 한 짓이다. 보란 듯이. 그는 셔터를 올렸다. 만약을 대비해 권총을 들고. 하지만 창고 안은 텅 비어 있었다. 살아 움직이는 것은 없었다.

그는 옛집에서 가져온 물건들을 여기 보관해두었다. 그 사건 후 이사하게 됐을 때 물건들을 그냥 내버릴 수가 없었다. 이 안에는 한때 그와 가장 가까웠던 두 사람, 캐시와 몰리와의 추억이 구체적 형태로 존재하고 있었다. 모든 물건은 각각 이름표가 붙은 상자 안에 넣어 튼튼한 철제 선반에 올려놓았다. 이곳 사용료는 부담이 됐지만, 추위와 배고픔에 시달릴지언정 한 번도 대금을 밀린 적은 없었다. 여기는 그의 두뇌와 닮았다. 모든 것이 차곡차곡 정리되어 있어 애쓰지 않아도 쉽게 끄집어낼 수 있다는 점에서.

그가 확인할 상자는 딱 하나였다. 뒤쪽 왼편 두 번째 선반 위, 오른쪽에서 네 번째 상자. 그는 그 앞에서 멈춰섰다. 상자 뚜껑이 열려 있었다. 그는 상자를 선반에서 들어내 콘크리트 바닥에 내려놓았다. 경찰 시절 쓰던 물품을 보관한 상자로, 그의 옛 경찰 제복도 들어 있었다. 형사도 제복을 입어야 할 때가 있기에 보관해둔 것이다. 하지만 그는 경찰직을 그만둘 때도 제복을 반납하지 않았다. 어차피 벌링턴 경찰서에 그와 몸집이 비슷한 사람은 아무도 없었기에 물려받을 사람도 없었다.

제복은 상자 안에 없었다. 그 골목에서 죽음의 문이 열린 그 몇 초 동안, 누군가 이 제복을 이용해 래퍼티를 속였다.

내가 지금 어디 사는지도, 이 창고를 가지고 있다는 것도 아는 거야.

그는 기억을 더듬어 마지막으로 여기 왔던 때로 돌아갔다. 27일 전, 오후 1시 35분. 그때 그들은 그를 주시하고 있었을까? 아니면 그 전에 안 걸까? 그는 서둘러 대문 쪽으로 갔다. 거기 감시카메라가 있었다. 큰 단서가 될 것 같지는 않았는데 역시나 생각한 대로였다. 카메라 렌즈가 스프레이 페인트로 검게 칠해져 있었다. 카메라를 모니터링하는 사람이 없는 게 분명했다. 적어도 한 달 가까이 이 카메라가 무용지물이라는 걸 눈치채지 못했으니까. 그는 보거트에게 전화를 걸었다.

15분 뒤 SUV 차량 몇 대가 대문 앞에 멈춰섰다. 데커는 그들을 안으로 들인 뒤 창고로 안내했다. 창고에 들어선 보거트의 팀원들은 흔적과 단서를 찾아 들쑤시기 시작했다. 보거트와 데커는 그 모습을 나란히 서서 지켜보았다.

"경찰 그만둘 때 왜 제복을 반납 안 했지?" 보거트가 물었다.

이 대화가 어떻게 흘러갈지 불을 보듯 뻔했다. 하지만 별다른 수가 없었다. 그리고 보거트 말이 맞기도 했다.

"그랬어야 했는데." 데커가 인정했다. "안 그랬지."

보거트가 천천히 고개를 끄덕였다. 데커는 이 남자가 또다시 폭발할까 싶었지만 부하들 앞이라 분노를 삭이는 것 같았다. 보거트가 말했다. "그래, 래퍼티를 속이려면 진짜 경찰 제복이 필요했을 거야. 놈들도 그걸 알았겠지."

그 말에 데커의 죄책감은 더 커졌다. 그러기를 노리고 말한 것이 분명했다. 주먹 한 번 쓰지 않고도 데커의 거구를 휘청이게 만들 만큼 큰 충격을 먹인 것이다.

"그 제복 가지고 있어?" 데커가 물었다.

"트럭에 있어. 증거물 봉투 안에."

"내가 봐도 될까?"

두 사람은 트럭으로 가 봉투를 꺼냈다. 보거트가 말했다. "제복과 모자는 이미 감식이 끝났어. 아무것도 안 나왔어."

데커가 확인하려는 건 그게 아니었다. 그는 바짓단 언저리를 살폈다. 바짓단에서 15센티미터쯤 올라간 부위에서 원하던 것을 찾았다.

"구멍이잖아?" 보거트가 말했다.

"핀 자국. 핀으로 바짓단을 고정한 자국이야."

"핀으로 바짓단을 고정했다고?"

"난 195센티미터에 유달리 다리가 길어." 데커가 설명했다. "이걸 입은 남자는 바짓단을 15센티미터쯤 접어 올려야 했을 거야. 안 그랬다면 래퍼티가 제복이 그놈 게 아니라는 걸 눈치챘을 테니까. 이걸 입을 당시엔 나도 날씬하긴 했지만, 놈은 허리도 단단히 고정해야 했을 거야. 아마 뒤쪽을 핀으로 집었겠지. 셔츠도 마찬가지고."

데커는 셔츠를 살피다가 뒤판 중앙께 난 핀 구멍을 두 개 발견했다. "여기랑 여기. 그리고 팔 길이 차이를 맞추려고 소맷부리를 걷어 올리고 단추를 잠갔을 거야. 모자 안쪽에도 긴 패드가 붙어 있어. 머리도 나보다 꽤 작은 놈이야. 키는 대략 180센티미터 정도에, 날씬해."

"랭커스터가 말해주더군. 범인이 통굽 부츠로 키를 높이고 장치 같은 걸로 상체를 크게 부풀렸다고."

"미식축구에서 쓰는 어깨 패드랑 허벅지 패드 같은 거야. 그것 때문에 180센티미터 키의 날씬한 남자가 훨씬 크게 보인 거지."

"그 이메일 기록에서는 아무것도 못 건졌어. 아이피도 마찬가지고." 보거트가 말했다.

"그렇겠지."

데커는 제복 가슴에 붙은 이름을 내려다보았다. 데커.

제복 경찰. 한때 자신이었던 남자.

또 다른 뭔가가 눈에 띄었다. "배지 좀 봐." 그가 말했다.

보거트가 경찰 배지를 보았다. "이건……."

"X표. 누군가 배지에 X표를 그려놨어."

"어째서 그런 걸까? 래퍼티의 살인을 상징하는 걸까?"

"모르겠어."

그는 제복을 보거트에게 돌려주었다. 보거트는 옷을 받아든 채 창고 안에서 벌어지는 활동을 지켜보다 물었다. "왜 저걸 전부 보관하는 거야?"

데커는 고개를 들고 보거트보다는 자기 자신에게 답하듯 천천히 말했다. "나한테 남은 건 저게 전부야."

보거트는 그를 흘끔 쳐다보았다. 얼굴에 연민이 어려 있었다.

데커는 그것을 느꼈는지 말했다. "그럴 필요 없어. 누구나 선택을 하고, 결과를 감당하면서 사는 거잖아."

"당신 가족이 살해당한 건 당신 선택이 아니야, 데커."

"이 짓거리를 한 놈은 내 선택이라고 믿는 것 같은데."

"미친 거지."

"그래, 놈은 미쳤어."

337

창고 수색 작업은 성과 없이 끝났다. 여관으로 돌아갔을 때 데커는 여러 사람들이 그를 찾아왔었다는 뚜렷한 흔적들과 마주쳤다.

손도끼 하나가 나무로 된 그의 방문에 꽂혀 있었고, 창문과 앞쪽 벽돌 벽에는 스프레이 페인트로 욕설이 쓰여 있었다. 그리고 머리가 없는 아기 인형이 콘크리트 바닥에 놓여 있었다. 알렉스 재미슨의 기사가 실린 신문들이 통로에 흩어져 있거나 벽에 테이프로 붙어 있고 그 위에 험악한 말들이 휘갈겨 쓰여 있었다. 신문 속 데커의 사진에 악마처럼 낙서가 돼 있기도 했다. 그 밑에는 이렇게 쓰여 있었다. "아동 살해범."

데커는 손도끼를 뽑아낸 다음 다른 것들도 발로 차서 옆으로 치워버리고 방 안으로 들어가 문을 잠갔다. 그는 손도끼를 책상 위에 떨어뜨린 뒤 침대로 가서 누웠다. 눈을 감고 놓친 게 무얼까 생각했다. 놓친 게 있다, 분명히. 그는 밝혀진 사실들을 시간 순으로 다시 살펴보기 시작했다. 이번으로 100번째였다.

방문을 두드리는 노크 소리가 그의 생각을 방해했다. 그는 힘겹게 몸을 일으켜 문으로 건너갔다. "누구세요?"

"사과하려고 왔어요."

아는 목소리였다. 그는 문을 열었다. 알렉스 재미슨이 머리 없는 인형을 들고 서 있었다. "정말 미안해요." 그녀가 말했다. 진심인 것 같았다.

"뭣 때문에 미안하다는 겁니까?"

"젠장, 데커, 그러면 내가 더 미안해지잖아요."

그녀의 복장은 검은색 일색이었다. 스타킹, 엉덩이를 덮는 긴 스웨터, 낮은 통굽 부츠, 짧은 블랙진 재킷, 한쪽 어깨에 둘러맨 커다란 가방까지.

"커피 한 잔 할 시간 있어요?" 그녀가 물었다.

"왜요?"

"인터뷰하자는 거 아니에요."

"그럼 왜 왔어요?"

"브리머한테 듣기로는, 댁이 이번 사건의 돌파구를 죄다 뚫었다면서요. 단서란 단서는 죄다 발견했다던데요. 자세히는 얘기 안 해줬지만."

"이제 그 여자도 노련해져가는군."

"커피 어때요? 댁한테 얘기할 것도 있고. 내가 살게요. 제발요. 중요한 문제라고요."

그는 밖으로 나가 문을 닫았다. 그들은 계단을 내려가 거리를 건넌 다음 몇 구역 떨어진 커피숍으로 향했다. 커다란 두 상점 사이 틈새에 자리한 가게였는데, 양옆 상점 중 하나는 폐업 중이었고 다른 상점도 비슷한 운명에 처해 있었다.

"마을 전체가 골로 가고 있네요." 재미슨이 말했다. "조만간 파산 아니면 폐업 얘기 외엔 쓸 거리가 없겠네."

그들은 커피를 받아서 뒤편 작은 테이블에 앉았다. 데커는 그녀가 컵에 설탕을 퍼 넣는 걸 바라보았다. "하고 싶은 말이 뭡니까?" 그가 무뚝뚝하게 물었다.

"그 기사는 미안하게 됐어요. 그런 취급을 받을 사람이 아닌데. 당신 가족이 당한 일과 당신은 아무 상관이 없는 것 같아요. 당신 말마따나, 어떤 사이코패스가 당신을 엿 먹이고 파괴하려는 거예요. 그러려고 나까지 이용한 건데, 난 그 미끼를 덥석 문 거고. 그러고 나니까 그 이유가 궁금해지더라고요. 당신한테 앙심을 품을 만한 사람이 누구일까 하고요. 당신은 짐작 안 가요?"

데커는 커피를 홀짝이며 그녀를 빤히 쳐다보기만 했다.

그녀가 말을 이었다. "당신도 같은 생각을 하면서 머리깨나 굴렸을 텐데요."

"그랬죠."

"이건 개인적인 사건이에요."

"살인 사건은 원래 개인적인 겁니다."

"아뇨, 단순하지 않다는 얘기예요. 브리머한테 듣기론 살인범이 두어 번 메시지를 보냈다면서요. 자세히는 얘기하지 않았지만 명백히 당신을 겨냥한 거였다던데요. 그래서 내가 좀 캐봤죠."

"캐다니 뭘요?"

"당신 뒷조사를 했다고요."

"어떻게?"

"이래 봬도 나 기자예요. 다 방법이 있죠."

"그래서 뭐가 나왔죠?"

"당신은 벌링턴 출신이에요. 이 지역이 배출한 최고의 스포츠 스타. 출세한 청년."

이 말에 데커는 학교의 트로피 진열장을 떠올렸다. "범인이 맨스필드 고교에서 내 이름이 새겨진 트로피들을 몽땅 가져갔어요."

그녀는 뒤로 기대고는 만족스러우면서도 어리둥절한 표정을 지었다. "놈이 언제 그랬을까 궁금하네요. 총질을 한 날 그랬을 리는 없어요. 그 쇠붙이들을 끌고 다녔을 리 없잖아요."

"방법이야 많죠." 데커가 말했다. "아무튼 지금은 거기에 신경 쓸 겨를이 없어요. 나중에 당신이 기사 한번 써보든가."

그녀가 말했다. "그러니까 핵심은 이거잖아요, 당신한테 해묵은 원한을 품을 만한 사람이 누구인가! 거물급 미식축구 스타의 성공을 질투한 누군가? 맨스필드 고교를 같이 다닌 사람일 수도 있죠. 놈은 당신이 대학에 입학하면서 영원히 여길 떠났다고 생각했을 거예요. 그런데 당신은 이곳으로 돌아와 경찰이 되더니 또 승승장구했단 말이죠. 그렇게 세월이 흐르는 동안 미움이 쌓이고 곪고, 급기야 폭발했다, 이런 얘기죠."

"놈들이에요." 데커가 말했다.

"놈들이라고요? 한 명 이상이라는 거예요?"

"그건 기사에 내지 말아요." 그는 몸을 내밀었다. "정말 그건 쓰면 안 됩니다, 알렉산드라. 놈이 그걸 읽으면 당신이 그것 말고도 더 알고 있다고 생각할 거예요. 그럼 당신이 위험해져요."

"겁은 이미 먹을 만큼 먹었다고요. 호신용 스프레이 없인 아무데도 안 가고, 휴대폰에 911을 단축 번호로 저장해뒀어요."

"당신이 여기 다시 왔다는 것부터가 문제예요. 지금도 지켜보고 있을지 몰라요. 위험을 감수하려는 이유가 뭡니까?"

"안전하게 살고 싶었으면 저널리즘 쪽에 발을 들여놓지도 않았어요. 위험을 감수하고 이 바닥 일을 시작한 거죠. 그런 면에선 당신과 나는 많이 비슷해요."

"어째서요?"

"내가 보기에 프로 미식축구 선수와 경찰보다 더 위험한 일은 군인밖에 없어요. 그러니까 당신은 위험을 감수하는 사람인 거죠. 게다가 공공의 이익을 위하는 마음 없이는 못 하는 직업들이기도 하고. 자, 여기 사람 중에 당신을 미워할 만한 사람 없어요?"

"난 운동은 잘했는데 다른 건 잘 못했어요. 찌질이는 아니었지만 어리숙했죠. 노는 걸 좋아했고, 사람들을 잘 웃겼고, 사고도 쳤고. 사실 완벽한 타입은 아니었어요. 경기장에서 말고는 그리 특별한 사람은 아니었죠."

"어리숙한 타입으론 보이지 않는데요."

"사람은 변해요."

"그럼 당신은 엄청 변한 거네요, 그렇죠?"

"사람은 변해요. 나도 예외는 아니고."

"그렇긴 하죠. 하지만 당신은 획기적으로 변한 것 같아요."

"정확히 무슨 뜻이죠?"

"그 충돌 사고. 유튜브에서 봤어요."

"재밌었겠군."

"끔찍했어요. 어떤 느낌일지 상상도 안 가던데요."

"그 일은 잘 기억이 안 나요. 나중에 들은 바로는 내가 바지에 오줌을 지렸대요. 그렇게 격렬한 충격은 중추 신경계를 압도하거든요. 시즌 중에는 경기가 끝나면 장비 챙기는 남자들이 들어와서 선수들의 똥 묻은 거들이 보이진 않는지, 팬들에게 유출되지는 않는지 확인하죠. 헬멧 안이나 유니폼에 묻은 피도 확인하고. 선수들이 경기 후 코치 방에 있을 땐 기자들의 접근을 막아요, 선수들의 비명 소리를 듣지 못하게. 언론이랑 얘기라도 나누게 하려면 암모니아나 진통제를 줘야 해요. 안 그러면 정신이 반쯤 나가 있지."

"난 미식축구 팬은 아니에요. 그거 21세기판 검투 경기잖아요, 서로 두들겨 패고 맞아서 쓰러지는 걸 보면서 환호하고, 맥주를 들이켜고, 핫도그를 씹는 거 말이에요. 난 우리가 그보다는 더 진화한 줄 알았는데."

"그러고 보면 사람들은 별로 변한 것 같지 않군요."

"그 충돌 사건 이후 당신은 오랫동안 자취를 감췄어요. 당신에 관한 건 아무것도 찾을 수 없었어요. 그런 다음 여기로 돌아와 경찰학교에 들어갔죠. 친구가 당신의 시험 성적을 구해줬어요."

"친구가 별로 없다더니?"

"훌륭한 기자가 되려면 최대한 도움을 받아야 해요. 당신 점수는 거의 만점이던데요."

"내 옛날 상사랑 똑같은 말을 하는군요."

"그럼 밀러 서장님도 이걸 조사한 거네요?"

"왜들 이리 나한테 관심이 많을까?"

"놈이든 놈들이든, 범인을 찾으려면 과거로 거슬러 올라가야 하니까요. 동기에서 출발해야 한다고요. 당신이 바로 그 동기고." 그녀는 말을 멈추고 스푼으로 커피 컵을 톡톡 두드렸다. "자, 그 기간 동안 어디 있었던 거예요?"

"당신이 상관할 바 아니잖아요."

"살인범들 잡고 싶지 않나 봐요?"

"그런 말은 안 했는데."

"내가 옳다는 거 알면서 왜 그래요. 당신이 모든 사태의 원인이에요." 그녀는 몸을 앞으로 내밀고 그의 두툼한 손을 두들겼다. "난 도움이 되고 싶어요, 데커."

"퓰리처상을 타고 싶은 거겠지."

"돕게만 해줘요. 그럼 당신 허락 없이는 어떤 기사도 쓰지 않을게요. 당신이 모든 걸 점검하고 승인해요. 최종 결정을 내려요. 그럼 이 기사는 절대 세상 빛을 못 볼 거예요."

"정말 그렇게 하겠다고요?"

"네."

"왜죠?"

"앤디 잭슨. 그 사람 알죠?"

"맨스필드 고교 영어 교사. 이번 총격 사건의 피해자 중 유일한 생존자. 범인을 저지하려고 했던 사람."

"그분 한 시간 전에 죽었어요. 앤디는 맨스필드의 상근 교사가 아니었어요. 내가 다녔던 퍼듀 대학의 교수였죠. 난 그분 때문에 기자가 됐어요. 그분은 아픈 어머니를 돌보려고 여기로 온 거예요. 그런 사람이었어요."

"이런 말은 한 적 없잖아요."

"당신이 상관할 바 아니었으니까요." 그녀는 한 손을 내밀었다. "이게 내 제안이에요. 당신이 싫다면 기사는 없다, 그 대신 나는 당신이 이 개새끼들을 잡는 걸 돕는다. 어때요?"

데커는 천천히 손을 내밀었다. 그들은 악수했다.

"어디서부터 시작할까요?" 그녀가 물었다.

그가 일어섰다. "창고."

3 338

늦은 시각, 그들은 창고 안 콘크리트 바닥에 앉아 상자들을 뒤지고 있었다. 몇 분 전 저녁거리로 중국 음식을 포장해 가지고 돌아온 재미슨이 냅킨이며 종이 접시, 플라스틱 포크와 나이프, 숟가락 등을 차려놓고 데커의 접시에 음식을 담은 다음 자기 접시에도 음식을 덜었다. 그는 놀란 눈으로 그녀를 쳐다보았다.

그녀가 설명했다. "난 가정적인 타입은 아니지만 일곱 자식의 맏이거든요. 끼니때마다 부모 노릇을 했죠."

데커는 고개를 끄덕인 뒤 스프링롤을 하나 베어 물었고, 재미슨은 계란탕을 숟가락으로 떠먹었다. 데커는 재미슨이 사 온 맥주를 한 모금 들이켜고 병을 내려놓았다.

재미슨은 창고 안을 둘러보며 물었다. "정말 모든 걸 다 보관한 거예요?"

"나한테 중요한 것들만."

"선수 시절 물건은 안 보이네요."

그는 어깨를 으쓱하고는 포크로 새우를 하나 찍었다. “그건 나한테 중요하지 않아서.”

그녀는 고개를 끄덕였다. “가족들이 그런 일을 당한 마당에 이 물건들을 보관하는 게 오히려 가슴 아프지 않아요? 딸아이 옷? 아내 요리책? 편지? 사진?”

“가슴 아픈 건 두 사람이 여기 없다는 것뿐입니다.” 그는 그녀를 쳐다보았다. “결혼 생활 얼마나 했죠?”

“너무 오래 했죠.”

그는 기대하는 눈으로 그녀를 쳐다보았다.

“2년 3개월. 그렇게 길진 않은 것 같네요.”

“어쩌다 그렇게 된 거죠?”

“자꾸 어긋나더라고요. 그이는 내가 생각한 남자가 아니었어요. 나도 그이가 생각한 여자가 아니었을 테고.”

“아이는?”

“다행히 없어요. 아이가 있었다면 훨씬 더 힘들었겠죠.”

“맞아요. 아이들은 모든 걸 더 좋게 만들지만 더 힘들게도 만드니까.”

그녀는 무릎을 세우고 뒤의 종이 박스에 기대 앉아 맥주를 홀짝거렸다. 그러고는 머리를 톡톡 두드렸다. “그럼 그 충격이 당신 머리를 바꿔놓은 거네요?”

데커는 고개를 끄덕이고 맥주를 한 모금 들이켰다.

“저기 상자 안에 있던 그 연구소의 보고서를 봤어요. 좀 이상하지 않았어요?”

그는 맥주를 내려놓고 턱수염을 문질렀다. “실험동물이 된 기분 아니었냐는 소리죠? 맞아요.”

"다른 사람들은 어쩌다 그런 데 오게 된 거죠?"

"그런 건 누구한테도 정식으로 말해준 적 없어요. 환자 사생활 보호차원 아닐까 싶은데. 대부분 태어날 때부터 그랬던 것 같았어요. 나처럼 뇌 손상을 입은 경우는 소수였고. 몇 명은 텔레비전에서 그 충돌 사고를 보고 나를 알고 있었던 것 같아요."

"그럼 모두들 비슷한……."

"능력이 있었냐고요? 본질적으론 그랬다고 봐야죠. 특정한 것들에 관해선 거의 완벽한 기억력을 자랑했으니까요. 그것 외에는 각양각색이었어요. 어떤 사람은 특별히 가르쳐 주지 않아도 어느 악기든 연주할 수 있었고, 어떤 사람은 아무리 큰 소수(素數)도 암산으로 구분할 수 있었죠. 일곱 살 때 기억력 천재로 공인받은 여자도 있었고."

"기억력 천재? 어떤 시험을 치렀는데요?"

"세 가지 과제. 한 시간 안에 무작위 숫자 천 개 외우기. 그다음엔 한 시간 안에 카드 열 벌의 순서 외우기. 마지막으로 2분 안에 카드 한 벌의 순서 외우기."

"와, 그런 걸 할 수 있는 사람이 있다니." 재미슨이 비꼬는 투로 말했다.

"그 세 가지 과제를 해낸 사람은 전 세계에 150명 정도 있어요."

"그렇게 많을 줄은 몰랐네요."

"전 세계 70억 인구를 고려하면 많은 건 아니죠."

"당신도 할 수 있어요?"

"해본 적 없어요. 왜 그런 짓을 해야 하는지를 모르겠던데요."

둘 다 입을 다물었다. 재미슨은 데커를 물끄러미 바라보았다. "이 남자의 동기가 당신이라고 해서 이게 당신의 잘못은 아니에요.

그건 알고 있죠?"

"열세 명이 살해당했어요, 누군가 나한테 유감이 있다는 이유로. 이건 분명 내 잘못이에요."

"방아쇠를 당긴 건 당신이 아니잖아요. 그자가 당신 때문이라고 주장한다 해도 그자가 한 짓이 정당화될 순 없어요."

"희생자 가족들한테 그렇게 말해보시든가."

"당신도 희생자 가족이에요."

데커는 접시를 밀어놓고는 다리를 세웠다. 무릎과 등이 너무 아팠고 오줌이 마려웠다. 그는 밖으로 나가 모퉁이를 돌아가서 바지 지퍼를 내리고 오줌을 눴다. 그러다 재미슨의 말소리에 화들짝 놀랐다. 그녀가 뒤따라온 것이다.

"죄의식 느낄 필요 없어요. 그게 놈이 노리는 거예요. 당신도 알잖아요, 그것도 놈의 계획 중 일부라고요. 당신 머릿속으로 들어가서 두 가지 측면에서 승리하기. 하나는 놈의 두뇌가 당신의 두뇌를 제압하는 데서 개인적인 만족감을 얻는 거예요. 두 번째는 당신이 냉철하게 사고하지 못하게끔 해서 놈을 제대로 추적 못 하게 만드는 거죠. 놈은 그걸 노리는 거예요."

데커는 바지 지퍼를 올리고는 돌아섰다. "나도 알아요."

"그러니까 놈에게 말려들지 말아요."

"행동보다는 말이 더 쉬운 법이죠."

"보통 두뇌를 가진 사람은 그렇겠죠. 당신은 그렇지 않잖아요."

그는 그녀에게 다가가 그녀를 창고 벽에 밀어붙였다. "괴물의 머리를 가졌다고 감정까지 없는 줄 알아요? 아무것도 못 느끼는 줄 아냐고, 정말 그렇게 생각하는 거요?"

"그렇게 생각한 적 없어요. 그놈이야말로 감정도 없는 인간이죠. 그런 면에서 별종은 그놈이에요. 당신이 아니라."

"그럼 대체 무슨 말을 하려는 건데?"

"당신은 감정 있는 사람이에요, 데커. 지금은 화가 났네요. 그건 알겠어요. 당신은 그 학살이 당신 때문에 시작됐다고 생각하죠. 누구든, 뭐든 후려치고 싶을 거예요. 벽에라도 주먹질을 하고 싶겠죠. 좋아요, 하지만 놈이 당신의 두뇌를 망가뜨리게 놔두지 마요. 언젠가 이 개새끼가 수갑을 차고 전기의자에서 끝장나는 걸 구경하려면 당신 두뇌가 제대로 작동해야 하잖아요. 이 게임에서 승리하고 싶죠? 그게 승리하는 길이에요. 승자는 살아가지만, 패자는 화를 내는 법이라고요."

데커는 한 걸음 물러섰다. 그녀는 움직이지 않았다. 그는 고개를 돌려 아스팔트를 내려다보았다. 그러다가 다시 창고로 터벅터벅 걸어갔다.

* * *

두 시간 동안 상자들을 싹 훑었지만 쓸 만한 것은 하나도 없었다. 데커는 선반에 등을 기댔다. "제복을 처음 입었던 날 누굴 무시한 적 없는지, 뭔가 화근이 될 만한 일이 없었는지 돌이켜봤는데, 그런 일은 없었어요. 세븐일레븐에서 누굴 열 받게 한 적도 없었고. 나쁜 놈들을 혼내주긴 했어도 이렇게 원한을 살 만한 짓은 한 적 없는 것 같은데 말이지."

그는 얼굴을 문지르고 눈을 감았다. 재미슨은 뻐근한 목을 문지르다가 갑자기 어리둥절한 얼굴로 그를 쳐다보았다.

"왜 경찰 제복 입은 날을 돌이켜본 거예요?"

그가 눈을 떴다. "나한테 반감을 가질 만한 맨스필드 동창도 따져봤어요. 아무도 없어요, 아무도."

"그럼 벌링턴에서 성장한 시기도 훑었고, 벌링턴으로 돌아온 이후의 삶도 훑은 거네요. 그 사이의 시기는요?"

"나를 경기장에서 때려눕힌 놈이 배후라는 얘깁니까? 그 자식은 무릎이랑 어깨가 나간 후로 팀에서 쫓겨나 무일푼으로 전락한 뒤에 마약팔이가 됐어요. 지금은 루이지애나 교도소에 있고. 게다가 대학 시절이든 프로 시절이든 난 누구의 질투를 받을 만큼 잘나가는 선수가 아니었어요."

재미슨은 하품을 했다. "만약 세바스찬 레오폴드가 관련돼 있다면, 왜 그자는 당신이 세븐일레븐에서 자기를 무시했다고 거짓말한 걸까요?"

"지금 살인자가 왜 거짓말을 하느냐고 묻는 겁니까?"

"그자가 이런 복수극에 나설 만큼 심한 짓을 당했다면 어떻게 당신이 그를 모를 수 있냐는 거죠. 어쩌면 그냥 미쳐서 그런 짓을 하는지도 모르지만, 난 이 남자가 아무래도 고지식한 것 같거든요. 당신 가족 사건 때도 그렇고, 맨스필드 고교 때도 그렇고. 게다가 당신한테 메시지까지 보냈잖아요. 그거 어떤 내용인지 말해줄 수 있어요?"

"하나는 내 옛집 벽에 쓰여 있었죠."

"어떤 내용이었죠?"

그는 그 메시지를 그녀에게 읊어주었다.

"다른 것들은요?"

그는 데비 왓슨의 방에 있던 암호와 래퍼티의 몸에 새겨진 글을 얘기해주었다.

"맙소사." 그녀가 탄식했다. "당신을 '형제'라고 칭했다는 거죠?"

데커가 고개를 끄덕였다.

"둘이 비슷하다, 서로에게 유일한 존재다, 그렇게 말했고요."

"맞아요."

"그리고 마지막 메시지에서는 당신이 열쇠를 쥐고 있다고 주장했어요. 언제 끝을 낼지 당신이 결정할 수 있다고."

"놈이랑 나 둘 중 하나만 살아남겠지."

"놈은 분명 최후의 승자가 되고 싶을 거예요."

"그렇겠죠."

"좋아요. 내가 보기엔, 놈은 당신에게 경쟁의식을 가지고 있어요. 형제니 뭐니 하면서. 아직 우리가 살피지 않은 부분이 어디죠?"

데커는 눈을 떴다. "팀 같은 거 말인가?"

"입대한 적 없죠?"

"없어요."

"그럼 팀이겠네요."

"말했듯이 난 누구에게 원한을 살 만큼 미식축구를 잘한 적 없어요. 남의 자리를 빼앗은 적도 없고. 대학 때는 2군이었는데, 3군 중에 사람들을 학살할 만한 놈은 없어 보여요. 게다가 프로 시절에 난 거의 고깃덩어리에 불과했어요. 있으나 마나 한 존재였지."

"음, 레오폴드가 이 일과 관련이 있다고 확신해요?"

"네."

"무슨 근거로? 육감?"

"그자가 사라졌다는 사실이 근거죠. 지역 내 노숙자 쉼터는 모두 확인했는데 아무 데도 없었어요. 놈은 나랑 대결을 한 겁니다. 술집에 있던 여종업원은 한패였고. 나한테 원한을 품은 사람이 바로 그 여종업원이에요. 내가 찾는 사람이지."

"그 여자, 남자일 가능성이 있다면서요."

"맞아요. 우리가 찾는 총격범도 그자예요. 레오폴드는 두 사건이 벌어졌을 때 갇혀 있었거든. 그러니 나머지 놈일 수밖에."

"그리고 그자는 당신이 학교에서 발견한 것들로 몸을 크게 부풀렸고요."

"경찰들이 신체 특징에 좌우된다는 걸 간파한 걸 보면 꽤 영리한 놈입니다. 경찰들은 일단 키와 몸집이 정해지면 거기서 벗어난 사람은 쳐다보지도 않거든요."

"레오폴드와 총격범 둘 다, 혹은 둘 중 하나는 경찰들의 생각을 꿰뚫고 있는 거네요?"

"맞아요."

재미슨은 곰곰이 생각했다. "놈이 직접 밝힌 유일한 사실은 당신이 동네 세븐일레븐에서 놈을 무시했다는 것뿐이네요. 하지만 당신은 놈이 거짓말을 하고 있다고 확신하는 거고. 그럼 우리는 거기로 돌아가서 거기서부터 시작해야…… 데커?"

데커는 어느새 일어서서 그녀를 내려다보고 있었다.

"왜 그래요?" 그녀가 물었다.

"방금 직접 밝힌 유일한 사실이라고 했죠?"

"네, 맞아요. 그런데……."

"그게 아니에요."

"뭐가 아니라는 거죠?"

"사실."

그는 아무 말 없이 서둘러 창고를 떠났다. 그녀도 벌떡 일어나 가방을 들고 그를 따라갔다.

3 339

데커와 재미슨은 수사본부에서 랭커스터와 마주 앉았다. 데커는 재미슨과 함께 여기 오게 된 경위를 간단히 설명했다.

“창고를 샅샅이 뒤져봤지만 아무것도 안 나왔어.” 그가 덧붙였다. “그 순간 이런 생각이 들더군. 내가 확인되지 않은 걸 근거로 지레짐작을 하고 있는 거 아닐까? 사실로 확인되지 않은 걸 기정사실로 받아들이고 있었던 건 아닐까? 그래서 여기 온 거야.”

“레오폴드가 수감된 뒤 내가 작성한 진술서를 보려고 온 거야?” 랭커스터가 물었다.

“맞아. 최대한 정확히 표현해봐, 메리. 단어 하나하나까지. 있는 그대로.”

랭커스터는 걱정스러운 기색으로 서류를 모아 앞에 놓았다. “처음에는 별로 말이 없었어. 사실 횡설수설했지. 진술을 마쳤을 땐, 의사능력 결핍을 주장하는 게 최선이라는 생각이 들더라고.”

“내 생각에 놈은 의사능력 결핍이 전혀 아니야. 오히려 정반대지." 데커가 말했다. "놈이 한 말을 그대로 읽어봐. 더 기억나는 게 있으면 그것도 도움이 될 거야."

"뭐, 밑져야 본전이니까." 그녀는 엄한 눈빛으로 재미슨을 바라보았다. "이것만은 분명히 해두죠. 오늘 이 자리에서 나온 말이 단 한 자라도 신문이나 다른 매체에 등장할 경우, 내 손으로 당신을 감옥에 처넣을 거예요. 에이머스에 대해 멋대로 휘갈긴 그 쓰레기 기사로 당신은 이미 나한테 찍혔어요."

재미슨은 장난처럼 두 손을 들어 항복을 표시했지만 목소리는 더없이 진중했다. "그럴 일 없을 거예요, 랭커스터 형사님. 안 그럴게요. 그리고 그런 걸 쓴 나는 쓰레기 맞아요. 써서는 안 될 걸 썼어요. 그래서 이제부터 바로잡으려고요. 내가 할 수 있는 건 그것밖에 없으니까."

랭커스터는 못마땅한 눈초리로 그녀를 훑어보았다. "그런데 앤디 잭슨이 정말 당신 대학 때 교수 맞아요?"

"그 이상이었어요. 내 스승이셨죠. 믿기지 않으면 알아보세요, 금방 확인될 거예요."

"믿을게요." 랭커스터가 딱딱거렸다. "이제 우리 모두 한 배를 탄 거네요." 그녀는 진술서를 내려다보고 읽기 시작했다. 데커가 세븐일레븐에서 레오폴드를 무시했다는 부분에서 데커는 그녀의 말을 막았다.

"놈이 정확히 그렇게 말했어? 내가 세븐일레븐에서 자기를 무시했다고?"

"응. 저번에 너한테 말한 그대로야."

"그 다음엔 놈에게 뭘 물어봤지?"

"어느 세븐일레븐이냐고 물어봤어, 신빙성 있는 이야기인지 확인하려고. 경찰서로 걸어 들어와서 1년 반 전에 일어난 세 명의 살인 사건이 자기 소행이라고 자백하는 일이 흔한 건 아니잖아."

"그러니까 놈이 우리 집 근처의 세븐일레븐이라고 말한 거야?"

랭커스터는 진술서를 다시 내려다보고는 인상을 썼다. "아니, 놈은 어디 있는 건지 모른다고 말했어." 그녀는 눈을 들었다. "나는 네가 어느 세븐일레븐에서 놈을 무시했는지 아는 줄 알았어."

"그럼 놈이 어디 세븐일레븐인지는 말한 적 없는 거네? 우리 집 근처 14번가 드살레에 있는 거라고 말했어?"

안색이 창백해진 랭커스터가 긴장한 목소리로 말했다. "아니, 에이머스. 그런 말은 안 했어. 내가 넘겨짚었나 봐. 그런 지레짐작은 하지 말았어야 했는데. 초짜나 하는 실수를 하다니."

"내 실수이기도 해, 메리."

랭커스터는 완전히 풀이 죽어 보였다.

"내가 진술서 좀 봐도 될까?" 그가 물었다.

그녀는 진술서를 건네주었고, 그는 그것을 읽기 시작했다.

랭커스터는 재미슨을 흘끔 보고 나서 몸을 내밀고 목소리를 낮춰 소곤거렸다. "데커랑 일하는 거 어때요? 난 10년을 같이 일했는데, 하루하루가 새롭더라고요."

재미슨도 똑같이 목소리를 낮춰서 소곤거렸다. "그게⋯⋯ 음, 독특하긴 해요. 그냥 벌떡 일어나서 창고 밖으로 막 나가고 그래요. 죽어라 뛰어서 따라갈 수밖에 없죠."

랭커스터는 좀체 보이지 않는 미소를 비쳤다. "동병상련이네요."

그때 데커가 진술서를 탁자에 떨구며 재미슨을 예리한 눈초리로 쳐다보았다. "당신이 기사거리와 사진을 받은 그 이메일 주소 말인데, 보낸 사람이 말라드2000 맞죠?"

"네, 당신한테도 보내줬잖아요."

랭커스터가 말했다. "그건 연방수사국도 추적이 불가능해서 별 쓸모가 없어."

"쓸모가 없긴, 엄청 쓸모 있어. 진작 알아차렸어야 했는데."

"알아차리다니 뭘요?" 재미슨이 물었다.

"아이피나 주소 추적이 중요한 게 아니었다. 내가 찾는 해답은 처음부터 그 이름 안에 있었어."

"이름 안에?" 랭커스터가 말했다. "무슨 이름?"

데커는 일어서서 재미슨을 쳐다보았다. "차 가지고 있죠?"

그녀는 고개를 끄덕이고는 따라 일어섰다. "경차. 16만 킬로미터 달렸고, 덕테이프로 땜질을 하긴 했는데, 연비는 좋아요." 그녀는 그를 위아래로 훑어보았다. "당신한텐 좀 비좁을 수도 있겠네요. 어디 갈 건데요?"

"시카고."

"시카고?" 랭커스터가 외쳤다. "대체 시카고에 뭐가 있는데?"

"정확히는 시카고 외곽이야. 결정적인 게 거기 있어, 메리."

"시카고 외곽 어딘 줄은 아는 거야?"

데커는 조바심을 내며 말했다. "놈이 나한테 주소를 알려줬어. 세븐 일레븐."

랭커스터는 고개를 젓고는 미심쩍다는 투로 말했다. "좋아, 하지만, 에이머스, 시카고에 세븐일레븐이 몇 개나 있는지 알기나 해?"

"편의점 찾으러 가는 거 아냐, 메리. 세븐 일레븐 거리를 찾아 가는 거지."

랭커스터는 멍하니 그를 올려다보았다. "애초에 세븐일레븐이 아니었다는 거야? 거리 번지수였구나! 하지만 그놈 말이……."

"놈은 세븐(7)과 일레븐(11)이라고 말했어. 7, 1, 1을 쉽게 표현한 거지. 넌 그걸 이 나라에 사는 사람이라면 누구나 받아들이는 방식으로 받아들인 것뿐이야."

"하지만 놈은 내 말을 바로잡지 않았어."

"뭘 기대해, 놈이 약도라도 그려주길 바란 거야? 놈들에게 이건 게임이야. 놈들 룰에 의해 진행되는."

"좋아, 번지수를 알고 있다고 쳐. 하지만 거리 이름을 모르면 그건 거의 쓸모가 없잖아."

"거리 이름 알아. 그 이메일 주소에 있잖아."

"말라드2000? 하지만 거기가 시카고인 건 또 어떻게 장담해? 시카고가 벌링턴 사건이랑 관련이 있다는 거야?"

"그건 아니야. 하지만 나랑 관련이 있어."

"에이머스, 그게 무슨……." 랭커스터는 말을 하다 멈추었다. 데커가 이미 밖으로 뛰쳐나가고 없었기 때문이다. "이 개새끼!" 랭커스터가 소리쳤다.

재미슨은 사과하는 눈빛을 그녀에게 던졌다. "동병상련이네요?"

"돌아가는 상황을 계속 알려줘요, 재미슨. 데커를 잘 지켜보고. 데커는 머리가 비상한 사람이지만 멍청한 짓도 많이 하니까."

"그럴게요." 재미슨은 데커를 쫓아 서둘러 나갔다.

랭커스터는 의자에서 축 늘어져 진술서를 내려다보았다. 그러다가 진술서를 둥글게 뭉쳐 건너편으로 내던졌다.

"얼어 죽을! 세븐일레븐은 무슨!"

40

경차가 다 그렇듯 그 경차도 데커에게는 작았다. 데커의 덩치가 차체와 엇비슷했기 때문이다. 둘이서 앞좌석을 힘겹게 빼내고 나서야 그는 비좁은 뒷자리에 간신히 몸을 욱여넣을 수 있었다. 긴 두 다리가 앞좌석이 사라진 돌출부를 넘어 쭉 뻗어나갔다.

그는 앉아서 두 눈을 감고 두 손은 불룩한 배 위에 놓았다. 그들은 도중에 그의 방에 들러 가방에 깨끗한 옷가지를 챙겼다. 재미슨은 차 트렁크 안에 여행가방을 상비하고 있었다.

"기자들 규정이라고나 할까요." 그녀는 그에게 말했다.

달리는 차 안에서 재미슨이 백미러로 불안하게 그를 쳐다보았다. "거기선 앞좌석 안전벨트 못 하겠죠?"

"사고나 내지 마요." 데커가 눈을 뜨지 않고 말했다. "당신 차보다 더 커다란 내 몸뚱이가 튕겨 나가는 꼴 보고 싶지 않으면."

그녀는 도로 쪽으로 시선을 돌렸다. 그들은 세 시간 넘게 주간고속도로를 달려 인디애나에 도착했다. 앞으로 네 시간 더 가야 했다.

"익스피디아로 우리가 묵을 방을 잡았어요." 그녀가 말했다. "시카고 외곽에 있는 걸로. 은행 예금은 안 깨도 될 거예요." 그녀는 고개를 돌려 그를 쳐다보았다. "우리 지금 어디 가는 건지 아직 말 안 해줬어요."

"일리노이 주 브록턴. 시카고에서 남쪽으로 32킬로미터 떨어진 근교에 있어요. 일리노이 주 샴페인 외곽 임배러스타운십에 있는 주민 300명의 브록턴 마을이랑 혼동하지 말아요."

"도시 이름이 임배러스타운십이라고요? 그거 진짜예요?"

"거기가 아니라고요."

"알았어요. 근데 브록턴 어디로 가는지는 말 안 했어요."

"레오폴드가 찾아보라고 한 거리로 가는 거예요."

"그러니까 그게 711 어디냐고요?"

"말라드 2000이 그 거리 이름이에요."

"그런 거리는 일리노이 주에 없어요. 확인했다고요."

"있어요, 다른 거랑 섞여 있어서 그렇지."

"무슨 말인지 원."

"살짝 꼰 암호예요, 재미슨. 잘 풀어봐요."

몇 분이 흘러갔다. "포기할래요. 난 십자말풀이 젬병이라고요."

"덕톤 애비뉴예요."

"덕톤?"

"뒤집어서 생각해봐요. 오래 걸리지 않아요."

그녀는 도로에 집중했다. "젠장." 몇 분 뒤 그녀가 내뱉었다. "말라드는 청둥오리를 뜻하니까 덕(duck), 2000파운드는 1톤이니까 톤(ton), 그래서 덕톤인 거네."

"축하해요, 소년탐정 해도 되겠어요."

"그나저나 덕톤 애비뉴 711에 뭐가 있는데요?"

"한때 내 집이 있었죠."

그녀는 고개를 홱 돌려 그를 쳐다보았지만 그는 옆의 창문 밖을 가만히 내다보고 있었다.

"당신 집?"

"나중에. 지금은 그냥 운전해요. 나 안전벨트 안 한 거 알죠?"

그녀는 성질이 나는 듯 고개를 홱 돌리고는 가속페달을 콱 밟았다. 그러고는 급격히 올라가는 속도에 그의 머리가 뒤쪽에 부딪치는 소리가 들리자 회심의 미소를 지었다.

그들은 화장실도 쓰고 기름도 넣고 요기도 할 겸 주간고속도로의 트럭 운전사 식당에 들렀다. 재미슨은 치즈버거와 감자튀김, 코로나 병맥주를 주문했다.

그는 그녀의 음식을 쳐다보았다. "간밤의 중국음식은 그렇다 쳐도, 난 당신이 건강에 꽤나 신경 쓰는 사람인 줄 알았는데요."

그녀는 버거를 베어 물고는 진한 육즙이 턱 밑으로 흐르자 그것을 닦았다. "조심해요, 당신도 잡아먹을지도 모르니까."

"다음 생애에나 한번 시도해보시든가."

"그나저나 덕톤이라는 데서 뭘 찾으려는 거예요?"

"그게 아직 거기 있어야 할 텐데. 예전 번호로 전화해봤지만 번호가 바뀌었더군요. 게다가 거기 번호는 전화번호부에 없어요."

"거기가 뭐 어쨌다는 건데요?"

"거긴 나 같은 사람들이 여기저기 찔리면서 검사받던 곳이에요."

재미슨은 먹던 버거를 내렸다. "기억력 좋은 실험동물들? 그 연구소?"

"서번트 증후군, 자폐증, 에스페르 증후군, 공감각 능력, 하이퍼

시메시스."

"하이퍼 뭐요?"

"시메시스. 그리스어로 '하이퍼'는 '과잉'을 의미하고, '시메시스'는 '기억'으로 번역되죠. 그걸 합쳐봐요, 그게 납니다. 엄밀히 말하면 자신 개인사를 거의 완벽하게 기억하는 사람이죠. 게다가 나는 보고, 읽고, 듣는 모든 것도 전혀 잊지를 못해요. 모든 걸 완벽히 기억하는 겁니다. 미식축구 경기장에서 죽다 살아났더니 그렇게 돼 있더군요."

"공감각 능력은요?"

"나는 남들이 못 보는 색깔을 봐요. 숫자에서도, 장소에서도, 사물에서도. 신경 경로들이 충돌 당시 합선된 것 같아요."

"모두 말해줘서 고맙긴 한데, 놀랍네요. 당신은 자기 얘기 남한테 안 하는 줄 알았는데."

"나 내 얘기 남한테 안 합니다. 특히 이 얘긴 아무한테도 한 적 없어요, 내 아내 빼고."

"나한텐 왜 얘기하는 거죠? 우린 서로 잘 알지도 못하잖아요."

데커는 페퍼로니 피자를 한 입 먹고 콜라를 쭉 들이켜고 나서 대답했다. "함께 살인자들을 추적하는 사이니까요. 놈들은 연방수사국 요원을 포함해서 많은 사람들을 죽였어요. 당신이 목숨을 건 이상 당신한테는 전부 털어놓는 게 맞겠죠."

그녀는 버거를 내려놓고 맥주를 한 모금 마셨다. "나 그렇게까지 용감하지 않은데요." 그녀가 부드럽게 말했다.

그는 피자를 몇 번 더 베어 물고 콜라와 함께 넘겼다. "그 생각이 틀렸기를 바랍시다."

41

그들은 모텔에서 잠깐 눈을 붙인 뒤 씻고 옷을 갈아입고 나왔다. 지금 두 사람은 작은 창문들이 난 8층짜리 벽돌 건물 앞에 서 있었다. 한 60년은 된 듯한 건물이었다. 재미슨은 데커를 흘끔 보고는 정면에 나사로 고정된 금속 명판의 숫자, 건물의 주소를 쳐다보았다. "711 덕톤. 여기라고요?"

데커는 고개를 끄덕였지만 건물에서 눈을 떼지 않았다. "좀 변했네요. 하긴 20년 만이니까."

"여기가 정말 연구소였던 거 맞아요?"

"두뇌의 기능을 연구하는 곳이었죠. 다면적이고 다학문적인 방법론적 측면에서 그 분야에 접근한 선구자들 중 하나였어요."

"그게 정확히 무슨 소리예요?"

"사람 머리에 전극을 꽂고 두뇌 활동을 측정하는 짓만 한 건 아니라는 말이에요. 별별 생리학적 연구를 다 했거든요. 두뇌도 결국은 생체 기관이고, 기본적으로 전기 자극으로 작동하니까. 심리 상담도 했어요. 단체 상담도 하고 개별 상담도 하고. 우리의 삶을 깊이 파헤쳤죠. 우리 같은 사람들을 과학적으로 탐구하면서, 우리가 어떤 사람인지도 알고 싶어 했어요. 특별한 지능이 우리의 삶에 어떤 영향을 주고 어떻게 변화시켰느냐에 주목한 거죠."

"철두철미하게 들리네요."

"맞아요."

"그래서 그렇게 난리법석을 떤 결과는 뭐죠?"

데커는 어깨를 으쓱했다. "딱히 들은 바 없어요. 입원한 지 몇 달 됐을 때 가도 좋다고 하더군요. 후속 조치는 없었습니다. 적어도 나한테는."

"잠깐만요. 그냥 가도 좋다고 했다고요? 당신 여기 강제로 입원한 거 아니었어요?"

"아니, 자원한 거예요."

"왜요?"

그는 고개를 돌려 그녀를 보았다. "난 두려웠어요. 내 두뇌는 변했고, 그로 인해 내 모든 것이 변했으니까. 감정도, 성격도, 사교성도. 난 그 이유를 알고 싶었어요. 내 미래가 어떨지, 먼 훗날 내가 어떤 사람이 될지."

"하지만 장점도 많잖아요. 공부도 일도 쉬울 텐데."

그는 다시 그 건물을 올려다보았다. "당신은 당신이 좋아요?"

"네?"

"당신이라는 사람이 마음에 드냐고요?"

"뭐, 네. 운동도 부족하고 애인도 찾아야 하지만, 네, 난 내가 좋아요."

"나도 내가 좋았어요. 그런데 그 사람이 없어진 겁니다, 내 의사와는 별개로."

그녀의 얼굴이 어두워졌다. "그렇군요. 그 점은 생각 못 했네요."

"뭔가를 잊을 수 있다면 좋겠어요, 사람들이 그러는 것처럼, 나도 좀 잊고 싶어요."

"평범한 두뇌를 가진 사람도 자기 가족에게 일어난 일은 잊지 못할 때가 많아요."

"하지만 나는 그 일을 하나하나, 낱낱이 기억해요. 그 일에 관한 건 평생 아무것도 잊지 못할 겁니다. 시체들을 발견한 순간 느꼈던 느낌도, 죽는 날까지 사건 당일처럼 생생할 거예요. 그래서 난 결코 앞으로 나아갈 수가 없어요."

"안됐군요."

그는 고개를 돌려 그녀를 내려다보았다. "이제 나한텐 연민의 마음도 없어요." 그가 말했다. "예전에는 있었지만. 이젠 그런 거 못 느껴요."

재미슨은 건물 안으로 들어가는 데커의 뒤를 부랴부랴 따라갔다. 건물 안내 게시판에 연구소는 없었다. 데커는 한쪽 구석에 자리한 안내 데스크로 가서 임시 경찰 신분증을 내보였지만, 안내원은 그가 말하는 곳을 들어본 적이 없다고 했다.

데커와 재미슨은 널찍한 로비를 돌아다녔다. 데커는 샅샅이 관찰하며 모든 것을 흡수했다. 그러다 로비 구석의 작은 꽃집으로 들어서는 모습을 보고 재미슨은 그를 쫓아갔다. 꽃집 계산대 뒤에는 40대 후반의 여자가 있었다. 연갈색 단발머리에 땅딸막했고, 작업복으로 검은색 바지와 하얀색 긴소매 블라우스를 입고 있었다.

"뭘 도와드릴까요?" 여자가 데커에게 물었다.

"이 가게, 예전에도 있었죠?" 데커가 말문을 열었다. "기억나요."

그녀가 미소를 지었다. "도라스 플로라스. 1955년 이 건물이 지어졌을 때부터 여기 쭉 있었죠. 도라는 저희 어머니 이름이에요. 어머니가 시작하신 가게거든요."

"그분도 기억나요. 그분과 닮았네요."

그 여자는 더 활짝 미소를 지었다. "10년 전에 제가 가게를 물려받았어요. 부모님이 가게를 크게 일구셨고, 전 대학생 때 가끔 와서 도와드리곤 했었어요. 전 데이지라고 해요. 이름이 좀 뻔하죠? 네 자매 중 막내딸인데, 우리 자매들은 모두 꽃 이름을 가졌어요."

"여기 10년 동안 계셨다고요?"

"네." 여자가 미간을 찌푸렸다. "꽃을 주문하러 오신 게 아닌가 봐요?"

"아닙니다." 데커는 무뚝뚝하게 말했다. 그러고는 신분증을 내밀었다.

"멀리서 오셨군요." 그녀가 말했다. "중요한 일인가 보네요."

"맞아요. 예전에 이 건물 안에 연구소가 있었어요. 한 20년 전에. '인지 연구소'라고."

데이지가 미소를 지었다. "아, 그 사람들 기억나요. 단골손님이었죠."

"그래요? 그럼 그 사람들 지금은 여기 없는 겁니까?"

"없어요, 이사 갔거든요. 그게 언제냐면, 가만 보자……. 한 칠팔 년 됐네요. 건물 앞에 커다란 트럭들이 있었던 게 기억나요. 다른 입주업체들은 대부분 그대로 남아 있는데 말이에요. 여긴 위치도 좋거니와 아름답고 고풍스러운 데다 관리보수가 철저해요. 게다가 시카고까지 엎어지면 코 닿을 거리라 알짜배기 중의 알짜배기 부동산인데."

"어디로 갔는지 모르십니까?"

"그건 모르겠네요. 전화번호부 찾아봤어요? 요새는 온라인으로도 가능할 텐데요."

"찾아봤죠. 등록돼 있지 않더라고요."

"아, 네, 안됐네요."

데커가 말했다. "어쨌든 감사합니다." 그는 돌아서기 시작했다.

그녀가 말했다. "근데 라비노비츠 박사님은 아직 계세요."

데커가 다시 돌아섰다. "해럴드 라비노비츠?"

"네, 그런데 그분 이름이 해럴드예요?"

"오기 전에 조사 좀 했죠." 그가 얼른 말했다.

"아, 그렇군요. 그분은 아직 근처에 사세요. 믿기 어렵겠지만 아직도 우리 가게에서 꽃을 주문하신답니다. 연구소 분들 몇 명은 우리 가게 최고의 단골이었어요. 매주 신선한 꽃을 주문했다고 어머니가 그러더군요. 주민들한테 꽃을 선물하기도 했대요. 얼마나 좋은 일이에요? 그 사람들한테도 좋고, 우리 가게 매상에도 좋고."

"그럼 그분 주소도 아시겠네요?"

그녀의 표정이 변했다. "그런 정보는 함부로 알려드릴 수 없는데요." 그녀가 미심쩍다는 듯 말했다.

"전화번호는 줄 수 있잖아요?"

"그것도 내키지 않아요. 댁은 좋은 분 같긴 한데, 그건 우리 방침에 어긋나는 일이라서요."

데커가 말했다. "그럼 라비노비츠 씨한테 전화해서 에이머스 데커가 만나고 싶어 한다는 말은 전해주실 수 있죠? 그분이 허락하시면 주소를 주시면 되죠. 안 된다고 하시면 그걸로 끝이고요."

"그러면 될 것 같네요. 그분을 아시는군요?"

"네, 알죠."

"진작 그렇게 말씀하시지. 잠깐만요."

그녀는 컴퓨터에서 전화번호를 찾은 뒤 번호를 누른 다음 등을 돌리고 통화했다. 1분 뒤 그녀는 전화기를 내려놓고 돌아왔다. 그러고는 종이에 뭔가를 적어서 그것을 데커에게 건넸다.

"빙고. 기꺼이 만나고 싶다고 하시네요."

데커는 그 종이를 내려다보고는 다시 그녀를 쳐다보았다. "부모님이 아직 살아계십니까?"

데이지는 그 질문에 살짝 놀라는 듯했다. "양로원에서 잘 지내고 계세요. 아니나 다를까, 거기서도 꽃꽂이를 하시죠."

"에이머스 데커가 어머니의 꽃을 기억하고 있다고 전해주세요. 그리고…… 그 꽃들이 많은 도움이 됐다는 말도요."

"그럴게요. 어머니가 들으시면 좋아하실 거예요. 어머니 말씀처럼, 꽃이 우리 곁에 많아질수록 세상은 더 나아지죠."

밖에 나왔을 때 재미슨은 데커를 쳐다보았다. "솜씨 좋은데요?"

그는 대답하지 않았다.

"그 꽃들이 많은 도움이 됐다고요, 응?"

그는 그녀를 흘끔 쳐다보았다. "실제로 도움이 됐습니다. 그게 뭐요?"

"당신은 당신이 생각하는 것보다 그리 많이 변한 것 같지 않은데요."

42

차 안에서 재미슨은 백미러로 데커를 쳐다보았다. "질문이 하나 있어요."

"하나만?"

"그건 아니고. 정리 좀 해보죠. 일단 당신이 무시한 사람은 레오폴드가 아니에요. 그자의 동료지. 그 여종업원 말이에요. 레오폴드는 그냥 그 메시지를 전달했을 뿐이고."

"맞아요."

"이유는 당신이 그자를 봤다면 분명 알아봤을 테니까, 그렇죠?"

"분명 그랬겠죠."

"그리고 범인은 그 연구소에 당신과 같이 있었던 사람이에요."

"그렇지 않다면 말라드 2000을 언급할 이유가 없겠죠. 난 우연을 믿지 않아요, 특히나 그렇게 큰 우연은."

"오케이. 그리고 바텐더는 그 사람을 '물건'이라고 불렀잖아요? 여장한 남자, 아니면 성전환자일 수도 있어요. 그런 급격한 변화가 있었다면 당신이 그 사람을 못 알아보는 것도 무리는 아니에요."

"그럴지도 모르죠."

"그 연구소에 있을 땐 남자였는데 지금은 여자가 된 것일 수도 있고요. 혹은 그 반대이거나."

"그럴지도."

"아무튼 그 연구소에서 당신이 그 사람을 무시한 거겠네요?"

데커의 전화기가 부르르 진동했다. 랭커스터였다.

랭커스터가 말했다. "그 술집 화장실에서 쓸 만한 지문이랑 디엔에이가 많이 나왔어. 거를 건 걸러내고 전과자 데이터베이스에 넣고 돌렸어. 연방수사국도 따로 분석했고."

"아무것도 안 나왔지?"

"약쟁이 둘이랑 성폭행범 하나. 현재 모두 복역 중. 과거에 그 화장실을 쓴 적 있나 봐."

"우리의 여종업원은 없지?"

"없어. 그쪽은 어떻게 돼가?"

"두어 시간 뒤에 알려 줄게. 지금 단서를 쫓는 중이야."

그는 전화를 끊고 뒷좌석에 몸을 기댔다.

재미슨은 살피는 눈으로 그를 쳐다보았다. "아무것도 없대요?"

"없대요. 라비노비츠에 기대를 걸어봅시다."

* * *

해럴드 라비노비츠 박사는 도시 반대편 낡은 아파트에 살고 있었다. 데커가 문을 두드리자 다가오는 발소리가 났다.

"누구시오?"

"에이머스 데커입니다."

문이 열렸다. 데커는 검은 색안경을 끼고 턱수염이 희끗희끗한 왜소한 대머리 노인을 내려다보았다. 일흔은 훨씬 넘은 듯했고, 낡은 카디건과 양복바지, 하얀 와이셔츠 차림이었다.

"안녕, 에이머스." 노인은 데커의 배를 멍하니 바라보았다.

데커는 조금 뒤에야 눈치를 챘다. "시력은 언제 잃으신 겁니까?"

"완전히 잃은 것 말인가? 7년 전에. 노화에 따른 시력 감퇴야. 아주 고약하지. 자네 혼자 온 게 아니군. 다른 사람 소리가 들려."

"제 친구 알렉스 재미슨이에요."

"안녕하세요, 라비노비츠 박사님. 그냥 알렉스라고 불러주세요."

"향수 냄새가 마음에 들어요. 바닐라와 코코넛 향이 참 좋군요."

"맞아요. 대단하시네요."

그가 만족하는 미소를 지었다. "보완하는 차원에서 다른 감각을 발달시켰지. 어서들 들어와요."

그들은 작은 거실의 의자에 앉았다. 데커는 두리번거리며 깔끔한 주변 광경과 신중하게 조성된 보행로를 관찰했다. 문 바로 옆 걸이에 매달린 시각 장애인용 지팡이도 눈에 띄었다.

"자네가 나를 보고 싶어 한다는 얘기를 듣고 놀랐네." 라비노비츠가 말문을 열었다.

"시간 오래 빼앗지 않을게요."

"내 인생은 가진 건 시간밖에 없는 단계에 도달했네, 에이머스. 이젠 일도 안 해. 아내도 죽었고. 건강은 날로 나빠져가고. 옛 친구들도 죽고 없지. 자식들도 죄다 건강이 좋지 않아. 손주 녀석들은 대학을 졸업하고 막 일하기 시작했고. 마침 자네가 찾아와서 얼마나 반가운지 몰라."

데커는 뒤로 몸을 기대고는 노인을 주시했다. 그동안 재미슨은 두 사람을 번갈아 보았다.

데커가 말했다. "인지 연구소는 언제 그만두셨어요?"

"10년 전에. 더 일할 수도 있었는데 눈이 악화되는 바람에."

"연구소가 이전을 했더군요."

"알아. 나랑은 계속 연락하고 있어. 연구소는 더 커졌다네, 알겠지만."

"아뇨, 몰랐습니다."

"그래서 이전한 거야. 더 큰 곳이 필요했거든. 자네가 우리와 함께한 후로 연구소는 초고속으로 발전했네. 훨씬 더 많은 걸 알게 됐지."

"그래서 저를 기억하시는군요."

"자네 같은 사람을 어찌 잊겠나. 유일한 프로 미식축구 선수였는데. 꽤나 희귀한 경우였어."

"전 경찰이 됐어요. 나중에는 형사가 됐습니다."

"자넨 거기 있을 때부터 그러겠다고 했지."

"네, 그랬죠."

"잘된 일이야. 형사로 잘나가고 있겠구먼?"

"굴곡이 있었어요, 대부분의 직업이 그렇듯이."

"부진할 때보다 잘나갈 때가 더 많기를 바라네."

"선생님이 제게 힘을 좀 보태주셨으면 합니다."

라비노비츠는 얼굴을 찌푸렸다. "그게 무슨 말인가?"

데커가 맨스필드 사건을 언급하자 라비노비츠가 말했다. "그 얘긴 나도 들었네, 전 국민이 다 아는 얘기니까. 엄청난 비극이야. 참으로 참혹하고. 많은 목숨이 그렇게 끝나다니. 아무 이유 없이."

"제가 그 사건을 수사 중인데, 그럴 만한 이유가 있었어요. 저와 개인적으로 연관이 있는 것 같습니다."

"어떻게 말인가?" 라비노비츠가 날카롭게 물었다.

"연구소에 저와 같이 있었던 누군가가 그 사건과 관련이 있는 것 같습니다."

라비노비츠는 팔걸이의자의 끄트머리를 움켜쥐었다. "뭐라고?"

"자세한 얘긴 할 수 없지만, 살인범이 그 연구소의 옛날 주소를 언급했어요. 제가 자기를 무시했다면서. 그래서 사람들을 죽인 거라고 암시했죠."

"아이고 하느님!" 라비노비츠는 의자에서 넘어질 뻔했지만, 데커는 덩치 큰 남자치고 민첩하게 노인의 팔을 낚아채서 노인을 의자에 붙들어두었다.

데커는 재미슨을 쳐다보았다. "물?"

그녀는 벌떡 일어나 얼른 옆방으로 갔다가 물을 한 잔 가지고 돌아왔다. 데커가 잔을 건네자 노인은 물을 조금 마시고는 잔을 탁자 위에 조심스럽게 내려놓았다.

"죄송합니다." 데커가 말했다. "박사님한테 그런 얘기를 해서는 안 되는 거였는데. 저도 모르게……."

라비노비츠는 달달 떨리는 손으로 입술을 닦고는 의자에 몸을 기댔다. "자네의 신경 스위치는 어그러졌네, 에이머스. 더 나은 표현이 없구먼. 자네는 특정한 사회적 암시나 신호를 다루기가 힘든 거야. 우리 연구소를 거쳐 간 많은 이들이 그랬지. 그쪽 세계에선 흔한 일이야. 두뇌의 특정 부분이 특출하게 향상되면 다른 부분은 퇴보하니까. 두뇌가 우선순위를 택해버린 거지."

"그래서 찾아뵌 겁니다. 선생님의 연구소를 거쳐 간 사람들. 그들 중 하나가 살인범일 가능성이 있어요."

라비노비츠는 불쾌함에 미간을 찌푸리며 고개를 저었다. "그것 참…… 끔찍한 소리구먼. 그건 아닐 걸세."

"머리가 손상된 자들은 많은 일들을 할 수 있어요. 좋은 일이든 나쁜 일이든."

"하지만 자네도 그 연구소에서 만난 사람들을 생생히 기억하고 있잖나. 그중에 냉혹한 살인마가 있던가?"

"솔직히 그건 아닙니다. 저도 누구를 무시하거나 모욕한 기억은 없고요."

"하지만 이 끔찍한 짓을 벌인 그…… 그놈이 연구소 주소를 자네한테 줬다면서?"

"옛날 주소였어요, 암호로 되어 있는 덕톤 주소. 놈의 의도는 분명해요."

라비노비츠는 입가를 문질렀다. "자네가 이미 알고 있는 것 외에 더 보탤 게 있는지 잘 모르겠구먼."

재미슨이 거들었다. "박사님은 거기 있던 환자들을 연구하셨잖아요. 거기 계실 때 만나보신 의사들이나 심리학자 혹은 다른 전문가들은 어떨까요?"

데커가 천천히 고개를 끄덕였다. "그건 미처 생각 못 했군."

라비노비츠는 딱 잘라 말했다. "그 연구소에서 일한 사람이 그런 악독한 짓을 저지를 리가 없어."

"저도 그렇게 생각하고 싶진 않아요." 재미슨이 얼른 대꾸했다. "하지만 이런 수사에서는 어떤 가능성도 배제할 수 없어서요."

데커가 말했다. "크리스 시즈모어."

재미슨이 말했다. "누구요?"

라비노비츠가 말했다. "정신과 의사 말이군. 듣기로는 몇 년 전에 거기를 그만뒀다던데."

"그 사람은 왜요, 데커?" 재미슨이 물었다.

"나랑 사이가 좋지 않았어요. 말다툼도 했었고. 범인으로 지목할 만큼 심각한 원한이 있었던 건 아니었지만. 그래도 껄끄러운 사이였던 건 사실입니다."

"설마 그자가 20년 만에 레오폴드로 등장한 건 아니겠죠?" 그녀가 물었다.

데커는 눈을 감고 기억을 더듬었다. "키와 몸집은 맞아요. 이목구비도 비슷하고. 하지만 시즈모어는 이제 50대 초반일 겁니다. 의심스럽기는 해도 시즈모어와 레오폴드가 동일인이라고 확신할 수는 없어요. 물론 레오폴드의 팔에 있는 문신은 나중에 새긴 것일 수도 있고, 해군에 있었다는 말도 거짓말일 수 있어요. 목소리도 세월이 흐르면서 변했을지도 모르죠. 하지만 경찰은 레오폴드가 체포됐을 때 그자의 지문과 디엔에이를 확보했어요. 시즈모어의 지문은 직업 데이터베이스에서 찾을 수 있었을 테고. 두 사람이 동일인인지 확인해볼 수 있을 거예요."

그는 전화기에 레오폴드의 사진을 하나 가지고 있었지만 라비노비츠에게 그것이 시즈모어인지 확인해달라고 보여줄 수는 없는 노릇이었다. 그는 라비노비츠를 쳐다보았다. "시즈모어에게 무슨 일이 있었던 거죠? 왜 연구소를 떠난 겁니까?"

노인은 손가락으로 초조하게 허벅지를 두드리고 있었다. "이미 말했듯이 난 그 사람이 떠나기 훨씬 전에 연구소를 그만뒀네."

"하지만 예전 동료들과 연락하고 지내신다고 하셨잖아요."

"맞아, 그게, 그 사람한테 일적으로 문제가 좀 있었어."

"무슨 문제요?"

"그건 말 못해. 연구소가 사직을 권할 정도로 심각한 문제였다고만 해두지."

재미슨이 말했다. "그 남자랑 왜 마찰이 있었던 거예요, 데커?"

"그 사람이 총애하는 환자들이 있었는데, 나는 아니었죠."

라비노비츠가 말했다. "크리스가 특별히 아끼는 사람들이 있었지. 나는 모든 환자들을 예의와 존중, 정성을 다해 공평히 대했다고 생각하고 싶네. 물론 나도 인간이기 때문에 유달리 관심이 간 사례들이 있긴 하네만. 자네처럼 환자가 사실상 사망했다가 소생해 인지 경로가 바뀐, 둔력에 의한 뇌외상 사례는 아주 희귀했지." 라비노비츠는 말을 멈추고 미소를 지었다. "그나저나 난 미식축구라면 60년도 넘게 시카고 베어스 팬이라네, 자넨 클리블랜드에서 뛰었지만. 자넨 우리 연구소 입소자들 중에 유일한 프로 미식축구 선수였어. 자네가 먼저 말을 꺼냈으니 말인데, 크리스가 그 점에 대해 언짢아했던 일이 기억이 나는군. 자네를 정말 싫어해서 그랬던 건지, 아니면 개인적 사정과 관련이 있어서 그랬는지 모르겠네만. 당시 그는 자네 때문에 중요한 일들이 뒷전으로 밀려난다고 생각한 것 같아."

"무슨 말인지 모르겠네요." 재미슨이 말했다. "무슨 근거로 그런 생각을 했을까요?"

데커가 대답했다. "시즈모어는 내가 미식축구 선수인 이상 뇌 부상의 위험을 감수한 거라고 생각했어요. 다른 사람의 자리를 내가 빼앗고 있다고 생각한 거죠"

라비노비츠가 말했다. "그건 몰랐군."

"누가 알까 봐 아무한테도 말하지 않았습니다. 어느 날 복도에서 그자와 '대화'를 나누던 중에 그자 스스로 발설했지만요."

"그 사람 참, 전문가답지 못한 처신을 했구먼." 라비노비츠가 날카롭게 지적했다.

"아마도요. 하지만 그걸 맨스필드 사건의 동기로 보기에는 무리가 있습니다."

재미슨이 말했다. "그럼 이쯤에서 핵심 질문 하나. 시즈모어 박사는 현재 어디 있는 거죠?"

라비노비츠가 말했다. "난 몰라요. 연구소를 그만둔 뒤로 그 사람과는 연락하지 않고 있어서."

"혹시 벌링턴 쪽으로 이주한 건 아닐까요?" 재미슨이 말했다.

데커가 말했다. "만약 그 사람이 아직 같은 분야에 종사하고 있다면 자격증 때문에 데이터베이스에 있을 겁니다. 거기부터 파봐야겠군."

"나도 연구소에 전화해서 가능한 정보는 모아보겠네." 라비노비츠가 제안했다. "환자에 관련된 것이 아니니 적극적으로 나서줄 걸세. 몇 사람 정도는 크리스가 현재 어디 있는지 알지도 몰라."

데커는 노인에게 연락처를 주었다. "하루 정도는 여기 머무를 예정입니다." 데커가 일어서서 말했다. "고맙습니다, 큰 도움이 되었어요."

라비노비츠는 따라 일어섰다. "크리스가 범인이 아니기를 기도하겠네. 하지만 범인이라면 자네가 그를 꼭 잡아서 또 다른 피해자가 생기지 않기를 기도하지."

"신께서 그 기도에 귀를 기울여주시기를." 데커가 말했다.

"범인이 또다시 살인을 저지를까?" 라비노비츠가 말했다.

"분명 시도할 겁니다."

4 443

재미슨과 데커는 라비노비츠의 집을 나와 점심을 먹으러 갔다. 데커는 랭커스터에게 전화를 걸어 알아낸 것들을 알려주었다.

랭커스터가 말했다. "알았어. 시즈모어라는 남자를 최대한 추적해볼게. 지문도 찾으면 레오폴드 것과 대조해보고." 그녀는 말을 멈추었다가 말했다. "네가 그런 연구소에 있었던 줄은 몰랐어."

"캐시 말고는 아무도 몰랐어."

"우린 오랫동안 파트너였잖아, 에이머스."

"네가 내 과거에 관심이 있을 줄 몰랐다, 메리."

"아무리 똑똑한 사람도 실수를 한다더니, 그 말이 맞긴 맞구나." 그녀는 불만스럽고 실망한 투로 딱딱거렸다.

랭커스터가 전화를 끊자 데커는 접시 옆에 전화기를 내려놓았다. 접시에는 반쯤 먹다 만 치즈버거와 감자튀김이 쌓여 있었다.

"문제없는 거죠?" 재미슨이 물었다.

"네." 데커는 감자튀김 하나를 집으며 말했다.

재미슨이 말했다. “만약 시즈모어가 레오폴드라면요, 그자는 분명 정신병자일 거예요.”

“사람을 열셋이나 죽였는데 정신병자가 아니면 뭐겠어요.”

“그런 말이 아니에요.”

“그럼 설명해봐요.”

그녀는 접시를 옆으로 밀고 몸을 앞으로 기울였다. “무시했다 어쨌다 하는 거 말이에요. 그건 당신이 그가 총애하는 환자들보다 더 큰 관심을 받았기 때문일 거예요. 일종의 두뇌 미인대회라고나 할까? 그래서 거기에 대한 복수로 사람들을 죽인 거죠.”

“바로잡자면, 그자가 레오폴드라고 해도 그자는 아무도 죽이지 않았어요. 누가 래퍼티 요원을 죽였는지는 모르지만. 내 가족이 살해당했을 때, 그리고 맨스필드 사건이 벌어졌을 때 레오폴드는 감옥에 있었어요. 강철 같은 알리바이를 가진 셈이죠. 아니면 계획적으로 감옥에 갇힌 거든가.”

“레오폴드는 당신 가족이 살해될 것도 알았고 범인이 맨스필드에서 총질할 것도 알고 있었다는 얘기네요?”

“벌링턴 경찰서로 자수하러 들어온 시점도 우연의 일치 치고는 좀 묘해요. 그자가 크랜스턴에서 체포된 기록도 확인해봤는데, 업무 방해로 하룻밤 유치장에서 보낸 게 다였습니다. 아예 기소조차 되지 않았죠. 다음 날 아침에 그냥 석방. 그런데 그게 그자가 내 가족을 살해하지 않았다는 명백한 증거가 된 겁니다.”

“그럼 레오폴드는 누군가, 즉 우리가 찾는 키 180센티미터에 말라빠진 미치광이와 작당을 해서 살인을 모의한 거로군요.”

“그런데 그 사람은 시즈모어일 수가 없어요.”

“시즈모어가 당신이 무시한 그 사람일 수는 있어요. 그래서 그 술집에서 여종업원으로 행세한 사람과 짠 것일지도 모르죠. 대체 어떤 인간이기에 살인을 그렇게 쉽게 저지르는지 궁금하네요."

"나도 궁금해요."

"하지만 시즈모어가 이 일의 배후라면, 정신이 병든 사람이 어떻게 정신과 의사가 됐을까요?"

"마음 어딘가가 고장이 났겠죠. 조울증을 앓고 있는데 약물이 더는 듣지 않는 상태일 수도 있고. 레오폴드는 조울증을 앓고 있고 약물 치료를 중단했다고 변호사에게 말했어요. 국선 변호인이 판사한테 한 말이 사실이라면요. 아니면 몸이나 마음에 입은 트라우마로 인해 변한 건지도 모르죠. 그자는 목에 혹이 하나 있었고, 팔에는 마약 주사자국이 나 있었어요. 아마 몸 안에 온갖 것들이 흐르고 있을 겁니다. 20년이면 많은 일들이 일어날 수 있는 시간이에요. 그런데 만약 레오폴드가 시즈모어라면, 나와 대면하는 위험을 무릅쓴 겁니다. 그자는 내 머리가 어떻게 작동하는지 잘 알거든요. 나라면 대번에 시즈모어를 알아볼 수 있었을 텐데."

"하지만 못 알아봤잖아요. 그럼 그 사람이 아닌 거 아닐까요?"

"어쩌면."

"어쨌거나 너무 무서운 일이에요. 그놈 진짜 악마 아니에요?"

"그럴지도." 데커가 동의했다. "그렇게 생각하면 기분이 좀 나아져요?"

그녀는 진저리를 쳤다. "뭘 어떻게 생각하든 기분이 나아질 수는 없는 사건이에요."

데커의 전화기가 부르르 진동했다. 그는 전화를 받았다.

라비노비츠가 말했다. "에이머스, 좋은 소식인지 나쁜 소식인지 모르겠네만 일단 알려주지. 크리스가 그만둔 이후 연구소가 그에게 온 우편물을 전달해주고 있었어. 시간이 꽤 흘렀기 때문에 우편물이 뜸하긴 했지만 연구소가 아직 그의 주소를 가지고 있었네."

데커는 그것을 받아 적고 나서 라비노비츠에게 감사의 인사를 했다. 그는 휴대폰으로 그 주소를 검색했다. "시카고와 벌링턴의 중간 지점이로군. 여기 오는 길에 지나온 곳이야."

"그자가 아직 거기 산다면 비교적 쉽게 벌링턴에 다녀올 수 있겠군요."

"갑시다."

"데커, 이거 경찰에 먼저 알려야 하지 않을까요?"

"뭘 알립니까? 그자가 뭘 잘못했다는 증거가 전혀 없는데. 그냥 추적해볼 수밖에 없어요. 우리 생각이 맞다는 게 밝혀지면 경찰은 그때 불러도 돼요."

그는 성큼성큼 카페 문 밖으로 나갔고, 그녀는 뒤를 따랐다. 네 시간 뒤 그들은 고속도로를 벗어났다. 20분 정도 더 달렸을 때 휴대전화 GPS가 그들을 수십 년은 버려져 있었던 것 같은 황폐한 동네로 안내했다.

"이 남자, 인생 내리막길 탔나 보네." 재미슨이 말했다.

데커는 묵묵히 이리저리 시선을 돌려 모든 것을 관찰했다. "저기, 검은 셔터가 내려진 왼쪽 세 번째 집. 저기 지나서 세워요."

재미슨은 데커의 지시에 따라 시즈모어의 집을 지나 집들을 대여섯 채 더 지나친 다음 건너편 보도 옆에 차를 세웠다.

"데커, 시즈모어는 수 년 전에 그 연구소를 떠났다고 라비노비츠가 말했잖아요."

"그랬죠."

"좀 생각해봤는데요, 시즈모어가 정말 레오폴드일 수 있을까요?

레오폴드는 정말 노숙자에다 정신이 나간 사람처럼 보였거든요. 시즈모어가 그렇게 급속도로 추락할 수 있었을까요?"

"가능해요." 데커가 말했다. "내가 그랬으니까. 난 몇 년 걸리지도 않았어요."

그녀는 잠시 그를 쳐다보다가 고개를 천천히 돌리고는 말했다. "그렇군요."

데커는 뒷좌석에서 몸을 빼내서 차 밖으로 나갔다. 재미슨이 차에서 내리기 시작했을 때 그는 머리를 차 안으로 다시 디밀고 말했다. "당신은 차 안에 있어요."

"무슨 소리예요!"

"일이 틀어지면 차를 몰고 튀어요. 경찰한테 알리고."

"데커, 그럴 수 없……."

"아니, 하라는 대로 해요."

그는 차 문을 닫고 그 집을 향해 출발했다. 두 손을 주머니에 찔러넣고 고개를 숙인 채 보도를 따라 걷는 그의 모습은 거센 찬바람을 피하려는 것처럼 보였다. 하지만 그는 시선을 오른쪽으로 고정하고 목표한 집을 계속 주시하고 있었다. 날이 저물어갔지만 집에는 불이 켜지지 않았다. 시즈모어가 이 집에 산다고 해도 집에 없을 가능성이 있다. 빌링턴에서 다음 살인을 계획하고 있는 걸까.

데커는 시즈모어와 레오폴드가 동일인일 가능성은 없다고 생각했다. 아무리 20년이라는 세월이 흘렀고 사람은 변할 수 있다고들 하지만, 게다가 연구소에서 시즈모어와 접촉은 별로 많지 않았지만, 그자를 봤다면 못 알아봤을 리 없다. 하지만 더 파보기 전까지 확신은 금물이다.

그는 길을 건너 주차된 두 자동차 사이에 섰다. 두 자동차 중 한 대는 시멘트 보도블록 위에 있었다. 그는 허물어져가는 보도를 따라 걸었다. 그 집을 그냥 지나친 다음 뒤돌아서 골목으로 들어가 그 집 뒷마당 뒤에 도달했다. 그러고는 축 늘어진 철조망을 넘어 안으로 들어가 집 뒤쪽으로 접근했다. 이쪽에서도 집 안의 불빛은 보이지 않았다. 그는 옆걸음질로 뒷문으로 가서 한 손을 권총 개머리판에 대고는 귀를 바짝 세우고 기다렸다. 발소리는 없었다. 아무런 소리도 없었다. 그는 좌우를 둘러보았다. 양쪽 집 뒷마당에는 아무도 보이지 않았다. 밖에 나와 앉아 있기에는 너무 쌀쌀한 밤이었다.

그는 팔꿈치로 유리를 깨고 손을 넣어 잠긴 문을 열고 안으로 들어갔다. 작은 현관 왼쪽에 세탁기가 있었고, 앞쪽에는 짧은 계단과 부엌이 있었다. 튀긴 음식 냄새가 공중을 맴돌았다. 퀴퀴한 담배 냄새도 났다. 시즈모어가 흡연자였다는 기억이 났다. 그가 담배를 피우며 쉬던 모습이 떠올랐다. 아직 그 버릇을 못 버린 게 분명했다. 그런데 레오폴드는 그 술집에 같이 앉아 있을 때 담뱃불을 붙이지 않았다. 술집에 간 흡연자라면 담뱃불을 붙이기 마련인데. 게다가 벌링턴에서 실내 흡연은 합법이다. 그리고 레오폴드의 옷에서는 담배 냄새가 나지 않았다. 잘못 짚었다는 육감이 고개를 들었지만 그는 끝까지 가보기로 했다.

그는 계단을 올라가 작은 부엌을 둘러보았다. 개수대 안에 접시들이 몇 개 있었고, 쓰레기통 안에 신문이 하나 있었다. 날짜를 확인해보니 2주 전 신문이었다. 상황이 점점 더 꼬여가는 느낌이 들었다. 그는 부엌을 나가 1층의 방들을 일일이 들여다보았다. 최근에 사람이 있었다는 흔적은 없었다. 그는 위층으로 향하는 짧은 계단을 올라갔다. 조바심에 못 이긴 그는 앞으로 달려나가 열린 문들을 걷어차며 전진했다. 첫 번째 방, 두 번째 방을 확인한 뒤 세 번째 방에 갔다가 마지막 문으로 갔다.

그 문을 밀어 젖힌 데커는 심호흡을 시작했다. 달리 후각을 죽일 방법이 없었다.

그는 침대 쪽으로 건너가 아래를 내려다보았다. 시트 위에 시신이 누워 있었다. 신원은 알 수 없었다. 너무 심하게 부패된 상태였기 때문이다. 키는 얼추 맞았지만 얼굴은 너무 심하게 손상돼 있었고, 부패된 상태로 보아 꽤 오랫동안 여기 있었던 것 같았다.

시신은 그의 눈을 붙잡고 놓아주지 않았다. 결국 눈을 돌리는 데 성공한 데커는 방 여기저기를 둘러보다 한 지점에서 시선을 멈췄다. 그는 그 벽으로 건너가서 거기 쓰인 글을 멍하니 바라보았다.

또 틀렸어. 그자가 이미 썩었다면 넌 너무 오래 걸린 거야. 계속 노력해 봐, 성공할 수도 있으니까. 아닐 수도 있고. 키스와 포옹을 보내며. 너의 형제가.

44

보거트가 말했다. “크리스 시즈모어였어. 방금 지문과 치아로 신원을 확인했어.”

데커는 경찰에 먼저 전화를 건 후 연방수사국에 전화를 걸었고, 법의관들이 그 작고 쓰러져 가는 집에 폭풍처럼 들이닥쳤다.

지금 그들은 시즈모어의 집에 있었다. 고맙게도 시체는 진작 치워지고 없었다. 재미슨은 이 일에 대해 기사를 한 줄도 쓰지 말라는 엄중한 지시를 받고 차 안에 남아 있었다.

데커가 고개를 끄덕였다. “그럴 줄 알았어.”

“왜지?”

데커는 벽에 쓰인 글을 가리켰다. “저거 때문에.”

보거트가 데커 옆에 섰다. “설명해봐.”

“놈들이 내가 또 틀렸다고 했으니까. 여긴 시즈모어 집이야. 난 시즈모어가 관련됐다고 생각하고 여기 온 건데 그는 관련이 없었어. 또 다른 희생자였을 뿐.”

"놈들이 당신을 가지고 놀고 있군. 매번 당신을 요리조리 조종하면서."

데커가 고개를 끄덕였다. "자기들이 나보다 더 영리하다는 걸 과시하는 거지. 실제로 그럴지도 모르고."

"그건 당신이 틀렸기를 간절히 바라자고."

"이제까지는 놈들이 늘 한 걸음 앞서갔어. '그자가 이미 썩었다면'이라잖아. 시신이 부패되고 나서야 도착하다니."

"놈들은 오랫동안 이걸 계획했어. 당신은 그걸 따라잡느라 바쁜 거고. 토끼와 거북이 같은 거지. 하지만 당신 뒤에는 연방수사국이 있어. 당신 혼자 감당할 필요는 없을 것 같은데."

그들은 밖으로 걸어 나갔다. 이른 아침이었다.

"덕톤 711 말인데." 보거트가 말했다. "전에 있던 곳이라면서?"

"맞아."

"거기서 당신한테 앙심을 품은 사람이 시즈모어가 아니라면, 그게 누굴까?"

"내 기억으론 그 연구소의 다른 의사들과 직원들 중에 나랑 껄끄러웠던 사람은 없었어."

보거트는 콘크리트 계단에 걸터앉아 한숨을 쉬었다. "그렇군. 그럼 다른 사람은? 분명히 뭔가가 있을 거 아냐. 놈이 거기 환자나 직원이 아니고서야 당신이 여기 있었다는 걸 알 턱이 있나?"

데커는 그의 옆에 앉았다. "분명 내가 한 일과 관련이 있어. 아니면 놈이 그렇게 생각하고 있거나. 당해도 싸다고 여길 만큼 심한 짓을 했다고 생각하는 거지."

"비뚤어진 마음의 소유자에게는 뭐든 모욕이 될 수 있어, 데커. 당신이 놈보다 먼저 문 안으로 들어갔다든가, 놈한테 재채기를 했다든가, 놈이 대답하고 싶은 질문에 당신이 대답했다든가. 그걸 누가 알겠어?"

"나는 분명 알고 있어. 그걸 아는 사람은 나밖에 없어."

"아무것도 잊는 법이 없으니 언젠가는 기억날 거야."

"그래서 문제란 말이야. 이제껏 기억이 떠오르지 않은 걸로 봐서는 애초에 여기 없는 거니까." 그는 그의 옆머리를 톡톡 두드렸다. "내 경우는, 생각이 저절로 떠오르는 게 아니야. 내가 머릿속으로 들어가서 생각을 끄집어내지. 그건 차이가 있어."

보거트는 일어서서 그를 내려다보며 두 손을 주머니에 찔러넣었다. "검시관은 시즈모어가 죽은 지 2주 정도 됐다고 추정하더군. 레오폴드와 그의 '친구'는 행방이 묘연하고. 우리가 이 동네를 샅샅이 뒤질 거야, 혹시나 뭐든 건질까 해서."

"소용없을 거야. 날이 밝을 때 내가 뒷마당을 통해서 집 안으로 들어갔었거든. 나 같은 덩치가 돌아다니는데도 아무도 쳐다보지 않았어."

"뭐, 그래도 수색은 해야지."

"시즈모어가 일은 했었나?"

"그건 지금 알아보는 중이야. 만약 일을 했다면 그가 출근을 안 했을 때 실종 신고를 한 사람이 있을 거야."

"출근하지 않아도 되는 일도 있잖아."

"뭐가 나오면 알려주지."

보거트가 가고 데커는 일어서서 재미슨의 자동차로 걸어가 차에 탔다. 그녀는 운전석에서 졸린 눈으로 그를 쳐다보았다.

"모텔로 가지 그랬어요." 그가 말했다. "나야 보거트 부하 차를 얻어 타면 그만 아닙니까."

그녀는 고개를 젓고는 말했다. "아뇨, 어차피 잠도 안 왔을 거예요. 그 사람 시즈모어죠?"

"맞아요. 2주 전에 죽었어요."

"벽에 있다는 메시지는 뭐예요?"

"나더러 틀렸지만 계속 노력해보래요. 이번에도 나를 '형제'라고 부르더군요."

"그놈 진짜 당신이랑 두뇌 싸움을 하고 있는 거네요."

"그런 것 같아요."

그녀는 몸을 펴고 하품을 했다. "이제 어쩌죠?"

"눈 좀 붙입시다. 그리고 생각 좀 해보죠. 뭐라도 떠오를지 모르니까."

"정말 그럴까요?"

"아니, 아마 아닐 거예요."

그에게 기억이란 떠오르는 것이 아니다. 그건 이미 거기 있거나, 아니면 없는 것이다.

4 445

다음 날 그들은 차를 몰고 벌링턴을 향한 여정에 올랐다. 데커는 거의 아무 말도 하지 않았고 재미슨의 질문도 대부분 무시했다. 재미슨은 결국 포기하고 라디오를 틀었다. 그들은 요기를 하기 위해 고속도로변 트럭 운전자 식당에 멈췄다. 재미슨은 거대한 트럭들의 바다에 피라미 같은 자동차를 세웠다. 그녀는 뻣뻣하게 차에서 내리는 데커를 보고 말했다. "차가 좁아터져서 미안해요."

그는 목을 문지르고 뚝 소리가 날 때까지 등을 쭉 펴고는 말했다. "배고프네."

식당 안은 붐볐다. 그들은 트럭 운전수들이 당구를 치면서 내기를 걸고 있는 뒤편 당구대 옆 구석 테이블로 안내됐다. 바로 옆에는 선물 가게가 있었는데, 집에 있는 아내나 애인에게 줄 속옷이나 섹스 용품 들이 진열되어 있었다. 두 사람은 음식을 주문하고, 데커는 합판으로 된 테이블 상판을 쳐다보며 스푼으로 커피에 설탕을 퍼 넣었다. 보니 레이트의 컨트리 노래가 주크박스에서 흘러나왔다. 재미슨은 벌집 같은 실내를 둘러보았다. 카우보이모자를 쓴 남자가 기계 야생마를 타고 몇 초 버티다가 내던져지자 친구들이 환호했다.

데커는 턱수염을 긁고는 눈을 들어 그녀를 쳐다보았다. "비행기 잡아타고 나한테서 최대한 멀리멀리 날아가요. 알아들었죠?"

"그 얘긴 이미 끝낸 걸로 아는데요. 앤디 잭슨은……."

"당신 친구이자 스승이었죠. 당신 친구이자 스승으로서 그분도 당신이 살해당하는 걸 원치 않으실 겁니다."

"호신용 스프레이도 있고 또……."

"놈들이 지금 여기 있을 수도 있어요. 우리를, 아니 당신을 지켜보고 있을 수도 있다고요."

"일부러 겁주려는 거 알아요."

"뭐 하러 일부러 겁을 줍니까. 당신은 똑똑한 여자고 겁은 이미 먹고 있는데."

주문한 음식이 나오자 그들은 묵묵히 먹었다. 둘 다 상대와 눈이 마주치는 걸 피했다. 계산서가 왔을 때 데커가 돈을 냈다.

"나한테 빚 진 거 없잖아요." 그녀가 말했다.

"내가 훨씬 더 많이 먹었어요. 나눠서 내는 건 공평하지 않아요."

그들은 자동차로 돌아갔다. 데커는 경계를 늦추지 않았다.

* * *

"어디에 내려줄까요?" 벌링턴에 도착해서 시가지를 달리고 있을 때 재미슨이 물었다. "숙소? 학교? 경찰서? 아님 다음 생?"

"비행기 탈 거죠?"

그녀는 고개를 돌려 그를 쳐다보았다. "글쎄요." 그녀가 조용히 말했다.

"이맘때 플로리다는 날씨가 좋다더군요. 마이애미 어떻습니까?"

"골칫거리 때문에 도망치는 거 내키지 않아요."

"이건 골칫거리 이상이에요. 죽고 사는 문제라고요."

"당신은요? 당신은 남을 거잖아요? 비행기를 잡아타고 그냥 훌쩍 사라지지 않을 거잖아요."

"난 남을 겁니다." 데커는 그렇게만 말했다. "여관에 내려줘요."

그녀는 여관 앞에 차를 세웠다. 데커는 문을 열고 내리며 말했다. "남든지 가든지 해요. 나한테 알려만 주고, 알았죠?"

그녀는 고개를 끄덕인 뒤 차를 몰고 떠났다.

데커는 샤워를 하고 눈을 좀 붙인 뒤 밖으로 나가 버스를 타고 맨스필드 고교로 향했다. 모퉁이에서 내려 고등학교의 퇴색한 정면을 올려다보다가 안으로 터덜터덜 들어갔다.

그는 도서관에서 랭커스터를 만났다. 그녀는 더 깡마르고 더 창백해 보였다. 왼손은 너무 심하게 떨려서 주머니 속에 넣어야만 했다. 그들은 뒤편에 앉아 지난 이틀 간 벌어진 일을 이야기했다.

"재미슨이 네 충고를 받아들일까?" 그녀가 물었다.

그는 어깨를 으쓱했다. "그랬으면 좋겠는데, 그 여자가 말을 들어먹어야 말이지."

"하지만 크리스 시즈모어도 멀리 떨어져 있었잖아. 그런데 지금 어떤 꼴이 됐는지 봐."

"놈들이 모든 사람을 해칠 수 있는 건 아니야, 메리. 재원이 무한한 조직 같은 게 아니니까. 유능하고 체계적이긴 하지만 그냥 두 사람일 뿐이야."

"그게 사실은 아니야, 네 추측일 뿐이지. 내가 세븐일레븐일 거라고 추측한 것처럼."

그는 곰곰이 생각하다 고개를 끄덕였다. "네 말이 맞아. 여긴 무슨 일 없었어?"

그녀는 고개를 저었다. "육군 쪽에선 입에 발린 소리만 하더라. 그쪽에선 별로 건질 게 없는 거 같아. 감식반도 막다른 골목에 막혀버렸고. 범인이 어떻게 들어와서 돌아다니다가 떠났는지는 알지만 그것만으로는 수사가 진척이 안 돼, 에이머스."

"밝혀진 건 나와의 연관성뿐이네. 크리스 시즈모어의 살인으로 사실로 입증된 거지. 놈들이 시즈모어가 나한테 반감을 갖고 있었다는 것까지 안다면, 거기 있었거나 20년 전 거기서 벌어진 일에 대해 내부 정보를 갖고 있거나 둘 중 하나야."

"뭐 기억나는 거 없어? 도움이 될 만한 거? 거기 입원한 동안 드나들었던 사람들이라든가."

데커는 의자에 몸을 늘어뜨리고 각자 다양한 위치에서 수사에 열중하는 수사관들을 둘러보았다. 그들의 눈빛과 동작에서 슬슬 기운이 빠져나가고 불안감이 자리 잡아가고 있었다. 사건이 미궁에 빠지면 이렇게 된다. 이제 사건을 해결할 수 없을 거라는, 범인을 잡지 못할 거라는 생각이 사기를 떨어뜨리고 있는 것이다.

그는 랭커스터를 다시 바라보았다. "현재로서는 레오폴드가 유일한 단서야. 하지만 그놈은 연구소에 없었어. 그건 분명해. 놈이 시즈모어가 아니라는 것도 밝혀졌고."

"놈들은 위장술에 능한 것 같아. 작은 체구를 크게 부풀린 걸로 봐서는 그래. 놈에게 수배도 때렸는데 아무것도 안 나와. 그 자식 그냥 사라졌어."

"그 술집 여종업원도 아무런 흔적도 없지?"

"없어. 여종업원인지 남종업원인지는 몰라도."

"그것도 위장술이었어. 남자인데 여자 흉내를 낸 거야. 그것도 아주 능숙하게. 깜빡 속았어. 그놈이 나한테 맥주까지 가져다줬다니까. 내 옆에 바짝 붙어 있었는데도 전혀 의심하지 못했어."

"그 여종업원이 관련 있는 거 확실해?"

"그 여자는 레오폴드가 떠나기 5분 전에 사라져서 다시는 나타나지 않았다잖아. 우연의 일치일 수도 있지만, 그럴 리가 없지."

"그렇다고 쳐도, 여전히 사실은 아니야. 아직까지는." 그녀는 종이를 뒤적거렸다. "하지만 사실인 게 하나 있지."

그가 똑바로 앉았다. "뭔데?"

"학교에서 학생 여섯과 성인 셋이 살해당했어. 그 학생들 중 다섯은 남학생이었고."

"데비 왓슨이 유일한 여학생이었지."

"그런데 그 남학생 다섯은 모두 미식축구 선수였어. 정확히는 셋은 선수, 하나는 팀 매니저, 나머지 하나는 얼마 전 규율 위반으로 쫓겨난 선수."

데커는 더 똑바로 앉았다. "베스 왓슨은 지미 시켈이 미식축구팀이었다고 했지만 다른 사람들과의 연관성은 찾지 못하고 있었어. 데비도 있고, 다른 성인들은 선수가 아니잖아."

"조 크레이머, 그 체육 교사는 미식축구 코치였어."

"교감은?"

"베리 드레스덴은 아무 관련 없어. 학교에 다니는 자식도 없어서 미식축구팀에 다니는 아이가 있을 리도 없고. 그리고 앤디 잭슨이 있지."

"그 사람은 총격범과 맞서다가 살해당한 거니까 제외하고, 다른 사람들은 미식축구팀과 연관이 있어서 표적이 된 거라는 얘기야?"

"하지만 교감은 관련성이 없어."

"하지만 희생자들이 미식축구팀 남학생들과 코치다? 그게 우연일 리 없어, 메리. 각 교실마다 표적이 그렇게 많았는데 놈은 쏠 사람을 분명히 알고 있었어. 잠깐만, 희생자들이 전부 몸집이 컸던가? 모두 미식축구 선수처럼 생겼었나?"

"둘은 그랬고, 나머진 보통 체격이었어. 그래서 범인이 순전히 생김새만으로 표적을 고른 건 아닐 거라는 생각이 들어. 학생들은 경기 전 금요일마다 미식축구 유니폼을 입는데, 총격 사건이 발생한 건 금요일이 아니야. 하지만 놈은 누가 미식축구팀인지 쉽게 알아낼 수 있었을 거야. 데비가 알려줬을 수도 있고. 만약 그랬다면, 데비도 놈의 계획을 알고 있었을지 몰라." 그녀는 잠시 말을 멈추었다. "어쨌든, 내가 생각한 걸 알려주고 싶었어."

그는 고마워하는 눈빛으로 그녀를 쳐다보았다. "수고했어, 메리. 아무도 못 본 걸 알아냈구나."

그녀는 씁쓸한 미소를 지었다. "너보다 앞서가는 건 익숙지 않지만 기분 좋네. 그런데 내 말이 맞다면, 왜 미식축구팀을 노렸을까?"

"난 여기 팀에서 뛰었잖아. 놈들은 내 트로피를 모두 가져갔고. 내게 복수하는 또 다른 방식일 수도 있어. 또 다른 앙갚음."

"뭐?"

"그런데 범인은 교감실로 들어가 교감을 살해했어. 데비와 앤디 잭슨은 왜 죽었는지 설명이 가능하지만 교감은 아니야. 그가 미식축구팀과 뚜렷한 연관성이 없다면, 왜 살해당한 걸까?"

"네가 여기 팀에서 뛴 게 동기가 아닐 수 있다는 말이야? 놈들이 그 트로피들을 가져갔는데도?"

"응. 하지만 그게 동기가 아니라면 대체 뭘까?"

"난 모르겠어." 랭커스터가 인정했다.

"뭐, 더 알아낼 수밖에 없지. 같이 가볼 데가 있어, 메리."

"가자고? 어디?"

"그 술집."

"목말라?"

"응. 하지만 맥주에 목마른 건 아니고."

4 446

눈송이 하나가 나풀나풀 내려왔다. 데커는 그 술집 건너편에 서 있었고, 그의 옆에는 랭커스터가 있었다. 눈송이는 보도에 부딪치자마자 녹아버렸다.

랭커스터가 손수건을 꺼내 코를 풀었다. "안에 안 들어갈 거면 차 안에서 기다리면 안 될까?" 그녀가 물었다. "추워 죽겠어. 감기 걸릴 것 같아."

데커는 머릿속에 넣어둔 이 도시의 모든 구역을 처음부터 다시 훑었다. 그가 걷기 시작하자 랭커스터는 황급히 그를 쫓아갔다.

"역시 카메라는 없군." 그가 말했다.

"벌링턴에도 감시카메라는 있어, 많지 않아서 그렇지. 런던과 뉴욕에는 거리마다 있다던데, 우리는 그런 대도시만큼 세금이 걷히는 게 아니잖아?"

"사설 감시카메라도 있어." 데커가 말했다. "은행, 전당포, 주류점 같은 데. 여긴 눈에 띄는 게 없네. 확인 좀 해볼래? 이 구역에 뭐가 있는지?"

"전화해서 확인해볼게." 그녀가 전화를 거는 동안 데커는 계속 주변을 살폈다. 눈송이 몇 개가 더 떨어졌다. 머리 위로 습기를 머금은 구름이 짙게 껴 있었다. 기온이 계속 떨어지면 눈구름은 계속 커질 것이다.

랭커스터가 전화기를 뗐다. "알아보고 연락 준대. 이제 뭐 하지?"

데커는 길 건너 그 술집으로 향했고, 랭커스터는 뒤를 따랐다. 술집 안은 북적거렸다. 남녀 쌍쌍이 대부분의 테이블을 차지하고 있었고, 뒤편에서는 총각 파티가 열리고 있는 것 같았다. 랭커스터는 스트리퍼를 혐오스럽다는 눈초리로 쳐다보았다. 스트리퍼가 딱 붙는 캣우먼 의상을 하나씩 벗어 던지며 공연을 하고 있었다.

"요즘 남자애들은 왜 저런 거에 환장을 하는지 원."

"남자들은 늘 저런 거에 환장해." 데커가 덤덤하게 말했다. "옷을 하나하나 벗는 예쁜 여자." 그는 바로 건너가서 바텐더를 쳐다보았다. 예전에 얘기를 나누었던 그 남자였다.

"뭐 드실래요?" 바텐더가 물었다.

"밀러 하나 줘요, 생맥주로." 데커는 랭커스터를 쳐다보았다.

"난 근무 중이라서." 그녀는 낮은 목소리로 말했다.

"내 친구한텐 알코올 뺀 블러디메리로 주시고." 데커가 말했다.

바텐더가 주문 받은 것을 만들러 가고 데커는 스툴에 앉은 몸을 돌려 바에 기대고 실내 광경을 흡수했다. 랭커스터도 똑같이 했다.

"레오폴드는 동료가 여종업원으로 가장하고 있던 것으로 추정되는 이 술집으로 너를 유인한 거야. 둘이 얘기를 하고, 그는 동료인 것으로 추정되는 자의 도움을 받아 도주한 거고."

"추정, 그래." 데커가 짜증스럽게 말했다.

"그놈은 네가 여기로 따라올 걸 어떻게 알았을까?"

"내가 안 따라가면 그게 더 이상하지. 공소를 모두 취하했잖아. 놈은 다 알고 있었어. 내가 공무 집행 절차를 알고 있다는 것도, 자기가 유치장에서 풀려나 짐을 꾸릴 것도, 내가 밖에서 기다릴 거라는 것도. 그런데 내가 기다리지 않는다면? 그렇다 해도 문제가 아니야. 나를 꾀어낼 다른 방법을 찾으면 되니까."

"넌 놈을 따라 여기 왔어. 놈이 짠 이 게임의 최종 단계는 뭘까?"

"놈은 다시 나를 만나려고 할 거야, 가까이에서. 내 능력을 가늠하려고."

"우리 짐작이 맞다면 말이야, 너를 만나려는 범인은 그 여종업원이잖아. 그 연구소에 너랑 같이 있었던, 어떤 식으로든 네가 모욕을 준 사람."

"그럴 가능성이 높지."

"놈이 너를 바로 죽이지 않은 게 이상해. 죽이려는 시도조차 안 했어."

"그럼 내 고통이 충분하지 않을 테니까, 메리."

"네 고통이 충분하지 않다고? 네 가족들을 포함해서 그 모든 사람이 죽었는데도? 재미슨이 널 비난하며 써 갈긴 기사는 또 어떻고? 게다가 놈은 내내 널 조롱했잖아?

"그걸로는 부족해, 메리. 놈들이 보기엔 부족한 거야."

"놈들이 원하는 게 뭘까? 너한테 바라는 게 대체 뭐냐고?"

"뭔가 더 있어. 그게 뭔지는 아직 모르지만."

하지만 데커는 그들의 최종 목표가 무엇인지 알고 있었다.

놈들이 원하는 건 나야.

바텐더가 음료를 가져와서 말했다. "어이, 형씨, 저번에 나한테 신세진 거요. 경찰들이 가게 안팎에 쫙 깔렸어요. 그래서 단골손님 절반은 겁먹고 안 온다고요."

"어차피 매상은 거기서 거기잖아, 안 그래요?" 랭커스터가 딱딱거렸다.

"팁이 없잖아요." 바텐더가 말했다. "난 팁으로 먹고 산단 말입니다." 그는 전자 담배를 입에 물고 한 모금 빨았다. "이 술집 주인이 먹고살 만큼 월급을 주는 줄 아쇼? 그렇게 생각한다면 정신감정 한번 받아보셔."

데커가 말했다. "여기 여종업원도 팁으로 먹고살겠군."

"그렇지요 뭐."

"하지만 내뺀 그 여종업원은 아닐걸요. 다른 수입원이 있겠지."

"그 물건, 그렇겠지요 뭐."

"정말 남자였어요?" 랭커스터가 바텐더를 빤히 보며 물었다.

바텐더는 그녀를 쳐다보았다. "댁이 무슨 상관이쇼?"

그녀는 경찰 배지를 보여주었다. 바텐더는 전자 담배를 한 모금 더 빨고는 말했다. "내가 왕년에 오프브로드웨이 무대에서 소품 담당자로 일한 적 있거든. 그 바닥에는 그런 물건들이 수두룩했죠. 난 여자랑 남자를 구별하는 안목이 있다고요. 이 작자는 정말 감쪽같긴 했지만."

"그 물건이 남자였다면 왜 일하게 뒀죠?" 랭커스터가 물었다.

"술을 안 흘리고 잘 나르기만 한다면야, 남자가 계집처럼 차려입든 말든 내 알 바 아니죠. 필요한 건 일손이니까. 가운뎃다리가 있든 없든."

데커가 말했다. "그 여자가 나랑 얘기하던 남자보다 먼저 나갔다고 했죠?"

"댁이 나가고 난 뒤에 안 보이더라고요. 그래서 일손을 구할 때까지 내가 술을 날라야 했다니까요."

"그래서, 직업소개소에 전화했어요?" 데커가 물었다.

"했죠. 댁 말이 맞았어요. 그 여자, 기록에 없더라고요. 댁이 한 골 넣었어요."

데커의 시선은 바텐더의 허리 쪽으로 내려갔다. 청바지 앞주머니에 삐져나온 열쇠고리의 장식이 보였다.

"모는 차종이 뭡니까?"

바텐더는 놀란 눈으로 아래를 내려다보고는 눈을 들어 데커를 쳐다보았다. "왜요? 이제 어디 태워주기까지 해야 되나?"

"아뇨. 그냥 궁금해서."

"닛산 리프."

"전기 자동차네요."

"맞아요. 기름으로 가지 않으니까 연비가 좋죠. 전원만 꽂으면 되고."

"아주 조용할 테고." 데커가 말했다.

"어떨 땐 너무 조용해서 문제지. 시동을 껐는지 아닌지 분간도 못 하겠어요. 주머니에 키를 넣고 문 닫고 내렸는데, 나중에 보면 이 빌어먹을 게 계속 켜져 있는 겁니다."

"그래요? 차는 어디에 주차해두죠?"

"바깥 골목에."

"그날, 퇴근할 때 차 위치가 약간 달라져 있었던 거 기억나요?"

바텐더는 잠시 생각하다가 말했다. "아뇨, 기억 안 나는데요?"

"그날 여기 왔을 때 그 골목도 살폈는데, 거기 자동차는 없었거든요."

"에이, 설마!" 바텐더가 놀라서 커다래진 눈으로 딱딱거렸다. "퇴근할 때 차는 거기 있었어요."

"자동차 키 항상 가지고 다녀요?"

"항상은 아니고. 가끔 저기 고리에 걸어두곤 해요." 그는 바 뒤편 벽을 가리켰다. "배달이 있는 날은 차를 빼야 해서. 그래야 맥주 트럭이 저 공간으로 간신히 들어올 수 있거든요. 거긴 막다른 골목이라 후진으로만 나갈 수 있고요. 가끔 내가 바쁠 땐 여종업원 하나를 시켜서 차를 빼게 하죠."

"그 문제의 여종업원이 당신 허락 없이 그 차를 뺀 것 같군요."

데커는 바 위에 몇 달러를 떨구었다. "팁 포함이요." 그와 랭커스터는 밖으로 나갔다.

447

굵은 눈이 빗발치기 시작했다. 데커는 회색 닛산 리프를 바라보았다.

"충전하고 있나 본데." 랭커스터가 말했다. 그녀는 전력 케이블이 자동차 포트에서 뻗어 나와 술집 옆문 쪽 충전 박스로 이어진 것을 바라보고 있었다.

데커는 케이블이 아니라 골목의 벽들을 살피고 있었다. "저기 저거." 그가 말했다. 높고 절묘한 위치에 자리한 감시카메라 한 대가 골목 대부분을 내려다보고 있었다. 데커는 카메라가 달린 곳으로 건너갔다.

"약국에서 설치한 건가 봐." 그가 말했다. "여기는 배달 물건을 들이는 통로고."

"약국들이 하도 털려서 그래." 데커의 옆에 와서 선 랭커스터가 말했다. "여기 카메라가 있는 게 당연해. 뒤쪽으로 침입하려면 여기가 딱이니까. 그래서 여기 문에 빗장을 지르고 자물쇠까지 채워놓은 거네."

"이 카메라 녹화 영상이 필요해. 지금 당장 봐야겠어."

그들은 얼른 가게 정면으로 갔다. 계산대 뒤에 점원이 한 명 있었고, 출입구 근처에 비번인 경찰관이 한 명 있었다.

랭커스터는 경찰관에게 형사 배지를 내보였다. "아는 친구네." 그녀가 말했다. "도너번, 4구역 담당 맞죠?"

"맞아요, 형사님. 여긴 무슨 일이십니까?"

그녀는 자초지종을 설명했다. 그들은 함께 계산대로 건너갔고, 도너번이 계산원에게 사정을 설명했다. 그가 말했다. "내리는 건 내가 할게요."

몇 분 뒤 랭커스터와 데커는 녹화 영상을 가지고 약국에서 나왔다. 그들은 곧장 맨스필드 고교로 돌아갔다. 랭커스터는 그녀의 컴퓨터에 디스크를 넣고 영상을 띄웠다.

데커는 그녀에게 문제의 날짜를 알려주었다. 그녀가 영상을 한참 넘기고 있을 때 데커가 말했다. "거기서 멈춰봐."

화면이 정지했다. 그가 말했다. "이제 느린 동작으로 앞으로 돌려봐."

그들은 그 여종업원이 술집을 나와 리프의 충전케이블을 뺀 다음 차문을 열고 차에 올라타는 것을 지켜보았다. 몇 분 뒤 그녀는 차를 몰고 사라졌다. 10분 뒤 그 여자는 다시 차를 몰고 나타나 차에서 내린 뒤 케이블을 다시 연결시키고는 술집으로 들어갔다.

"바텐더는 이 여자가 돌아오지 않았다고 했잖아." 랭커스터가 말했다.

"잠깐만." 데커가 말했다.

몇 초 뒤 여자가 다시 밖으로 나오더니 돌아서서 골목 저편으로 걸어갔다. 데커는 랭커스터를 쳐다보았다. "차 키를 고리에 걸어두려고 돌아갔던 거야. 아마 바텐더는 여자를 보지도 못했을걸."

"맞아."

"레오폴드를 차에 태워서 어딘가에 내려줬군. 다른 사람 자동차를 이용하다니 꽤 영리한데. 그래서 추적될 만한 자동차 번호를 남기지 않았어."

"자동차를 감식하면 지문이 남았는지 알 수 있을 거야. 이 여자, 장갑을 안 꼈어."

랭커스터가 전화를 거는 동안 데커는 화면을 응시하고 있었다.

그녀가 전화를 끊었을 때 그가 말했다. "다시 돌려보자. 이번엔 최대한 화면을 확대해서."

랭커스터는 데커의 요구대로 몇 번이나 화면을 돌렸다. 카메라 각도 때문에 처음에는 자동차 뒷모습밖에 보이지 않았다. 그리고 여자가 운전석에 미끄러지듯 들어가는 모습이 보였고, 나중에는 차 밖으로 쑥 나오는 긴 다리가 보였다. 그녀의 짧은 치마가 허벅지까지 말려 올라가 있었다. 하지만 얼굴이 정면으로 찍힌 장면은 없었다.

"이 여자 다리 한번 잘빠졌네." 랭커스터가 말했다. "그건 인정해줘야겠는데."

"남자야." 데커가 바로잡았다. 적어도 그는 그렇게 생각했다.

"근데 바텐더 말이 맞았어."

"뭐가?"

랭커스터가 말했다. "오프브로드웨이에서 일할 때 여장한 남자들을 숱하게 봤다고 바텐더가 그랬잖아. 그런데 이 작자는 정말 감쪽같다고 말이야. 여자인지 남자인지 모르지만, 하여간 화면상으로는 정말 여자 다리 같아 보여."

데커는 천천히 고개를 끄덕이고는 다시 그 장면을 쳐다보았다. 그는 두 번 더 확인하고 나서 비디오를 껐다.

"어때?" 랭커스터가 말했다. "뭐 반짝 하는 거 없어?"

데커는 고개를 저었다. 뭔가가 있긴 있었다. 뭔가가 그의 얼굴을 똑바로 보고 있는 것 같기는 한데, 무엇인지 알 수가 없었다.

랭커스터는 하품을 하며 기지개를 펴고는 부산한 도서관 안을 둘러보았다. "보거트가 언제쯤 다시 행차하실지 궁금하네."

"그 사람 시즈모어 집에 제트기를 타고 왔었어. 그러니 같은 방식으로 돌아왔을 거야. 어떤 식으로든 나보다 먼저 돌아왔을걸." 데커가 말했다.

"그 사람 아직 여긴 안 들렀어."

"맡은 사건이 이것만 있는 게 아닐 거야."

"그럴지도. 하지만 아무리 바쁘다고 해도 맨스필드 사건을 최우선으로 다뤘으면 좋겠는데."

"그거야 모르지." 데커가 무심하게 말했다.

랭커스터는 손목시계를 확인했다. "11시가 다 됐네. 나 오늘 새벽 5시부터 여기 쭉 있었어. 집에 좀 다녀와야겠어. 태워다줄까? 걸어가면 안 돼. 밖에 눈이 장난 아니게 내려." 그녀는 도서관 창문으로 밖을 내다보았다. 가로등 불빛 아래로 눈발이 휘몰아쳤다.

"그래. 오늘 여기서 할 일은 다 한 것 같아."

그녀가 격려했다. "단서를 몇 개 잡았어, 에이머스. 이제 놈들을 잡아야지."

"우리가 잡은 건 단서라고 할 수도 없어, 메리. 영양가 없는 껍데기에 불과해. 놈들이 계획을 잘 짰어."

"장고 끝에 악수가 나온다는 말도 있잖아."

"알아. 불행히도 자주 틀리는 말이지."

그들은 그녀의 차에 올라타고 출발했다. 그녀는 그를 흘끔 쳐다보았다. "너 그 감시카메라 영상에서 뭔가 봤지?"

"봤어. 근데 그게 뭔지 모르겠어."

"거기 다시 갔을 때 기분이 어땠어? 그 연구소?"

"엄밀히 말해서 거기 간 건 아니야. 연구소가 이사를 갔으니까. 거기서 일했던 사람과 얘기만 나눴어."

"기억의 길을 따라 여행하는 중인 거네."

"내 인생 자체가 기나긴 기억의 길이지."

"그게 그렇게 나쁜 거야?"

"영화 보다가 일어나 나가고 싶었던 적 있지?"

"당연하지, 여러 번."

"그런데 영화를 끌 수 없다면 어떻겠어? 그냥 일어나서 자리를 뜨는 게 불가능하다면? 네 머릿속에서 계속 상영된다면?"

그녀는 운전대를 움켜쥐고 앞을 응시했다. "무슨 말인지 알 것 같다."

계기판에 얹힌 경찰 무전기가 지지직거렸다. 경찰 접수계가 강력 사건이 발생한 현장의 주소를 알렸다. 랭커스터는 도로에서 벗어날 뻔한 차를 겨우 바로잡았다. 그녀는 공포에 휩싸인 눈으로 데커를 보았다.

"우리 집이야." 그녀가 소리쳤다.

448

랭커스터의 집은 30년쯤 된 소박한 단층 단독주택이었다. 남편 얼이 건축업자라는 것이 무색할 만큼 페인트칠이며 지붕 수리가 필요해 보였고 군데군데 목재가 썩어 있었다. 아스팔트 진입로는 쩍쩍 갈라졌고, 방들은 비좁고 침침한 데다 퀴퀴한 냄새가 났다.

경광등 불빛이 어두운 하늘을 요란하게 밝히고 있었다. 랭커스터는 차를 급정거하고 뛰쳐나가 경찰관 둘에게 형사 배지를 휙 보여준 뒤 집 안으로 들어가려고 했지만 저지당했다.

경찰관 하나가 그녀를 알고 있었다. "랭커스터 형사님……."

그녀는 안으로 들어가려고 그들을 밀쳤지만, 그가 그녀를 붙잡았다. "기다리라고요! 일단 제 말부터 들어보세요!"

경찰관들은 그녀를 막느라 애를 먹었다. 랭커스터는 덩치가 크지는 않았지만 전혀 통제가 되지 않았다. 그녀는 분노에 휩싸여 고함을 질러대고 침을 뱉고 할퀴어대면서 안으로 밀고 들어갔다.

별안간 그녀는 뭔가에 붙잡혀 경찰관들에게서 휙 떨어져나간 다음 위로 번쩍 쳐들렸다. 경찰관들이 데커를 올려다보았다. 데커가 뒤에서 랭커스터의 두 팔과 몸을 붙잡아 들고 있었다.

그녀는 고래고래 악을 썼다. "놔줘, 에이머스! 죽여버릴 거야! 죽여버리겠어, 이 개새끼. 죽여버릴……."

그녀는 계속 고함을 지르며 몸부림을 쳤지만 결국 탈진해서 사지를 축 늘어뜨리고 고개를 숙였다. 두 다리가 덜렁거렸다. 경찰관이 숨을 헥헥 불규칙하게 몰아쉬는 그녀를 올려다보고 말했다. "형사님 가족은 무사하다는 말을 하려고 했다고요."

"뭐?" 그녀가 소리쳤다. "그럼 여기 있는 이 사람들은 다 뭐야?"

데커는 천천히 그녀를 바닥에 내려주었다.

경찰관이 말했다. "사고가 나는 바람에."

"접수계는 또 왜 연결이 안 되는데!" 랭커스터가 말했다. "우리 가족 대체 어디 있는 거야?"

"신변 보호 중이에요."

"뭐? 왜?"

"밀러 서장님 명령이에요."

그 순간 밀러가 집 안에서 나왔다.

"서장님, 대체 무슨 일이에요?" 랭커스터가 물었다.

"얼이랑 샌디는 괜찮아."

"무슨 사고가 난 겁니까?" 데커가 물었다.

"집 안에 뭔가가 남겨져 있어."

"뭐가요?" 데커는 밀러를 응시하며 물었다.

"에이머스, 자네는 빠져 있는 게 좋겠어."

"경찰 인력이 더 필요할 것 같은데요." 데커는 랭커스터를 말렸던 두 제복 경찰을 날카롭게 쳐다보았다.

"알았네, 누가 자넬 말리겠나." 밀러는 그렇게 말하고는 집 안으로 들어갔다.

그들은 부엌으로 들어갔다. 데커는 탁자 위의 맥주병들과 넘어진 의자를 보았다.

"아무 일 없다고 하셨잖아요!" 랭커스터가 소리쳤다.

"생각하는 그런 일 아니야." 밀러가 말했다. "이건…… 그러니까……." 그는 말을 마치지 못했다.

밀러가 적당한 말을 찾지 못하자 데커는 심장이 옥죄는 듯한 기분이 들었다. 옆방에는 바닥에 시체가 한 구 있었다. 진짜 시체는 아니었다. 실물 크기의 남자 마네킹이었는데, 머리가 회갈색으로 칠해져 있었다. 데커의 시선은 목을 가로지르는 빨간 선에 꽂혔다.

"혹시…… 혹시 저거 얼을 의미하는 건가?" 랭커스터가 말했다.

"그런 것 같아." 밀러가 떨떠름하게 말했다. "정신병자 새끼."

마네킹의 두 눈에 X표가 그려져 있었다. 물론 마네킹은 어디에나 있고, 대체로 무해하다. 하지만 이 마네킹은…… 데커는 이렇게 불길한 것을 본 적이 없었다. 창백하고 피투성이에, 말없고 무기력한, 악의와 부패로 가득한 상징물.

데커는 계단 쪽을 쳐다보고 나서 사방을 둘러보았다. 예전에 몇 번 여기 온 적이 있었다. 이 집은 데커의 집과 거의 판박이였다. 공장에서 과자를 찍어내듯 생겨난 노동자 동네에서는 드문 일이 아니다. 한 건축업자가 한 가지 설계도로 지었기 때문에 페인트 색깔이나 사소한 장식만 다를 뿐 기본적으로 구조는 똑같다.

"그럼 이런 게 하나 더 있겠네, 샌디 거?" 랭커스터가 말했다. 그녀는 한 손을 내밀어 의자 등받이를 짚고 몸을 지탱했다.

"위에 하나 더 있어, 맞아." 밀러는 그렇게 말하고는 다시 초조하게 데커를 쳐다보았다.

데커의 생각은 전부를 잃었던 그날 밤, 이 집 계단과 똑같은 그의 집 계단을 달음질쳐 올라가던 순간으로 돌아갔다.

"내 집에 이런 게…… 하나 더 있다니." 랭커스터가 창백하게 질린 채 읊조리듯 말했다.

데커는 목이 '베인' 마네킹을 다시 보았다. 그러고는 밀러와 눈을 마주쳤다. 그 순간 밀러의 눈에 담긴 뭔가가 방금 전 데커의 머릿속에 도출된 추리와 결합되었다. "아니, 두 개 더 있어."

"맞아." 밀러가 비참하게 말했다. "두 개 더 있어."

"대체 그게 무슨 말이에요?" 랭커스터가 말했다. "내 가족은 얼과 샌디 뿐인데. 잠깐, 내 것도 있단 소리예요?"

데커는 이미 계단을 오르고 있었다. 첫 번째 방문이 약간 열려 있었다. 데커는 방문을 밀어 열고 안으로 들어갔다. 다리 한 짝이 침대 옆쪽에 비쭉 솟아 있었다. 예상한 대로였다. 그는 침대 옆으로 다가가 아래를 내려다보았다. 예상한 대로 속이 비치는 가운을 입은 여자 마네킹이었다. 이마 한가운데 총상을 나타내는 검은 점이 하나 찍혀 있었고, 눈에는 역시 X 표시가 되어 있었다.

밀러가 데커에게 말했다. "이제 세 번째 희생자가 어디 있는지 알겠지?"

랭커스터는 상황을 파악하고 입을 딱 벌렸다. "하느님 맙소사, 그렇다면 이건……."

"캐시." 데커가 그녀 대신 말했다.

밀러는 한 팔을 데커의 어깨에 둘렀다. "에이머스, 아래층으로 돌아가는 게 어때?"

데커는 고개를 저었다. "아뇨."

"에이머스, 어서."

"싫습니다!"

그는 복도를 달려가 욕실로 통하는 문을 열었다. 다른 사람들이 그를 쫓아 달려왔다. 변기에 어린아이가 앉아 있었다. 놈들은 마네킹 머리에 몰리처럼 곱실거리는 머리카락도 그려놓았다. 가운 끈으로 고정된 아이의 목에는 선이 그려져 있었고, 두 눈에는 X 표시가 되어 있었다. 살인범들은 데커의 집에서 일어난 일을 그대로 재연해두었다. 그나마 진짜 사람 대신 마네킹을 쓴 것이 다행이었다.

다른 차이점도 있었다. 중대한 차이점.

변기 위쪽 벽에 글이 쓰여 있었다.

진짜로 할 수도 있었어. 하지만 자문해봐, 형제여, 너로 인해 얼마나 큰 고통이 야기되었는지. 이제 끝내야지. 바로잡으라고. 그때 그랬어야 했어. 용기를 내. 겁쟁이처럼 굴지 마, 형제. 지금은 그럴 때가 아니야. 안 그러면 다음번엔 진짜 피를 보게 될 거야. 마지막 기회야.

데커는 하염없이 그 글을 바라보았다. 그러다가 돌아서서 욕실을 나와 한 번에 두 칸씩 계단을 내려와 밖으로 나갔다. 랭커스터와 밀러는 그를 따라갔다. 그녀는 진입로에서 그를 따라잡았다.

"어디 가는 거야?" 그녀가 따져 물었다.

"이렇게 된 거 미안해, 메리."

"네가 미안해할 일이 아니야. 우리 식구는 무사해."

"다음번엔 무사하지 못할 거야. 죽을 거야."

"아니 그렇지 않아. 이건 너 때문이 아니야. 놈들이 한 짓이지."

"아니, 이건 나와 그놈들 때문이야."

그는 눈발이 휘날리는 거리를 휘적휘적 걸어갔다.

4 449

데커는 여관방 침대에 걸터앉아 있었다. 눈이 줄곧 쏟아졌지만 땅이 따뜻해서 쌓이지 못하고 땅바닥만 온통 진창으로 만들어놓았다. 지금 그의 머릿속이 딱 그랬다. 진창. 하지만 어떤 생각들은 유리알처럼 선명했다.

데커의 손에는 권총이 들려 있었다. 형사 시절 몸에 지니고 다니다가 민간인이 될 때 챙긴 것이었다. 죽은 딸아이를 바라보며 욕실 바닥에 앉아 있을 때 처음 입안에 넣었던, 머리에 댔던 그 권총이었다.

그날 밤 그는 방아쇠를 당기지 않았다. 그 이유는 아직도 정확히 알지 못했다. 완벽한 기억력이 단호한 결단력을 가져오는 건 아니다. 한 극단이 완벽할 때 나머지 부분은 삭막하고 모호한 상태로 남겨지기도 한다. 균형을 이루는 자연의 법칙이랄까.

어쨌든 그날 밤 그는 스스로 목숨을 끊지 않았다. 하지만 오늘은 그날 밤과 다르다. 아닌가?

그는 슬라이드를 당기고 탄알이 약실로 떨어지는 소리를 들었다. 그리고 안전장치를 풀고 총구를 오른쪽 관자놀이에 갖다 댔다.

이제 끝내야지. 용기를 내. 겁쟁이처럼 굴지 마, 형제.

데커는 늘 스스로 목숨을 끊는 것이 용감하면서도 비겁한 일이라고 생각했다.

난 어떨까? 충분히 용감하고 충분히 비겁할까? 아니면 둘 다 부족할까?

그는 충분하다고 생각했다. 적어도 지금은.

그는 눈을 감고 손가락을 방아쇠 쪽으로 옮겼다. 이제 손가락을 까딱하기만 하면 모든 일이 끝날 것이다. 손가락과 방아쇠 사이에는 세상에서 가장 좁은 틈이 있었다. 그는 머리를 비우고 긴장을 풀려고 노력했다. 그리고 이 세상과의 인연을 놓아버리기로 했다. 어려울 거 없다. 작별할 것도 별로 없다. 그러자 몰리와 캐시의 모습이 차례로 눈앞에 아른거렸다. 다른 건 다 놓아도 절대 놓아버릴 수 없는 두 기억. 머릿속 블랙박스가 순간적으로 멈췄다.

그는 문을 두드리는 소리에 눈을 떴다. 움직이지는 않았다. 문 두드리는 소리가 다시 났다.

"에이머스? 에이머스, 안에 있는 거 알아. 제발 문 좀 열어."

캐시와 몰리의 모습이 휘리릭 넘어가면서 다른 영상들이 나타났다. 데커는 일어나 문을 열었다. 그의 시선이 밀러 서장의 눈과 마주쳤다. 밀러는 추위 때문에 외투 깃을 세우고 닳고 닳은 고무장화를 신고 있었다.

"얘기 좀 하자고." 밀러가 말했다. "지금 당장."

밀러는 들어오라고 할 때까지 기다리지 않고 데커를 지나 방 안으로 성큼 들어왔다. 그의 시선이 데커가 침대 위에 떨군 권총에 붙박였다. 밀러는 데커에게 눈총을 주었다. "자네가 이러면 놈들이 이기는 거야, 알잖아."

"그렇습니까?" 데커가 말했다.

밀러는 권총을 집어서 안전장치를 건 다음 서랍장 위에 놓고 침대에 걸터앉았다. 데커는 문을 닫고 밀러의 맞은편 의자에 앉았다.

"당연히 놈들이 이기는 거지." 밀러가 말했다. "놈들을 쓰러뜨릴 수 있는 사람은 자네밖에 없으니 말이야. 놈들은 자네가 자멸하도록 몰아가고 있어. 계속 자기들 멋대로 날뛰려고 말이야."

"놈들의 목적이 저를 벌주려는 거라면, 저를 파괴하려는 거라면, 목적이 달성된 후엔 멈출 거 아닙니까."

"자기들을 무시할 사람이 남아나지 않을 때까지 안 멈춰. 그 인간 말종들이 그냥 모든 걸 멈추고 숨어 살게 놔두는 것도 말이 안 되고. 난 그런 꼴은 못 봐. 그 점에선 자네도 같은 마음이잖나."

데커는 권총 쪽을 슬쩍 넘겨보고는 밀러를 다시 쳐다보았다.

밀러가 말했다. "사람들을 되살려낼 순 없어. 우리가 할 수 있는 건 놈들을 체포해서 상황을 바로잡고, 또 다른 사람을 해치지 못하게 단속하는 것뿐이야. 시시하게 들릴지 모르지만 문명화된 사회에서 우리가 할 수 있는 건 이게 전부야."

"문명화된 사회라고요?"

"물론 문명화되지 않은 부분도 늘 있기 마련이지."

"누가 신고했습니까? 랭커스터 집에서 일어난 사건 말입니다."

"얼 랭커스터가 했어. 학교 행사 때문에 샌디를 데리고 외출했다가 11시가 다 되어서야 돌아왔는데, 발견하자마자 신고한 거야."

"뭘 보거나 들은 사람은요?"

"수사 중이야. 아직 나온 건 없고. 어둡고 정신없는 날이었어. 숨어들기 딱 좋은. 바람이 빠진 풍선 마네킹을 들여와서 금세 바람을 넣었을 거야." 그는 이마를 문질렀다. "진짜 사람한테 그 짓을 하지 않은 게 천만다행이지."

"이제껏 살인을 밥 먹듯 한 놈들이 참 이상도 하군요."

밀러가 신중하게 고개를 끄덕였다. "그런데 이놈들, 무슨 투명인간 같아."

"투명인간이 아니에요, 기억에 남지 않는 거지."

"무슨 말인가?" 밀러가 물었다.

"눈에 거슬리지 않는다는 말입니다. 지극히 평범해서 어디에나 잘 섞이고, 옆에 있어도 남의 이목을 끌지 않는 부류일 거예요. 기억에 남지 않으니 투명인간 같을 수밖에요."

"놈들 중 하나는 경찰 복장도 했었지."

"그건 래퍼티를 잡을 때만 특별히 이용한 위장일 겁니다. 보통은 동네에 쉽게 섞일 수 있는 사람으로 행세할 거예요."

"한 시간 뒤에 두 곳에 대한 수사 보고서가 나올 거야. 경찰서로 나와서 훑어보지 않을 텐가?"

데커는 예전 상사를 바라보았다. "급한 겁니까?"

밀러가 일어섰다. "에이머스, 자넨 성인이야. 스스로 목숨을 끊고 싶다면 그렇게 하게. 내가 그걸 막을 방법은 없어. 하지만 자네가 내 옆에서 살아 숨 쉬는 동안에는 자네 손을 빌리고 싶어. 그러니 같이 경찰서로 가서 뭘 할 수 있는지 알아보자고."

그는 돌아서서 문 밖으로 나갔다. 데커는 잠시 앉아 있다가 권총을 집어 외투 주머니에 넣고는 따라나섰다.

50

데커는 사건을 모든 면에서 철저히 검토하며 커피 네 잔과 시들한 부리토 하나를 해치운 뒤 화장실에 갔다. 밖으로 나오자 알렉스 재미슨이 벽에 기대어 있었다. 그를 기다린 게 분명했다. 그녀는 가슴에 팔짱을 낀 채 구두 굽으로 부연 리놀륨 바닥을 톡톡 두드리며 그를 올려다보았다.

"떠나는 비행기를 놓친 것 같아요." 그녀가 말했다.

"비행기는 또 있어요."

"그렇겠죠. 따뜻한 곳으로 갈까 봐요. 여기 일이 끝나면요."

"이건 당신 싸움이 아니에요. 당신이 상관할 바도 아니고."

"그런 소리는 하지도 마요, 데커."

"여기서 뭐하는 거요?"

"당신을 만나고 싶었어요. 내가 아직 이 사건을 파고 있다는 걸 알려주려고요. 그리고 밀러 서장님이 전화하셨어요. 내가 당신이랑 같이 그 연구소에 갔었고 당신이 시즈모어를 발견했을 때도 같이 있었다는 거 알고 계시던데요."

"그래서 뭐요?"

밀러가 모퉁이 저편에서 나타났다. "그래서 이 거지 같은 사건을 보는 참신한 시각이 생긴다면 나쁘지 않을 거라는 생각이 들더라고. 이제 남은 자존심도 없고 해서, 도와달라고 요청했지." 그는 두 사람을 가리켰다. "이제 일들 보는 게 어때?"

"이 여자는 경찰이 아니에요."

"당신도 아니잖아요." 재미슨이 반격했다.

"랭커스터는 어디 있어요?" 데커가 물었다.

"어디긴. 가족들과 함께 있지. 이제 가봐!"

데커는 마지못해 재미슨을 데리고 돌아와 진술서를 다시 훑어보기 시작했다. 랭커스터 이웃들의 진술이었다.

개 한 마리를 데리고 있는 할머니 한 명. 사람들이 간과할 만해. 굳이 질문을 받지 않는다면 떠올리지 못할 거야.

그는 머릿속 블랙박스를 뒤로 돌려 그의 가족이 살해당했을 때의 이웃들 진술을 찾아냈다. 개 한 마리를 데리고 있는 할머니는 없었다. 하지만 산책을 나왔다가 목격된 할아버지는 한 명 있었다. 등이 구부정하고, 비실비실하고, 지팡이에 몸을 의지하는 노인. 살인을 저지를 만한 힘이 조금이라도 있을 것 같지 않은, 그래서 그날 밤 발생한 참혹한 사건과는 관계가 없을 듯한 노인.

전혀 눈에 거슬리지 않아. 아무도 그 노인을 두 번 다시 쳐다보지 않았을 거야. 아무도 그 노인이 누구인지, 그날 밤 왜 거기를 지나갔는지 궁금해하지도 않았을 테고. 물론 나도 그랬지.

랭커스터의 집에 강제로 침입한 흔적은 없었다. 놈들은 그냥 걸어 들어간 게 분명했다. 할머니. 할아버지. 살인범은 카멜레온이나 다름없다.

데커는 랭커스터 집에서 발생한 사건의 서류철을 다시 쳐다보고는 어젯밤을 돌이켜보았다. 집 안은 단정하고 깔끔했다. 그런데 메리는 말도 안 되는 초과 근무에 시달리고 있고, 남편 얼은 딸 샌디 때문에 할 일이 산더미다. 그렇다고 얼이 5분마다 청소기를 돌리거나 먼지를 털거나 설거지하는 타입도 아니다.

그는 일어서서 밖으로 나갔다. 재미슨이 조르르 옆에 붙어 말을 걸었다. "우리 어디 가요?"

"난 어디 갈 데가 있어요. 당신이 어디 가는지는 모르겠고."

"난 당신이랑 있는 게 더 안전해요, 안 그래요?"

재미슨은 차 키를 들어올렸다. "게다가 당신과 달리 내겐 차가 있죠."

"콩만 한 차 가지고 뭘."

데커는 밖으로 나갔고, 재미슨은 그를 후다닥 쫓아갔다.

* * *

랭커스터는 연방수사국이 임대한 집에 머무르면서 벌링턴 경찰과 연방수사국의 보호를 받고 있었다. 데커는 경비원들을 통과해 재미슨과 함께 집 안으로 들어갔다. 꼬맹이 샌디가 달려나와 데커의 두 다리를 부둥켜안았다. 그는 뭘 어떡해야 할지 몰라서 그냥 아이의 머리를 쓰다듬었다. 아이는 다리를 놓고 그를 빤히 올려다보며 말했다. "아저씨가 에이머스 데커구나!"

"내가 알기로는 그래. 넌 샌드라 엘리자베스 랭커스터고."

아이는 손가락을 꼬무락거리며 그를 가리켰다. "내가 알기로는 그래요.” 그러고는 뒤에서 계속 따라다니는 후줄근한 차림새의 아버지를 데리고 달아났다.

데커와 재미슨은 랭커스터와 마주앉았다. 랭커스터는 재미슨을 미심쩍은 눈초리로 쳐다보았다. “당신은 또 왜 여기 있죠?”

“데커가 여기 있는 이유랑 같아요. 이 사건의 자문 위원으로 왔어요.”

“이렇게 자문 위원이 많은 사건은 처음이네.” 랭커스터가 말했다. 그러고는 데커에게 눈길을 돌렸다. “어떡하고 있어?”

“그냥 있지 뭐.”

“그 미친놈들. 내 집에 그런 짓을, 너희 집 범죄 현장을 재현해놓다니.”

재미슨이 놀란 눈으로 데커를 쳐다보았다.

“마네킹을 사용해서 망정이지, 젠장.” 랭커스터는 부르르 진저리를 치고는 담뱃갑을 꺼냈다가 도로 치워버렸다. 데커가 쳐다보자 그녀가 말했다. “담배 끊으려고. 샌디를 위해서.”

“간접흡연?” 재미슨이 말했다.

“아뇨, 난 집이나 차 안에선 담배 안 피워요. 그냥 우리 애가 어른이 될 때까지 살아 있고 싶어서요. 이런 일이 있고 나니까…….”

그녀는 창피한지 고개를 돌리고는 휴지를 꺼내 눈가를 닦았다. “여기 있기 싫어. 사건을 수사하고 싶어. 내 집에서 그런 짓을 한 개자식들을 잡아야 돼. 경찰이 된 이후 가장 잡고 싶은 놈들이야.”

“너나 얼이 청소 업체를 집에 부른 적 있어?” 데커가 물었다.

그녀는 어리둥절한 표정을 지었다. “청소 업체?”

“네가 얼마나 안전에 신경을 쓰는지 알아. 저번에 샌디가 집 밖으로 나가 없어지는 바람에 마음고생 했잖아. 몇 시간 뒤에 네가 찾았지만."

"무슨 말을 하려는 거야, 데커?" 그녀가 딱딱하게 말했다.

"강제로 침입한 흔적은 없었어. 놈들은 그냥 걸어 들어간 거야. 그게 어떻게 가능했을까? 열쇠를 갖고 있지 않고는 불가능해. 얼과 샌디는 외출하고 없었어. 당연히 문을 잠그고 나갔을 테고."

"응, 그이는 항상 그래. 네 말대로 얼이 청소 용역 업체를 불렀어. 하지만 그 사람들은 우리 집 열쇠를 가지고 있지 않아. 우린 절대 그런 거 허락 안 해. 얼이 그 사람들이랑 약속을 잡아서 직접 안에 들이곤 했어."

"하지만 누군가 청소부로 가장해서 집 안에 들어간 적 있다면? 그때 열쇠에 접근해서 복사했다면?"

"하지만 얼이 청소 업체를 고용한 걸 놈들이 어떻게 알았을까?"

"너희 집을 감시했다면 청소 업체 차가 세워진 걸 봤겠지. 그런 차는 겉에 홍보 문구를 새기고 다니니까."

"하지만 청소부 흉내는 어떻게 낸 거지?"

"업체에 전화해봐. 너나 얼이라고 한 사람이 전화해서 청소 예약을 취소한 적 있냐고 물어봐."

"데커, 진담으로 하는 소리야?"

"전화 한 통이면 돼, 메리. 이건 우리에게 돌파구일 수도 있어. 사건을 수사하고 싶다고 네 입으로 말했잖아. 그러니 수사하라고."

그녀는 전화기를 꺼내 청소 업체에 전화를 걸었다. 데커는 오가는 대화를 듣고 그녀가 전화를 끊기 전에 이미 답을 얻었다.

"네 말이 맞았어, 에이머스. 오지 말라는 전화를 받은 적 있대."

"그럼 그때 가짜 청소부가 와서 집 열쇠를 복사한 거야. 열쇠 어디 보관해?" 데커가 말했다.

"옆문 옆 고리에."

"너희 집 냉장고에 붙은 달력 본 적 있어. 거기에 집안 식구들의 일정이 있지?"

"응."

"놈들이 그걸 보고 그날 밤 얼과 샌디가 외출할 걸 안 거야."

"이 모든 짓을 벌인 놈이 내 집에 발을 들였었다니 믿기지가 않아." 랭커스터가 두 손을 응시하며 말했다. "믿을 수가 없네." 그녀가 눈을 들었다. "그렇다면 얼이 살인범을 목격했다는 얘기잖아. 어쩌면……."

데커는 고개를 저었다. "놈은 이제 얼이 진술하는 모습과 완전히 다를 거야. 놈들은 너무 영리해, 메리." 데커는 일어서서 그녀를 내려다보았다. 재미슨이 그를 따라 일어섰다. "너 여기 있어도 괜찮지?" 그가 물었다.

"우린 안전할 거야, 그런 뜻으로 물은 거라면."

"일단은 그런 뜻이었어."

"운이 좋았어. 우리 식구가 산 거 말이야."

"아니, 이건 경고야. 내가 놈들이 바라는 대로 움직이지 않아서 경고를 보낸 거야. 이제 더 이상 경고는 없을지도 몰라. 그러니 내가 놈들한테 가야 해, 놈들이 다른 사람에게 가기 전에."

"어디 가려고?" 랭커스터는 지구상에 유일하게 함께 남은 사람을 보듯 데커를 쳐다보았다. 데커가 연민의 감정을 느낄 수 있는 사람이었다면 가슴이 뭉클해졌을 만한 눈빛이었다.

"비디오를 한 번 더 보려고."

"무슨 비디오?"

"차에서 내리는 사람이 찍힌 장면."

551

데커는 노트북 컴퓨터로 그 영상을 열 번도 넘게 보았다. 매번 정상 속도와 슬로모션 각각을 보고 나서 의자에 몸을 기대고는 눈을 감았다.

여자 등장. 주문. 맥주 서빙. 여자 퇴장.

그는 그 여자가 술집을 따라 유유히 걷는 모습을, 매혹적으로 씰룩거리는 날씬한 허리를, 그러고 나서 술집 뒤편으로 사라지는 모습을 한 번 더 보았다.

그는 또 한 번 더 그 여자를 관찰했다. 차에서 나오는 장면. 한 번 더, 한 번 더, 한 번 더.

머릿속에서 그가 본 모든 것들이 재생됐다. 그는 그녀의 몸을 거듭 위아래로 훑었다. 그리고 그 얼굴의 작은 부분에 초점을 맞췄다. 그 순간 그것이 정체를 드러냈다. 마침내 블랙박스가 그에게 답을 내놓았다.

눈을 뜨자 앞에 보거트 요원이 서 있었다.

"랭커스터를 보고 갔다면서?" 보거트가 물었다.

데커는 고개를 끄덕였다. 그의 생각은 아직 머릿속에 떠오른 그 이미지에 붙잡혀 있었다.

"어떻게 지낸대?"

"당신 제트기 좀 쓸 수 있을까?"

보거트는 놀란 것 같았다. 그는 탁자 가장자리에 걸터앉았다. "물론, 왜?"

"그것 좀 얻어 탈까 하고."

"그렇다고 치고. 무슨 일로?"

데커가 일어섰다. "시카고에 가야 해서."

"얼마 전에 다녀왔잖아."

"다시 가봐야겠어."

"단서를 잡은 거야?" 보거트는 노트북 화면을 흘끔거렸다. 구미가 당기는 모양이었다.

"단서 잡았어."

"나도 가도 되죠?" 재미슨이 재빨리 물었다.

보거트는 재미슨과 데커를 차례로 쳐다보았다. 데커는 어깨를 으쓱했다. 보거트가 말했다. "좋아요, 하지만 연방수사국은 화려한 기내 서비스를 제공하지 않는다는 것만 알아둬요. 한마디도 기사화하면 안 된다는 것도."

"신문사는 그만뒀어요."

"뭐요?" 데커가 말했다. "왜요?"

"이 사건에 집중하느라 다른 일을 할 여력이 없어요. 솔직히 말하면 이직할 때도 됐고요." 그녀는 일어나 가방을 들었다. "이제 가죠. 얼른."

씩씩한 걸음으로 도서관 밖으로 나가는 재미슨을 보고 보거트는 데커를 쳐다보았다. "진짜 물건이네. 뭘 어쨌기에 저러는 거야?"

"처치 곤란이지 뭐." 데커가 말했다.

* * *

제트기는 그들을 시카고 남쪽의 사설 활주로로 데려갔다. 그들은 SUV를 타고 새로운 인지연구소 건물로 향했다. 연구소는 복합상업지구 안의 3층짜리 건물에 자리하고 있었다. 시카고에서 한 시간 거리였다.

보거트는 접수원에게 연방수사국 신분증을 보여주었다. 같은 행위가 반복된 끝에 그들은 건물 뒤편 회의실로 안내되었다. 검은색 스리피스 정장에 분홍색 셔츠, 노란색 바탕에 초록색 점무늬 넥타이 차림의 남자가 들어왔다. 남자가 보거트를 쳐다보았다. 보거트는 그의 배지를 보여주고 나서 자신을 소개했다. 대런 마셜이 데커를 발견하고 말했다. "에이머스 데커?"

데커는 일어서서 그와 악수했다. "마셜 박사님."

"이게 얼마만인가, 한 20년 됐나?"

"20년 하고도 2달, 9일, 열네 시간 지났습니다." 머릿속에서 순간적으로 도출된 계산 값이 생각을 거치지 않고 그대로 입 밖으로 튀어나갔다.

"자네가 그렇다면 그게 맞겠지." 마셜이 말했다. 그는 보거트를 흘끔 쳐다보았다. "에이머스는 대단히 특별한 경우라서요."

"그렇겠죠. 저야 아무것도 모릅니다만."

마셜이 재미슨을 쳐다보았다. "그쪽도 연방수사국 소속입니까?"

"아뇨. 저는 그냥 이 일에 관심 있는 민간인 도우미예요."

마셜은 그녀의 발언에 조금 놀라는 듯했다.

"특별한 경우라면 어떤?" 보거트가 물었다.

데커는 간결하게 말했다. "나는 뇌손상 환자였어. 손상으로 인해 두뇌 기능이 바뀌어버린 경우지. 당신 형과는 달리 제조된 서번트 증후군이라고나 할까."

보거트는 고개를 끄덕였다. "그렇군. 대략 알아들었어."

"무슨 일로 오셨는지 설명을 좀 해주시게나." 마셜이 말했다.

데커는 마셜에게 자초지종을 설명해 주었고, 마셜은 설명이 끝날 때까지 천천히 고개를 끄덕였다. "시즈모어에 대한 안타까운 소식은 들었지만, 난 그게 이 일과…… 벌링턴에서 벌어진 참극과 관련이 있을 줄은 몰랐네."

"라비노비츠 박사님께는 말씀드렸습니다." 데커가 말했다.

"그래서 해럴드가 전화를 했군." 마셜이 말했다.

"더 끔찍한 사건들이 관련돼 있습니다." 보거트가 말했다. "그런데 실마리가 전혀 보이지 않는 상황입니다." 그는 기대하는 눈으로 데커를 쳐다보았다.

데커가 말했다. "범인은 남자가 거의 확실해요. 이 남자는 자칭 세바스찬 레오폴드라는 자와 공모했고요."

"들어본 적 없는 남자야. 그런데 이 사건이 우리 연구소와 관련이 있다고 보는 건가?"

"놈들이 신중하게 깔아둔 단서들을 따라 여기까지 왔으니, 네, 그럴 겁니다. 시즈모어 박사도 살해됐고요."

"여기 사람들이 정말 관련됐다고? 죽은 시즈모어?"

"그의 집에 메시지가 있었어요. 역시 제게 보내는 거였죠."

마셜은 몹시 동요하는 표정으로 의자에 몸을 기댔다. "세상에, 도무지 믿을 수가 없군."

데커가 말했다. "제가 이 연구소에 있을 때 같은 그룹에 여자가 한 명 있었어요. 벨린다 와이트."

"그래, 기억나네."

"그 여자, 시즈모어 박사한테 예쁨받던 환자였죠."

"여기서 그런 편애는 권장하지 않아."

"그렇다고 편애가 없는 건 아니죠. 시즈모어 박사는 최근에 환자들을 편애하다가 방출됐지 않습니까? 아마 여성 환자들이겠죠?"

"그건 말하기가 곤란한데."

보거트가 탁자 너머로 몸을 내밀었다. "마셜 박사님, 우리가 쫓는 범인은 학생들과 내 부하를 포함해 숱한 사람들을 죽인 놈입니다. 이 작자가 다시 살인을 저지르기 전에 막아야 한단 말입니다. 비밀을 지키고 싶은 박사님 마음은 이해합니다만, 어떻게든 도와주시면 정말 감사하겠습니다."

마셜은 길고 불규칙한 한숨을 내쉬었다. "내가 말할 수 있는 건, 시즈모어가 사직을 당할 무렵 연구소의 한 여성 때문에 지켜야 할 선을 넘었다는 것뿐입니다. 그 이상은 더 말하기가 곤란해요."

"걱정 마세요, 시즈모어가 박사님을 고소할 일은 없습니다." 보거트가 말했다. "그는 지금 시체 안치소에 누워 있으니까요." 그는 데커를 흘끔 보았다. "시즈모어가 이 와이트라는 여성한테도 똑같은 짓을 했을까?"

데커는 이 질문을 무시하고 마셜에게 물었다. "그 여자 어떻게 됐습니까?"

"기록을 살펴봐야 해."

"그럼 그렇게 해주시겠습니까?"

"이게 직업상의 신뢰를 저버리는 행위라는 건 알아두게."

마셜은 일어서서 진열장 위의 전화기를 들어서 통화를 했다. 5분 뒤 한 여성이 두툼한 서류철을 들고 들어왔다. 마셜은 안경을 끼고 보거트에게 말했다. "서류를 살펴봐야 합니다."

보거트가 말했다. "그러십시오. 천천히 하세요."

20분이 지난 뒤 마셜이 고개를 들었다. "알고 싶은 게 뭔가?"

"당시 그 여자의 나이가 어떻게 되죠?" 데커가 물었다.

"열여섯."

"과잉기억증후군이었죠?"

"그렇다네, 특출한 능력을 가진 사람이었지. 사실 자네 경우와 비슷했어. 자네랑은 달리 공감각 증상은 보이지 않았지만."

"그래서 사람들이 제 경우에 더욱 흥미를 가졌죠." 데커가 말했다. "두 가지 증상이 함께 나타났기 때문에."

"경위 자체도 흥미로웠지. 미식축구 경기장에서 발생한 뇌외상. 전례가 없는 경우였어. 앞으로도 다시 일어나기 힘들고."

보거트는 데커를 쳐다보았다. "그럼 그게 발단이 된 건가?"

재미슨은 그에게 고개를 끄덕였다. "맞아요."

"이 여자는 아는데 난 모르고 있었던 거야?" 보거트가 발끈했다.

재미슨이 설명했다. "장시간 차를 같이 타고 오다 보니까 그렇게 됐어요."

데커가 마셜에게 말했다. "벨린다는 어쩌다가 그렇게 된 겁니까? 같이 집단 치료를 받긴 했는데 그 여자 얘기는 한 번도 나온 적이 없어요. 소문도 하나 돈 적이 없었고요."

"자네 사정도 알려져서는 안 되는 거였는데, 벨린다의 경우는 더…… 복잡해."

"복잡하다니, 어떻게요?" 보거트가 물었다. 마셜이 아무 말도 하지 않자 보거트가 말했다. "극약 처방을 쓰고 싶진 않습니다만, 한 시간 내에 바로 증인 소환장 받을 수 있어요. 그럼 여기 사람들 쓴맛 좀 보게 될 겁니다."

마셜은 데커를 바라보았다. "이게 살인 사건과 정말로 관련이 있을까?"

"저는 그렇다고 봅니다."

마셜은 안경을 벗고 서류철을 치웠다. "벨린다 와이트는 유타의 시골에 살던 10대 청소년이었다네. 열여섯 살 때, 간단히 말해서, 윤간을 당했는데, 항문 성교에 폭행까지 당한 뒤 방치됐어."

보거트는 데커를 얼른 쳐다보았지만 데커는 마셜에게서 시선을 떼지 않았다. "그럼 그 여자는 폭행에 의한 뇌외상을 입었고, 그 결과 과잉기억증후군을 앓게 됐군요." 데커가 말했다.

"맞아. 그리고 정서적 외상도 겪고 있었지, 자네도 짐작하겠지만." 마셜이 덧붙였다. "그 여자는 현실적으로 완치가 불가능한 상황이었어. 그 사고로 정서적으로나 신체적으로 영구 상해를 입었거든. 아이를 가질 수 없는 몸이 됐고."

"세상에." 재미슨이 말했다.

보거트가 말했다. "데커, 이게 다 무슨 소리야? 와이트는 여자잖아. 우리가 찾는 총격범일 리 없어. 범인은 남자라고."

"그 애도 얼마든지 우리가 찾는 총격범이 될 수 있어. 아니, 그 애가 바로 우리가 찾는 총격범이야."

보거트는 날카롭게 그를 쳐다보았다. "그걸 어떻게 확신하지?"

데커는 마셜을 쳐다보았다. "벨린다에게 다른 문제가 있었죠?

폭행과 강간을 당한 것 말고요. 성적 지향 관련해서요, 맞죠?"

마셜은 놀라서 대답했다. "자네가 그걸 알고 있다니 놀랍군. 내가 알기로 그건 어떤 과정에서도 언급된 적이 없는데."

"제 머릿속에서 어떤 것들이 한데 모였다는 말 외에는 달리 설명할 길이 없어요. 턱선, 허벅지와 손의 굴곡. 버릇과 동작. 뒤죽박죽이던 것들이 맞춰졌어요. 퍼즐 조각처럼."

"자네 두뇌는 정말 특별하구먼, 에이머스."

"혹시 그것 때문에 강간과 폭행을 당한 겁니까?"

"내가 그 사건의 구체적인 내용을 알 수야 없지. 하지만, 그래, 그게 원인이었을 거야. 우리 사회가 그 후로 진보했는지 잘 모르겠지만, 그런 종류의 의학적 조건은 여전히 특정한 반응을 선동한다고 볼 수 있을 것 같네."

"그 애의 의학적 조건이라는 게 뭐였죠?" 데커가 물었다.

마셜은 포기하는 기색으로 털어놓았다. "벨린다 와이트는 20년 전에 자웅동체 판정을 받았어."

재미슨이 말했다. "양성구유(兩性具有)를 말하는 건가요?"

"맞아요." 마셜이 말했다. "현재 그 용어는 잘 쓰이지 않아요. 애매한 말이기도 하고. 요즘은 그런 상태를 간성(間性) 혹은 '성발달장애'의 줄임말인 DSD라고 부릅니다. 생식기, 즉 고환이나 난소 내외적으로 발생하는 성적 불일치를 뜻하지요. 여성 염색체에 남성 생식기를 가지고 있다든가, 혹은 그 반대의 경우일 수도 있고요. 알려진 범주는 총 네 가지입니다. 정확히 말해 벨린다는 생식성 간성이라고 알려진 상태에 속했어요."

"그게 정확히 뭡니까?" 데커가 물었다.

"난소 조직과 고환 조직을 동시에 가지고 있는 사람이야. 벨린다도 XX와 XY 염색체를 둘 다 가지고 있었다네. 난소와 고환도 하나씩 가지고 있었고. 누구라도 이런 상황은 힘들 수밖에 없지. 당사자가 그런 상황을 극복하고, 최선의 선택을 하도록 돕는 측면에서 의학은 아직 갈 길이 멀다고 보네. 수술 같은 것 말이야. 20년 전에는 남성을 포기하고 여성을 선택하는 경우가 많았지. 그편이 수술 과정상 더 수월했거든. 지금은 다른 많은 요인을 고려해보고 신중하게 결정한다네. 당사자의 독특한 상황이 파악될 때까지 기다리면서 환자 본인의 의사를 되도록 많이 반영하는 것이 더 낫지. 결국은 그 사람 몸이고 인생이니까."

"그런데 20년 전에는요?" 데커가 물었다.

"많이 달랐어." 마셜이 말했다. "사람들은 대단히 무지했지. 극도로 잔인했고. 와이트는 열여섯 살이었고 고등학생이었다네. 위태로운 시기지, 젊은이들은 자기와 생물학적으로 다른 또래들을 대하는 데 익숙하지 않으니까."

재미슨이 음울하게 말했다. "그럼 누가 그 애의 상태를 알고 폭행한 거겠네요. 어느 '무지한 부류'가 그 애한테 따끔한 맛을 보여주려고 작정한 거죠."

"아마 그랬을 겁니다."

"그 애 부모는요?" 데커가 물었다.

"당시 그 애는 미성년자라서 우리 연구소가 부모로부터 그 애에 대한 권한을 인도받았어."

"부모가 그 애를 보러 온 적 있나요?"

"아니."

"왜 안 왔죠?"

"설명하기 미묘한 문제야. 그들도 무지한 부류였다고만 해두지."

"세상에, 가장 필요할 때 부모에게 철저히 버림받은 거네요." 재미슨이 말했다.

"그들은 자기 딸을, 뭐랄까, 괴물이라고 생각한 겁니까?" 데커가 물었다.

"그 부모랑 몇 차례 통화한 적 있어. 딸이 어찌 되든 상관없다는 식이더군. 참으로 불쾌한 사람들이었다네."

보거트가 말했다. "입소자들의 사소한 정보까지 전부 알고 있는 이유가 뭡니까? 박사님이 하시는 일은 인지에 관한 연구인 줄 알았는데요."

"우린 좀 더 포괄적인 시작에서 문제에 접근합니다. 물론 우리의 주된 관심사는 원래 특별하게 타고났거나 다양한 요인에 의해 특별해진 정신을 연구하는 거지요. 하지만 우리는 의사이기도 합니다. 벨린다나 에이머스처럼 우리가 본 환자들은 심각한 외상을 입고 그로 인해 머리에 엄청난 변화를 겪은 사람들이에요. 무엇이 그런 변화를 초래했는지 더 잘 이해하고 그들이 새로운 인생에 대처하는 것을 돕기 위해서는 그들의 기록을 전부 알아야 할 필요가 있어요." 그는 데커를 쳐다보았다. "자네 경우에는 우리가 후속 조치를 전혀 취하지 않았지. 절차상 착오가 좀 있어서 발견하고 바로 잡았어. 자네가 우리를 떠났다고 해서 자네를 더는 지원하지 않는 건 아니라는 얘기야."

"박사님이 주신 도움에 깊이 감사하고 있습니다." 데커가 말했다. "덕분에 스스로 헤쳐나갈 수 있었어요."

"그 말을 들으니 기쁘구먼. 아무튼 벨린다의 경우는 설사 그런 사고를 겪지 않았다고 해도 특별한 사례였어. 유타에서 그 애를 진찰하고 사전진단을 내린 의사와 솔직한 대화를 나눈 적이 있다네.

두뇌를 다루는 사람들에게는 필수적인 절차지. 우리는 모든 걸 알고 있어야 하니까. 그 애 부모는 전혀 반대 의사를 비치지 않더군. 그냥 빨리 손을 떼고 싶은 눈치였지." 그는 인상을 쓰며 마지막 말을 덧붙였다.

"벨린다는 남성화 수술을 받았나요?" 데커가 물었다.

"모르겠네. 입소 전이나 여기 있는 동안에는 받지 않았어."

"그 애가 여기를 떠난 이후 연락이 온 적 있습니까?"

"전혀."

"벨린다의 주소를 가지고 있나요?" 데커가 물었다.

"아니."

"부모의 주소는?"

"서류에 있어. 하지만 15년 전 거야."

데커가 말했다. "그거라도 받아 갈게요."

552

데커는 탁자 앞에 앉아 창밖을 내다보았다. 재미슨은 맞은편에 앉아서 그를 초조하게 지켜보고 있었다. 그녀는 분위기를 띄워보려고 말했다. "인정할게요, 이게 내 차보다 조금 낫네요."

"당신 차는 애들 장난감 수준이지." 데커는 계속 창밖을 내다보며 말했다. 그들은 연방수사국의 트라이엔진 팔콘을 타고 12킬로미터 상공을 시속 500킬로미터로 날아가고 있었다. 보거트가 데커와 재미슨 앞에 커피 잔을 내려놓고 데커 맞은편에 앉았다. 그는 재킷의 단추를 풀고 커피를 한 모금 마셨다.

재미슨은 고급스러운 실내장식을 둘러보았다. "호강하네요."

보거트가 고개를 끄덕였다. "연방수사국은 이런 사건에는 예산을 아끼지 않아요." 그는 데커를 쳐다보았다. 데커는 줄곧 창밖만 응시하고 있었다.

"미식축구 경기장에서 당한 충돌 사고가 데커 당신의 인생을 영원히 바꿔놓은 거로군."

"내 두뇌도 바꾸고 내 인생도 바꿔버렸지."
"그 얘긴 하기 싫은 거지?"
데커는 아무 말도 하지 않았다.
"콜로라도에 있는 와이트의 집에서 뭐가 나올까요?" 재미슨이 두 남자를 번갈아 쳐다보며 물었다.
데커가 말했다. "뭐가 나오든 이제껏 몰랐던 걸 알려주겠죠. 그리고 벨린다 와이트에게 한 걸음 더 가까이 데려다줄 거고."
보거트는 커피를 한 모금 더 마셨다. "어떤 계기로 와이트를 주목하게 된 거야? 우린 남자를 대상으로 수사 중이었는데 그 애는 여자잖아. 적어도 당신이 알던 때는 여자였지."
데커는 대답 대신 앞에 있는 노트북을 열어 화면을 보거트 쪽으로 돌린 다음 영상을 재생했다. 보거트는 그 장면을 보고 나서 컴퓨터를 데커 쪽으로 다시 돌렸다. "차에서 내리는 사람은 여자, 그 술집 여종업원이자 레오폴드의 공범. 이 벨린다 와이트라는 여자일 수도 있겠군. 천생 여자로 보이긴 하네."
"이 사람이 차에서 어떻게 내리는지 알겠어?"
보거트는 화면을 쳐다보았다. "예전에 당신이 여자 행세를 하는 남자라고 했었잖아. 하지만 와이트가 간성이라는 걸 알게 된 이상 남자인지 여자인지 판단이 안 서. 원래 여자라서 여자 같은 행동을 하는 거라고 볼 수도 있겠네. 수술은 받지 않았는지도 몰라."
"맞아. 이 여자는 20년 전 그대로일 수도 있어. 알다시피 레오폴드는 알리바이가 있어. 와이트가 그놈과 연관됐다면, 결론은 와이트야. 이 여자가 총격범이야."
"그건 그렇다 치고, 이 여자가 차에서 내리는 게 뭐 어쨌다는 건지 난 모르겠어. 두 다리를 휙 밖으로 내밀고 나서 일어섰어. 여자든 남자든 다 그러잖아."

"아니, 남자들은 그렇게 안 해. 전혀 달라."

"무슨 말인지 원."

"몸을 옆으로 돌린 다음 일어서지, 당신이 차에서 내릴 때 그러는 것처럼."

"뭐, 지금 해보라고?"

"응, 지금 해봐."

"데커."

"그냥 해봐."

보거트는 짜증 난 기색으로 옆으로 몸을 돌리고는 두 다리를 통로 쪽으로 내밀었다. 그가 일어서려는데 데커가 그를 막았다.

"당신 다리를 봐."

보거트는 벌어진 두 다리를 내려다보았다. "이게 뭐? 다리를 통로 쪽으로 내민 것뿐인데. 일어서려면 이럴 수밖에 없잖아. 화면 속 인물도 똑같이 했어."

"당신 허벅지 간격을 보라고."

보거트는 넓게 벌어진 두 다리를 내려다보았다. "이게 뭐?"

"화면을 봐."

보거트는 화면을 쳐다보았다. 화면 속 인물의 허벅지는 거의 붙어 있었다.

"손도 봐." 데커가 덧붙였다.

보거트는 인물의 손을 쳐다보았다. 손이 비좁은 허벅지 사이의 틈새로 들어가 치맛자락을 누르고 있었다.

"당신 두 다리는 넓게 벌어졌고, 손은 다리 근처에도 있지 않아."

"에이, 저 여잔 원피스를 입고 있고 난 아니잖아."

"그건 상관없어. 당신은 원피스를 입고 있었다고 해도 두 다리를 벌리고 일어섰을걸. 그런데 저 사람은 심지어 골목 안에 있었어. 원피스 자락이 올라가더라도 볼 사람이 없어. 다리를 모을 필요가 없다고. 그런데도 손을 거기에 둔 이유는 뭘까?"

"난 포기할게. 왜야?"

"여자로 자라느냐 남자로 자라느냐의 차이야. 여자들은 어릴 때부터 그런 동작이 몸에 배지. 내 아내는 딸애가 꼬마일 때부터 치마를 입었을 때는 그렇게 하도록 가르쳤어. 하지만 남자들은 그런 생각조차 하지 않아. 원피스를 입었든 아니든 말이야. 남자들은 사람들이 쳐다보는 걸 걱정하지 않아, 항상 쳐다보는 쪽이지."

보거트는 자기 다리를 내려다보다가 손을 쳐다보고 나서 마지막으로 정지 화면을 쳐다보았다. 그 장면에 데커가 설명한 것이 고스란히 드러나 있었다. 그는 치마를 입은 재미슨을 쳐다보았다. 줄곧 듣고만 있던 그녀는 시키지도 않았는데 두 다리를 통로 쪽으로 휙 내밀었다. 두 다리는 바짝 붙었고, 손은 비디오 속 인물의 손과 같은 위치였다.

"여자들은 세뇌가 돼요." 그녀가 인정했다. "데커 말대로예요. 이건 반사적인 거라고요, 특히 치마를 입었을 땐 더욱."

보거트가 툴툴거렸다. "그래서 우리가 찾는 총격범이 여자라는 거야?"

"우리가 찾는 총격범이 벨린다 와이트라면, 아직 여자로 자랄 때 몸에 밴 습관을 가지고 있을 거라는 얘기야. 수술을 받고 지금은 남자가 됐는지는 모르겠어. 혹은 '괴물'로 취급받는 걸 즐기고 있을 수도 있어. 지금 양성을 십분 활용하는 걸로 봐서는 그래. 벨린다 와이트는 성을 자유자재로 바꾸는 카멜레온이야. 두 가지 성 모두 연기할 수 있지. 대단히 유용한 위장술을 가진 셈이야."

보거트는 두 다리를 다시 들여놓고 팔꿈치를 탁자 위에 놓았다. 재미슨도 똑같이 했다.

"왜 그 여자가 시즈모어를 죽였다고 생각하게 된 거야?" 보거트가 물었다.

"시즈모어 때문에 와이트를 주목하게 됐지. 시즈모어가 그 애를 엄청 아꼈거든. 내가 보기엔 그랬어. 시즈모어가 와이트의 사연에 대해 말한 적은 없지만, 두 사람은 많은 시간을 함께 보냈지."

"아니, 그 여자가 왜 시즈모어를 죽였냐고."

데커는 실망한 눈으로 보거트를 쳐다보았다. "뻔하잖아? 그 애가 연구소에 있을 때 시즈모어가 유혹해서 섹스했으니까 그렇지."

재미슨과 보거트는 동그래진 눈으로 데커를 쳐다보았다.

"망할." 재미슨이 말했다. "그거 말 되네. 시즈모어는 질이 나쁜 인간이었네요. 다른 여자 환자한테 똑같은 짓을 하다가 연구소에서 쫓겨난 거야."

보거트가 말했다. "몸과 마음을 혹사당한 10대 소녀를 가장 취약할 때 꼬드겨 관계를 가진 거로군? 특기였나 보네."

데커는 그 말에 대꾸하지 않고 다시 창밖을 보았다.

"당신은 절대 뭔가를 잊지 않지?" 보거트가 말했다.

"직접 보고 들은 건 영원히 잊지 않아."

재미슨이 말했다. "그런데 누군가 거짓말을 하면 어떻게 되죠? 그건 당신 기억 속에 남겠지만, 그게 거짓말이라는 건 모를 거 아니에요?"

"기존의 기억과 어긋나는 경우가 아니라면 모르겠죠. 하지만 차츰 뭐가 진실이고 뭐가 가짜인지 깨닫게 돼요. 많은 경우, 사소한 것들이 큰 결과를 낳아요. 사람들은 사소한 부분에서 무너지는 법입니다."

"그런데 레오폴드는 어디서 튀어나온 거야? 그 둘은 어떻게 어울리게 된 거지?"

그는 그 질문에 대답하지 않았다. 그 질문에 대한 대답은 영영 찾지 못할 수도 있다. 벨린다 와이트와 세바스찬 레오폴드. 공범치고는 지극히 엉뚱한 조합. 하지만 『인 콜드 블러드』에 등장하는 두 살인자처럼, 사람들은 짝을 지으면 혼자서는 상상도 할 수 없는 행동을 하곤 한다. 그는 지금 그들이 무슨 짓을 꾸미고 있을지 궁금했다.

53

그 집은 콜로라도의 로키 산맥 발치에 있었다. 긴 포장도로를 따라 올라가다 보니 도로 끝나는 곳에 전자식 대문이 있었다. 문을 통과하자 상당히 큰 사유지가 나왔다. 사람을 가득 태운 SUV가 길을 따라 올라갔다. 제트기가 착륙한 뒤 덴버에 있는 연방수사국 요원 여덟 명이 합류한 것이다. 지역 경찰이 길 어귀를 지키고 있는 게 보였다.

"완전히 오지에 있잖아." 커다란 이층집이 시야에 나타났을 때 보거트가 말했다.

"번화가라도 기대한 거야?" 데커가 말했다.

차가 서자 보거트는 재미슨을 쳐다보았다. "당신은 차에 있어요."

"왜들 이래요? 데커도 날 시즈모어 집에 못 들어가게 하더니."

"안전이 확보될 때까지 여기 꼼짝 말고 있어요."

그들은 SUV에서 내렸다. 요원들이 순식간에 집을 에워쌌다. 한쪽에는 차고로 보이는 커다란 독채 건물이 서 있었고 뒷마당에는 수영장이 있었는데, 지금은 겨울철이라 덮개에 덮여 있었다. 그 외에 다른 건물은 없었고 자동차도 전혀 보이지 않았다.

"빈집 같아." 보거트가 말했다. "좋은 집 치고 마당이 방치됐어."

"곧 알게 되겠지." 데커가 대답했다.

공기가 냉랭했다. 모두들 허연 입김을 후후 내뿜었다. 요원 둘은 차고로 향했고, 다른 사람들은 집 안으로 들어갔다. 셋은 뒷문을, 나머지 반은 앞문을 맡았다. 보거트는 데커를 대동하고 앞문을 두드리며 신분을 밝힌 다음, 수색 영장을 가져왔으니 안으로 들어가겠다고 통보했다. 아무런 응답이 없었다.

그는 전화로 뒷문에 대기한 팀에게 카운트다운을 했다. 두 문이 공성망치에 맞은 것처럼 날아갔다. 요원들이 안으로 쇄도하며 이 방 저 방 하나씩 확인한 다음 계단으로 갔다. 그들은 계단을 올라가 여섯 개의 침실을 확인하고 나서 마지막 침실 앞에서 멈춰섰다.

"염병할." 요원 하나가 무기를 낮추며 말했다.

보거트와 데커는 안으로 들어가 커다란 방에 놓인 의자 두 개를 내려다보았다. 각각 시체가 한 구씩 앉아 있었다. 온몸이 비닐에 꽁꽁 싸여 단단히 압축이 된 상태로. 비닐 밑으로 얼굴 생김새가 비쳐 보였다. 남자 하나, 여자 하나.

"와이트 씨와 와이트 부인 같지 않아?" 보거트가 물었다.

"뭐든 가능하지." 데커가 대답했다.

* * *

여덟 시간 뒤 감식반과 검시관이 작업을 마쳤다. 시체들은 레인 와이트와 그의 아내 애슈비로 밝혀졌다. 시체에 방부 처리를 해놓아서 사망 시각은 추정하기 어려웠다.

"이런 망할." 검시관이 말했다. "솜씨 한번 좋네. 누가 했는지 모르지만 꽤 노련해."

"피를 몽땅 빼내고 그 용액을 몸 안에 넣은 겁니까?" 보거트가 물었다.

남자는 고개를 끄덕였다. "비닐로 몸을 감싸고 열원을 사용해 압축한 다음 비닐을 봉한 걸로 보입니다. 헤어드라이어를 사용한 것 같아요. 게다가 방부 처리까지 해서 시신이 아주 멀쩡합니다."

"시신이 저러고 여기 있은 지 얼마나 됐을까요?"

"계산은 해보겠지만, 사망 시각을 알아내기 쉽지 않을 겁니다."

보거트가 말했다. "차고에 있는 차들은 연식이 2년에서 4년 사이이고 등록증도 아직 유효해. 냉장고 안의 음식은 유통기한이 지나긴 했지만 그리 오래되지 않았어. 집도 비교적 멀쩡해 보이고. 죽은 지 몇 년씩 된 것 같진 않아, 누군가 저 '꾸러미들'을 옆에 두고 한동안 여기 살았다면 모를까."

그는 검시관을 쳐다보았다. "사망 원인은?"

"딱 짚이는 게 없어요. 시체에 두드러진 상흔도 없고. 독극물일 가능성도 있지만 증거는 오래전에 사라졌을 겁니다. 조직 속에 흔적이 남아 있을지도 모르고, 피를 조금이라도 뽑아낼 수 있을지도 장담 못 해요."

"최대한 방법을 찾아봅시다." 보거트가 격려했다.

검시관은 고개를 끄덕인 뒤 가버렸다. 보거트는 주의를 데커와 재미슨에게 돌렸다. 두 사람은 부엌 탁자 앞에 앉아 신발 상자에서 꺼내 온 종이들을 훑어보고 있었다. 보거트는 데커 맞은편에 앉았다. "그래도 이번엔 당신 보라고 벽에 메시지를 써놓진 않았네."

데커는 멍하니 고개를 끄덕이고는 말했다. “놈들은 우리가 여기 올 거라고 예상 못 한 거 같아. 잘된 일이지.”

“어째서?”

“놈들에게 빈틈이 생긴 거니까. 우리가 간격을 좁혔다는 뜻이기도 하고. 토끼와 거북이, 기억나?”

“하지만 시신들을 왜 저 지경으로 방치했을까? 누군가 시신을 발견할 거라고 분명 예상했을 텐데 말이야.”

데커는 그를 쳐다보았다. “당신네 사람들이 알아낸 바에 따르면, 와이트 부부는 은퇴한 사람들이었어. 딸 말고는 가족도 없었고 친구도 없었지. 그냥 둘이 산 거야.”

“그럼 이들의 안부가 궁금한 사람들은 없었겠군.” 보거트가 말했다. “적어도 한동안은.”

“수영장 관리 회사를 이용한 적 있는지 확인해봐야 해. 불과 두 달 전쯤에 겨울철 대비 작업을 했을 거야. 작업하러 온 사람들이 와이트 부부를 봤을지도 몰라.”

“좋은 생각이야.”

데커가 말했다. “와이트 부부는 꽤 부자였던 것 같아. 여기는 면적이 300평이나 돼. 게다가 차고에는 레인지로버, 아우디 A8, 메르세데스 S500도 한 대씩 있고 말이야.”

“행복은 돈으로 못 사죠.” 재미슨이 말했다.

보거트는 그 종이들을 내려다보았다. “거기 뭐라도 있어요?”

재미슨이 말했다. “벨린다가 연구소에 있을 때 부모에게 보낸 편지들이에요. 요원들이 위층 벽장 잡동사니 밑에 처박힌 신발 상자에서 발견했죠.”

“뭐라고 쓰여 있습니까?”

데커가 말했다. "요약하면, 겁먹은 소녀가 자기를 보러 와달라고 부모에게 애원하는 편지야. 와서 자기를 집에 데려가달라고."

"마셜은 한 번도 부모가 찾아온 적 없다고 했잖아."

"이 편지들은 응답을 받지 못한 거지."

"마셜은 그들이 무지한 사람들이었다고, 딸을 걱정하지도 않았다고 했어. 그런데 편지는 왜 보관했는지 모르겠네?"

"이것 때문에." 데커가 말했다.

데커와 재미슨은 편지 뒷면이 보이도록 편지들을 뒤집어 죽 늘어놓았다. 편지지마다 뒷면에 대문자가 하나씩 쓰여 있었다. 한데 모으면 뜻이 만들어졌다.

"I WILL KILL THEM ALL. 모두 죽여버리겠어." 보거트가 그것을 읽었다. "자기를 폭행한 사람들을 다 죽여버리겠다는 걸까?"

"자기를 무시한 사람들도." 데커가 재미슨을 슬쩍 쳐다보며 말했다. "혹은 자기를 무시한 사람들과 한편인 사람들도."

"벨린다가 당신한테 무시를 당했다고 생각하는 이유는 아직도 모르고?"

"몰라. 하지만 내 아내와 특수 요원 래퍼티는 둘 다 신체를 훼손당했어. 강간은 당하지 않았지만 성기를 훼손당했지."

"하지만 벨린다는 강간을 당했고, 와이트 부인은 신체를 훼손당하지 않았어."

"그건 당연해. 애초에 와이트 부인 때문에 벌어진 일은 아니었으니까. 게다가 와이트 부인은 나와 관련이 없어."

"또 당신으로 귀결되는군. 항상 당신이야."

재미슨이 보거트를 쳐다보았다. "데커가 그러던데, 콴티코 기지에서 분석가로 일한 적 있다면서요?"

"맞아요."

"ViCAP에서 일하는 친구가 하나 있어요."

"친구가 아주 많군요." 데커가 덤덤하게 지적했다.

보거트가 말했다. "ViCAP, 흉악범죄 검거 프로그램. 거기로 발령 받아 2년 근무했었죠."

재미슨이 말했다. "그럼 전에도 이런 경우를 봤겠네요."

보거트가 고개를 끄덕였다. "꽤 많이 봤죠."

"그럼 그 얘기 좀 해줘요. 신체 훼손이 뭘 상징하는 거죠?"

보거트는 양손을 맞잡았다. "여성 성기의 훼손에는 수없이 많은 동기가 있어요. 정신병의 보고라고 할 만하죠. 프로이트도 하루 날 잡아서 견학 나와야 할 정도라고요."

"예를 들어봐, 그 동기라는 게 뭔지." 데커가 말했다.

보거트는 몸을 앞으로 기울였다. 그의 목소리는 더 나긋하면서도 더 단호해졌다. "여성에 대한 혐오감. 혹은 여성이 대변하는 것, 즉 모성과 출산에 대한 혐오감. 좀 거칠게 얘기하자면, 여성 생식기는 탄생의 관문이니까. 어머니에게 버림받은 놈들이 그런 짓을 잘해. 어머니 방치 아래 다른 이들에게 학대를 당한 경우도 그렇고. 어머니라는 존재는 자식을 보호하고 늘 자식 곁에 있어야 한다는 건데, 그러지 않아서 원망스럽다는 소리지. 실제로도 그런 경우에 정신이 피폐한 인간들이 생겨날 확률이 있고. 신체 훼손 행위는 생명의 관문을 영원히 닫아버리는 방법인 거야. 살인 자체에 이미 그런 의미가 없는 것은 아니지만, 그래도 그들은 그렇게 함으로써 위안을 얻게 되지."

데커가 말했다. "그런 여자한테서는 아이가 태어나게 놔둘 수 없다 이건가? 버림받거나 학대당하는 아이를 미연에 방지하겠다?"

"정확해."

재미슨이 끼어들었다. "벨린다의 부모는 벨린다의 운명을 그 연구소에 방치했어요. 딸을 보러 간 적도 없고, 와서 데려가달라는 호소도 무시했고. 벨린다는 강간과 폭행을 당한 것이 어머니가 자기를 보호하지 않아서 생긴 일이라고 여긴 걸까요?"

"아마도." 보거트가 대답했다. "사실, 그렇게 생각했을 가능성이 농후하죠. 특히 그런 사고를 겪고 나서도 보살핌을 받지 못했다면 더더욱."

데커가 말했다. "그런데 왜 나한테 그런 메시지를 보낸 거지? 왜 내 가족, 내가 아는 사람들이 표적이 된 거냐고. 이 퍼즐에서 나는 어디 위치한 걸까? 난 그 여자랑 말을 섞은 기억조차 없는데."

"우린 지금 정신병자 얘기를 하고 있는 거야, 데커. 그 여자 머릿속에서 벌어지는 일을 다 이해할 수는 없어. 확실한 건, 이건 당신 때문에 벌어진 일이 아니야. 그 여자가 강간당하고 죽을 뻔한 사건 때문에 벌어진 일이지. 그런 뒤에 부모가 그녀를 버렸기 때문이고. 그 이전에 그 여자의 의학적 조건, 그리고 거기에 대한 사람들의 반응 때문에 벌어진 일이기도 하지. 그 여자의 인생은 절대 평범하지 못했을 거야."

"그리고 레오폴드가 있죠." 재미슨이 말했다. "그 남자는 어떻게 연관되는 걸까요?"

"그리고 레오폴드가 있지." 보거트가 반복했다. "데커, 그자가 와이트의 공범이라고 아직도 확신해? 그 술집 이후로 당신은 그자를 본 적이 없잖아. 와이트로 추정되는 그 여종업원이 바텐더의 자동차를 훔쳐 탔다고 해도, 그 여자가 실제로 레오폴드를 태웠다는 확증은 없어. 그냥 그 차를 타고 심부름을 다녀왔을 수도 있잖아."

데커는 고개를 저었다. “그 여자는 자동차를 도로 가져다 두고는 술집을 영영 떠났어. 더군다나 인력 소개소는 그 여자를 보내지도 않았고. 그 여자는 레오폴드를 빼돌리려고 거기 있었던 거야. 그런데 그 술집을 선택한 건 다름 아닌 레오폴드였어. 그러니 그자가 연관됐다는 건 의심의 여지가 없지. 그자는 실행할 수 없는 범행을 저질렀다고 허위 자백을 했어. 자기가 범인일 수 없다는 걸 알고 있었던 거야. 정신이 온전치 못한 사람을 그럴듯하게 연기해냈지만, 그 술집에서는 정신이 말짱한 순간들이 있었어. 어쩌다 제정신이 든 게 아니라 의도적이었다고. 자기 능력을 과신하고 방심한 거지. 놈은 멀쩡한 정신으로 행동하고 있었어.”

“그럼 애초에 자백은 왜 한 거야?”

“그게 놈들의 첫 기습 공격이었던 거야. 자백은 내 관심을 끌기 위한 거였어. 내가 그걸 주목하고 파고들 줄 알았던 거지. 나를 꾀어낸 거야. 내가 자기들의 게임에 참가하길 바란 거지.”

“게임이라니.” 보거트가 역겹다는 투로 말했다. “그런데 당신 가족을 살해하고 나서 학교를 공격하기까지 왜 이렇게 한참 뜸을 들였을까?”

“계획을 완성하는 데 시간이 걸린 거 아닐까? 그 지하 통로라든가 이것저것 세부적인 것들을 알아내야 했겠지.”

재미슨이 말했다. “그런데 이 패거리의 대장은 누구죠? 와이트예요, 레오폴드예요? 그리고 둘은 어떻게 만난 거죠? 그자는 어디 출신일까요? 어쩌다가 이런 일을 꾸미게 됐을까요?”

“전부 좋은 질문이긴 한데.” 데커가 말했다. “안타깝게도 아직 못 푼 질문들이에요.”

보거트가 말했다. “범죄자 데이터베이스에는 맞는 인물이 없었어. 전과가 없는 놈인 거지."

데커가 고개를 홱 돌렸다. "범죄자 데이터베이스?"

"응, 연방수사국이 운용하는 세상에서 제일 큰 범죄자 데이터베이스지. 레오폴드의 지문을 거기 넣고 돌렸어."

"하지만 벨린다 와이트는 범죄자가 아니잖아. 그 여자는 피해자였어. 어쩌면 세바스찬 레오폴드도 피해자였을 가능성이 있어. 그래서 둘이 어울리게 된 건지도 몰라."

재미슨이 보거트를 쳐다보았다. "그렇다면 엉뚱한 데이터베이스에 넣은 거네요."

54

그들은 벌링턴으로 다시 날아갔다. 데커는 차를 얻어 타고 여관으로 향했다. 그는 보거트를 쳐다보며 재미슨 쪽을 흘끗 눈짓했다. 보거트가 데커의 눈짓을 알아채고 말했다. "재미슨 씨, 당신을 우리 안전가옥에 모시는 기쁨을 누렸으면 하는데요."

"뭐요? 아뇨, 난 그럴 수……."

"흔쾌히 수락하는 게 좋을 겁니다. 아니면 내 친히 감방에 넣어드릴 테니." 보거트가 말을 잘랐다.

"무슨 죄목으로?" 그녀가 맞받아쳤다.

"허위 사실을 유포하고 에이머스 데커를 향한 테러를 선동한 죄."

재미슨은 뭐라 말을 하려다가 의자에 몸을 기대고는 인상을 팍 썼다. "좋아요, 마음대로 해요."

데커가 SUV에서 내릴 때 보거트가 데커의 팔을 붙잡았다. "레오폴드의 지문과 디엔에이를 비범죄자 데이터베이스에 쫙 뿌릴 거야. 곧 연락하지."

"벨린다 와이트에 대한 정보도 뭐든 나오면 보내줘."

보거트는 고개를 끄덕이고는 차를 몰고 떠났다. 데커는 그의 방으로 올라가서 침대에 앉았다. 그는 허리띠 권총집에 든 권총을 쳐다보고는 밀러 서장이 방문을 두드리던 순간을 떠올렸다. 만약 서장이 아니었다면 방아쇠를 당겼을까? 스트레스 상황에서 빠져나와 마음을 다잡고 나니 밀러의 말이 옳았다는 생각이 들었다. 만약 그가 스스로 목숨을 끊는다 해도 놈들은 살인을 계속할 게 분명했다. 데커가 자기도 모르는 새 어떤 식으로든 벨린다 와이트를 무시했다면, 다른 사람들도 그랬을 가능성이 있다. 아니면 다음 목표는 레오폴드를 '무시한' 인간들일지도 모른다.

그는 눈을 감고 머릿속에 두 시기를 떠올렸다. 하나는 최근, 다른 하나는 훨씬 전의 과거였다. 그는 과거의 장면을 먼저 띄우고는 정지시켰다.

벨린다 와이트. 큰 키, 금발, 날씬한 몸매, 중성적인 외모, 항상 겁먹은 모습. 그녀는 성격이란 게 있나 싶을 정도로 개성이 없었다. 데커가 기억하는 와이트는 자존감이 산산이 부서진 사람이었다. 단체 치료 시간에는 좀체 입을 연 적이 없었고, 그런 그녀는 데커의 감정을 자극하곤 했다. 그럴 때면 그의 마음은 색다른 방식으로 움직이는 것 같았다.

데커도 못지않게 혹독한 일을 겪었다. 하지만 그는 프로 미식축구 경기가 극도로 격렬하다는 걸 알고 있었다. 극성팬들이 상상하는 것보다 훨씬 더 잔인하다는 걸 알고 제 발로 경기장으로 들어간 것이다. 하지만 벨린다 와이트는 윤간과 폭행을 당하고 나서 죽음에 이르도록 방치됐다. 그렇지 않아도 힘겨운 삶을 살던 차에, 순전히 타의에 의해서. 그녀 부모가 시신으로 발견된 지금, 그녀와 다른 살인 사건의 연관성은 사실로 드러났다. 과거가 아무리 참혹했다 해도 그것이 그녀가 한 짓을 정당화할 수는 없다. 그렇다고 모든 잘못을 오롯이 그녀에게 돌릴 수도 없지만.

데커의 마음은 최근으로 나아갔다. 그는 감방 안, 세바스찬 레오폴드의 맞은편에 앉아 있었다. 그 남자의 생김새와 태도가 떠올랐다. 공허한 눈, 대단히 침착한 태도, 세 명을 살해했다는 자백. 그때 레오폴드는 범인으로 처벌받지 않을 것을 알고 있었다. 확고한 알리바이를 가지고 있었으니까. 그렇다면 범인은 벨린다 와이트다. 그의 가족을 죽인 것도, 맨스필드 사건을 저지른 것도.

데커의 생각은 그 지점에서 멈췄다. 레오폴드가 한 말 중에서 뭔가 거슬리는 점이 있었다. 이게 중요한 것일까? 결정적인 것일까? 장면들을 머릿속에서 앞뒤로 움직이며 데커는 레오폴드와 나눈 대화를 토씨 하나까지 분석했다. 어느 순간 휘릭휘릭 돌아가던 장면들이 멈추었고, 데커는 눈을 떴다.

이스 굿(Is good).

그의 머리도 보통 사람들처럼 왜곡된 기억을 입력할 때가 있다. 있는 그대로 받아들이지 않고 맞다고 생각하는 쪽으로 말을 바꿔 기억하는 것인데, 이 장면에서도 그런 일이 발생한 것이다. 축약된 말일 거라는 추정 하에 '이스 굿(Is good)'이 '이츠 굿(It's good)'으로 바뀌어 있었다. 잘못 들은 줄 알고 그렇게 수정했던 것인데 잘못 들은 게 아니었다.

그는 전화기를 들어 보거트에게 전화를 걸었다. "용의자 수배를 국제 데이터베이스로 확대해야겠어. 유럽에 초점을 맞춰봐. 인터폴이 도움이 될 거야. 독일부터 먼저 뒤져보고."

"왜?" 보거트가 물었다. "왜 시야를 해외로 돌리는 거야?"

“잘못 기억한 게 하나 있었는데, 방금 그걸 잡아냈어.”

데커는 전화기를 치웠다. **‘나 술 잘 안 마셔. 근데 이건 좋아**(it's good)**.’** 미국인 치고 이건 좋아, 하고 말할 때 ‘이스 굿’이라고 발음하는 사람은 없다. 어쩌면 레오폴드는 ‘이스트 굿(Ist good)’이라고 말했을지 모른다. 경미한 후두음이 가미된 그 말투에다 날카롭고 각진 골상으로 보아 레오폴드는 유럽인, 아마도 독일인이나 오스트리아인일 거라고 데커는 추측했다. 그쪽 사람들은 인종의 용광로인 미국에 비해 얼굴 생김새가 훨씬 더 균일하다.

벨린다 와이트는 분명 미국에서 성장했다. 남자로 변신한 다음 군대에 입대해서 나이가 한참 많은 유럽 남자를 만난 걸까? 판이하게 다른 두 사람은 어떻게 만났을까? 어쩌다가 힘을 합쳐 이런 짓을 꾸미게 된 걸까? 레오폴드의 진짜 신분을 알아낼 수만 있다면 많은 의문들이 풀릴 거라고 데커는 확신했다.

이런 생각을 하고 있을 때, 또 다른 가능성이 등장했다. 그는 소리내어 말해보았다. “세븐 일레븐.” 랭커스터는 피의자 진술서를 작성할 때 그것을 무의식적으로 어디에나 있는 편의점으로 해석했다. 그러나 레오폴드 역시 그게 덕톤 애비뉴 711이라고 확실하게 말한 적은 없다. 랭커스터가 정말 그의 말을 잘못 해석한 것일까? 랭커스터가 어느 세븐일레븐이냐고 물었을 때 레오폴드는 애매모호하게 반응했고, 랭커스터는 데커의 집과 가장 가까운 편의점일 거라고 추정했다. 레오폴드는 그걸 바로잡지 않았다. 그는 경찰이, 무엇보다 데커가 확인할 것을 알고 있었다. 데커가 드살레에 있는 그 가게로 가서 둘러볼 것을…….

그의 생각이 틀렸을지도 모른다. 하지만 틀린 생각 같지 않았다. 그는 방을 뛰쳐나가 다시 밤거리로 나섰다.

555

그는 거리 건너편에서 10분째 그 가게를 지켜보고 있었다. 들락날락하는 사람들, 오가는 자동차들. 그는 계속 주시했다. 누군가 그를 지켜보는 사람이 있는지 살피는 중이었다. 아무도 없다는 확신이 들자 그는 길을 건너 가게 문으로 다가갔다. 유리문 너머, 계산대 뒤에 그 여자가 보였다. 이번에도 담뱃갑을 세며 종이에 수량을 표시하고 있었다. 가게 안에 다른 손님은 보이지 않았다.

문을 열자 종이 딸랑거렸다. 여자가 고개를 들었다. 그녀는 곧바로 데커를 알아보았다. 그는 몸집과 외모 때문에 남들의 기억을 비껴가기 어려웠다. "또 오셨네요?" 그녀가 말했다.

"또 왔습니다." 데커는 그렇게 말하며 가게를 구석구석 훑어보았다. 그의 손은 권총이 자리한 주머니 속에 들어가 있었다.

그녀가 말했다. "저번에 오셨을 때 거스름돈 안 받아가셨어요. 커피랑 빵, 신문을 다 합쳐도 5달러가 안 넘거든요."

"잔돈은 가져요. 근무 시간이 길잖아요. 아침저녁으로."

"근무 시간이 길긴 한데, 교대 근무라 괜찮아요. 오늘은 저녁 근무예요."

"장사는 잘됩니까?"

"지금은 한가한 시간이니까요 뭐. 매상은 아침에 올라요, 사람들 출근할 때. 커피, 담배, 햄버거. 에너지 음료가 엄청 팔리죠."

"내가 처음 왔을 때 여기 있던 다른 직원 말인데요. 빌리, 맞죠? 그 사람 지금도 여기 있습니까?"

그녀는 고개를 저었다. "아뇨, 없어요."

"더는 여기서 일하지 않는 거죠, 그렇죠?" 데커가 말했다.

그녀는 놀란 듯 보였다. "그걸 어떻게 아세요?"

"그 사람이 마지막으로 여기 있었던 게 언제입니까?"

"손님이 처음 오신 날이요. 그 자식 그 이후로 안 나왔어요. 열통 터져서 원. 내가 그 몫까지 일해야 했죠."

"직원 명부 가지고 있죠?"

"네. 뒷방에요."

"좀 볼 수 있을까요?"

"아뇨. 회사 규정상 안 돼요."

"그 사람 성은 알려줄 수 있어요?"

"왜요?"

"내가 찾던 사람일 가능성이 있어서요."

"무슨 근거로요?"

데커는 그의 휴대폰을 들었다. "5분이면 연방수사국 호출할 수 있어요. 그럼 요원들이 여기 있는 서류철이란 서류철은 다 가져갈 겁니다." 그는 여자를 응시했다. "그쪽 미국 시민권자예요?"

그녀는 얼굴이 해쓱해졌다. "아뇨. 하지만 서류는 있어요."

"분명 깔끔한 서류겠지요. 그러길 바랍니다. 연방수사국은 당연히 그것도 확인할 테니까요. 두 번씩."

여자는 천천히 담뱃갑 하나를 알맞은 칸에 넣고는 재고 서류에 표시했다. 어떻게 대처할까 궁리하며 시간을 벌고 있는 것 같았다.

"음, 그게 어쩌면…… 취업 비자 기한이 만료된 것 같기도 하고."

"그거 안됐군요. 이민 문제에 관한 정부의 개혁 정책이 답보 상태라, 참 껄끄러운 문제죠. 당신도 잘 알겠지만."

"빌리의 서류만 보여주면 되는 건가요?"

데커는 휴대폰을 치웠다. "그럼 얘기가 좀 달라지죠."

여자는 뒷방으로 갔다가 1분 뒤 서류철을 하나 들고 나왔다. "이거 가져가세요. 한 부 복사해줄게요."

데커는 입구로 가서 문을 잠그고 '영업 중'을 '영업 종료'로 뒤집었다.

"지금 뭐 하는 거예요?" 여자가 소리쳤다.

데커는 다시 휴대폰을 꺼냈다. "연방수사국이 5분 뒤에 도착할 겁니다. 유감이지만 가게는 잠시 문을 닫아야 합니다."

"내가 서류 줬잖아요."

"그건 고마워요. 그런데 그건 그거고 이건 이거라서."

"연방수사국이 여기서 뭘 할 건데요?"

"빌리에 대한 모든 흔적을 찾을 거예요. 걱정 말아요. 당신의 이민 자격에 대해선 신경 안 쓸 겁니다."

"빌리가 무슨 중요한 사람이라도 돼요? 그냥 걸레질만 하던 사람인데."

"중요한 사람이에요. 그 사람, 빌리가 아니라 벨린다거든요."

* * *

몇 시간 뒤 보거트는 세븐일레븐에서 걸어나와 주차장에 있는 데커에게로 다가갔다. 데커는 나풀나풀 나리는 눈 속에 서서 세븐일레븐 커피를 마시고 있었다.

보거트가 말했다. "쓸 만한 지문을 하나 건졌어, 창고 대걸레 양동이 일곱 군데에서. 그걸 돌려봤는데 아직 맞는 건 없어. 와이트 것일 수도 있고 그 양동이를 썼던 다른 사람의 것일 수도 있어. 사실 어떤 데이터베이스에도 없을 것 같아. 지금은 남자가 됐을지도 모르고."

"마셜 박사에 따르면 그 여자는 유타에서 윤간을 당했어. 경찰 기록에 남아 있을 거야."

"그럴 법도 한데, 그쪽 경찰서에 확인해봤지만 벨린다 와이트 강간 사건 기록은 없었어."

데커는 어리둥절한 표정을 지었다. "그럴 리가 없어. 그 여자는 강간과 폭행을 당한 뒤에 뇌가 변해서 그 연구소로 보내진 거라고. 당신도 마셜 박사 말 들었잖아. 유타 주 의사와 그 얘기를 나눴다고 말이야."

"그렇다고 쳐. 하지만 경찰에 신고하지 않았을 수도 있지."

"왜 신고를 안 했을까?"

"그 여자가 처한 상황을 생각해봐. 거긴 서로의 사정을 속속들이 아는 작은 마을이었어. 그런 곳에서는 사건을 덮으려고 하지."

"아니면 그 여자의 부모가 그렇게 결정했을 수도 있고." 데커가 대꾸했다.

"그 가능성이 훨씬 높겠군." 연방수사국 요원이 수긍했다.

데커는 커피를 마저 마시고는 컵을 쓰레기통에 던졌다. "벨린다는 여자 치고는 키가 커. 한 180센티미터쯤 되고 깡말랐지. 빌리가 그 정도 키에 말랐더라고. 하지만 탄탄했어. 68킬로그램 정도."

"빌리라는 놈은 영락없는 남자였나?"

"그랬던 것 같아. 하지만 묘한 분위기이긴 했어. 연구소에 있을 때도 벨린다는 그랬지. 당신네 몽타주 작가한테 이미 설명 보냈어. 지금 그리는 중이야."

"완성되는 즉시 각처에 뿌릴게."

"나라면 당분간 경찰 쪽에만 보낼 거야. 공개 배포하지는 마. 우리가 거기까지 추격한 걸 알면 놈들이 잠수 탈지 몰라."

보거트는 미심쩍어하는 얼굴로 말했다. "알았어, 그렇게 해보자고. 당분간은." 그는 두 손을 주머니에 넣고는 포장도로를 응시했다. "와이트 부부네 수영장 관리 회사에서 회신 받았어. 두 달 전에 그 집에 가서 겨울철 대비 작업을 했는데 아무도 못 봤대. 비용은 자동으로 납부되는 시스템이야. 그 집의 모든 비용은 자동납부였어. 그들 부부는 누구와도 접촉할 필요가 없었어. 막다른 길이야. 말 그대로."

"레오폴드는?"

보거트는 긴 한숨을 내쉬었다. "레오폴드, 그놈도 추적했지. 겨우 안타 한 방 쳤어."

"놈의 진짜 이름은?"

"놀랍게도 세바스찬 레오폴드야. 당신 말이 맞았어. 놈은 오스트리아인이야."

"배경은?"

"아직 수집 중이야. 요약하자면, 놈의 아내와 딸은 살해당했고,

살인범은 법의 심판을 받지 않았어."

"그놈 언제 여기로 온 거야?"

"그건 특정하기 어려워. 그 사건은 8년 전에 일어났으니까 그 후에 왔겠지. 합법 체류자는 아닐 거야. 우리가 다른 나라 사람들에 비해 유럽인들에겐 그리 까다롭지 않잖아."

"놈이 여기서 몇 년밖에 안 있었다면, 원래 억양을 비교적 빨리 잃은 거야. 나랑 얘기할 때 딱 한 번밖에 실수 안 했어. 놈에 대해 나온 것들 내가 좀 볼 수 있을까?"

"준비해줄게. 어디 있을 거야?"

"맨스필드 고교 도서관."

"차로 데려다줄까?"

"그 전에 들를 데가 있어."

"어디?"

"내 파트너 데려가려고."

"당신 파트너? 랭커스터 말인가? 가족에게 사고가 난 뒤로 손 뗀 거 아니었어?"

"메리가 손 뗄 리가 없지."

"그걸 어떻게 알아?"

"난 랭커스터를 알아. 나랑 당신을 합친 것보다 더 센 여자야."

5 556

랭커스터와 재미슨은 학교 도서관에서 데커와 마주 앉아 있었다. 레오폴드의 기록을 기다리는 중이었다. 데커는 그간 알아낸 것들을 랭커스터에게 알려주었다. "보거트는 벨린다가 경찰에 신고를 하지 않았을 거라고 생각해. 그 여자 부모가 말렸을 거라고 보는 거지."

"쓰레기 같은 것들." 랭커스터가 사납게 대꾸했다.

"그 뒤에 벨린다는 완벽한 기억력을 갖게 됐어. 자기를 폭행한 사람들을 기억하고 있을 거야."

"애초에 아는 사람들이 그랬겠죠." 재미슨이 말했다.

데커가 고개를 끄덕였다. "유타의 작은 동네라면, 모두가 모두를 알고 지냈을 겁니다."

"연구소에 있을 때 그 여자가 무슨 말 안 했어?" 랭커스터가 물었다.

"말이 거의 없었어. 단체 치료 중에도 한마디 안 했지. 나도 마셜 박사한테 듣기 전까지는 모르고 있었어. 폭행범들은 아마도 벨린다가 양성이라는 사실을 알고 그런 것 같아." 데커가 덧붙였다.

랭커스터는 고개를 절레절레 저었다. "도대체 그게 어떤 건지 난 통 상상이 안 돼. 고환 하나와 난소 하나를 가지고 있다고?"

"응."

"그럼 학교에서 아주 동네북이었을 거야. 일단 체육 시간에 여학생 하나가 은밀한 부위를 목격했겠지. 소문이 금방 퍼졌을 테고. 정말 끔찍했겠어."

데커는 앞에 놓인 서류를 내려다보다가 다른 것들과 부합되지 않는 사실을 하나 발견했는지 한참 시선을 고정하고 있었다. 랭커스터에게는 익숙한 광경이었다. "뭔데 그래?"

그는 그녀를 쳐다보았다. "마셜 박사는 서류에 남아 있는 벨린다 부모의 주소가 15년 전 것이라고 했어. 그런데 그 여자가 연구소에 있었던 건 20년 전이거든."

"이런저런 이유로 연락을 계속 주고받았겠지. 벨린다는 거기에 한 5년 정도 있지 않았을까? 나중 주소일 거야."

"하지만 마셜은 와이트 부부가 연구소로 딸을 만나러 온 적도 없다고 했어. 그런데 왜 그는 나중의 주소를 가지고 있었을까? 그 부부랑 편지라도 교환한 걸까?"

그는 휴대폰을 꺼내 전화를 걸었다. 마셜 박사는 회의 중이었지만 5분 뒤 전화를 했다. "에이머스, 자네 말이 맞아." 그가 말했다. "와이트 부부는 이사를 했다네. 하지만 그 후로도 7년 동안 서로 연락하고 지냈지. 새 주소를 보내줘서 내가 가끔씩 편지를 썼어."

"저번에 우리가 물어봤을 때 그 얘긴 하지 않으신 거네요."

"알아, 미안하네. 하지만 난 환자의 비밀을 신중하게 취급하고 싶어. 직업상의 의무를 저버리지 않으면서 최대한 도와주려고 노력한 걸세."

"그들이 연구소로 한 번도 찾아온 적 없다면 딸의 안위에 별 관심이 없었던 거 아닙니까? 벨린다의 상황에 관련해서 무지한 사람들이었다고도 하셨고요."

"맞아."

"그런데 무슨 일을 당했든 부모가 신경 쓰지 않는 상황이었다면, 그녀는 어떻게 연구소로 오게 된 겁니까?"

"그들이 입소시킨 건 아닌 것 같네."

"그럼 누가 그랬죠?"

"확실하지는 않아. 그녀의 인지 능력이 우리 연구소의 연구 대상인 걸 알게 된 거기 의사가 소개한 게 아닐까 싶어. 20년 전에도 우리 연구소는 전국적으로 명성이 있었거든." 그는 자랑스레 덧붙였다. "게다가 그녀의 입소 비용을 전액 지원할 만큼 재정도 넉넉했고."

"그렇군요. 그런데 와이트 부부는 딸이 연구소로 가든 말든 개의치 않았으면서 왜 박사님과는 편지를 주고받은 겁니까?" 데커는 그 대답을 알고 있었지만 박사의 입으로 직접 듣고 싶었다.

"그들은 겁을 먹고 있었다네, 에이머스. 벨린다를 두려워했지. 연구소에서 유타의 집으로 돌아왔을 때 벨린다는 다른 사람이 되어 있었다더군. 좋지 않은 방향으로 말이야. 우리 연구소에서 기울인 노력도 별 도움이 안 되었던 모양일세. 벨린다는 얼마 뒤 고향을 떠났어. 하지만 그 부모는 벨린다한테서 편지를 받곤 했네. 소름 끼치는 편지들이었지. 그러니 겁을 먹을 수밖에."

"왜죠? 벨린다가 자기들을 해칠까봐?"

"그건 추측하기가 곤란해."

"그냥 짐작 가는 바를 말씀해주세요."

마셜이 한숨을 길게 내쉬는 소리가 들려왔다. "좋네. 그들은 벨린다가 그들을 살해할 거라고 생각하고 공포에 떨고 있었어."

정확히 알고 있었군.

"그들의 옛 주소를 좀 알 수 있을까요? 유타 주의 주소? 가지고 계시죠?"

마셜은 서류철에서 주소를 찾아 알려주었다. 데커는 고맙다는 말로 전화를 끊었다. 그는 인터넷에서 옛 주소의 위성사진을 찾고는 노트북을 휙 돌려 랭커스터와 재미슨에게 보여주었다.

"평범한 동네의 평범한 집이네." 랭커스터가 말했다. "우리 집이랑 비슷한데."

"우리 집이랑도." 데커가 말했다. "핵심은 와이트 부부의 새 집이 예전 집보다 다섯 배는 더 큰 데다 수영장도 있고 차고에는 고급 자동차가 가득하다는 거야."

랭커스터는 눈살을 찌푸렸다. "뭐 하던 사람들이지?"

"보거트가 입수한 정보에 따르면, 남편은 교통국 부팀장이었고 부인은 식당에서 종업원으로 일했어."

재미슨이 말했다. "떼돈을 버는 사람들은 아니었네요. 어떻게 그런 집을 살 수 있었지?"

"자금 흐름을 알아봐야 해." 데커는 보거트에게 전화를 걸었다. 곧 전화를 끊은 그가 랭커스터를 쳐다보았다. "알아보고 연락 준다는군."

"뭐가 어떻게 돌아가는 거야?" 랭커스터가 물었다.

"이 사건 뒤에 도사린 동기에 접근하고 있는 것 같아, 메리. 동기를 알고 나면 모든 게 말이 되기 시작할 거야."

"좋아. 그동안은 도무지 말이 안 되더니. 정말이지 말이 하나도 안 됐잖아."

"아니, 와이트와 레오폴드에게는 항상 말이 됐어. 우리에게만 말이 안 됐던 거지. 우리는 아직 모르는 게 많아."

"그 많은 사람들을 죽인 게 말이 된다는 소리야?" 그녀가 발끈해서 말했다.

"우리한테 말이 되든 안 되든 상관없다니까. 그 짓을 벌인 놈들한테 말이 되면 되는 거야."

"난 이 세상이 싫어." 랭커스터가 비참한 얼굴로 뇌까렸다.

"난 세상이 싫진 않아." 데커가 말했다. "여기서 살아가는 일부 없느니만 못한 인간들이 싫을 뿐이지."

57

그들은 저녁거리로 패스트푸드를 사서 도서관으로 돌아왔다. 데커는 식사를 마친 뒤 홀로 구내식당으로 가서는 손전등으로 길을 비춰가며 통로를 걸었다. 그동안 지하 통로와 군부대 수색에서 새로운 단서는 나타나지 않았다. 학교와 연결되는 통로에 대해 육군 측이 제공한 몇 가지 정보도 사건의 돌파구가 되지 못했다.

데커는 통로 반대편으로 나와서 군부대의 낡은 기름 드럼통에 걸터앉아 생각을 곱씹어보았다.

벨린다 와이트는 강간과 폭행에 대한 기억을 간직하고 있을까? 아니면 나처럼 사고에 대한 기억을 잃었을까? 그녀도 잊고 싶은 것들을 결코 잊을 수 없는 처지가 되어버린 걸까?

자신의 가족을 살해한 사람과 어떤 식으로든 유대감을 느끼는 게 불편했지만, 마음 한편에 그런 기분이 드는 것은 어쩔 수 없었다. 두 사람은 같은 처지였다. 사고를 겪었고, 같은 병을 앓게 되었고, 트라우마 가득한 굴곡진 인생을 살고 있었다.

그와 벨린다는 같은 시기에 그 연구소에 있었다. 그는 거기서 어떤 행동을 했고, 그 때문에 그녀는 그를 표적으로 삼았다. 벨린다는 어느 시점에 빌리가 됐다. 빌리는 오스트리아인 세바스찬 레오폴드와 우연히 만났다. 레오폴드의 가족은 살해당했지만 범인은 잡히지 않았다. 그들의 삶은 어느 지점에서 교차된 걸까? 20년이라는 세월은 많은 일이 일어날 수 있는 시간이다. 두 사람이 만난 건 그녀가 빌리로 변하기 전일까 후일까? 단순히 두 사람의 만남이 그 많은 죽음을 촉발한 걸까?

그런데 내가 무슨 짓을 했다고 이 불행을 겪어야 하는 거지?

"여기 있을 줄 알았어."

데커는 뒤를 돌아보았다. 통로 계단 꼭대기에 보거트가 서 있었다. 그가 서류철 하나를 들어 보였다. "와이트 부부의 재정 상태에 관한 정보야. 세바스찬 레오폴드의 가족에 관한 정보도 있어."

그들은 함께 학교 도서관으로 돌아갔다. 보거트와 데커, 재미슨, 랭커스터는 서류들을 검토하기 시작했다. 20분 뒤 랭커스터가 서류 한 장을 들어올렸다. "와이트 부부는 19년 전 유타 주의 집을 4만 달러에 팔았어. 새로 구입한 집은 거의 200만 달러에 달했고, 2만 5천 평의 대지가 딸린 집이야."

"자금의 출처는?" 데커가 물었다.

"그건 못 찾았어." 보거트가 말했다.

"배상금 아니었을까?" 데커가 말했다.

랭커스터가 날카로운 눈으로 그를 쳐다보았다. "배상금? 벨린다 사건에 대한?"

"그거면 벨린다가 강간을 당하고도 경찰에 신고하지 않은 게 설명돼. 돈이 어디서 나서 그런 집을 사들였는지, 그리고 어째서 멀리 떨어진 콜로라도로 이사했는지도 설명이 되고."

보거트가 거들었다. "그렇다면 벨린다가 분노한 이유도 설명이 되는군. 부모가 돈을 받고 그 사건을 무마한 거니까."

"학대와 유기에 해당하는 거지." 데커가 말했다.

보거트가 고개를 끄덕였다. "그래서 신체를 훼손한 거야. 부모도 살해한 거고."

데커는 그 서류를 다시 쳐다보았다. "벨린다가 이 부부 은행 계좌에 있던 돈을 어떻게 했을까 궁금한데?"

"하지만 사람들은 그들이 죽었다는 걸 모르고 있었잖아요. 아직 상속은 못 받았겠죠." 재미슨이 말했다.

"요즘엔 컴퓨터로 입출금이 가능해요. 로그인하고 비밀번호만 입력하면 되죠." 데커가 말했다. "벨린다 혹은 빌리는 틀림없이 비밀번호를 알고 있을 거예요."

"생활비가 필요했겠지. 여행할 돈도 필요했을 테고." 보거트가 의견을 냈다.

"다른 일로도 돈은 필요할 거야." 데커가 말했다.

"무슨 일로?" 보거트와 랭커스터가 동시에 물었다.

데커는 일어섰다. "와이트 가족의 옛집에 가봐야겠어. 누가 그 여자를 강간했는지, 놈들이 어떻게 빠져나갔는지도 알아봐야 하고. 와이트 부부에게 그 돈을 지불한 사람이 누군지도 캐봐야 해."

"20년 전에 일어난 사건이야, 데커." 보거트가 반박했다.

"거기 가야 할 이유는 또 있어. 가장 중요한 이유야."

"그게 뭔데?" 보거트가 물었다.

"당신네 전용기를 이용할 만큼 가치 있는 일. 내가 보장하지."

558

그들은 북부 유타 주의 소도시 머시에 착륙했다.

"머시(Mercy)." 눈이 몰아치는 밖으로 나가 격납고에 쓰인 그 이름을 보았을 때 랭커스터가 되뇌었다.

"자비(mercy)라니, 아이러니의 극치네요." 재미슨이 평가했다.

보거트는 몸을 부르르 떨고 나서 점퍼를 바짝 여몄다. "이제 제트기 연료를 왕창 쓴 이유 좀 들어보자고." 그가 데커에게 물었다.

데커는 포장도로 위에 주차된 SUV 차량 세 대를 쳐다보며 엔진이 돌아가고 있기를, 히터가 최대로 틀어져 있기를 바랐다. "두고 보면 알아."

그들은 차를 몰고 벨린다 와이트의 옛 주소지로 향했다. 작은 마을에 2차 대전 후 지어진 주택들이 즐비했고, 전부 판박이처럼 닮아 있었다. 눈으로 질퍽거리는 거리를 달려 도착한 그 집은 음산했고 진입로에 자동차 한 대 없었다. 데커는 두 번째 SUV 차량 뒷좌석에 랭커스터, 재미슨과 같이 앉아 있었고, 보거트는 앞에 타고 있었다.

데커가 창밖을 내다보며 말했다. "저 집이 최근에 팔렸다고?"

보거트가 고개를 끄덕이고 대답했다. "20개월 전에. 어떤 회사가 매입했어."

"내 가족이 살해당하기 4개월쯤 전이군. 놈들은 함께 지내면서 계획을 짤 곳이 필요했던 거야."

"정말 와이트가 옛집을 사들였다고 생각해?" 랭커스터가 말했다. "끔찍한 기억이 어려 있을 텐데?"

"그 여자의 집은 여기야. 자기 부모를 죽이고 나서 비닐에 꽁꽁 싸맨 그 저택이 아니라. 여기서 무슨 일을 당했든 이곳에서 위안과 안정감을 느꼈을지도 몰라. 부모 계좌에 남은 위자료를 여기 썼을지도 모르지. 부모가 팔려고 안달했던 집을 그 돈으로 도로 사들이는 게 합당한 일처럼 느껴졌을 거야."

재미슨은 그를 흘끔 쳐다보았다. "안에 뭐가 있을까요?"

"해답." 데커가 말했다. "그랬으면 좋겠어요."

요원들이 집을 에워쌌고, 그들은 앞문과 뒷문을 통해 집 안으로 들어갔다. 방들을 차례차례 확인한 그들은 지하실로 들어갔다.

"젠장!" 보거트가 주위를 둘러보며 내뱉었다. "여긴 뭐라도 있을 줄 알았는데. 벽에 살인 계획이 다닥다닥 붙어 있다거나."

하지만 그런 것들은 하나도 보이지 않았다. 지하실에 으레 있을 만한 잡동사니뿐이었다.

"나도 같은 생각을 했었어." 데커가 말했다. 그는 사방을 둘러보다가 고개를 끄덕거렸다. "와이트는 과잉기억증후군이야. 살인 계획으로 벽을 도배할 필요가 없지. 모든 계획이 머릿속에 낱낱이 들어 있을 거야."

보거트가 말했다. "와이트가 계획을 짰다는 소리야? 그럼 레오폴드는? 무슨 역할이지?"

"그건 아직 몰라. 이상한 놈이고 연기의 달인이라는 것밖에는. 놈은 어리바리한 모질이 흉내를 세상 누구보다 능숙하게 해냈어. 그리고 그것 말고도 놈에겐 뭐라 집어 말할 수 없는 게 있어."

보거트가 말했다. "납득 불가능한 놈이라며. 당신이 그랬잖아."

"하지만 누구나 본심은 있기 마련이야. 놈도 마찬가지고. 그게 뭔지 아직 내가 모를 뿐이지."

보거트가 말했다. "지방 경찰을 불러야 하나?"

데커가 고개를 저었다. "아니."

"왜? 지방 경찰한테 알리지 않으면 나중에 시끄러워진다고."

"이 일의 배후에 지방 경찰이 있을지 몰라. 여기에 뭐가 있든 일단 우리끼리 처리하자고."

그는 플라스틱 선반과 그 위에 놓인 잡동사니 상자를 뒤적거리기 시작했다. 재미슨은 다른 쪽 구석에 있는 물건들을 살펴보기 시작했고, 랭커스터와 보거트는 시선을 교환한 뒤 수색에 동참했다.

* * *

두 시간 뒤 보거트가 말했다. "여긴 아무것도 없어. 아무것도!"

"아니, 있어요." 재미슨이 말했다. 그녀는 신문에서 오려낸 종이를 들어올렸다.

"그건 어디서 났어요?" 랭커스터가 물었다.

"저 탁자 밑 상자에 들어 있었어요, 낡은 옷가지에 덮여서."

"그게 뭐 어쨌다고요?" 보거트가 말했다. "그냥 잡동사니인데, 여기 있는 다른 것들처럼."

"아뇨. 신문을 보관하는 사람들은 무더기로 쌓아두는 법이에요. 그런데 이 지하실에 신문이라고는 이거 딱 하나잖아요. 게다가 와이트 같은 사람이 굳이 신문을 모을 필요가 있나요? 분명 이게 여기 있는 이유가 있을 거예요."

"훌륭한 추리예요, 재미슨." 데커가 종이를 살피며 말했다.

"난 그 과잉기억 뭐시기는 아니지만 나름대로 한가락 한다고요. 1킬로미터 밖에서도 기삿거리 냄새를 맡기로 유명하죠." 그녀는 그 종이를 들어 커다란 기사 제목을 가리켰다.

랭커스터가 그것을 읽었다. "자일스 에버스 실종되다."

"자일스 에버스가 누군데요?" 보거트가 말했다.

재미슨이 말했다. "경찰관. 기사 내용에 의하면 그 남자는 여기 머시 지역의 유지 클라이드 에버스의 아들이었대요. 클라이드 에버스는 시장을 지냈고, 광산업으로 큰돈을 벌었는데 그중 상당 금액을 고향에 기부했어요. 전형적인 개천에서 난 용이네요."

"이 신문기사를 왜 가지고 있었을까?" 보거트가 물었다.

데커가 대답했다. "자일스 에버스가 그 여자를 강간했으니까. 그래서 실종된 거고."

"후와, 그건 논리의 비약 아닐까, 에이머스." 랭커스터가 말했다.

"아니. 이 기사가 여기 있는 이유는 그것밖에 없어."

"그거 언제 기사죠?" 랭커스터가 물었다.

재미슨이 말했다. "19개월 전. 이 집이 와이트가 뒤에 있을 거라고 추정되는 그 회사에 팔린 직후죠."

"그 여자가 경찰관에게 당했다는 얘기야, 지금?" 보거트가 미심쩍다는 투로 말했다.

"경찰들이 윤간을 저지른 거야." 데커가 말했다. "그 여자가 간성이라는 이유로. 에버스의 아버지는 입을 다무는 대가로 와이트 부부에게 돈을 준 거고. 아들의 혐의를 세탁하고, 경찰이 망신을 당하는 걸 막아준 거지. 머시 경찰서의 규모는 그리 크지 않을 거야. 순경 전원이 그 윤간 사건에 관여했을 가능성도 있어. 경찰에겐 엄청난 타격이지. 마을 자체의 평판에도 그렇고. 이런 마을에서는 피해자가 중요한 게 아니야. 중요한 건 사건을 빨리 덮는 거지."

"하지만 확인된 사실은 아니잖아." 랭커스터가 말했다. "네 추측일 뿐이지."

"확인해보면 알겠지." 데커가 말했다. "갑시다. 당시 주변 인물들과 얘기를 해보자고."

59

20년 전의 경찰서장은 6년 전에 심장마비로 죽고 없었다. 당시 근무했던 경찰 중에 아직 현직에 있는 사람은 둘이었다. 둘 다 와이트 사건에 대해 아무것도 몰랐고 보거트에게 월권행위 아니냐고 따지고 들었다. 보거트 일행은 즉시 문 쪽으로 밀려났다.

돌아오는 차 안에서 랭커스터가 말했다. "그 사람들, 거짓말하는 거야. 얼굴에 다 쓰여 있는데 뭘."

"작은 마을이야. 서로의 사정을 훤히 꿰고 있겠지." 데커가 말했다. "우두머리에게 직행하는 게 낫겠어."

"자일스 에버스의 아버지 말이에요?" 재미슨이 말했다. "클라이드 에버스?"

"그자가 아직 살아 있다면요."

검색을 하느라 스마트폰을 보고 있던 보거트가 말했다. "살아 있어. 게다가 아직도 여기 사는 모양이야."

* * *

목적지는 마을 변두리에 위치한 작은 집이었다. 그들은 불이 켜진 앞쪽 창문들을 보며 차를 세웠다. 판자로 외장한 정면을 따라 포치가 길게 나 있었고, 굴뚝에서는 연기가 고불고불 피어올랐다. 눈발이 다시 거세졌다. 초라한 집이었다. 울퉁불퉁한 잔디밭, 병들고 망가진 수목. 진입로에 있는 자동차는 고물 포드 트럭뿐이었다.

랭커스터가 중얼거렸다. "지역 유지가 뭐 이래? 망했나 본데."

"분명 이유가 있을 거야." 데커가 말했다.

그들이 노크를 하자 앞문이 열리더니 구부정한 배불뚝이 노인이 나타났다. 하얀 턱수염이 가슴께까지 늘어져 있었고 곰삭은 바지는 매듭이 지어진 멜빵에 매달려 있었다. 보거트는 신분을 밝히고 배지를 보여준 다음 아드님에 대해 얘기를 나누고 싶다고 말했다. 에버스는 덤덤하게 고개를 끄덕이고는 네 사람을 작은 방으로 안내했다. 검댕으로 얼룩진 석재 벽난로 안에서 장작불이 타닥타닥 타고 있었다.

실내는 컴컴했고 흰곰팡이와 좀약, 간밤에 전자레인지에 돌렸을 음식 냄새가 났다. 사방을 훑은 데커의 시선이 노인에게 머물렀다. 노인은 안락의자에 털썩 몸을 던지고 뺨을 긁으며 그들을 한 명씩 쳐다보다가 데커에게 시선을 고정했다. "댁은 연방수사국 요원처럼 안 생겼구먼."

"요원이 아니라서 그렇습니다."

"어허." 에버스는 시선을 불길에 두고 무심히 말했다. "내 아들을 찾으러 행차들 한 거야? 연방수사국까지 개입할 줄 몰랐는데. 할 수 없지. 내게 남은 건 그 아이 하나뿐이야. 가진 게 거의 없어, 아들놈밖에는."

"아드님을 위해 많은 걸 희생하셨죠?" 데커가 주변을 둘러보며 말했다. "거의 모든 걸."

에버스는 데커를 흘끔 쳐다보고는 불길로 눈길을 돌렸다. "뭘 알기나 하고 떠드는 건가?"

"아드님 행방을 모르십니까?" 데커가 말했다.

에버스는 눈을 돌려 데커를 노려보았다. "무슨 말이야? 내가 내 아들을 숨겨놓고 있다는 거야?"

"벨린다 와이트가 아드님을 데려갔다는 말씀을 드리는 겁니다. 어르신은 이미 알고 계시겠지만요."

에버스는 잠시 바닥으로 쓰러질 것처럼 보였다. 하지만 마음을 다잡고 투실투실한 손을 휘휘 내둘렀다. "벨린다 와이트! 케케묵은 옛일을 들쑤시고 난리야. 그 여자가 대체 무슨 상관이란 말인가?"

데커가 말했다. "상관이 있습니다. 그 여자가 자일스를 데려갔으니까요. 아드님이 발견된다면 아마 시신일 겁니다. 그건 의심의 여지가 없어요. 이미 알고 계시겠지만요, 에버스 씨. 아드님은 죽었습니다."

그 도발적인 발언에 보거트, 재미슨, 랭커스터가 놀라서 데커를 쳐다보았다. 데커는 에버스에게서 눈을 떼지 않았다. 노인은 입술을 파르르 떨면서 거친 숨을 내쉬었다. 그는 옆 탁자로 손을 뻗어 담배 한 개비와 라이터를 집어 담뱃불을 붙였다. 담배를 빨아들이자 니코틴에 진정이 되는 모양이었다.

"아들놈 시체를 발견한 건가?" 노인이 코로 연기를 내뿜으며 물었다. "그래서 여기 온 거야?"

"발견하기 어려울 겁니다. 그 여자가 원하지 않는다면요."

에버스가 발끈했다. "그럼 가서 그 호모 년을 체포하지 않고 뭐 하는 거야!"

데커가 말했다. "그래서 여기 온 겁니다. 어르신의 도움을 얻어야 체포할 수 있어요."

에버스가 더 똑바로 앉았다. "내 도움은 왜? 난 아무것도 몰라. 20년도 더 지난 일이야."

데커가 말했다. "그 여자를 윤간하고 죽도록 폭행한 다른 경찰관들은 더 이상 여기 안 사는 것 같더군요. 어르신은 아직 여기 계시고요. 그래서 온 겁니다."

"입증된 건 아무것도 없어. 제길, 사건은 없었다고. 내 아들은 흠 하나 없는 애야. 신이 알고 계신다고."

"어르신이 와이트 부부에게 돈을 줘서 입막음한 데다 당시 경찰서장에게 손을 써서 경찰에 신고 접수조차 안 되게 만들었기 때문 아닙니까. 그들은 벨린다 와이트를 죽게 방치했어요. 하지만 그 여자는 죽지 않았죠. 범인들을 하나하나 다 기억하고 있어요. 여긴 서로가 서로를 잘 아는 작은 마을입니다. 그 여자도 모두를 알았겠죠. 어르신 아들도, 그가 경찰이라는 것도. 하지만 고작 열여섯 살짜리가 뭘 어쩌겠습니까. 경찰들이 범인이라 해도 경찰서에 가면 자기를 보호해줄 거라고 믿었겠지요. 문제가 생기거나 위험에 처하면 경찰이 도와줄 거라는 말을 듣고 자랐으니까요." 그는 말을 멈추고 노인을 응시했다. "그런데 경찰은 그 여자를 도와주지 않았어요. 사건 자체를 덮어버렸죠."

"증거가 어디 있어."

보거트가 말했다. "자금을 추적해보니 와이트 부부에게 지불된 돈이 에버스 씨한테서 나왔더군요."

"와이트 부부와도 얘기를 나눴습니다." 데커가 보거트와 재미슨에게 재빨리 눈짓을 보내며 덧붙였다. "어르신이 무슨 짓을 했는지 털어놓더라고요. 그러니 잡아떼는 건 그만하시죠. 시간이 없습니다. 어르신이 아직 생존해 계셔서 저는 좀 놀랐습니다. 놈들이 아드님을 데려갈 때 어르신도 같이 데려갔을 줄 알았거든요."

데커의 허심탄회한 말투가 노인의 마지막 고집을 꺾어버린 듯했다. 노인은 안락의자에서 몸을 앞으로 확 내밀고는 니코틴에 찌든 통통한 손가락으로 데커를 가리켰다. "공소시효는 이미 지났어."

"그렇겠죠." 데커가 수긍했다. "그러니 감옥에 갈 두려움일랑 접어두시고 다 털어놓으세요. 하지만 살인에는 공소시효가 없으니 언제라도 와이트를 찾기만 하면 죗값을 치르게 할 수 있습니다. 어르신이 도와주시면 가능해요."

에버스는 담배를 비벼 끄고는 잠시 생각을 정리하는 것 같았다. "당신들이 알아야 할 건 말이야, 그 여자애는 이상한 애고, 화를 자초했단 걸세. 암 그렇고말고."

"윤간을 당하고 죽도록 맞는 걸 자초했다는 거예요?" 재미슨이 말했다. 그녀의 입은 혐오감 때문에 일그러져 있었다. "세상에 어떤 여자가 그런 걸 자초할까요?"

"꼭 그렇다는 얘기는 아니야. 다만, 그때 남자들이 자제력을 잃어서 그리 된 거라는 얘기지. 남자들이 다 그렇지 뭐. 알다시피."

"아뇨, 모르겠는데요." 랭커스터가 재미슨보다 더 열렬한 혐오감을 드러내며 말했다.

"그 남자들 중에 어르신의 아들도 끼어 있었죠?" 보거트가 끼어들었다.

에버스가 퉁명스럽게 고개를 끄덕였다. "녀석은 늘 말썽을 부렸어. 그래서 경찰에 집어넣었지. 경찰서장이 내 오랜 친구였거든. 내게 신세를 많이 졌지. 이 마을 전체가 나한테 신세를 졌어. 난 아들놈이 정신을 차릴 줄 알았어. 맹세컨대, 정말 그럴 줄 알았다고. 그동안 내가 잘못 생각했다는 걸 녀석이 증명할 거라고 말이야. 그랬는데 아들놈한테 총이랑 싸움을 걸 명분, 원하는 건 뭐든 가질 수 있다는 거만함만 안겨준 꼴이 됐어."

"아드님이 와이트에게 관심을 가지게 된 계기가 있었나요?" 보거트가 물었다.

"그게, 학교에서 그 여자애에 대한 말이 돌았다네. 아까도 말했지만, 그 앤 이상한 종자였거든. 한 번도 평범하게 행동한 적이 없었지. 젠장, 호모 같았다니까. 구역질나게 말이야. 내 아들은 혈기 왕성한 미국 사내라, 그런 잡것을 그냥 보아 넘길 리가 없지. 그건 죄악이야."

"전혀 그렇지 않아요." 랭커스터가 말했다. "어쨌든 계속 말씀해 보세요."

에버스는 다시 담뱃불을 붙이고는 빠끔거리며 말을 이었다. "아들놈과 다른 녀석들은 그 애한테 따끔한 교훈을 주려고 했던 거야."

"어떻게요?" 데커가 물었다.

에버스는 손가락으로 데커를 가리켰다. "당신 말이 다 맞는 건 아니야. 경찰관은 여러 명이 아니었어. 내 아들놈만, 아들놈만 경찰이었어."

"이해가 안 되는군요." 데커가 깜짝 놀란 얼굴로 말했다. "벨린다는 윤간을 당했잖아요."

"그건 맞아. 하지만 내 아들놈만 경찰 제복을 입고 있었지."

"다른 사람들은 누구누구였죠?" 랭커스터가 물었다.

“그게, 고등학교 미식축구팀 머저리들이랑 또…….”

데커가 말을 잘랐다. “코치도 있었죠?”

랭커스터가 서둘러 덧붙였다. “교감도?”

에버스는 놀란 듯 보였다. “맞아. 그걸 어떻게들 알았나?”

랭커스터는 데커를 쳐다보았다. “에이머스, 그래서 맨스필드 고교에서 일이 그렇게 된 거였어. 희생자를 그렇게 고른 거였어.”

데커가 말했다. “관련된 미식축구 선수는 몇 명이었습니까?”

에버스가 어깨를 으쓱거렸다. “몰라. 넷, 다섯.”

“여섯일걸요.”

“젠장, 이봐, 그걸 댁이 어떻게 알아?” 에버스가 말했다. “나도 기억이 안 나는데. 난 여기 사람이라고.”

“벨린다 와이트가 말해줬거든요. 계속 말씀해보세요. 윤간이 벌어진 장소는요?”

“구내식당에서 그랬다고 아들놈이 말했어. 왜 하필 거기를 골랐는지는 나도 몰라. 아마 그 애를 탁자 위에 올려놓고 그랬겠지.” 그는 무심하게 덧붙였다.

보거트, 재미슨, 랭커스터는 서로 시선을 교환했다.

“아드님이 벨린다를 어떻게 데려온 겁니까?” 데커가 물었다.

“어느 날 밤 아들놈이 거리를 걸어가는 그 애를 보고 순찰차에 태웠지. 그 애는 밤에 자주 싸돌아다녔어. 전에도 여러 번 본 적이 있다더군. 아들놈은 그 애를 돌봐주려고 그랬던 거야.”

“그게 무슨 말입니까?” 보거트가 날카롭게 물었다.

“아까도 얘기했듯이, 그 애는 괴물이었어. 마을 사람들이 그 애 앞에서 대놓고 그렇게 말할 정도로. 그래, 사람들이 친절한 편은 아니었지. 왜, 주님은 인간들이 다양한 모습으로 살아가도록 주관

하시잖나. 그 애가 그렇게 된 것도 다 무슨 뜻이 있었겠지. 하지만 여기 사람들은 그렇게 생각 안 했어. 그 애는 머시에서 살아가기가 꽤나 고달팠을 거야. 자일스는 그걸 알고 있었어. 그래서 그걸 이용해서 그 애를 꾀어낸 거야."

"대체 아드님이 벨린다에게 관심을 가지게 된 이유가 뭡니까?" 데커가 물었다.

"아들놈은 고등학교 때 미식축구팀에서 뛰었어. 코치 하워드 클라크, 교감 코너 와이즈랑 동창이었지." 그는 목소리를 낮추었다. "그런데 학교에 와이트가 일부는 남자이고 일부는 여자라는 소문이 돈 거야. 여자애들이 체육 시간에 봤는데 그 애한테 고환이 있더라 이렇게. 아이고 하느님, 믿겨지나? 와이트 부부는 약물 중독이었거나 그랬을 거야. 어쩌면 히피였거나. 그런 걸 몸에 들이고 애를 가지니까 그런 일이 생기지. 고환을 가진 여자애라니 원."

"말도 안 되는 얘기네요." 보거트가 내뱉었다.

"그건 자네 생각이고. 단정적으로 얘기하진 말게." 에버스가 응수했다. "어쨌거나, 미식축구 선수 몇몇이 여자애들이랑 데이트를 하다가 그 소문을 듣고는 하워드와 내 아들놈, 코너한테 얘기를 전한 거야. 그래서 세 놈이 모여서 그 애한테 따끔하게 교훈을 주기로 한 거지."

"여자를 거의 죽이면서까지요?" 랭커스터가 따졌다.

에버스는 신중한 표정을 지었다. "자네 이거 아나? 내 생각엔 녀석들이 그 애를 도와주려고 한 것 같아. 남자가 여자한테 거시기 해줄 때 어떤 기분인지 느끼게 해주려고. 정상인으로 고쳐주고, 진정한 여자가 어떤 건지 알려주려고 말이야. 남자랑 같이 있는 게 얼마나 좋은 건지."

보거트가 말했다. "자꾸 긍정적인 면을 덧씌우려고 애쓰지 마세요, 에버스 씨. 강간과 폭행에 대해선 공소시효가 지났을지 몰라도, 자꾸 그렇게 딴소리로 공무집행을 방해하다간 그 담배 감옥에서 피우게 될 겁니다."

에버스는 잠시 보거트를 빤히 쳐다보다가 얼른 이야기를 이어나갔다. "아무튼 그 애가 마구 저항하는 통에 녀석들은 할 수 없이, 그게, 애를 좀 패줬지. 한 놈이 애를 된통 후려쳤는데, 녀석들은 그 애가 죽었다고 생각했다네. 의식이 없는 데다 피투성이였거든. 자일스 말로는, 숨을 안 쉬었대. 그래서 녀석들은 겁을 먹고 그 애를 학교 뒤편 쓰레기통에 버리고 내뺐지. 그런데 여자애가 정신을 차리고 거기에서 기어 나온 거야. 그러고는 경찰서에 가서 신고를 했지. 아까 말했듯이, 경찰서장은 나랑 친한 사이였고 나한테 이리저리 신세를 진 처지라 나한테 전화를 했어. 물론 그 여자애 부모도 알고 있었지. 여자애가 제 부모한테 말을 했으니까. 나는 있는 돈 없는 돈 닥닥 긁어서 그걸로 사건을 조용히 덮어버렸지." 그의 얼굴이 분노에 휩싸였다. "와이트 부부가 나를 아주 벗겨 먹었어. 그 개 같은 것들이."

"그렇게 평가하시는군요?" 보거트가 물었다. "협상이라는 걸?"

"그게 사람들 평가야. 주변을 둘러봐. 난 지금 쓰레기장에서 살고 있다고. 아내는 오래전에 죽었어. 아내는 알고 있었지. 그게 아내를 죽였어. 나는 무일푼이 됐고, 가진 땅을 모두 팔아치웠어. 전 재산이 날아갔지. 그 빌어먹을 와이트 부부는 어딘가에 저택을 지었을 거야, 썩을. 그 괴물을 세상에 내놓은 원흉인 주제에. 난 60년 동안 허리가 휘도록 일했는데도 이런 데서 살고 있어. 내 손에 쥔 게 이게 전부라니." 그는 주변을 둘러보았다. "20년 된 냉장고에,

새 차는 꿈도 못 꾼다네. 밖에 세워둔 건 아예 굴러가지도 않고."

"힘들게 사셨군요." 보거트가 덤덤하게 말했다.

데커가 말했다. "굳이 왜 손을 쓰셨죠? 왜 돈을 줬습니까? 어차피 그 여자의 말뿐이었잖습니까. 마을 전체가 그 여자를 싫어했다면, 경찰들이 증거를 없앨 수도 있었을 텐데요. 서장도 어르신 친구였는데. 와이트 부부가 어르신을 속이고 등쳐먹은 거라고 주장하지 그랬습니까."

에버스는 담배를 뻑뻑 빨고는 체념한 듯 고개를 저었다. "아니, 선생, 그럴 순 없었어. 그들이 증거를 갖고 있었어."

"무슨 증거를요?" 보거트가 물었다.

"벨린다 와이트가 집에 가기 전에 빌어먹을 병원에 들러서 강간과 폭행 진단을 받았지 뭔가. 내 아들이 그랬다는 증거도 나왔지. 다른 놈들 것도. 디엔에이, 혈흔, 그 여자 손톱 밑에서 피부 조직까지 죄다 나왔어. 확실한 증거였지. 그 후에 벨린다 와이트는 자기 부모한테 있었던 일을 얘기한 거야."

"하지만 그들은 경찰에 신고하지 않았죠." 데커가 말했다.

"안 했지. 머시가 어떤 곳인지 눈치로 알고 있었으니까. 에버스 가문은 여기서 왕이나 마찬가지였어. 그 외에는 다들 고만고만했고. 어차피 여기 사람들은 눈 하나 깜짝 안 했을걸. 와이트 부부는 머리를 굴렸고, 난 항복할 수밖에 없었다네. 그들이 모든 걸 주 경찰에 알리겠다고 협박을 한 거야. 심지어 연방수사국도 들먹이더군. 나는 무슨 수라도 써야 했어." 그는 담배를 끄고 데커를 바라보았다. "하나밖에 없는 아들이 말썽을 부리다 못해 감옥에 가는 꼴을 두고 볼 순 없었네."

데커가 말했다. "어르신은 다 자기 방식대로 살아가야 한다는 주의 아니었나요? 주님은 인간들이 다양한 모습으로 살아가도록 주관하신다, 그 애가 그렇게 된 것도 다 무슨 뜻이 있을 거라면서요?"

에버스는 신중하게 망설이는 빛으로 데커를 바라보았다. "그렇긴 한데, 그 문제가 머시 밖으로 불거지게 놔둔다면 주님도 내 아들한테서 강간죄를 벗겨줄 것 같지 않았어. 아닌가?"

"아드님이 실종될 당시 상황은 어땠습니까?" 데커가 물었다.

"아주 단순해. 어느 날 밤 한잔하러 나갔다가 돌아오지 않았네."

"결혼은 했나요? 아이들은 있어요?"

"이혼했어. 마누라가 떠났지, 아이들을 데리고. 경찰서에서 쫓겨난 뒤 나랑 여기서 같이 지냈지."

정의가 있기는 있군. 데커는 생각했다.

"그런데 이제 와서 이 일에 관심을 갖는 이유가 뭔가?" 에버스가 물었다.

"혹시 수상한 연락이나 물건이 오지는 않았습니까?" 데커는 노인의 질문을 무시하고 물었다.

에버스는 잠시 생각에 잠겼다. "하나 있긴 한데."

"뭡니까?" 데커가 얼른 말했다.

"가져오지." 노인은 휘청휘청 일어나 집 안쪽으로 사라졌다.

보거트는 데커를 쳐다보았다. "이걸로 와이트가 왜 그런 짓을 벌였는지 설명이 되는군. 그 여자가 고등학교를 선택한 이유는 자기가 여기 고등학교에서 당한 일 때문이었어."

랭커스터가 덧붙였다. "희생자들도 같은 방식으로 골랐어. 자기를 죽일 뻔한 사람들을 반영한 거지. 미식축구 선수들, 코치, 교감."

재미슨은 데커를 쳐다보았다. "하지만 그 여자가 당신을 쫓아다니는 이유는 여전히 설명이 안 되네요."

데커도 그녀를 쳐다보았다. "안 되죠."

에버스는 종이를 한 장 들고 돌아왔다. "몇 달 전에 누가 이걸 문 밑으로 넣어놨더군. 밑도 끝도 없이 뭔지 원."

그는 종이를 데커에게 건넸다. 다른 사람들이 그것을 보려고 모여들었다. 인터넷 웹페이지를 출력한 것이었다. 웹페이지 제목은 '외면당한 정의'였다. 그 밑에는 이름들이 쭉 나열돼 있고 각각의 이름 옆에는 범죄가 적혀 있었다. 살인, 강간, 폭행, 납치 등등.

맨 밑에 선언문이 있었다. "이 모든 범죄는 경찰에 의해 저질러졌다. 그리고 하나같이 은폐되었다. 하지만 우리는 잊지 않을 것이다. 정의는 결코 외면당해서는 안 된다."

데커는 재빨리 그 이름을 읽어 내리다가 한 지점에서 멈췄다. "벨린다 와이트와 레오폴드가 어떻게 얽히게 됐는지 이제야 드러나는군."

세 사람은 그 이름들을 응시했다. 카롤린 레오폴드와 디드리 레오폴드. 이름 옆에는 그들이 당한 범죄가 적혀 있었다.

살인.

60

그들은 벌링턴으로 돌아가는 비행기 안에서 레오폴드 가족의 살인 사건 기록을 읽었다. 오스트리아 빈에서 20킬로미터 떨어진 마을에서 일어난 사건이었다. 빈 경찰은 연방수사국의 요청에 따라 레오폴드의 신상 정보도 함께 보내왔다.

"경찰이 레오폴드의 가족을 죽였을 가능성은 전혀 없겠는데." 랭커스터가 말했다.

"만약 그랬다면 애초에 기록으로 남겨두지도 않았겠지." 보거트가 말했다.

데커는 두 시신의 부검 기록을 읽고 나서 보거트를 쳐다보았다.

"비행기 안에 끈 같은 거 없어?"

"끈?"

"로프라도."

그들은 저장고에 보관된 응급 장비 중에서 로프를 찾아냈다. 데커는 로프의 길이를 재고 나서 매듭을 지었다.

"그건 왜?" 보거트가 물었다.

"중요할 수도 있고 아닐 수도 있고." 데커는 그렇게만 말했다.

그는 매듭을 지어놓은 로프를 쳐다보다가 다시 '외면당한 정의' 종이를 쳐다보고, 레오폴드 가족의 살인 사건 기록을 다시 읽으면서 모든 정보를 하나하나 흡수했다. 다 읽고 나서 눈을 감고 그 조각들을 맞추기 시작했다. 제트기가 착륙했을 때도 그의 눈은 여전히 감겨 있었다.

"에이머스, 내려야 해." 랭커스터가 말했다.

다같이 SUV 차량으로 이동할 때 보거트가 말했다. "우리 쪽 사람들이 이 웹사이트를 추적할 거야. 뭐가 나오는지 보자고."

랭커스터는 고개를 끄덕이고는 데커를 쳐다보았다. 데커는 차창 밖을 내다보고 있었다.

"무슨 생각해, 에이머스?"

그는 매듭을 진 로프를 들고 있었다. "무지한 사람들 때문에 많은 사람들이 죽었다는 생각."

"와이트와 레오폴드는 선택을 한 거야, 나쁜 선택." 보거트가 말했다. "그 책임은 다른 누구도 아닌 그놈들한테 있어."

"인간에겐 한계가 있어." 데커가 말했다. "세상은 원래 불공평한 거라고, 학대를 받고도 극복한 사람들도 있다고 말할 수도 있겠지. 하지만 사람들은 다 달라. 누구는 강인하지만 누구는 여리지. 내가 누구를 상대하게 될지는 모르는 거야."

"당신 가족을 죽인 놈들이야, 에이머스." 보거트가 쏘아붙였다.

데커는 차창에서 눈을 떼지 않고 말했다. "알아, 그래서 놈들을 붙잡으려는 거고. 하지만 난 이게 전적으로 와이트의 잘못이라고 보지 않아. 그렇게 볼 수 없고, 그럴 생각도 없어."

"자일스 에버스가 어디 있을지 궁금하네요." 재미슨이 말했다.
"지옥에 있겠지. 그랬으면 좋겠어요." 데커가 대꾸했다.

* * *

데커는 여관 계단을 올라가 2층으로 가서 주차장을 빠져나가는 SUV 차량을 바라보았다. 재미슨이 차창 너머로 슬며시 손을 흔들었다. 그는 응답하지 않았다.

그는 방으로 들어가서 침대에 걸터앉았다. 침대 스프링이 축 가라앉았다. 그는 눈을 감았다. 그의 마음은 다른 상황에 다른 모습으로 존재하는 동일인의 두 이미지로 돌아갔다.

술집의 여종업원 와이트와 세븐일레븐에서 대걸레질을 하던 남자 와이트. 데커는 대걸레질 하던 와이트의 얼굴은 자세히 보았지만 여종업원 와이트의 얼굴은 스치듯 보았을 뿐이다. 카메라 초점을 맞추듯 그는 눈을 더 질끈 감았다. 둘의 턱이 똑같았다. 턱선. 두 손도. 손은 항상 사람들의 인식 밖에 있지만 눈썰미가 있는 사람에게는 지문만큼이나 두드러진 특징이 된다. 길고 섬세한 손가락, 짧은 오른손 새끼손가락, 매니큐어를 칠하지 않은 여종업원의 손톱, 왼손 집게손가락의 갈라진 손톱, 오른손 엄지에 난 작은 사마귀. 동일인이 확실했다.

그는 놀라 눈을 동그랗게 떴다. 방금 본 와이트에게 색깔이 있었다. 처음으로. 회색이었다. 회색은 대개 그렇듯 그에게도 애매한 색이었다. 특정한 해석이 담기지 않은 색깔, 이렇게도 저렇게도 볼 수 있는 색깔. 사람들은 세상이 흑백으로 명료하기를 바란다. 그런 세상에서는 사는 게 훨씬 쉽다. 만사가 깔끔하게 정리되고 분류된다. 하지만 실제 세상은 그렇지 않고, 그 안에서 살아가는 사람들도 그렇지 않다.

레오폴드는 노란색이다. 노란색은 적대감, 교활함을 나타낸다. 이렇게 대상과 색깔이 딱 들어맞는 경우도 가끔 있다. 숫자처럼 명료하게.

조각들이 제자리를 찾아 들어가고 있었다.

그런데 왜 나를 표적으로 삼았을까? 대체 내가 무슨 짓을 했기에, 벨린다? 아니, 빌리라고 해야 하나?

두 사람이 접촉한 것은 20년 전 그 연구소에서뿐이었다. 그의 가족이 살해된 것은 16개월 전이다. 시간 차이가 많이 난다. 왜 기다렸을까? 그 사이에 세바스찬 레오폴드와 만난 걸까? 데커에게 보복할 방법을 레오폴드가 찾아준 걸까? 복수할 길을 마련해줬을까? 하지만 어째서 그를 택했을까? 그 연구소에서 상호 접촉은 제한적이었다. 직접 말을 섞은 적이 있었던가? 전혀 없었다.

그는 다시 눈을 감았다. 어떻게든 돌파해야 한다. 와이트가 이런 짓을 벌인 데는 분명 이유가 있다. 그녀는 상상 이상으로 치밀한 사람이다. 그러니 이번에도 이유는 반드시 있다. 머릿속 블랙박스가 앞뒤로 휘릭휘릭 움직였다. 영상이 놀라운 속도로 지나갔지만 그는 어느 하나 놓치지 않았다. 마치 지금 겪고 있는 일인 듯 모든 것이 보였다. 오히려 슬로모션 같기도 했다. 모든 말, 모든 순간, 모든 것들이 달팽이처럼 굼뜨게 느껴졌다.

단체 치료 시간. 다들 미래에 대해 얘기하고 있었다. 희망과 꿈에 대해. 벨린다는 그러지 않았다. 기회가 있었는데도 미래에 대한 어떤 계획도 밝히지 않았다. 아무런 계획이 없었던 게 분명했다. 적어도 당시에는.

그랬는데 바뀐 거야.

당시 몇몇 사람들은 데커가 겪은 일을 알고 있었다. 그가 미식축구 경기장에서 외상을 입었고 하마터면 죽을 뻔했다는 것까지도. 반면 그는 벨린다의 사연에 대해서는 전혀 몰랐다. 그리고 벨린다는 그 사실을 몰랐을 것이다. 자기가 그를 알고 있으니 그도 자기에 대해 알겠거니 생각했을 것이다. 그게 중요한 문제일까? 그는 눈을 뜨고 눈살을 찌푸렸다. 그의 머리가 해답을 내놓지 못했기 때문이다. 그는 방을 나갔다. 가만히 앉아 있을 수가 없었다.

30분 뒤 그는 벌링턴 경찰서로 들어갔다. 밀러 서장이 있었다. 밀러는 유타에 다녀온 일에 대해 보거트에게 대충 들어 알고 있다고 했다. "안색이 좋지 않군, 에이머스." 밀러가 말했다.

"좋을 이유가 있습니까?" 데커가 대답했다.

밀러는 자기 머리를 톡톡 두드렸다. "안 떠올라?"

"이 안에 있긴 있어요. 그게 뭔지 집어내지 못할 뿐이에요."

"자네 머리가 뛰어나긴 하지만, 아직 정보가 너무 없어."

"누군가는 해야 하는 일이에요. 제가 안 하면 다른 사람이 해야 하겠죠."

"놈들이 다 접고 잠수 탄 건 아닐까?"

"아직은 아니에요."

"놈들은 뭘 기다리는 걸까?" 밀러가 물었다.

"저요."

데커는 증거 보관실로 내려가서 밀러 서장에게 받은 입장 허가서를 제출했다. 그는 필요한 서류 작업을 마친 뒤 안으로 들어가 그곳에 있는 증거들을 살폈다. 이제 그는 경찰이 아니었기 때문에 누구든 동행해야 했다. 동행인은 샐리 브리머였다. 그녀가 설명했다. "제가 한가한 건 아닌데, 이 사건보다 더 급한 일이 없는 거 같아서요."

그들은 탁자 앞에 앉았다. 데커는 봉지에 담긴 증거들을 하나하나 살펴보았다. 두 번씩 살펴볼 때도 많았다. 그의 경찰 제복도 두 번 살폈다.

"애초에 배지를 반납했어야죠." 브리머가 지적했다. "어차피 쓰지도 못하게 됐네요. 이런 식으로 멋대로 훼손하다니."

데커는 배지가 든 봉지를 집어들고 X표가 새겨진 배지를 바라보았다.

X표를 쳐서 나를 지웠어. 자일스 에버스에게 그런 것처럼. 그자가 거짓말로 너를 속여 데려갔을 때 그자는 경찰 제복 차림이었지. 아니, 어찌 보면 그들 모두 제복 차림이었어. 경찰, 미식축구 선수, 코치, 학교라는 권위의 가운을 걸친 교감까지. 너를 둘러싼 사람들은 너를 보호해야 마땅했지만 그러지 않았어. 오히려 너를 파괴했지. 무엇보다 경찰이 앞장서서 말이야. 배지를 찬 놈, 내 것과 똑같은 배지를 찬 놈이.

그는 비닐 위로 배지를 문지르다가 동작을 멈추었다. 요술 램프를 문지르는 기분으로 소원을 빌고 있을 때였다. 정말 이루어질 거라고 기대하지 않았는데, 소원이 이루어졌다. 마지막 퍼즐 조각이 방금 제자리를 찾아 들어간 것이다. 마침내 에이머스 데커는 해답을 얻었다. 이 불행을 초래한 자신의 행동이 무엇이었는지 깨닫게 되었다.

661

그는 맨스필드 고교 도서관으로 들어갔다. 이제 어떻게 해야 할지 알 것 같았다. 근무 중인 사람이 대여섯 명 있었지만 랭커스터와 재미슨, 보거트는 없었다. 늦은 시각이라 잠을 자고 있는 것일까. 그의 전화기가 부르르 진동했다. 놀랍게도 보거트였다. 그는 '외면당한 정의'에 관한 정보를 전달해주었다. 와이트 부부에게는 천만 달러에 달하는 유동성 자금이 있었지만 그 돈은 지난 9개월 동안 매달 100만 달러씩 계좌에서 빠져나갔다. 데커는 가만히 듣고만 있었다.

보거트가 말했다. "어떻게 생각해?"

"다 말이 되는 소리야."

"그게 무슨 말이야?"

"말 그대로야."

"지금 어디 있어?"

"내 방. 자려던 참이야."

"아침에 다시 걸게." 보거트가 말했다.

"그러든가." 데커가 말했다.

데커는 노트북 앞에 앉아서 예전에 받은 비밀번호를 넣고 로그인을 했다. 그는 '외면당한 정의' 웹사이트로 갔다. 방문자가 개인 계정을 만들면 사이트 관리자에게 직접 메시지를 보낼 수 있게끔 되어 있었다. 그는 양식에 맞게 계정을 만들고 가입 신청을 했다. 놈들이 사이트를 주시하고 있을 거라는 생각이 들었다. 그렇지 않을 리가 없었다. 데커가 클라이드 에버스와의 연관성을 포착하고 그 영감을 찾아갈 경우를 대비해 놈들은 영감에게 이 사이트에 대한 정보를 남겨둔 것이다. 이것은 퍼즐 게임이고, 이제 모든 퍼즐 조각들이 맞춰진 셈이었다.

30분이 지났다. 한 시간. 두 시간. 데커는 그냥 앉아 있었다. 그의 마음은 온통 잿빛이었다. 벌써 20년째 달라진 머리로 살고 있는데도 타인의 몸에 들어온 듯한 기분이 가시지 않았다. 언제라도 시냅스 불꽃이 파지직 일어나면서 예전의 그로, 평범한 두뇌로 돌아갈 것만 같았다.

전화기가 다시 진동했다. 재미슨이었다. 그는 받지 않았다.

세 시간이 지났을 때 그의 계정에 메시지가 떴다.

결국 도착했구나, 형제. 축하해.

데커는 이제 '형제'라는 말의 의미도 알 것 같았다. 단순했다. 가해자들과 그는 모두 형제다. 와이트가, 또는 레오폴드가 그렇게 한데 묶은 것이다. 물론 공평하지도 정의롭지도 않은 처사다. 그래도 이해는 됐다.

그는 답장을 적고 전송했다. 그리고 기다렸다.

다시 메시지가 왔다.

우리가 왜 그래야 하지?

예상한 대로 그들은 그의 제안에 선뜻 응하지 않았다. 그는 답장을 썼다. 이것으로 충분하기를 바라면서. 이런 기회가 다시 있을 것 같지 않았다.

언젠가는 끝을 내야 하잖아. 지금 끝내는 게 어때? 이제 남은 건 나 하나야.

그가 뭔가 큰 것을 놓치고 있는 게 아니라면, 이제 남은 사람은 그뿐이다. 큰 것을 놓친 것 같지는 않았다. 더는 없다. 오히려 다른 사람들이 놓친 것, 디지털 신호 저편에 있는 두 사람을 포함해 모든 사람들이 놓친 것을 그는 알고 있었다.

물론 그들은 함정이라고 의심하고 있을지도 모른다. 지금 메시지를 보낸 것이 데커 본인이라는 것도 확신할 수 없을 것이다. 그를 시험해볼 것이다. 아니나 다를까, 다음 메시지에 문제가 들어 있었다.

드웨인 라크루아의 선수 번호.

그들은 철저히 대비한 게 분명했다. 그에게 주어진 시간은 딱 5초. 그 안에 대답해야 한다. 그렇다면 온라인 검색도, 구글이나 유튜브도 이용할 수 없다. 하지만 데커라면, 특별한 기억력 때문이 아니라도 그 두 자리 숫자를 항상 기억할 것이다. 그는 즉시 대답을 적어 전송했다.

24.

곧바로 답장이 왔다.

5분 안에 지시 사항을 보내지. 대기해.

그는 기다렸다. 머릿속에 장착된 시계가 똑딱거렸다. 정확히 306초가 지났을 때 답장이 왔다. 그는 그것을 정독했다. 철저히 계산된 내용이었다. 그들은 돌다리를 여러 번 두들기는 방식을 택했다. 미리 계획을 세워둔 게 분명했다. 일이 이렇게 될 것을 훤히 내다본 것처럼. 그런 생각이 들자 마음이 단순히 초조함을 넘어 흔들렸다.

그는 일어서서 자리를 떴다. 30분 뒤 그는 숙소로 돌아와 있었다. 가진 것을 몽땅 싸서 짐을 꾸리는 데 딱 3분 걸렸다. 60센티미터짜리 가방 하나로 충분했다. 다 넣고도 공간이 남았다.

그는 문간에 서서 뒤를 돌아보았다. 그의 집. 그가 가진 유일한 집이자 빌린 집. 하나도 집 같지 않은 집. 떠나는 마당인데도 덤덤했다. 일이 틀어지게 된다면 보고 싶을 건 랭커스터, 밀러 서장, 그리고 재미슨 정도다. 어쩌면 보거트까지도. 하지만 그뿐이다.

그는 문을 닫고 열쇠를 관리실 열쇠 선반에 놔두었다. 다시는 돌아오지 못할 것이다. 그렇게 될 수밖에 없다. 여러 가지 이유로.

662

버스는 벌링턴을 떠나 도시 세 곳을 거쳐 그를 크루로 데려갔다. 눈발이 거세졌다. 주간고속도로의 가로등 불빛 아래로 통통하고 질퍽한 눈이 내려와 땅에 무게를 더했다. 눈은 결국 그쳤다. 고속도로 관리공단은 며칠에 걸쳐 눈 더미를 치우고, 대자연은 또다시 같은 일을 되풀이할 것이다. 그는 줄곧 휴대폰을 손에 쥐고 버스 차창 밖을 내다보았다. 그들은 다음 의사소통이 어떻게 이루어질지 알려주지 않았지만 그는 만반의 태세를 갖추고 싶었다. 크루에서 그는 다른 승객 셋과 함께 하차했다. 다른 승객들의 짐은 데커처럼 간소했지만, 여자 하나는 꽉 찬 여행가방 하나, 베개 하나, 졸음에 겨운 꼬마 아이 하나를 달고 있었다.

그는 처마에 눈이 쌓인 버스 터미널의 승강장 주변을 둘러보았다. 몇 명 안 되는 행인들이 하나같이 궁색해 보였다. 한 남자가 데커에게 접근했다. 눈투성이 부츠와 양쪽 옆이 찢어진 외투 차림의 60대 배불뚝이 흑인이었다. 귀덮개가 달린 모자를 깊숙이 눌러쓰고 있었고, 안경은 김이 서려 부옜다. 남자가 데커 앞에 멈춰서더니 말했다. "에이머스 데커?"

데커는 남자를 쳐다보고 고개를 끄덕였다. "누구시죠?"

"아무도 아니오. 어떤 사람이 100달러를 주면서 이걸 댁한테 전하라고 시켰어요. 그래서 주는 거요." 그는 데커에게 종이를 한 장 건넸다.

"누가 시킨 겁니까?"

"난 못 봤소."

"나를 어떻게 알아봤죠?"

"키가 아주 크고, 뚱뚱하고, 턱수염을 기른 무섭게 생긴 백인 남자라고 했소. 딱 당신이야."

남자는 터벅터벅 걸어가버렸다. 데커는 종이에 적힌 지시 사항을 내려다보고는 안으로 들어가 버스표를 샀다. 이제부터 두 시간을 때워야 했다. 그는 자동판매기에서 커피를 한 잔 뽑았다. 커피는 뜨겁지 않고 미지근했지만 상관없었다. 그는 대합실에 있는 사람들을 관찰하며 시간을 보냈다. 대합실 안은 밖에서 예상한 것보다 붐볐다. 그 이유를 알 것 같았다. 얼마 뒤면 추수감사절이다. 가족을 만나 커다란 칠면조를 써는 날.

그와 캐시는 매번 둘 중 하나가 명절 근무에 걸리는 바람에 추수감사절을 함께 지낸 적이 한 번도 없었다. 데커는 칠면조 대신 패스트푸드를 씹으며 끼니를 때웠고, 캐시는 병원 식당에서 배를 채우곤 했다. 그날 비번인 사람이 몰리를 데리고 외식을 했다. 그들은 그렇게 그날을 즐겼다. 허전한 마음은 들지 않았다. 하지만 이제 와 대합실 안의 사람들을 둘러보니, 그렇게 추수감사절을 보냈던 게 꽤나 허전한 일이었다는 생각이 들었다.

* * *

다음 버스는 그를 인디애나 주 경계선에 내려주었다. 주차장에 소형 자동차 하나가 엔진을 켜고 대기 중이었다. 쪽지에는 그 자동차 쪽으로 걸어와서 운전석 창문을 두드리라고 되어 있었다. 이것도 시험의 일부였다.

그는 그 자동차 쪽으로 가서 차창을 두드렸다. 안에 있는 여자가 창문을 내리고 말했다. "뒤에 타."

그는 시키는 대로 했다. 만약 연방수사국이 그를 미행했다면 지금쯤 이 차량을 포위했겠지만, 그런 일은 없다. 그들은 그를 미행하지 않았다.

그는 뒷좌석에 탔다. 작은 차라 무릎이 앞좌석에 꽉 끼었다. "내 친구들 알아요?" 그가 물었다.

"난 친구 없는데." 그녀가 대답했다. 지저분한 잿빛 머리에 히터를 한껏 틀어놓은 차 안이라 진한 체취가 더욱 역겹게 느껴졌다. 버석버석한 목소리와 자욱한 담배 연기가 폐암으로 인한 사망을 예언하고 있었다.

"그거 안됐군." 그가 말했다.

"안됐긴 뭐가."

"얼마 받고 이 일 하는 겁니까?"

"받을 만큼 받아."

"그들을 만났어요?"

"아니."

"이게 어떤 일인지 알아요?"

"나한테 600달러가 떨어지는 건수라는 건 알지. 그것만 알면 돼."

그녀는 기어를 넣고 출발했다. 얼마나 달렸을까. 하도 오랫동안 달리다 보니 데커는 깜빡 졸았다가 정신을 차렸다. 죽으러 가는 마당에 잠을 자다니 놀랍다는 생각이 들었다. 아니, 정확히는 살해당하러 가는 길이지만.

그들은 74번 주간고속도로를 지나 시모어쯤 와서 65번 주간고속도로를 타고 북쪽 인디애나폴리스를 향해 달렸다. 그러고는 출구로 빠져 서쪽으로 내슈빌과 인디애나를 지났다. 남쪽으로 블루밍턴을 가리키는 방향 표지판을 보았지만, 그쪽으로는 가지 않았다. 이러다가 일리노이까지 달리는 게 아닌가 싶을 때쯤 여자는 동쪽에서 서쪽으로 달리는 70번 주간고속도로를 몇 킬로미터 앞두고 출구 앞 갓길에 차를 세웠다.

그녀가 말했다. "이 출구를 따라 나가. 휴게소가 나올 거고, 거기 누군가 있을 거야."

데커는 차에서 내렸다. 그 웹사이트를 통해 연락하기 전부터 모든 것이 이미 짜여 있었다는 생각이 들었다. 그리고 그는 그들의 예상대로 움직였다. 그들이 그를 정확히 읽었다는 뜻이었다. 데커는 자신도 그들을 정확히 읽은 것이기를 바랐다.

그는 어깨에 가방을 둘러매고 휴게소를 향해 눈밭을 걸어갔다. 눈발이 약해졌지만 발은 이미 젖어 있었다. 위장이 요동치고 콧물이 흘렀다. 첫 번째 주차장 뒤편에 하얀 소형 밴 한 대가 있었다. 데커가 다가가자 전조등 불빛이 두 번 깜빡거렸다. 운전석 창문이 내려왔다. 다른 여자였다. 빼이 홀쭉한 여자였는데, 금단 현상에 주기적으로 시달리는 약쟁이처럼 보였다.

"내가 운전할까요?" 데커는 그녀의 깡마른 형체를 위아래로 훑어보며 말했다. "목적지까지 무사히 도착하고 싶은데."

여자는 고개를 젓고는 엄지손가락으로 밴의 뒤쪽을 획 하고 가리켰다.

"정말 갈 수 있겠어요?"

여자는 대답 대신 기어를 넣고 앞유리창을 내다보았다. 데커는 뒷좌석에 올라타고 옆문을 밀어 닫았다. 총구가 그의 오른쪽 관자놀이에 와 닿았지만 그는 그다지 놀라지 않았다. 그는 가방을 빼앗겼다. 가방이 차 밖으로 내던져졌다. 그는 몸수색을 당했다. 몸수색을 하는 자는 데커에게 무기가 없는 것을 알고 놀라는 눈치였다. 그의 휴대폰도 빼앗겨 밖으로 내던져졌다.

그 남자는 자기 소맷자락을 잡아당기더니 오렌지색 점프슈트를 데커의 무릎 위로 던졌다. 데커는 그것을 들어올렸다. "좀 작을 것 같은데."

두 사람 다 묵묵부답이었다.

"지금도 빌리로 지내고 있나, 벨린다?" 데커는 운전자에게 물었다. "아니면 그때만 세븐일레븐 직원 흉내를 낸 건가?"

가발이 벗겨졌다. 백미러 안에서 두 눈이 데커를 향해 번뜩였다. 데커가 편의점에서 보았던 그 눈이었다. 하지만 그가 연구소에서 보았던, 그의 기억 속에 남아 있는 상처받은 소녀의 눈은 아니었다. 그 소녀는 사라지고 없었다. 그는 말했다. "변장이 감쪽같았어. 하지만 네 손을 기억해냈지. 장갑을 끼지 않는 이상 손은 변장하기 어려우니까."

그녀의 눈이 그를 빤히 응시했다. 데커는 그 눈에서 20년간 축적된 증오를 보았다. 그 증오는 뛰쳐나오려고 꿈틀대고 있었다.

데커는 점프슈트를 들어올렸다. "프라이버시 좀 지켜주지, 응?"

그 눈이 시선을 돌렸다. 그는 옷을 벗기 시작했다. 덩치가 큰 사람이 좁은 공간에서 옷을 벗자니 힘들었다. 총을 들고 있는 사람이 데커의 옷과 신발을 집어서 차 밖으로 내던졌다. 데커는 간신히 점프슈트를 입었지만 커다란 배 때문에 앞지퍼를 올릴 수 없었다.

그는 몸을 늘어뜨리고는 차 뒤편에서 총을 들고 쪼그려 앉아 있는 사람에게 고개를 돌렸다. "안녕, 세바스찬."

데커는 총을 쳐다보았다. 스미스 앤 웨슨 45구경. 그의 아내와 맨스필드 고교 사망자의 절반을 살해한 무기. 그의 아내가 생의 마지막 순간에 마지막으로 보았던 물건. 장담할 순 없지만 자일스 에버스를 살해하는 데 쓰였을 가능성도 있다. 강간범을 총알 한 방으로 쉽게 끝내줬을 것 같지는 않았지만. 레오폴드는 총구를 데커의 광대뼈에 대고 눌렀다.

"네가 어떤 상황이었는지 난 몰랐어, 벨린다." 데커가 말했다. "단체 치료 시간에 내가 일어서서 법 집행관이 되고 싶다, 경찰관이 되고 싶다고 말했을 때 말이야. 못된 경찰 놈이 널 윤간하고 거의 죽일 뻔했다는 거 몰랐어."

그 눈은 다시 한 번 그를 향해 번뜩였지만 운전수는 아무 말도 하지 않았다. 데커의 생각은 그날, 그 연구소로 돌아갔다. 지금보다 스무 살 어린 그가 사람들 한가운데 서서 경찰이 되고 싶다는 포부를 밝혔다. 그는 같은 처지의 사람들을 하나하나 둘러보았다. 개중에는 머리도 성향도 섬뜩한 사람들이 있었다. 그의 발언에 몇몇은 미소로, 나머지는 무관심으로 반응했다. 하지만 한 쌍의 눈은 그를 조용히 응시하고 있었고, 그 눈에는 다른 시선들을 모두 합친 것보다 더 강렬한 뭔가가 담겨 있었다. 이제야 그것이 선명히 보였다. 항상 거기 있었지만 늘 간과했던 기억. 줄곧 놓치다가 이제야 발견한 기억. 벌링턴 경찰서에서 비닐에 싸인 경찰 배지를 문질렀을 때 그는 그 연관성을 깨달았다.

램프의 요정. 내 소원을 들어주었구나. 드디어 죽게 해주는구나.

그 기억을 떠올리기 전 그는 배지가 플라스틱이라는 생각을 하고 있었다.

플라스틱 경찰. 진짜 경찰이 아닌 가짜라는 뜻이지. 보호해주지 않고, 오히려 다치게 한 경찰. 자일스 에버스. 그리고 그때 내가 한 말에 너는 날 그자와 한통속으로 묶어버린 거야. 이해는 해, 그 순간 넌 가장 약한 존재였으니까.

그는 당시에 보았던 그 눈을 떠올렸다. 한없이 깊고 한없이 큰 충격에 휩싸인 눈. 사람들 앞에 서서 희망찬 미래를 떠드느라 긴장해서 주목하지 못했던 눈. 머릿속 소용돌이가 멈추었다. 그는 현실로 돌아와 와이트에게 말했다. “그래서 날 지목한 거지? 형제라고 부른 거지? 경찰관 형제들. 미식축구팀 형제들. 나도 미식축구 선수였고, 경찰이 되겠다고 했으니까? 하지만 그건 내가 네 형제라는 뜻이 아니라, 자일스 에버스와 그 패거리의 형제라는 뜻이야. 그렇지? 하지만 난 네가 겪은 일을 몰랐어. 만약 알았다면 그런 말은 하지 않았을 거야. 미안해. 나는 사람들을 돕고 싶어서 경찰관이 되려고 했던 거야. 에버스가 네게 한 것처럼 사람들을 해치려던 게 아니야.”

그들이 탄 차는 계속 달렸다. 두 사람 모두 아무 말도 하지 않았고, 데커는 그 이유가 궁금해지기 시작했다. 대답을 끌어낼 만한 말을 하지 않으면 계속 이런 식일 테지. 계획된 행동을 하기 위해 용기를 끌어 모으는 중일까? 하지만 이미 여러 목숨을 앗아간 자들이 그의 몸에 총알을 박아 넣는 데 많은 준비가 필요할 리 없다.

“클라이드 에버스 만났어. 그 사람한테 유타의 그 고등학교에서 일어난 일에 대해 다 들었다. 그래서 네가 맨스필드 고교에서 왜 그런 짓을 했는지도 알고 있어. 거기에 대해 더 하고 싶은 말 있어?" 그는 기대하는 눈으로 그녀를 쳐다보았다.

눈이 다시 번뜩였다. 하지만 이번에는 데커를 쳐다보지 않았다. 그 눈은 레오폴드를 향해 있었다. 데커는 총구가 위아래로 살짝 까딱거리는 것을 곁눈질로 포착했다. 레오폴드가 고개를 끄덕였기 때문에 손이 같은 방향으로 움직인 것이다. 그렇다면 주도권은 레오폴드에게 있다는 뜻이다. 그리고 그 사실은 데커가 여기에 온 목적에 유리하게 작용할 가능성이 있다.

두 사람만 목적이 있는 것이 아니었다. 데커도 목적을 가지고 있었다. 그는 그냥 죽으러 여기 온 것이 아니었다. 물론 그냥 죽을 가능성이 농후하긴 했지만.

와이트가 말했다. "뻔한 걸 꼭 말로 해야 하나?" 여자였을 때보다 굵직한 목소리였다. 빌리로 분장하고 데커와 대화했을 때보다도 더. 와이트는 목소리를 자유자재로 변조하는 능력이 있다. 하지만 주목해야 할 것은 음색이 아니라 말투다. 무덤덤한 말투. 후회하는 기색이라고는 전혀 없었다. 눈빛마저 공허했다. 이제 와이트는 서른여섯 살이다. 30대 후반이 되기까지 그에게 삶은 결코 수월하지 않았을 것이다. 같은 하늘 아래 산다는 이유만으로 온 세상과 온 세상 사람들에게 미움을 받아왔을 것이다.

"널 강간한 사람들을 죽였나? 자일스 에버스 패거리 말이야."

"그건 너무 뻔하잖아." 와이트가 말했다. "그래서 직설법보다는 상징을 선택한 거야."

그 잔인한 말에 데커의 얼굴이 훅 달아올랐다. 아내와 딸이 고작 복수를 꿈꾸는 비뚤어진 인간의 상징으로 전락하다니. 데커는 뺨에 닿는 레오폴드의 숨결을 느꼈다. 마늘과 위액 냄새가 났지만 술 냄새는 없었다. 그의 머리에 총구를 겨눈 자가 주정뱅이가 아니라 천만다행이었다. 하지만 마약은 하는 놈이다. 마약 냄새는 입냄새로 알 수 없다.

소매가 레오폴드의 팔뚝을 가리고 있어서 쌍둥이 돌고래 문신은 보이지 않았다. 하지만 그 문신이 거기 있다는 걸 데커는 알고 있었다. 그건 레오폴드의 기록에도 적혀 있다. 데커는 레오폴드의 기록을 죄다 외우고 있었다. 그의 가족이 당한 범행까지 낱낱이. 에버스와 와이트 부부에 대한 기록도 마찬가지다. 에버스가 지불한 배상금도, 지금 남아 있는 돈도, '외면당한 정의' 웹사이트도. 흥미로웠다. 모든 것들이 흥미로웠다.

"그럴 만해. 이해 못 할 것도 없지. 무슨 말이냐면, 맨스필드 고교의 희생자들은 무고한 사람들이지만, 너한테 무고한 사람이란 없다는 거야."

"넌 동정심도 연민도 느낄 수 없고 공감도 못한다는 거 알아." 와이트가 말했다. "왜냐하면 나도 그렇거든. 그러니까 나한테 그런 건 기대하지 마. 난 바보가 아니야. 난 너랑 똑같아."

데커는 말했다. "우리가 너희 부모를 발견했어. 이제 두 사람 다 제대로 묻히게 될 거야. 네 기분이 어떨지 잘 모르겠다. 아니, 넌 그들을 죽임으로써 네 의견을 분명히 밝혔지. 검시관 말이, 그렇게 된 지 오래됐다더군. 그들은 매장될 거야."

총구가 데커의 피부를 더 파고들었다. 데커가 말을 이었다. "내 딸은 네가 강간당한 나이까지 살지도 못했다. 너보다 여섯 해 먼저 일을 당했지."

"여섯 해 하고 한 달, 그리고 18일." 와이트가 바로잡았다. "열 번째 생일 직전에 죽었지. 더 정확히 말하면, 열 번째 생일 사흘 전에 내가 그 애를 죽였어."

데커는 속에서 분노가 들끓는 것을 느꼈다. 하지만 분노는 아무짝에도 쓸모가 없었다. "사흘 하고 네 시간, 그리고 11초." 그가 정정했다.

데커는 거울에 비친 와이트의 모습에 시선을 고정했다. 그는 그것에서 시선을 떼지 않고 말했다. "너도 과잉기억증후군인가, 세바스찬?"

"아니, 그렇지 않아." 와이트가 말했다. "너랑 나만 괴물이야."

"넌 괴물이 아니야. 나랑 똑같은 사람이지."

"어, 미안. 네가 난소를 가진 줄은 몰랐어. 내 실수야."

"무슨 말인지 알잖아."

"친애하는 우리 부모는 내가 강간당한 걸 횡재로 여겼어. 아빠가 나한테 뭐라고 말했는지 알아?"

"뭐라고 그랬지?" 데커가 물었다. 데커의 예상과 달리 와이트는 감정을 분출하고 있었다. 지금 와이트는 대화를 원하고 있었다. 그를 죽이기 전에 이야기하고 속내를 털어놓고 싶어 했다. 이것도 계획의 일부일 것이다. 와이트의 계획.

그리고 내 계획이기도 하지.

"아버지가 그러더군, 이제 자식 덕을 볼 때가 됐다고. 내가 강간을 당한 게 자식 노릇을 하는 거라니. 그게 아버지가 한 말이었어. 그러더니 클라이드 에버스의 돈을 받아 챙겨서 대저택을 지었지. 그러고는 나를 집 안에 들여놓지 않았어. 내 집인데도. 내 돈으로 산 건데도."

"그랬군."

"나한테 한마디 말도 없이 이사를 가버렸어. 나를 그 정신병원에 보내버리고 말이지. 일주일 후에 돌아와 보니까 사라지고 없더라고. 나를 버린 거야."

"잔인했군. 무지했고. 그냥 그들이 나쁜 사람들이었던 거야, 벨린다."

와이트는 거울에서 고개를 돌렸다. "알 게 뭐야. 어차피 저세상 사람들인데."

"나도 죽은 적 있었어. 한 번이 아니라 두 번." 데커는 그 눈이 다시 한 번 거울 속에서 번뜩이는 것을 보았다. "미식축구 경기장에서. 충돌 사건 때. 사람들은 나를 두 번이나 살려냈어. 그래서는 안 되는 거였는데. 그러지 않았다면 네 앞에서 그런 말도 하지 않았을 테고, 그럼 죽은 사람들도 지금 모두 살아 있겠지. 내 목숨 하나로 그 사람들 모두를 살린 셈이 됐을 거야."

"그랬을지도 모르지." 와이트가 말했다. "하지만 넌 죽지 않았어. 내가 죽지 않았던 것처럼. 나는 쓰레기통에서 기어 나왔어. 나도 그러지 말 걸 그랬나? 그냥 죽어버릴 걸 그랬나?"

마지막 말에서 와이트의 목소리가 흐려졌다. 데커는 혹시 와이트가 후회하고 있는 건 아닐까 하는 의심이 들었다. 어쨌든 와이트는 후회의 감정에 가깝게 다가와 있었다.

"살해당한 내 가족은 파란색이야. 나한텐 그렇게 보여." 데커의 말이 다시 와이트의 시선을 끌었다. "너한테는 공감각 증상이 없다는 거 알아. 실제와는 다른 색깔로 물든 세상을 본다는 건 이상한 일이야. 병원에서 눈을 떴을 때 내가 전혀 다른 사람이 된 걸 알고 나니까 무서워서 미칠 것 같았어."

"난 처음부터 두 사람이었어." 와이트가 응수했다. "놈들이 나를 강간하고 죽도록 폭행한 뒤에는 완전히 다른 사람이 됐지. 그로써 난 세 사람이 된 거야. 비좁게 몸뚱이 하나에 여러 명이 들어 있는 거지." 그녀의 말투는 몹시 진지했다. 데커가 예상한 바였다.

"여성보다는 남성을 선택한 거야? 왜?"

"남자는 포식자고 여자는 먹잇감이니까. 난 다시는 먹잇감이 되지 않기로 결심했어. 포식자가 되기로 말이지. 고환 한 세트와 충분한 테스토스테론만 있으면 가능한 일이었어. 난 이제 그것들을 모두 갖췄어. 내 세상은 완전해."

레오폴드가 리더일 거라는 짐작은 틀린 것 같다고 데커는 생각했다. 그렇다면 상황은 그에게 유리하게 전개되지 않을 것이다.

"우리 어디로 가는 거야?"

"어디든."

이것은 레오폴드가 한 말이었다. 그렇지 않아도 이 남자가 언제쯤 나설지 궁금하던 차였다. 그는 주도권이 와이트에게 있지 않다는 걸 과시하고 싶은 것 같았다.

좋아. 그렇게 계속해. 네가 날 좀 도와줘야겠어. 필요 없어질 때까지.

"어디든 좋아. 아무데도 안 가는 것보단 낫지."

"너 왜 여기 왔어?" 레오폴드가 물었다. "왜 여기 온 거야?"

"곤경에 처한 사람들을 구하려고. 너희는 나와 관련된 사람이면 누구든 표적으로 삼을 테니까. 나 때문에 또 누가 죽는 건 원치 않아. 너희가 랭커스터 가족을 통해 보낸 경고에 가슴이 철렁했어."

데커는 거울을 흘끔 쳐다보았다. 와이트는 다시 데커를 주시하고 있었다. "정말 동정심 없는 거 맞아?" 데커가 물었다. "그들을 죽일 수도 있었잖아."

"굳이 죽일 필요 없었어."

"샌디는 다운증후군이야. 그런 아이는 죽이지 않기로 한 거야?"

와이트는 다시 도로로 시선을 돌렸다.

레오폴드가 말했다. "기꺼이 생을 마감하러 제발로 걸어왔다 이거냐?" 이제 보니 특유의 투박한 말씨는 영어가 그의 모국어가 아님을 가리키는 신호였다.

"누구나 언젠가는 죽어."

"너한텐 오늘이 그날이야." 레오폴드가 말했다.

663

그들은 두 시간을 더 달렸다. 여기가 어디인지 짐작조차 할 수 없었지만 어쩔 수 없었다. 도움의 손길은 기대할 수 없으니까. 마침내 밴이 옆길로 빠졌다. 차가 울퉁불퉁한 지점을 지나며 위아래로 출렁거리다가 다시 매끄럽게 달렸다. 밴이 왼쪽으로 급하게 꺾어지더니 몇 분 뒤 정차했다. 와이트는 차에서 내렸고, 레오폴드는 데커에게 내리라고 손짓했다. 맨발이 차가운 자갈길에 닿았다. 날카로운 돌멩이에 오른쪽 발바닥이 베이는 바람에 그는 얼굴을 찌푸렸다. 그들은 대문을 향해 걸어갔다. 문 너머로 녹슨 철창 안에 걸린 낡은 캠핑 램프 불빛이 보였다. 데커는 벗겨지고 빛바래가는 글씨를 읽을 수 있었다. 하얀 벽돌담에 빨간 페인트로 쓰인 글씨였다. 시체의 창백한 피부에 내려앉은 얇은 피딱지처럼 보였다.

에이스 배관설비. 1947년 설립.

그는 오른쪽과 왼쪽을 차례로 둘러보았지만 버려진 땅을 둘러싸고 있는 기우뚱한 철조망과 나무밖에 보이지 않았다. 레오폴드가 데커의 등을 툭 밀었다. 데커는 비틀거리며 와이트를 따라 건물 안으로 들어갔다. 레오폴드는 마지막으로 들어와서 문을 닫고 빗장을 채웠다. 와이트는 후드가 달린 바람막이 점퍼와 청바지 차림이었다. 가발을 쓰지 않은 진짜 머리는 대머리가 되어가는 짧은 금발이었다. 가발을 쓰고 빌리 행세를 했을 때와 전혀 달랐고, 또 다른 가발을 쓰고 여종업원 행세를 할 때와도 딴판이었다. 몇 년만 더 지나면 완전히 대머리가 될 것 같았다. 하지만 그에게 몇 년이나 살날이 남아 있을까. 셋 중 누구에게든, 살날이 남아 있을까.

희미한 불빛이 공간을 비췄다. 벽과 천장은 콘크리트가 그대로 노출돼 있었고, 바닥은 기름과 다른 때로 얼룩덜룩했다. 맞은편에 있는 기우뚱한 낡은 쇠 선반에 배수관 두 개가 놓여 있었다. 옆방 문간에는 나무 책상과 서류철 캐비닛이 있었고, 나무 상자 몇 개가 한쪽 벽에 쌓여 있었다. 창문은 모두 판자로 막혀 있었다.

와이트는 책상에서 의자를 끌어내 이쪽으로 가져왔다. 의자는 울퉁불퉁 깨진 콘크리트 바닥에서 미친 듯이 덜컹거렸다. 레오폴드는 총을 흔들며 데커에게 앉으라고 지시했다. 그는 시키는 대로 했다. 와이트는 덕테이프를 집어 데커와 의자를 한데 둘둘 감았다. 그러고는 책상 뒤에서 커다란 상자를 하나 가져와서 뒤엎었다. 맨스필드 고교에서 가져온 트로피들이 바닥으로 우당탕 쏟아졌다. 전부 데커의 이름이 새겨진 것들이었다.

와이트는 그중 하나를 집어들었다. "미식축구 선수들과 경찰들, 내가 좋아하는 사람들이지." 그러고는 트로피를 떨어뜨렸다.

두 사람은 낡은 나무상자 두 개를 끌어다 놓고 그 위에 걸터앉아 데커를 바라보았다. 데커는 두 사람을 마주보며 그들의 모습을 흡수했다. 와이트는 다른 사람이 되어 있었다. 데커가 알던 10대 소녀는 간데없었다. 20년의 세월은 본래의 모습을 죄다 파내고 굶주리고 수척한 인상을 새겨놓았다. 들쭉날쭉하고 잔인한 입매, 도무지 웃지 않아 잔주름이 전혀 없는 입꼬리. 와이트가 웃을 일이 있었을까? 한 번이라도? 긴 이마에는 연구소 시절부터 패기 시작한 주름이 깊게 자리 잡고 있었다. 레오폴드는 술집에서 만났을 때에 비해 조금 멀끔한 편이었다. 빗질한 머리는 단정했고 옷도 깨끗해 보였다.

"쭉 궁금했던 게 두 가지 있는데, 대답해줄래?" 데커가 물었다. 두 사람이 묵묵부답이자 그는 말했다. "우리 집 주변과 랭커스터네 동네에서 목격된 영감과 노파 말이야. 그거 너였냐?"

와이트는 일어서서 후드를 당겨 머리에 쓰고는 몸을 구부정하게 구부리고 지팡이를 쥔 시늉을 하며 천천히 방을 가로질렀다. 그러고는 완벽한 노인의 목소리로 말했다. "우리 강아지 재스퍼 좀 찾아줄라우? 나한텐 그 녀석뿐이야."

와이트는 후드를 벗고 몸을 폈다. "난 누구든 속일 수 있어." 와이트는 그를 빤히 쳐다보았다. "누구든 될 수 있지."

"그래, 그러네." 데커는 궁금했다. 와이트는 늘 저렇게 자유자재로 변신할 수 있었을까? 남성과 여성 사이에 갇혀서 한 발씩 양쪽에 걸친 채 남성도 여성도 아닌 어정쩡한 정체성으로 살아왔을까? 빌리 역할을 했을 때는 놀랍도록 태평하고, 얄팍하고, 악의 없는 사람이 되었다. 본인 말마따나 그는 어떤 역할이든 해낼 수 있다. 딱 한 사람, 자기 자신만 빼고.

그는 키와 몸집을 부풀린 와이트가 맨스필드 고교의 복도를 걷는 모습을 상상했다. 호리호리한 남자가 총을 든 거인으로 변신해 풀밭의 벌레를 죽이듯 사람들을 학살하는 모습을. 포식자. 여자와는 달리 다른 남자의 손에 절대 다치지 않는 남자.

"왜 밤새 냉장고 안에 있었지? 그냥 군부대 쪽에서 건너와 기술 교실에서 데비를 만날 수도 있었잖아?"

"그날 밤 데비랑 같이 있었거든, 그 냉장고 안에서." 와이트가 말했다. "그 애가 집에서 몰래 빠져나왔지. 그때 거기서 재미 좀 봤어. 처음으로." 그가 씩 웃었다. 눈은 웃고 있지 않았다. "좋아 죽더라고! 냉장고 안에서 하는 섹스. 어둠 속에서. 덕분에 옛 추억에 젖었지. 구내식당에서 윤간당한 추억 말이야. 상황이 역전돼 이번에는 내가 여자를 덮쳤지만. 일을 치르고 나서 그 애는 갔고 난 아침에 그 통로로 학교 반대편으로 갔어."

"데비는 그 계획에 대해 얼마나 알고 있었나?" 데커가 말했다. "위장한 너를 그린 그림이 발견됐어."

"종종 그 차림으로 그 애랑 함께 있었어. 전직 군인이었고 지금은 군 정보부에 있다고 말해뒀지. 그 애는 그걸 멋있다고 생각하더라고. 테러 분자로 의심되는 놈들을 조사 중이니 좀 도와달라고 했지. 그 애를 유혹하는 건 별로 어렵지 않았어. 갠 진짜 계획에 대해선 까맣게 몰랐어. 다들 모여 있을 때 기술 교실을 급습하는 작전 정도로만 생각했지. 그것도 물론 내가 암시를 줘서 그렇게 생각한 거야."

"개가 그 통로에 대해 알 거리는 건 이떻게 생각해낸 거야?"

"몇 해 전에 학교 밑에 방폭 피난소들이 있다는 기사를 읽은 적 있어. 그런데 그 학교 바로 옆에 군부대가 있더군. 그래서 거기도 그런 경우가 아닐까 싶어서 뒤져봤지. 부대 안으로 들어가는 건 쉬웠어. 어느 방 서랍에서 근무자 명단을 발견했는데, 거기 사이먼 왓슨이 있더라고. 엔지니어였더군. 세바스찬과 조사를 더 해서 그 영감이 왔는 가족과 함께 산 적이 있었고, 데비는 맨스필드 고교에 다니고 있다는 걸 알아냈지. 어느 날 우연을 가장해 데비와 마주쳤어. 천천히 시간을 두고 위장 작전 얘기를 조금씩 흘렸지. 결국 사이먼이 그 애한테 한 얘기를 들을 수 있었어. 그 애는 지하 통로가 있고, 그게 군 기지랑 연결된다는 건 알고 있었어. 정확한 위치만 모르더군. 하지만 그걸로 충분했지. 우린 군 기지에서 출발해 학교로 통하는 길을 알아냈어. 그 애는 내가 비밀 임무를 띠고 여기 왔다고 생각하고는 우리 관계를 비밀로 했지. 아주 쓸모가 많은 애였다고."

"그 애는 널 '예수'라고 불렀어. 그 애 인생에 즐거운 일이라고는 너밖에 없었으니까. 널 아주 많이 사랑한 것 같았어. 네가 그 애 머리를 날리던 순간까지도. 예수."

와이트는 아무런 대꾸도 하지 않았다.

데커는 레오폴드에게 시선을 던졌다. "학교에서 착용한 위장복, 그거 네가 만든 건가?"

"같이 만들었어. 우린 뭐든 같이 해."

"누가 미식축구팀에서 뛰는지, 무슨 수업을 듣는지는 어떻게 알아냈지?"

"그것도 데비한테서 알아냈지. 거기 주민들의 도움이 필요할 경우에 미식축구 선수들을 채용하고 싶다는 말로. 어처구니없는 얘기였는데, 걘 그보다 더한 말도 믿었을 거야."

"'외면당한 정의'는? 네가 그 종이를 에버스의 집에 놔뒀잖아. 우리한테 일부러 알려준 거지? 그걸 통해서 너한테 연락하라고?"

"난 혼자가 아니야." 와이트가 갑자기 말했다.

데커는 그를 쳐다보았다. "무슨 소리야?"

"나랑 비슷한 사람들이 많아. 우린 정의를 되찾아야 해."
데커는 고개를 끄덕였다. "지금은 어떤 이름으로 지내고 있지? 그냥 와이트라고 불러주길 바라나?"
"그냥 벨린다라고 불러. 넌 그 당시 알게 된 놈이니까."
"알았어, 벨린다. '외면당한 정의'는 레오폴드가 운영하는 거지?"
와이트는 놀란 듯 보였다. "그건 어떻게 알았지?"
"외국 기반 사이트니까. 레오폴드는 오스트리아 사람이잖아. 게다가 그의 가족은 살해당했고. 그러니 그 사이트를 시작한 사람이 레오폴드라고 생각했지. 또 몇 가지 단어 선택에서 개설자의 모국어가 영어가 아니라는 것도 알겠더라고."
와이트와 레오폴드는 시선을 교환했다.
데커는 묶인 채로 몸을 움직거렸다. "그냥 나만 죽였으면 더 간단했을 텐데." 그가 말했다. "내 가족은 가만 놔두고."
"난 아무도 가만 놔두지 않아." 와이트가 말했다. "아무도." 그는 주머니에서 단도를 꺼내 들어올렸다. "이걸로 자일스 에버스를 죽였어. 그놈 애비는 곧 소포를 하나 받게 될 거야."
"그는 오래전에 실종됐어. 뒤처리는 어떻게 한 거야?"
"그냥." 와이트가 말했다. "그냥저냥." 미소를 지으려고 했지만 웃고 있기가 어려운 듯 보였다.
"클라이드 영감은 아들을 그다지 좋아하지 않던데. 자일스 때문에 인생이 망했거든."
와이트는 일어서더니 방을 건너와서 데커의 허벅지에 단도를 박았다. 데커는 비명을 내질렀다. 와이트가 칼을 비틀자 그는 다시 비명을 토해내며 욕설을 퍼부었다. 벗어나려고 의자에서 몸을 뒤틀었다. 와이트는 칼을 뽑았고, 데커는 축 늘어져서는 충격으로 구역질을 했다.

"대퇴골은 안 건드렸어." 와이트는 덤덤히 말하면서 나무 상자에 다시 걸터앉았다. "내 말 믿어. 난 의학 서적을 많이 읽었어. 방부처리에 관한 책들도." 와이트는 덧붙였다. 그는 관자놀이를 톡톡 두드렸다. "너도 알다시피, 우린 절대 뭘 잊지 않잖아. 아무것도."

레오폴드가 말했다. "게다가 쉽게 포기하지도 않지." 그가 상처 부위를 덕테이프로 감아주었지만 핏방울이 가장자리를 따라 계속 솟아났다.

데커는 사색이 된 얼굴을 들었다.

와이트는 데커를 노려보았다. "그 인간의 좆같은 인생이 망했다고 생각해? 그게 망한 거냐?"

"물론 너만큼은 아니겠지." 데커는 헐떡거리며 토사물을 뱉었다. 상황이 격해지기 시작했다. 더 이상의 실수는 감당할 여력이 없었다. 그는 레오폴드를 바라보았다. "벨린다 같은 사람들이 정의를 되찾는 걸 몇 번이나 도와줬지?"

"별로 많진 않아."

데커는 머릿속을 여러 구획으로 나누어 고통을 뒤로 밀쳐냈다. 단 몇 분이라도 맑은 머리로 똑바로 생각해야 한다. 해야 할 말을 제대로 해야만 한다. 그러지 않으면 끝장이다. "살인 사건이 났을 때 네가 감옥에 있었던 거, 그거 좋은 수였어. 확실한 알리바이 때문에 풀려날 수 있었지."

레오폴드가 말했다. "이 친구가 수고를 자청했지. 그건 올바른 일이었으니까."

"그럼 당신 말과는 다르게 당신 둘은 뭐든 함께한 건 아니었군. 실제 범죄 행위 말이야. 우리는 벨린다가 범인이라는 증거는 찾았지만 당신에 대한 증거는 못 찾았어."

"내가 범인이라는 증거는 없어." 와이트가 쏘아붙였다.

"네 부모님이 살해당했어. 연구소에서 널 치료했던 의사도 죽었고. 네겐 그자를 죽일 만한 이유가 있어. 놈이 널 이용해먹었으니까. 널 보호해야 할 사람이 또 네게 상처를 준 거야. 그리고 여러 군데에 네 손글씨가 남았지. 게다가 그 세븐일레븐의 대걸레 양동이에서는 네 지문이 나왔어. 그 술집 화장실에서도 나왔고." 대부분 거짓말이었지만 그건 중요하지 않았다. 그는 레오폴드를 쳐다보았다. "하지만 이 남자에 관한 건 하나도 없어. 이 작자 말마따나, 이 작자가 안전하게 뒷짐을 지고 있는 동안 너 혼자 수고를 자청한 거야."

레오폴드는 일어서서 와이트를 쳐다보았다. "때가 됐어. 그만 끝내자."

데커는 말을 쏟아냈다. "클라이드 에버스는 네 부모가 입을 다무는 대가로 네 부모한테 600만 달러를 줬어. 콜로라도에 있는 그 집은 시가 180만 달러야. 네 부모는 그 집을 개조하지 않았어. 금융기록을 전부 확인해봐서 알아. 그들이 쓴 생활비라고 해 봤자 투자 포트폴리오에서 벌어들인 수익금의 20퍼센트밖에 안 돼. 나머지 돈은 시간이 갈수록 차곡차곡 쌓였지. 주식도 돈 좀 됐고. 네가 그들을 죽였을 무렵 그들의 수중에는 유동자산만 천만 달러가 있었어. 그런데 누군가 인증 번호를 대고 돈을 빼 가기 시작했지. 지난 아홉 달 동안 한 달에 100만 달러씩. 지금은 거의 바닥났어. 그 돈 네가 빼갔지, 벨린다?"

"그건 입막음을 대가로 받은 더러운 돈이야. 그리고 부모라는 사람들이 내…… 내 아랫도리 사진을 찍어서 입만 뻥긋하면 신문사에 보내버리겠다고 했단 말이야. 난 그 돈에 손 안 댔어. 건드리기도 싫다고. 피 묻은 위자료. 내 피가 묻은 돈!"

"그럼 그 현금이 어디로 갔을까? 여기 있는 네 절친은 알 것 같은데."

와이트의 시선은 레오폴드에게 꽂혔다가 데커에게 돌아갔다. "무슨 소리를 지껄이는 거야?" 와이트가 기계적으로 말했다.

"레오폴드는 '외면당한 정의'로 많은 사람들을 도왔어. 그런데 그 도움을 받는 사람들은 두 가지 일을 겪게 돼. 첫째, 갖고 있던 돈이 사라진다. 둘째, 결국은 죽는다."

데커는 확신은 없었지만 그럴 거라는 의심은 가지고 있었다. 와이트 부부의 계좌에서 빠져나간 돈은 어딘가로 흘러갔을 수밖에 없다. 그런데 레오폴드는 '상속인'이 그 돈의 행방에 대해 알게 되는 걸 원치 않을 것 같았다. 데커는 레오폴드의 표정을 보고 제대로 짚었다는 것을 직감했다.

데커가 말했다. "저놈이 너한테 얘기했나 모르겠군. 놈의 가족이 살해당했다는 거 말이야. 아내와 딸이 살해당했다는 거."

"살해당한 거 알아." 와이트가 말했다.

"그래, 살해당했지."

"경찰들이 그랬어."

"아니, 경찰이 아니야. 저놈이 죽였어."

데커는 권총의 공이치기가 당겨지는 소리를 들었다.

"개소리를 잘도 지껄이네. 이 거짓말쟁이!" 와이트가 소리쳤다.

분노, 통제력 상실. 좋은 반응이야. 어느 정도까지는.

데커는 천천히 고개를 저었다. "그 사건 기록 읽어봤어. 시체 사진도 봤고. 둘 다 목 졸려 죽었더군. 숨이 끊어질 때까지 끈이 목을 압박했는데, 끈이 닿았던 뒷목에 아주 희귀한 자국이 남아 있었어. 두 사람 다 거의 똑같이. 오스트리아 경찰은 그게 뭔지 밝혀내지 못했어. 살인범이 피해자들을 죽이고 그 로프를 가져갔기 때문에 속수무책이었지. 레오폴드를 의심하지 않았으니 그럴 수밖에. 이 행운아는 그때도 강철 같은 알리바이를 가지고 있었어. 사건 당시에 그는 독일에 있었다고 친구 둘이 증언을 했거든. 만약 경찰이 레오폴드를 의심하고 수사를 진행했더라면 그 자국에 숨겨진 진실에 도달했을지도 몰라."

데커는 총구가 그의 머리를 압박하는 걸 느꼈다.

레오폴드가 말했다. "두 번 죽었다가 살아났다고 했지? 세 번째는 행운도 안 통한다."

데커는 계속 말했다. "난 그 자국 본 적 있어. 어느 책에서 봤지. 물론 난 한번 본 건 절대 잊지 않아. 우린 아무것도 잊지 않아, 그렇지, 벨린다?" 데커는 말을 멈추고 벨린다를 살폈다. 벨린다가 입을 열려는 순간 그는 쏘아붙였다. "그건 '이중 압박 매듭'이었어. 감아 매기와 비슷하지만 두 번 감은 외벌매듭이지. 유타에서 돌아오는 비행기 안에서 실제로 해봤더니 일단 묶이면 푸는 건 거의 불가능하더군. 세상에서 가장 효과적인 매듭인 셈이지. 1860년대 이후 꾸준히 쓰인 매듭법이야. 일명 '총잡이의 매듭.'" 그는 레오폴드를 흘끔 쳐다보았다. "밥값을 하는 선원이라면 그런 매듭법은 모를 수가 없어. 여기 있는 네 친구는 잠수함에 타기 전에 아버지와 함께 선원 일을 하면서 잔뼈가 굵었어. 아버지가 1년에 여섯 달은 아드리아 해에 나가 있는 뱃사람이었거든." 그는 와이트를 쳐다보았다. "계속할 수도 있어. 알다시피 모두 내 머릿속에 들어 있으니까. 모든 사실이. 낱낱이."

"잠수함?" 레오폴드가 역겹다는 투로 말했다. "오스트리아에는 해군이 없어."

"없지. 하지만 러시아에는 있어. 열아홉 살 때 당신 거기로 이주했잖아. 그 뒤에 동료들 물건을 훔쳐서 러시아 해군에서 쫓겨났고. 당신 악센트를 파악하는 데 사상 최대의 시간이 걸렸어. 오스트리아, 러시아, 거기에다 영어까지 덧칠해진 잡탕이라서." 그는 레오폴드를 곁눈질했다. "이스트 굿(Ist good), 그렇지, 레오폴드? 그 술집에서 그렇게 말했잖아. 아까 전에도 그렇게 발음했고. 넌 의식조차 못했지?"

레오폴드는 총으로 데커의 옆통수를 후려쳤다. 데커는 앞으로 고꾸라졌다. 다리와 머리가 타는 듯이 아팠다. 그는 고통을 참는 데 온 힘을 쏟아 부었다. 미식축구 선수로 뛴 사람 치고 고통을 참지 못하는 사람은 없다. 그는 고개를 들어 와이트를 쳐다보았다. 와이트는 레오폴드를 응시하고 있었다. 레오폴드의 얼굴은 보이지 않았기 때문에 데커는 레오폴드가 어디를 보고 있는지 알 수 없었다. 총구가 그의 관자놀이를 짓눌렀다.

"이자의 목덜미에 있는 혹 봤나, 벨린다? 이놈은 시한부라 아무 짓이나 막 할 놈이야. 게다가 약쟁이지. 그래서 돈이 필요해. 이놈은 절박한 상황에 처한 사람들을 등쳐먹는 사기꾼이야. 네 돈을 꿀꺽한 것처럼 말이야."

"세바스찬?" 와이트가 힘없이 말했다.

기대에 못 미치는 반응이었다.

"다 개소리야." 레오폴드가 말했다.

이것도 기대에 못 미치는 반응이었다.

데커는 호통을 쳤다. "네가 그 사람들을 다 죽인 거야, 벨린다.

하지만 중간에 간격이 있었어. 거의 20년이 지나고 나서야 자일스 에버스를 납치했어. 그다음엔 내 가족을 죽였고. 그다음엔 누구였지? 네 부모님? 크리스 시즈모어? 그러고 나서 또 간격이 있었어. 그 다음엔 맨스필드였지. 그 다음엔 래퍼티 요원이었고."

"이젠 네 차례야." 레오폴드가 으르렁거렸다.

"왜 간격이 있었지, 벨린다? 왜 20년이 지난 뒤에야 나를 쫓은 거야? 이놈 때문에? 이놈 때문이었지? '외면당한 정의' 때문이었잖아? 넌 내가 경찰이 되고 싶다고 말한 걸 생생하게 기억하고 있었을 거야. 나도 그때 네가 지었던 그 황망한 표정 기억나. 네가 받았을 상처도 이해해. 하지만 그 오랜 세월 동안 넌 아무 짓도 하지 않았어. 이놈을 만나기 전까지는. 넌 이놈한테 다 털어놨겠지. 네 부모님이 에버스한테서 돈을 뜯어냈다는 것도. 놈은 기회다 싶었을 거야. 그래서 그때 내가 한 말을 왜곡해서 네 머릿속에 주입하고 네가 그것에 집착하도록 유도했지. 완전한 복수극을 꿈꾸도록. 그게 억울함을 바로잡는 유일한 길이라고. 그게 네 인생의 유일한 의미고, 그렇지 않으면 사는 게 아니라고 했잖아."

"내가 왜 그랬겠어?" 레오폴드가 말했다. "이건 벨린다의 복수야, 내가 아니라. 벨린다가 직접 바로잡는 게 당연해. 그리고 벨린다가 먼저 나한테 왔단 말이야!"

"덩치 큰 남자로 위장하고 총을 난사해 무방비 상태인 아이들을 살육한 게 모두 벨린다의 생각이었다 이거로군." 그는 와이트를 쳐다보았다. "네가 원한 게 그거였나, 벨린다? 데비 왓슨 같은 연약한 여자애를 유혹한 뒤에 머리통을 날려버리는 거? 네가 그걸 생각해냈다고? 그 애는 네가 강간당했을 때랑 비슷한 나이였어. 그저 가정환경이 불우한 겁 많은 아이였다고. 네가 그랬던 것처럼! 걘 더 나은 인생을 원했을 뿐이야. 그런데 넌 그 애를 그냥 죽였지? 그 애가 아무것도 아닌 것처럼? 전혀 중요하지 않은 것처럼? 그게 네가 당한 짓이랑 뭐가 달라? 이게 네가 꾸민 복수극이라고? 글쎄, 난 납득이 안 되는걸. 너답지 않아. 네가 얼마나 변했는지 난 모르겠어. 하지만 이건 네가 아냐!"

와이트는 아무 말도 하지 않았다. 하지만 데커는 그를 외면하는 와이트의 모습에서 긍정적인 신호를 읽었다. 와이트는 레오폴드를 응시하고 있었다. 와이트가 나무 상자에서 일어섰다. "네가 우리 부모 돈 가져갔어?"

"내가 왜? 내가 돈방석에 앉은 놈으로 보여?"

데커는 상황의 주도권을 빼앗길 수 없었다. 그는 쏘아댔다. "놈은 재미로 그런 거야, 벨린다. 조종하는 걸 좋아하거든. 네가 학교에서 벌인 일을 보고 좋아 죽었을걸. 그 돈은 어느 은행 계좌에 숨겨뒀을 거야. 자기 가족을 죽인 놈이 왜 '외면당한 정의'를 만들었을까? 그놈은 자기 가족을 죽이고 유유히 빠져나갔어. 정의를 외면한 건 바로 그놈이야!"

와이트가 말했다. "사실이야?"

데커가 기대한 만큼의 반감은 없었다. 아직 벨린다는 그의 수중에 들어오지 않았다.

"맞아." 레오폴드가 가볍게 인정했다. "이제 속이 시원하냐?"

레오폴드는 데커의 머리를 향했던 총구를 돌렸다. 그 순간 데커는 멀쩡한 쪽 다리를 박차며 의자에 묶인 몸을 옆으로 날렸다. 총이 불을 뿜었다.

664

데커는 레오폴드를 향해 몸을 던져 격렬하게 충돌했다. 20년 전 시즌 첫 경기에서 결국 선보이지 못한 기술이었다. 통쾌했다.

레오폴드는 옆으로 나가떨어졌다. 이렇게 강력한 충격을 맛본 건 평생 처음일 것이다. 경기장 관중석이나 대형 텔레비전을 통해 미식축구 경기를 시청하는 사람들은 거대한 덩치들이 격돌할 때 발생하는 그 어마어마한 파괴력을 전혀 실감하지 못한다. 그건 자동차들이 전속력으로 충돌할 때의 파괴력에 맞먹는다. 고통은 물론이고 정신이 멍해진다. 그런 충격을 받고 나면 몸은 여러 가지 측면에서 변질된다. 충격에 의해 뼈와 근육, 인대, 두뇌가 의도하지 않은 곳으로 밀려나기 때문이다. 많은 미식축구 선수들이 대중에게 볼거리를 제공하는 대가로 떼돈과 골병을 얻게 된다.

데커는 레오폴드를 덮쳐 체중이 절반밖에 안 되는 작은 남자를 온몸으로 찍어 눌렀다. 몇 초 뒤 악취가 데커의 코를 파고들었다. 레오폴드의 몸이 반사적으로 배설을 한 것이다.

레오폴드는 마구 발길질을 하고는 총을 올려 데커를 쏘려고 했지만, 데커는 보거트와 몸싸움을 했을 때처럼 온몸으로 레오폴드를 눌러 숨을 못 쉬게 만들었다. 널찍하고 육중한 어깨로 레오폴드의 오른쪽 팔이 올라오지 못하도록 찍어내렸다. 레오폴드는 총구를 데커에게 돌려 발사하려고 안간힘을 썼지만 각도상 불가능했다. 총신의 방향 때문에 손가락이 방아쇠에 닿지를 않았다. 무용지물이었다. 그렇다면 남은 것은 육탄전이다. 하지만 체급의 차이로 결과는 불 보듯 뻔했다.

레오폴드는 그걸 직감했는지 무릎으로 데커의 상처 부위를 가격했다. 데커는 고통에 찬 비명을 내질렀지만 눈을 질끈 감고 이를 악물었다. 그리고 덕테이프로 의자에 묶여 있는 다리를 조금씩 폈다. 테이프가 끊어지지는 않았지만 늘어나면서 헐거워지는 느낌이 들었다. 조금씩 몸을 밀고 펴고 밀기를 반복한 끝에 몸을 완전히 펼 수 있었다. 마침내 150킬로그램짜리 몸뚱이가 훨씬 작은 남자 위에 완전히 포개졌다.

레오폴드는 숨을 불규칙하게 쉬면서 데커를 떨쳐내려고 몸부림쳤다. 하지만 코끼리에게 깔린 꼴이었다. 데커는 보거트 때는 하지 않았던 것을 시도했다. 그때는 숨통을 끊을 생각이 없었지만, 지금은 달랐다. 이 남자의 숨통을 끊어버릴 생각이었다. 덕테이프에 묶여 몸이 뒤로 젖힌 상태만 아니었어도 진작 숨통을 끊어버렸을 것이다. 그럴 자신이 있었다. 이제 필요한 건 인내심뿐이다.

그는 오른쪽 어깨의 방향을 조금씩 돌리기 시작했다. 한 번에 조금씩. 다른 쪽 어깨와 위쪽 팔뚝으로는 권총을 쥔 적의 팔을 찍어눌렀다. 다시는 이 스미스 앤 웨슨이 누군가를 죽이게 놔두지 않을 작정이었다. 레오폴드는 계속 발길질을 하고 밀치고 펄떡거렸지만 몸을 움직일 수 있는 공간은 계속 줄어들고 있었다. 고통으로 인한 눈물이 데커의 얼굴에 흘러내렸다. 욕지기가 치미는 바람에 그는 레오폴드의 몸에 토사물을 쏟아냈다. 레오폴드는 컥컥거리고 침을 뱉고 욕설을 퍼붓고 펄떡거렸다. 그도 시간이 없음을 알고 있었고, 가만히 당할 생각도 없어 보였다.

데커는 끔찍한 고통에 시달렸다. 상처에서 다시 피가 줄줄 흘렀다. 출혈로 인해 점차 힘이 빠지는 느낌이 들었다. 하지만 꼭 힘이 필요한 것은 아니다. 그저 거대한 몸뚱이의 무게를 특정 부위에 집중하면 그만이다. 그는 계속 그 일에 집중했다. 마침내 그의 어깨는 찾던 틈을 발견해 틈 안으로 들어갔다. 레오폴드의 턱 아래, 목구멍과 맞닿은 곳.

데커는 온몸으로 그 부위를 찍어 눌렀다. 콘크리트 바닥에 닿은 맨발이 지지대 역할을 했다. 그는 골반을 앞으로 밀면서 거대한 어깨로 상대의 숨통을 압박했다. 레오폴드의 폐가 공기를 빨아들이지 못하도록 그의 가슴을 힘껏 눌렀다. 점프슈트의 열린 틈으로 커다란 배가 힘겹게 들썩거렸다. 방 안은 냉랭했지만 땀이 폭포수처럼 흘러내렸다. 멈추지 않을 작정이었다. 끝장을 볼 생각이었다. 심장이 미친 듯이 날뛰었다. 어지럽고 고통스러웠다. 머리가 금방이라도 터질 것 같았다. 하지만 그런 생각은 떨쳐냈다. 이 남자를 죽이겠다는 생각에만 매달렸다. 그의 몸이 천근만근 무겁게 느껴지기를 바랐다. 선수 시절 몸싸움 연습용 기구에 몇 번이고 부딪칠 때처럼 계속 밀어붙이고 또 밀어붙였다. 경기장에서 빛나는 재능을 발휘한 적은 없었어도 절대 멈춘 적도 없었다. 노력만은 어떤 대스타에게도 뒤지지 않는다고 자부했다. 그리고 드디어 그의 순간이 온 것이다. 그간의 모든 경기를 압도하는 한 판의 승부.

컥컥거리는 숨소리가 들렸지만, 아직 부족했다. 그는 계속 찍어 눌렀다. 그의 몸이 총잡이의 매듭이었다. 압축기였다. 끝장을 볼 때까지 멈추지 않을 작정이었다. 그는 피라미를 덮친 고래였다. 비만인 몸뚱어리가 이처럼 자랑스러웠던 적은 없었다. 이 쓰레기 같은 놈을 통째로 삼켜버리고 싶었다. 이놈을 지구상에서 영영 사라지게 만들고 싶었다.

길고 낮은 날숨소리가 들렸지만, 아직 부족했다. 그는 온 힘을 다해 내리눌렀다. 머릿속에서 블랙박스가 돌아갔다. 모든 희생자들의 얼굴이 하나하나 눈앞을 스치는 동안, 그는 그들의 목숨을 앗아간 놈의 목숨을 천천히 끊었다. 블랙박스가 동작을 멈추더니 두 얼굴이 떠올랐다. 캐시와 몰리. 커다란 동굴 같은 그의 마음이 오로지 그 두 사람으로 가득 찼다. 두 사람이 전부다. 그걸로 충분하다. 그는 한 번 더 찍어 누르면서 중얼거렸다. "사랑해, 캐시. 사랑한다, 우리 몰리. 둘 다 많이 사랑해."

아무 소리도 들리지 않았다. 적막이 흘렀다. 레오폴드의 폐가 공기를 빨아들이지 않았다. 더는 그럴 필요가 없었다.

마침내 레오폴드의 몸이 축 늘어졌고, 권총이 콘크리트 바닥으로 떨어졌다. 그는 고개를 들고 상대를 내려다보았다. 살아 있음을 나타내는 증상은 적다. 죽었음을 나타내는 증상은 많다. 부릅뜬 눈. 고정된 동공. 헤 벌어진 입. 상대는 죽었다. 데커의 눈앞에서 아내와 딸의 모습이 서서히 흐려졌다. 영화가 끝날 때처럼.

둘 다 많이 보고 싶어. 영원히 보고 싶을 거야.

그는 몸을 굴려 레오폴드에게서 떨어져나가 몇 분 동안 헐떡거리며 누워 있었다. 평생 느껴 본 적 없는 진한 피로감이 몰려왔다. 속은 울렁거렸고, 다리와 머리는 욱신거렸다. 레오폴드가 후려친 권총에 맞아 얼굴이 퉁퉁 부은 것이 느껴졌다. 심장이 빠르게 뛰는 만큼 다리의 상처에서도 피가 더욱 거세게 흘렀다. 하지만 그는 만족감에 젖어 있었다. 이렇게 후련할 수가 없었다.

족히 5분은 흐르고 나서야 그는 겨우 몸을 일으켰다. 몸에 아직 덕테이프와 의자가 붙어 있었다. 그는 벽에 몸을 부딪쳐 의자를 조각조각 부러뜨렸다. 그러고는 닥치는 대로 당기고 잡아뜯어 테이프를 벗겨내고는 방 안을 둘러보았다.

레오폴드와 몸싸움을 벌이는 내내 의아했던 일이 있었다. 와이트는 싸움에 전혀 가세하지 않았다. 데커든, 레오폴드든, 누구의 편에도 서지 않았다. 이제 보니 그럴 만한 이유가 있었다.

그의 결심은 이루어지지 못했다. 그 스미스 앤 웨슨은 또다시 살인을 저질렀다. 적어도 그렇게 되기 직전이었다. 데커는 비틀거리며 바닥에 누워 있는 와이트 쪽으로 다가갔다. 와이트는 가슴에 총을 맞고 피를 철철 흘리고 있었다. 그는 무릎을 구부려 와이트 옆에 앉았다. 지금 와이트는 여자처럼 보였다. 그에게 와이트는 언제나 여자였다. 고통에 시달리는 열여섯 살 소녀.

마셜 박사는 요즘 와이트와 같은 처지의 사람들은 어떤 성으로 살아갈 것인지에 대한 의사결정에 적극적으로 참여한다고 했다. 여자로 사는 게 두렵다는 이유만으로 어쩔 수 없이 남자가 되기로 선택하는 사람은 없다고.

와이트는 아직 죽지 않았지만 숨이 넘어가기 직전이었다. 몸 안에 남은 피보다 흘러나와 웅덩이를 이룬 피가 더 많아 보였다. 마땅히 지혈할 방법도 없었다. 솔직한 심정으로는, 지혈을 해주고 싶지도 않았다. 그의 시선은 가장 먼저 와이트의 손으로 향했다. 딸애의 목을 졸랐던 그 손. 그의 시선은 방아쇠를 당겨 아내를 죽였던 손가락으로 이동했다. 목을 베고, 산탄총을 난사하고, 자기 어머니와 아버지를 비닐로 감고, 연방수사국 요원의 가슴을 찌른 손.

다음으로 얼굴을 내려다보았다. 눈은 멍했고 호흡은 잔잔했다. 죽음으로 이행하는 절차가 진행되고 있었다. 두뇌가 나머지 몸에게 이제 다 끝났다고, 곧 모든 것들이 폐쇄될 거라고 통보하는 중이었다. 데커도 죽은 적이 있었다. 주마등이나 빛으로 된 터널, 노래하는 천사들 같은 기억은 없었다. 아무것도 잊지 못하면서 정작 그때의 기억은 전혀 없었다. 죽음으로 향하는 길이 어떨지 그로서는 전혀 알 길이 없었다. 지금은 그냥 살고 싶을 뿐이었다.

그는 와이트 옆 바닥에 엉덩이를 대고 주저앉았다. 레오폴드의 권총을 집어 와이트의 머리통을 날려버리고 싶은 마음도 들었고, 거대한 두 손으로 직접 간당간당 붙어 있는 와이트의 마지막 생명을 짓이겨버리고 싶은 마음도 들었다. 와이트가 결국 갈 수밖에 없는 곳으로 더 빨리 보내버리고 싶었다. 하지만 그는 그러지 않았다. 와이트의 눈이 한 번 깜빡이더니 데커에게 고정됐다. 그의 상상이겠지만, 어쨌든 그 순간 데커는 그 연구소에서 보았던 겁먹은 열여섯 살 소녀를 본 것 같았다.

그는 한숨을 쉬고는 잠시 눈을 감고 사방에 만연한 어처구니없는 비극을 몰아내려고 애썼다. 그렇게 그는 가만히 앉아서 와이트의 마지막을 지켰다. 마침내 와이트가 숨을 거두었을 때 그가 눈을 감겨주었다. 하지만 눈을 감는다 해도 이미 일어난 것들은 아무것도 외면할 수 없다. 그리고 원하든 원치 않든, 살았든 죽었든, 데커와 레오폴드, 벨린다 와이트는 한데 묶여 있다. 영원히.

하지만 그는 마지막으로 살아남은 자가 자신이라는 것에 헤아릴 수 없는 안도감을 느꼈다.

665

크리스마스이브. 어느 벤치.

눈송이들이 사뿐사뿐 떨어져 지난 사흘 동안 생긴 30센티미터 높이의 눈 더미 위에 쌓였다. 상점들은 문을 닫았고, 쇼핑객도 없었다. 맨스필드 고교 참사 이후 벌링턴 사람들은 잠을 푹 자고 가족과 함께 평화롭고 조용한 아침을 맞이하기만을 바랐다.

모든 사람이 그런 건 아니었지만.

에이머스 데커는 벤치에 앉아 맞은편의 맨스필드 고교를 바라보고 있었다. 날씨에 대한 순종과 경의의 표시로 새 외투를 입었고, 모직 안감에 귀 덮개가 달린 모자도 썼다. 양손에는 장갑을 꼈고 튼튼한 새 방수 부츠도 신었다. 허벅지는 거의 다 나은 상태였지만 단도에 찔렸던 부위에 흉터는 남았다. 벨린다 와이트가 그의 몸과 마음에 칼날을 박고 비틀었던 자국이다.

당시 데커는 밴을 몰고 레오폴드의 휴대폰에 있는 GPS를 이용해 50킬로미터 떨어진 쇼핑몰로 갔다. 그리고 보거트에게 전화를 걸어 그의 위치를 알렸다. 보거트는 부상자 수송 헬기를 띄웠고, 헬기는 순식간에 도착했다. 그들은 현장에서 데커의 부상 정도를 판단한 뒤 가까운 병원으로 이송했다. 밴을 운전하기 전에 다리를 지혈했지만 쇼핑몰에 도착할 때쯤엔 이미 피를 1리터 이상 쏟은 뒤였다. 그는 보거트에게 레오폴드와 와이트의 은신처를 알려주었다. 그곳에는 2미터 가량 떨어져 시체 두 구가 누워 있었다. 45구경 권총에 맞아 살인의 흔적을 노골적으로 남긴 시체 하나와 뚱보에게 깔려 질식사한 또 다른 시체 하나. 둘 다 그리 되어도 싼 인간들이었다.

이들이 죽인 사람들 중에 죽어도 싼 사람은 딱 하나였다. 자일스 에버스. 그의 시신은 발견되지 않았지만 벨린다 와이트가 약속한 대로 그자의 아버지 집에 소포가 하나 도착했다. 클라이드 에버스는 그것을 열자마자 그 자리에서 쓰러져 죽었다고 한다. 잘린 머리가 제 역할을 한 것이다. 데커는 계산을 정정했다. 죽어도 싼 사람은 둘이다. 아니, 벨린다의 부모까지 더하면 넷일 것이다. 탐욕에 휘둘려 도움을 간구하는 딸을 배신한 사람들.

크리스마스이브에 죽음을 생각하고 싶지는 않았지만, 죽음이 그를 둘러싸고 다른 것들을 모두 밀어내서 어쩔 수 없었다. 아내와 딸 무덤에는 이미 다녀왔다. 무덤에 있을 때 별안간 랭커스터가 나타나 꽃을 놓았다. 두 사람은 누가 봐도 어색한 분위기를 풀기 위해 몇 분 동안 조용히 이야기를 나눴다.

지금 데커는 피난 차 여기 나와 앉아 있었다. 여관에서는 투숙객들을 위한 크리스마스 파티가 한창이었는데, 도무지 거기에 낄 마음이 나지 않았다. 사람들이 그를 붙잡고 시시한 잡담을 지껄이는 걸 듣고 있느니 여기서 눈을 맞으며 벤치에 앉아 있는 편이 나았다.

맨스필드 고교는 내년에 다시 문을 열기로 결정됐다. 그때쯤이면 피 얼룩은 모두 가시고 없을 테지만, 다른 얼룩은 영원히 남을 것이다. 주지사가 개학식에 참석해 연설을 할 예정이라고 했다. 주민들은 학교 구내식당에서 기술 교실로 통하는 지하 통로의 입구를 막아놓았고, 육군 측은 통로에 시멘트를 부어 아예 폐쇄하기로 했다. 1월 2일에 불도저들이 와서 버려진 기지를 밀어버릴 예정이었다.

살인범들의 신분과 그들의 사망 소식이 알려졌을 때 전국의 언론사들이 이곳으로 몰려들었다. 보거트는 어디에서도 데커의 이름이 등장하지 않도록 최대한 조처했다. 배려할 건 배려하는 남자 같다고 데커는 생각했다. 목숨을 걸고 살인 행각을 저지한 영웅으로 알려지는 것을 마다할 사람은 많지 않을 것이다. 요즘은 그런 게 돈이 되는 시대다. 출판과 영화 계약, 광고 출연, 거물들과의 식사자리, 트위터나 인스타그램에 글을 올리는 족족 열광할 추종자들. 그러나 데커는 그런 번잡한 일을 겪느니 차라리 머리에 총알 맞는 편을 택했을 것이다.

하지만 보거트가 사준 옷과 신발은 받았다. 레오폴드와 와이트가 그의 옷을 다 버렸기 때문이다. 가난한 사람에게는 사소한 물건이라도 잃어버리면 타격이 크다. 옷 말고도, 보거트는 연방 정부에서 지급하는 수당을 줘야 한다고 고집을 부렸다. 밀러 서장도 벌링턴 경찰서를 대신해 수당을 지급하겠다고 나섰다.

"자네는 고용된 컨설턴트였어, 에이머스."

데커가 질려서 포기하고 싶어질 때까지 서장은 주장을 굽히지 않았다. 하지만 그는 그것들을 모두 마다했다. 돈은 먹고살 만큼 있으면 그만이다. 그래도 마땅히 받아야 할 돈이라면 마다하지 않았겠지만. 그가 그 돈을 거절한 건 죄책감 때문이었다. 결과적으로 그로 인해 수많은 사람들이 목숨을 잃었다. 그의 삶 전부였던 두 사람을 포함해서. 그것이 뜻한 일이든 아니든 중요하지 않았다. 그의 의도였건 아니었건, 죽은 자들에게는 소용이 없다. 어떤 경우든 원인과 결과는 있기 마련이고, 여기서 원인은 그였다. 그리고 그 결과는 생각하기도 싫을 만큼, 하지만 다른 생각은 들지도 않을 만큼 끔찍했다.

사실 이렇게 하릴없이 앉아 자기 연민에 젖어 있을 여유는 없었다. 먹고살아야 했다. 곧 벤치를 박차고 일어나 돈이 될 만한 일감을 찾으러 갈 생각이었다. 하지만 지금은, 지금 이 순간은, 오늘 저녁만은 그냥 여기 앉아 자기 연민에 젖고 싶었다. 상념에 빠지는 시늉이라도 하고 싶었다.

그것도 불가능할지 모르지만.

그의 옆에 앉아 있는 남자가 추위에 몸을 부르르 떨면서 다리를 꼬았다. 데커는 남자를 쳐다보지 않았다. "지금쯤 워싱턴에 있을 줄 알았는데."

보거트가 어깨를 으쓱했다. "그랬었지. 근데 여기서 마무리 못 한 일이 있어서."

"크리스마스이브야. 가족들이 보고 싶어 하지 않아?"

"무슨 가족?"

"손가락에 반지 꼈잖아."

"별거 중이야. 최근에 그렇게 됐지."

"안타깝겠군."

"안타까울 거 없어. 아내도, 나도."

"애들은?"

"아내는 의사당 직원이라 야근을 밥 먹듯 해. 서로 만날 수가 있어야 애가 생기지. 참, 와이트가 데비 왓슨과 섹스했다고 했던 거 말이야."

"그거 거짓말이야." 데커가 대답했다.

"어떻게 알았어? 부검 결과에 의하면 놈은 완전히 남자가 된 게 아니었어. 장비가 완전하지 않았다 이거야."

"장비야 다른 것도 많지. 그보다 중요한 건, 남자가 되고 싶은 마음이 없었다는 거야. 벨린다는 내내 무릎을 붙이고 앉아 있었어. 남자가 그러긴 힘들지. 그런 일을 당하고 나서 남자로 살고자 했지만 결국 그렇게 못 했던 거지."

둘 다 침묵에 빠졌다. 잠시 후 보거트가 다시 입을 열었다. "좋아, 본론으로 바로 들어가자고. 우리, 같이 일해보는 건 어때?"

데커는 고개를 돌려 그를 쳐다보았다. "그게 무슨 소리야?"

"연방수사국으로 들어오라 이 말이야."

데커는 고개를 저었다. "난 체력 테스트 통과 못 해. 아무것도 통과 못 해."

"물론 특수 요원이 되라는 얘긴 아니야. 인재를 모아서 특별 수사팀을 꾸리는 임무를 내가 맡았거든. 민간인을 포함해서 다양한 직업과 경험을 지닌 전문가들로 구성할 거야. 진짜 엄청나게 나쁜 놈들을 잡는 게 목표지. 거기에 당신보다 더 적합한 사람은 없는 것 같아서."

"난 전문가라고 할 만큼 딱히 특기가 없잖아."

"경찰이었잖아. 형사 생활도 했었고. 경험이 풍부하지. 게다가 신도 울고 갈 두뇌의 소유자고 말이지."

"이러지 않아도 돼, 보거트. 부츠랑 옷 사줬으면 충분하다고."

"당신 때문에 애쓰는 거 아니야. 나 좋자고 이러는 거지. 승진하고 싶어서. 이제 나한테 남은 건 일뿐이야. 내일모레 오십인데, 터보 엔진을 켜고 비상하든가 아니면 시간만 죽이다가 조용히 은퇴하든가 둘 중 하나잖아. 전자를 택한 이상 당신을 끌어들이는 게 나한테 이익이지. 힘든 사건 해결하고 승진에 승진. 한번 꼭대기까지 올라보려고."

"그럼 벌링턴을 떠나야 한다는 얘기야?"

보거트는 앞을 똑바로 응시했다. "당연하지. 떠나는 데 무슨 문제 있어?"

"그런 말은 안 했어."

"그럼 아무 문제 없는 거네?"

"그런 말도 안 했어."

보거트는 데커를 쳐다보았다. "다시 본론으로 돌아가볼까? 이러면 어때?"

그는 휴대폰을 들어올려 플래시를 쏘았다. 잠시 후 데커는 다가오는 발소리를 들었다. 동그란 가로등 불빛 아래 알렉스 재미슨이 나타났다. 긴 겨울 외투에 종아리까지 오는 부츠 차림이었고, 머리에는 스카프를 둘둘 감고 있었다. 그녀는 벤치 앞에 멈춰서서 두 사람을 내려다보았다.

데커는 그녀를 보다가 보거트를 보았다. "어떻게 된 일이야?"

"말 안 해도 알 텐데." 보거트가 말했다. "당신처럼 똑똑한 사람이라면."

데커는 재미슨을 다시 쳐다보았다.

"나한테도 똑같은 제안을 했어요, 데커. 나보다는 당신한테 더 눈독을 들이는 것 같긴 하지만."

보거트가 말했다. "재미슨은 수사 과정에서 몇 가지 중요한 단서를 발견했잖아. 배짱과 직감도 좋았고. 천생 저널리스트라는 건 알지만, 그 재능을 신문사에서 썩힐 순 없지."

"벌링턴을 떠날 생각입니까?" 데커는 그녀에게 물었다.

"사실대로 말하자면, 이미 떴어요."

"기자 일은 어쩌고?"

"앤디 잭슨 교수님은 늘 진실을 쫓으라고 하셨죠. 그런데 그쪽 일도 같은 차원 같아서요. 기사 쓰는 것보다 보거트 요원이랑 하는 일이 더 가치 있을 것 같기도 하고요."

데커는 보거트를 쳐다보았다. "당신이 나한테 이런 제안하는 거, 밀러 서장님도 아시나?"

"못마땅해하셨지만 이해하시더군. 랭커스터를 차장급으로 승진시킬 거래. 당신이 모를까 봐 말하는 건데, 랭커스터는 수전증 치료를 받고 있어. 호전되고 있지. 살도 좀 붙었고 담배도 끊었다고."

데커는 계속 고개를 끄덕일 뿐 입을 열지는 않았다.

보거트가 말했다. "자, 생각해볼 거지?"

"아니."

"데커." 재미슨이 반박하려고 입을 열었다.

"생각 안 할 거야. 왜냐하면…… 왜냐하면 할 거니까."

보거트와 재미슨은 놀란 시선을 교환했다.

데커는 두 사람을 쳐다보았다. "하지만 오늘밤은 그냥…… 여기 있을래. 나 혼자."

보거트는 벌떡 일어섰고, 그와 동시에 재미슨이 말했다. "그럼 우린 내일 다시 올게요. 앞으로 다시는 혼자 있을 일 없을 거예요. 그동안 충분히 혼자 있었잖아요."

일어나서 가던 재미슨이 어깨 너머로 돌아보며 외쳤다. "메리 크리스마스, 에이머스!"

그는 고개를 약간 기울이며 응답했다. 그들은 곧 시야에서 사라졌다. 데커는 눈을 감았다. 머리도, 마음도, 잠깐 닫았다.

잠깐이라면 괜찮을 것이다.

아주 잠깐은.

옮긴이 **황소연**

연세대학교를 졸업하고 언어와 문학에 매료되어 출판 기획자를 거쳐 전문번역가로 활동하고 있다. 옮긴 책으로 『프랑켄슈타인』, 『브루클린으로 가는 마지막 비상구』, 『레퀴엠』, 『사랑은 지옥에서 온 개』, 『거물들의 춤』, 『나는 어떻게 유명한 소설가가 되었나』 등이 있다.

모든 것을 기억하는 남자

초판 1쇄 발행 2016년 9월 21일
초판 20쇄 발행 2021년 3월 19일

지은이 데이비드 발다치
옮긴이 황소연
펴낸이 신경렬

편집장 김지연
마케팅 장현기 · 박수진
디자인 이승욱
경영기획 김정숙 · 김태희
제작 유수경

펴낸곳 (주)더난콘텐츠그룹
출판등록 2011년 6월 2일 제2011-000158호
주소 04043 서울시 마포구 양화로12길 16, 7층(서교동, 더난빌딩)
전화 (02)325-2525 | **팩스** (02)325-9007
이메일 boheme@thenanbiz.com | **홈페이지** www.thenanbiz.com

ISBN 979-11-5879-049-3 03840